SV

A. F. Th. van der Heijden
Fallende Eltern

Roman

Aus dem Niederländischen
von Helga van Beuningen

Suhrkamp Verlag

Titel der Originalausgabe:
Vallende ouders
Dieser Band ist der erste Band der Tetralogie:
De tandeloze tijd.
Die Übersetzung wurde gefördert
vom Nederlands Literair Produktie-en Vertalingenfonds

Erste Auflage 1997

Satz: Libro, Kriftel
Druck: Clausen & Bosse, Leck
Printed in Germany

Fallende Eltern

Für Mirjam ›Minchen‹ Rotenstreich

Die Luft und die Lust

I

Eine Katastrophe kommt selten allein. Am liebsten überfallen sie einen im Gruppenverband. Sie trommeln sich gegenseitig zusammen und kündigen einander an: Ein Unglück ist der Hiobsbote des nächsten. Über Nacht schießen sie alle gleichzeitig wie Pilze aus dem Boden, um schon am nächsten Morgen ihren Schirm leer zu schütteln. So hinterläßt jede Katastrophe ihre Spuren in Gestalt ganzer Serien neuer Katastrophen. Sie bilden eine einzige große Familie, weitverzweigt, aber mit festem Zusammenhalt: eine Mafia giftiger Schwämme . . . ein Hexenring, der sich wie eine Schlinge immer enger um einen zusammenzieht . . .

Thjum hätte hieran natürlich die Story von den Schicksalsgöttinnen aufgehängt, schließlich hatte er das Gymnasium besucht. Ich ging vom Eindhovener Augustinianum ab, noch bevor wir zu den Parzen gekommen waren. In einem Duftschwall von *colle parfumée* zog Theo Schwantje eines Tages mit dem Radiergummi eine Trennungslinie über das schwarzlakkierte Pult, das wir schon seit zwei Trimestern teilten – und schubste mich in meine eigene Hälfte.

»Hau ab. Ich will dich hier nicht mehr haben. Du stinkst.«

Aber eigentlich stieß er mich noch viel weiter von sich: Über das glatte Holz, das wir Tag für Tag mit unseren Sitzflächen polierten, rutschte ich in eine andere Schule, die Höhere Bürgerschule, an der keine Schicksalsgöttinnen vorkamen . . . an der lediglich von einem einzigen und wahren Gott die Rede war, der waltete, was ich schaltete . . . Thjum wurde bei den Jesuiten in Nimwegen eingesperrt und erhielt reichlich Gelegenheit, Bekanntschaft mit Klotho und Lachesis und wie sie sonst noch heißen mochten, zu schließen.

Aber um auf meine eigene Bildersprache zurückzukommen: Eine solch unzeitige Herbstnacht voll fruchtbarer Fäulnis war für Thjum und mich, und in gewisser Weise auch für Flix, im Frühjahr 1976 angesagt, die Nacht vom zweiten auf den dritten April, um genau zu sein – das heißt vier Wochen vor meinem (und Thjums) sechsundzwanzigsten Geburtstag, falls einer das unbedingt ausrechnen will. Ich ließ es grob gesagt dabei bewenden, daß ich in das zweite Drittel meines Lebens eintrat, wenngleich einem der eigene Optimismus mitunter schon angst machen konnte. Wer mich ein paar Tage danach gesehen hätte, der hätte gesagt: Der arme Kerl ist schon weit über die Hälfte.

In dieser Nacht muß bei mir der Übergang von relativer Sorglosigkeit zu allgegenwärtigem Ekel stattgefunden haben, dem ich erst zwei Jahre später wieder entsteigen sollte, um danach um so tiefer darin zu versinken. Aus der Euphorie entwickelte sich ein bösartiger Rausch, der mich nicht mehr verlassen wollte, auch nicht, als ich schon wieder nüchtern war.

Was die äußeren Tatsachen anbelangt (die lediglich den Anlaß dazu boten, an die Oberfläche treten zu lassen, was wartend bereits tief in mir lag): In jener Nacht beschloß August Schwantje, sich den Gerüchten gegenüber nicht länger taub zu stellen, sondern sich offiziell anzuhören, welch »schändliches Leben« sein Sohn und ich seit eineinhalb Jahren in seinem Zweithaus führten.

Ob es Augusts einziges »Zweithaus« war . . . ich bezweifelte es. Hatten die Schwantjes nicht auch mehr als ein Zweitauto? Jedenfalls lag *dieses* Zweithaus am Berg en Dalseweg, ungefähr auf halber Strecke zwischen der Nimwegener Innenstadt und der von der Familie selbst bewohnten Villa in Berg en Dal. Als das östlichste Gebäude der Stadt markierte es exakt die Grenze des bebauten Gebiets. (Noch etwas weiter im Osten wohnte ein Zahnarzt in einem gläsernen Lichtkasten, an dem sich abends – denn die Vorhänge wurden erst spät zugezogen – die Vögel den Schädel einrennen durften. Aber das war schon kein bebautes Gebiet mehr und außerdem auch kein Haus.)

Wiewohl noch immer niedriger als der Direktor des *Big-B-Oss*, wohnten wir doch höher als je zuvor. Wir waren, und das sogar auf seine Einladung hin, aus der Stadt emporgeklettert; dank August Schwantje hatten wir uns endlich aus jahrelanger Studentenbudenmisere emporarbeiten können. Thjum hatte eine ganze Weile in einem miesen Loch in der Unterstadt gewohnt, in dem das einzige fließende Wasser das der Waal unter seinem Fenster war – langsam und gravitätisch wie ein Leichenzug. »Ich wohne phantastisch«, sagte er immer. »Ich habe nie zweimal dieselbe Aussicht.«

Ich selbst hatte ein ganzes Jahr im Souterrain gewohnt. Aus der Tiefe und aus der Erde waren wir hervorgekrochen, etwas blaß und blinzelnd, um ein geräumiges Haus in Hanglage zu beziehen. Und auch wenn der damalige Nimwegener Trend etwas anderes vorschrieb – Thjum und ich ließen uns das nicht zweimal sagen. Ruckzuck schleppten wir unsere Siebensachen den Hügel hinauf, bevor Augusts gute Laune vorbei war und er es sich womöglich anders überlegte. Viel hing laut Thjum von seiner Verdauung ab: Der Mann war von Berufs wegen Fleischesser, und dann brauchte nur wenig schiefzugehen.

Der zweifache Höhenunterschied – einerseits höher als Nimwegen, andererseits tiefer als die Reichensiedlung in Berg en Dal – schien sich in der merkwürdigen Konstruktion des Hauses zu wiederholen. Da es an einem Hang lag, wohnte ich auf der Straßenseite im Parterre, während ich, nachdem ich mich auf einer vollkommen horizontalen Ebene zum Balkon auf der Rückseite begeben hatte, dort vom ersten Stock aus auf den Garten blickte.

Thjum, unter mir, wohnte auf einer Ebene mit dem Garten, sein Bett aber, in der Tiefe des Raums und auf demselben Fußboden, stand im Souterrain. Seine Wohnung war in einem früheren Leben des Hauses die Garage gewesen: Hohe dunkelgrüne Stalltüren, die nach außen aufschwangen, erinnerten noch daran. Von der Straße aus führte, ziemlich steil, eine Zufahrt zu diesem ehemaligen Eingang für Autos hinunter.

Da ich selbst schon mal in einem derartigen »halben« Souterrain gewohnt hatte, nur unendlich muffiger, ließ Thjum mir die erste Wahl – die mir nicht schwerfiel. Er hatte sein ritterliches Angebot rasch bereut. Mein Balkon nahm ihm einen Großteil des Lichts, so daß er jetzt noch später aus den

Federn kroch als zuvor. Außerdem war es dort feucht. Ungehindert, ohne irgendeine Schwelle, zogen Schnecken, die, aus dem Garten kommend, »nicht rechtzeitig zu bremsen verstanden« – wie Thjum es ausdrückte –, Schleimspuren über seinen Teppichboden. Er beklagte sich über den obszönen Anblick, den der glasig getrocknete Schleim bot. »Willst du dir nicht endlich mal ein Mädchen zulegen«, hatte sein ältester Bruder Gidi einmal mit angewidertem Blick auf den Boden gesagt – aber für diesen Sportsmann waren Mädchen ja auch in erster Linie Spüllappen, in denen man seinen Kolben schneuzt.

Als wir im Frühherbst 1974 in das Haus zogen und zum erstenmal vom Balkon auf den großen Garten blickten, die Wiesen dahinter (auf denen unter theatralischem Mähnengeschüttel drei Pferde herumtrabten: zwei Füchse und ein Schimmel) und den Wald, der sich daran anschloß, standen die Baumkronen, obschon bereits leicht verfärbt, noch in vollem Laub. Erst mit dem Voranschreiten des Herbstes wurden zwischen den Bäumen gegenüber die Gebäude sichtbar, die sich auf unsere Frage hin als die Halve Mantelkliniek entpuppten: eine Anstalt für geistig Behinderte, von Thjum, der schon für geistig vollwertige Menschen so wenig gute Worte übrig hatte, kurz »die Klapsmühle« genannt. Und mit dem Fallen von Blättern wird eine Klapsmühle natürlich erst richtig sichtbar. Der Gebäudekomplex verwandelt sich in reines Glas ... die Bewohner stülpen auf herzzerreißende Weise ihr Innerstes nach außen ...

Doch das war eine Symbolik, der wir uns verschlossen. Obwohl wir manchmal für einen Moment verstummten, wenn wir auf unseren Herbstspaziergängen durch die Wälder von Dommer die geistig Behinderten unter Aufsicht auf Ponys reiten sahen: völlig besessen, mehr Schaum auf den Lippen als die Pferde. Die Shetties, den Tod in den Augen, bogen sich tief durch unter soviel Ungestüm ...

Der plötzliche Luxus eines eigenen Hauses machte uns verlegen. Er verschlug uns die Sprache. Sogar Thjums marxistisches Gestänker verstummte für einige Zeit ... Man hätte meinen können, wir fühlten uns verpflichtet, uns in puncto Luxus dem Haus anzupassen.

Es fing zögernd an, tastend: etwas in der Art und Weise, wie ich telefonierte, was ich vorher immer in einer Zelle des Studentenwohnheims hatte tun müssen, in der es roch, als hätte da jemand heimlich Kaninchen gehalten. Auch der Umstand, daß ich wieder eine Armbanduhr trug, deutete darauf hin. Alles im kleinen ... Der große Schwantje-Luxus – Autos, Boote – sagte uns nichts. Luxus bedeutete für uns viel eher den Gebrauch einer Karaffe für den Orangensaft beim Frühstück. Auch hätte keiner von uns beiden in der Anfangszeit einen Milchkarton auf dem Tisch geduldet: Man goß erst den Inhalt in einen Tonkrug. Croissants und Brötchen lagen in einem Korb auf einer Unterlage aus Papierservietten. Beim Bäcker gab's auch Brezeln – süße mit Zimt und knusprige salzige –, die wir, einzig und allein, um den Überfluß auf die Spitze zu treiben, zwischen die Brötchen steckten. Oft verspeisten wir zum Frühstück die allerbesten Steaks, die aus der Gefriertruhe der Familie Schwantje stammten und jede Woche – zusammen mit anderen Fleischwaren, immer eine Überraschung – von einem von Thjums Brüdern oder Schwestern in einer Plastiktüte abgeliefert wurden, manchmal auch von seiner jungen Stiefmutter. Das Frühstück wurde die zentrale Mahlzeit des Tages, und zwar nicht nur, weil wir so spät aufstanden. Bei Einbruch der Dämmerung saßen wir oft noch daran.

Luxus ... Von der Badewanne im ersten (zweiten) Stock hatte man im Herbst und im Winter Aussicht auf die Halve Mantelkliniek, die sich erst im Laufe des Frühlings den Blicken entziehen sollte. Ich ließ manchmal ein halbvolles Weinglas darin herumschaukeln, das – ich benutzte keinen Schaum – unter Wasser einen roten Fleck auf die Beschichtung warf. Mit fauler Hand führte ich das Glas tropfend zum Mund und füllte es von Zeit zu Zeit, ohne es aus dem Wasser zu nehmen, aus der Flasche so weit nach, daß es gerade eben nicht sank ...

Wie hoch und luxuriös wir eigentlich wohnten, wurde erst abends, so gegen Mitternacht, richtig deutlich, wenn wir aufs Fahrrad stiegen, um uns »unten«, noch kurz vor der Polizeistunde, vollaufen zu lassen. Wir schoben unseren Aufbruch so lange wie möglich hinaus, um dann, ohne treten zu müssen, in rasender Fahrt den langen, langen Berg en Dalseweg hinunterzusausen.

. . .*Sst!* an der Reichslehranstalt für Mädchen vorbei: Anflug von Verlangen . . . *Sssttt!* . . . vorbei an der »Rechten«-Kneipe *De Keizerskroon*, wo Thjums Brüder becherten: Anflug von Verachtung . . . Und *sst! sstt! ssstt!* ging es in Anflügen von Haß an der langen Fassade des Canisius-Kollegs vorbei, in dem Thjum – als Interner – seine Gymnasialzeit verbracht hatte und wo er, wie er im Vorbeifahren oft atemlos schrie, »noch eine Rechnung zu begleichen« hatte . . . All das ließen wir hinter uns.

Während der schnellen Talfahrt beugte Thjum oft den Oberkörper so weit wie möglich zurück, um nach der roten Leuchte zu schauen. Hing er erst einmal so da, während das Rad aus eigener Kraft bergab flitzte, so konnte Thjum den Blick nicht mehr vom Rücklicht lösen. Er war gezwungen, in dieser Lage zu bleiben und auf das feuerrote Glühen im Dunkeln zu schauen . . . Solange ich an seiner Seite fuhr und für zwei aufpaßte, drohte keine Gefahr, aber er tat es auch, wenn er einsam durch die Nacht fuhr, und war mehr als einmal auf ein stehendes Auto geprallt.

Diese Faszination für alles, was im Dunklen aufglühte, hatte er schon als kleines Kind gehabt. Weil Thjummi in seinen ersten Lebensjahren so schwach und in der Entwicklung zurückgeblieben war, wunderte es seine Eltern keineswegs, daß ihr Sohn einfach nicht anfangen wollte zu sprechen – bis ein Arzt entdeckte, daß die Zunge des Kleinen teilweise am Gaumen angewachsen war.

»Ja, hast du denn die ganze Zeit nicht geredet?« fragte ich ihn einmal.

»Ähm . . . nein, ich habe nicht viel gesagt«, antwortete er daraufhin mit diabolischem Lächeln, als wolle er suggerieren, daß von seiner Seite böse Absicht im Spiel gewesen war. »Aber es hat mir nichts ausgemacht. Stumm wie ich war, faszinierten mich Lichter ... in allen Formen, solange nur viel Dunkel darum war ... Kerzenflammen, Scheinwerfer, Sterne ... Lichter, die die Nacht intakt lassen.«

»Eigentlich würde man ein größeres verbales Defizit erwarten ...«

»Psychologendünnschiß. Wer so spät entdeckt, was er mit seiner Zunge alles anstellen kann, wird der größte Stratege bei der Eroberung der Sprache. Du kommst aus dem Arbeitermilieu, wo die Sprache nur zum Raunzen und Schnauzen dient und zu nichts anderem. Mit sechzehn warst du redegewandter als ein Professorensöhnchen.«

Als er fünf war, wurde ihm die Zunge losgeschnitten, aber es dauerte noch eine Weile, bis Thjum das Werkzeug zu benützen verstand. Eines Nachmittags im November knipste seine Mutter, mit ihm allein im großen Wohnzimmer des Hauses an der Baron van Tuyll van Serooskerkenstraat, die Schirmlampen an. Plötzlich sprang Klein Theo auf und schrie armefuchtelnd: »Mama! Mama! ... das ist die Luft! ...« Mit flatternden Armen herumrennend, zeigte er auf die »Luft«: die unsichtbare Substanz, die den Raum ausfüllte. »Und das ...« Er machte mit den Händen zärtliche wellenförmige Bewegungen um die Lampenschirme, in denen ein schwaches Licht brannte: »Und das ... und das ... ist die *Lust*!«

»Das ist die Luft ... und das ist die Lust.« So lautete Thjums erste zusammenhängende Mitteilung, aufgeregt herausgeschrien, als hätten die Wörter all die Jahre in seiner Kehle diesen Moment kaum erwarten können. *Die Luft und die Lust* ... Zum erstenmal in der Geschichte der Menschheit formulierte ein Kind mit seinem ersten vollständigen Satz ein Gedicht.

Am unteren Ende der Straße lag das *Trianon*. Dort kehrten wir ein. Wir sprangen von unseren Rädern direkt in die Kneipe.

Den Rückweg bergauf zögerten wir möglichst lange hinaus. Oft liefen in einem kleinen Nebensaal noch irgendwelche studentischen Spontifeten bis drei, vier Uhr nachts. Sonst war in der Innenstadt immer noch irgendwas auf. Das *Diogenes* oder notfalls dieser ungemütliche Absackerschuppen am Oranjesingel, die *Studentenunie*, wo Thjummi aber immerhin mal einen Geldbeutel mit dreihundertfünfzig Gulden fand. (Er lag mitten im Raum. Um ihn den Blicken aller anderen zu entziehen, hatte er den Fuß daraufgestellt. So blieb er notgedrungen stehen, bis der Laden dichtmachte, unbequem, wie ein Pferd mit einem schiefgetretenen Hufeisen.)

Wir fuhren meist erst im fahlen Morgengrauen zurück: schlingernd, fluchend, betäubt ... jetzt mit diesem einen Freundschaftswort im Herzen, das alles ausdrücken sollte, das man aber, außer Atem wie man war, nicht mehr über die Lippen bekam. Wir hatten selten jemanden hintendrauf. Thjum lebte sowieso in einer Art Zölibat, und wenn es bei mir gelegentlich der Fall war, so bereute ich es meist schon auf dem Weg bergauf. Sie waren oft schwer, diese Biertrinkerinnen. Der Rückweg war auch ohne so eine schon steil genug.

Gegen Weihnachten hatte ich eine besonders Mollige auf dem Gepäckträger mitgenommen. Trude ... außer ihrem Gewicht habe ich sogar ihren Namen behalten. Sie nölte hinter mir ständig rum, »ob wir noch nicht da« seien. Nein, wir waren noch nicht da. »Bald?« »Ja, bald.« »Ich bin so müde ...« Sie war sehr, sehr müde, die Trude. Sie klagte in einer Tour über Müdigkeit. Am nächsten Tag war sie nicht aus dem Bett zu kriegen. Ich versuchte alles, doch kein Versuch war erfolgreich. »Ich bin so müde«, sagte sie nur. Es war vier Uhr nachmittags und schon fast ganz dunkel. In unserer kleinen Küche beratschlagte ich mit Thjum. Er sagte: »Wir bringen ihr das Frühstück ans Bett, so üppig, daß sie es einfach nicht ausschlagen kann. So wie sie aussieht, ist sie ja durchaus für was Leckeres zu haben.«

Im Hinblick auf Weihnachten hatten wir, so arm wir auch waren, alles mögliche im Haus. Wir legten uns gewaltig ins Zeug. Spiegelei, gekochtes Ei, Käse-Schinken-Toast ... Kein Tablett erwies sich als groß genug für alle diese leckeren Dinge. Das Hartfaserbrett, das Thjum schließlich anschleppte, hatte die Größe einer Tischplatte. Das Frühstück war so üppig wie eine komplette indonesische Reistafel. Alles auf kleinen Schälchen. Fleisch und Wurst, Kekse, Sandkuchen, Weihnachtskringel ... Glas Milch, Kännchen Tee, Becher Kaffee ... In der Mitte stand das Weihnachtsgesteck aus dem Supermarkt, die Kerze wurde angezündet ... Die Flamme war anfänglich noch etwas klein, doch auf dem Weg zum Bett brannte sie höher und höher. Sie erhellte alles ringsum: die verschiedenen Brotsorten, die kleinen Weihnachtskugeln, die Morgenzigarette, den Käse, das Salzfäßchen, die Pfeffermühle ... An alles war gedacht. In einer Ecke lag sogar diskret ein duftendes Stück Seife. Thjum und ich trugen die Platte gemeinsam, die sich in der Mitte beängstigend bog.

Trude lag mit dem Gesicht zur Wand. Hinter ihrem Rücken war genügend Platz, um das Frühstück aufzubauen. Thjum legte die *Nußknackersuite* auf. Ich schüttelte sie sanft an der Schulter. Sie drehte sich mühsam um. Ihr Gesicht war vom Schlaf verquollen. Über die Wangen liefen tiefe Furchen, die die Falten im Laken hineingedrückt hatten. Beim Anblick der funkelnden Landschaft neben ihr hörte ihr Geächze auf. Ihre Augen, nicht mehr als schmale Spalte, glitten von den Fondantkringeln zum Früchtekuchen und von da zur Tülle der Teekanne, aus der Dampf entwich, der die silbernen Kugeln des Weihnachtsgestecks beschlagen ließ. Thjum hatte auf den Teller mit dem Schinken eine saure Gurke und ein paar Silberzwiebeln gelegt. Am Rand des Orangensaftglases steckte eine Zitronenscheibe. Es fehlte an nichts. Sie hatte alles gesehen. Wie ein Kind, das sich nach kurzem Verstummen beim Anblick des großen Versöhnungsgeschenks an seinen Mißmut erinnert und es vorzieht, noch etwas weiterzuquengeln, sagte Trude, so lustlos, daß uns der Mut in die Schuhe sank: »Ich bin so *mü-hü-de* ...!«

Unser häufiges Aushäusigsein empfand ich als Verrat an dem Haus, das mit seinen großzügigen Wohnräumen und der ruhigen Lage der ideale Ort war, um sich endlich ernsthaft an die Arbeit zu machen. Es schien so, als ob dort, wo optimale

Ruhe zum Lesen und Lernen herrschte, unsere Rastlosigkeit erst richtig in Gang käme. Eine miese Wohnsituation liefert wenigstens den Komfort einer Ausrede ... Mit dem komfortablen Haus am Berg en Dalseweg war uns diese Ausrede genommen.

Der Grund für unseren Oblomowismus mußte tiefer liegen.

Unsere Position auf dem Hügel oberhalb der Stadt mußte jeden Morgen aufs neue erobert werden. Wenn das Haus in Sicht kam, hatten wir das ganz starke Gefühl, wir würden es nicht *noch* höher schaffen. Wir spürten es vor allem in den Beinen ... Viele unserer Körperteile haben ihre eigene vorausweisende Funktion. Von der Nase, die uns den Weg zeigt, bis hin zu den Zehen, die als Wetterpropheten fungieren. So hatten Thjum und ich gemerkt, daß die Beine das Kommen und Gehen des Erfolgs vorhersagen.

Ganz in der Nähe des Hauses war in einer Grünanlage, die gerade noch zu Hengstdal gehörte, eine moderne Skulptur zu sehen. Sie stellte ein Pferd dar, einen plumpen Gaul, der mit seiner unverkennbar proletarisch-realistischen Prägung von Stalin hätte diktiert sein können, hätten aus den Flanken nicht zwei Flügel geragt. Ihre Spannweite wies keinerlei Relation zum ungeschlachten Leibesumfang auf, doch so gestutzt sie auch wirkten: auf dem Sockel stand kein Ackergaul, nein, ein *Pegasus*.

»Es ist für Hengstdal«, hatte der Dezernent zu dem sozial engagierten Künstler gesagt. »Denken Sie also an Hengstquelle ... Hippokrene ... in die Richtung. Ein bißchen griechische Mythologie kann nicht schaden ... so was kommt gut bei den Leuten an. Ansonsten sind Sie selbstverständlich frei bei der Ausführung des Auftrags.«

Und der Bildhauer hatte ein Pferd daraus gemacht, wie er es nun mal gewohnt war, allerdings unter Hinzufügung dieser beiden Flügelstümpfe. Der Hengst, der da wie eine Boje im frühmorgendlichen Nebel trieb, war mit seinem dicken Hintern nach und nach die Verkörperung unseres Nimwegener

Philosophiestudiums geworden. Im Schatten des aufgeblasenen historischen Materialismus waren die zarten hellenischen Flügel verdorrt, verschrumpelt, zu ausgefransten Stümpfen verkümmert . . . Soviel Materie könnten sie gar nicht mehr emporheben zur Sonne und zu den saftigen Weiden des Geistes.

»Pegasus vor dem Pflug, ankernd in der Schwarzen Erde«, hatte ich mal mit letzter Puste herausgebracht.

»Noch schlimmer«, sagte Thjum, nicht weniger keuchend. »Ein blindes Grubenpferd im tiefsten Schacht von Platons Höhle.«

Vor dem Standbild hielten wir an. Eine höhere Position war uns nicht vergönnt. Auf halber Strecke nach Berg en Dal blieb uns nicht mehr als eitles Flügelschlagen. *Flapp, flapp, flapp* . . . es klang in der Tat wenig erhebend. Vergebliche Mühe: Wir hatten unseren Gipfel bereits erreicht. Wir wohnten bereits über unserem Stand – wenngleich anfangs nur die Nachbarn so dachten. So hoch wie unser Wohltäter, August Schwantje, würden wir es jedenfalls nie bringen . . . Schon am herrlichen Wühlen des Windes in unseren Haaren hätten wir auf dem Weg Richtung *Trianon* merken können, daß der Abstieg uns mehr lag als der Aufstieg. Genaugenommen befanden wir uns die ganze Zeit schon auf dem Weg nach unten. Wir stiegen immer wieder empor, einzig und allein, um uns von neuem in die Tiefe zu stürzen – wie der verkleidete Selbstmörder in Polanskis Film *Der Mieter*.

Wir würden nicht ruhen, ehe wir nicht dort in der Tiefe unseren Platz gefunden hatten. Soviel wußte bekanntlich schon Aristoteles: Jedwedes Ding hat seine endgültige Bestimmung und ruht nicht eher, bis es sie erreicht hat.

2

Lediglich alle zwei Wochen einmal – am Sonntagnachmittag, wenn der Wochenendkater in unseren Schädeln in den letzten Zuckungen lag – stiegen wir mit äußerster Kraftanstrengung, ohne den Fahrradsattel auch nur einen Moment mit dem Hintern zu berühren, noch eine Stufe höher. Ich durfte mich dann mit zu Tisch setzen bei der Familie Schwantje in Berg en Dal.

Dieses Privileg, mittlerweile fünfzehn Jahre alt, stammte aus Geldrop. Wenn ich als Junge keinen Appetit auf den katholischen Fisch daheim hatte, blieb ich freitags abends in dem weißen Haus in der Baron van Tuyll van Serooskerkenstraat zur Hühnersuppe – so oft, bis es unbemerkt Tradition geworden war. (In der Suppe schwammen Mägen, die August »Pippelies« nannte. Eigenhändig backte er immer, und das war wieder eine seiner *polnischen* Eßgewohnheiten, die sogenannten »Lattis«: kleine Pfannkuchen aus Mehl, geriebenen Kartoffeln und geriebenen Zwiebeln plus der einen oder anderen geheimen Zutat. Aber schon damals schien er mit seinen Gedanken irgendwo anders zu sein. – Pippelies und Lattis hatte ich in Berg en Dal nie mehr gegessen. August verputzte jetzt täglich, auch freitags und samstags, anderthalb Pfund Rinderlende. Was auch zu riechen war.)

Es war strenger Brauch, daß an diesen Sonntagabenden alle bei Tisch saßen: August, die junge Mevrouw Schwantje-Stultiëns, ihr gemeinsamer kleiner Sohn Charles, Thjum, dessen Brüder Gidi und Cristiaan sowie die Schwestern Berendina und Frederika . . . und *ad libitum* ich. Ferner anwesend war – doch von ihr nahm niemand Notiz – die kurz und bündig »Toosje« genannte Katharina Katrinčak, eine Art Pflegeschwester der Schwantje-Kinder. Die andere Stiefschwester, Milli Händel, sah ich dort nie.

Frederika – »Fredje« – war ebenso dumm wie hübsch, aber sie war von einer entwaffnenden Dummheit, die nie langweilte. Ihre Äußerungen waren fast immer behaltenswert und wurden so oft weitererzählt, bis sie ein eigenes Leben führten. Als das Schwimmbad im Garten hinter dem Haus der

Schwantjes zum erstenmal mit Wasser gefüllt wurde, hatte ich eine solch sprichwörtliche Dummheit aus Fredjes Mund aufzeichnen können (sie feierte an dem Tag ihren achtzehnten Geburtstag). Das Wasser erreichte den roten Strich, die Hähne wurden zugedreht, und das Mädchen rief erstaunt: »Paps! Pappi . . .! Wie kann denn, wenn der Boden schräg ist« – sie unterstrich ihre Worte mit den entsprechenden Handbewegungen – »wie kann dann . . . sag mal gleich . . . das Wasser trotzdem immer *gerade* sein? Oder nein . . . wart mal . . . Oder doch? Ja, nein . . . ach, ist ja egal.«

Ihre Arme fielen hilflos an ihrem Körper herab, und erschöpft sank Fredje auf den Terrassenstuhl. Ich merkte, daß mir Tränen in den Augen standen.

Das einzige wirkliche Problem bestand natürlich darin, daß Verliebtheit, was immer das sein mochte, in jener Zeit ununterbrochen auf der Lauer lag und mehr darauf erpicht schien, uns in einen Hinterhalt zu locken, als der Tod. Was Liebe bedeutete, konnte ich nicht benennen. Thjum zufolge war es alles, was übrigblieb, wenn das Gelaber, mit dem die Leute hinter dem Objekt her gewesen waren, verstummte: ein ängstlich zusammengekauertes Etwas, das mit knapper Not ihren ehernen Vorstellungen entronnen war. Es galt, sprachlos abzuwarten, bis es bereit war, erleichtert zum Vorschein zu kommen, um sich zu offenbaren.

Berendina Schwantje wurde »Beertje« genannt, ein Kosename aus der Zeit, als sie noch als pummeliges Kleinkind in Geldrop herumstapfte, der aber nicht mehr zutraf. Lang und dünn war sie mittlerweile, fast schon mager zu nennen, und sie tanzte auch nicht gerade so, wie es ein Bär zu tun pflegt. In Berendina Schwantje hatten wir eine Ballettänzerin ersten Ranges, voll versteckter Drahtigkeit wie ein Windspiel. Ich hatte sie im Nimwegener Theater gesehen . . . von Kopf bis Fuß fließende Bewegung. Wenn man im Saal saß, gewann man rasch den Eindruck, höchstpersönlich der Unbewegte Beweger zu sein – so sehr entsprach ihr Tanz den Wünschen und Vorstellungen des Zuschauers.

Aber auch im Ruhezustand und mit den Absätzen auf dem Boden bot Berendina einen prächtigen Anblick. Jeder Zoll eine Primaballerina: hohe, glatte Stirn, auf der ich nie auch nur das leiseste Runzeln gesehen hatte ... schrägstehende Katzenaugen unter fast senkrechten Augenbrauen, die sie in dieser Position gar nicht runzeln *konnte* ... obligatorisch sichtbare Wangenknochen, die jeden Moment die straffe Haut durchstoßen konnten ... keine Wangen ... dominierende Nase: lang, schmal, gebogen ... hochmütiges Kinn, das wie von Fischbeinstäben im Hals hochgehalten wurde ... und dann diese abwärts zeigenden Mundwinkel, die ihr paradoxerweise eher einen unbestimmt lächelnden als einen mißmutigen Ausdruck verliehen ...

Ein Rasseweib.

Natürlich kam es vor, aber eigentlich brauchte ihr Gesicht nicht nachgemalt zu werden. Es sprach für sich selbst. Beertje mußte durch ihr Äußeres zum Ballett getrieben worden sein. Ihr Gesicht hatte sich ihrem Beruf nicht erst anpassen müssen, es war genau andersherum gelaufen. In der Baron van Tuyll van Serooskerkenstraat hatte eines Tages ein kleines Mädchen, das den Kinderspeck zu verlieren begann, in den Spiegel geschaut und sofort gewußt, was es später werden wollte ... Obschon ich mir in boshaften Momenten, wenn ich an meiner Liebe zweifelte, gelegentlich sagte, daß ihr Gesicht diese spezielle Form durch das viel zu straff zurückgekämmte und durch eine Unzahl von Klemmen, Klammern und Clips gehaltene Haar bekommen hatte.

Wie es sich gehörte, hatte sie kaum Busen. Ihre Brüste waren nicht mehr als flache Hügel. Und so eine Stelle zwischen ihren Schenkeln, an die ich bei einem Mädchen sonst meist als erstes dachte, konnte ich mir schon gar nicht vorstellen, jedenfalls nicht als begehrenswertes Objekt. Sie verbarg dort lediglich eine überaus praktische elastische Hautfalte, die es ihren Beinen ermöglichen mußte, wie ein Zirkel größtmögliche Kreise zu beschreiben und auf dem Boden manchmal eine horizontale gerade Linie zu bilden: eine praktische Einkerbung, die der Schöpfer dort aus künstlerischer

Kollegialität äußerst raffiniert angebracht hatte. »Aber klar ist euere Beertje eine Frau zum Küssen«, meinte einmal ein Bekannter von Thjum. »Nur nicht direkt ... wie soll ich das sagen ... über die Fingerspitzen.«

In dieser hoheitsvollen Gestalt verbarg sich jedoch, vielleicht nur für mich sichtbar, noch immer das zehnjährige Mädchen, das ihr leidenschaftliches Spiel nicht unterbrechen wollte, um daheim pinkeln zu gehen, und sich daher – ohne daß ihr die Geste recht bewußt wurde – im wahrsten Sinne des Wortes zudrückte. So fest, daß es schien, als wolle sie sich selbst hochheben ... Nach und nach flog der Oberkörper zurück, schob sich der Bauch vor, und dann kam das Trippeln auf der Stelle.

So oft griff sich Beertje beim Spielen durch die Kleider zwischen die Beine, daß sich der Abdruck jener Wölbung, die so makellos in ihre Hand paßte, mit der Zeit im Stoff ihres Kleides oder Rocks abzeichnete.

Sie drückte nicht mit der ganzen Hand, sondern benutzte nur die drei mittleren Finger. Daumen und kleiner Finger blieben gespreizt, was das Bild mancher Babys wachrief, die ebendiese Finger in den Mund stecken, während die beiden anderen über die Wangen streicheln.

Bei Beertje bekam der Drang zu pinkeln gar nicht erst die Gelegenheit, die Form eines Gedankens anzunehmen (»Ich muß aufs Klo«) ..., nein, ihre Hand war schneller als jeder Gedanke: Sie drängte das Bedürfnis an seinen Ursprung zurück, in den Körper hinein, bis das lästige Gefühl vergessen wäre ...

Wie schnell sie manchmal die Hand wechseln konnte!

Ab und an erforderte das Spiel jedoch, daß sie beide Hände frei hatte. Dann schob sie ihre Schenkel aneinander hoch, wobei sie ein Bein nach dem anderen anhob, als klettere sie an einem Seil oder einer Stange hinauf.

Wurde es ganz schlimm, so bewegten sich ihre Finger scherenförmig, um den Spielverderber außer Gefecht zu setzen.

Die Doppeldeutigkeit dieser Gebärde entging mir nicht. Sie war verhüllend, schützend und zugleich schamlos exhibitionistisch.

Einmal hatte sie das Wasser zu lange zurückgehalten, so daß selbst der Druck ihrer Hand nichts mehr auszurichten vermochte. Solcher Übermacht war keine Scham gewachsen. Beertje kapitulierte, hockte sich hin – ihr Höschen plötzlich ein schmetterlingartiges Etwas zwischen ihren Fußknöcheln – und ließ sich gehen, mit verengten Augen. Der klare Strahl bohrte eine kleine Mulde in den harten Sandweg, und unter ihr erschien ein rasch davonschießender Stern, dessen einer schaumiger Ausläufer zitternd auf mich zukroch.

Es war winterlich kalt. Beertje produzierte außer diesem Strahl auch einen feinen Nebel, der um sie aufstieg, wie um sie den Blicken zu entziehen. Was mich jedoch am tiefsten berührt haben mußte, war der gar nicht mal so laute Seufzer, mit dem Beertje ihrer Erleichterung Ausdruck gab.

Als es vorbei war, blieb sie noch einen Augenblick hocken, wobei es schien, als erschauere sie kurz: Sie entledigte sich des letzten Tropfens. Erst als dieser gefallen war, bekam die Scham wieder eine Chance. Beertje zog Höschen und Strumpfhose hoch und rannte schnell von uns weg . . .

Seitdem hatte ich ihre Hand nie mehr an dieser Stelle gesehen. Als sei sie sich einer Sache bewußt geworden. Beertje wurde »keusch« . . .

Bei Thjum bezog sich das Zögern weniger auf eine bestimmte Person als vielmehr auf die Liebe selbst.

Ja, so etwas wie ein Mentor trat auf den Plan – Boris, Thjum kannte ihn vom Canisius –, aber auch der war nicht forsch genug. Er studierte, wie wir, Philosophie. Eine dünne Latte mit schwarzen Sommersprossen und einem großen, schlaffen, vor allen Dingen *formlosen* Mund; der Nachkömmling des alten Chefs eines Klaviertransportunternehmens: *Van Buschbasch – mit Ihren Tonleitern die Treppen rauf und runter.* (Der Mann war über sechzig und mehrfacher Opa, als seine mittelalte Frau ihm noch ein Kind schenkte.) Nachdem Boris eines Tages seinen Vater, der mittlerweile in den Achtzigern war, von seiner sexuellen Veranlagung in Kenntnis gesetzt hatte, verstieß der Alte seinen Sohn, indem er unverzüglich dessen

Gesicht auf allen Familienfotos mit Kugelschreiber blau übermalte. Abends fand Boris neben der Mülltonne sämtliche Geschenke, die er dem Mann im Laufe der Zeit zu dessen Geburtstag und zu Nikolaus gemacht hatte. Zimmerpflanzen, Leselampe, Vogelkäfig, Stehaschenbecher mit Drehmechanismus ... Die Unversöhnlichkeit dieser Geste entging ihm nicht und war ein Schlag ins Gesicht, zugleich aber empfand er es als Sünde, die noch brauchbaren Gegenstände wegzuschmeißen. Mit Tränen in den Augen wählte er aus und schleppte, was ihm gefiel, im Zug nach Nimwegen, wo er sein Zimmer damit einrichtete.

Jahre später, halb blind, fühlte der alte van Buschbasch beim Betrachten der Familienfotos mit den Fingerspitzen die Unebenheiten, die der Kugelschreiber in das Fotopapier gedrückt hatte – und bereute. Zweifel meldeten sich. Vielleicht war Boris' Entartung ja das Resultat seines eigenen altbackenen Samens, mit dem er in dem Alter nicht mehr so verschwenderisch hätte umgehen dürfen ... Hatte er, in der guten alten Zeit der sublimierten Triebe, nicht mal gehört, daß ... ähm ... Homosexuelle häufig künstlerisch veranlagt waren und sich nicht selten zu großen Künstlern entwickelten? Einige Wochen zuvor hatte er den Auftrag erhalten, als letztes Möbelstück eines Hausrats einen kostbaren Bösendorfer zu transportieren. Die angegebene Adresse erwies sich als nicht existent, während der Auftraggeber mittlerweile unbekannt verzogen war. Van Buschbasch – »mit Ihren Tonleitern die Treppen rauf und runter« – ließ das Klavier, nachdem er es sicherheitshalber noch eine Weile aufbewahrt hatte, von seinen eigenen Leuten bei seinem Sohn abliefern, auf daß dieser seine widernatürlichen Begierden sublimiere – offenbar ohne sich klarzumachen, daß der Junge nie Klavierstunden gehabt hatte und nicht einmal wußte, wo die Tasten für die ersten Takte von *Für Elise* lagen.

Im Souterrain saßen sie sich in den hohen Sesseln gegenüber und sprachen über alles außer über Thjums Schwellenangst. Boris war ein Pedant. Nicht anzuhören, mit seinen halbverdauten östlichen Weisheiten. Er saß auf der äußersten

Kante des Sessels, hatte die mageren Unterarme auf die mageren Oberschenkel gelegt und bewegte beim Sprechen unaufhörlich den Rumpf vor und zurück. Es war ein Nicken – nicht nur mit dem Kopf, sondern mit dem gesamten Oberkörper, wobei der Rücken kerzengerade blieb; der Drehpunkt des Rumpfes befand sich in der Hüftgegend. Ein leises Wiegen, wie bei starken Bauchschmerzen . . .

Der Winkel, den Boris sich bei dieser Nickbewegung zugestand, war so klein, daß Dritten das Geschaukel erst nach einiger Zeit auffiel. Trotzdem wirkte es offenbar so ansteckend, daß Thjum diese Angewohnheit allmählich übernahm – unbewußt. Und so saßen sie sich dann ganze Nachmittage lang gegenüber: sich genau gleichzeitig vorbeugend . . . und wieder zurück . . . als stießen ihre Körper sich in einem bestimmten Bereich gegenseitig ab: zwei Magneten, die einander die falsche Seite zuwenden. Vor, zurück . . . gemessen, wie zwei Damen bei einem Teekränzchen.

In dieser Haltung war Thjum die perfekte Verkörperung seines eigenen Zögerns.

Thjum war nicht mager, sondern schmächtig. Sein Körper besaß das Wehrlose und Schwächliche, das ich mir selbst immer gewünscht hatte.

Eines Freitagabends, im Sommer, wurden wir, beide elf Jahre alt, nach der Hühnersuppe und den Lattis von seinen damals noch zusammenlebenden Eltern auf einen Spaziergang mitgenommen. Sie gingen hinter uns. Wir trugen kurze Hosen.

»Schau doch nur«, hörte ich Mevrouw Schwantje-Zeligman zu ihrem Mann sagen, »was für schöne, stramme Oberschenkel Albert im Vergleich zu unserem Thjummus hat . . . und so schön braun! Verglichen damit hat unser Sohn nur weiße Stöckchen. Stimmt's oder stimmt's nicht?«

August bestätigte es, abwesend.

Thjum, der mir gerade in heftigem Ton etwas erzählte, hatte nichts gehört, ich jedoch empfand das Kompliment als Demütigung. In meinen Wangen brannte die Eifersucht: Ich war neidisch auf Thjums zerbrechlichen Körper, aus dem er herauszuholen verstand, was darin steckte. Mühelos lief ich mit meinen »schönen, strammen Oberschenkeln« schneller als er, doch mein Sieg schmeckte mir nicht. Ich war neidisch auf Thjum, der sich atemlos auf den Waldboden fallen ließ ... neidisch auf seine Erschöpfung ...

Etwas später an jenem Abend rannten wir zwischen den Kiefern des Villaparks herum, wo Mevrouw Schwantje-Zeligman noch einmal ihren Lieblingsplatz für ein neues Haus besichtigen wollte. Ich lief draufgängerischer als sonst ... Thjum anrempelnd ... bis ich schließlich über eine Baumwurzel stolperte und längelang auf den mit Nadeln übersäten Boden fiel. Ich spürte einen stechenden Schmerz in meinem linken Oberschenkel, kurz wie bei einer Spritze gegen Heuschnupfen. Auf halbem Wege zwischen Leiste und Knie entdeckte ich eine stecknadelkopfgroße Wunde, auf der sich lustlos ein Blutbläschen bildete. Thjum gewann johlend den Endspurt.

In den darauffolgenden Wochen begann die Stelle über der kleinen Wunde, die mittlerweile ungesund violett aussah, anzuschwellen. Im Bein ständig ein fiebriges Gefühl. Es eiterte da. Jeden Abend hielt meine Mutter eine Stopfnadel in die Gasflamme, woraufhin sie mit der saubergebrannten Spitze die Wunde aufstach. Sie knetete die geschwollene Stelle und drückte wie aus einer Tube weißgelben Eiter heraus, jeden Tag mehr.

Der Hausarzt, den wir schließlich konsultierten, stocherte zu meiner Bestürzung mit einer Pinzette in der Öffnung herum. Aus der kleinen Wunde wurde schon bald eine richtige. Mit Eiter vermischtes Blut strömte nach links und nach rechts: zwei Strahlen, die sich an der Unterseite des Beins trafen. Zu unserem größten Erstaunen zog der Arzt eine lange Kiefernnadel heraus – eine doppelte: schlaff und braun geworden, halb aufgelöst, aber die beiden Nadeln waren noch miteinander verbunden ... Der Arzt, selbst erstaunt, hielt den garstigen Zweizack ins Licht.

»So scharf sind die Dinger also ...«

Stolz auf den dicken Verband, der meinen ganzen Oberschenkel bedeckte, wartete ich auf Thjum vor dessen Schule.

»Ich bin operiert worden. Mein Bein war total verfault.«

Manchmal, wenn ich nach einer verluderten Zeit und achtlosem Fasten spürte, daß ich an Gewicht verlor, bildete ich mir ein, das Schmächtige und Schwächliche von Thjum zu haben.

Ich täuschte mich. Ich war zu breit. Mein kräftiger Körperbau stand mir im Weg. Nichts schien lächerlicher als jemand mit meinen Schultern in der Rolle des schwächlichen Jünglings. Thjums Statur hätte vielleicht den Dichter aus mir machen können, für den ich manchmal gehalten wurde. Mein Brustkorb war zu breit für Poesie . . .

O ja, ich wollte leidenschaftlich in die Welt eingehen, an ihr *teilhaben*, anstatt nur ein Teil ihrer zu sein. Gleichzeitig jedoch wollte ich das Engelchen bleiben, der untadelige kleine Junge, Mutters Liebling, in dessen Frätzchen sich kein Charakterzug einkerben durfte . . .

Ich wollte in die Welt eingehen, durfte von ihr jedoch weder angetastet noch angefressen werden. Am liebsten sollte die Zeit zahnlos an mir vorbeiziehen. Und wenn es denn wirklich nicht zu umgehen war, sollte eben an mir gelutscht werden wie an einem sauren Bonbon, damit ich schmerzlos und unmerklich dahinschwand . . . um schließlich, mit achtzig oder neunzig Jahren, ahnungslos zu zerfallen . . .

3

Thjum und mir wurde in zunehmendem Maße klar, daß wir das prachtvolle Haus am Berg en Dalseweg ausschließlich mit unserer Tatenlosigkeit füllten. Offiziell studierten wir zwar noch, hatten jedoch aufgehört, allzu komplizierte Fragen zu stellen, so taub stellte die Welt sich. Man mußte ja bereits einen derart großen Teil des Lebens darauf verwenden, über dessen sinnvolle Nutzung nachzugrübeln; damit hatte man schon den ganzen Tag zu tun . . .

Zum Glück gab es den Alkohol, um uns ab und an das Gefühl zu vermitteln, daß Bewegung in unserem Leben war. Die Sonntage und Samstage wurden immer dehnbarer, vorwärts und rückwärts, bis sich die Wochenenden schließlich *über den Mittwoch hinweg* die Hand reichten.

Um irgend etwas auf die Beine zu stellen, um nicht ganz im Treibsand unserer Lethargie und allwöchentlich wiederkehrenden Frühjahrsmüdigkeit zu versinken, mußten wir doch wieder *unter* uns greifen . . . Hauptsache, wir mußten uns nicht auf die Pedale stellen. Nur für Dinge, die sich unterhalb unseres Hauses befanden, hatten wir noch Puste übrig.

Ja, soweit war es bereits mit uns gekommen: daß wir Reliquien stehlen mußten, um unserem Pfaffenhaß Luft zu machen. Und was mich betrifft, war selbst dieser Haß vorgetäuscht, so daß nur der Jux als Grund übrigblieb. Thjum entpuppte sich in diesen Dingen als wesentlich fanatischer. Ohne ihn wäre ich nicht einmal auf die Idee gekommen. Okay, er hatte von den Jesuiten auch mehr Prügel bezogen, und das, obwohl er bis zu einem gewissen Grade jüdisch erzogen worden war . . . Wie dem auch sei: Ich ließ mich von ihm mitreißen und dachte wie er, daß unsere Tat von großer Originalität zeuge und alles andere als ein Studentenstreich sei.

Wir steckten zu tief drin, um uns klarzumachen, daß wir Rückzugsgefechte lieferten – übrigens ohne je an der Spitze marschiert zu sein. In Nimwegen hatten sich, wie sich zeigte, die Reihen bereits so gelichtet, daß es Zeit war, die Köche und die Marketenderinnen und die Narren einzusetzen. Wir waren müde: Mit unseren Ausfällen war es immer weniger weit her. Scheingefechte, mehr nicht. Schwache Versuche, die Langeweile und Borniertheit zu tarnen.

Außer unserer eigenen Langeweile blieb nichts übrig, wogegen man hätte angehen können. Wir hatten uns in gottvergessenen Arbeitsgruppen von einem marxistischen Standpunkt gegen die üble Geldscheffelei von Unternehmen wie das *Big-B-Oss* gewandt und von einem Niemandsland zwischen diesen beiden Welten aus Position gegen einen zu extremen Marxismus bezogen. Wir hatten mit der Religion abgerechnet, ohne Gott ganz aus dem Universum wegdenken zu können. Was konnte uns noch begeistern angesichts unserer eigenen Literatur, die schon zehn Jahre lang nichts mehr darstellte, und angesichts einer Musik, die sich roh Zugang zu einem verschaffte, deren Melodien aber zu simpel, deren Rhythmen zu grob und deren Texte einfach nur schwachsinnig waren?

Wahrscheinlich waren wir zu jung, um uns mit soviel Stillstand abzufinden. Verspielte Katzen sehen in jedem Wollknäuel eine Beute. Es ging nur noch darum, zumindest den Anschein von Unruhe ins eigene Leben zu bringen. Bewegung um der Bewegung willen. Angetrieben wurde damit nichts.

Thjum hielt seine Privatrache für eine Angelegenheit von allgemeinem Interesse, und ich folgte ihm, denn mit Stubenhockerei erreichte man auch nichts. So mutig wir uns mit dem Recht auf unserer Seite auch fühlten, waren wir doch feige genug, ausgerechnet Ende März loszuziehen. Sollte man uns erwischen, so konnten wir den Einbruch immer noch für einen Aprilscherz ausgeben.

Die Reliquien befanden sich im Canisius-Kolleg, wo Thjummi sechs Jahre lang Tag und Nacht unter der Knute der Jesuiten gelebt hatte – genau die Zeit, die ich ihn als Busenfreund fast ganz hatte missen müssen. Zu Beginn des neuen Jahrzehnts – kurz nach Thjums Abitur: »Als ob sie mich, verdammt noch mal, erst meine Strafe absitzen lassen wollten« – hatten die Pater das Internat aufgelöst, doch als Schule war das Gebäude immer noch in Betrieb.

Damit uns nicht alle möglichen Lehrer und Schüler in die Quere kamen, suchten wir uns für unser Vorhaben einen Mittwochnachmittag aus: den letzten im März, perfektes Timing, denn der folgende Tag war der 1. April.

Stärker noch als sonst hatte ich an jenem Nachmittag das Gefühl, daß wir uns zum Canisius *hinabließen* - ungefähr so wie Tiefseetaucher sich hinablassen, um ein gesunkenes Kauffahrteischiff auf Schätze hin zu untersuchen. Wir hatten etwas Gegenwind, brauchten aber nicht zu treten. Wir begegneten einem Auftrieb, so stark wie der von Wasser.

Minuten später und Meter tiefer kam die Prachtfassade in Sicht. Ich erinnerte Thjum daran, daß Leute mit großem Sachverstand sie als »Höhepunkt im Anstaltsbau« bezeichnet hatten.

»Aber doch wohl mit der Betonung auf ›Anstalts-‹«, höhnte er. »Gebaut zu keinem anderen Zweck, als drinnenzuhalten, wer drinnen ist, und draußenzuhalten, wer draußen ist.«

»Ich als Laie würde sagen: Neurenaissance. Was mir noch als mildes Urteil erscheint . . .«

»Weiß Gott. Aber wir sind ja nicht gekommen, um den Baustil zu knacken.«

Der Backstein, aus dem das Kolleg erbaut worden war, wirkte mal orange, mal rot, je nach Wetterverhältnissen und der Stimmung des Betrachters. Ein Glück, daß das Bauwerk fast ganz am unteren Ende des Berg en Dalseweg lag. Wer von oben kam, war meist im Nu daran vorbei. Am Rande des Blickfelds huschte ein roter Schimmer vorbei, zu kurz, um irgend jemandem Kopfschmerzen zu bereiten. Für den Rückweg wählte jeder vernünftige Mensch eine andere Strecke.

Doch an jenem einundreißigsten März blieb uns nichts anderes übrig. Wir fingen beizeiten an zu bremsen . . .

Am Tor lungerte eine Handvoll Schüler herum. Sie hatten es sich bequem gemacht, hockten in gemütlicher Haltung auf ihren Mofas, als wären es die komfortabelsten Sessel: Lenker im Rücken, Schultasche als Kissen, Beine über dem Sattel . . . Sie waren so beschäftigt mit dem Weiterreichen einer qualmenden Fackel, daß sie den beiden verschwitzten Studenten keine Beachtung schenkten, die ihre Fahrräder am Gitterzaun anketteten. Thjum gab mir die Plastiktüte mit dem Werkzeug, und wir betraten den Kiesstreifen zwischen der Umzäunung und dem Gebäude.

Es war schwer vorstellbar, daß sich hinter dieser billigen Theaterfassade von der Länge einer halben Straße Flure und Klassenzimmer erstreckten. Ich wäre nicht im mindesten überrascht gewesen, mich nach dem Eintreten durch die hohe Tür wieder im Freien zu befinden – zum Beispiel am Rand der Sportplätze, auf denen Thjummi sich in kurzer Hose einen abgefroren hatte, ohne sich der archäologischen Schätze unter seinen Turnschuhen bewußt zu sein.

»Hier ist es ja schon genauso wie in Rom«, sagte er, nachdem er später in der Zeitung davon gelesen hatte. »Katholische Bauwerke einfach auf antike draufgesetzt. Genau das richtige für ein Gymnasium heutzutage: unter der Obhut von ein paar Patern Kirchenlatein auf den Resten einer untergegangenen Kultur runterbeten. Nichts weiter als ein kastriertes Echo, dieses Latein . . .«

Um uns selbst das Gefühl zu geben, endlich die Blendfassade zu durchbrechen, gegen die wir schon so lange anlebten, drangen wir in die Schule ein. Von der Doppeltür war nur die eine Hälfte verschlossen . . . und die Theaterkulisse schirmte tatsächlich eine überdachte Welt ab. Wie Thjum prophezeit (oder sich ausgerechnet) hatte, stand hinter der Loge links in der Eingangshalle ein leerer Stuhl. An einem Saughaken an der Glasscheibe hing ein kleines Schild mit Telefonnummern, das offensichtlich Bruder Pförtner ersetzte. Daneben hing ein Wandtelefon, das mit 25-Cent-Stücken bedient werden konnte.

Jenseits einer Glaswand, in der wir die Türen nur aufzustoßen brauchten, verzweigten sich die Flure. Kein Mensch zu sehen, kein Schritt zu hören. Es war schummrig und kühl. Thjum atmete den Geruch hörbar ein. Vor meinen Augen schrumpfte er – nein: *wuchs* er – zu dem kleinen Jungen, der einst von seinem Vater in dieses Labyrinth von Korridoren, Pfeilern, Nischen, Schlafsälen, flatternden Kutten und Rosenkränzen geschickt worden war. Mir ging plötzlich auf, daß wir im Begriff waren, in den mysteriösen Irrgarten einzudringen, in dem sich seine Homosexualität entwickelt hatte. Vielleicht war das ja der tiefere Grund, weshalb ich ihm auf seinem merkwürdigen Rachezug folgte. Neugier . . .

Thjum ging mir in die Richtung voran, in der sich die Kapelle befinden mußte. Er lief schnell, mit etwas zu selbstsicheren Schritten: Der einstige Internatszögling wollte mir zeigen, daß er den Grundriß des Gebäudekomplexes noch kannte wie seine Westentasche.

Während wir tiefer in das Labyrinth vorstießen, wurde auf einmal ein vielstimmiges Gemurmel vernehmbar. Es klang wie ein Kirchenchor, der die Kehlen stimmt . . . Jeden Augenblick erwartete ich ein abschließendes Räuspern, woraufhin der Gesang einsetzen würde.

Thjum drehte sich nach mir um. »Verdammt, die werden doch wohl nicht ausgerechnet jetzt proben . . .? Albert, sag, daß es nicht wahr ist.«

»Für Ostern vielleicht . . .«

Wir blieben einige Sekunden stehen und lauschten angestrengt. Das gregorianische Stimmengewirr wehte durch so viele Flure und bog dabei um so viele Ecken, daß es uns flach und verschwommen erreichte. Für Gesang war es zu schnell, und für einen Bittgottesdienst fehlte ihm die Monotonie. Sofern der schwermütige Unterton es zuließ, hatte das Gemurmel von Zeit zu Zeit sogar etwas Aufgekratztes . . .

»Jetzt will ich's aber wissen«, sagte Thjum und führte mich in einen Nebenflur. Das Geräusch wurde stärker. Nun klang so etwas wie *Schlagzeug* durch . . . dumpfe Klingeltöne hörte ich auch . . . das Scharren von Holz über einen Steinfußboden, stark verzerrt . . . dann plötzlich ein hohles Opernlachen: »Ho-ho . . .!«

Es schien nicht aus einer bestimmten Richtung zu kommen, sondern eher aus den Wänden, dem Fußboden, der Decke . . . es bewegte sich über alle Treppen gleichzeitig hinauf und hinunter . . . waberte träge durch das Gewirr von Korridoren und umspülte uns.

»Es dürfte wohl klar sein, daß sie irgendwas proben«, sagte Thjum. »Auch wenn ich wenig Musik darin entdecken kann.«

Am Ende des Flurs, in den wir schließlich eingebogen waren, zog er eine gewichtig aussehende Tür auf. An einer Treppe entlang schauten wir in einen kellerartigen Raum – weißgekalkt, bis in halber Höhe dunkel getäfelt –, in dem an langen Tischen Ignatius von Loyolas Jünger das Mittagsmahl einnahmen. Sie saßen auf Bahnhofsrestaurantstühlen aus grauem Plastik unter grellem Neonlicht. Die meisten Pater hatten die Ärmel ihrer Kutten bis zum Ellbogen hochgekrempelt; der eine oder andere hatte sich eine Serviette in den Kragen geklemmt. Mit den Tischmanieren nahmen sie es nicht so genau: Wer seine Hände zum Gestikulieren benötigte, knallte Messer und Gabel über Kreuz auf seinen Teller; und wer Aufmerksamkeit wollte, klopfte mit Hilfe seines Löffels das Angelus an seinem Wasserglas.

Pater wie Brüder waren so beschäftigt mit ihrem Essen und miteinander, daß keiner uns bemerkte. Niemand sah auf. Wir standen ihren kahlen Hinterköpfen Auge in Auge gegenüber – bei diesem etwas nackter als bei jenem, und hie und da mit zurückgekämmtem Haar vertuscht –, die uns freundlich entgegenblinkten. Man hätte um ein Haar zurückgezwinkert . . .

»Schau sie dir an, wie die sich den Wanst vollschlagen, diese ungehobelten Kerle«, sagte Thjum, doch leicht erschrocken. »Die ganze Meute am Freßtrog. Wenn man daran denkt, wie überkorrekt sie vor dem Altar ihr letztes Abendmahl zelebrieren . . . und dann sieht, wie rüpelhaft sie sich hier aufführen. Man könnte tatsächlich an eine Probe denken . . . eine erste, skizzenhafte . . . in Hemdsärmeln. Da hinten sitzt Bruder Barbier. Der mit den glänzenden Haaren . . . siehst du ihn? Paß auf: Der setzt seine Gabel genauso präzise in sein Rindfleisch wie früher die Haarschneidemaschine an meinen Nacken . . .«

Er schloß leise die Tür und winkte mir, ihm in die Verlängerung des Flurs auf der anderen Seite des Hauptkorridors zu folgen.

Gotteshäuser standen jedermann offen. Solange wir nichts demoliert oder gestohlen hatten, konnte unsere Anwesenheit in der Kapelle keinen Verdacht erregen.

Hier war es kühler als in den Fluren, und diese Kühle – im Zusammenwirken mit dem Geruch gelöschter Kerzen, der sich mir auf den Magen legte – bewirkte, daß ich die Trübe des Katers wieder in mir spürte. Das letzte Wochenende, das vergangene Nacht zu Ende gegangen war, hinterließ einen Nachdurst, der erst am morgigen »langen Donnerstag« nach Geschäftsschluß gelöscht werden durfte. Hätte ich mich in diesem Augenblick selbst charakterisieren müssen, so wäre ich wahrscheinlich nicht weiter gekommen als: »Eine Person zwischen zwei Wochenenden . . .«

An der Steifheit meiner Gelenke konnte ich spüren, daß der Alkohol noch wie ein Gift in mir steckte. Ein ganz ordinärer Studentenkater . . . Ich fühlte, wie die Ringe unter meinen Augen brannten. Und nun, da die Kühle auf meinen Kopf einwirkte, wußte ich plötzlich, warum kein einziger zärtlicher Gedanke an Beertje an diesem Tag meinen Widerwillen und meine Gewissensbisse zu lindern vermocht hatte. Am Freitag würde meine jugoslawische Freundin zu ihrem alljährlichen zweiwöchigen Besuch in Nimwegen eintreffen . . . Sie war nicht übel, aber sie kam ungelegen. Als mir endlich bewußt geworden war, daß Berendina Schwantje einen nicht ausschließlich zum Tanzen bestimmten Körper besaß, war es zu spät, der anderen abzusagen. Ich sah ihrem Kommen mit Grausen entgegen. Noch zwei Tage . . . Mir würde schon etwas einfallen.

Ich ging dicht hinter Thjum. Sein Haar zeichnete sich in unzähligen feinen Linien gegen das Bleiglasfenster über dem Altar ab, so daß er wie ein Heiliger einen Lichtkranz um den Kopf trug. Wir bewegten uns langsam, fast feierlich zwischen den beiden Bankreihen hindurch, wie frischgebackene Erstkommunikanten. Es fehlte nicht viel, und ich hätte die Hände gefaltet . . . Vielleicht hielt mich nur die Plastiktüte davon ab.

Rechts vom Altar stand die Vitrine mit den Reliquien: ein gläserner Sarkophag, in dem als einzige Überreste des Toten Schuhe und Wanderstab lagen.

»Genau das, was ein Selbstmörder am Rande des Wassers zurückläßt«, sagte Thjum.

Wir schauten eine Weile schweigend auf die Gegenstände hinter dem entspiegelten Glas. Die Schuhe, die vom Zuschnitt her an Pantoffeln erinnerten, befanden sich in stark verwittertem Zustand: Das dunkelbraune, fast schon schwarze Leder war über die gesamte Oberfläche brüchig, hier und da eingerissen und mit ausgefransten Bindfäden zusammengehalten. Ausgebeult, ausgelatscht, bis zum Gehtnichtmehr zusammengeflickt . . .

Zwischen Ikonen, die als solche erkennbar waren, und Reliquien, denen man die Zugehörigkeit zu diesem oder jenem Heiligen – Knöchelchen, Haarbüschel, Gebrauchsgegenstände – erst attestieren mußte, lagen Welten . . . Würde gab den Reliquien erst der Schaukasten, und um ihn herum die Kapelle, die ihrerseits wieder vom Jesuitenkolleg umschlossen wurde, und so weiter. Ohne seinen Satinuntergrund wäre der Stock schon längst in den Ofen geflogen und das Schuhpaar in den Kanal, als Beute für Freizeitangler.

Thjum gab ein verächtliches Schnauben von sich. »Da könnte genausogut eine mumifizierte Wurst vom Canisius liegen«, meinte er. »Heiligenverehrer haben mich eigentlich schon immer an Schmeißfliegen erinnert . . . die sitzen auch andächtig auf ihrem Häufchen. Wenn du die Ohren aufmachst, dann hörst du den Vorsänger, dem der Chor nachplappert . . .«

Doch auch uns ließen die Gegenstände nicht kalt – sonst hätten wir hier nicht gestanden. In der Vitrine lagen der Stock und die Schuhe, die Thjum geschlagen und getreten hatten.

»Gib mir mal den Glasschneider«, sagte er.

Aus der Plastiktüte – in der etwas Puscheliges über meinen Handrücken strich – förderte ich das gewünschte Werkzeug zutage und legte es Thjum in die ausgestreckte Hand. Daheim hatten wir tüchtig geübt: Das Ding war durch die Scheibe im WC geglitten wie durch Butter.

Doch das Glas der Vitrine erwies sich als dicker. Die scharfen kleinen Räder griffen nicht. Sie produzierten lediglich ein paar Kratzer an der Seitenwand. Thjum sah rasch ein, daß es ihm nicht gelingen würde, eine makellos runde Öffnung wie an einem Brutkasten hineinzuschneiden, und steckte das Gerät in die Hosentasche.

»Den Hammer«, flüsterte er heiser.

Ich reichte ihm den Tischlerhammer.

»Den Handschuh.«

Wie abgesprochen sollte Thjum, um das Geräusch des Schlags zu dämpfen, eine Wollsocke über den Hammerkopf ziehen. Offenbar hatte er sich für seinen Handschuh entschieden. Zwischen Daumen und Zeigefinger fischte ich das Kleidungsstück aus der Tüte, als ekelte ich mich davor – doch diese Geste hatte eher etwas mit Ehrfurcht zu tun.

Eines Abends hatte eine Bekannte aus der Nachbarschaft beim Ausführen des Pudels ihrer Mutter schnell noch auf einen Sprung bei uns reingeschaut, war nach diesem »Sprung« aber nicht wieder gegangen. Der Hund hatte die ganze Nacht lang nervös – und nervtötend – mit seinen Krallen auf meinem Parkettfußboden herumgekratzt. Als Elly am nächsten Morgen unter der Dusche stand, rief die Mutter an, um sich nach dem Verbleib – nicht ihrer Tochter, sondern des Hundes – zu erkundigen. Außer sich vor Freude auf das Wiedersehen mit Frauchen war der dicke Pudel, nachdem ich die Tür geöffnet hatte, mit einem Handschuh von Thjum im Maul auf die Straße gerannt. Wir hatten »Quispy« nicht zur Vernunft bringen können – und so war ein Kleidungsstück meines Hausgenossen einem unbedeutenden Abenteuer zum Opfer gefallen, das nie eine Fortsetzung gefunden hatte.

In dem übriggebliebenen Handschuh, Scheide mit vielen Eingängen, holte sich Thjum seitdem regelmäßig einen runter. Ich wußte das, weil er den immer steifer werdenden Lumpen, feucht oder nicht feucht, überall herumliegen ließ. Er hing mittlerweile daran wie ein kleines Kind an seinem Teddybär. Ich stellte mir vor, wie sich seine gespannten Finger um die Wollfinger schlangen, von denen nur einer gefüllt war, während die anderen tot und leer blieben. So verkrampft trug nur ein Bräutigam auf dem Weg zum Haus der Braut seinen Handschuh in der Hand . . .

Das Kleidungsstück spielte in der Zeit von Thjums großem Zögern eine wichtige Rolle. Es führte zu Ende, was während der Nick-Sessions mit Boris unvollendet geblieben war. Auf eine solch unübliche Art und Weise benutzt, rief es seltsame, romantische Worte in Erinnerung wie: »Handschuhehe«.

Welchen Unbekannten, so fragte ich mich manchmal, verkörpert dieser gesättigte Lumpen?

Als ich ihn Thjum vor dem Altar reichte, war ich ihm wieder so nah wie damals in der Baron van Tuyll van Serooskerkenstraat, als ich die Papphülse, noch warm von Flix, an ihn weitergereicht hatte. Dies war das Zentrum und gleichzeitig der Endpunkt des Labyrinths, in das wir uns vorgewagt hatten: fünf Sackgassen . . .

Ein Dieb hätte seine Hand bekleidet, Thjum zog den Handschuh über sein Einbrecherwerkzeug – und durch diese unerwartete Geste konnte sich das Kleidungsstück plötzlich in alles verwandeln. Die Klaue des im spröden Material verschwindenden Hammers rief für einen Moment das Bild eines Jagdfalken wach, der mit einer Kappe über dem Kopf auf der Hand eines Edelmanns sitzt. Ein Henker in Gestalt eines Vogels. Und als die leeren Finger, steif von Thjums getrocknetem Samen, aufrecht stehen blieben, verwandelte sich der Hammer augenblicklich in eine Narrenpritsche. Beim Erheben dieses Scherzzepters, das mit dem kleinen Finger vorauszeigte, berührte der Daumen fast unmerklich Thjums Nasenspitze. Es war keine bewußte Geste, doch die Bedeutung dieser langen Nase konnte mir unmöglich entgehen.

Thjum klopfte vorsichtig mit dem eingepackten Hammer ans Glas. Aber es wollte kein Spinnennetz entstehen wie in der Schaufensterscheibe eines Juweliers, nicht einmal der winzigste Sprung . . . Plötzlich hoffte ich inbrünstig, wir müßten unverrichteter Dinge nach Hause ziehen.

»Scheiße«, sagte Thjum, und mit diesem Fluch verwandelte sich der Gegenstand in seiner Hand von einer Narrenpritsche in einen schweren Knüppel. Er gehorchte jetzt blindlings seinem Haß – ich sah es. Und ich beneidete ihn um diese Besessenheit. Was tat *ich* eigentlich dabei? Dieses Abenteuer stand nur ihm zu. Ich war lediglich sein Gehilfe.

»Verdammte Scheiße.« Er ließ den Knüppel mit solcher Wucht durch die Luft sausen, daß die steifen Finger sich krümmten und der Handschuh sich um den Hammerkopf zu ballen schien. Diese Faust zertrümmerte mit einem Schlag den größten Teil der senkrechten Glaswand. Thjum übertraf sich selbst. Hier ging ein aufgezwungener Glaube in die Brüche.

In der kleinen Kapelle wuchs eine Klangkathedrale gen Himmel. Der hl. Canisius rächte sich auf der Stelle mit einem Höllenspektakel. Aus allen Ecken und Winkeln zugleich erhob sich der Lärm, um uns zu zermalmen ... Die Kathedrale wuchs und wuchs und drohte aus ihrer Hülle zu bersten. Noch eine Sekunde, und die Kapelle würde explodieren ... Ich fragte mich, ob die perfekte Akustik möglicherweise entwickelt worden war, um die Reliquien zu schützen. Selbst als die letzte Scherbe und der letzte Splitter längst gefallen waren, pflanzten sich die Echos immer noch fort. Fast sichtbar, wie eine Herde Bergziegen, arbeiteten sie sich an Säulen und Nischen empor, um schließlich durch ein offenstehendes Dachfenster zu entweichen.

Thjum und ich standen wie angefroren in der daraufhin eintretenden Stille. Niemand erschien.

Nun, da er durch die letzte Wand gebrochen war, nun, da das Loch da war – sternförmig und dreist –, wurde Thjum plötzlich nervös und hektisch. Um nicht noch mehr Lärm zu machen, warf er den Hammer mitsamt dem Handschuh auf den Altar und steckte seine zitternde Hand durch die Öffnung. Er grapschte die jahrhundertealten Schuhe von ihrem Sockel und ließ sie in die Tüte gleiten, die ich ihm aufhielt. Mir kam alles hoch, ich mußte fast würgen angesichts der dunkelbraunen Lederklumpen: Ich konnte sie *riechen*.

Mit dem Stock hatte Theo Schwantje mehr Schwierigkeiten. So klein von Gestalt der hl. Canisius auch gewesen sein mochte, der Stock, der ihn gestützt hatte, war zu lang, als daß er durch das Loch gegangen wäre. Thjums Hand kämpfte mit dem Holzstück, mit dem er einst geschlagen worden war. So versessen war er auf diesen Stock, daß er unvorsichtig wurde. Beim Versuch, das begehrte Ding durch das Glas zu ziehen, verletzte er sich am Handgelenk. Die scharfen Ränder des Sterns schnitten tief in seine Haut. Aber selbst als sich das Blut in dicken Bändern um seinen Arm zu winden begann und auf den hellgrauen Satin in der Vitrine tropfte, wollte er noch nicht aufhören. Mir wurde angst und bange vor seinem Fanatismus. Er ging zu weit: Das hatte nichts mehr mit einem Streich zu tun ... Wir mußten hier weg.

»Thjum, komm mit. Jetzt reicht's. Du blutest wie ein Stier.«

»Warte ... noch eine Sekunde.« Der Stock schlug an die noch unversehrten Glaswände.

»Thjum, du verblutest gleich. Wozu die Mühe? Du hast doch die Schuhe ...«

Das Blut schien ihn aus seinem Racherausch zu reißen, für einen Moment war er unschlüssig. Dann zog er sein Holzfällerhemd aus, auch das T-Shirt, das er darunter trug, und wickelte es um seinen Arm. Das karierte Hemd zog er wieder an.

Ich hatte mich bereits zum Gehen gewandt, als er mich an der Schulter packte.

»Albert, die Bommel.«

Seine unversehrte Hand verschwand in der Tüte, wo die jahrhundertealten Heiligenschuhe mittlerweile eine andere Gestalt angenommen hatten, denn zum Vorschein kam ein Paar grellbunter Damenpantoffeln aus dem Woolworth: von einem ordinären Bonbonrosa, mit kanariengelben Nylonbommeln ... Das Preisschild hing noch daran. Thjum warf sie durch das Loch in die Vitrine.

»Unterzeichnet: Stadbauamt Nimwegen ... Abteilung Reliquienauswechslung«, murmelte er und segnete mit seinem verletzten Arm etwas ungelenk das neue Schuhwerk. Allerdings wurde seine Fähigkeit, die Welt im Handumdrehen in etwas Strahlendes zu verzaubern, durch seinen kaputten Arm beeinträchtigt – auch wenn er seine Schmerzensgrimasse als Triumphlachen verkaufen wollte.

Als wir wieder sicher im Freien waren und weiter talwärts radelten, zeigte sich, wie sehr ich meine Feigheit mit Besorgtheit verwechselt hatte. Jetzt, da Thjum sich unbedingt bei einer Erste-Hilfe-Station verbinden lassen wollte, war ich derjenige, der seine Verletzungen herunterspielte.

»Wenn nach einem Einbruch Blutspuren gefunden werden, ist das erste, was die Polizei tut: die Erste-Hilfe-Stationen abklappern. Warum willst du dieses Risiko eingehen? So schlimm hat es dich doch gar nicht erwischt. Die paar Schnittwunden ... Wir wickeln gleich mal ein paar Mullbinden aus der Hausapotheke rum.«

»Dann geh ich allein.«

Thjum war fest entschlossen, und mir kam langsam die Vermutung, daß er vielleicht geschnappt werden *wollte* ... Hauptsache, seine Tat wurde ernstgenommen ... Bevor ich wußte, wie mir geschah, fuhren wir zankend die Sint Annastraat entlang zu einem Krankenhaus, das ebenfalls nach dem Heiligen benannt war, dessen Schuhe wir bei uns trugen.

Das T-Shirt um seinen Arm konnte Thjum mittlerweile auswringen. Das Nähen dauerte eine ganze Stunde, woraufhin er – mit auffälligem weißem Verband – als eine Art wandelndes Corpus delicti in die Stadt gehen wollte, um zu sehen, ob unser Diebstahl bereits in der ersten Nachmittagsausgabe des *Gelderlander* stand. In unserer Stammkneipe *De Tempelier* hielt ich ihm die Zeitung hin, aber die Rubrik »Regionalnachrichten« hatte noch nichts Einschlägiges zu bieten.

Am runden Kartentisch, behutsam trinkend, warteten wir die späteren Ausgaben ab: nichts, rein gar nichts.

Auch am nächsten Tag, dem 1. April, von der ersten bis zur letzten Ausgabe: kein Wort über die Entwendung der Reliquien. Möglicherweise hatte dieses besondere Datum, das wir ja wohlgemerkt als Entschuldigung in der Hinterhand gehalten hatten, sich gegen uns gekehrt ...

Thjums Arm krampfte sich vor Schmerz und Enttäuschung in der Schlinge zusammen. Wenn nicht rechtzeitig, schwarz auf weiß, zur Bestätigung seiner Tat ein kleiner Bericht in der Zeitung erschien, so geriet seine Fete in Gefahr. Ohne ein solches Echtheitszertifikat würde keiner der Gäste an die Authentizität dieser fiesen Lederklumpen glauben. Sie wären nicht bereit, mehr als einen Jux darin zu sehen ... eine hübsche Ausrede, um Flaschen zu entkorken ...

Dennoch rechneten wir weiter damit, daß die Pater noch rechtzeitig Anzeige erstatten würden, luden am Donnerstagabend Freunde und Bekannte ein und fingen im Laufe des Freitagnachmittags mit den praktischen Vorbereitungen für die Fete an. Dabei lief uns stundenlang Toosje hinkend und brabbelnd, von Zeit zu Zeit um einen Schluck Essig bettelnd, zwischen den Füßen herum ...

Abwechselnd zogen Thjum und ich los, um im Tabakladen die jeweils neueste Ausgabe des *Gelderlander* zu kaufen. Als in der letzten Folge der Regionalnachrichten immer noch nichts über den Einbruch zu lesen war, bekam Thjum einen Wutanfall.

»Diese schleimigen Jesuiten ... Noch zu gottergeben, um gegen die Schändung ihrer Heiligtümer zu protestieren. Man könnte ja verdammt noch mal meinen, wir wären die einzigen, die diese gottverdammten Reliquien zu würdigen wissen. Die Typen würden ja sogar die Knochen von Petrus den Hunden vorwerfen, damit die was zu nagen haben ...«

»Man könnte daraus auch schließen, daß sie nie einen Fuß in ihre Kapelle setzen.«

»Nein, weißt du, was es ist, Albert: Sie rechnen mit einem Wunder. Das ist es. Die wundersame Verwandlung der Pantoffeln des hl. Canisius ... Diesen Wahn werden sie nicht zerstören, indem sie die Polizei einschalten. Ich werde mir was anderes einfallen lassen müssen, um die Leute heute abend davon zu überzeugen, daß ich sie nicht auf den Arm nehme.«

Thjum hatte mal eine große Partie Krankenhausurinale ergattert, die wir wegen ihrer Standfestigkeit bei Gartenfesten als

Karaffen benutzten. Während ich gerade dabei war, einige dieser Pinkelkolben mit billigem Wein aus einer Korbflasche zu füllen, klingelte es. Toosje war bereits an die Haustür gestolpert und unterhielt sich in fremden Klängen mit jemandem. Kurz darauf stand eine junge Frau vor meiner Nase – strahlend und mit fragenden Augenbrauen. Ich hatte vergessen, sie vom Bahnhof abzuholen. Die Fete, *De Gelderlander* ... ihr Kommen war mir total entfallen.

Anruf bei der Bahn ... falsche Auskunft ... ich erging mich in tausend Entschuldigungen, die sie eine wie die andere mit einem Lächeln beantwortete. Und ich merkte, daß ich, anstatt mich über ihr Erscheinen zu freuen, leicht irritiert war, als ahnte ich wie ein Hund voraus, daß sie mich unbeabsichtigt zu einem Tiefpunkt in meinem Leben führen sollte.

Ich vergaß sogar, sie zu umarmen.

Ein gelähmter Liebhaber (1)

I

Wer lange Zeit nicht imstande war, »den Beischlaf zu vollziehen«, wie es in der Bibel heißt, ist sein Leben lang impotent. Sexuelles Unvermögen kann nur scheinbar genesen.

Nach meiner Heilung blieb ich auffällig impotent, gerade weil ich so nachdrücklich das einem sexuell Unvermögenden entgegengesetzte Verhalten an den Tag legte. Ich hängte den Frauenheld raus, war aber so impotent wie ein Kapaun.

Don Juan habe ich stets als den Urtyp »geheilten« männlichen Unvermögens betrachtet, und nur als solcher ist er für mich genießbar. Er hat etwas nachzuholen: um seine Scham auszumerzen. Und weil er das so gründlich anpackt, wird er tragisch in seiner Zwanghaftigkeit. Bei Mozart hörte ich es in der Musik: Das Leporello ist keine Liste von Triumphen. *Ma in spagna son già . . . mille e tre.* In seiner Gier schmeckt ihm nicht eine Eroberung. Sein Hunger dient ausschließlich dem Vertuschen früheren Versagens. Ein durch Umstände steinreich gewordener Großkotz wird gerade an seiner üppig gedeckten Tafel der Großkotz schlechthin . . .

Nicht nur waren bei mir die Zahlen alles andere als aufsehenerregend, nein, ein weiterer großer Unterschied zur legendären Versteifung bestand darin, daß ich mich nicht mir nichts, dir nichts, ohne moralische Skrupel, meiner Eroberungen entledigte. Im Gegenteil. Es zeigte sich, daß ich dafür zu lahm und unentschlossen war. Ich ließ zu, daß sie auf irgendeine Weise weiter an mir klebten . . . Ich *reinigte* mich nicht, wenn's vorbei war.

Nachdem mich Marike de Swart mit ihren Teufelsspielchen zumindest von der *technischen* Seite meines sexuellen Handicaps geheilt hatte, meinte ich lediglich bei jenen etwas »nachholen« zu wollen, die meine Demütigung aus nächster Nähe erlebt hatten. Eine kleine Genugtuung, mehr nicht. Doch die Objekte meiner früheren Fiaskos, sofern überhaupt erreichbar und nicht schon seit langem verzogen, waren, wie sich zeigte, nicht immer zu einer Reprise bereit. Und am schlimmsten: Das Mädchen, das ich am dringendsten von meiner Heilung überzeugen wollte – Milli Händel –, erwies sich als absolut unerreichbar. Sie hatte sich hinter einen Bücherwall zurückgezogen, mehr noch jedoch in ihre Krankheit, die wie die meine ein famoses Produkt des Geistes war.

An Marike konnte ich all meine Rachegelüste nicht austoben: Sie hatte mich ja nicht nur in meiner Erniedrigung erlebt . . . sondern auch in meinem immer lauteren Triumph. Es wurde Sommer. Ich wollte meine Erektion wie eine kostbare Errungenschaft anderswohin tragen . . . Und wo ging in jener Zeit ein Junge mit meinen Mitteln und Erwartungen hin?

Nach Spanien.

Die politische Aversion gegen das Land erbten die Daheimbleibenden . . .

Ich fuhr mit dem Zug nach Barcelona und ging von dort aus zu Fuß die Küste in südlicher Richtung entlang auf der Suche nach einem Campingplatz, den ich, ohne erst registriert zu werden, vom Strand aus betreten könnte. Fünfzehn Kilometer außerhalb der Stadt stieß ich auf einen kleinen Fluß, so gelb, daß das Meer großflächig davon verfärbt war. Ich folgte ihm mit den Blicken stromaufwärts bis zu den qualmenden Industrieschloten am Horizont . . . Das Flüßchen trennte einen Flugplatz von einem großen Campingplatz, der unmittelbar an den Strand grenzte. So weit das Auge reichte, sah ich zwischen gewundenen Nadelbäumen weiße Wohnwagen und grellbunte Bungalowzelte. Rote, blaue, orange . . . Hunderte, vielleicht sogar Tausende. Ungehindert strömten die Badegäste durch spezielle Strandausgänge auf das Campinggelände und zurück. Dies war es, was ich gesucht hatte: eine Welt greller Farben, die mitten in einer ausgedörrten, staubigen Welt lag . . .

Ich zog die Hose aus, schulterte mein Gepäck und watete durch das schmutzige Wasser auf die andere Seite. Etwas weiter landeinwärts zerrte ein Speedboot eine Wasserskiläuferin hinter sich her . . . Sie hing immer weiter in der Rücklage – bis zwei gekreuzte Latten die Stelle bezeichneten, wo sie untergegangen war.

In keinster Weise von den Campingplatzwachen behindert, betrat ich mit einer kleinen Gruppe von Badegästen den Platz und baute, ohne mich anzumelden, mein kleines Zelt im Schatten eines großen Wohnwagens auf. Niemand stellte Fragen. Ich beschloß, zu gegebener Zeit auf demselben Weg wieder zu verschwinden.

Der Campingplatz (Kapazität fünftausend Zelte) beschäftigte ein großes unbesoldetes Heer von Jungen – alle im Alter zwischen neun und zwölf Jahren. Sie trugen, obligatorisch, ein himmelblaues T-Shirt mit einem Stier in voller Aktion und dem Namen des Platzes: El Toro Bravo. Es waren bestimmt zweihundert. Man mußte aufpassen, nicht auf sie zu treten, denn sie waren überall. Die Jungen wurden für alles gebraucht: Müll einsammeln, verstopfte Klos in Ordnung bringen, Neuankömmlinge einweisen, auf den Terrassen bedienen, den Campingplatzwächtern einen runterholen, Schläge einstecken . . . sie flogen nur so. Ihr Haß hatte sie fast zu Ratten gemacht – sie standen kurz davor.

Mit meinen drei Worten Spanisch sprach ich noch am Tag meiner Ankunft eine Gruppe von ihnen an. Daß jemand von den Besuchern sich einfach ungezwungen an sie wandte . . . das passierte ihnen selten. Ich gewann sofort ihr Vertrauen. Das gesamte Heer der Hilfskräfte bestand, wie sich herausstellte, aus Waisenkindern. Sie waren von Franco adoptiert, ihr Leben lang vom Staat unterhalten worden, und nun, da sie groß genug waren, die Ärmel hochzukrempeln, mußten sie sich ihrem Pflegevater gegenüber erkenntlich zeigen. El Toro Bravo war ein staatliches Unternehmen. Die Jungen bekamen keinen Pfennig für ihre Arbeit. Lediglich dank ihrer Geschicklichkeit beim Klauen von Lebensmitteln fehlte es ihnen an nichts. Die Waisen waren aufeinander eingespielt wie Atome und Moleküle: Sie fanden sich auf völlig natürliche Weise – stets um einen Führer, der einen halben Kopf größer war – zu größeren oder kleineren Gruppen zusammen, je nachdem, was zu erledigen war und welche Gefahr dabei drohte.

An Zigaretten kamen sie nicht so leicht heran. Sie baten mich darum. Ich selbst rauchte nicht, kaufte jedoch trotz meiner eigenen Armut Camel für sie – und damit hatte ich sie eigentlich schon in der Hand. Gesprochen wurde darüber kaum: Ich war nicht viel reicher als sie, und daher war es fast selbstverständlich, daß ich am nächsten Morgen, noch im Schlafsack, eine Plastiktüte voll gestohlener Sachen überreicht bekam. Darin waren in erster Linie Gläser mit Oliven und Bacardi-Flaschen, die ich auf einem angrenzenden Campingplatz – La Ballena Alegra – weit unter dem Ladenpreis an Leute verkaufte, die sich abends unter dem Vordach ihres Zelts gern einen genehmigten und dazu etwas »knabberten«. Es waren Ferien, das heißt, sie stellten keine Fragen.

Von da an wurde mir jeden Morgen eine gefüllte Tüte gebracht – mal vom hinkenden Choto, mal vom kleinen Basken Indelacio. Sogar nach Abzug einer Stange Zigaretten für meine »Großhändler« verschaffte mir dieser Tausch ein nettes Tagegeld. Nach einer Woche hatte ich feste Kunden, so daß ich meine Waren kaum noch anzupreisen brauchte. An alldem zeigte sich, daß Flix mitgekommen war . . .

Von mir aus konnte das noch monatelang so weitergehen. Mein Glück war kaum zu fassen. Doch: wie gewonnen, so zerronnen.

Einige der Waisenknaben stellten mich stolz »Juliette« vor, einem französischen Mädchen, das sie mehr oder weniger als gemeinsame Eroberung betrachteten. Sie war etwas älter als ihre Verehrer – fünfzehn – und noch viel hübscher als sie. Enrique, Felipe, Cipriano, Guito, Indelacio, der Baske . . . sie waren ausnahmslos verliebt in sie, die ganze Bande, alle zweihundert, so schien es. Ihre Augen leuchteten. Sie standen im Kreis um sie und mich auf einer Tanzfläche unter freiem Himmel, auf der anderen Seite des kleinen Flusses, die mit El Toro Bravo durch eine wacklige Holzbrücke verbunden war. Der Abend brach rasch herein. Die Musiker stimmten ihre Instrumente . . . Meine Freunde hatten es eilig, denn sie mußten an der Bar helfen. Ihr Liebstes vertrauten sie mir an.

Indem ich ihr im folgenden den Hof machte, beging ich, ohne mir dessen anfangs bewußt zu sein, den denkbar größten Verrat. Ich verriet meine elternlosen Freunde, die Tag für

Tag große Risiken auf sich nahmen, um für den Urlaub eines wildfremden Niederländers aufzukommen, der nicht einmal ihre Sprache sprach. Ich hielt Juliette mit dem Geld aus ihren kleinen Diebstählen frei. Ich tanzte mit ihr, während die Jungen hinter der Bar kaum mit den Bestellungen nachkamen … Aus dem Fluß stieg ein dicker Gestank auf, der nicht nur von Chemieabfällen aus der Fabrik verursacht wurde, sondern vor allem von der Kanalisation des Campingplatzes, deren Rohre alle knapp unter der Wasseroberfläche endeten. Das hatte mir Juan Antonio erklärt, der sich ab und an als Amateurklempner betätigte. Das Übungsgelände der Wasserskischule entpuppte sich als offene Kloake.

Dadurch verstand ich auch besser, was ein lauter Mann aus Den Haag meinte, der neben mir auf der Toilette gebrüllt hatte: »Bevor ich spüle, sag ich immer ›bis gleich‹ zu meiner Wurst. Denn wetten, daß ich sie nachher beim Schwimmen im Meer wiedersehe. Meine erkenne ich sofort …«

Sein Gedärm reagierte offenbar gut auf die spanische Hitze und das Olivenöl. Die meisten Männer im El Toro Bravo entleerten sich in flüssiger Form. Sie *pißten* es – buchstäblich – aus. Die Badehose um die nackten Fußknöchel, sah ich sie in unwürdiger Haltung dasitzen (die Toiletten hatten nur kleine Türen) und hörte sie wie alte Weiber urinieren: in kleinen Portionen. Da haben wir sie also, dachte ich – die Hartarbeitenden aus ganz Europa. Hier haben sie sich nach getaner Arbeit zusammenpferchen lassen. Der Abfall, den sie selbst produziert haben, verfolgt sie bis ins »reinigende« Meer … Und derweil dürfen sich ihre Frauen in der Wasserskischule an der Mündung dieses Durchfallflusses noch einmal ihren Jungmädchenträumen hingeben. Alles, was sie wollen, ist, so schnell zu fahren, daß man ihre Krampfadern nicht sieht … Sie hängen öfter unter ihren Skiern, als daß sie auf ihnen stehen, und schlucken das trübe Wasser literweise …

So gut die Jungen mich auch im Auge behielten, den Verrat merkten sie nicht gleich. Am nächsten Morgen bekam ich die übliche Warenmenge, woraufhin sie Juliette um die Wette Zigaretten aus den Päckchen anboten, die ich ihnen gegeben hatte. Sie beteten sie an ohne schlüpfrige Hintergedanken. Wenn Juliette in der Nähe war, verstummten ihre ewigen Schweinigeleien.

Zum Glück gingen Juliettes Eltern spät zu Tisch. Am Ende des Nachmittags, wenn die Sonnenanbeter vom Strand verschwunden waren, um sich vor dem Essen zu duschen und umzuziehen, durfte ich Juliette ein bißchen streicheln, aber: »Nicht zu tief.«

Im vergangenen Frühling hatte ein Junge, der ihr das Zungenküssen beigebracht hatte, plötzlich seinen Finger in sie hineingeschoben. »Ganz tief. Und auch noch so'nen langen ...« Sie hatte sich über diese brutale Entjungferung so erschrocken, daß sie den Finger, den sie ja eigentlich loswerden wollte, in sich festgeklemmt hatte. »Tout à coup il me prit une crampe à la cramouille.« Seife ... nichts half. Wie ein Ehering, der fünfundzwanzig Jahre lang nicht abgenommen worden ist, umspannte sie seinen Finger. Zum Glück war der Junge »groß und stark«: Juliette hatte sich auf seinen freien Arm gesetzt, ihren Arm um seinen Hals gelegt, und so hatte er sie ins Krankenhaus getragen ...

Alles in allem, fand ich, ein tolles Bild: Das Heimlichste, was ein Junge in diesem Alter hinkriegen konnte, war so für jedermann sichtbar gemacht. Die Schande hockte wie ein Affe auf seinem Arm ...

Sie hatte ihren Rock bis zu seinem Ellbogen hinuntergezogen, und so saßen sie unter dem grellen Licht des Wartezimmers, wie ein Bauchredner mit seiner Puppe. Ja, so drückte sie es aus: »Comme un ventriloque avec sa poupée ...« Statt zum Beispiel »marionette« benutzte sie ganz selbstverständlich das Wort *poupée*, das französische Kinder bekanntlich auch für den Verband um ihren Finger verwenden ... Wahrscheinlich war es in erster Linie diese Arglosigkeit in ihrem Ausdruck, die mich umwarf.

Wie sie im einzelnen getrennt wurden, konnte Juliette nicht erzählen (»Jedenfalls nicht mit einem Eimer kaltem Wasser«), aber immerhin wußte sie, daß sie danach »definitiv keine Jungfrau« mehr war.

Zwei Wochen ging das so: ein bißchen streicheln im späten Sonnenschein, und abends tanzen. Manchmal durfte ich auch schon früher am Tag an ihr rumfummeln, dann aber unter Wasser, beim Baden, wenn sie wie ein kleines Kind in der ruhigen Brandung hockte ... An einem sehr heißen Nachmittag versprach sie, um mein endloses Gequengel nicht mehr hören zu müssen, abends nach dem Essen auf ein Stündchen in mein Zelt zu kommen.

Sie hielt Wort. Sie trug ein weißes Kleid mit einem Muster aus Spielautomatenfiguren: Erdbeeren, Kirschen, Zitronen, Bananen, Nüsse, Glocken, Joker ... Als sie an mir vorbei ins Zelt kroch, konnte ich spüren, daß der Stoff noch warm war vom Bügeleisen ihrer Mutter. Weil Knitterfalten sie verraten könnten – einzig und allein deswegen, versicherte sie mir gehetzt –, zog sich Juliette das Kleidungsstück über den Kopf und legte es locker in eine Ecke meines Zelts. In der völligen Dunkelheit war das Kleid als einziges sichtbar: eine ausgestreckte weiße Gestalt, ein stiller Zuschauer ... Aber nachdem ich ihr den noch leicht feuchten Bikini ausgezogen hatte, schwebten plötzlich noch zwei weiße Flecken im Dunkel. Als ich ihren Körper etwas fester an mich drückte, entpuppte sich der Kontrast auch als fühlbar: Wo sie an diesem Tag unbedeckt gewesen war, glühte die Sonne nach, während unter dem Höschen und dem Oberteil ihre Haut die Kühle des Meers bewahrt hatte. Juliette hatte sich nicht geduscht – wodurch diese weißen Flecken in ihrer Landschaft anders rochen und schmeckten als die umliegenden Gebiete. Um ihnen auch mit der Nase nahe zu sein, erkundete ich sie mit Hilfe meiner Zunge, die sich träge und schleimig wie eine Schnecke an die Arbeit machte.

Zwischen ihren Beinen, wo der Salzgeschmack am stärksten war, hielt die Kühle des Meers ihre Haut noch immer straff. (Auch ich hatte immer stärker das Empfinden, daß meine Haut durch das Schwimmen an diesem Tag zu stramm saß). Bei meinen Versuchen, in sie einzudringen, löste sich von den Härchen feiner Sand, der mit der Zeit deutlich vernehmbar zwischen meinen Zähnen knirschte.

Eine Muschel, die sich beim Erhitzen nicht öffnet, ist schlecht. Ihre, mit Sand in den Ritzen, ging langsam auf.

Zum erstenmal in meinem Leben empfand ich nichts von der Angst, die mich jahrelang davon abgehalten oder jedenfalls daran gehindert hatte, in ein Mädchen einzudringen. Auch bei Marike, dem rettenden Engel aus der Provinz, war sie nie ganz verschwunden gewesen – nicht einmal in den schamlosesten Situationen. Aber Juliette war fest entschlossen, mich nur so weit in sich einzulassen, wie meine Zunge reichte.

Der schlaffe Körperteil, der mir in meiner Zeit als impotenter Liebhaber so gute Dienste geleistet hatte, wanderte schon längst – und schneller als auf dem Hinweg – zurück nach oben, Richtung Ohrmuschel, um das Mädchen nun auch mit Worten zu überzeugen.

Ich konnte unmöglich zurück: Ich war schon zu nahe am Ziel ... Zum erstenmal schien mein Körper bereit, blindlings die Befehle meiner Lust auszuführen. Was hatte mich so draufgängerisch gemacht? Ihre Bauchrednergeschichte? Oder das Wissen, daß ich sie in meiner Macht hatte? Ich war nicht als Campinggast registriert ... brauchte nur durch die Hintertür zu verschwinden ... Meine Spuren waren schon im voraus verwischt.

Juliette weigerte sich ... weigerte sich mit aller Kraft. Ich flehte ... mit öden, schleimigen Worten flehte ich und unterbrach dabei meine Versuche, sie richtig in den Griff zu bekommen, nicht einen Moment lang. Sie protestierte. Und schon längst flehte ich nicht mehr, sondern befahl, forderte, mit immer weniger Worten, immer mehr Kraft ... zwang und zwang ...

Ihre Proteste wurden lauter. Noch immer flüsterte sie, doch es war ein schreiendes Flüstern. Und so sehr ich auch wünschte, sie hielte den Mund, spürte ich doch, daß ihr Geschrei nicht genügte, mich zu stoppen ... Unser Ringen fand ein jähes Ende, als im Wohnwagen nebenan ein gräßliches Weib zu kreischen begann – ebenfalls auf französisch.

»Du Schlampe! Alte Schnalle! So laß ihn doch endlich, du

blöde Schnepfe, und geil ihn nicht so auf! Hier schlafen kleine Kinder ... Sollen die vielleicht für ihr ganzes Leben verdorben werden durch euer schweinisches Rumgemache? Du alte Nutte!«

Und dazu noch jede Menge anderer Schimpfwörter, immer lauter, bis im Wohnwagen tatsächlich Kinder zu weinen begannen, zwei, drei durcheinander.

Ich lag totenstill und fühlte, wie ich eiskalt wurde unter der Keifstimme, die sich als stärker erwies als mein eigenes Gewissen: Hätte sie sich nicht gemeldet, ich wäre imstande gewesen, das Mädchen zu vergewaltigen ... Als brächte das Weib wie ein gemeinsamer Feind uns für einen Moment einander wieder näher, kicherte Juliette dicht an meinem Ohr unterdrückt wie zum Zeichen geheimen Einvernehmens. Aber damit war es dann auch vorbei. Ich hörte den Reißverschluß, und schon schwebte, völlig selbständig, das weiße Kleid aus dem Zelt und hinein in die Nacht. Ich schlug die Zeltplane zurück und sah sie im Mondlicht dastehen, Bikini wieder an, Arme gen Himmel erhoben, Gesicht vom Kleid bedeckt ... Von ihrer Angebeteten ungesehen, rannten Enrique und Indelacio davon; der hinkende Choto humpelte in eine andere Richtung. Sie mußten alles gehört haben ... Mein Verrat war komplett.

Da lugte Juliettes Kopf schon wieder aus dem Kragen, und schnell, mit einer Drehbewegung, zog das Mädchen das Kleid herunter. An den viel zu verschwommenen Spielautomatenfiguren und einer gewissen Fransigkeit der Nähte und des Saums erkannte ich, daß sie das Kleidungsstück linksherum trug. Juliette selbst merkte es nicht. Sie nahm ihre Slipper in die Hand und rannte los in Richtung des Waldstücks, auf dem das Bungalowzelt ihrer Eltern stand. Ich wußte nur zu gut, daß das falschherum getragene Kleid sie verraten könnte. Ich mußte sie warnen ...

»Juliette!«

Aber sie rannte weiter. Ich brachte schnell meine Kleidung in Ordnung und folgte ihr. »Juliette! Juliette ... ta robe! Attends!«

Mein Rufen, das sie vielleicht hörte, aber falsch deutete, führte nur dazu, daß sie schneller lief. Ich konnte sie nicht einholen und folgte ihr schließlich nur noch mit den Blicken. Zu spät: Hier entfleuchte nicht nur ein kleiner Schmetterling aus der Höhlung meiner Hand . . . nein, hier verlor ich etwas Wichtigeres, und zwar endgültig. Ich war bereits auf dem Rückweg nach Norden.

»Juliette . . .«

Das weiße Kleid flatterte zwischen den Bäumen und Zelten hindurch auf ein Licht zu, das tiefer im Wald lag. So wehrlos, dieses verkehrtherum getragene Kleidungsstück . . . Als Prinzessin war das Mädchen fortgegangen, in Lumpen kehrte es zurück. *Ich* hatte ihr Inneres nach außen gedreht. Von Kopf bis Fuß mit ihrem geheimen Innenfutter bekleidet, war sie jetzt den Blicken aller ausgesetzt.

Dafür war ich also von meiner Impotenz genesen: um bei der erstbesten Gelegenheit auf eine . . . zuzusteuern. Wenn dieses schreckliche Wort hier nur nicht zutraf! Inwieweit hatte ich sie . . .? Ließ eine Vergewaltigung sich in Zentimetern ausdrücken?

Der Nachtfalter flog genau auf die zischende Gaslampe zu, um die herum ihre Eltern, ihr Bruder und ihre Schwägerin als echte Franzosen saßen und pichelten. Ich folgte ihr noch, aber behutsam: ohne die Illusion, sie rechtzeitig einholen zu können.

Hätte sie nicht so gekeucht, die Slipper in der Hand, dann wäre es den Leuten vielleicht gar nicht aufgefallen. So aber rief die Mutter mit genau der gleichen Keifstimme, wie ich sie an diesem Abend schon einmal gehört hatte: »Julie, dein Kleid! Complètement linksrumfalschrumgedreht . . .!« Die Worte kamen wie Maschinengewehrsalven aus ihrem Mund. »Le dedans en dehors! . . . l'envers à l'endroit . . .! Was hat das zu bedeuten? Komm mal her . . . Hierher, hab ich gesagt!«

In sicherer Entfernung war ich Zeuge, wie das Mädchen von seinen Eltern fertiggemacht wurde. Die Mutter zupfte immer wieder mit spitzen Fingern an den ausgefransten Nähten, die von Juliettes Achseln bis zur Mitte ihrer Oberschenkel liefen. Immer mehr Fäden lösten sich aus dem Gewebe. Der Mann und die Frau schubsten sie zwischen sich hin und her. Und zum Schluß mischte sich auch der Bruder ein, der sich plötzlich zum Beschützer der Ehre seiner Schwester aufwarf. Stockend und schluchzend kamen die Geständnisse heraus, halb gelogen, voller Widersprüche . . . und ohne Namen.

Und ich stand nur da und sah zu und trauerte um das, was mir aus den Händen geglitten war. Ich dachte keine Sekunde lang daran, in den Lichtkreis zu treten und diesen Leuten zu erzählen, daß Juliette ihre Auffassungen davon, was sich für ein anständiges Mädchen schickte, kaum verletzt hatte. Nein, ich ließ zu, daß sie unsanft ins Zelt gejagt wurde, das noch eine ganze Weile lang unter ihrem großen Kummer bebte.

Seit meiner Heilung war ich der völligen Hingabe nicht näher gewesen, und so nah würde ich ihr auch nie mehr kommen. Ohne es zu wissen, hatte ich mich bereits auf den Weg zu Leentge und der Melancholie begeben. Von dort führte kein Weg zurück.

In meiner Gekränktheit erblickte ich in diesem Abend einen triftigen Grund, mich in der Open-air-Tanzbar auf der anderen Seite des kleinen Flusses ordentlich vollaufen zu lassen. Keiner der Waisenknaben suchte meine Gesellschaft. Die Kleinen an der Bar stellten mir ohne einen Blick geheimen Einvernehmens den Becher vor die Nase: Ich mußte wie die anderen Gäste bezahlen.

Nach meinem einsamen Saufgelage pinkelte ich auf dem Rückweg zum Campingplatz von der Fußgängerbrücke aus den gesamten minderwertigen Wodka mit Limonade ins Wasser. Hinter mir stießen rotverbrannte Damen, im Abendkleid auf dem Weg zu ihren Wohnwagen, um am nächsten Tag wieder früh bei der Wasserskischule antreten zu können, spitze Schreie aus, wenn rennende Jungen die Holzbrücke zum Schwanken brachten. Mir gab es, während ich leerströmte, ein angenehm seekrankes Gefühl. Es war windstill: Aus dem Wasser stieg der Kloakengeruch senkrecht auf. Der schreckliche Gestank machte das Verbotene meines Tuns mehr oder weniger hinfällig . . .

Diese Überlegung galt jedoch nicht für die Campingplatzverwalter, die Schweinigel wie mich gut für die Rolle des Sündenbocks gebrauchen konnten. Eine schöne Gelegenheit für die Waisenknaben, nun ihrerseits mich zu verraten ... Während ich pinkelnd eine Melodie aus dem *Concierto de Aranjuez* pfiff, gingen, unhörbar für mich, per Walkie-talkie Kurzmitteilungen über den Fluß, und noch bevor ich den letzten Tropfen abgeschüttelt hatte, näherte sich von zwei Seiten gleichzeitig die paramilitärische Campingplatzpolizei mit klirrenden Handschellen am Koppel. Sie ließen mir nicht mal die Zeit, wie ein großer Junge mein Gepinkel zu beenden, so daß ich, als sie mich vom Brückengeländer wegzogen, ihre Uniformen bespritzte. Das machte die Männer noch wütender. Diese Uniformen waren eine Leihgabe des *generalísimo*: Was ich mir da leistete, kam dem Entweihen einer Fahne gleich ...

»*Gilipollas!* Weißt du nicht, daß es streng verboten ist, in das Übungswasser der Skischule zu urinieren? Hè? *Borracho!*«

Der andere gab noch eins drauf. »*Curdo! Penco!* Hier sollen Damen verschiedener Nationalitäten Wasserskifahren lernen ... und du, *ñiquiñaque*, versaust den Fluß! Weißt du eigentlich, welche Strafe darauf steht?«

Ansonsten verstand ich noch die Worte *obscenidad* und *somanta*, was, soweit ich wußte, gutes Spanisch für »eine Tracht Prügel« war. Als ich dagegenhielt, daß schließlich auch die Exkremente all ihrer Gäste hier ins Wasser gelangten – »Riechen ... selbst ... *merdoso*!« –, ging's erst richtig los. Was sich unterhalb des Wasserspiegels abspielte, existierte nicht – aber in aller Öffentlichkeit sein Wasser ins Übungsrevier abzuschlagen, so daß die Amateurskifahrerinnen mit eigenen Augen sehen konnten, in welcher Kloake sie am nächsten Tag wieder herumzappeln mußten, das konnte man nur als Sabotage bezeichnen. Ja, genau: Sabotage. Das richtige Wort. Ich war ein Saboteur. Ich sabotierte ein bedeutendes westeuropäisches Wassersportausbildungszentrum ...

Nachdem man mir gerade noch Zeit gelassen hatte, den Reißverschluß an meinem Hosenschlitz hochzuziehen, klickten auf beiden Seiten die Handschellen zu, und so mußte ich ihnen den Weg zu meinem Zelt zeigen. Periquito, Cipriano, Pepablo ... auf dem demütigenden Weg durch El Toro Bravo sah ich sie davonhuschen – hier einen Fernando, da einen Federico – ungefähr so, wie Katzen weghuschen: sich nach ein paar Sätzen umdrehend und dann ein Stück weiterspringend ... um danach aus sicherer Entfernung noch einmal neugierig zu dem *felón*, dem Verräter, zurückzuschauen.

Vor meinem Zelt wurde meine rechte Hand befreit, damit ich den Campingausweis suchen konnte, der eigentlich an einem Brett an der Spannleine hätte hängen sollen. Ich suchte, konnte ihn aber nicht finden: Ich besaß keinen. Ein Polizist durchsuchte das kleine Zelt und förderte etliche Flaschen und Dosen zutage, die die Kerle sofort als gestohlen erkannten – was natürlich auf die Rechnung von Choto und Mariano und den übrigen ging. Sollte ich sie nun meinerseits wieder verraten, indem ich sie als meine Lieferanten anzeigte? Nein, das war nichts im Vergleich dazu, was ich ihnen angetan hatte: Ich hatte auf ihrer erwachenden Jungenseele herumgetrampelt.

Ich wurde gefesselt zur Rezeption geführt und stand vor dem Empfangstresen – auf dem die gestohlenen Waren lagen – wie vor den Schranken des Gerichts. Die Direktion befahl, diesen *polizón* hinauszuschmeißen. Ohne eine Chance, meine Sachen zu holen, wurde ich vors Tor gesetzt. Ein Glück, daß ich Paß, Bahnkarte und Geld immer am Körper trug.

Der *felón* und *polizón* schlich noch ein paar Tage lang wie eine ausgehungerte Katze um El Toro Bravo herum, bekam seine Französin aber nicht mehr zu Gesicht. Vom Strand, zu dem ich natürlich freien Zugang hatte, wurde sie von ihren Eltern offenbar ferngehalten. Ich sah keine Möglichkeit, an mein Zelt heranzukommen. Die Beschreibung meiner Person war selbstverständlich an alle Campingplatzwächter gegeben worden, die sonst schon von den Waisenknaben auf mich aufmerksam gemacht würden. Aber daß ich meine Wäsche nicht wechseln konnte, nicht einmal ein Handtuch hatte, und daß mein letztes Geld rasch zur Neige ging, da ich von Felipe und Indelacio nicht mehr mit verkäuflicher Ware versorgt wurde – das alles machte mir weit weniger aus als Juliettes

Fernbleiben. Ich hatte etwas gutzumachen ... oder zu Ende zu führen. Es war, als ahnte ich, sonst für den Rest meines Lebens der Impotenz ausgeliefert zu sein ...

Gut eine Woche lang lungerte ich so vor den Toren dessen herum, was einen knappen Monat lang mein Paradies gewesen war. Als ich es eines Tages nicht länger aushielt, schlüpfte ich wie beim ersten Mal zusammen mit einer Gruppe rotverbrannter Badegäste auf den Campingplatz. Kurz vor dem Bungalowzelt von Juliettes Eltern wurde ich von drei Platzwächtern am Kragen gepackt. José, Alfonso und Periquito sahen mit ernsten Gesichtern zu. Die Männer begnügten sich diesmal nicht damit, mich vor die Umzäunung zu setzen, sondern brachten mich im Jeep bis zum Bahnhof von Barcelona, wo sie mich in den Schnellzug nach Paris schubsten und mir sogar noch nachwinkten. Der Schaffner war ebenfalls instruiert worden.

Mit dem Zufallen der Türen wurde ich endgültig von den Jahren ohne Liebe abgeschnitten, die ich nachholen zu können geglaubt hatte. Das bessere Leben hatte nicht länger als ein paar Wochen gedauert. Ich spürte, daß sich diese drei Jahre nicht nachholen ließen. Ich hatte es vermasselt. Zweiundzwanzig war ich, und unausweichlich auf dem Weg zu Leentge und der Schwermut.

Gleich jenseits der Pyrenäen stieg sie ein, an einem kleinen Bahnhof, der in der Mittagshitze wie eine Luftspiegelung flimmerte.

Die junge Frau, soweit ich sehen konnte die einzige Wartende auf dem Bahnsteig (der Zug hielt wahrscheinlich nur ihretwegen), trug eine Art aus der Fasson geratenen Safarianzug. Aber auch alles um sie herum war aus der Fasson geraten ... Selbst die Konturen des steinernen Bahnhofsgebäudes waren fließend wie Wasser. Alles lag verlottert und welk in der Sonne, flirrend vor Hitze. Zwischen den Tontöpfen mit Kakteen staksten ein paar braune Hühner herum, wie verstört.

Den Seesack über der Schulter, kam sie ins Abteil und sah sich um, so daß die gefüllte Wurst hierhin und dahin schwang.

Sitzplätze gab es genug, aber die Gepäckablagen waren fast restlos mit großen Koffern und Rucksäcken gefüllt. Über meinem Kopf war noch Platz: Ich hatte ja keine Sachen mehr. Sie deutete dorthin, und ich nickte, woraufhin der *kitbag* ins Netz geworfen wurde.

Was war naheliegender, als sich auf den Platz mir gegenüber zu setzen und sich dann stundenlang angestrengt zu bemühen, mich *nicht* anzuschauen? Angeblich gedankenverloren auf die Landschaft starren, ständig die Sitzposition ändern, seufzen, Augen schließen und sofort wieder öffnen und wieder schließen, einduseln und wieder aufschrecken, erstaunt schauen – »wo bin ich?« –, Augen halb geschlossen, Hand an der Stirn gegen aufziehende Kopfschmerzen, sanft stöhnen, Kopf schütteln . . . – aber derweil nahm sie mich mit sämtlichen Poren auf. Sie kam mir wie die Art Französin vor, die noch jeden Tag *No milk today* von Herman's Hermits auf einem kleinen batteriegetriebenen Plattenspieler spielt. Aus Angst, sie könnte doch noch ein Gespräch anfangen, gelang es mir, die Augen länger geschlossen zu halten als sie – bis ich schließlich, mit unbequem schiefem Kopf, tatsächlich einschlief. Zwei Stunden später wachte ich von dem Speichel auf, der mir wie bei einem alten Weib vom Mundwinkel aufs Kinn getropft war, wo er sich in einem mindestens zehn Tage alten Flaumbart gesammelt hatte; erkaltet, weckte mich dieser widerliche Sabber. Ich wischte ihn mit dem Handrücken weg. Ich mußte auch geschnarcht haben.

Die junge Frau mir gegenüber lachte frei heraus über meine Verdatterung beim Wachwerden. Wenn ich jemandem den Triumph nicht gönnte, mich so lange in meiner wehrlosen Haltung beobachtet zu haben, so war sie es. Aber ihr häßliches Gebiß, bei dem das zurückgewichene Zahnfleisch die Wurzeln freilegte, machte vieles gut. Wie jemand, der weiß, daß er mit fest geschlossenen Lippen reizvoller ist, schloß sie abrupt den Mund. Das Lachen zitterte in ihrem Gesicht weiter, bis die Lippen unwillkürlich wieder auseinanderwichen, woraufhin sie sie noch entschlossener als zuvor aufeinanderpreßte.

Aber war sie mit zusammengepreßten Kiefern denn wirklich hübscher? Der Blick, mit dem ich sie musterte, mußte zwangsläufig eher geringschätzig als abschätzend sein. Die Nase kam mir krummer vor, als sie in Wirklichkeit sein konnte, und ich bildete mir ein, daß sich die unregelmäßige Form ihres Gebisses in der Oberlippe und den Wangen abdrückte und so äußerlich sichtbar wurde. Sie war häßlich. Nur an dem dicken Haar – ein ins Schwarze spielendes Dunkelbraun, mit einem rötlichen Ton, wenn die Sonne durch das Abteilfenster darauf schien – war wenig auszusetzen. »Zigeunerhaft« war das Wort, das mir immer wieder in den Sinn kam.

Sie stellte sich neben mich auf die Sitzbank und zerrte ihren Proviant aus dem Sack, setzte sich wieder und machte fragende Eßgebärden in meine Richtung. Ich schüttelte heftig den Kopf und unterstrich es noch mit abwehrenden Gesten, aber es half nichts, denn gleich darauf wurde mir ein hartgekochtes Ei vor die Nase gehalten, schon geschält, mit glitzernden Salzkörnchen bedeckt ... Möglicherweise schöpfte sie aus einem Füllhorn, doch hinterher sollte es mir hartnäckig so vorkommen, als hätte sie alles doppelt gehabt: *zwei* Eier, *zwei* Apfelsinen, *zwei* Stücke Apfeltorte ... während das mit Käse und Tomaten belegte Baguette groß genug war, um auseinandergebrochen zu werden. Trotz meiner Proteste teilte sie alles stur mit mir.

Während des schweigend verlaufenden Essens summte das Mädchen hingebungsvoll eine Melodie, die sie plötzlich, mit den Füßen aufstampfend, abbrach. »Ach, diese Carole King ... da krieg ich das große Kotzen. Im ganzen Haus ist nur eine Langspielplatte zu finden. *Tapestry*, von Carole King. Gräßlich. Wochenlang jeden Tag zehnmal dieselbe Platte gespielt ... *Natural woman, You've got a friend* ... in- und auswendig kann ich die Stücke inzwischen. Grauenhaft.«

Sie sprach französisch, aber nicht wie eine geborene Französin.

»Du mußtest sie dir doch nicht anhören.«

»Doch, mußte ich. Dort war es so still ... ich hatte keine andere Wahl. Entweder die nervtötende Stille oder das Generve von Carole King ... Jetzt höre ich die Musik überall. In den Rädern des Zugs . . . in den Telegraphenmasten . . . Und eben auch in deiner Stimme: Du hast die Worte genau zu der Melodie in meinem Kopf gesungen. Und als du schliefst, habe ich in deinem *ronflement* ständig den Satz gehört: *My life has been a tapestry* . . .«

Im Landhaus von Pariser Bekannten (den Deyrichs: ein Name, dem ich noch einmal begegnen sollte) hatte sie sich »eine Zeitlang« vom Leben in der Hauptstadt »erholt«. Daß sie es in Wirklichkeit getan hatte, um vom Morphin loszukommen, erzählte sie nicht; dieses Detail erfuhr ich erst später. Es stellte sich heraus, daß ich es mit einer Jugoslawin zu tun hatte, die Ende der sechziger Jahre mit ihrem Vater, ihren Brüdern und ihrer Schwester – die Mutter lebte nicht mehr – Titos Heilsstaat entflohen war. Die Familie hatte sich in Lille niedergelassen; nur sie lebte in Paris.

Ihr Vorname klang so kompliziert, daß sie ihn mir aufschreiben mußte. Sie hieß Leentge, was sie mich der Einfachheit halber wie das französische Wort *linge* aussprechen ließ. Der Familienname wurde mir vorenthalten, und zwar aus berechtigten Überlegungen, wenngleich sie mir noch nicht erzählte, aus welchen.

Als diese Leentge hörte, daß ihr ein Niederländer gegenübersaß, geriet sie in helle Aufregung. Sie begann sofort, in einer Art Brabbelsprache mit mir zu reden, in der ich nach aufmerksamem Hinhören ein paar Brocken Niederländisch erkannte. Ich machte ihr ein Kompliment. In Paris hatte die Jugoslawin an der Volkshochschule eine Zeitlang einen Niederländischkurs besucht. Nach einem Jahr war sie bereits so weit fortgeschritten, daß sie beim Lehrerwechsel zu Beginn des zweiten Kursjahrs zum Neuen sagen konnte: »Sie sind nicht ein Niederländer, Sie sind ein Flamingo. Sie lehren uns nicht die niederländische Sprache, Sie lehren uns die belgische Sprache. Dafür haben wir nicht bezahlt. Ich möchte, bitte, mein Kursgeld zurück.«

Kurz nachdem Leentges Vater in Lille eine Dame aus Utrecht geheiratet hatte, verehelichte sich auch ihr älterer Bruder, bezeichnenderweise ebenfalls mit einer Niederländerin, diesmal aus Maastricht ... Wenngleich die Jugoslawen mit ihren Frauen in Frankreich wohnen blieben, galten ihnen die Niederlande doch als höchstes Ideal der Freiheit, und die Niederländer standen in allergrößtem Ansehen bei ihnen. Leentge ging noch weiter in ihrer Pays-Bassophilie: Ihr größter Wunsch war, sich irgendwann in den Niederlanden niederzulassen.

Im Frühjahr dieses Jahres, 1972, hatte ein vielgelesenes französisches Wochenblatt eine Umfrage unter seinen Lesern durchgeführt. Gefragt wurde, anhand einer Wertskala von 1 bis 10, nach der Beliebtheit der verschiedenen Länder Europas, und daraus war das niederländische Volk als das freundlichste und hilfsbereiteste in ganz Europa hervorgegangen. Da hörte ich es also mal von jemand anders ...

(»Was willst du«, sagte Thjum, als ich ihm dieses aufsehenerregende Resultat etwa drei Jahre später noch einmal in Erinnerung rief. »Der holländische Kolonialismus in Südfrankreich befand sich damals noch in den Kinderschuhen ... Frag jetzt mal, wie beliebt wir dort sind.«)

Vielleicht war es Pech, daß ich meine Jugoslawin im Sommer nach dieser Umfrage kennenlernte. Das Ergebnis lag ihr jedenfalls noch frisch im Gedächtnis ... Die Niederlande! Das Land der unbegrenzten Möglichkeiten! Gastliches Paradies der Freiheit ...! Sie war ganz versessen darauf.

Ich nannte ihr ein paar Beispiele von *Un*freiheit in meinem Heimatland.

»Ja, aber die Juden waren dort immer willkommen.«

Ich erklärte ihr geduldig, daß auch die Juden, obwohl oft gastfreundlich ins Land gerufen, von unseren Vorfahren nicht immer ganz anständig behandelt worden waren, schon gar nicht, wenn sie arm waren. Ich stellte den Marranen die osteuropäischen Juden gegenüber ... Sie aber wies alles als Ausdruck falscher Bescheidenheit zurück. Leentge ließ sich ihr gelobtes Land nicht nehmen. Den Rest der Reise über sah sie mich mit ganz anderen Augen an, und ich hatte den Eindruck, daß sie sich noch mehr als bisher bemühte, ihren schrecklichen Mund im Zaum zu halten.

Aber auch am nächsten Morgen, in Paris, wo ich mir einige Stunden um die Ohren schlagen mußte, bis mein Zug nach Roosendaal ging, war ich noch nicht von der Jugoslawin erlöst. In einem Straßencafé, wo wir bei Kaffee und Croissants saßen, fragte sie mich, ob ich ihr einen Gefallen erweisen wolle. Ihr Gesicht war jetzt hart und sachlich – infolge des fehlenden Schlafs, dachte ich.

»Ça dépend«, murmelte ich.

»Sie sind nicht der erste Niederländer, den ich frage ... Ich habe schon mal den Cousin meiner ... ähm ... Stiefmutter gebeten. Die Familie war dagegen. Hören Sie ...« Sie legte die Schachtel eines Kartenspiels auf den Tisch. Darauf war ein Herzas abgebildet. »Sie wissen, daß ich die niederländische Staatsangehörigkeit erwerben möchte. Also, hören Sie zu ...«

Leentge bot mir eine ansehnliche Summe in französischen Francs an: die Hälfte, um die Ehe mit ihr zu schließen, die andere Hälfte, um mich nach ihrer Ansiedlung im gelobten Land wieder von ihr scheiden zu lassen. »Hälfte« bedeutete in diesem Fall: die linke beziehungsweise rechte Hälfte eines in der Mitte durchgeschnittenen Stapels Banknoten. Sie öffnete die Schachtel mit dem Daumen und klopfte, als ob es ein Päckchen Zigaretten wäre, einen Teil des Inhalts heraus. Um ihr Gegenüber unter Druck zu setzen und die Abwicklung der Angelegenheit zu beschleunigen, hatte sie die Scheine bereits durchgeschnitten. Was ich sah, waren die Porträts; die Wasserzeichen lagen in einem Privattresor der Deyrichs. Das waren so ihre Pariser Tricks ... so hatte sie es in Filmen gesehen ... Eine Rolle Klebeband würde ich nach der Scheidung als Sonderprämie dazugeliefert bekommen.

Gerade wegen des Quasi-Ausgetüftelten ihres Angebots bekam ich Mitleid mit Leentge. Heimatloses Mädchen, das die heilige Ehe nur dazu benutzen wollte, ihre Illusionen in bezug auf die »toleranten Niederlande« Wirklichkeit werden zu lassen ... Was hatte ich noch zu verlieren, jetzt, da meine Chancen auf ein normales erotisches Leben verspielt waren? Ich brauchte nicht lange nachzudenken. Es wurde Zeit für eine große Geste ... Ich versprach ihr, sie zu heiraten und die

Ehe sofort wieder auflösen zu lassen, lehnte jedoch das Geld ab, von dem sie mir jetzt gleich die Hälfte hatte geben wollen. (Als ich sie später besser kennenlernte, kamen mir Zweifel, ob ich das Päckchen mit den halben Banknoten nicht besser hätte annehmen sollen, und sei es nur, um es für sie aufzubewahren. Es stellte sich heraus, daß Leentge die Summe durch Zusammenkleben im Laufe von zwei Jahren in Morphin umgesetzt hatte, das sie nach ihren eigenen Worten regelmäßig nahm, »ohne davon abhängig zu sein«. Die Gewohnheit stammte aus der Zeit, als sie als illegale Hilfspflegerin in einem schmuddeligen Pariser Krankenhaus arbeitete. Mehr aus Protest gegen die geringe Bezahlung denn aus einem Bedürfnis heraus schmuggelte sie die Ampullen in dem natürlichen Versteck zwischen ihren Beinen nach draußen. Nach Beendigung des Arbeitsverhältnisses kaufte sie das Zeug, auf Körpertemperatur, von einer ehemaligen Kollegin, die ihr einen fairen Preis, weit unter dem Schwarzmarktwert, dafür berechnete.)

Mochte die geplante Hochzeit in unserem Fall auch lediglich als politischer Winkelzug gedacht sein, das Wort »Ehe« – die Bezeichnung für das höchste Gut unserer Eltern – besaß auch für Leentge und mich noch immer einen Zauberklang, der vergessene Märchen wachrief, und das wird wohl der Grund dafür gewesen sein, daß sich beim Abschiedskuß auf dem Bahnhof plötzlich auch unsere Zungen umschlangen. Es dauerte im übrigen nur kurz, und hinterher strich sich Leentge mit der Fingerspitze über ihre oberen Zähne und erkundigte sich nüchtern, ob ich mich nicht verletzt hätte . . .

Mein Edelmut, der mich wahrscheinlich vor allem wegen des unbrauchbaren Vorschusses so wenig Mühe gekostet hatte, war möglicherweise der Anlaß zu der »kleinen Verliebtheit« gewesen, von der Leentge in ihrem ersten, im übrigen sehr sachlichen Brief berichtete.

Ganz wie sie mich instruiert hatte, sandte ich meine Antwort an »Mademoiselle Deyrich«, rue de Rennes Nummer soundsoviel, wo Leentge jedenfalls nicht wohnte. Ja, auch ich sei ein wenig *amoureux*, wenngleich man das nie mit Bestimmtheit von sich selbst wisse ... In welchem Maße nun aber der eine in den anderen verliebt sei und umgekehrt, spiele keine Rolle; man könne von Zuneigung sprechen, und unter diesen Umständen scheine mir eine eheliche Verbindung aus rein behördlichen Erwägungen nicht ratsam. Ob sie sich nun in Berechnung oder in Leidenschaft hülle, die Ehe sei stets eine Falle, und nur die Wachsamsten fänden den Weg zurück ...

Der Deutlichkeit halber kritzelte ich hinten auf den Umschlag so etwas wie: »*Chère mademoiselle Deyrich* ... *Ayez la bonté* (undsoweiter undsofort), diese Postsendung an LEENTGE weiterzuleiten ...«

Damit hatte ich offenbar einen großen Fehler begangen. Postwendend bekam ich von meiner Jugoslawin einen Anschiß, der sich gewaschen hatte. Wo ich die Blödheit hernähme, ihren *Namen* auf dem Umschlag zu nennen ...! Und es sei obendrein »für nichts nicht gut gewesen«, weil »Mlle Deyrich« niemand anders sei als das zweijährige, des Lesens noch unkundige Töchterchen von verläßlichen Bekannten, die ich mit meiner Mitteilung auf dem Umschlag genauso wie Leentge selbst in Gefahr gebracht hätte. Sie schrieb nicht, wieso und warum, nur: »Noch so eine *stupidité*, und ich breche die Korrespondenz ab. Dann sucht sich Leentge eben einen anderen Holländer zum Heiraten ...«

Leentges Aufenthalt in Frankreich war offenbar auch wieder nicht so geheim, daß sie nicht ganz normal mit dem Zug die Grenze überschreiten konnte. Im Herbst desselben Jahres besuchte sie mich kurz in Nimwegen, um Ernst zu machen mit unserer Vereinbarung. Obwohl sie nicht ganz damit einverstanden war, beschlossen wir, die Zeremonie noch etwas zu verschieben, um zu sehen, wie es mit ihrer »kleinen Verliebtheit« weiterging, die übrigens während ihres Blitzbesuchs nicht die geringste Chance erhielt.

Im Frühling '73 blieb sie länger. Ich war inzwischen von meiner Kellerwohnung ins Studentenwohnheim in Hoogeveldt umgezogen, um näher bei Milli zu sein, und lebte folglich in einer Angst, sie – die jetzt gegenüber von mir wohnte – könnte die Jugoslawin und mich zusammen sehen. Wir verließen in diesen zwei Wochen mein Zimmer kaum.

Sie war häßlich.

Zuallererst war da ihre Magerkeit. Leentge ernährte sich hauptsächlich von einem Milchkonzentrat, das sie sich – Kopf im Nacken – direkt aus der Tube in den Mund drückte. Fast obszön, wie der träge, dicke Strang zwischen ihre Lippen quoll . . .

Das Wenige, was sie an Busen besaß, hing und hatte Warzen wie bei einem alten Weib. Mit einer intensiven, verquälten Bewegung beider Hände in Höhe des Zwerchfells zeigte Leentge, wie ihre Brüste beim Gehen hochschlugen und ihr gegen Ende des Tages Schmerzen bereiteten. Als BH trug sie das Oberteil eines alten Bikinis, dessen Träger ich morgens so fest wie möglich anziehen mußte.

Als ich zum erstenmal bei Licht ihre hochgezogenen Knie auseinanderschob (sie gab unwillig und danach teilnahmslos nach), sagte sie: »Da ist es dunkel, nicht wahr? Dunkel wie die Nacht . . .«

Es klang entschuldigend, mit einem resignierenden Unterton, und gleichzeitig hatte es etwas fast Geringschätziges, wie immer, wenn Leentge von ihren weiblichen Qualitäten sprach.

Dunkel wie die Nacht . . . in der Tat. Keine Spur von einer Öffnung und genausowenig von den zarten Hautfalten, die die Öffnung zu säumen hatten. Dieser Ort hatte nichts Verlockendes. Alles, was ich sah, war eine störrische schwarze Matte aus dichten, allzu regelmäßigen Haaren. Vom Bauch kommend, verschmälerte sie sich kurz, um sich dann wieder zu verbreitern und schließlich in einer Spitze zusammenzulaufen. Beim Streicheln entstand unter meinen Fingern nicht unversehens eine weiche, saugende Öffnung, die in ihr Innerstes führte. Sie blieb geschlossen: Ich mußte Kraft anwenden, um in sie einzudringen. Sie umschloß mich zu straff, als hätte ich versehentlich die andere Öffnung gewählt . . .

War ich erst einmal mit ihr zugange, so erteilte sie Befehle.

»Vite! Vite . . .!« »Tranquille . . .« »Maintenant vite!« »Attends, Albert. Lentement . . .«

Doch nichts ließ erkennen, daß diese erzwungene Abwechslung sie erregte oder stimulierte. Vielleicht wollte sie lediglich den Anschein erotischen Raffinements erwecken . . . Meine körperlichen Reaktionen bekamen dadurch etwas Mechanisches. Ich gehorchte ihr. Erotik wurde immer mehr zum Synonym für Tristheit . . .

Ja, sie war häßlich. Und mit dieser Häßlichkeit lieferte sie den besten Beweis für die Unheilbarkeit meiner Impotenz: Das Unvermögen, eine Erektion aufrechtzuerhalten, hatte sich in das Unvermögen verwandelt, »nein« zu sagen.

Nach zwei Wochen fuhr Leentge voller Schrammen und Prellungen und Blutergüsse wieder ab. Blaue Zehen, eingerissene Nägel, aufgeschürfte Fußknöchel . . . In dem knapp zweieinhalb auf dreieinhalb Meter großen Zimmer mit dem Rauhputz an den Wänden und den dicht beieinanderstehenden Möbeln stieß sie sich in einem fort durch ihre ungelenke Art, die Raum benötigte. Während dieser vierzehn Tage war bei ihr eine Art Verwilderung eingetreten . . . alles an ihr war durcheinander und verquer.

Trotzdem kam sie seither in jedem Frühjahr für ein paar Wochen zu mir, um sich zu erkundigen, wie es um unsere Heiratspläne stehe. Machte sich während des Besuchs ihre »kleine Verliebtheit« wieder bemerkbar, so wurde die Eheschließung um ein weiteres Jahr verschoben. Leentge muckte beim Abschied dann zwar ein wenig auf, reiste aber weiterhin treu und brav jedes Jahr an – nun schon zum vierten Mal.

2

Immerhin: Leentge sah gut aus, oder eigentlich: nicht allzu schlecht. Jedenfalls wesentlich besser als die beiden Male vorher und fast so gut wie zur Zeit unserer ersten Begegnung. Weniger mager, weniger blaß, weniger nervös . . . Ihre Augen waren klar, und sie wirkte entspannt. Ihr Lächeln war kein Grinsen. Den abgetragenen und mehrmals zurechtgeflickten Safarianzug hatte sie zu Hause gelassen. Diesmal trug sie eine dunkelgrüne Jacke aus feinem Kordsamt mit dazu passender Hose. Fast ein Herrenanzug. Darunter hatte sie einen schwarzen Rollkragenpullover.

Trotzdem ging ich ihr in den ersten Stunden soweit wie möglich aus dem Weg. Ich war durch die Vorbereitungen für die Fete entschuldigt und etwas später durch meine Rolle als Gastgeber, der ich mich aufs gewissenhafteste widmete. Aus der Ferne machte ich manchmal eine entschuldigende Geste zu Leentge hin, woraufhin sie versöhnlich lächelte oder nachsichtig die Augen schloß.

Aus Den Bosch traf Flix ein, den ich auf Thjums Bitte eingeladen hatte, vielleicht weil er ein Experte in der Tat war, derer sich Thjum schuldig gemacht hatte. Wollte er Eindruck schinden? Aus Sympathie konnte er die Einladung nicht ausgesprochen haben . . . Um mein Zusammensein mit Leentge noch etwas hinauszuzögern, erkundigte ich mich bei Flix nach seinen Fortschritten in der Bildhauerei. Er sah mich argwöhnisch an: Soviel Interesse war er von mir nicht gewöhnt.

»Ich mache in zwei Monaten die Abschlußprüfung an der Königlichen.«

Flix nutzte mein übermäßiges Interesse zu einer Klage über die schriftliche Arbeit, die zum Abschluß seines Studiums von ihm verlangt wurde. »Ich kann nicht schreiben.«

Seine Klage drang kaum zu mir durch, aber um Leentge gegenüber weiterhin beschäftigt und in Anspruch genommen zu wirken, versprach ich Flix wort- und gestenreich, ihm beim Schreiben seiner Arbeit zu helfen. Er kniff sein linkes Auge zusammen, wie um die Ernsthaftigkeit meines Versprechens zu prüfen.

Mein Bruder Freek, meine Schwester Mariëtte und ihr Arnheimer Fotograf, der »Nickengel« – mit jedem wechselte ich ein paar Worte. Ich verhaspelte mich in meinen eigenen Fragen . . . Andere Gäste führte ich zu dem Tisch, auf dem unter einer alten Plastikkäseglocke die Schuhe des hl. Canisius prangten. Wie ein Museumswärter gab ich Auskunft . . . ich war nicht zu bremsen. Je mehr Leute das Wohnzimmer füllten, desto befreiter fühlte ich mich. Sie bildeten eine undurchdringliche Hecke zwischen mir und der Jugoslawin.

Ansonsten unterschied sich die Fete in nichts von anderen Feten. Jemand legt eine Platte auf, die nach anderthalb Minuten von jemand anders vom Plattenteller genommen und durch eine LP ersetzt wird, die »viel fetziger ist . . .« »Das *fetzt* doch nicht!« »Hast du nichts *Fetzigeres*?« Zu laute Musik, ein Tanz, zwei oder drei zungenküssende Pärchen, halbleere Bierflaschen: eine Studentenfete Mitte der siebziger Jahre. Leute, die ihr stilles Kämmerlein verlassen, um einander, im selben Raum zusammengepfercht, schamlos zu demonstrieren, daß ihr Leben inhaltslos ist. »Hast du nicht was Fetzigeres?«

Ich war bereit, mit jedem über nichts und sogar noch weniger zu reden – wenn ich mir Leentge nur vom Leib halten konnte, bis Beertje, die jeden Moment auftauchen konnte, wieder gegangen war.

Zu meinem Erstaunen sah ich später am Abend auch Marike de Swart zwischen all den anderen Leuten in meinem Zimmer auf dem Fußboden sitzen. An ihrer Anwesenheit mußte ein verrutschtes Kreuz in Thjums Adreßbuch schuld sein, das war die einzige Erklärung. *Ich* hatte sie jedenfalls nicht eingeladen. Meine Besuche bei ihr, ohnehin zunehmend auf verkaterte Sonntagnachmittage beschränkt und keinem anderen Ziel dienend, als meine triste Geilheit zu befriedigen, hatte ich schon vor Monaten eingestellt.

Marike strahlte Unbehagen aus. Sie fühlte sich sichtlich nicht wohl, was daran zu erkennen war, daß sie sich ihre langen Haare in einem fort hinter die Ohren strich und sie dann wieder vors Gesicht fallen ließ.

Ich hockte mich für einen Moment zu ihr und fragte – irgendwas mußte man ja sagen –, ob sie, »wenn das Wetter wieder besser wird«, Lust hätte, ins Kröller-Müller-Museum mitzukommen; dann könne ich ihr die Originale der Van-Gogh-Reproduktionen in ihrem Zimmer zeigen.

»Krrröller-Müllerrr . . .!« Ich hätte mir keinen schlechteren Namen einfallen lassen können. Die überdeutliche Aussprache der R's verriet, daß ich schon leicht beduselt war.

Sie sah mich mit jener eigentümlichen Mischung aus Spott und sanftem Vorwurf an, die ihr so lag.

»Du trinkst in letzter Zeit wohl wieder reichlich?«

So oft es sich auch erneuerte, Zelle für Zelle, mein Blut würde sie wohl nie vergessen. Sogar jetzt, trotz aller Geringschätzung, pochte mir das Verlangen im Leib.

Als ich betrunken genug war und meinem Gast nicht länger aus dem Weg gehen konnte, setzte ich mich zu ihr und legte ihr in der heuchlerischen Haltung »Endlich hab ich 'nen Moment Zeit für meine liebe Leentge . . .« den Arm um die Schulter. Ich spürte das Lächeln auf meinem Gesicht wie eine zu eng sitzende Maske. »Erzähl mal, Leentge . . .« begann ich, um ein Interesse vorzutäuschen, das ich in Wirklichkeit nicht aufbringen konnte, »erzähl mal . . . was hat sich in deinem Leben verändert, daß du so strahlst?«

Die Jugoslawin antwortete in ihrem üblichen Mischmasch aus Französisch, Englisch und Niederländisch.

»Guess . . .! Je te le donne en cent.« Sie meinte, ich käme nie drauf.

Es kostete mich größte Mühe, mich auf die mögliche Ursache ihres Glücks zu konzentrieren. Immer wieder schweiften meine Blicke zur Tür, wo jeden Moment Beertje auftauchen konnte. Meinen Arm hatte ich schon längst wieder von Leentges Schulter genommen.

»Sie haben eine Französin aus dir gemacht.« Es war einfach nur dahergeredet.

»Nein, nein ... keine Rede davon. Soweit ist es noch lange nicht. Außerdem will ich *Hollandaise* werden. That's why ... ähm ... ich bin hier.«

»Ich geb's auf.« Noch immer keine Beertje.

»J'ai congédié Phine.«

Natürlich: Sie hatte Phine aufgegeben. Phine ... Aus purem Aberglauben sprach sie das Todeswort nie aus. Phine: ein Euphemismus, der an der Sache nichts änderte. Mit der Sprache konnte man den Tod allenfalls ein Stück weit beschwören, ihm aber nicht abschwören. Morphin dadurch entkräften zu wollen, daß man es *Phine* nannte, war genauso, als wollte man die heilige Messe dadurch entheiligen, daß man das Adjektiv wegließ. Genauso wie Hl. Messe im Grunde genommen doppelt gemoppelt war, steckte auch in *fine* ebensoviel Endlichkeit wie in *mort* – obwohl man in Frankreich immer dachte, Leentge meine irgendeinen teuren Kognak damit. J'ai congédié Phine ... Sogar in Angelegenheiten auf Leben und Tod hatte ihre Ausdrucksweise etwas »Liebes Tagebuch«-artiges. Poesiealbumsprache.

Ihre Mitteilung berührte mich so wenig, daß mich meine eigene Gleichgültigkeit verwirrte.

»Warum ... warum hast du damit aufgehört?« bekam ich schließlich heraus.

»Och ... nur so.« Sie sagte es forciert lässig.

Berendina Schwantje, die noch nie einer Fete ihres Bruders ferngeblieben war, tauchte ausgerechnet an jenem Freitagabend nicht auf. Eigentlich hätte ich erleichtert sein müssen, da ich ihr mit meiner Jugoslawin nicht unter die Augen zu kommen brauchte, doch ich fühlte mich nur enttäuscht durch Beertjes schwindendes Interesse. Gegen Mitternacht war es sicher, daß sie nicht mehr kommen würde: Als disziplinierte Tänzerin erschien sie immer früh, um spätestens um eins im aprikosenfarbenen Minicooper ihrer Stiefmutter wieder zu verschwinden. Sie hatte nichts davon gesagt, daß sie verhindert war ... was darauf deuten könnte, daß sie sich beleidigt fühlte. Natürlich hatte die hinkende Toosje, unsere free-lance *go-between*, ihr zu erzählen versucht, daß »bei Allebert« ein ausländisches Mädchen zu Besuch war – andererseits war die Chance wie immer gering, daß Beertje aus ihren gestammelten Mitteilungen hätte schlau werden können.

Wie auch immer: ob gleichgültig oder beleidigt – Berendina Schwantje ließ sich nicht blicken. Aber was schlimmer war, und es wirkte wie ein abgekartetes Spiel: an ihrer Stelle kam ihre Stiefschwester. Milli.

Früher hatte Thjum sie ein paarmal eingeladen, vielleicht um mir eine bittere Freude zu machen, aber daß sie erschienen wäre – nein, nie. Zu guter Letzt hatte er die Hoffnung aufgegeben, seine Stiefschwester je noch becircen zu können, auf einem unserer Feste aufzutauchen.

Als Tochter aus einer früheren Ehe der derzeitigen Mevrouw Schwantje kümmerte sich Milli so wenig wie möglich um ihre »angeheirateten Geschwister«. Niemand verübelte ihr das: Als ihre Mutter es nach zahllosen gescheiterten Beziehungen und in die Brüche gegangenen Ehen auch noch für nötig hielt, August Schwantje zu heiraten, hatte das Mädchen die Nase voll davon, sich immer wieder an neue »engste Familienangehörige« gewöhnen zu müssen. Ihr Leben war ohnehin versaut.

»Also gut . . . j'étais enceinte.«

Die Worte drangen scharf und schneidend wie ein Messer in mich, doch der Schmerz ließ, obgleich ich bereits blutete, noch auf sich warten. In der Tür zu meinem Zimmer stand Milli. Sie trug einen hellblauen Rock mit dazu passender Weste und darunter eine weiße Bluse, wie osteuropäische Volkstänzer sie tragen, mit weiten Ärmeln und seitlich am Hals geschlossen. Blau und weiß . . . sie trug Blau und Weiß, die Heuchlerin. Seinen Aversionen sollte man doch länger treu bleiben. Was konnte die Wahl ihrer Kleidung denn sonst schon bedeuten, als daß sie sich mit ihrer Jugend in Geldrop ausgesöhnt hatte? Noch etwas an ihr war anders. Sie trug eine Brille des in Anzeigen schamlos als »neobürgerlich« angepriesenen Modells, wodurch sie der Fernsehansagerin Lous Haasdijk ähnlich sah. Es machte sie mindestens zehn Jahre älter: eine Frau, die auf die Vierzig zuging. Nicht mehr so mager wie früher war sie auch, schon fast mollig, doch das gereichte ihr wiederum zum Vorteil. Sie hatte offensichtlich gelernt, wie man ißt . . .

All diese Details nahmen mich mehr in Beschlag als Leentges Worte. Trotzdem spannte sich alles in mir, um den nächsten Messerstich einzustecken.

»Ich schwanger«, wiederholte Leentge. »Pregnant. That's why. Weil ich hatt' gut Hoffnung.«

Hinter Milli erschien ein ältlich wirkender junger Mann auf dem Flur. Er trug ein gemäßigt pointillistisches Jackett, Typ »Seurat« – ein Gewimmel pastellfarbener Tupfen. Ich erkannte in ihm ihren früheren Verlobten, seit kurzem ihr Ehemann, kam jedoch nicht auf seinen Namen. Sie führten gemeinsam eine Rechtsberatungsstelle in Bemmel, mit Plakaten am Fenster. Ja, Paul hieß er . . . aber wie weiter? Es wollte mir nicht einfallen. Paul Punktpunktpunkt . . . War ja auch egal. Was mich interessierte, war, wie Thjum dieses durch und durch ehrbare Paar hatte einladen können, einen Reliquiendiebstahl zu feiern. Vielleicht dachte er ja, er hätte demnächst einen Anwalt nötig . . .

Mijnheer und Mevrouw Punktpunktpunkt-Händel zögerten an der Schwelle. Ihre Blicke schweiften über die Köpfe der auf dem Parkettfußboden Sitzenden. Nirgends war ein Plätzchen frei. Am anderen Ende des Zimmers sah ich Thjum aufspringen. Mühsam, die Beine zwischen Rücken hindurchzwängend, bewegte er sich auf die Rechtsberatungsstelle zu.

»Albert, hörst du?«

Nein, ich hörte nicht zu, aber trotzdem waren ihre Worte voll durch mich hindurchgegangen. Ich blutete. Erst nach Aufbietung meiner ganzen Konzentration tastete ich mich durch den Alkoholnebel an ihre wörtliche Bedeutung heran, und da kam auch der Schmerz. Ich wollte nicht so grob mit der Nase auf das Leben gestoßen werden, das sie fern von mir führte . . .

Thjum geleitete das Anwaltskollektiv zu dem Tisch mit den

Reliquien, wo er beiden Punktpunktpunkts aus einem alten Pißkolben ein Glas Wein eingoß – mit unbewegter Miene, wie ich ihn am liebsten hatte. Sie stießen an. Ganz in der Nähe des Tisches, mit dem Rücken zu Milli, saß Marike und drehte sich eine Zigarette.

Milli, Marike, Leentge ... Mit ihrer Anwesenheit verkörperten sie drei aufeinanderfolgende Phasen meiner Impotenz. Milli den Tiefpunkt, Marike die Heilung, Leentge das erste Anzeichen von Unheilbarkeit. Wenn ich meinen Blick von einem Gesicht zum anderen wandern ließ, las ich eine hübsche Zusammenfassung meines erotischen Werdegangs zu Beginn meiner zwanziger Jahre ... Zwischen tiefster Erniedrigung und äußerster Schamlosigkeit hatten sie mich erlebt: Noch nie zuvor war so viel gründliche Kenntnis meiner Person in ein und demselben Raum versammelt gewesen. Der reinste Kongreß ... Zwei Zeuginnen meiner Ohnmacht, das wäre ja gerade noch gegangen, aber drei waren mir zuviel. Nur Beertjes Anwesenheit hätte diese teuflische Zusammenkunft möglicherweise beschwören können ...

Mir brach der Schweiß aus: Plötzlich hatte ich das Gefühl, es sei kein Zufall ... sie seien gekommen, um sich über mich lustig zu machen ...

»Schwanger? Aha ... und von wem denn?«

»Ja, von wem denn wohl? Rat mal ... Von meinem petit Albert natürlich.« Das starke Gefühl, daß sie log.

»Wart mal ... Aber du hast doch ...«

»Nein, Albert, nein. Nichts hab ich genommen. Gar nichts. Nothing. Leentge glaubte ja, daß sie unfruchtbar ist.«

»Unfruchtbar ...! Und der Gedanke allein soll schon als Verhütungsmittel ausreichen?«

»Ach, Albert. Ich war schon so oft unvorsichtig ... Ich wurde immer leichtsinniger, und es ist nie was passiert. Nie. Ich mußte unfruchtbar sein ... das war die einzige Erklärung. Es sei denn, all die Jungs, die es auch nicht so genau nahmen, waren es, inklusive dir. Es lag ... es lag an Phine, dachte ich ...« Lügen.

»Wann hast du denn gemerkt, daß du ...«

»Oh, erst sehr spät . . . Voriges Jahr im September. Ich war schon im sechsten Monat. Rechne's nach.« Sie log.

»Im sechsten . . .! Aber ist dir denn kein Licht aufgegangen, als du die ganze Zeit deine Tage nicht gekriegt hast? Du bist doch keine zurückgebliebene Trine vom Land . . .!«

»Schon seit wir aus Jugoslawien weg sind, bekomme ich meine Tage unregelmäßig. Die Flucht hat alles da drinnen durcheinandergebracht. Die Angst, Albert . . . Ich war ja noch ein Kind. Oft ist monatelang kein Blut gekommen. Durch Phine manchmal ein halbes Jahr lang nicht . . . Ich hab mir also weiter keine Gedanken gemacht, als es letztes Jahr wieder so lange ausblieb. Ich hab Phine die Schuld gegeben.«

Daß sie log, schmälerte meinen plötzlichen Widerwillen nicht.

»Bist du dir denn sicher, daß es, na ja . . . von mir war . . . und nicht von jemand anders?«

»Albert, lieber Albert . . . in der Zeit gab es keinen anderen. Ich schwör's dir.«

»Aber . . . wenn du dir so sicher warst, daß du von mir schwanger warst . . . warum hast du mir denn nichts davon gesagt?«

Sie fuhr hoch. »Ja, hör mal . . . ich bin doch nicht blöd. Ich kenn dich doch, Albert. Was hättest du wohl gesagt? Ich hörte es förmlich: ›Das hast du absichtlich gemacht, Leentge . . . du hast mich reingelegt . . . du willst mich zur Heirat zwingen, *wicked lady* . . .‹ Nein, Albert, diese Wut hab ich dir nicht gegönnt. Es war ein Unfall, und ich allein war daran schuld. Ich mußte selbst für die Folgen aufkommen. Ganz allein.«

Derselbe Ekel wie damals nach Marikes Abtreibung, trotz des unverkennbar Verlogenen in Leentges Mitteilungen. »Und da hast du's dann wegmachen lassen . . .«

»Wegmachen? Wenn man schon im sechsten Monat ist? Albert, are you kidding? Und selbst wenn ich jemand dafür hätte finden können . . . ich sage wenn, Albert, wenn . . . ich hätte es nicht gekonnt. Auf einmal . . . auf einmal, Albert, war mein Bauch gefüllt. Von einem Moment zum anderen hatte ich . . . hatte ich Leben in mir. Nein, ich hätte es nicht fertiggebracht, es wegmachen zu lassen. Aber dich wollte ich damit auch nicht belasten. Und deshalb beschloß ich, es zu kriegen . . . in aller Stille. Es sollte geheim bleiben. Top secret, dear.«

Sie salutierte bei den letzten Worten und zog eine dazu passende Grimasse, aber ihre Augen standen plötzlich voller Tränen. Und trotzdem log sie . . .

»Also . . . Und wo ist es jetzt? In Lille? Bei den Deyrichs? Nun sag schon! Oder –«

»Partout et nulle part, mon amour. Überall und nirgends. Dans l'égout . . .«

Sie sagte es so heiter wie möglich, aber ihr rollten die Tränen im Zickzack zu den Mundwinkeln, die nicht mehr zu wissen schienen, was sie ausdrücken sollten und in einer ständig wechselnden Position zitterten. Als der Mund schließlich kapitulierte, weinte sie wirklich, Leentge. Und ich schämte mich, denn Milli sah zu uns herüber.

Schnell versenkte ich meine Nase im Glas. Aber so ein Glas ist auch nicht bodenlos, und außerdem war es bereits so gut wie leer. Mir blieb nichts anderes übrig, als weiterzufragen. *Dans l'égout, mon amour* – im Gully.

»In . . . Paris?«

»In Schottland. In Edinburgh.«

»Aber, Leentge . . . was hast du denn in Schottland gemacht?«

»Du hast doch gefragt«, fuhr sie mich an, »warum ich Phine aufgegeben habe! Glaubst du vielleicht, ich wäre sie losgeworden, wenn ich in Paris geblieben wäre? Sollte mein Kind das Kind von mir und Phine werden? Sollte es Phine als . . . als *Vater* haben?«

Ich sah, wie Milli sich anstrengte, nicht in unsere Richtung zu schauen. Kerzenflammen in den Brillengläsern, beobachtete sie lächelnd, zerstreut, Thjums Verrichtungen. Er hatte seinen verletzten Arm aus der Schlinge genommen, hob die Käseglocke hoch und holte die Heiligenschuhe heraus.

»Seit ich wußte, daß ich schwanger war«, sagte Leentge jetzt wieder in normalem Ton, »hab ich keine *seringue à Phine* mehr genommen. Ich hab von einem Tag auf den anderen damit aufgehört. Es hat mich nicht die geringste Mühe gekostet. Geistig jedenfalls. *Corporellement* wurde ich schrecklich krank. Ich krümmte mich vor lauter Elend, aber ich hab mir die ganze Zeit gesagt: Es ist für das Kind . . . für das Kind . . . für das Kind . . .«

»Warst du bei einem Arzt?«

»Nein, erst später . . . als es schon zu spät war. Ich glaubte, ein Arzt könnte mir nicht helfen . . . ich glaubte, ich müßte da *allein* durch. Das einzige, womit mir ein Arzt hätte helfen können, war Morphin . . . und davon wollte ich ja nichts mehr wissen.« (Nur wenn von der Welt der Medizin die Rede war, nannte Leentge ihren Dämon bei seinem klinischen Namen. »Phine« war ihrer eigenen Welt vorbehalten.) »Nein, ich mußte zusehen, wie ich es allein schaffte.«

Und wenn das nun tatsächlich die Wahrheit war? Ich sah sie mit einem riesigen, bösen Engel kämpfen, um dieses kleine, wehrlose Engelchen in ihrem Schoß zu retten . . . und da platzte mir der Kragen: Wenn sie nicht log, dann wäre es ja auch *mein* Kind gewesen, das in ihr herangewachsen war . . .

»Ich bin erst in eine Klinik gegangen, als das Baby in mir schon tot war. Der Arzt sagte, das kleine Ding sei an . . . erst glaubte ich ihm nicht . . . an Entzugserscheinungen gestorben, Albert! Ein Fötus kann in kurzer Zeit genauso abhängig werden wie die Mutter. Noch schlimmer. Und ohne das kleinste bißchen an freiem Willen. Ich war *le pushèr* meines eigenen Kindes. Ich hatte es retten wollen, aber bei meinen Rettungsversuchen hab ich es zu fest . . . an mein Herz gedrückt. Ich hab es . . . totgedrückt.«

Mein Kind . . . zerquetscht von der Mutter . . . gestorben an einem übermenschlichen Beweis von Mutterliebe. Ich hatte immer heimlich gehofft, daß es mal schiefgehen würde, mal ein Volltreffer würde – von allein, ohne daß ich mir selbst oder der Betreffenden etwas vorzuwerfen hätte. Ein Kind als Zertifikat der Echtheit, als Beweis dafür, daß es mich gab. Endlich etwas zu machen, durch eigenes Zutun hervorsprießen zu lassen! Und jetzt, wo es passiert war, hatte es nicht geklappt. Alles hinter meinem Rücken: Geflüchtete Jugoslawin, wohnhaft in Frankreich, Morphinistin, bringt Sechsmonatskind in Edinburgh zur Welt, tot, gestorben an Entzugserscheinungen ... Ich hatte, wie auch immer, einen Schemen gezeugt und nichts aus Fleisch und Blut.

Leentge nahm das Bündchen ihres Pulloverärmels in die Hand und wischte sich damit die Tränen aus den Augen. Sie versuchte zu lächeln.

»Na ja«, sagte sie, »Phine bin ich jetzt wenigstens auch los.«

Wieder sah Milli flüchtig in unsere Richtung und wandte sich dann erneut Thjum zu, der ihr die Reliquien zeigte. Diese Frau da, mit ihrer »neobürgerlichen« Brille ... also, da knetet sie doch lachend das Leder eines alten Klosterschuhs ... das Kind, das ich *ihr* mal hatte schenken wollen und das sie sogar noch überzeugter hatte bekommen wollen ... dieses Kind soll ich einer geschenkt haben, die zufällig des Weges kam? Unmöglich. Leentge log wie gedruckt.

Einmal hatte ich gesehen, wie eine Katze ihrem Frauchen eine totgebissene Maus in den Schoß legte. Genau so ein lebloses, schlaffes Ding hatte ich Milli zwischen die Schenkel gelegt. Bei ihr war ich gelähmt gewesen.

Ich versuchte Leentge ein wenig zu trösten, aber so recht von Herzen kam es nicht. Es war eher pro forma ... »Alles gelogen«, ging es mir hartnäckig durch den Kopf. »Sie lügt.« Tief in mir – und vielleicht gar nicht einmal so tief – entwickelte sich bereits aufgrund von Leentges Geschichte jene physische Aversion, die ihren Besuch zu einer Tortur machen sollte.

Für den Rest des Abends und der Nacht ging ich, mich leichtsinnig dem Suff ergebend, der Jugoslawin soweit wie möglich aus dem Weg. Marike kam ein paarmal und zupfte mich am Ärmel. »Komm schnell mit nach oben. Ihr ist schlecht.« Dann kniete Leentge im Badezimmer stöhnend vor der Wanne. Marikes Hände lagen ermutigend auf ihren Schultern. Die Brabanterin sah mich verächtlich an. Natürlich: So konnte sie ihrem persönlichen Vorwurf eine etwas allgemeinere Note geben. Mit jeder trieb ich dasselbe Spiel . . . Marikes Hilfsbereitschaft war ein Teil ihrer Rache. Die Wanne blieb trocken, so laut Leentge auch stöhnte. Und obwohl ich es bei mir selbst kannte – ein rein körperliches Gefühl der Übelkeit, wenn man merkt, daß beim anderen die Liebe vorbei ist –, sagte ich mir doch, sie wolle mit ihrem Verhalten nur Aufmerksamkeit schinden . . . Mich zog es nach unten zu meinen Freunden, um meinen Gast zu vergessen. Vor lauter Ungeduld hätte ich sie fast geschlagen. Ganz kurz blitzte der Gedanke auf: »Jetzt muß ich aufpassen.«

3

Man konnte noch mehr hören in jener schönen Aprilnacht. Wahrheiten und Lügen, von beidem etwas. Vor allem Lügen, doch die bargen wiederum Wahrheiten, die sich vor nackten nicht zu schämen brauchten. Die Nacht war von Stimmen erfüllt. Wer aufmerksam lauschte, hörte durch die Musik hindurch nichts als Raunen und Schwirren.

So nahm in jener Nacht zwischen drei und vier Thjums Vater in seinem Schlafzimmer den Telefonhörer ab.

»Schwantje.«

»Ähm, ja . . . hier ist der Pförtner der Halve Mantelkliniek. In Ihrem . . .«

»Wie, Klinik? Ist was passiert?«

»Halve Mantelkliniek, ja. Der Pförtner. In Ihrem anderen Haus, hier nebenan . . . ich meine: hier gegenüber . . . läuft schon die ganze Nacht viel zu laute Musik. Unsere Patienten können nicht schlafen. Sehen Sie eine Möglichkeit, etwas dagegen zu unternehmen?«

Sogar als sich später herausstellte, daß der Anruf von unserem Nachbarn stammte, der zu feige gewesen war, sich als solcher zu erkennen zu geben, blieb August dabei, wir hätten »sein Vertrauen beschämt«, denn in dem Stil redete er. Der Vorfall blieb für ihn *das* Zeichen, daß wir zu weit gegangen waren.

Inoffiziell wußte er natürlich schon lange von unserem Leben in seinem Zweit-, Dritt- oder was weiß ich wievielten Haus. Schließlich hatte er seine Kurierin in der Person der kurz Toosje genannten Katharina Katrinčak: eine körperbehinderte Streunerin, die von Thjummi in dessen sozial engagierten Jahren auf der Straße aufgelesen worden war.

Was ihr Vater, ein Tscheche, der laut Fredje »schlicht und einfach Jan« hieß, in den Niederlanden getrieben hatte – außer ein vierzehnjähriges Mädchen zu schwängern –, war nie ganz deutlich geworden. Toosjes Mutter beschrieb ihn als »roten Spion«: Bei einem Ausflug ans Meer habe er »Bunker in den Dünen fotografiert«, wohlgemerkt, nachdem er sie zuvor entjungfert hatte. Das alte Lied: Als sich herausstellte, daß das Mädchen ein Kind erwartete, verduftete Jan Katrinčak. Wohin, wußte niemand. Nur Toosje glaubte es nach jahrelangem Grübeln zu wissen. In die Tschechoslowakei. Sie war felsenfest davon überzeugt. Niemand widersprach ihr übrigens.

Bereits bei der Geburt – ein Kind, das ein anderes gebar – wurde Katharina von ihrer fünfzehnjährigen Mutter verstoßen. Alles in einem Aufwasch: Was weg ist, ist weg. Blieb noch: den Arsch abwischen und spülen.

Einige Jahre danach heiratete Toosjes Mutter einen Achtzehnjährigen, der sie im Laufe von zwölf Jahren mit neun wohlgestalteten Kindern bedachte. Als erstes ein Junge, dann ein Mädchen, dann wieder ein Junge, gefolgt von einem Mädchen . . . und so weiter in scheinbar ausgetüftelter Abwechslung. Ein Kind war gesünder als das andere. Und an dem Weib, das mit der Regelmäßigkeit eines Tiers seine Jungen warf, war nicht die leiseste Spur von Verschleiß zu erkennen. Nur von Toosje hatte sie nie mehr etwas wissen wollen. Für sie bestand ein direkter Zusammenhang zwischen ihrem tschechischen Fehltritt und der Mißbildung des Kindes.

Indessen vollendete die runtergespülte Katharina Katrinčak ihren glitschigen Weg durch die Kloake: Ammen . . . Pflegemütter mit leeren Brüsten . . . Pflegefamilien mit leeren Portemonnaies . . . Erziehungsheime . . . Anstalten . . . Unaufhaltsam wie ein nasses Stück Toilettenseife. Bis sie endlich in der Gosse angespült wurde, aus der Thjum – damals noch »Strandräuber in den Randbezirken der Stadt«, wie er sich selbst spöttisch nannte – sie auffischen sollte. Das Mädchen schlief auf einem Feldbett in seinem Zimmer. Die Situation wurde schon bald unhaltbar. Eines Sonntags hinkte sie an seiner Seite nach Berg en Dal – und blieb da. Mijnheer und Mevrouw Schwantje betrachteten und behandelten sie mit der Zeit als angenommenes Kind. Es ist sie teuer zu stehen gekommen.

Toosje hatte eine Schwäche für Essig, insbesondere für solchen, »der nach irgendwas schmeckt«. Wir hoben für sie die Gläser auf, in denen saure Gurken oder Rollmöpse konserviert gewesen waren. Gierig, in langen Zügen, trank sie in unserer kleinen Küche das trübe Gesöff, in dem immer auch ein paar schwarze Zwiebelringe schwammen oder zu klein geratene, völlig verschrumpelte Gürkchen. Dann wurde Toosje für die Dauer einer Minute feuerrot und verließ daraufhin leichenblaß das Haus. »Was ist das wild drauf«, sagte sie immer, denn sie hatte eine merkwürdige Form von Sprachschwäche.

Auf dem Weg nach Berg en Dal ließ Toosje in jeweils kleinen Portionen ihren Mageninhalt am Straßenrand zurück. Ein derart ätzend saures Zeug, daß an manchen Stellen kein Gras mehr wachsen wollte. Der ganze linke Straßenrand trug Narben in Form von kuhfladengroßen kahlen Stellen.

In ihrer Glanzrolle als *go-between* hinkte Katharina Katrinčak unaufhörlich zwischen unserem Haus und dem der Familie Schwantje hin und her, wo sie stammelnd von unseren Exzessen berichtete. So wie sie viele Male am Tag ihren Fuß wie einen bleischweren Klotz den Berg hinauf schleppte, erinnerte sie Thjum an Sisyphus: Erschöpft oben angekommen, konnte sie wieder von vorn beginnen. Sie hatte dann nicht die schrecklichen Fakten vergessen, sondern die Wörter, in denen sie ausgedrückt werden mußten. Sie stammelte und stotterte und kriegte es nicht hin, Toosje. Unverrichteter Dinge ließ sie sich von dieser imaginären Sträflingskugel an ihrem Fuß erneut in die Tiefe ziehen. Zweifellos war es ihrer Ausdrucksschwäche zu verdanken, daß wir nicht schon viel früher von August auf die Straße gesetzt worden waren. Günstigstenfalls berichtete sie von jemandem, einem »duftigen Typen«, der von Thjum angeblich »schofelisch verhandelt« worden war. Doch die Zeiten, da der Pflegevater ihre Tratschgeschichten mit spöttischen Kommentaren versah (»Was ist das, Toosje – duftig? So was wie sympathisch sein und gleichzeitig gut riechen?«), schienen vorbei zu sein. Diesmal hatte er ihre Worte ernst genommen.

August Schwantje »wußte davon«, schon sehr lange, aber erst im Frühjahr '76 kam dieses Wissen ihm zupaß. Er brauchte uns nur noch auf frischer Tat zu ertappen, so daß er einen triftigen Grund hatte, uns hinauszuwerfen. Dazu ergriff er die erstbeste Gelegenheit.

Nach dem Anruf des Pförtners aus der Halve Mantelkliniek konnte August nicht mehr einschlafen. In anderthalb Stunden würde er, wie jeden Samstagmorgen, mit seinen beiden ältesten Söhnen auf den Trimmpfad gehen.

Ich kannte sein Schlafzimmer besser, als mir lieb war. Als Mijnheer und Mevrouw Schwantje im Sommer '75 in Urlaub waren, hatte ich dort eine Nacht mit ihrer jüngsten Tochter verbracht. Fredje zeigte eine merkwürdige Vorliebe für das Bett ihres Vaters: Sonntagsmorgens kroch sie manchmal noch als kleines Mädchen zu ihm, um gemeinsam mit ihm Radio zu hören und Bemerkungen von sich zu geben wie: »Carl Philipp Emanuel ...? Aber Paps, Pappi ... der heißt doch Johann Sebastian!«

Beim Zurückschlagen der Bettdecke sagte sie mit unterdrücktem Kichern: »Hi ...! Ich hab noch nie in meinem Leben einen Orgasmus bekommen. Nicht zu fassen, was?«

Ich hatte damals reichlich Gelegenheit gehabt, mir die Einrichtung gründlich anzuschauen. Ich stelle mir vor, daß August nach dem Anruf eine Zeitlang brütend auf das Hochzeitsfoto auf der gegenüberliegenden Wand gestarrt hat. Gonnie in Lang, aber nicht in Weiß, was sie auch bei ihrer ersten Hochzeit nicht getan hatte. In Wirklichkeit war sie fast einen Kopf größer als er, August, aber auf dem Foto wirkten Braut und Bräutigam gleich groß. Der Fotograf hatte die neue Mevrouw Schwantje gebeten, ein wenig in die Knie zu gehen, was durch das weite Kleid nicht auffallen würde ... Als August jetzt zum erstenmal in all den Jahren richtig hinschaute, sah er doch den Abdruck ihrer Knie im glänzenden Stoff. Sie stand breitbeinig da, wie eine Bäuerin, die pinkelt ...

War es diese Entdeckung, die ihm seinen gehässigen Beschluß eingab? Er verließ das Bett, duschte und stieg schon mal in seinen fasanenroten Trainingsanzug. Unten schaltete er die Kaffeemaschine ein, woraufhin er in den Garten ging, um

Gidi zu wecken, der das Umkleidehäuschen neben dem Swimmingpool bewohnte.

Als sie zu dritt die Einfahrt hinuntertänzelten, war wenige Kilometer weiter unser Reliquienfest noch in vollem Gange.

»Sag mal, hast du das ernst gemeint, mit meiner Arbeit?« fragte Flix ziemlich spitz. »Daß du mir helfen willst beim Stilisieren des Stils und so?«

Ich stand zusammen mit ihm und Thjum und Leentge auf meinem Balkon. Wir sahen den drei unermüdlich herumtrabenden Pferden auf der Weide hinter unserem Garten zu. Ein Stück dahinter, zwischen den Bäumen, schwammen die Gebäude der Halve Mantelkliniek auf dem Bodennebel; der Frühling war noch zu jung, als daß er sie hätte unsichtbar machen können. Aus meinem Zimmer, in dem die letzten Gäste den Parkettfußboden versauten, wummerte noch immer laute Musik in den Morgen. Manchmal brach eine Platte abrupt ab, und nach einer kurzen Stille platzten wir mitten in das nächste Stück.

»Natürlich. Kein Problem. Worüber geht sie?«

Flix begann umständlich, uns seine Auffassung vom Realismus darzulegen. Thjum, der mit seinem verbundenen Arm (lediglich die Hälfte der Finger ragte aus dem Verband hervor) versuchte, den Kronkorken von einer Bierflasche zu hebeln, warf von der Seite her immer sarkastischere Blicke auf das sprechende Gesicht. Das machte Flix unsicher, Panik trat in seine Augen, und er begann zu stottern. Er sprach in halben Sätzen, in denen häufig »halt so« vorkam und die noch häufiger mit dem Wort »so«, unterstrichen von einer ohnmächtigen Handbewegung, endeten. Ich konnte ihm nur schwer folgen. Seine Ausführungen liefen ungefähr darauf hinaus, die bildende Kunst müßte versuchen, sich selbst überflüssig zu machen, indem sie immer realistischer werde . . . »halt so«.

Als verstärke das wiederholte Abrutschen des Flaschenöffners Thjums Gereiztheit noch, fuhr der ihn plötzlich an: »Mann, was um alles in der Welt nützt dir denn dieser ganze Realismus? Ich würde ganz im Gegenteil sagen, die Kunst muß versuchen, ihre eigene Show aufzuziehen – genau konträr zur Realität. Das leuchtet doch jedem Kind ein.«

Flix hatte sich genug in die Enge treiben lassen. »Reicheleutesöhnchen sollten die Gosche halten, vor allem, wenn sie auch noch Tumtum heißen. Hör mal gut zu, Bürschchen: *Ich* hab zufällig im Knast gesessen – und etwas von dieser Härte will ich darstellen. Halt so. Wenn man immer nur in Watte gepackt wurde, ist es keine Kunst, über den Wolken zu schweben.«

Es war ihre erste Unterhaltung an diesem Abend. Merkwürdig, daß Flix und Thjum sich noch immer so reserviert, ja, fast feindlich gegenüberstanden ... Oder vielleicht war es doch nicht so ungewöhnlich: Ich selbst kannte das von Freunden, mit denen ich als Kind gebrochen hatte. Auch wenn der Anlaß zu diesem Bruch völlig vergessen war, bei einem Wiedersehen zwanzig Jahre später fühlte ich mich unbehaglich, gereizt, von einem unbestimmten Groll erfüllt ...

»Oh là là ... l'alcool me donne dans la tête.«

Leentge ließ sich seit der Szene im Badezimmer etwas hängen, versuchte, die Aufmerksamkeit auf sich zu ziehen. Ich verspürte erneut den beunruhigenden Drang, sie mit einer Ohrfeige zum Schweigen zu bringen.

»Ich weiß, was das ist«, sagte Flix, der sah, wie ich mich bei ihrer Berührung vor Widerwillen krümmte. »Ich hab auch mal so eine gekannt, in Den Bosch. Bianca. Auch eine Jugoslawin. Sie fuhr total auf mich ab – wer's glaubt, wird selig. Wenn sie mit mir essen ging, dann schlang sie unter dem Tisch ihre Beine um meine. Sie zerquetschte sie fast ... das war schon kein Füßeln mehr. Das hat einem glatt die Blutzufuhr abgeschnürt. Und jetzt kommt das Schönste: Über dem Tisch verzog sie keine Miene. Redete mit völlig ernstem Gesicht weiter. Was ich damit sagen will ... mit so'ner Tussi bandelt man nicht an, sondern wird gleich gefesselt. Sie wollte alles für mich tun, egal was, wenn ich sie bloß heiraten würde. 'nen Farbfernseher hat sie mir versprochen ... Sie sparte schon darauf.«

»Was sagt er denn?« quengelte Leentge, die Flixens grobe

Sprache nicht verstehen konnte. Sie zog mich am Arm. »Du mußt mir alles übersetzen, hörst du.«

»Eines Tages«, erzählte Flix weiter, »sah ich ein riesiges Paket in ihrer miesen Bude rumstehen. Einen großen Pappkarton von Philips, mit so'nem schwachsinnigen Männchen drauf. Du weißt schon: *this side up*. So, und dieses Männchen stand auf dem Kopf, das heißt, der Apparat war verkehrtherum im Karton. So'n verzweifeltes Kerlchen, das nach unten zeigt: *this side up*. Für mich das Zeichen, daß da irgendwas nicht stimmte. Ich nix wie Leine gezogen. Na ja, meine Interessen lagen ja auch ganz woanders als bei so'ner Bianca.«

Er sah rasch zu Thjum, der immer noch an dem Kronkorken herumfummelte.

»What side up?« wollte Leentge wissen.

»Europa ist ein einziges Kuddelmuddel«, sagte Thjum düster. »Nein, ein schmieriger Lederbecher. Mit uns wird gewürfelt. Wir haben nicht zu entscheiden, welche Seite von uns auf dem Würfelbrett nach oben kommt. Für 'nen Moment hast du die Illusion, du bist 'ne Fünf, aber nach dem nächsten Wurf bist du 'ne Drei oder 'ne Zwei, selten 'ne Sechs. Mein Vater ist in einer Stadt geboren, die damals noch zur Donaumonarchie gehörte. Lemberg in Galizien oder irgendwo da hinten. Er hatte kaum laufen gelernt auf österreichischem Boden, da kam der zu Polen. Und als er gerade erwachsen war, '39, da erlebte er, wie seine Geburtsstadt an die Russen fiel. Die nannten Lemberg fortan Lwow, so daß man bei der Nennung seines Geburtsorts so 'ne Art Bellen von sich geben mußte. *Lwow! Lwow!* Und während er, plötzlich ein russischer Wehrpflichtiger, für Stalin gegen die Nazis kämpfte, machten andere Nazis mit seiner Familie, was sie mit allen jüdischen Familien machten. Weil er ihren Kanonen entgegenlief, war er der einzige überlebende Schwantje. Während des Marschs auf Berlin sah er, wie sich seine russischen Kampfgefährten die polnischen Frauen schnappten, in die sein unorthodoxes Herz einst so verliebt gewesen war. Von Berlin aus ging er in die Niederlande, heiratete dort und hatte damit seine vierte Staatsangehörigkeit. Er begeisterte sich für den Kommunismus, solange das nötig war. – Jetzt ist er verheiratet mit einer ehemaligen ... na ja, denk dir den Rest selbst, und hat es bis zum Direktor eines Unternehmens gebracht, das Schweinefleisch verarbeitet. Ein Kapitalist, von dessen Geld ich lebe, in dessen Haus ich wohne ... Ich weiß es auch nicht mehr. Ich bin jüdisch erzogen worden bis zum Gehtnichtmehr (im tiefsten Winter den ganzen Weg von Geldrop nach Eindhoven in die *schul*), und gerade, als ich mich halbwegs daran zu gewöhnen begann, jagte mich mein Vater unter die Knute des Katholizismus.« Thjum versetzte dem Balkongeländer einen Tritt mit dem Schuh des hl. Canisius. »Also, wer ist das eigentlich: ich? Manchmal glaube ich, wir sind während eines Maskenballs gezeugt worden, mit dem unsere Eltern schon mal die Jahrtausendwende am Feiern waren ... Kinder Europas, aber noch lange keine europäischen Kinder.«

Fuchtig riß Flix Thjum den Flaschenöffner aus der Hand und entfernte den Kronkorken. Er war sich der Zärtlichkeit dieser Geste bewußt und ging daher zu grob vor, so daß ein Stück vom Flaschenhals abbrach.

»Verdammtes Scheißding aber auch!« fluchte er. »Dann eben nicht ... So!«

Und er warf die kaputte Flasche in weitem Bogen auf den gepflasterten Hof der Nachbarn. Mit dieser Kraft hatte er früher Futterrüben weggeschleudert, mit dem ganzen Kraut. Beim Aufkommen explodierte die Flasche und produzierte eine große Schaumkrone. In weitem Umkreis darum lagen Scherben.

Im selben Moment, als habe er auf den Knall gewartet, erschien der Nachbar auf seinem Balkon. Er trug einen Morgenmantel mit Seidenschal über dem Pyjama: keiner, der gerade aus dem Bett gesprungen ist. In weinerlichem Ton legte der Mann los: »Ich bin wirklich nicht so rechts, wie ihr denkt ... Während des Krieges war ich im Widerstand, und so weiter. Ich bin weiß Gott kein Faschist, auch wenn ihr das vielleicht glaubt. Habe ich so einen Terror verdient? Heute oder morgen schießt ihr mich auf der Straße über den Haufen, weil ich einen Chevrolet fahre und drei goldene Zehner in einer alten Socke aufbewahre ... Dienstag vormittags eine

Putzfrau habe und alle vier Jahre ein Plakat mit Freiheit und Demokratie ans Fenster häng . . .«

»Einen Moment!« rief Thjum. »Ich werde diesen blinden Terrorakt sofort beseitigen . . . Ich komme schon!«

Es wirkte wie eine Antwort auf Flixens Geste . . . Thjum verschwand, und kurz darauf sahen wir ihn aus seinem Souterrain in den Garten gehen. Er hatte den Arm aus der Schlinge genommen und trug Kehrblech und Besen. So, schwankend, lief er seinem Vater genau in die Arme, der gerade mit Gidi und Cristiaan den abschüssigen Garagenweg heruntergetrabt kam. Im Gänsemarsch, vorneweg der fasanenrote Alte. Die Brüder trugen beide einen dunkelgrünen Trainingsanzug. Flix und Leentge und ich sahen direkt auf sie hinunter. Dicht vor Thjummi hielten die Schwantjes an, freilich ohne sich dazu zu bequemen, ihre Trimmübungen zu unterbrechen. Die Jungs trabten auf der Stelle weiter. Dribbelnd drehten sie sich um ihre eigene Achse, und während sie sich um ihre eigene Achse drehten, dribbelten sie um ihren Vater herum: zwei Satelliten. Es war ein Tanz im Morgenrot . . . wir flippten schier aus. So hatte in dieser Nacht noch keiner getanzt . . .

Laute Musik schallte über die Felder. Thjum wurde noch eine Schattierung bleicher.

Ich hatte nicht soviel am Hut mit Thjums Brüdern. Gideon hatte ich sowieso gefressen, seit er Marike de Swart in Schwierigkeiten gebracht hatte (obwohl ich zugeben mußte, daß meine Schwierigkeiten dadurch aufhörten). Davon abgesehen, waren sie mir zu sportlich, das heißt . . . zu sportwütig. Sie spielten Tennis, ritten . . . sie besaßen Sportwagen und ein Speedboot. Die üblichen Reicheleutesöhnchen eben. Crist wurde von der Polizei verdächtigt, etliche Hektar Naturschutzgebiet aus Rache niedergebrannt zu haben, weil er mit seinem Rennrad dort nicht fahren durfte . . . Wenn ich im Sommer in Plasmolen bei Mook schwimmen ging und die Schwantje-Brüder bretterten da in ihrem Speedboot herum, dann blieb ich lieber draußen. Ich kannte ihre Späße und Wetten.

»Wetten, daß ich dies Schilfbüschel da in zwei Teile krieg?«

Es kam, meinte ich, lediglich darauf an, daß sich die Schraube nicht festfuhr. Aber wer konnte auf eine solche Entfernung und bei einer derartigen Geschwindigkeit und durch diesen Schleier von aufspritzendem Wasser ein Schilfbüschel vom Strubbelkopf eines wehrlosen Schwimmers unterscheiden?

Und jetzt waren sie hier, um uns auf frischer Tat zu ertappen und uns Sumpfhühner mit ihrem Frühsport zu beschämen. Sie hatten die Sache gut inszeniert. Da stand ihr Bruder: Babywindel wie ein nutzloses Ding um den Hals, Arm verbunden, Kehrblech in der Linken, Besen in der Rechten, auf seine eigene charmante Weise betrunken ...

»Nein, Theo«, sprach August Schwantje, »ich finde das nicht *fair* von dir ... wirklich nicht. Du enttäuschst mich maßlos. Du hast mein Vertrauen mißbraucht. Und daß ich sogar mitten in der Nacht vom Pförtner dieser ... dieses Dings da angerufen werden muß ...« Er deutete auf die Nebelbank, woraufhin der Nachbar eilends von seinem Balkon verschwand. »Nein, Theo, das finde ich nicht *fair* von dir. Du zwingst mich, der Sache ein Ende zu machen.«

Er sprach noch immer mit einem Akzent, der dem Deutschen näher war als dem Polnischen. Das Schlimmste war vielleicht sogar, daß August, indem er Thjum barsch »Theo« nannte, den Kosenamen seines Sohnes zerriß – und das in dem schrecklichen Licht des neuen Tags, in dem jeder Maske und Maskara so dringend benötigte ...

Das Gedribbel der Brüder endete in einem »Rührt euch!« Sie bewegten jetzt nur noch die Arme. Plötzlich rief Gidi (er war ebenfalls auf dem Canisius gewesen, wenn auch nicht als Interner), indem er auf das verschlissene Schuhwerk zeigte, das Thjummi trug: »He ... die Pantoffel da kenne ich!«

Es kam eine Idee zu fix: abgekartetes Spiel. Die Schwantjes mußten informiert worden sein. Toosje natürlich ... Alle blickten auf die geweihten Schuhe des heiligen Canisius, in denen Thjums Füße steckten. Ja, Katharina Katrinčak mußte die Familie Schwantje von dem Reliquiendiebstahl in Kenntnis gesetzt haben. Wie hatte sie in Gottesnamen bloß die Worte dafür finden können?

»Und diese ... ähm ... Mokassins«, sagte August und deutete nun seinerseits auf die Schuhe, »bringst du dorthin zurück, wo du sie geholt hast. Verstanden? Ich wünsche keinen Skandal. Außerdem hast du anderer Leute religiöse Überzeugungen zu respektieren.«

Er schwieg kurz und schob die Ärmel seines Trainingsanzugs bis über die Ellbogen hoch.

»Und da ihr mich vor ein Fait accompli gestellt habt«, fuhr er dann fort, »stelle ich euch ebenfalls vor eins ... Das heißt, ich kündige euch hiermit. Voilà. Ihr habt zwei Monate Zeit, euch nach etwas anderem umzusehen. Spätestens am 1. Juni seid ihr hier raus. Es ist nämlich so ... Beertje heiratet demnächst. Und ich gebe lieber ihr das Haus, als daß ich es von euch runterwohnen lasse. Schon überhaupt, seit es zu einem Freudenhaus verkommen ist.«

In diesem Moment war die Platte zu Ende, so daß eine schauerliche Stille auf Augusts Mitteilung folgte.

Wenn ich früher manchmal mit ihr in der großen Küche allein war, steckte sie mir ulkige Zettel voller Orthographiefehler zu, auf denen zum Beispiel stand: »Wann gehen wir auf Hochtsaitsraise!« Unterschrift: *deine Froindin Berendina Schwantje*. Eines dieser Briefchen ging bei mir zu Hause von Hand zu Hand, so daß jeder feststellen konnte, daß es in der Baron van Tuyll van Serooskerkenstraat nicht nur Leuchten gab.

Als Mevrouw Schwantje-Zeligman für einige Tage zur Beobachtung ins Krankenhaus mußte, brachte sie ihre jüngsten Kinder bei Bekannten unter. Beertje wurde in die Obhut der Putzfrau gegeben: meiner Mutter. Wir gingen sofort auf »Hochtsaitsraise«, was bedeutete, daß sie und ich zugebundene Margarinekartons die Treppe hochwuchteten. Mein Schlafzimmer fungierte als Hotelsuite.

»Das war aber eine lange Reise, Vater«, sagte Beertje gleich nach der Ankunft. (Sie war schon mal mit ihren Eltern im Ausland gewesen.) »Jetzt muß ich mich ausruhen. Das ist gut fürs Flittern.«

Sie schleuderte die Schuhe vom Fuß, ging um das große

Doppelbett herum und legte sich an den äußersten Rand, mit dem Rücken zu mir. Ich war regungslos an der Tür stehengeblieben. Die Sisalschnur, die ich um die Kartons gebunden hatte, schnitt mir in die Hände. Beertje rührte sich nicht. Nein, das Spiel war nicht zu Ende, aber irgend etwas durchbrach es ... Ich stellte das Gepäck ab, entledigte mich, ohne die Schnürsenkel aufzumachen, meiner Schuhe und schlich auf Socken zum Bett. Vorsichtig streckte ich mich parallel zu Beertje auf der Decke aus und begann, mich seitlich, wie eine Schlange, auf sie zuzuschieben. Ich hielt den Atem an und spannte meine Muskeln aufs äußerste an, um die Sprungfedern nicht zum Schwingen und Quietschen zu bringen. Mein Weg dauerte lange ... eine halbe Flitterwoche später lag ich hinter ihr, in genau derselben Haltung wie sie. Aber obwohl ich ihre Körperwärme an meiner Brust und den Beinen spüren konnte, berührte ich sie nirgends. Ohne merklich zu atmen, bewegte ich den Kopf auf die Wolke von dunklem Haar zu und drückte die Lippen hinein ... Ich spürte nur ein leises Kribbeln um den Mund, weil es so wuschelig war. Und trotzdem ... auch wenn meine Lippen sich nur mit einem unhörbaren Plopp geöffnet hatten – ich hatte ihr einen *Kuß* gegeben.

Beertje hatte nichts gemerkt. Genauso behutsam wie auf dem Hinweg schlängelte ich mich wieder zurück, ging um das Bett herum zu ihr und setzte die förmliche Bühnenkonversation fort.

»Sollen wir uns mal in der Stadt umschauen, Frau?«

Freudenhaus ... Die derbe Anspielung schien nicht zu Thjum durchgedrungen zu sein. Das ungeheure Erstaunen, das über sein Gesicht zog, bezog sich auf das andere.

»Heiraten? *Beertje* ...? Ja wen denn?«

»Na, Tijmen natürlich, wen sonst.«

Thjum brach in Gelächter aus.

Ich kannte diesen Tijmen ... Ja, daß er Berendina Schwantje anbetete, wußte ich, aber Anbeter gab es noch mehr. Als Rivalen hatte ich ihn nie ernst genommen. Vor langer Zeit – er war ein Kommilitone von Milli – hatte Tijmen ein paar Monate lang Jura studiert. Natürlich war er in einer Verbindung. In einer Kneipe hatte ich ihn mal zu seinem Studienkollegen Paul van Gendt sagen hören: »Hübsch? Berendina Schwantje hübsch? Kann schon sein, Mann. Aber sie hat keine Titten. Eine Frau ohne Titten kann nie das Prädikat hübsch verdienen. Sag *ich*.«

Ich erinnerte mich noch an die Geste dabei: Zeigefinger der Hand mit der Pfeife in die Luft. Und in einer Variante des uralten Witzes vom Stier Hannibal, der zu der Kuh auf der angrenzenden Weide hinüberspringt, hatte Tijmen noch hinzugefügt: »Ballerina? Na, sagen wir lieber Rina ... der Rest hängt am Stacheldraht.«

Tijmen arbeitete in der Bank, zu deren wichtigen Kunden Schwantje zählte. Dort durfte er das Gehalt plus die übrigen Einnahmen, weiße wie schwarze, seines künftigen Schwiegervaters gutschreiben – Beträge, die er überall herumposaunte. Der geborene Schreiberling trug das bessere Krankenkassenbrillenmodell, dessen Steg eine tiefe Delle in seine Nase kerbte, die sich durch ihre Unauslöschlichkeit fast schon den Status einer Narbe erworben hatte. Pfeffer- und salzfarbene Haare, immer zu fettig ... ein Gesicht, das ständig zu schwitzen schien ... ein mickriger Schnurrbart, in dem manchmal eine Heftklammer oder Büroklammer hängenblieb ... kugelschreiberfleckige Finger ... Bürobuckel ... Der Bankangestellte mußte sich selbst wie ein Ballettänzer auf die Zehenspitzen stellen, um ebenso groß zu wirken wie Berendina.

August, das wußte ich von Thjum, hatte einen heiligen Eid geschworen, er werde all seinen Kindern (und das waren eine Menge – alles Schwantjes) zur Hochzeit ein Haus schenken.

»Da siehst du das Trachten des Mannes. Jedem Kind zu gegebener Zeit ein eigenes Heim.«

»Na ja, das ist ja wohl das mindeste, was man für sie tun kann«, sagte ich nur. In dem Milieu, aus dem ich stammte, schenkten Eltern ihrer Tochter zur Hochzeit einen Staubsauger und dazu vielleicht noch einen Umschlag mit fünfzehnhundert Douwe-Egberts-Rabattmarken für ein Teeservice ...

Um seiner Lieblingstochter zu ihrer Hochzeit ein Haus schenken zu können, hatte August es darauf angelegt, uns auf frischer Tat ertappen zu können. Mit Erfolg. Weil sie heiratete, Beertje, die schöne Frau aus den Hügeln, bekam sie *meine* Bleibe zugewiesen. So verlor ich »zum 1. Juni« meine Liebste an mein Haus und das Haus an die Liebste. Ich selbst stand im Hemd auf der Straße.

Als die Schwantjes im Gänsemarsch verschwunden waren, habe ich mit Thjum nur noch traurig das Lied aus Andersens *Der Schweinehirt* gesungen:

> O, du lieber Augustin,
> alles ist hin!

Bodensatz der Seele

I

Ich wußte nicht, was mich härter traf: die Nachricht, die Leentge unter Millis Blicken wie ein Messer in mich rammte, oder der Doppelschlag, den August Schwantje mir im Morgengrauen versetzte.

Wer sich unbedingt von der ganzen Welt betrogen fühlen wollte, für den war diese Kombination natürlich ideal. Die Sündenböcke fanden sich von allein ein: Ich brauchte sie nicht erst zu suchen. Sie drängelten sich geradezu danach, die Schuld auf sich zu nehmen . . . Dem Ekel über Gestern, den die Jugoslawin ausgelöst hatte, hatte Thjums Vater die Ungewißheit in bezug auf Morgen hinzugefügt. Ich konnte nicht mehr vor, und ich konnte nicht mehr zurück. Ich steckte fest. Nichts blieb außer dem Heute.

Die Augen zu schließen und das Leben in die Breite zu dehnen . . . das hatte ich verlernt. Viel zu lange schon wieder hatte es sich einzig und allein »in die Länge« entrollt, schneller noch als die Zeiger der Uhr, die durch Zutun von Alkohol seltsame Sprünge machen können und oft große Löcher in einen Tag schlagen. Die Spannung war raus. Muskeln, die lange nicht benutzt worden sind, erschlaffen – das gilt auch für geistiges Muskelgewebe. Für mich gab's nicht mal die leiseste Spur von Ewigkeit. Ich hatte mein Recht auf eine Seele verscherzt.

Es war vorhersehbar, daß wir den Weg des geringsten Widerstands wählen würden: uns dem Suff ergeben. Alkohol schien die Lösung für fast alles – eine Art Leim, freilich von der Sorte, die sich jeden Tag wieder löst.

Mit irgendeiner Unterstützung seitens Thjum brauchte ich nicht zu rechnen: Abgesehen von unserem Mietproblem hatte bei ihm (ob unter Einfluß von Boris' Genicke oder nicht) die körperliche Verwirrung in letzter Zeit so zugenommen, daß er sich nur allzugern in ein durchsumpftes Wochenende würde fallen lassen . . .

Es begann damit, daß wir am Samstagnachmittag zusammen mit den letzten Frühstücksgästen Flix zum Bahnhof brachten. Danach wollten wir uns in unserer Stammkneipe die Regionalnachrichten im *Gelderlander* vornehmen, denn inzwischen würde der Reliquiendiebstahl der Welt von den Patern wohl kundgetan worden sein ... Wie ernst war es Thjum bei seinen Versuchen, Boezaardt zu überreden, mit uns in die Kneipe zu gehen?

»Flix, du kannst uns jetzt doch nicht unserem Schicksal überlassen.«

Aber Flix ließ sich nicht bequatschen. Nicht, daß er kein Trinker gewesen wäre: In Den Bosch konnte er nachts, wenn er betrunken war, schon mal eine große Schaufensterscheibe einschlagen. In einem Zoogeschäft in der Hinthamerstraat – wo er zwei kleine Affen befreien wollte, die durch ihre Obszönitäten seine gerührte Aufmerksamkeit erregt hatten – hatte ich ihn mal eine Schaufensterfront eintreten sehen. Dicht über dem Fenstersims entstand erst ein Stern, woraufhin sich die ganze Scheibe aus dem oberen Falz löste und senkrecht wie ein Vorhang vor Flix' Füßen niedersank. Die Tiere hatten sich in Todesangst kreischend an ihre Gitterstäbe geklammert: Sie wollten nicht mit in sein Atelier. – Nein, der Bildhauer, falls man ihn als solchen bezeichnen durfte, hatte andere Dinge im Kopf. Die schriftliche Abschlußarbeit. In der Bahnhofsgaststätte, auf dem Bahnsteig, vom Zug aus: Nicht weniger als dreimal erinnerte er mich an mein Versprechen, ihm beim Schreiben zu helfen.

»Flix, du hast mich mal vom Tode errettet. Dafür hast du was gut, finde ich. Versprochen ist versprochen. Hand drauf.«

Vielleicht kam es daher, weil er sich nicht erinnern konnte, von welchem Tode er mich errettet hatte – jedenfalls konnte ich ihn nicht ganz beruhigen. In seinen Augen blieb Unsicherheit, fast Panik. Nichts konnte diesen ungebildeten Typen mehr aus der Fassung bringen als eine wie auch immer geartete Inanspruchnahme seiner geistigen Fähigkeiten. (Bei seiner Bildhauerei setzte er andere Fähigkeiten ein.) Auch als der Zug bereits fuhr, machte Flix, zu mir gewandt, mit beiden Händen schnelle Schreibbewegungen.

»Da fährt er, der Egoist«, sagte Thjum. »In seinen Palazzo in Den Bosch. Und uns läßt der Herr obdachlos in der Gosse liegen.«

Noch immer stand im *Gelderlander* zu Thjums Enttäuschung kein Wort über die Entwendung der Heiligenschuhe – was nicht bedeutete, daß wir die Kneipe gleich wieder verlassen hätten.

Schon nach wenigen Gläsern wußte ich genau, worauf der Tag hinauslief, aber ich tat nichts, um ihm eine andere Wendung zu geben. Und gerade wegen dieses Wissens, das sich nicht in eine Maßnahme umsetzen ließ, ertrank ich in Ekel. Alkohol ... was für ein Stoff ist das, fragte ich mich, und aus welcher bizarren Tiefe ist er heraufgeschwappt, um mich zu vergiften? Urgroßvater, Großvater, Vater – zusammen mit ihren Suffgeschichten hatte ihre Trunksucht mich erreicht. Der Stoff war durch all diese porösen Leiber gegangen und hatte jetzt mich im Griff.

Je tiefer ich für gewöhnlich in einem schlechten Rausch versank, um so mehr Trunkenheiten von früher tauchten auf. Sie kamen von überallher angekrochen und wollten anerkannt werden, eine nach der anderen ... immer mehr ... Wußte gar nicht, daß es so viele waren.

Ja, meine schlimmsten Exzesse neigten schon seit Jahren dazu, sich mit ätzenden Details und Gedächtnislücken und so weiter in mir zu sammeln. Dort versteckten sie sich und warteten auf eine geeignete Gelegenheit, hervorzutreten und aus meinem simplen Kater eine Orgie von Gewissensbissen zu machen. Als kleiner Junge hatte ich mich manchmal mit fest zugekniffenen Augen in eine Ecke verkrochen, um ein ganzes Standardrepertoire an Erinnerungen in mir hochkommen zu lassen. – Jetzt kehrte sich, was diese Saufereien anbelangte, mein solcherart trainiertes Gedächtnis gegen mich.

Je öfter ich sie hervorkramte, desto bösartiger, härter, komprimierter, runder, objektiver wurden sie ... Zum Schluß meldeten sie sich, vorausgesetzt, sie waren lange genug im Umlauf gewesen, mit einem einzigen Kennwort zur Stelle.

»Schuh verloren.« »In Schlammpfütze gelegen.« »Kitty beleidigt.« »Hund gespielt (Beistelltischchen mit Gläsern umgeschmissen).« »Übers Geländer der Waalbrücke balanciert.« »Schubertbrille.« (Nie habe ich herausbekommen, wer der Junge mit der Doublébrille war, der mich in sein Zimmer mitgenommen und, nachdem er mir einen Spucknapf in die Hand gedrückt hatte, sich etwas weiter entfernt hingesetzt und – mit fast wissenschaftlichem Interesse, den Kopf in die Hände gestützt – zugeschaut hatte, wie ich krampfartig versuchte, mich *nicht* zu übergeben. »Toll . . . einfach toll . . .« hatte ich ihn murmeln hören. Im gedämpften Licht funkelten seine ovalen Brillengläser fast gönnerhaft.)

Satzbrocken, die imstande waren, ganze Suffgeschichten mit überwältigender Kraft auf mich loszulassen. Sie kannten keine Reihenfolge, und noch war ich nicht zynisch genug, meine Exzesse, wie die Männer auf der unbewohnten Insel es mit ihren bärtigen Witzen taten, zu numerieren.

Auch an jenem Samstagnachmittag im *Tempelier* zogen sie wieder in bunter Folge an mir vorüber. Darunter waren einige, von deren Existenz ich gar nichts geahnt hatte . . . die ich kaum als die meinen wiedererkannte . . . Sehr fröhliche, aus meiner Anfangszeit, als ein böser Rausch noch meinem Vater vorbehalten war, aber auch überaus schmerzliche, die sich hatten verdrängen lassen und es dort in der Tiefe nicht länger aushalten konnten. Vor allem ein Exzeß (»Der Dukenburg-Skandal«) nahm, möglicherweise aufgrund seiner bestürzenden Sinnlosigkeit, meine Aufmerksamkeit in Anspruch . . .

Freunde hatten dank eines Mietzuschusses ein Apartment im funkelnagelneuen Dukenburg bezogen und ein paar Möbel dorthin geschleppt. Die neue Bleibe sollte »mit einem Umtrunk« eingeweiht werden (mein Widerwille gegen derartige studentische Ausdrücke hat mir nie geholfen). Ich kam an jenem Samstagabend aus dem Süden zurück, mit einer Tasche frischgebügelter Wäsche. Wenn der Zug am kleinen Bahnhof Dukenburg nicht gehalten hätte, dann wäre ich nicht mal auf die Fete gegangen . . . Ich stieg aus und sah hohe Rechtecke, die ausschließlich durch in horizontal und vertikal gleichen

Abständen angebrachte Außenlampen gebildet wurden. Jede Lampe verkörperte ein Apartment.

Die Jungs wohnten im achten Stock. Sie hatten den Wohnraum mit ausrangierten Möbeln eingerichtet, die sich noch in gutem Zustand befanden, aber nicht ganz miteinander harmonierten.

Ich benahm mich, trank mäßig und war noch nicht mal angeheitert, als ich gegen Morgen in einem Sessel einschlief. Um mich herum wurde eifrig weitergetrunken. Schrille Stimmen verstanden es, mich durch meinen Schlaf hindurch zu finden. Eine Stimme mit Amsterdamer Akzent gehörte zu einem ungefähr fünfunddreißigjährigen Mann, der in Nimwegen Kontakte zwischen Strichern und »älteren, gesetzten Herren« vermittelte – der Typ, den progressive Studenten gern in ihren Kreis aufnehmen, um einen auf Verbrüderung zu machen. Er hatte nicht nur einen Schnurrbart aus Schweinsborsten und eine violett getönte Brille, sondern auch ein »Plastikbein«, wie ich den Gesprächen entnahm.

Trinker nehmen stets Anstoß an Nichttrinkern. Von Zeit zu Zeit stieß mir also jemand einen Flaschenhals zwischen die Zähne und zwang mich zu trinken, zum Beispiel indem er mir die Nase zuhielt. Irgendwo zwischen Schlafen und Wachen schluckte ich alles weg, was mir eingeflößt wurde. Der kleine Loddel nahm mich halbherzig in Schutz. »Gleich verschluckt er sich noch . . .« Er kniete neben meinem Sessel, streichelte meine Schulter und meinen Arm und wischte mit seinem Taschentuch das Bier weg, das mir über Kinn und Hals in den Kragen lief. Ich ließ es mit geschlossenen Augen widerwillig, aber zu müde, um mich dagegen zu wehren, über mich ergehen. Nüchtern eingeschlafen, wurde ich besoffen wach. Mein Grad an Betrunkenheit stand dem der Jungs um mich herum kaum nach. Ohne von meinem Sessel aufzustehen, leerte ich, jetzt eigenhändig, ein Glas nach dem anderen. Im Laufe des Morgens und des Mittags zog einer nach dem anderen ab, um bei sich zu Hause zu schlafen . . . bis nur noch das »Plastikbein«, Thjum, mein Bruder und ich übrigblieben. Als die Bewohner des Apartments eine Runde um den Block machten und mein Sessel unter mir zusammenbrach, wirkte das wie ein Tropfen Blut auf eine Horde hungriger Wölfe. Alle tanzten plötzlich auf Stühlen und Sesseln herum, und niemand ruhte, bevor seiner in die Brüche gegangen war. Einer aus schwerer Eiche, der zu einer gediegenen Eßecke gehört haben mußte, spaltete sich unter meinen trampelnden Füßen in zwei exakt gleiche Hälften. Die Anstrengung des Tanzens hatte meinen Blick noch mehr getrübt: Durch einen Schleier sah ich, wie Thjum sich nach Kräften bemühte, mit gezielten Tritten einen umgeworfenen Zweisitzer kleinzukriegen. Auch Freek und der kleine Zuhälter hielten in ihrer schamlosen Zerstörungswut schon längst nicht mehr den Schein aufrecht, zu tanzen, sondern rissen zu zweit die Platte eines Ausziehtisches aus der Verankerung.

Als das gesamte Mobiliar Kleinholz war und wir, mittlerweile über die Euphorie hinweg, keuchend und benommen auf den Trümmerhaufen blickten, da fiel der Beschluß, uns aus dem Staube zu machen. Draußen, auf der Galerie, regten sich die Bewohner des Apartments, die gerade von ihrem Spaziergang zurückkamen, noch über Thjum auf, der sich – vielleicht, um sich zu verstecken – an der Außenseite der Balustrade an die Gitterstäbe gehängt hatte: im achten Stock.

Nach allen möglichen Irrfahrten in Stadtbussen hatte ich es an jenem Abend noch bis zu dem Haus geschafft, in dem Marike de Swart wohnte. So erstarrt war ich vom Alkohol, daß ich kein Wort herausbringen konnte, auch nicht auf ihre Frage, ob ich Hunger hätte. So machte sie einfach einen Strammen Max für mich, den ich unangerührt stehenlassen mußte, weil meine zitternden Hände das Besteck nicht halten konnten. Und während ich auf den allmählich schwächer werdenden, von dem Gericht aufsteigenden Dunst blickte, in das plötzlich alle vergebliche Fürsorglichkeit dieser Welt investiert zu sein schien, hatte ich elendiglich heulen müssen.

So stieg ein Rauschzustand nach dem anderen in mir hoch – mal unter heftigen Anschuldigungen, mal höhnisch, mal auch mit leisem Kopfschütteln oder sogar tröstend –, und das alles, während ich mit meinem Bruder und meinen Freunden anstieß und rumalberte.

Leentge, an die ich mich mit keinem einzigen Wort wandte, bekam immer mehr Angst vor mir, wich aber keinen Moment von meiner Seite. Sie folgte mir sogar auf die Toilette. Alles, was mich irritierte, konzentrierte sich in ihr. Ich verspürte wie am Abend zuvor immer stärker das Bedürfnis, ihr eine zu kleben, wenn sie rumzunerven begann. Schließlich versetzte ich ihr einen Schlag, ohne meine Hände zu Hilfe zu nehmen.

Im Laufe des Abends breitete sich der Alkohol wie ein ätzender Fleck auf meinem Gedächtnis aus und löschte eine Menge Erinnerungen an Ereignisse bereits, während sie stattfanden. Auch wenn es gerade erst passiert sein mußte, konnte ich mich zum Beispiel nicht daran erinnern, wie das Mädchen in der Schwesterntracht so plötzlich in unsere Runde geraten war. Sie hieß Irene. Sie arbeitete als Psychiatriepflegerin in der Halve Mantelkliniek. Und auch wie ich sie kennengelernt hatte, wußte ich ganz genau . . . dafür aber nicht mehr, wie es zu diesem heimlichen Gefüßel gekommen war. Ich mußte mich unbewußt an sie rangemacht haben, um nicht allein mit Leentge, das heißt: mit meinem Ekel, bleiben zu müssen.

Ich kam erst wieder halbwegs zu mir, als wir in der nächtlichen Kälte der Molenstraat auf ein Taxi warteten. Thjum und Freek und die Übernachtungsgäste waren verschwunden: Ich hatte den Geschmack von Streit im Mund. Leentge schlich mit verzweifeltem Gesicht um mich herum . . . An meinem Arm hing Irene . . .

Sie tauchte vorzugsweise in Saufnächten auf und leistete einem dann so hartnäckig Gesellschaft wie der Rausch. Am nächsten Tag war sie zusammen mit dem Kater wieder verschwunden.

Sie wollte jetzt geküßt werden.

»Albert!« flehte Leentge mit ihrer französischen Betonung. »Albert, bitte!«

Ich unternahm einen schwachen Versuch, mich von der Puppe loszueisen.

»Na, hallo«, sagte sie. »Macht mich der Herr den ganzen

Abend lang heiß, und dann soll auf einmal Schluß sein. Und dabei 'ne große Klappe, so von ... mit dieser Leentge, oder wie heißt sie noch gleich, hab ich nix zu schaffen. Darfst du flunkern?«

Ein Taxi nach dem anderen weigerte sich, uns mitzunehmen.

»Wir befördern keine besoffenen Studenten mehr. Ewig nur Ärger mit den Typen. Geht ihr mal schön zu Fuß!«

Nach den Farbigen waren jetzt also die Studenten dran. Vor einiger Zeit hatte sich ein Surinamer oder Ambonese, der sich nach Hatert oder Dukenburg hatte fahren lassen, geweigert, den Fahrpreis zu bezahlen. Daraufhin geriet die gesamte Nimwegener Taxiwelt in hellste Aufregung. Die Fahrer taten so, als wäre einer ihrer Kollegen Opfer eines Raubmords geworden.

»Immer dieselben. Wir nehmen kein farbiges Pack mehr mit. Irgendwann ist Schluß!«

Die Sache landete auf den Titelseiten. Endlich eine Nimwegener Angelegenheit von nationaler Bedeutung. Sie kamen sich gleich ein ganzes Ende wichtiger vor, die Taxifahrer. Heute oder morgen konnte man die Tarife erhöhen.

Und dann räumte man doch am besten auch gleich in einem Aufwasch mit den Studenten auf. Reicheleutesöhnchen, die nur rumgammelten, und das von *ihren* Steuergeldern, die sich immer zu viert befördern ließen, und dann, wenn's darauf ankam, nicht mal ein kleines Trinkgeld lockermachen konnten. Da wurden die letzten Groschen auf der Rückbank zusammengekratzt, wodurch kostbare Zeit verlorenging. Und wenn ihnen was nicht paßte, diesen Bummelanten, dann legten sie einfach den Verkehr lahm, indem sie mit Schildern und Transparenten, vollgeschmiert mit unlesbaren Texten, die Straße versperrten. Dann mußte man mit seinem Fahrgast auch noch Umwege machen.

Ein betagter Taxichauffeur von altem Schrot und Korn, der noch eine richtige Schirmmütze trug, war als einziger willens, uns den Berg hinaufzubringen. Er stand sichtlich kurz vor der Rente und war schon ein bißchen taub, weshalb er die Argumente seiner Kollegen wohl nicht ganz verstanden hatte. Er mußte sich die Hand hinters Ohr halten.

»Bis ganz hinauf nach Berg en Dal, sagen Sie?«

»Berg en Dalse*weg*«, sagte Irene, die offenbar die Sache in die Hand genommen hatte. »Höhe Hengstdal.«

Ich saß auf der Rückbank zwischen Irene und Leentge. Irene fummelte schon an mir herum, als das Taxi eben erst durch die Ziekerstraat fuhr. Die Gebärden, mit denen ich antworten wollte, verloren sich auf halbem Wege. Leentge saß stocksteif neben mir. Ich ärgerte mich sogar über ihre Reglosigkeit. Selbst wenn sie sich in Luft aufgelöst hätte, wäre sie vor dieser Art von Haß nicht sicher gewesen, der auch mir neu war.

Irene hatte eines Abends plötzlich in meinem Zimmer im Studentenwohnheim gestanden. Ich war gerade eingezogen. Ich war damit beschäftigt, Milli durch mein Fernglas zu belauern. Ihr Zimmer lag genau gegenüber, einen Stock tiefer als meins. Sie hieß noch einfach Händel, obgleich sie ihren »künftigen Zukünftigen«, wie ich sah, öfter zu Besuch hatte. Ich wähnte mich unsichtbar hinter meiner Gardine, aber sie mußte doch etwas von meiner Spannerei gemerkt haben, denn bald darauf hörte ich, daß sie um ein Zimmer auf der anderen Seite des Flurs gebeten hatte, das Aussicht auf die Kunsteisbahn bot.

»Das tut man aber nicht, hörst du!« ertönte es hinter mir. »Leute belauern. Pfui Teufel.«

Ich drehte mich um. Das Mädchen war mir vage bekannt. Sie war die Cousine eines Flurbewohners. Ich hatte sie einmal in der Gemeinschaftsküche Kartoffeln für ihren Cousin schälen sehen, der Medizin studierte. Wie er sprach auch sie den Dialekt irgendeines Dorfes in der Nähe von Nimwegen. Damals, Ende '73, war sie gerade sechzehn.

»Wann gehen wir?«

»Wann wir gehen? Wieso? Wohin?«

»Aus! Wir wollten doch ausgehen . . .! In die Stadt! Hat Tante Annies Paultje nix gesagt? O, ist das ein Dussel! Er sollte was mit dir ausmachen . . . Hoch und heilig hat er's versprochen . . . Mein Gott, was für ein Sack!«

Sie setzte sich, anscheinend, um mal gründlich über die Situation nachzudenken. Ich stand immer noch da, Fernglas um den Hals, wie der erstbeste Vogelliebhaber. Im Kopf das Bild der beiden Turteltäubchen auf dem Bettrand.

Lang blieb das Mädchen so nicht sitzen. Mit einer Heftigkeit und einem Ungestüm, die mir von Anfang an, schon beim Kartoffelschälen, an ihr aufgefallen waren, sprang sie auf und packte mich am Arm. Sie hatte wilde Augen. Ihr Gesicht schien eine Wahnsinnswut auszudrücken.

»Sag mal ehrlich, Albert ... du stehst nicht auf mich, ne? Ich mein ... nicht so wie ich auf dich, ne? Na? Sag mal ehrlich ... Nee, ne? Dann sag's doch! Sag's! Los! Nee, ne ... nee, hab ich mir schon gedacht ... Ha!«

Sie ließ meinen Arm los.

»Aber ich ... ich« – sie hämmerte sich in einer Art *mea culpa* gegen die Brust – »ich steh zufällig total auf dich ...« Sie bohrte mir ihren Zeigefinger genau in die Halsgrube. »Schau!«

Nachdem sie sich erbost wieder gesetzt hatte, kam ich endlich dazu, den Mund aufzutun. Allerdings mußte ich ein paarmal schlucken, bevor ich etwas herausbrachte, denn ihr beschuldigender Finger war tief gedrungen.

»Jetzt mal langsam ... Sag mir lieber erst mal, wie du heißt. Dann sind wir schon ein ganzes Stück weiter.«

»Das weißt du ganz genau, du Ekel.« Und gleich darauf: »Albert, du vögelst 'ne ganze Menge Mädchen, ne? Stimmt doch, ne? Ja, ja, ja! Weiß ich doch ganz genau. Na, komm schon, mir brauchst du doch nichts vorzumachen. Du vögelst dich so richtig durch ... und das kann Ireentje nicht ausstehen. Ireentje hat noch nie mit jemand gevögelt. Na ja, einmal ... halb. Das ist nicht fair.«

Das Verb »vögeln« in all seinen Konjugationsformen sprach sie jedesmal ganz eindringlich und gedehnt aus, was mich aus ihrem Munde traf wie ein Schleimbatzen ins Gesicht, denn sie war alles in allem ein hübsches Ding.

»Hast du kein anderes Wort dafür?«

»Na ja, bumsen.« Sie sagte es mit bitterem Ernst. Und wieder sprang sie auf und warf vehement, als wolle sie mir ein paar Ohrfeigen verpassen, die Arme um meinen Hals. Sie preßte sich steif an mich, so daß sich das Fernglas mit den gestohlenen Anblicken schmerzhaft in meine Brust drückte. Sie tat ihr möglichstes, mich zu küssen, und das einzige, was ich spürte, war, wie unverdaulich hart diese Milli von gegenüber zwischen mir und so einem x-beliebigen Mädchen stand. Das Becken eines Ebers in einem Schlangenleib.

Sie ließ mich los. »Kannst du das Ding nicht wegtun? Blödmann. Das tut weh.«

An dem Abend gab es bei meinem Nachbarn, der seinen Geburtstag oder seine Zwischenprüfung feierte, eine Fete. Ireentje – wie sie also offenbar hieß – kam mit, trank eine Cola und verabschiedete sich um halb elf artig von allen Anwesenden. Auch mir gab sie die Hand.

»Ireentje geht nach Hause«, sagte sie. »In die Heia.«

Ich wünschte ihr erleichtert gute Nacht. Als ich jedoch gegen zwei Uhr in mein Zimmer zurückkehrte, fand ich sie in meinem Bett. Ich hatte meine Schuhe noch nicht aufgebunden, da begann sie mich schon zur Vorsicht zu mahnen. Ich beruhigte sie. Aber in meiner Vorsicht war ich offensichtlich nicht überzeugend genug. Sie begann beschwörend auf mich einzuflüstern. Es klang fast triumphierend.

»Albertje hat keinen Spaß dran, ne, wenn er sich so bremsen muß . . .? Ja, gib's doch ehrlich zu: Du kannst mich schon jetzt nicht leiden, weil du dich nicht gehenlassen kannst. Ich merk's doch! Mistkerl! Dann laß dich doch gehen . . . los . . . is egal. Ireentje will keine Minute länger leben, wenn Albert sie nicht leiden kann, weil sie ihm seinen Spaß nicht gönnt . . .«

So geilte sie mich auf, bis ich von alleine an ihre Theorie zu glauben begann. Diese Irene war ein erneuter Beweis für die Unheilbarkeit meiner Impotenz.

Das Taxi fuhr den Berg en Dalseweg hoch. Irene erzählte mir mit zärtlichem Spott von ihren »Jungs«. Zweimal im Jahr veranstaltete das Pflegepersonal eine Kirmes für sie. Dann gab es auf dem Innenhof eine Pommesbude, einen Limonadestand und ein Karussell.

»Das ist das Höchste für sie«, sagte sie. »Mit 'ner Tüte Pommes auf'n Karussell, und wenn's irgend geht, sich dabei auch noch einen runterholen. Bei Tisch machen sie es genauso. Das ist 'ne gute Kombination, find ich. Das eine macht Lust aufs andere. Aber in 'nem Karussell bringt's offensichtlich noch mehr Spaß. Fressen, wichsen und im Kreis rumsausen. Hoch zu Roß. Wahnsinn. Alles wird gleichzeitig befriedigt. Wenn du mal 'nen Blick ins Paradies werfen willst, dann mußt du dir das heute oder morgen spaßeshalber mal ansehen. Manchmal denk ich mir: Die wissen's nicht besser, aber sitzen wir im Grunde nicht im selben Boot? Ja, von Zeit zu Zeit kann Ireentje auch philosophisch werden. Genausogut. Hat sie von Albertje gelernt. Stimmt doch, oder?«

Ich entledigte mich rasch der kalten Hand, die sie mir unter den Kleidern über den glühenden Rücken hochschob. Es war dieses Karussell mit sich vollstopfenden und onanierenden Jungs, das sich immer noch vor meinen Augen drehte und mich schwindlig und elend machte. In meinen Ohren schmetterte Musik. Ich sah die weißen Pferde nicken und sich aufbäumen . . .

Aus *De Keizerskroon*, das jetzt in Sicht kam, gingen gerade die letzten Gäste. Sechs, sieben Personen, Jungs und Mädchen, sah ich in Gideon Schwantjes Sportwagen verschwinden. Gidi selbst schwang sich hinters Steuer. Drei der vier Türen waren noch nicht geschlossen, da wurde der Wagen auf dem Hof bereits so scharf herumgerissen, daß der Kies nur so flog. Ganz knapp vor unserem Taxi schoß er auf die Straße.

»Tja, das sind die Burschen mit Knete«, sagte unser Fahrer, als er aufs Bremspedal stieg. »Wem die Fabrik gehört, dem gehört auch die Straße. Da kannste nichts machen. Wart, dem will ich jetzt aber mal an der Stoßstange schnüffeln.«

Er gab Gas und hängte sich hinter den Sportwagen.

Gerade als Gideon wieder an Vorsprung gewann, lief in Höhe Hunerberg plötzlich ein Hund direkt vor ihm über die Straße. Das Tier kam aus dem Schatten der Häuser und rannte in das Scheinwerferlicht. Obwohl der Sportwagen keine Sekunde lang das Tempo verringerte, ertönte ein grelles Geräusch wie von bremsenden Reifen. Wir sahen, wie der Hund mit durchgedrücktem Rücken unter Gidis hinterer Stoßstange auftauchte, als krieche er gerade aus seiner Hütte. Trotz der hohen Geschwindigkeit der beiden Autos teilte sich mir alles in trägen Bildern mit. Der Hund saß einen Moment lang mit heraushängender Zunge in aller Gemütsruhe – so schien es – zwischen den beiden Stoßstangen. Er hatte ein gelbbraunes Fell. Bevor wir über ihn hinwegrasten, sah ich gerade noch, wie er seinen Hinterleib aufzurichten versuchte.

Es war, als bekäme das Taxi einen großen Kopfstein unter eines der Hinterräder. Mit einem lauten Schlag ging ein Ruck durch das Fahrgestell und die Rückbank. Es war der Tod persönlich, den ich durch meinen Steiß das Rückgrat entlangrumpeln fühlte, bis hinauf in den Hinterkopf. War ich ihm je so nah gewesen? Er fuhr einfach in mich hinein und reckte und streckte sich in meinen Knochen.

Wir flogen in die Höhe. Die Mädchen schrien im selben Moment auf. »Der Hund! Der Hund!« »Ah! Pauvre chien!«

Irgendwas, ich weiß nicht was, gehorchend, drehte sich mein Kopf ruckartig um. Durch die Rückscheibe sah ich den Hund daliegen. So lebendig er vor uns noch gewesen war, so tot war er jetzt. Ich hatte gespürt, mit welcher Kraft das Leben aus ihm herausgeschleudert wurde.

»Somebody threw a dead dog after him down the ravine.« Wie eine Peitsche durch eine Zeitung, so schlug dieser Schlußsatz von Malcolm Lowry's *Under the vulcano* durch mich hindurch. Mir war von diesem Buch nie mehr als dieser eine Satz unter die Augen gekommen, und der hatte mir die Lust zum Lesen endgültig genommen. »Jemand warf einen toten Hund ihm nach in die Schlucht.« Noch nie hatte ich das Beängstigende dessen, was ein Delirium sein mußte, kompakter formuliert gesehen. Es vermittelte mir einen nachwirkenden Eindruck vom Rest dieses dicken Buchs, fühlte ich. Dieser eine beängstigende Satz war seine Zusammenfassung. Ich legte es beiseite. Für immer.

In meiner Erinnerung wurden wir von der Rückbank hochgeworfen, ohne wieder hinunterzukommen. Irenes Karussell, der Tod des Hundes, Leentge, der Alkohol . . . mein Magen konnte das alles nicht mehr fassen und entlud sich – was mich wenig später noch auf fünfundzwanzig Gulden Reinigungskosten zusätzlich zum Fahrpreis zu stehen kam.

Von dieser Rückbank wurden wir direkt in den Alptraum hineingeschleudert.

2

Am nächsten Morgen drangen Fetzen ihrer holprigen Unterhaltung an mein Ohr. Ich lag zwischen ihnen. Über mich wurde Gericht gesessen.

»Look at him now . . . he's like a child . . . but sometimes, when he has too much to drink, he acts like a beast . . .«

»The problem maybe is . . . he's such a beautiful boy . . .«

»Sometimes he's ugly.«

». . . disgusting . . .«

»He has two hearts. One good . . . in the other heart he's a coward.«

»Is he your boyfriend?«

»Yes. And yours?«

»I don't know. I'm not sure.«

»But . . . do you love him?«

Ihr Gespräch wurde von der Türklingel unterbrochen. Im Laufe des Nachmittags füllte sich das Haus mit Leuten, die »die Reste von der Fete vertilgen« wollten. Draußen herrschte die Öde der Sonntage, die in Nimwegen noch öder sind als sonstwo. Unser Haus war so voll – bis zum Dachboden hinauf –, daß es schien, die Leute, die die Straßen zu bevölkern hatten, seien alle unter demselben Dach zusammengetrieben worden. Zum größten Teil waren es die Gesichter von vor zwei Tagen, aber sie kamen mir jetzt ganz anders vor. Auf diesen Gesichtern war zu lesen, wie drastisch die Stimmung innerhalb von vierundzwanzig Stunden umschlagen kann. Aber natürlich drückte sich auf den Gesichtern meiner Bekannten nur mein Gesicht ab. Sie schauten durch ihr Grinsen hindurch besorgt, weil sie sahen, was innerhalb dieser vierundzwanzig Stunden aus mir geworden war.

Eine tiefstehende Sonne warf in meinem Zimmer erbarmungslos ihr Licht auf kaputte Gläser und getrocknete Alkohollachen.

Als wir die Reste verputzt hatten – schon am Nachmittag –, wollten die Standfestesten noch ins *Diogenes*, die an manchen Sonntagnachmittagen geöffnete Studentenkneipe. Ein Taxi wurde gerufen. Die Zentrale hegte keinerlei Argwohn. Je höher die Hausnummer am Berg en Dalseweg, um so vornehmer.

Inklusive Leentge und Irene mußten wir uns zu siebt in das Auto quetschen. Wir saßen bereits zu viert auf der Rückbank – der Chauffeur wollte gerade losfahren –, da kamen noch drei aus dem Haus angerannt: Thjum und die beiden Mädchen. Leentge und Irene schmiegten sich auf dem Vordersitz wie zwei Katzen ineinander; Thjum legte sich quer über unsere Oberschenkel. Der Taxifahrer protestierte. Er klopfte mit dem Finger auf ein kleines Schild: Max. 4 Pers./200 kg Güter.

»Mindestens drei von diesen Herren sind Güter«, sagte Thjum. »Säcke. Sie wiegen bestimmt nicht mehr als 200 kg. Sie wollen doch nicht etwa behaupten, daß das menschliche Wesen sind?«

Das Taxi blieb noch eine Weile mit tickendem Zähler stehen, aber wir weigerten uns, auszusteigen. »Ich lieg hier gut«, sagte Thjum.

Schließlich gab der Mann murrend Gas und glitt in die Stadt hinunter.

Das Sonnenlicht, das das Auto durchschnitt, schmerzte mich. Es reizte nicht nur meine Augen, sondern verletzte mich überall. Es tat mir weh, während ich gleichzeitig davon abgeschnitten war. Ich konnte meine Hand danach ausstrekken, nach diesem schönen Frühlingstag, ich konnte meinen Kopf hineinstecken, aber alles an mir blieb kalt. Ich war durch meinen Rausch davon abgeschnitten. Und die schützende Schicht Bodensatz sollte im Laufe des restlichen Tages noch dicker werden, so spürte ich. Indem ich mich gegen Leentge panzerte, hatte ich mich gegen alles und jeden gepanzert.

Vor dem *Diogenes* gab ich dem Taxifahrer einen Fünfundzwanzigguldenschein. Aus dem Wechselgeld ersah ich, daß er den doppelten Fahrpreis einbehalten hatte. Wir gerieten aneinander. Er weigerte sich, mir den Betrag zurückzugeben. »Ich habe doppelt soviel Leute befördert wie erlaubt«, sagte er. »Das darf ich doch wohl in Rechnung stellen.«

Draußen standen meine Kumpels und trommelten mit den

Fingerknöcheln auf dem Autodach herum. Das nervte mich so, daß ich den Streit aufgab und ausstieg. Das Taxi fuhr weg.

Auf dem Gehweg vor dem *Diogenes* wartete strafend die Sonne auf mich. Nachts konnte man hier ohne Gewissensbisse reingehen; am Tag war das anders.

Die Sonne war kein Mitglied in diesem Nachtclub. Ihr wurde der Zutritt schroff verweigert. Sie versuchte, einen Fuß in die Tür zu setzen, doch hinter unserem Rücken wurde ihr diese ins Gesicht geknallt. Die Sonne bohrte noch kurz ihren Finger in den Spion des Türstehers, bis die Luke davor wieder stillhing und wir im Dunkel der Eingangshalle standen. Es war Nacht.

Im großen Saal war es der Sonne doch noch gelungen, unauffällig einzudringen, verdeckt zwischen zwei Vorhängen. Ihre Anwesenheit verriet sich lediglich durch den Staub, den sie in ihrem Licht an sich sog. Außer durch diese schräge Bahn, die nicht einmal bis zur Bar reichte, wurde der Raum durch rote Lampen und violette Neonröhren erhellt.

An diesem Nachmittag hatte es irgendwo einen Blumenmarkt gegeben. Verkauf von Pflanzen, Tausch von Ablegern (die »Ablegerbörse«), Vorführungen, wie man zurückschneidet . . . So richtig was für Nimwegener Studenten, die – so klein ihre Zimmer auch waren – nichts lieber taten, als sich in einen wuchernden Privatdschungel aus Kletter-, Schling- und Hängepflanzen einzuschließen. Am Stadtrand fand man – auf dem Balkon oder Kieseldach – Kakteen und Hanfpflanzen. Im Herzen dieses Urwalds, wo grünes Licht sie noch bleicher machte, als sie ohnehin waren, konnte man sie manchmal verborgen unter einer gewaltigen Haarmähne mit einem Handbuch aus dem Bereich der Geisteswissenschaften im Schoß auf einem Puff sitzen sehen.

Auf der Tanzfläche im *Diogenes* lagen Häufchen schwarzer Erde mit Fußabdrücken. Rote Tonscherben, abgefallene Blätter . . .

Die Beine zwischen den hohen Barhockerbeinen festgeklemmt (ohne die Theke hatte man wenig Halt), saßen wir im

Kreis und tranken. Schwankend, wankend, stets von den anderen zurückgehalten . . .

Eine junge Frau hatte sich zu uns gesellt, die ihr Baby in einer Art Säsack seitlich am Bauch trug. Das Kind heulte ununterbrochen – bis Thjum ihm sein Feuerzeug gab. Stille. Doch jedesmal, wenn jemand seine Zigarette damit anzünden wollte, begann es wieder zu kreischen. Mit der Rückgabe war es nicht getan – *Thjum* mußte dem Baby das Ding überreichen. Gegenstände bekamen in seinen Händen einen größeren Wert.

Irene lehnte sich mitsamt ihrem Hocker kokett an mich. Leentge hielt es nie länger als eine Minute in unserer Gesellschaft aus. Immer wieder rutschte sie von ihrem Hocker und rannte gehetzt herum.

Mutter und Kind standen in der Mitte des Kreises. Aller Aufmerksamkeit galt dem Kind. Von unserer Runde war nur das Baby klein genug, unsere verengte Aufmerksamkeit auf sich zu ziehen. Die Atmosphäre – bereichert durch Düfte von Blumen und Grünpflanzen, die nicht mehr da waren – wurde immer trüber. Typisches Besoffenengeschwätz, aber deswegen nicht weniger peinlich, Irene zu fragen, ob sie nicht »auch so ein Kind von mir« wolle.

»O ja – jederzeit.«

Leentge hatte es verstanden. Ich hätte sie vielleicht doch besser schlagen sollen . . . Ich war jetzt wirklich – was ich immer so gern gewollt hatte – im Begriff, in die Welt meines alten Herrn vorzudringen. Endlich, endlich. Nein, ihn traf ich da nicht an. Er war mir ferner denn je. Ich hatte ihn noch nie so wenig verstanden wie jetzt, im fortgeschrittensten Stadium der Betrunkenheit, das ich je erreicht hatte. Nicht, daß ich besoffener gewesen wäre als sonst, keineswegs – nein, ich war in anderen Bereichen des Rauschs gelandet, Regionen, die ich früher nie betreten hatte. Kein Vater weit und breit, und trotzdem übernahm ich mit jedem Schritt, den ich vorankam, mehr von seinen Angewohnheiten, seinen Worten und Gesten. Bald würde ich tatsächlich ihn antreffen. Ich selbst wäre dann verschwunden. In ihn verwandelt.

Nach dem *Diogenes* besuchten wir bei Anbruch der Dunkelheit weitere Pinten. Es gab Kneipen und zwischen den Kneipen Entfernungen, die überbrückt werden mußten – das war alles. Das einzige, was wir außer größerer Betrunkenheit noch erwarten konnten, war etwas Schreckliches, eine Katastrophe . . . Und darauf steuerten wir betrunkenen, aber sehenden Auges zu, fast neugierig, als wollten wir es umarmen.

Ich hatte das Empfinden, daß wir uns immer dichter zusammendrängten. Als ob jeder mit jedem verwuchs . . . Im Zentrum dieses Knäuels trottete ich dahin, in der Hand, an die Brust gedrückt, eine Narzisse, die ich in einer Grünanlage ausgerissen haben mußte: Die Zwiebel war noch dran. Alle schienen sehr besorgt um mich. Eine Besorgtheit, die mich dankbar stimmte und zugleich beunruhigte: Ich mußte ja wirklich in einem üblen Zustand sein . . .

Hie und da verschwand jemand unterwegs. Es kam mir vor, als löse er sich unfreiwillig aus dem Knäuel . . . treibe weg . . . in eine Seitenstraße, verschwinde zwischen den Häusern, für immer . . . Traurig, aber nicht zu ändern. Nach so einem streckte ich dann noch den Arm aus, der von den anderen wieder zurückgezogen wurde, bevor ich einen Ruf über die Lippen hatte bringen können . . .

Übrig blieben schließlich nur noch die beiden Mädchen, Thjum, mein Bruder und ich. Wie so viele Züge durch die Gemeinde endete auch dieser im *Tempelier*, am runden Tisch. Es war eine Rundheit, die sich unserer geschlossenen Gruppe wunderbar anpaßte. Allerdings hätte ich gern ein Loch in der Mitte gehabt: Dahinein hätte ich dann gekonnt, um mich noch weniger bewegen zu müssen. Alles ging jetzt von selbst. Wir brauchten nur noch bis zur Sperrstunde, trinkend, diesen perfekten Kreis rund zu lassen.

Gegen Mitternacht wurde jedoch das Geld knapp. Ich zehrte bereits von Leentges letzten Groschen, die selbst schon seit Stunden nicht mehr trank. Aus ihrem Geldbeutel, den sie mir zur Aufbewahrung gegeben hatte, spendierte ich Irene einen Gin Tonic nach dem anderen. Meine Abstauberei verstärkte meinen Widerwillen gegen die Jugoslawin noch mehr. Mit lauernden Seitenblicken versuchte ich in ihren Augen Vorwürfe zu lesen, doch außer Angst fand ich nichts. Es wurde beschlossen, ein Taxi zu nehmen, bevor unser Geld restlos alle war. Die Einwände gegen den Fuhrbetrieb waren schon wieder vergessen . . . es ging jetzt um unsere Bequemlichkeit, und dagegen kamen moralische Bedenken nicht an. Nach viel Hin und Her faßten Thjum und ich den folgenden Plan: Erst würden wir Freek in seinem Studentenwohnheim in Hoogeveldt absetzen und uns dann von dort aus über den Postweg nach Hause bringen lassen.

Wären wir weniger blau gewesen, so hätten wir draußen schon riechen können, daß etwas nicht stimmte.

Normalerweise bekam man zu dieser Stunde schwer ein Taxi; jetzt waren vor der Zentrale fünf, sechs Wagen des Unternehmens fahrerlos am Straßenrand aufgereiht. Einer, ein schwarzer, stand mit laufendem Motor und weit geöffneten Türen – Käfer mit ausgebreiteten Flügeln – diagonal auf der Fahrbahn. Leer. Etwa zehn Meter weiter redeten ein paar Männer (offensichtlich die Fahrer: bei einem von ihnen sah ich wieder eine altmodische Taximütze) aufgeregt miteinander. Es mußte etwas passiert sein, vielleicht im Zusammenhang mit ihrem Boykott farbiger Fahrgäste.

Ein Betrunkener besitzt aber wie kein anderer das Talent, Gefahr beiseite zu schieben und sie dadurch gerade heraufzubeschwören – was er wahrscheinlich im tiefsten Herzen auch will. Freek, der freche Hund, ging, kaum schwankend, auf das diagonal geparkte Taxi zu, stieg hinten ein und machte es sich bequem. Die Tür ließ er offen, um uns zur Nachahmung zu ermutigen.

Sofort löste sich ein Mann aus der kleinen Gruppe, möglicherweise der Fahrer, und ging mit langen Schritten auf den Wagen zu. »He«, rief er hinein, »willst du vielleicht einen Garten auf deinem Bauch?« (*'nen Gartn auffem Bauch*: plastisches Nimwegerisch für »die Radieschen von unten begucken«.)

»Sparen Sie sich die Mühe«, erklang eiskalt Freeks Stimme. »Bei mir wächst doch nichts . . . es sei denn die Gürtelrose.

Aber ich würde gern nach Hoogeveldt gebracht werden ... Übrigens auch ein Friedhof.«

Ermuntert durch unser Großmaul, torkelte jetzt auch Thjum auf das Taxi zu und stieg vorn ein – allerdings auf der falschen Seite. »Huch«, sagte Ireentje lachend, »jetzt hockt sich der Kerl doch tatsächlich so breit, wie er ist, auf den Fahrersitz!«

Thjum war niemand, der irgendein Versehen korrigierte. Lieber eliminierte er seinen Fehler, indem er das einmal Begonnene zu Ende führte und dabei ironisch übertrieb. Seine Linke lag bereits am Lenkrad, als er den verletzten Arm aus der Schlinge zog und grinsend nach der Handbremse griff.

»He ...!« rief der Amateurgärtner seinen Kollegen zu. »He, Leute ...! Die klauen mir meinen Wagen!«

Jetzt setzte sich die ganze Gruppe der Fahrer in Bewegung, inklusive der Großvater-Mütze, und eine Sekunde später wurden Thjum und mein Bruder an den Haaren aus dem Auto gezerrt. Freek verpaßten sie, während er mit dem Kopf nach draußen hing, vorsorglich schon mal eins mit dem Knie ins Gesicht; als er ausgestreckt auf dem Asphalt lag, bekam er die volle Ladung ab. Die Mädchen kreischten.

»'ne kleine Abreibung gefällig?« hörte ich eine Stimme in singendem Nimwegenerisch, und dann ging auch Thjum zu Boden. Er knallte mit der Stirn gegen einen der Betonkübel, die die Stadtverwaltung in allen Geschäftsstraßen aufgestellt hatte. In der schwarzen Erde waren gerade noch die verblühten Krokusse zu sehen, bevor die Szene sich plötzlich mit einem Riesenschwenk zehn, fünfzehn Meter von mir weg entfernte ... Aus diesem Abstand sah ich sie auf dem Boden liegen: Freek blutend, Thjummi betäubt oder bewußtlos. Zwischen den Blumenkübeln, ganz weit weg, standen Leentge und Irene und krallten sich, wie kleine Mädchen heulend, aneinander fest.

Wie kam es, daß ich auf einmal so weit weg war? Mein Feigheitsinstinkt mußte mich zu diesem Sprung veranlaßt haben ... es wäre nicht das erste Mal gewesen. Anstatt zu kämpfen, war ich weggerannt, ich, der ich das ganze Wochenende eine so unbändige Lust zum Schlagen verspürt hatte ... Da lagen mein einziger Bruder und mein bester Freund ... Als ich mir so des vergrößerten Abstandes bewußt wurde, verdoppelte sich meine Wut. Und sie richtete sich im selben Maß gegen diejenigen, die den beiden zusetzten, wie gegen das, was mir zusetzte: ein unverbesserliches Hasenherz.

Jetzt gelangte meine dramatische Veranlagung zum Zuge. Mit beiden Händen würde ich nach der Szene greifen, um mein Leben auf schwindelerregende Weise zum Wirbeln zu bringen ... Die Wut, ob künstlich oder nicht, verengte meinen Blick noch mehr, als es der Alkohol bereits getan hatte. Mit einem Gefühl, als schösse ich in die Höhe, als flöge ich durch die Luft, warf ich mich auf die tretenden Männer. Noch nie hatte ich jemanden so fest in den Rücken geboxt ... mit zwei Fäusten gleichzeitig ... mir blieb fast die Luft weg.

Aus dem kämpfenden Knäuel drehten sich zwei Kerle zu mir um. Ein Arm holte aus: eine Hand mit gekrümmten Fingern, eine Klaue, die meine Halskette zerriß ... Die große Glasperle aus blauem Sand vom Sinai – ein Geschenk von Thjum – rollte über den Asphalt. Im selben Schwung wurden sämtliche Knöpfe von meinem Hemd gefetzt ... Mein halbnackter Oberkörper machte meine Haltung noch theatralischer: Ich kämpfte wehrloser als sie. Mir stieg ein fader Brocken Rührung in die Kehle. Denen würde ich's zeigen, Thjums Mitbringsel von einer Israelreise kaputtzumachen ...

Ich schlug, boxte, trat ... und konnte so noch im letzten Moment die Schläge an den Mann bringen, die sonst auf Leentge niedergeprasselt wären. Immer mehr hatte ich es auf den Kerl mit der Schirmmütze abgesehen, vielleicht, weil diese Kopfbedeckung noch am deutlichsten auf den Beruf der Männer hinwies. Schließlich drosch ich nur noch auf die schwarze Leinenfläche ein, unter der sich ein gebeugter Kopf verbarg. Für meine Fingerknöchel fühlte sich der bedeckte Schädel wie ein Pflasterstein an. Unzählige Arme griffen nach mir, doch ich ließ mein Opfer nicht los. Es war mir zu kostbar ... Der Mann bückte sich immer tiefer unter meinen Schlägen und versuchte stolpernd, rückwärts wegzukommen.

Und ich wurde von ihm mitgezogen, als hinge ich mit meinen Armen, die keinen Moment ruhig blieben, an ihm fest. Zuletzt stand nur er noch vor mir. Schief und krumm hatte ich ihn geschlagen.

»Es war nicht meine Schuld«, rief es unter der Mütze hervor. »Ehrlich wahr. Es war der Wagen vor mir. Ich konnte nichts dafür.«

Glaubte er, ich hätte etwas mit dem Vorfall zu tun, der sich vor unserem Auftauchen abgespielt hatte? Der Mann ließ sich von mir zu einem Taxi treiben, drehte sich rasch um und stieg ein. Noch durch das offene Fenster verfolgten ihn die Schläge, bis dieses so schnell hochgekurbelt wurde, daß meine Hand für einen Moment eingeklemmt wurde. Eine kurze Panikvision: wie ich, untrennbar mit dem Auto verbunden, mit hoher Geschwindigkeit durch die Molenstraat geschleift würde. Selbst nachdem ich meinen Arm zurückgezogen hatte, blieben unter dem Mützenschirm große ängstliche Augen auf mich gerichtet. Der Kerl keuchte heftig. Seine Nase blutete und außerdem auch das Ohr. Erst jetzt erkannte ich ihn: Es war der alte Taxifahrer vom Vorabend ...

Um eine Minute lang aus meiner Lethargie aufzutauchen, mich mal so richtig in der Welt zu verlieren, hatte ich einen Greis verprügelt ... Jetzt pochte und dröhnte es nicht nur in meinem Kopf und in der Brust, sondern im ganzen Leib. Der Alkohol brannte überall ... ungehindert. Und während ich so dastand und mich umsah, um wenigstens einen kleinen Applaus entgegenzunehmen, spürte ich, wie meine Hände dick und steif wurden vom Zuschlagen.

Die anderen Taxifahrer waren verschwunden. An der Stelle, wo sich das umkämpfte Taxi befunden hatte, standen Thjum und Freek und die schluchzenden Mädchen an einem Polizei-Daf. Es enttäuschte mich, merkte ich, die Jungs wieder auf den Füßen zu sehen. Ich hatte mich noch nicht ausreichend an dem Drama gesättigt ...

Freek, dessen T-Shirt blutverschmiert war, führte das große Wort gegenüber dem Polizeibeamten am Steuer. »... also scheint es mir nur logisch, Anzeige zu erstatten.«

»Na, dann steig mal ein«, kam es einigermaßen barsch und unwillig aus dem Auto.

Ich ging auf meinen Bruder zu. »Freek«, lallte ich, und das Schlimmste war, daß ich hörte, wie ich lallte: Meine Zunge war ebenso angeschwollen wie meine Fäuste. »Freek . . . dem hab ich's . . . denen hab ich's . . . aber gezeigt . . . mit der vollen Faust, Freek.« Wieder spürte ich eine fade und schleimige Rührung in meiner Kehle. »Sieh dir nur meine Knöchel an, Freek . . . die Hautfetzen . . . Die Typen sind nicht ungeschoren davongekommen, alter Junge.«

Er hörte nicht auf mich. Es war sogar fraglich, ob er mich überhaupt sah. Hatte er zwischen den Beinen der Taxifahrer hindurch gesehen, wie ich weggerannt war . . .? Verachtete er mich? Oder wurde er ganz von dem in Beschlag genommen, was für ihn das Höchste war: sein Recht einzufordern, am besten unter gleichzeitiger Demütigung der Staatsgewalt? Er fragte, eher allgemein, ob wir für die Zeugenaussagen mit auf die Wache kämen, und stieg ein.

»Paßt du bitte auf«, hörte ich den Polizisten noch sagen, »daß du das Polster nicht schmutzig machst?«

Sie fuhren weg.

Wir folgten zu Fuß, schweigend. In meinem Kopf war sogar noch Platz für einen lotterigen Gedanken: Was ist ein Bruder? Hat sich ein Mann je wirklich vorstellen können, daß seine Mutter im selben Maße die Mutter noch eines anderen Mannes ist? Gerade das, was sie zu Brüdern macht, können sie nicht teilen. Es trennt sie.

Auf der Nimwegener Polizeiwache hatten Freek und Thjum und ich erst vor kurzem eine Nacht in derselben Zelle verbracht.

Als wir beim Zahlen in einer Kneipe Ecke Postweg/Groesbeekseweg merkten, daß uns sechs Gulden fünfzig fehlten, stand Freek auf, um sich in seinem Wohnheim den restlichen Betrag zu leihen. Er tat es auf seine übliche freche Manier: ohne etwas zu sagen; Thjum und mich ließ er sozusagen als Pfand zurück. Am Ausgang wurde ihm von einigen alarmierten Stammgästen, die dafür ihr Kartenspiel unterbrachen, der Weg versperrt. Die Tür wurde verschlossen, und der Wirt rief die Polizei. Da in Nimwegen nie etwas passiert, konnte bereits nach einer halben Minute – die Spielkarten wirbelten noch durch die Kneipe – ein Überfallwagen unter den alten Linden stoppen. Auch bei dieser Gelegenheit hatte Thjum vorn einsteigen wollen, war aber von zwei Wachtmeistern nach hinten geführt worden.

Für ihn hatte jeder Kontakt mit der Polizei noch einen zusätzlichen dramatischen Aspekt. Die Schwantjes wohnten erst seit kurzem in Berg en Dal, und um sich ein wenig Sympathie in der neuen Umgebung zu verschaffen, hatte August für den Neujahrsmorgen einige Honoratioren eingeladen, darunter den Bürgermeister von Berg en Dal und den Polizeipräsidenten von Nimwegen, Plantsoen, der im benachbarten Groesbeek wohnte. Der zwölfjährige Thjum, der die Weihnachtsferien bei seinem Vater verbrachte, ging, noch schlaftrunken von der Silvesterfeierei, im Pyjama ins Wohnzimmer, um den Herren ein »gutes Neues Jahr« zu wünschen. Da Thjummi unter dem von seinem älteren Bruder geliehenen Nachtgewand keine Unterhose trug und der Hosenschlitz reichlich weit ausgefallen war, ragte seine Wasserlatte heraus: klein, hart, glühend und auffallend unbeschnitten. Ein Finger, der während des Händedrucks spöttisch auf die tonangebenden Bürger zeigte ... Nachdem alle an der Reihe gewesen waren, nahm August seinen Sohn beiseite und sagte mit einem Augenzwinkern: »Paß das nächste Mal etwas besser auf deine Morgenlatte auf ...« Woraufhin Thjummi sich den ganzen ersten Tag des neuen Jahres beschämt und traurig gefühlt hatte.

(Als ich die Anekdote mal viel später Flix erzählte, vielleicht in der heimlichen Erwartung, ihn zu rühren, höhnte er mit aller Geringschätzung, die er aufbieten konnte: »Unser Tumtum! Seidenweicher Sahnespender für den Neujahrskaffee ...! Sie werden ihn wohl alle schwarz getrunken haben, die Herren. Bei unserem Tumtum geht kein Tropfen ab ...«

Vielleicht sollte sein Hohn aber auch nur seine Gerührtheit

verbergen. Schon viel früher hatte sich gezeigt, daß allein Thjum ihn zu einer derartigen Sprache voll verborgener Poesie bringen konnte.)

Dieses Ereignis machte Thjum in unserer Polizeizelle noch zu schaffen, in der es keine Toilette gab. Genüßlich ließ er seinen Urin in eine Ecke fließen ... unter der Tür hindurch ...

Bei Aktionen der Nimwegener Polizei hatte man als Außenstehender immer den Eindruck, sie hielten gerade eine Generalprobe ab. Unsere Besitztümer, inklusive Schnürsenkel, waren bereits in Papiertüten verwahrt, und nun wurden wir die ganze Nacht abwechselnd vernommen und gegeneinander aufgehetzt. Wahrscheinlich aus Langeweile hatten wir das Spielchen mitgespielt, bis die Typen sich gegen Morgen so weit an uns abreagiert hatten, daß wir die Schnürsenkel wieder einfädeln und uns nach Hause trollen durften. Solche Geschichten fraßen in den Jahren einen großen Teil unserer Energie. Wir hätten auch im Bett liegenbleiben können. Das wäre ehrlicher gewesen.

In der großen, hellerleuchteten Eingangshalle trafen wir auf Freek, im Gespräch mit zwei Ermittlungsbeamten, die beide ein Diplomatenköfferchen unter den Arm geklemmt hatten.

»Ich habe mich in ein bereitstehendes Taxi gesetzt ... wie ein wohlerzogener Junge ... und habe auf die allerdings barsch gestellte Frage, ›was ich denn wolle‹, geantwortet, ich würde gern nach Hoogeveldt gebracht werden. Die haben wohl gedacht, das wäre so etwas wie die Ewigen Jagdgründe, denn ich wurde um ein Haar ins Jenseits befördert ...«

Thjum versuchte, mich zurückzuhalten, aber die Tragödin, die Besitz von mir ergriffen hatte, war noch nicht ausreichend zum Zuge gekommen. Schon stand sie neben ihrem Bruder. Sie sprach wie ein Besoffener, der möglichst schnell und abgehackt redet, um nicht zu lallen.

»Ach, Freek, was gehst du diesen Leuten denn um den Bart ... Die sehen zwar äußerst gewichtig aus, aber in ihren Köfferchen ist nichts als ihre Butterbrotdose. Weißt du nicht mehr, wie man dich voriges Jahr fertiggemacht hat? Sie haben dir deinen Tabaksbeutel weggenommen. Thjum mußte in die Ecke pinkeln, wie ein Hund. Sieh dir die Köppe bloß an ... Erniedrige dich doch nicht so. So was ... so 'nen Fall ... darfst du nicht bei der Polizei regeln. Polizisten sind noch größere Schurken als die Taxifahrer hier.« Ich faßte ihn am Arm. »Komm, wir gehen jetzt los ... wir werden sie schon finden ... und dann schlagen wir sie kurz und klein ... Das hier bringt nichts. Die Typen hier sind doch richtige feine Pinkel. Glaubst du, die haben weniger gegen Ausländer und Farbige und Studenten? Auch die sagen ihren Töchtern daheim, daß sie nur mit weißem Fleisch nach Hause kommen dürfen ...«

So zeterte ich rum, aufgestachelt von meinem eigenen Schneid. Ich quasselte alle tot. (Hinterher sollte es mir so vorkommen, als wäre ich federleicht zwischen allen Anwesenden herumgesprungen.) O, wie glaubte ich an meine eigenen Worte! Ich berauschte mich förmlich daran ... Ja, ich stand voller Lust mitten im Leben. Der alte Mann war bereits vergessen.

Freek sah mich angewidert an, wie ... ja, wie seinen betrunkenen Vater. Vielleicht war ich etwas redegewandter, aber ansonsten mußte ich ihn mit meinen Säufertiraden an seinen alten Herrn erinnert haben. Er war mitten unter uns.

Ich glaubte, noch einen Schritt weiter gehen zu können ... Meine Wut wurde nur noch von meiner Wut gespeist. Die Flammen bekamen als Brennstoff Flammen. Ich schrie mich in eine andere Art von Rausch.

»Seid ihr gekommen, um uns den Frack vollzuschimpfen?« fragte einer der Beamten Freek. »Oder um Anzeige zu erstatten ...? Dann sag deinem Kumpel, er soll mal für 'nen Moment den Schnabel halten.«

Ich aber hörte nicht auf mit meinen Verwünschungen und Beleidigungen. Für mich gab es kein Halten mehr. Erst jetzt machte ich mir meinen Rausch zunutze. Heute abend würde ich hier der Star sein ...

»Der Kerl ist voll«, sagte der zweite Ermittlungsbeamte.

»Himmelherrgott, was für ein widerlicher Bursche. Sieh dir nur diese Augen an, Dick. Und ein Gestank . . . Himmel noch mal! Wir müssen hier gleich mal ordentlich Durchzug machen. Dürfte wohl kein übertriebener Luxus sein. – Die kommen mir übrigens bekannt vor, die drei. Würd' mich nicht wundern, wenn wir die hier schon mal zu Besuch gehabt hätten.«

»Aber nicht, um Anzeige zu erstatten«, sagte Dick. »Da freß ich 'nen Besen.«

Ich ritt meinen Bruder immer tiefer in den Schlamassel hinein. Ich war im Begriff, ihn um sein Recht zu bringen. Sein größtes Vergnügen: Machthaber mit ihren eigenen Mitteln auszutricksen. Das war der Hauptgrund, warum er Politologie studierte. »Ein Maschinengewehr ist gar nicht nötig«, sagte er immer.

Schließlich kehrten die beiden Beamten uns den Rücken zu. »Überleg's dir mit deiner Anzeige«, schnauzten sie noch über die Schulter. »Du kannst froh sein, daß wir diesen Rumkrakeeler nicht wegen öffentlicher Trunkenheit einsperren.«

Mit erhobenem Kinn, Diplomatenköfferchen unter dem Arm, verschwanden sie in einem Flur, der ins Innere des Gebäudes führte, und ließen mich duselig unter dem Deckenlicht der feuchtkalten Halle zurück. Freek, Thjum, Leentge, Irene . . . alle fielen jetzt über mich her. Ich war zu weit gegangen. Freek war wütend. Anstatt ihn zu verteidigen, hatte ich meinen Bruder lächerlich gemacht. Durch meine Schuld hatte sich seine Anklage gegen ihn selbst gewandt.

»Du . . . du glaubst, du schaffst alles mit deinem Herumgeblöke. Hättste mal lieber diesem Gartenmensch rechtzeitig eins aufs Maul gehauen . . . anstatt der alten Mütze eins draufzugeben.«

Ich verstand ihre Verärgerung nur halb. Hatte ich mich nicht nach Kräften bemüht?

Ich wollte mich entschuldigen . . . um Pardon bitten: notfalls für alles, wenn Freek nur nicht mehr böse auf mich war. Plötzlich wurde mir ganz warm ums Herz. Schließlich konnte ich alles erklären . . . alles. Okay, ich hatte ihm die ersten

Brusthaare wegrasiert ... das ließ sich nicht beschönigen. Nie. Vor allem nicht, weil ich, neunzehn Jahre alt, selber dastand und mich mit überheblicher Miene rasierte ... Freek, vierzehn, kam mit nacktem Oberkörper vom Duschen. Dicht über dem Brustbein, wo sein Bruder bereits einen dunklen Pelz trug, hatte er den ersten Flaum entdeckt – nicht mehr als einen Schatten. Ich hörte ihn durch das Summen des Rasierapparats hindurch die Treppe hinunterpoltern ... Ja, ich hätte die zärtliche, fast mädchenhafte Gebärde beachten sollen, mit der er – der soviel Schmächtigere – sich die Hände auf die herausgereckte Brust legte und stolz seine Männlichkeit mit meiner verglich. Es bedurfte nur eines kurzen Ausholens mit dem Philishave, um die flaumbedeckte Stelle wieder so glatt und hell zu machen wie zuvor. Eine achtlose, beiläufige Handbewegung: Ich brauchte das Ausrasieren meines Halses dafür kaum zu unterbrechen ... Unverzeihlich. Aber ich konnte ihm erklären, daß auch ich eine Zeitlang mit einem »älteren Bruder« gestraft gewesen war ... vor seiner Geburt ... Denn der jüngste Bruder meiner Mutter war erst später, als der Triumph des Erstgeborenenrechts längst verspielt war, ein Onkel für mich geworden.

Doch ich hatte keine Stimme mehr. Ich hatte meine Worte verschwendet, um diese Büttel anzukläffen. Ich sah mich um: Alle hatten mich verlassen. Ich stand allein unter dem grellen Neonlicht. Am Schalter saß ein Mann in hellblauem Hemd und schaute mit widerwärtigem Grinsen zu mir herüber ...

Draußen wartete nur Leentge noch auf mich – wie ein geprügelter Hund, bei dem die Treue größer ist als die Angst. Sie ging den ganzen Heimweg zwei Meter hinter mir her.

Zu Hause kam der große Schlag, der monatelang – Glas für Glas – sorgfältig vorbereitet worden war.

Natürlich hatte ich Flix' Bericht von einer Art Prädelirium gelegentlich amüsiert gelauscht, mit dem seine mittlerweile mehrere Jahre zurückliegende Alkoholphase geendet hatte – ohne mir jedoch klarzumachen, daß es mir irgendwann ähnlich ergehen könnte. Während er auf einer Matratze in seinem

Atelier lag, hatte er immer wieder eine Hand auf seiner Schulter gespürt, die ihn wachrüttelte und ermahnte, an die Arbeit zu gehen. Nachdem er sich schließlich auf den Bauch gewälzt und den Kopf mit den Armen umklammert hatte, versuchte die Hand ihn mit aller Gewalt umzuwerfen und zu zwingen, wieder auf dem Rücken zu liegen. Die ganze Nacht hatte er mit dieser tyrannischen Hand gekämpft. Im frühen Licht beängstigend weiße Möwen über der Gracht vor seinem Haus . . .

Und dabei war es in seinem Fall noch eine positiv eingestellte Hand gewesen, die ihn aufrichten und an die Arbeit treiben wollte. Die Hand, die sich auf dem Weg zu mir befand, wollte mich nur niederdrücken und zermalmen . . .

Wenn es so etwas wie eine normale Betrunkenheit gab, dann war ich nicht mehr normal betrunken. Ich hatte mich über meinen Rausch hinweggeschrien, ohne nüchtern zu werden, im Gegenteil: Ich schien in einen tiefer gelegenen Kreis der Trunkenheit hinabgestiegen zu sein, in den ich noch nie zuvor einen Fuß gesetzt hatte. Dort traf ich nicht einen einzigen Bekannten, nur Leentge, und auch sie war zur Unkenntlichkeit verzerrt.

Um so schnell wie möglich ins sichere Bett zu kommen, zog ich mich nur halb aus und gab mir größte Mühe, nicht zu der Jugoslawin hinzuschauen, solange sie sich ihrer Kleider entledigte und das Licht noch an war. Trotzdem tat jedes raschelnde Kleidungsstück, jeder tickende Knopf, jeder an der Stuhllehne entlangratschende Reißverschluß mir weh.

Mit dem Lichtschalter knipste Leentge die Welt aus. Angst erfüllte mich buchstäblich im Handumdrehen, genauso abrupt und gründlich wie die Dunkelheit das Zimmer. Rausch, Vergessenheit, Freundschaft, Liebe . . . jeder Lichtpunkt . . . alles, was stets die Oberhand über die Angst behalten hatte, erlosch mit der Glühlampe, verschwand in einer dünnen Spirale, dünner als ein Haar, das in eine Kerzenflamme gehalten wird . . . Die Spirale zuckte und glühte noch kurz zwischen den Hörnern des Teufels nach, und war dann verschwunden.

Den Rücken der Jugoslawin zugewandt, lag ich so weit wie möglich von ihr entfernt zitternd unter der Decke. Leentge, die offenbar spürte, wie es mich schüttelte, legte mir zum Trost die Hand auf den Oberschenkel. In der kurzen Zeit, in der die Hand dort lag, wurde sie unerträglich schwer . . . und kalt . . . wie ein Stein. Aber auch schwammig, zumindest an der Außenseite, und so leblos, daß unmöglich noch Blut darin fließen konnte . . .

Die Hand einer Toten.

Von plötzlichem Ekel erfüllt, schlug ich sie von mir, wie jemand ein Insekt von sich schlägt.

»Qu'est-ce qu'il y a?« Doch ihre Stimme einer Lebenden brachte keine Erleichterung.

»Faß mich nicht an.«

Sie begann leise zu weinen.

»Hör auf . . .!«

Das Mädchen dämpfte ihr Schluchzen im Kopfkissen, was noch viel schrecklicher war, denn jetzt war ihr Zucken in der Matratze zu spüren . . . Eine plötzliche Gewißheit: Ich würde es nie mehr mit einer Frau machen können. Die Heilung von meiner Impotenz war lediglich vorübergehender Natur gewesen . . .

»Morgen . . . morgen mußt du weg. Hast du das verstanden? Du mußt morgen weg . . . ich kann nicht mehr. Ich *kann* nicht mehr. Du hast mich vergiftet.«

Langsam beruhigte sie sich. Schließlich lag sie so reglos und übernachdrücklich im Bett, wie ihre Hand auf meinem Schenkel gelegen hatte. Sie wurde immer schwerer. Die Matratze begann sich unter ihrem Gewicht zu biegen . . . ich spürte, wie sich das Laken unter mir spannte . . . Eine Mulde entstand, in die ich hineinzurollen drohte . . .

Ich hob den Kopf, um zu sehen, ob sie noch atmete. Die Silhouette ihres Oberkörpers hob und senkte sich nicht einmal um den Bruchteil eines Millimeters. Ich streckte die Hand nach dem Mädchen aus, konnte mich aber nicht überwinden, sie zu berühren. Sie blieb über dem nackten Körper hängen und spürte die Kälte, die aus ihm aufstieg. Ich wollte ihren

Namen sagen, doch er blieb in meiner Kehle stecken, die sogar zum Flüstern zu trocken war.

In dieser halb aufgerichteten Haltung blieb ich, mir schaudernd Mut zusprechend, liegen: Es war nur eine Einbildung . . . war Flix auch passiert . . . die lange Trinkerei hatte mich nervös gemacht. Am besten wäre es, sich umzudrehen und wie ein Murmeltier zu schlafen.

Als ich auf der anderen Seite lag, hörte ich, wie mit brummendem Motor und rauschenden Reifen ein Auto aus Nimwegens Tiefe Richtung Berg en Dal emporklomm. Vor unserem Haus, wo die Steigung zunahm, wurde geschaltet. Gleichzeitig mit dem Motor hielt ich den Atem an (*Fahr weiter! Fahr weiter!*), aber – genau, was ich befürchtet hatte: Meine Angst genoß die Macht, alles nach ihrem Willen zu gestalten –, nach dem Schalten blieb es still. Kein brummender Motor mehr, keine rauschenden Reifen. Dafür schlug kurz darauf eine Autotür zu. Ich mußte die Handbremse gehört haben, und nicht die Gangschaltung . . .

Schon jetzt war ich mir so gut wie sicher, daß es jemand für mich war, der da ausstieg . . . Ich hörte die Scharniere der Gartenpforte quietschen, wie ich sie schon tausendmal, aber ohne diese beklemmende Angst, hatte quietschen hören. Ohne viel Lärm schlug sie gegen die niedrige Mauer. Der Kies knirschte mäßig: Es konnte kein dicker oder großer Mensch sein . . . um so schlimmer. Hiobsbotschaften wurden meist von gewissenhaften Kaplanen überbracht, die noch regelmäßig fasteten, oder von Polizisten, die um ein Haar wegen ihres Untergewichts nicht zur Polizeiausbildung zugelassen worden wären . . . Ja, es war ganz entschieden der schleppende, zögernde Schritt eines Menschen, der eine schreckliche Nachricht zu überbringen hat . . .

Der Abtretrost auf der Eingangsstufe klang wie ein gedämpfter Gong. Ich saß bereits senkrecht im Bett und versuchte, das Klopfen meines Herzens vom Klopfen an der Haustür zu unterscheiden. Es gab doch eine Klingel . . .? Leentge lag immer noch bewegungslos und schwer neben mir.

Daß nicht sofort geklingelt wurde, verhieß nichts Gutes. Da zögerte jemand heftig ... aber wer? Die Polizei? Ein Pfarrer? Der Hausarzt? Mein ... Vater? Oder ein Taxifahrer mit einem Unbekannten auf der Rückbank? Vielleicht ein Telegrammbote. Professor Versteeghen. Der heilige Canisius, barfuß ...

Während ich mit schlotternden Gliedern auf das Klingeln wartete, schlugen die tausend verschiedenen Nachrichten, die mir überbracht werden könnten, bei mir ein. Die Universität hatte meinen Betrug entdeckt ... Der Arzt, den ich vor kurzem wegen Seitenstichen konsultiert hatte, hatte eine verdächtige Ablagerung in meinem Blut entdeckt. Ich durfte keine Minute länger damit herumlaufen, so bösartig sah das Sediment aus. Er räusperte sich und streckte –

Nein: Die alte Mütze war in seinem Wagen meinen Schlägen erlegen. »Egberts?« »Jawohl.« »Sie sind vorläufig festgenommen. Wegen Totschlags.«

Bis meine Gedanken sich an dem Telegramm mit der allertraurigsten Mitteilung festbissen ... Ich sah den staunend geöffneten Mund, mit dem meine Mutter zum letztenmal gedehnt »och ...« gesagt hatte. Ihr eines Auge war nur halb geschlossen.

Aber es klingelte nicht. So angestrengt ich auch lauschte, ohne zu atmen, ich hörte niemanden vom Rost treten und über den Kies zum Auto zurückgehen ... nein, niemanden. Keine Autotür schlug zu, und ein Motor wurde auch nicht gestartet. Es blieb still – ungefähr so still, wie es nachts zu sein hat. Der Nachrichtenüberbringer mußte sich in Nichts aufgelöst haben, in eine Luftwolke und etwas Schleim zerfallen sein, der durch den Abtretrost zwischen ein paar vom vorigen Jahr übriggebliebene Herbstblätter gesickert war.

Hatte ich mich getäuscht? Noch immer auf der Hut, legte ich mich vorsichtig hin, auf den Rücken, um bei eventuellen Geräuschen beide Ohren frei zu haben. Ich atmete so sparsam wie möglich.

Nach einigen Minuten kam ein Auto aus Richtung Berg en Dal, auf dem Weg nach unten. Das Scheinwerferlicht erfaßte eine Ecke des Zimmers, projizierte Möbel an die Wand, Silhouetten, die wuchsen und wieder schrumpften ... Atemlos verfolgte ich das Geräusch des Motors und betete, es möge anhalten ... Das Fahrzeug stoppte vor unserem Haus. Handbremse, Autotür, Gartenpforte, Kies, das hohle Geräusch des Abtretgitters ... Es klingelte nicht.

So hielt im Laufe der Nacht eine unübersehbare Reihe von Autos vor dem Berg en Dalseweg Nr. 963. Ein Hiobsbote nach dem anderen meldete sich zur Stelle. Mal stand ein Studentenpfarrer händeringend vor mir, bevor er mir die Nachricht zu überbringen wagte ... mal streckte mein Vater seinen braungerauchten Finger nach dem Klingelknopf aus, denn ich sollte als erster erfahren, was er meiner Mutter angetan hatte. Manchmal auch war es der alte Taxifahrer selbst, der, als sich die Tür öffnete, die Mütze abnahm, um mir die Beulen an seinem Kopf zu zeigen. »Sie sind schuld, daß der gelbe Hund überfahren wurde. Sie haben mir im Spiegel Angst eingejagt.«

Niemand kam weiter als bis zur Eingangsstufe. Kein einziges Mal ging die Klingel – was die Hiobsbotschaften noch nicht unglaubwürdig machte. Unermüdlich zwang das Gift in meinem Körper vorbeifahrende Autos zum Halten. Und währenddessen lag Leentge neben mir, vollkommen erstarrt. So schwarz sie in der Dunkelheit wirkte, so schwarz würde sie auch bei Tagesanbruch noch sein. Eine unwirtliche Landschaft: kein Gesicht war mehr darin zu erkennen ... nicht zu identifizieren ... Wie sollte ich morgen eine Tote erklären?

Gegen Morgen fiel ich in einen unruhigen Schlaf, aus dem mich um die Mittagszeit die Luftalarmsirenen weckten.

Ich hatte dieses Nebelhorn in den vergangenen Jahren selten anders als im Bett und mit einem Kater gehört, schwer mitgenommen vom zurückliegenden Wochenende. Es erzählte mir immer hoch und heiser, daß nicht nur eine neue Woche angebrochen war, sondern ein ganzer neuer Monat – in diesem Fall der April, in dem ich sechsundzwanzig würde. Lag an einem solchen Montagmorgen jemand neben einem, so blies die Sirene ein Lied der Scham: über das in betrunkenem Zustand freudlose Vögeln, getrieben von keinem anderen Verlangen, als die paar Tropfen Flüssigkeit aus sich herauszupressen, die den letzten Kontakt zum Leben auf der Erde gewährleisten sollten.

Doch trotz all des Ekels, den mir diese Verzweiflungssirene zuvor schon eingeblasen hatte, nie war er so stark wie an dem Morgen nach dem Leentgewochenende. Und diesmal nahm mein Widerwille die Form einer derart großen Erschütterung an, daß kaum genug Raum dafür in mir war: *Warum hielt jemand es für nötig, sich körperlich und seelisch so durch und durch zu vergiften und zu besudeln und auszulaugen ... ohne je daraus zu lernen ...?*

3

Nachdem die zweite Heultonserie des Luftalarms verklungen war, brachte Leentge mir Tee ans Bett. Sie lächelte zögernd, als wäre sie darüber im Zweifel, ob ich ihr Lächeln zu schätzen wüßte. Ich konnte nie mehr etwas anderes als eine Grimasse darin sehen. Der physische Widerwille, den sie mir eingeflößt hatte, wütete unvermindert weiter. Ich ekelte mich sogar vor ihrem Tee. Meine Hand zitterte so heftig, daß das heiße Getränk über den Tassenrand auf die Bettwäsche schwappte.

Hatte ich in dieser Nacht ihre Abreise noch befohlen, so flehte ich sie jetzt an, zu gehen. Meine flehentliche Bitte klang überzeugender als mein Befehl.

»Warum?«

Ich war zu schwach, mir eine Ausrede einfallen zu lassen. Nach einer solchen Nacht fielen einem keine Ausreden ein.

»Leentge, bitte . . . Ich kann nicht mehr. Du vergiftest mich . . . irgendwie.«

»Ich verstehe, Albert.«

Sie fing sofort an, ihre Sachen zusammenzusuchen. Der Anblick einer Leentge, die ihren Kram packte, gab mir die Kraft und den Mut, aus dem Bett zu steigen. Wenn ich sie erst vor der Tür hatte, würde sich alles schon wieder zum Guten wenden. Da die Dinge nun mal in Gang waren, mußten sie auch so schnell wie möglich zu Ende geführt werden, fand ich. Ich hatte nur noch einen Gedanken: allein zu sein, ohne sie, und ich würde mich gereinigt fühlen.

Ich brachte sie zum nächsten Zug Richtung Roosendaal, ohne Rücksicht auf einen Anschluß nach Paris. Ich trug ihre Tasche und ertappte mich dabei, daß ich sehr schnell ging. Leentge konnte kaum Schritt halten, so eilig hatte ich es, sie loszuwerden.

Der Zug nach Vlissingen stand noch in aller Ruhe auf Bahnsteig 8 A, gut fünf Minuten vor der Abfahrt. Wie sollte ich dieses Meer von Zeit überbrücken? Am liebsten wäre ich auf der Stelle weggerannt. Aber ich beherrschte mich, fragte, wo sie sitzen wollte – die Abteile waren noch fast leer –, und hob ihre Tasche in das Gepäcknetz über dem Platz, auf den sie zeigte. Ich flüchtete aus dem Abteil – zurück, zurück an die frische Luft! –, aber auf der Plattform hielt sie mich fest.

»Bleib noch. Die paar Minuten . . .« Sie umklammerte meine Handgelenke. Meine Angst war so absurd wie in der vergangenen Nacht: Sie würde mich nie mehr loslassen . . . der Abfahrtspfiff würde ertönen . . . die Türen würden sich schließen, und ich wäre gezwungen, bei ihr zu bleiben . . .

Ich versuchte, mich nicht allzu heftig aus ihrem Griff zu befreien, doch sie hielt mich weiter fest. Ich warf einen Blick zur Seite: Die Türen standen noch offen. Gerade stieg, sehr mühsam, ein betagtes Ehepaar ein. Die schwerste Arbeit, die ihnen im Leben noch blieb . . .

»Albert, sieh mich an.«

Ich sah ihr mit größter Mühe in die Augen. Sie grinste nicht mehr. Die Traurigkeit in ihrem Gesicht machte sie für einen Augenblick wieder hübsch. Mitten im Lachen erinnerte sie sich an die Häßlichkeit ihres Gebisses und schloß rasch den Mund. Bis sie, gleich darauf, ihre Zähne wieder vergessen hatte und die Lippen sich erneut öffneten.

»Ich bin nicht böse auf dich«, sagte sie. »Ich nehme dir nichts übel. Du bist nur krank.«

Sie ließ mich los. Ich beugte mich aus dem Zug, um zu sehen, ob es nicht schon Zeit sei. Fast. Da gellte die Pfeife des Schaffners auch schon. Ich konnte mich nicht einmal überwinden, sie zum Abschied keusch zu küssen. Ich stieg einfach von der Plattform auf den Bahnsteig. Leentge hielt sich an der Stange fest und beugte sich hinaus. Noch stand der Zug. Vorne wurden die Türen geschlossen.

»Ich bin nicht böse auf dich, Albert. Es ist das Kind, weswegen du mich nicht mehr ertragen kannst. Der Tod hat alles kaputtgemacht. Wenn ich weg bin, wird es dir bald wieder besser gehen.«

Als der Schaffner uns erreicht hatte, warf er mit hartem Schlag die Türen zu. Die Scheibe war so schmutzig, daß ich Leentge nicht mehr sehen konnte. Der Mann trat einen Schritt zurück, um zu überprüfen, ob weiter hinten noch Türen offenstanden. Alles war zu. Er winkte dem Aufsichtsbeamten am Kopfende des Zuges, riß schnell die Tür wieder auf, die er gerade geschlossen hatte, und stieg ein. Leentge war verschwunden. Der Zug setzte sich in Bewegung, und die Tür schloß sich erneut. Auch die Abteilfenster waren so verschmutzt mit angetrockneten Schlammspritzern, daß Leentge nicht zu sehen war. Es war besser so; selbst Winken wäre mir noch zu intim gewesen.

Ängstlich und scheu saß ich an jenem Montagnachmittag bei verschlossener Tür in meinem Zimmer. In den Bäumen rings ums Haus wehte der Wind. Sie rauschten nicht, sie flüsterten – wobei sie den leicht vorwurfsvollen Ton meiner Mutter nachahmten. Fast ein Gesang. Ein Ast des Haselnußbaums klopfte am Seitenfenster den Takt. Ich lauschte mit trockener Kehle, was sie mir zu sagen hatten, die Bäume.

»Du arbeitest nicht . . . alles bleibt liegen . . . dein Geld ist alle. Und jetzt?« sangen sie. »Du vergammelst . . . du zerstörst deine Jugend und deine Gesundheit . . . du machst deine Freundschaften kaputt. Warum . . . warum hast du das Mädchen weggeschickt? Du hättest sie heiraten sollen, dann wäre es nicht soweit gekommen . . .«

Nach einiger Zeit spaltete sich der Chor in zwei Hälften: eine Gruppe von Fürsprechern und eine von Gegnern. Hie Ankläger, da Verteidiger. Die Anklagen wurden von heftigen Windböen vorgetragen, die Verteidigungsreden kamen vom etwas ruhigeren Spielen des Windes in den Baumwipfeln. Ich rückte immer weiter in den Hintergrund. Sie sprachen mich nicht mehr direkt an, vielmehr wurde hinter meinem Rücken in der dritten Person über mich geurteilt. Ich stand betreten in der Anklagebank.

»Er hätte die Jugoslawin heiraten sollen«, rief der Chor der öffentlichen Ankläger. »Aus Leidenschaft, nicht aus Berechnung – dann wäre es niemals soweit gekommen. Kein Morphin, kein totgeborenes Kind . . .«

Der Wind legte sich kurz.

»Aber seht doch mal . . .« rauschte das Anwaltskollektiv. »Er trauert um Milli . . . Milli Händel . . .«

»Frau Rechtsanwältin Mildred *van Gendt*-Händel«, korrigierte der Vorsitzende und hämmerte mit dem Ast des Haselnußbaums ans Seitenfenster. »Ehegattin des Herrn Rechtsanwalts Paulus van Gendt hier zur Linken. Die Verteidigung betreibt Stimmungsmache, indem sie lediglich den Mädchennamen der Kronzeugin nennt. Das Gericht besteht auf Vollständigkeit. Fahren Sie fort mit Ihrem Plädoyer.«

»Verzeihung, Euer Ehren . . . Besagte Mevrouw Mildred van Gendt-Händel hat ihm den Laufpaß gegeben, weil er in gewisser Hinsicht versagte. Sie wollte ein Kind von ihm. Er war, Euer Ehren, er war . . . impotent.«

Der Wind schlug ums Haus.

»Impotent . . . impotent . . . impotent«, jubelte die öffentliche Tribüne. »Schlappschwanz . . . *hihihi* . . . Hängeschwanz . . . *hihihi* . . .«

»Im. Po. Tent«, wiederholte der Vorsitzende und betonte jede Silbe mit einem Schlag seines Hammers.

Als es wieder ruhig war, sang die Verteidigung mit düsterem Timbre: »Jetzt kann er niemanden mehr lieben. Marike nicht . . . Leentge nicht . . . Ireentje nicht . . . und nicht einmal Berendina Schwantje, denn er macht sich nur etwas vor.«

Ich persönlich hegte mehr Sympathie für den Anwaltschor, lauschte aber um so aufmerksamer den öffentlichen Anklägern. Ihre Ausführungen wurden immer heftiger. Ich hatte das starke Gefühl, daß sie am Gewinnen waren.

»Alles schön und gut«, donnerten die Staatsanwälte, »aber hat er später je noch Anstrengungen unternommen, sie zurückzuerobern? Nein. Er ist träge, kriecherisch, gibt klein bei . . . er ist lasch, lax und lahm . . . lax, lasch und lahm, das ist er . . . Der Angeklagte macht alles mit dem Mund: gießt Alkohol hinein und läßt Wörter daraus entweichen. Das eine ist Brennstoff für das andere . . . Er ist sich sogar zu schade, die Wörter aufzuschreiben. Wo er doch ein Dichter sein könnte . . . Ein Dichter, Herr Vorsitzender, Hohes Gericht! Doch der Angeklagte hat die Sprache lieber dazu benutzt, sein männliches Versagen zu bemänteln. Er hat Frau Rechtsanwältin van Gendt-Händel nach Strich und Faden belogen. Das einzige, was er sonst noch tut: Er sitzt sich den Hintern auf einem Barhocker platt. Ein Skelett mit Sitzfleisch – so ist er richtig charakterisiert. Bei so einem benötigen wir kein psychiatrisches Gutachten.«

»Er sucht seinen Vater im Alkohol«, versuchten die Anwälte schwach einzuwenden.

»Ja, das sagen alle. Von der Sorte kennen wir noch mehr. Feine Ausrede, um immer wieder zu versumpfen. Nein, er kennt nichts anderes als Laschheit ... nichts als Laschheit, Laxheit und Lahmheit ... Laschheit, Laxheit und Lahmheit ...«

Immer mehr Stimmen skandierten jetzt diese drei Worte. »Laschheit, Laxheit, Lahmheit«, ertönte es rhythmisch und drohend ums Haus. »Laschheit, Laxheit, Lahmheit ... Laschheit, Laxheit, Lahmheit ...«

Auf der öffentlichen Tribüne wurde im Takt dazu mit den Füßen getrampelt. Der Vorsitzende hämmerte mit seinem Ast immer lauter um Ruhe, schien die Sprechchöre damit jedoch nur noch weiter anzupeitschen. Sie skandierten immer schneller: »Lascher ... Laxer ... Lahmer ... lasch, lax, lahm ... laschlaxlahm ... lalala ... lalala ... lalala.«

Nach einem letzten Trommelwirbel des Vorsitzenden war es plötzlich still. Die Bäume ums Haus standen reglos. Bis der Wind jäh wieder da war.

»Hunde totfahren, das kann er.«.

»Daran waren die Schwantjes schuld.«

»Die haben ihm einen toten Hund nachgeworfen. Haha. Von Büchern liest er nur den ersten und den letzten Satz. Mehr nicht. Hat keine Zeit dafür, er muß ja trinken, immer nur trinken. Tralalalala ...«

»Sein Vater ...«

»Faule Ausreden! ... Wir kommen jetzt zum eigentlichen Anklagepunkt: In der Nacht von Sonntag auf Montag hat Albertus Hubertus Norbertus Egberts, geboren am dreißigsten April neunzehnhundertfünfzig zu Geldrop, dem Nimwegener Taxifahrer D'Oude Muts derartige Verletzungen beigebracht, daß dieser selbigen noch in der gleichen Nacht im Radboud-Krankenhaus erlag. Der Angeklagte, Hohes Gericht, war . . . stand unter starkem Alkoholeinfluß. Der Strafantrag lautet . . .«

Da saß ich, auf meiner Anklagebank. Um die Sprechchöre zu übertönen, hätte ich natürlich eine Platte auflegen können, aber davor schreckte ich zurück. Ich hatte Angst, dann nicht mehr hören zu können, was über mich gesagt wurde. Ich wollte mich nicht selbst vom Prozeß ausschließen. Der starke Frühlingswind sorgte dafür, daß all meine Missetaten zur Sprache kamen, von Kindesbeinen an. Noch bevor der Prozeß seinen Höhepunkt erreichen konnte, wurde unerwartet das Urteil vollstreckt: ein eiskaltes Schwert mitten in mein Herz: das Telefon.

Das Telefon . . . das konnte nur Unheil bedeuten. Ich war halb aus meinem Stuhl hochgekommen. Draußen griff der Wind in die Baumwipfel. Um Himmelswillen, hoffentlich war nichts mit meinem Bruder oder mit meiner Schwester passiert . . . Nicht meinetwegen (ich hatte nichts besseres verdient, als alle zu verlieren), sondern um meiner Mutter willen. Ich würde an ihrem Kummer sterben.

Ich nahm ab.

»Albert . . .? Albert, c'est moi: Leentge.«

Der Hörer lag bereits fast wieder auf der Gabel, als ich ihre Stimme dünn und knarzend hörte. Ich glaubte das Ding in meiner Hand vibrieren zu fühlen, wie einen Rasierapparat. Es kribbelte.

»Allo . . . allo? allo!«

»Oui«, war alles, was ich herausbrachte.

Sie rief vom Bahnhof Brüssel Süd an, wo sie auf den Anschluß nach Paris wartete.

»Albert . . . mein Mantel. Ich habe meinen Mantel bei dir vergessen. Im Schrank. Es war die ganzen Tage so schönes Wetter . . . so mild . . . ich brauchte gar keinen Mantel. Auch abends auf der Straße nicht . . . Er ist noch von meiner Mutter. Albert, hörst du mich?«

»Oui.«

»Hör zu. Ich kann nur ganz kurz sprechen. Mein Geld ist alle. Du hast es verbraten ... in der Kneipe ausgegeben, um *gin tôniques* für Irène zu kaufen. Mein letztes Geld, Albert ... Ich mußte betteln, damit ich dich anrufen konnte. Hörst du?«

»Oui.«

»Mir ist so kalt, Albert, ohne Mantel ... so kalt. J'ai froid. Il fait froid ...«

Sie quengelte noch ein bißchen rum. Was wollte sie bloß? Daß ich ihr den Lumpen nachtrug? Ich versprach ihr, den Mantel so bald wie möglich zu schicken. Es sei inzwischen zu spät, um noch zur Post zu gehen, aber am nächsten Morgen ...

Sie jammerte immer weiter. »Les quais sont froids. Bruxelles est si froid. Les trains ... les trains sont froids aussi. Tout est froid ... tout ce que je touche ...« Sie begann zu weinen. »Wenn Phine nur hier wäre ...«

Plötzlich brach die Verbindung ab, wahrscheinlich, weil sie keine Münzen mehr hatte. Ich legte auf und wartete mit hämmerndem Herzen darauf, daß es wieder klingeln würde. Es klingelte nicht mehr.

Ich machte die Schranktür auf. Dort hing, zwischen leeren Holz- und Drahtbügeln, ein dunkelblauer Damenmantel, den ich nie an ihr gesehen hatte. Durch den plötzlichen Luftstrom, den ich erzeugt hatte, schaukelte der Mantel sacht auf seinem Kleiderbügel. Er war von altmodischem Schnitt und ziemlich abgetragen.

Nachts plagte mich in meiner Schlaflosigkeit ein ganzes Fußballstadion voll abwechselnd jubelnder und buhender Sprechchöre, dazwischen von Zeit zu Zeit von einer aufhetzenden Reporterstimme unterbrochen. Sie bezichtigten mich aller erdenklichen Niederträchtigkeiten. Leentges Mantel wurde dabei zu einer Leiche im Schrank. Ich konnte das Kleidungsstück riechen: Es verströmte einen starken Geruch. Um vier Uhr, als sich die Fans längst in einen Chor alter Klageweiber verwandelt hatten, wurde es mir zu bunt. Dieser Mantel, verdammt noch mal, war es, der mich vom Schlafen abhielt.

Erst kam ich auf die Idee, den Lumpen im Garten zu verbrennen. Ja, in Flammen sollte er aufgehen, dann könnte ich geläutert mein Bett wieder aufsuchen. Aber der Gedanke an Feuer schreckte mich ab. Wenn meine Haare schon nicht Feuer fingen, so würde die Glut auf jeden Fall allerlei Ungeziefer anlocken, auf das ich weiß Gott nicht scharf war. Nein, ich würde ihn begraben, den Scheißmantel ... unter die Erde damit.

So lautlos wie möglich, um Thjum nicht zu wecken, suchte ich in dem Kabuff unter der Treppe fröstelnd nach einem Spaten. Mein Abscheu vor dem Mantel über meinem Arm siegte über die Angst vor der Dunkelheit.

Hinten im Garten hob ich eine Grube aus, viel breiter und tiefer als nötig. Es wehte noch immer, aber über meinem Kopf brachten die Bäume keine anderen Geräusche hervor als ihr eigenes Stöhnen und das Peitschen der noch blätterlosen Zweige. Ich trug meinen Morgenmantel; der laue Wind blies mir den dünnen Stoff der Schlafanzughose stramm an die Waden. Meine Füße steckten ohne Socken in den Schuhen, deren Innenfutter sich erst kalt und geräumig angefühlt hatte, sich jedoch im Laufe der Graberei immer schwüler, auch feuchter, um die nackte Haut spannte.

Zum Schluß warf ich den Mantel in das Loch. Er sank majestätisch darin nieder. *Pfloff*. Rasch machte ich mich daran, die Erde zurückzuschaufeln, und stampfte sie mit den Absätzen fest. Aber so sehr ich auch zutrat, der Boden blieb wellig und behielt etwas Wattiertes und Gedämpftes.

Als ich wieder im Bett lag, kam der Mantel erst recht, um den Beischlaf zu vollziehen, nun allerdings als Erzeuger von Sentimentalität. Er hatte ihrer Mutter gehört ... vielleicht das einzige Erbstück, das sie von ihr besaß ... Ich sah Leentge frierend in ihren dünnen Kleidern durchs nächtliche Paris laufen, auf der Suche nach Phine ... Ich hatte nicht einmal nachgeschaut, ob noch Schlüssel oder Papiere in den Taschen waren.

Mir blieb nichts anderes übrig, als das Kleidungsstück in aller Frühe wieder auszugraben. Während ich damit beschäftigt war, kam Thjum im Morgenmantel heraus, die erste Zigarette des Tages zwischen den Lippen. Auf den Schuhen des hl. Canisius kam er kichernd ein Stück weit auf mich zu.

»Bist du nicht ein bißchen spät dran mit Gärtnern, Albert? In zwei Monaten sind wir hier weg.«

»Thjum, zieh Leine. Ich kann jetzt keine blöden Sprüche vertragen.«

Er blieb noch eine Weile stehen und schaute interessiert zu. Als er sah, daß ich nicht den Garten umgrub, sondern eine Grube aushob, drehte er sich um und ging gemächlich ins Haus zurück, wobei er maliziös sang:

I'm fixin' a hole
where the rain gets in,
it keeps my mind from wandering . . .

Noch am selben Vormittag brachte ich den Mantel in die Reinigung, wo ich ihn einen Tag später, am Mittwoch, abholen konnte.

Ich legte das frisch gereinigte Kleidungsstück zusammengefaltet in eine alte Tortenschachtel, nachdem ich zuvor die Taschen mit Päckchen Halfzware und Bountys, ihrer Lieblingssüßigkeit, gefüllt hatte. Ich packte auch noch den Slip dazu, den ich beim Bettenmachen am Fußende zwischen den Laken gefunden hatte. Er war hellblau, mit aufgedruckten dunkelblauen französischen Lilien, und eindeutig getragen. Ich strich mit den Fingerspitzen über den Frotteeschritt, in dem ihre Säfte gelb eingetrocknet waren. Um mir zu beweisen, daß ich meinen physischen Ekel vor ihr überwunden hatte, drückte ich sogar kurz meine Lippen darauf, bevor ich das Höschen zum Mantel in den Karton legte.

Ich hatte nicht mehr genug Geld, um das Paket per Einschreiben abzuschicken, aber es würde auch so wohlbehalten ankommen, dachte ich. Am Schalter gab ich an, daß die Sendung »einen Mantel und Unterwäsche« enthielt. Den Tabak und die Schokolade verschwieg ich.

Ein paar Tage später schaute Ireentje noch mal kurz in ihrer Schwesterntracht vorbei. Ich war gerade auf dem Weg, mich wieder etwas zu erholen. Sie ging zur Arbeit, hatte es eilig.

»Hier muß noch irgendwo eine Unterhose von mir rumliegen.«

»Was für eine?«

»Na, ganz normal. Blau. Mit solchen Blumen drauf. Tulpen.«

»Wie kommt die hier zu mir?«

»Alter, laß dich mal untersuchen. Wie die zu ihm kommt, fragt er . . . Du hast sie mir selbst ausgezogen, du Schlaumeier.«

»Und wann, bitte schön?«

»Samstagnacht. Wann sonst? Du hast mit dem Rücken zu dieser, wie heißt sie noch gleich, Leentje, gelegen, dieser Französin . . . wir dachten, sie schläft. Aber viel kam dabei nicht raus. Du hast mir die Hose ausgezogen und ein warmes Plätzchen für deine Hand gesucht, und dann bist du eingeschlafen. Jaja, lach nur . . . Du bist mir einer: Ireentje erst heiß machen, und dann sanft einschlummern. Du solltest weniger trinken.«

Weißer Sonntag

I

Ruhe nach dem Sturm. Allerdings war diese Ruhe bedrohlich genug, denn man kann mit einem Mädchen Schluß machen, ihr die Tür weisen und sie sogar eigenhändig in den Zug setzen – doch das alles braucht noch nicht zu bedeuten, daß man sie tatsächlich los ist. Genausogut könnte man mit einem Leiden Schluß machen. »Ich höre jetzt auf. Mir stinkt's, noch länger krank zu sein . . .« Es hilft nichts. Das Virus hat nichts gehört und bleibt auf dem Posten. Das Geschwür wuchert unbeirrt weiter.

Von Leentge war ich jedenfalls vorläufig noch nicht erlöst.

Nicht, daß sie nach ihrem Anruf aus Brüssel noch etwas von sich hätte hören lassen, o nein: Es kam kein Brief, und sei er noch so kurz . . . kein Lebenszeichen, nichts. Sie konnte sich offenbar nicht mal zu einer kurzen Nachricht aufraffen, um den Erhalt ihres Mantels zu bestätigen. Ich begann daran zu zweifeln, ob das Päckchen sie überhaupt erreicht hatte. Ein Postbeamter würde sich bestimmt nicht den Lumpen unter den Nagel gerissen haben, aber ich fragte mich, ob es wirklich klug gewesen war, den Shag und die Süßigkeiten mit einzupacken. Mein letzter Gruß . . . Sentimentaler Einfaltspinsel, mit deinem Halfzware Drum und deinen Bountys!

Oder hatte sie den Slip in die falsche Kehle bekommen? So fröhlich er mit diesen französischen Lilien auch aussah, er war sichtlich getragen, das heißt, sie würde ihn wohl nicht als Geschenk betrachtet haben . . . Eher als Beleidigung. Einen nachträglichen Tritt in den Hintern. »Hier, bitteschön: *Souvenir d'amour* aus Nimwegen. Der Abdruck von Irenes Puschiwuschi.«

In den folgenden Tagen war Leentge nachdrücklicher anwesend, als wenn ich sie den Rest der vereinbarten Zeit hätte bleiben lassen. Und nicht allein, nein: zusammen mit ihrem Kind . . . unserem . . . das doch erst recht keine Daseinsberechtigung mehr hatte. Mit ihrer schweigenden Geschlagenheit vergiftete mir Leentge jede Stunde des Tages. Ich brauchte gut vierzehn Tage, bis ich mich von diesem schaurigen Wochenende (das ich am liebsten aus meinem Leben ausgemerzt hätte) erholt hatte.

Nie mehr, nie mehr.

Und hinzu kam: Ich hatte kein Geld mehr.

Der Weg des Geldes in der Welt war inzwischen so kompliziert geworden, daß der menschliche Blutkreislauf, das menschliche Nervensystem und das menschliche Muskelgefüge zusammengenommen nicht ausreichten, die Angelegenheit symbolisch darzustellen. Bei einer derartigen Sachlage hätte jemand mit meiner Einstellung jederzeit leicht an Bares kommen können.

Dasselbe galt für Thjum. Er, der so gern den Unabhängigen raushing, hatte an seinem einundzwanzigsten Geburtstag gemeinsam mit August ein Papier des Inhalts verfaßt, daß der Vater aufgrund unüberwindbarer Gegensätze (religiöser Art) jegliche finanzielle Verantwortung für seinen Sohn von sich wies. Es wurde unterschrieben nach Groningen geschickt, woraufhin Thjum als eine Art Waise, als Verstoßener, als verlorener Sohn Anrecht auf ein Stipendium besaß. Sie profitierten beide davon, denn August bezahlte jetzt nur noch eine Hälfte »Lebenshaltungskosten« an Thjum, dessen Einkommen wiederum um fünfzig Prozent stieg.

Unsere Stipendien (in beiden Fällen der Höchstbetrag) bestanden zu einem Teil aus einer nichtrückzahlbaren Beihilfe und mußten zum anderen Teil innerhalb von zehn Jahren, beginnend zwei Jahre nach Beendigung des Studiums, zurückgezahlt werden. Sofern der frischgebackene Akademiker dann Arbeit hatte. Falls nicht, beginnend zwei Jahre nach der Aufnahme einer Beschäftigung.

Thjum und ich sprachen oft darüber, denn wir legten gern Rechenschaft über unsere Lebensweise ab, vor allem, wenn wir was intus hatten. Kinder, denen die Welt in den Schoß gelegt wird . . .

»Sag mal, Albert . . . Wenn ich so ein blödes blaues Bankformular zu Geld mache, obwohl ich schon mit 875 Gulden in der Kreide stehe . . . auf wessen Kosten genehmige ich mir dann ein Pils?«

»Letztendlich verjubelst du dein eigenes Geld. Jedenfalls ... wenn du deine Schulden je begleichst.«

»Das ist es ja gerade ... Sie *werden* beglichen. Dreimal im Jahr. Von der Reichsstudienbeihilfestelle in Groningen. Wenn ich letztlich nicht selbst bezahlen muß, dann schmeckt mir so'n Glas Bier viel besser, als wenn ich es mit eigenen Händen hätte verdienen müssen. Das heißt aber nicht, daß ich nicht neugierig wäre nach der Identität des großzügigen Spenders ...«

»So'n Stipendium muß man doch wieder zurückzahlen. Zumindest das zinslose Darlehen ...«

»Angenommen, wir machen irgendwann Examen ... 1982 oder so ... man braucht kein Futurologe zu sein, um zu sehen, daß wir bis dahin über eine halbe Million Arbeitslose am Hals haben. Und die Inflation tritt auch nicht auf der Stelle ... Aber angenommen, wir finden 'nen Job, Albert, angenommen ... was ist der Gulden, den wir hier verjuxen (auch wenn er nicht mehr so hart ist, daß man jemand damit 'n Loch in den Kopf schmeißen kann, probier's nur; und wenn du reinbeißt, bleibt der Abdruck deiner Zähne drin, großer Gott!) – was ist der dann noch wert? Angenommen, wir dürfen von jedem Gulden, den Vater Staat uns in die Hand drückt, wegen unseres Beitrags zum allgemein-geistigen Klima vierzig Cent behalten und müssen von den restlichen sechzig Cent, sagen wir mal zwischen 1985 und 1995 pro Jahr sechs Cent zurückzahlen, zinslos – dann kriegen wir unseren Schnaps im *Tempelier* jetzt doch eigentlich gratis, oder?«

Und obwohl ich im Laufe des Gesprächs immer mehr an unserer Existenzgrundlage zu zweifeln begann, sagte ich: »Wir ziehen ungedeckte Wechsel auf unsere Zukunft. Im Grunde auf die Ewigkeit ...«

Es klang nicht sehr überzeugend. Ich sollte mir mal allen Ernstes überlegen, was mein Studium sonst noch war außer einem gesellschaftlichen Alibi.

Wenn wir übermütiger waren, sagten Thjum und ich zueinander, um uns das Gefühl zu geben, wir täten selbst was für unseren Lebensunterhalt: »Wir tragen schließlich zum geistigen Klima in diesem Land bei. Und falls das zu hoch gegriffen ist, dann sind wir in jedem Fall 'ne Art Arbeitsbeschaffungsmaßnahme für den öffentlichen Dienst. Ein Dozent züchtet Wissen in uns heran, das der nächste wieder mit Stumpf und Stiel ausreißt. Während wir, wie diese fügsamen Ober im Frack, uns unseren Teil denken. So halten wir die Sache am Laufen.«

Doch so einfach es all die Jahre gewesen war, so prekär wurde es jetzt. Zumindest für mich ... Ich rannte wie ein Wilder herum, außer Atem ... bettelte, flehte ... Und überall Ablehnung.

Geld ... so tief steckte es also auch in mir. Wo ich in Gelddingen die Nase doch immer so hoch getragen hatte ... Ich, der ich nach Nimwegen mit Fragen gekommen war, die »tiefer saßen als das Portemonnaie« ...

Am Dienstag, dem siebenundzwanzigsten, ging ich mit hungerndem Bauch auf die Arnhem-Nijmegenbank am Keizer Karelplein, um mich nach den Konditionen für einen persönlichen Kredit zu erkundigen. Zu Fuß, denn Geld für den Bus hatte ich nicht mehr.

Der Bankangestellte roch meinen leeren Magen und schaute zu, mit seinem Kopf möglichst auf Abstand zu bleiben.

Ob ich ein Stipendium hätte? Ja. Gut, dann könnten sie mir einen Studentendauerkredit von maximal fünfzehnhundert Gulden geben. Die Rückzahlung betrug monatlich fünfzig Gulden, wovon sie sich dann wieder fast die Hälfte als Zinszahlung unter den Nagel rissen, so daß monatlich etwas mehr als fünfundzwanzig Gulden getilgt wurden. »Dauer« hätte ich also genausogut als »ewig« lesen können.

Zum Glück glaubten sie mir aufs Wort. Genaugenommen hat jemand, der wirklich völlig am Ende ist, in unserem gut organisierten Wohlfahrtsstaat keinerlei Chance mehr. Auch wenn ich keine Zeitungen las, lernte ich die Welt immer besser kennen. Kenntnisse, die sich nicht in Geld ausdrücken ließen, mit denen ich aber trotzdem meinen Magen füllen konnte.

Als ich wieder draußen war, sah ich am Rande des Keizer Karelpleins einen Mann, der wild auf einen Briefmarkenautomaten einschlug. Er fluchte, riß am Hebel und drückte zu allem Überfluß auch noch einmal auf den Geldrückgabeknopf. Ein Briefmarkenheftchen kam nicht heraus, und er bekam auch seine Gulden nicht wieder.

»Mann, sind die praktisch«, rief er wütend, an niemanden im besonderen gewandt. »So was von praktisch und so was von toll, diese Apparate. Auf zur totalen Automatisierung. Kann man wohl sagen! Drei schöne, runde, harte Gulden zum Teufel. Dafür muß ich 'ne halbe Stunde arbeiten. Drei Gulden im Arsch . . . und von wem krieg ich die wieder?«

Zur Sicherheit trat er noch mal kräftig gegen die Unterseite, aber so hart und rund seine Gulden nach seinen Worten auch waren, sie klemmten, und der Automat gab sie nicht wieder her. »Mistiges Scheißding« – und er marschierte wütend davon.

Angesichts dieser Szene brachte mein hungriger Magen mich auf eine Idee. An einem Schalter im Hauptpostamt beschwerte ich mich kurz darauf über den Briefmarkenautomaten am Keizer Karelplein. Drei Gulden im Eimer.

»Woher sollen wir wissen, ob Sie die Wahrheit sagen?«

»Dann leeren Sie das Ding doch mal. Sie behalten garantiert drei Gulden über. Mindestens.«

Ein Automatenbeschicker der Post nahm mich in seinem roten Auto mit zu dem Kreisel, wo er den Apparat öffnete. Sechs Gulden waren zuviel drin, plus die D-Mark, die alle sechs blockiert hatte. Der Mann reichte mir ein Briefmarkenheftchen, aber ich wollte lieber »mein Geld zurück«. Er zählte es mir in die aufgehaltene Hand.

Drei Gulden, das ist ein nettes Sümmchen, wenn man Hunger hat. Dummerweise ging ich damit in eine Kneipe, was natürlich Wasser in den Rhein gießen bedeutete.

Am Donnerstag, dem neunundzwanzigsten, konnte ich das Geld abholen. Höchste Eisenbahn, denn am Tag darauf würden die Banken wegen des Geburtstages der Königin geschlossen bleiben. Ich wollte nicht daran denken, wie ich völlig blank das lange Wochenende hätte überstehen sollen.

Thjum, der wegen des Geldes, das er mir geliehen hatte, selbst so gut wie pleite war, begleitete mich dorthin. Er wollte noch schnell bei der Studentischen Arbeitsvermittlung am Graafseweg reinschauen, um sich zu erkundigen, wie es mit Jobs aussah. Viel versprach er sich nicht davon. Wenn man ankündigte, arbeiten zu wollen, brachte man die Leute heutzutage in Verlegenheit. Sie kriegten ’nen Mordsschrecken. Mit so einem unbescheidenen Ansinnen störte man eine heilige Ordnung. Arbeit . . .! das war mittlerweile etwas so Kostbares . . .

»Heute oder morgen ist die einfachste Arbeit mehr wert als ein Menschenleben«, meinte Thjum. »Achte mal darauf.«

Wir machten ab, daß wir uns vor dem Eingang der Arnijbank wieder treffen wollten.

Es dauerte lange: Sie wollten einem so richtig aufs Butterbrot schmieren, daß es im Grunde ihr Geld war und nicht deins. Als ich schon daran zu zweifeln begann, ob ich auch nur fünf Cent davon zu sehen bekäme, nahm eine der Angestellten ein Marmeladenglas mit meinem Kredit aus dem Warenaufzug.

Jeder weiß, daß Geldzählen eine Kunst für sich ist, und die Dame, die mich bediente, machte es virtuoser, als ich es je gesehen hatte. Mit bloßem Auge kann man es eigentlich nicht mitverfolgen, und daher wunderte ich mich auch nicht, daß ich sie nur vierzehn Hunderter hinblättern sah anstatt fünfzehn.

»Hier, bitte sehr, Mijnheer.«

Sicherheitshalber zählte ich den Stapel noch einmal nach. Auf meine Weise, mit nassem Daumen: . . .elf, zwölf, dreizehn, vierzehn. Tatsächlich nur vierzehn. Ich rief das Fräulein zurück.

»Haben Sie noch einen Wunsch?«

»Mir fehlt einer.«

»Wieso, Mijnheer?« Sie tickte ungeduldig mit ihrem Kugelschreiber auf den Schaltertresen.

»Einer fehlt.«

»Falls Sie es noch nicht verstanden haben, Mijnheer: Wir

pflegen die beiden ersten Raten gleich einzubehalten. Für den laufenden Monat und für den nächsten. Warum, Mijnheer? Um den Verwaltungsaufwand, der bei Krediten ohnehin schon so groß ist, sowohl für Sie als auch für uns möglichst niedrig zu halten. Zweimal fünfzig ist einhundert, und fünfzehnhundert minus einhundert ist vierzehnhundert. Macht nichts. Gern geschehen.«

In jeder Hand einen Fächer aus Hundertern, einen mit sechs Scheinen und einen mit acht, ging ich hinaus, wo Thjum am Keizer Karelplein bereits in der Sonne auf mich wartete. Ich gab ihm den Sechserfächer.

»Wie du siehst, etwas nach oben aufgerundet.«

»Gut, ich akzeptiere die Zinsen – unter der Bedingung, daß du jetzt mitkommst, was trinken. Übrigens haben wir auch Arbeit.«

»Was für eine?«

»Hier in der Nähe. Van Schaeck Mathonsingel. Ein paar Häuser hinter dem *Diogenes*. Hotel Esplanade . . .«

»Hotelarbeit! Du weißt doch, daß ich immer ein Voyeur . . .«

». . . das Hotel ist vor einiger Zeit pleite gegangen. Nächsten Sonntag wird das Inventar versteigert, und am Dienstag müssen sie dem neuen Eigentümer das Gebäude leer übergeben. Da kommt ein Chinarestaurant rein, mit Appartements in den oberen Etagen. Wir sollen am Montag helfen, die letzten Reste an Möbeln, auf denen sie sitzengeblieben sind, aufzuräumen.«

»Das heißt . . .«

»Ja, es ist nur für einen Tag. Besser als gar nichts. Wo heutzutage die Arbeit so knapp ist . . . Wir verdienen vierzig Gulden pro Mann. Nicht schlecht, so zusätzlich, oder?«

Wir singend ab zum *Tempelier*.

2

Proppevoll, *De Tempelier*, wie immer donnerstags nachmittags. Für ein paar Stunden in der Woche war die Kneipe ein Treffpunkt für jugendliche Arbeitslose, die Stütze bezogen, fast nur Mädchen. Donnerstags wurde auf dem Sozialamt das Geld in Form von Schecks ausgezahlt, die beim Postamt in der van Schevichavenstraat in Bares umgetauscht werden konnten. Von dort ging es über die van Welderenstraat oder die Tweede Walstraat in die Kneipe.

Über das donnerstägliche Tun und Treiben der arbeitslosen jungen Leute in Nimwegen war ich so gut im Bilde, weil meine eigene Schwester hier bis vor kurzem eine Unterstützung »genossen« hatte (wie der Staat es zu nennen beliebte). Sie wohnte zu der Zeit zwar schon in Arnheim bei ihrem Kunstmaler, der sie »Spokie« nannte, aber da sie nicht so recht wußte, wie sich die Beziehung entwickeln würde, blieb sie vorläufig Einwohnerin von Nimwegen. Sie war offiziell unter meiner Adresse gemeldet, so daß ich jede Woche ihren Arbeitslosenbrief im Kasten vorfand. Da sie immer verschlief und oft den Zug verpaßte, traf sie meist zu spät ein, um den Wisch ganz da oben, im Berg en Dalseweg, abzuholen. Dann rief sie mich vom Bahnhof aus mit schuldbewußter Stimme an, ob ich ihn ihr bringen könne. Ich ließ mich durch das Klingeln des Telefons nur allzugern aus meiner ewigen Langeweile reißen, da ich wußte, nun würde gefeiert. Spokie gab einen aus. Rasch begab ich mich auf dem Fahrrad talwärts, den Umschlag mit dem Zettel (der nicht gefaltet werden durfte) in der Hand oder zwischen den Zähnen. Spokie, ich komme schon – kein Problem. Ich brauchte nicht mal zu strampeln, außer auf dem letzten kleinen Stück.

Sie saß bereits in ihrer Kaninchenfelljacke in der Halle auf einer Bank. Sobald sie mich sah, lief sie lachend auf mich zu. Wir küßten uns. Unser strahlendes Leben . . . Spokie riß mit zwei Fingern den Umschlag auf, kniete sich hin, um den Zettel zu unterschreiben, und rannte zum Schalter, um ihn gegen einen Scheck zu tauschen.

In dem hellen, mit aufgedrehten Stimmen erfüllten Raum wartete ich, bis Spokie fertig war, und sah mir währenddessen die jungen Frauen an, die ihrem Beispiel folgten. Unter ihnen war in Nimwegen die Arbeitslosigkeit am höchsten. Sie waren fast alle ungefähr vom selben Typ: hennagefärbte Haare, lange Ohrgehänge, dahinter Patchouliduft, gekleidet in lange Gewänder und nach Weihrauch riechende Pelzmäntelchen, deren Aufschläge sie mit der linken Hand unter dem Kinn zusammenrafften, während die Rechte einen oder mehrere Hunde an der Leine führte ... Es kam bei den Mädchen immer mehr in Mode, sich von mehreren dieser Tiere gleichzeitig, möglichst von derselben Rasse, durch die Gegend ziehen zu lassen. Drei oder vier galten bereits als völlig normal: je größer das Gespann, desto mehr Ansehen. Welche Rasse in Mode war, wechselte von einer Saison zur anderen. Mal kleine Kläffer mit roten Schleifen im Haar, mal große, träge Hunde, die wie ihre Frauchen in dicke Pelzmäntel gehüllt waren und tief in die Augen gezogene Pudelmützen trugen, unter denen sie knapp hervorgucken konnten. Wie die Mädchen ihre ausgedienten Hunde loswurden, war ein Rätsel, in das ich mich nicht allzusehr vertiefte.

Die Mädchen, die mit dem lauten Ticken ihrer hohen Absätze die Halle durchquerten, lehnten sich als Gegengewicht zu ihrem Gespann immer etwas zurück, als gingen sie einen Abhang hinunter. Und so war es eigentlich auch, denn hinter ihrem Rücken führten die Straßen der Stadt nach oben, und auf dem Weg zum Schalter bewegten sie sich in Richtung des am tiefsten gelegenen Teils weit und breit: des Flusses. Die Hunde kannten den Weg; es war auch ihr Ausflugstag.

Manchmal ging ich mit Spokie zu so einer Tee trinken. Was mir auffiel, war ihre kultivierte Trägheit, das völlige Fehlen jeglicher Form von Eile: Jede Handlung durfte sich endlos dehnen. Sie konnten sich für alles »Zeit lassen«. Ich fragte mich, ob das ihr Leben verlängere oder verkürze. Ich beneidete sie um die Ruhe, mit der sie vor dem Spiegel ihren Lidstrich zogen, die Präzision, mit der ein Joint gedreht wurde – während auf dem Gaskocher in der Ecke das Teewasser verkochte. Ich weidete mich an ihrer Trägheit, die mich im tiefsten Grunde meines Wesens ansprach. Nein, diese Frauengeneration litt nicht unter der Arbeitslosigkeit. Sie hatte auch noch nie gearbeitet . . . Ein schlechtes Vorbild für die Bewegung, die ich in mein Leben bringen wollte.

Warum fanden »unsere« Donnerstagnachmittage nicht mehr statt?

Vor zwei Monaten, nach einem im *Tempelier* verbrachten Nachmittag und Abend, stellten wir plötzlich fest, daß wir Teil einer großen Runde waren. Sie wurde von einem dicken Mischling angeführt, der von seinen Freunden anders genannt wurde, als er sich selbst vorgestellt hatte.

Sie hatten Spokie und mich buchstäblich eingeschlossen: In einem klaren Moment sah ich sie auf Barhockern um uns herumsitzen. Der Kreis wurde immer enger. Die Leute rückten näher, ohne aufzustehen: Einzig und allein indem sie mit dem Hintern wackelten, bewegten sie den Hocker vorwärts, wie mittelalterliche Bettler ohne Beine. Man lachte über mich, über das, was ich sagte, aber so sehr ich mich auch anstrengte, meinen eigenen Worten zu folgen – sie drangen nicht bis zu mir durch. Brüllend vor Lachen beugten sich die Bettler mit umeinander gelegten Armen vor, so daß sie uns auch von oben mit ihren Körpern einschlossen; wir saßen auf niedrigen Stühlen. Ich hatte Angst, zu ersticken.

Der schleimige Dicke hatte es auf Spokie abgesehen. Er setzte alles daran, sie an Land zu ziehen. Nach Mitternacht wurden wir zu einem »Weinfest« in den Keller vom *Diogenes* mitgeschleppt, wo er für vierzig Gulden oder mehr eine Korbflasche Chianti kaufte, die denselben Umfang hatte wie sein eigener Wanst. Er setzte sich das Trumm auf die Schulter, hielt es mit einer Hand fest: Jeder durfte zu ihm kommen und trinken. Mädchen zog er dabei an sich, so daß sie sich außerdem noch an seiner Körperwärme laben konnten.

Noch eine Korbflasche: Er würde Spokie bekommen, egal, was es kostete.

In meinem Suff war ich so ungeschickt, mich in ein kurzhaariges Mädchen zu verlieben, das ebenfalls zu der Runde gehörte, obwohl sie mir bisher noch nicht aufgefallen war. Es stellte sich heraus, daß sie in Begleitung ihres Freundes war. Wir tanzten, während der Junge mit wohlwollendem Lächeln zusah. Bevor sie mit ihm wegging, kam sie aus einer schrecklichen Düsternis von dunkelrotem Wein auf mich zu. Sie schüttelte mich in Panik.

»Ich hab noch nie jemand so ein trauriges Gesicht machen sehen . . . Das muß aufhören!« Und zu meiner Schwester: »Sorg dafür, daß das aufhört! Am Anfang war er so fröhlich . . .«

Sie weigerte sich zu gehen, bevor ich mein Clownsgesicht wieder aufgesetzt hatte.

Die Nacht endete im Zimmer des Dicksacks nach einem völlig unerinnerlichen Abgang vom *Diogenes* zu ihm nach Hause. Um sich den brüderlichen Beschützer warmzuhalten, briet er mir Nierchen mit einem Ei darüber. Ich bat um einen Stift und Papier und begann, wie oft während eines Rausches, einen Brief an Milli – um ihr endlich alles zu erklären. Ich wußte, was ich ihr sagen wollte, aber meine Hand mit dem Stift war steuerlos: Auf dem Papier landeten nur unleserliche Zeichen. Von der Adresse auf dem Umschlag bekam ich gerade die Hausnummer zustande.

So saß ich bis zum frühen Morgen da und wachte über die Ehre meiner Schwester. Fragmente kamen in mir hoch aus dem *Lied vom Herrn Halewijn*, in dem nach altem germanischem Brauch der Bruder als Schützer der Jungfräulichkeit seiner Schwester auftritt. Spokie wollte nicht mit mir in den Berg en Dalseweg, und ich wollte nicht in diesem miefigen Zimmerkomplex schlafen (trotz meines Rausches wußte ich, was ich beim Aufwachen fühlen und denken würde: versautes Wochenende, obwohl der Freitag gerade erst angefangen hatte). Spokie überlegte sich, einen frühen Zug nach Arnheim zu nehmen.

Durch meine Müdigkeit gleichgültig geworden, ließ ich sie im letzten Augenblick doch noch im Stich. Ich taperte nach Hause mit dem vagen Gefühl des Verrats.

(Später hörte ich von Spokie, daß sie etwa eine halbe Stunde nach mir gegangen war. Nachdem sie in eine Art Halbschlaf gefallen war, war sie aufgewacht, weil der Fettwanst an ihr herumfummelte. »Der hatte seine Hand schon zwischen meinen Beinen!« rief sie empört am Telefon, als ob so etwas eigentlich nicht ginge. – In Arnheim lief sie ihrem Kunstmaler, der gerade zur Akademie ging, über den Weg. Er roch ihre Fahne und verlangte von ihr, die »Stütze« sofort nach Arnheim umschreiben zu lassen.)

Den Dicksack traf ich am nächsten Tag vor einer Kneipe.

»Deinen Brief habe ich eingeworfen«, sagte er und haute mich im selben Atemzug um fünfundzwanzig Gulden an. Er sah mich aus kleinen blutunterlaufenen Augen entschuldigend an. »Ich hab den ganzen Tag noch nichts gegessen. Gestern abend ist meine ganze Stütze für die nächste Woche draufgegangen . . . Diese Korbflaschen waren schweineteuer.«

Ich gab ihm einen Fünfundzwanziger.

»Du bekommst ihn zurück«, sagte er noch und guckte weg.

(Später hörte ich, daß er auch meine Schwester zum Abschied um fünfundzwanzig Gulden angehauen hatte. »Wohl als Entschädigung dafür, daß er nicht zum Schuß gekommen ist.«

Aber er lieh sich auch von Mädchen, die sich von ihm rumkriegen ließen, denselben Betrag. Zum Beispiel von dem rothaarigen Mädchen mit dem gebrochenen Bein, das sich seiner nicht erwehren konnte. Fünfundzwanzig Gulden – genau das Geld, das eine Nutte bekommt. Er ließ sich für seine Leistungen bezahlen. Niemand sah sein Geld wieder. Ich fragte ihn noch ein paarmal danach, was höchst ungewöhnlich war. Damit brachte ich ihn in Verlegenheit. Es war sein wichtigster Nebenverdienst . . .)

Möglicherweise als Gegenleistung spielte er den Kuppler für mich und Agnes, das Mädchen, das ich mit meiner Traurigkeit in Panik versetzt hatte. Es stellte sich heraus, daß ihr Freund gern bereit war, sie an mich abzutreten – wodurch mein Interesse rasch schwand. Aber – aus demselben Grund wie immer – ich mußte darauf eingehen. Eines Abends, als es schneite, landete sie in dem Taxi, das uns zum Berg en Dalseweg bringen sollte. Eigentlich war kein Platz mehr für sie, aber der Fahrer erlaubte ihr, sich auf die Kokosmatte unter dem Armaturenbrett zu hocken. Sie bestand darauf, im Schnee hinter unserem Haus spazierenzugehen. Wir fingen nach einer Rutschpartie an zu fummeln, aber weiter ging es nicht, denn sie hatte Schaumtabletten gegen Pilze drin.

Meine Verliebtheit in sie hatte keinerlei Grund, war einzig und allein vom Alkohol eingegeben. Sie lief mir noch eine Zeitlang wie ein Hund nach. Per Post schickte sie mir einen selbstgeschnittenen Schilfstengel mit Rispe als symbolische Feder, denn sie glaubte, ich schriebe Gedichte. Einmal wagte sie es, auf meinen Gepäckträger zu springen, als ich aus der Stadt nach Hause zurückwollte. Ich forderte sie alle hundert Meter auf, abzusteigen, stieß sie mit dem Ellbogen. Sie klammerte sich hartnäckig fest. Wo die Straße dann steil bergauf ging, bekam ich vor Anstrengung Schluckauf, wodurch ich mich auf dem restlichen Stücke immer elender fühlte. Zu Hause, als ich rücklings auf meinem Bett lag und der Schmerz des Schluckaufs sich in alle Glieder ausbreitete, kroch sie neckisch auf mich drauf. »Hau ab.« Sie war die Auslöserin dieses Krampfes. »Laß mich in Ruhe.« Mit geschlossenen Augen schlug ich aufs Geratewohl zu, und der Schlag saß. Als ich die Augen öffnete, war sie verschwunden. Ich hatte sie aus meinem Leben geohrfeigt, denn ich habe sie nie wieder gesehen.

Manche Kneipen sind schmal und tief wie Sackgassen. *De Tempelier* ist eine von ihnen. Ist man erst mal drinnen, so wird man zwischen den Körpern, die den Hohlraum zwischen Theke und Tischen füllen, automatisch durch die gesamte Länge des Lokals gequetscht. Peristaltisch. Dutzende von Hintern – knochige, breite, schlaffe, knackige – versuchen, dir ihre Form aufzudrücken.

Unter Tischen und Stühlen lagen eine Menge Hunde. Sie bekamen von ihren Frauchen die *cafés noirs*, die Floor und

Laura zum Kaffee servierten. Viele Mädchen rauchten Zigarillos – was niemanden verwunderte. Der Rauch, den sie ausbliesen, stieg nicht zur Decke hoch, sondern sank taumelnd zu Boden. Die Hunde schnappten danach und rührten mit ihren Schwänzen darin herum, so daß träge Wirbel entstanden. Was sich nicht auflöste, blieb in Form zarter Federn hängen, wie man sie gelegentlich an einem sonst wolkenlosen Himmel sieht.

Ganz hinten, auf dem sogenannten »Podium«, wo der Billardtisch stand, fanden wir am Ende eines langen Tisches in der Nähe der Toiletten noch zwei freie Plätze. Thjum setzte sich, und ich ging die drei Stufen wieder hinunter, um an der Stirnseite der Theke etwas zu trinken zu bestellen.

»Floor: für mich einen alten und einen jungen.«

Der Wirt stellte zwei Schnapsgläser auf die Theke und goß sie gleichzeitig aus zwei verschiedenen Flaschen voll: einer grünen und einer farblosen. Genau synchron erreichten die Schnäpse den Glasrand, worauf die Flaschen sofort wieder unter der Theke verschwanden.

»Ich zahl nachher. Wir haben eine lange Sitzung vor uns.«

»Hauptsache, du schlägst heute abend nicht wieder Leuten die Mütze vom Kopf«, sagte Floor. Seine Augen hinter den dicken Brillengläsern sahen immer spöttisch drein. »Jungejunge, Albert, den einen hattest du aber ordentlich am Wickel, Mann. Schade, daß es so'n alter war . . . Wie konntest du nur? Wie der arme Kerl hinterher in seinem Auto hockte, alle Fenster dicht . . . Ihr wart schon längst weg, da haben sie ihn nur mit größter Mühe wieder rausgekriegt. Und gezittert hat der Ärmste, mein Gott . . .«

»Sag mir lieber, wie ich den alten und den jungen Genever auseinanderhalten kann.«

»Hab ich dir das nicht schon mehr als einmal erklärt? Der alte ist eine Spur gelber.«

»Is ja recht, Floor, aber wie soll ich den Unterschied in deinem altholländischen Licht erkennen? Sogar Tageslicht sieht hier aus wie durch Pergament gesiebt.«

»Dann nimm doch den jungen in die linke Hand und den

alten in die rechte. Oder andersherum. Du brauchst dir ja nur zu merken, welche Hand zu welchem Schnaps gehört. Kindereinfach.«

»Okay, aber dann will ich erst wissen, in welches Glas du den alten und in welches du den jungen getan hast.«

Er sah die verschiedenen Flüssigkeiten prüfend an, wurde aber selbst nicht schlau daraus.

»Verflixt, du hast recht. Bei dem Licht kann man's tatsächlich nicht unterscheiden. Ich halte mich immer an die Flasche. Tut mir leid, Albert, aber dann mußt du den Unterschied eben schmecken.«

Ich sog an den Gläsern, schmeckte den Unterschied, konnte daraus aber nicht schließen, welches die eine und welches die andere Geneversorte war. Nimwegener Probleme.

Die Schnäpse wurden noch ein paarmal zwischen Thjum und mir hin und her geschoben, und wir nippten so lange daran, bis wir überhaupt nicht mehr durchblickten. So ging das ein paar Runden lang weiter.

Und währenddessen saßen wir uns die ganze Zeit schweigend gegenüber und tranken, obwohl jeder vom anderen wußte, woran der dachte. Als Thjum das Thema schließlich ansprach, war es denn auch, als werde die Unterhaltung, die bereits eine Weile still im Gang gewesen war, laut fortgesetzt.

»Tja«, sagte er, »und morgen haben wir schon den letzten April. Uns bleibt also noch genau ein Monat. Und was ist das schon?«

Kein Wort über meinen Geburtstag, obwohl er doch selbst einen Tag nach mir dran war.

»Ein Monat ist ein Monat. Haargenau. Nicht mehr und nicht weniger. Aber was sollen wir machen?«

»Ehrlich gesagt, Albert . . . ich hab wenig Bock drauf, hier in Nimwegen mit dieser ganzen Budenmisere wieder von vorn anzufangen. Übermorgen werde ich sechsundzwanzig. Davon hab ich langsam die Nase voll. Und du?«

»Thjum: ganz meine Meinung. Kein Budenzauber mehr. Aber was dann?«

»Also, hör zu . . . dieser Wahnsinn, ständig die Bude wechseln zu müssen, scheint nun mal unvermeidlich. Das hängt einem einfach an. So ähnlich wie ein bestimmter Geruch. Oder die Tatsache, daß man Jude ist. Das wird man nicht so leicht los ... Aber wenn ich da doch wieder durch muß, dann lieber nicht in Nimwegen zwischen diesen Bartaffen. Außerdem ... mein Papa hat immer zu sehr als Magnet gewirkt. Und ein Magnet darf er von mir aus auch bleiben, solange ich nicht in seiner Nähe sein muß. Verstehst du? In meinem Blut ist zuviel Eisen.«

»Also irgendwoanders ... Sag mal, du hast doch nicht etwa vor, dein Studium ...«

»Ach wo. Nein, bestimmt nicht. Es steht jedem frei, von einer Universität auf eine andere zu wechseln. Und außerdem – hängst du denn so an der hier? Bei meiner letzten Zwischenprüfung wollte der Pater unbedingt, daß ich noch einen Text von Levinas dazunehme. Wahrscheinlich, weil so ein christlicher Geruch daraus aufstieg ... Er gab mir eine Fotokopie der niederländischen Übersetzung, um es mir leicht zu machen. Ich stoße ein paarmal auf den Wahnsinnsausdruck *die Kanonen der Schönheit*. Auf französisch steht tatsächlich *les canons de la beauté* da, aber gemeint sind natürlich ›Kanons‹. Professor Ordo Sancti Augustini hatte darüber hinweggelesen. Sein Französisch ist nicht besonders. Er zieht eine Übersetzung vor, um sich an den Kanonen der Schönheit zu berauschen ... Gut, ich gehe zu ihm und frage, was ich von Plotin lesen muß. Plótin, hab ich gesagt. Plótin? fragt der Professor. Sie sprechen diesen Namen Plótin aus? Also, wenn Sie nicht wissen, daß es Plotín heißt anstatt Plótin ... Plotín ... dann sind Sie noch lange nicht reif für diese Zwischenprüfung. – So treffsicher donnern die Kanonen der Schönheit bei Professor Ordo Sancti Augustini.«

Zusammen mit ein paar Leuten vom Philosophenbund war ich mal an einem Samstagabend mit irgendeiner Bitte zu dem Mann gegangen. Mit einem halben Liter Pils neben seinem Sessel schaute er sich die Mountie-Show im Fernsehen an. Der dicke Piet Bambergen im Matrosenanzug, der der Gouvernante nachstellt. »Ähm ... ich hab nur kurz reingeschaut«, stotterte der Professor. »Heute gibt's nichts besonderes. Eigentlich warte ich auf ein ganz anderes Programm . . .«

Die Kanonen der Schönheit, in der Tat.

»Aber . . . da ist noch was anderes . . .« sagte Thjum, der mit einemmal verlegen vor sich auf den Tisch schaute. »Ich will . . . na ja . . . irgendwas in Richtung Theater machen.«

Hinter seinem Rücken setzte ein Spieler zu einem schwierigen Stoß an, wozu er sich in unbequemer Haltung auf den Rand des Billardtischs legte. Beim Zielen berührte das Ende des Queues Thjums Kopf, der sich gerade wieder hob. »Also . . . ähm, ich weiß ja nicht, was du machst, aber ich geh nach Amsterdam.«

Er sprach die Silben des Namens getrennt und mit großem Nachdruck aus. Am. Ster. Dam. Sie schossen gleichzeitig mit den Billardkugeln von der einen Bande zur anderen über das grüne Tuch und zogen auf ihrem Weg sämtliche Diagonalen eines imaginären Fünfecks – bis ein fünfzackiger Stern entstanden war. Zum Schluß schlossen sie sich mit einem lauten Schlag zusammen und blieben still liegen. *Amsterdam.* Das Wort war heraus.

Ich schloß für einen kurzen Moment die Augen und sah schwankende Kiefernholzbrücken, die an ihren Ketten zerrten . . . Enten, die nach einer Mandarine pickten, die jedesmal kurz unter die Wasseroberfläche tauchte, um dann, makellos orange, aus dem exakten Mittelpunkt all dieser Wasserkreise wieder hochzuschnellen . . . die Schultern hochziehende Häuser, die auf Federn gebaut zu sein schienen . . .

»Amsterdam, hä? Du meinst doch . . . Amsterdam, die Hauptstadt der . . . ähm . . . der Niederlande?«

Thjummi grinste. Er stand auf, um unsere Gläser an der Theke füllen zu lassen.

»Bring mir auch ein großes Pils mit, ja«, rief ich ihm nach.

Er kam mit einem Tablett zurück, auf dem zwei Gläser Bier und zwei Schnäpse standen. »Ja«, sagte er. »Amsterdam, die Hauptstadt der Niederlande. Nix für dich?«

Ich steckte die Nase in den weißen Schaum. Aber ein Glas Bier dauert nicht ewig, und ich mußte es schon bald wieder absetzen. Auch ein Rülpser nimmt nur wenig Zeit in Anspruch, und ein gelegentlicher Hickser braucht einen nicht am Sprechen zu hindern ... Um Zeit zu gewinnen, wiederholte ich das Wort noch einmal langsam.

»Am ... ster ... dam.«

Und weil ich gerade den Schaum von den Stoppeln auf meiner Oberlippe leckte, konnte man meinen, ich wollte die Silben mit der Zunge kosten. Thjums Vorschlag konnte eigentlich nur Begeisterung hervorrufen, doch mein Enthusiasmus wurde von einem unerklärlichen Unmut gebremst, der sich beim Klang dieses Namens regte.

»Natürlich«, sagte Thjum, jetzt noch verlegener und fast errötend, »ist es auch ein wenig ... na ja ... die Liebe, will ich mal sagen, die mich dorthin lockt.«

Amsterdam. – Vor knapp fünf Jahren (Juni '71: Ich hatte gerade gehört, daß Egbert Egberts im Sterben lag) waren wir zum letztenmal dort gewesen. Von Geldrop aus, wo wir unsere Ferien verbrachten. An einem Tag hin und zurück auf Thjums frisierter Puch. Wenn ich daran zurückdenke! Für ihn war es das erste Mal ...

Im Amsterdamse Bos sollte ein Open-air-Konzert von Pink Floyd stattfinden. Wir mochten die Band beide nicht. Tranige Musik voll von billigen Klangeffekten: vom Schrei im Wald (*Careful with that axe, Eugene*) über das realistische Erschlagen einer Mücke bis hin zum stereophonen Braten eines Spiegeleis ... britische Ironie. Musik, die man sich bei einer Kerze und ein paar Räucherstäbchen anhören mußte ... Nichts für uns. Wir standen auf Whisky, und Whisky macht einen schnell fickrig. – Doch das Konzert war ein super Anlaß für eine kleine Spritztour in die Stadt, deren Name allein schon einen Trubel hervorrief, der uns fremd war und dennoch vertraut, weil wir so gern daran teilnähmen. Amsterdam: ein Bild mit schwindelerregend vornübergebeugten Häusern ... einem Turm mit einem Knick ... einer Hügellandschaft von Brücken ... in dessen Mitte auf einmal ein weißer Fleck entstehen konnte, der sich ausbreitete, um alles den

Blicken zu entziehen. Eine Stadt, in der Leute voreinander her*rannten* ... in der Betende in konzentrischen Kreisen um eine Art von Heiligenfigur herumsaßen, den Rücken ihr zugewandt ... Ein Park, in dem sämtliche Bäume und Sträucher von Jugendlichen mit ernsten Gesichtern bevölkert waren, eine Sekte, so schien es, die zusammengekommen war, um gemeinsam das Ende der Welt zu erwarten.

Frauen in Schaufenstern, die sich zwischen den Beinen tätschelten ...

An jenem Samstagmorgen waren wir gegen neun Uhr losgefahren, bei schönem Wetter. Wahrscheinlich weil Mevrouw Schwantje-Zeligman uns mit ihrem ewigen Geseire geraten hatte, Regenkleidung mitzunehmen, trugen wir nur unsere dünnen Jacken und darunter ein T-Shirt. Wir wollten »zwei Puppen mit 'ner eigenen Wohnung« aufreißen. (Die Aussicht, möglicherweise eine »Gegenleistung« erbringen zu müssen, machte mir Herzklopfen: In Nimwegen war ich mir gerade meines sexuellen Unvermögens bewußt geworden.) Thjum machte noch mit Mädchen rum ... Carolien Jauwesz aus dem Villapark ... Sie hatte sich in seinen verballhornten Namen und seine kindliche Frühstücksangewohnheit – eine Flasche Cola und eine Banane – verliebt, wie in seine Sturheit, wenn es um seine Hausmarke bei Whisky (Johnny Walker) und bei Tomatenketchup (Heinz) ging ... Sie hatte sich kurz vor unserer Spritztour nach Amsterdam ernsthaft verletzt, als Thjum mit ihr auf dem Rücksitz hinter einem Lastwagen des Bauernverbands herfuhr, von dem plötzlich ein Sack Kunstdünger fiel – genau vor sein Vorderrad. Er fuhr siebzig, wie gewöhnlich. Der Sack ließ ihn abheben. »Als ob ich einen Moment lang in der Luft stand«, sagte er später. Er selbst hatte keinen Kratzer abbekommen.

Als Car, wie er sie kurz nannte, zum erstenmal bei ihm in der Baron van Tuyll van Serooskerkenstraat übernachtet hatte, kam ich gerade rein, während Thjum das Frühstück machte. Er reckte den Kopf aus der Küchentür – sah mich nicht – und rief mit seiner zärtlichsten Stimme: »Ey, Schatz ... ich hab gerade zwei Eier reingeklatscht.«

Ein andermal hörte ich ihn zu seiner Mutter sagen: »Mama, verdammt noch mal, her mit meinem Luftgewehr! Ich knall sie ratzfatz ab.«

Ich bewunderte Thjum dafür, wie er mit Mädchen umsprang – ich erkannte noch nicht, daß seine Rauhbauzigkeit nur gespielt war, um eine andere, dunklere Erotik zu verdecken.

In noch nicht mal zwei Stunden hatten wir die Strecke von Geldrop nach Amsterdam geschafft. Es war strahlendes Wetter.

Nachdem wir uns als erstes in der Betonwüste des Stadtteils Bijlmermeer verirrt hatten – man hätte meinen können, die Stadt müßte erst noch gebaut werden –, kamen wir im Amsterdamse Bos an, als gerade das Vorprogramm lief: drei Typen mit schlecht gestimmten Gitarren, die sich immerhin schon mal *America* nannten.

I'm ridin' through the desert
on a horse with no name . . .

Es bildeten sich immer mehr Wolken, doch die Niederschläge warteten höflicherweise, bis das Vorprogramm zu Ende war. Der Applaus ging in das Gehämmer des Regens über, der um eine Zugabe zu rufen schien. Während sich das Gelände leerte, rief der Bandleader ins Mikrofon: »Wir sehen uns heute abend im *Paradiso* . . .«

»Na ja, das *Paradiso* hab ich nicht gesehen«, sagte Thjum. »Und den Dam auch nicht. Und den Turm, wo sie Geld machen – Fehlanzeige. Ja, den Amsterdamse Bos hab ich von innen gesehen. Aber man konnte noch nicht mal zu den Baumkronen hochschauen, dann bekam man nämlich Wasser in die Augen. Ich erinnere mich eigentlich nur an den Waldboden. Sumpf, das einzige, was mir von Amsterdam noch in Erinnerung ist. Ein kleiner Einblick in die Vorgeschichte unserer Hauptstadt . . . Aber die Stadt selbst: nichts gesehen.«

Thjum war noch mit dem Vorderrad einem Polizisten über die Zehen gefahren, als der uns die Durchfahrt verwehrte und in die andere Richtung zeigte. Als Beweis dafür, daß er Talent für die Bühne hatte, imitierte er den Amsterdamer Dialekt des empörten Polizisten: »Wennde mir nu auch noch übr die Flossn fährst, dann kannste gleich noch nen Tritt innen Hinnern kriegn . . .!«

Wir flüchteten uns vor dem Regen in eine Kneipe in Buitenveldert, wo wir anfingen, unsere paar Kröten in Bier umzusetzen. Es regnete und regnete. Von ein paar Leuten, die ausgeharrt hatten und jetzt triefnaß hereinkamen, hörten wir, daß das Konzert verschoben worden war. Aber waren wir nicht in allererster Linie der Stadt selbst wegen nach Amsterdam gekommen? Es wurde Zeit, sich mal im Zentrum umzuschauen.

Um uns keine nassen Füße zu holen, hüpften wir wie jemand, der von Stein zu Stein springend einen Fluß überquert, von einer Kneipe in die nächste. Nirgends blieben wir länger als auf ein Glas.

So verging der Nachmittag.

Bei Einbruch des Abends waren wir schon weit bis in den Stadtteil Nieuw-Zuid vorgedrungen. Hier sah man kaum etwas vom »echten« Amsterdam, wie ich es in Erinnerung und Thjum es sich vorgestellt hatte. Bis wir mitten in Oud-Zuid waren, war es dunkel. Wir kreuzten nasse, schwarze, höhlenartige Straßen, bei denen man nie das Ende sah, da sie leicht gebogen waren: eine schwache Nachahmung des Grachtengürtels. Wir durchquerten das Viertel Pijp.

Wegen des Regens und unserer Lahmarschigkeit gelang es uns nicht, bis ins Zentrum vorzudringen. Die Vision war nicht zugkräftig genug . . . Schließlich strandeten wir in einer Pinte voller älterer Ehepaare in der Tweede van der Helststraat. Der einzige Jüngere – ein breitschultriger, aber magerer junger Mann mit langen Haaren und Brille – hatte uns angesprochen. Er war gerade zurück von einer Indienreise, woran sein Batikkittel noch erinnerte. In seinem ernsten Gesicht zeigte sich etwas von dem Elend, das er gesehen haben mußte. Er sagte, er sei »immun« dagegen geworden. »Gib ihnen ein bißchen Geld zum Essen, und sie stehen am nächsten Tag auf der

Matte und fragen, ob du ihnen nicht ein neues Dach für ihr Haus bezahlen willst.«

»Erinnerst du dich noch an diesen halben Hippie, abends in der Kneipe?« fragte ich Thjum. »Irgendwas war doch mit seinem Namen . . . Hatte er nicht einen Doppelnamen, für den er sich schämte? Jan-Karel oder Willem-Jan oder so was?«

»*Geerten*-Jan hieß er«, sagte Thjum. »Aber auf seiner Rechnung stand einfach ›Jan‹.«

Jetzt fiel mir wieder ein, welchen Grund er dafür genannt hatte: »Sieh mal, du bist hier in Amsterdam in der Pijp. Hier findet man einen Doppelnamen gleich affektiert. Die sind hier imstande, dir allein schon deswegen zu mißtrauen und dich vor der Tür stehen zu lassen.«

Auch Doppelname war an diesem Nachmittag im Amsterdamse Bos gewesen.

Schließlich hatte er uns eingeladen – »Ich wohne hier ganz in der Nähe« –, in seiner Bude noch eine zu kiffen. Wir schlugen seine Einladung aus, weil wir noch immer damit rechneten, daß der Regen aufhören würde und wir in die Innenstadt kämen, um »zwei Puppen mit 'ner eigenen Wohnung« aufzureißen.

»Du, Albert«, sagte Thjum nach einer Pause, in der wir einen Schlußstrich unter die Erinnerung gezogen hatten, »hattest du nicht irgendwelche Verwandte in Amsterdam? Einen Onkel oder so?«

»Ein paar Großtanten. Die Schwestern von meinem Großvater.«

Thjum bildete sich offenbar ein, die Hauptstadt leere sich, immer mehr Häuser würden frei, in die man einfach nur einzuziehen brauchte . . . »Besetzen« nannte er das. »Dort wird einfach besetzt.«

»Besetzt . . .?«

»Liest du denn keine Zeitungen?«

»Du vielleicht?«

Er war neugierig auf die Häuser da.

Zwischen meinem vierten und meinem siebten Lebensjahr hatte mein Großvater mich ein paarmal nach Amsterdam mitgenommen. Wir wohnten bei zweien seiner Schwestern, die zusammen mit meiner grabreifen Urgroßmutter in der De Wittenkade im Stadtteil West lebten – alle in ein und derselben Etage. Vorn heraus lag das Wohnzimmer, trügerisch hinausgebaut in Spiegeln vor dem Fenster.

Weil es in dem kleinen Raum, der obendrein mit Möbeln vollgestopft war, mit so vielen Leuten nicht auszuhalten war, ging Opa vom frühen Morgen bis zum Abendessen mit mir spazieren. Er führte mich immer wieder in der Innenstadt herum – bis mir schwindlig wurde. Sein Interesse galt vor allem den Grachten. Für mich war diese fremde Stadt ein einziges großes, sich endlos verzweigendes Netz aus Kanälen, gesäumt mit Häusern ... Ich befand mich in einer anderen Welt. Wo ich wohnte, das war eine Sackgasse mit niedrigen Häusern und einem schilfgesäumten Kanal zwischen ausgedehnten Feldern ... Hier schossen hinter jeder Ecke, um die man bog, neue Häuserreihen aus dem Erdboden, bizarr, zurückgelehnt, vornübergebeugt ... Es gab Straßen mit Zügen, die auf Armeslänge an einem vorbeifuhren ... ungestüme Menschenmassen in der Sonne ... Auf den Grachten war es ruhiger. Enten schrien in Brückenhöhlungen. Und auf einem Brückenhügel konnte plötzlich, hoch und steil – weiß, blau, golden – eine Drehorgel aufragen, heulend und schmetternd und wie ein Dampfschiff pfeifend.

Es war Sommer. Die Sonne schien. Bäume legten ein grünes Licht über die Grachtenufer. Zwei Enten, die sich, halb aus dem Wasser erhoben, verfolgten, zogen ein doppeltes V über die Wasserfläche. Ein flacher Kahn bog tuckernd in eine Seitengracht ein ...

Wir machten einen Rundgang entlang den Amsterdamer Grachten, und ich ließ die Häuser vor Thjum tanzen, wie sie damals vor mir getanzt hatten. Ein wirbelnder Häuserreigen, von dem ich selbst, wie damals, mitgerissen wurde.

Erst wurde er ganz träumerisch, Thjum, und dann schwindlig von dem Karussell, das ich hinter seinen geschlossenen

Augen in Bewegung setzte. Eine betörende Drehorgel in Form einer Torte, die sich um ihren eigenen Mittelpunkt dreht. Thjummis Kopf schaukelte mit im Takt dieses wahnsinnigen Tanzes. Leben in die Breite ... es blühte wieder auf.

So zeigte ich ihm die Häuser, die sich mit Kopf und Schultern über die anderen hinausgereckt hatten. Lange Lulatsche mit weißen Schöpfen. »Siehst du sie vor dir? Sie recken die Hälse. Erst wenn du im Herzen von Amsterdam gewesen bist, weißt du, was dieser Ausdruck bedeutet ...« Ich zeigte ihm die Epauletten, die meinem Großvater zufolge »Voluten« hießen. »Und wenn sie dann auch noch Vasen auf ihren Schultern tragen, dann sehen sie aus wie Jongleure ...«

Lange, betrunkene Jammergestalten, die sich kaum noch auf den Beinen halten konnten und von ihren Nachbarn gestützt werden mußten: kurze, stämmige Jungs mit breiten Glockengiebeln.

»In allen diesen Häusern sind gegenläufige Bewegungen am Werk. Alles nach Gesetzen aus früheren Zeiten. Sie recken und strecken sich oder kauern sich nieder. Sie ›kragen vor‹, wie das heißt.«

Ich stand auf und führte Thjum vor, wie sie genau wie die angrenzenden Häuser mit den Schuhspitzen exakt an der Fluchtlinie standen, sich aber vorneigten ... sich zwischen den Bäumen so weit wie möglich zur Gracht beugten ... Aus Selbsterhaltungstrieb, sagte mein Großvater: damit es bei nassem Wetter nicht hineinregnete und damit nach dem Tode eines Bewohners der Sarg beim Hinablassen per Flaschenzug nicht die Fensterscheiben zerschlug.

Ich ließ Opa reden. Meiner Meinung nach war es reiner Hochmut, der sie aus der Reihe tanzen ließ. Sie wollten sich im Wasser betrachten. Die eitlen Fatzkes mit ihren hochaufgetürmten Schöpfen drehten sich vor dem Spiegel hin und her. Das Spiegelbild da unten verriet sie. »Siehst du sie?«

Der Genever hatte mich gefallsüchtig gemacht ... Die in mir aufsteigende Welle von Sympathie nahm eine Form an: was ich als Kind in Amsterdam gesehen und erlebt hatte, geschildert vom Erwachsenen.

Ich war vom Wellenschlag dieser sich zudem auch noch endlos krümmenden Giebelreihen so in Beschlag genommen, daß ich, die ganze Zeit an Opas Zeigefinger entlang nach oben schauend, nicht mehr achtgab und um ein Haar die Treppe zu einem Dienstboteneingang hinunterstürzte. Mein Großvater konnte mich gerade noch festhalten. Ich war dermaßen durchgedreht, daß ich nicht mehr wußte, wo oben und unten war ... Die Welt stand auf dem Kopf ... Häuser schwankten, während ihr Spiegelbild regungslos dalag. Enten schwammen an den Fassaden entlang ...

Und weiter eilten wir über diese Hügellandschaft aus Brükken – immer weiter! Von der Seite mit den geraden Hausnummern zu der mit den ungeraden und wieder zurück. Und mit ihren Hebebalken vor dem blauen Himmel standen die Grachtenhäuser wie in Schlachtordnung aufgestellte Einhörner da, die vor Ungeduld mit den Hufen scharrten, um aufeinander loszustürmen ...

Nachts, in einem stockfinsteren Alkoven in Amsterdam-West, beugten sie sich alle noch einmal über mich.

»Mir kannst du nicht weismachen, Albert«, sagte Thjum, »daß du keine Gedichte schreibst. Meiner Meinung nach schreibst du welche. Sag mal ehrlich ...«

Wie Gösta Berling aus dem Roman von Selma Lagerlöf hielt mich jeder für einen Dichter. Als ob das so einfach wäre. Die Leute waren so schnell bei der Hand mit ihren Vermutungen ... Sie verließen sich zu sehr auf ihr Gespür.

Versucht hatte ich es natürlich – aber wenn ich ganz ehrlich war, so mußte ich bekennen, daß ich mein ganzes Leben lang noch kein Gedicht zu Ende gebracht hatte. Seit Milli hatte ich nicht einmal mehr einen Versuch unternommen. Ich hatte keine Lust, Thjum zu erzählen, daß sie mir, wie eine Art negativer Muse, die Lust zum Dichten für immer genommen hatte.

»Ach, weißt du, bei mir ist das so, Thjum ... wenn ich ein Gedicht schreiben will, dann wird Prosa daraus ... solche kurzen, unbeholfenen Sätze, die man genausogut über die volle Blattbreite aneinanderhängen kann. Und wenn ich mich in Prosa ausdrücke, dann befinde ich mich innerhalb kürzester Zeit in der Höhle der Poesie . . .«

»Na, dann schreib doch Prosa! Muß es denn unbedingt ein Stein sein, der sich in Gold verwandelt? Meiner Meinung nach hast du Talent. Wir gehen zusammen nach Amsterdam, und da schreibst du dann alles schön auf. In Amsterdam ist der weitaus größte Teil unserer Lyrik entstanden, egal ob auf dem Umweg über die Prosa oder direkt. Da gibt's Verleger und was nicht noch alles. Du hast den Dreh in Null Komma nichts raus . . .«

Thjum hatte leicht reden. Er wollte mich wohl arbeiten sehen . . . Hatte ich nicht auch noch ein Studium abzuschließen? Na also. Über die Prosa zur Lyrik . . . dazu bedurfte es einer Menge Wörter. Und dann noch die ganzen Satzzeichen . . . Thjum! Thjum! Und trotzdem . . . es konnte auch vom Genever kommen . . . trotzdem fühlte ich mich durch seine Lobrede ein wenig gebauchpinselt. Wollte er Theater spielen? Dann würde ich die Kulisse dazu liefern . . .

Später an diesem Abend bekam Thjum seinen Moralischen, vielleicht auch weil sein Geburtstag heranrückte. Die Gewissensbisse mehrten sich sichtlich. Die aussichtslose Herumsumpferei der vergangenen Monate . . .plötzlich wurde ihm alles zuviel. Schweiß stand ihm auf der Stirn, und ich merkte, wie er sich bemühte, die Angst zu unterdrücken.

»Albert, weißt du, was es meiner Meinung nach im Grunde ist? Die Abhängigkeit von der Geste. Genau wie beim Rauchen . . . Sieh mal, wir haben zwei Arme am Leib, die man nicht runterhängen lassen will, weil, das ist eher was für Affen. Und damit zu arbeiten ist uns auch nicht vergönnt. Genaugenommen bleiben wir unser Leben lang schüchterne Jugendliche, die nicht wissen, wohin mit ihren Händen . . . wahrscheinlich weil diese Körperteile dazu tendieren, sich auch in der Öffentlichkeit in Richtung Genitalien zu bewegen. Ich weiß, wovon ich rede . . . Also muß man diese Kohlenschaufeln ablenken, ihnen was zu tun geben. Zigarette links, was zum Trinken rechts. Heben und wieder sinken lassen ... in dem Rhythmus. Es geht nicht um den inneren Menschen, sondern um den äußeren. Wenn wir an der Theke einen Schnaps bestellen, so ist dies unserem Erscheinungsbild förderlich, wohingegen der Inhalt des Glases den Eingeweiden schadet, stimmt's oder habe ich recht? Man müßte es bei der Form belassen. Was ist naheliegender, als ein Getränk zu holen, es vor sich hinzustellen und ... stehenzulassen? Geldverschwendung ist es auch, wenn du den Genever einfach runterkippst. Wozu noch eine weitere Verschwendung kommt, die sich nicht in Geld ausdrücken läßt: eine Vergeudung von Körper- und Geisteskräften ... und von Zeit. Alkohol bewirkt, daß sich die Zeit verflüchtigt.«

Er stand auf, ging mit unseren leeren Gläsern zu Floor und brachte sie gefüllt wieder zurück. Er roch abwechselnd an ihnen und stellte das eine – »das ist mit ziemlicher Sicherheit der alte« – vor mich hin. Als ich die Hand danach ausstreckte, rief er: »Stehenlassen, du Idiot. Ich versuch dir doch gerade was zu zeigen ... Wenn die Zeit, die man zum Trinken eines normalen Schnapses braucht, um ist, bestellen wir einen neuen. Genau wie sonst auch. Der einzige Unterschied besteht darin, daß wir ihn nicht trinken. Wenn wir unsere Abhängigkeit von der Geste weiter befriedigen, wird sich herausstellen, daß wir sehr wohl ohne Alkohol auskommen. Paß mal auf.«

Gegen Mitternacht standen elf beperlte Schnapsgläser in einer ungleichen Schlachtordnung einander gegenüber. Hier sechs junge und da fünf alte, denn um dem Spiel einen etwas witzigen Dreh zu geben, hatte ich »eine Runde übersprungen«. Sie sahen verlockend aus, wie sie da unter den Leselampen funkelten, um jeden Fuß eine kleine Pfütze. Ich hatte schon Lust darauf ... Wenn meine Hand ab und an wie zerstreut in Richtung Gläser wanderte, bekam ich von Thjum eins auf die Finger. Ich hatte den Eindruck, daß wir öfter als sonst aufstanden, um eine neue Bestellung aufzugeben. »Bring doch mal die leeren Gläser mit«, sagte Floor jedesmal. »Langsam werden sie knapp.«

Ob das Experiment nun als geglückt anzusehen war oder nicht, Thjummis Unbehagen ließ sich jedenfalls nicht dadurch vertreiben. Vielleicht hätten wir doch besser weitertrinken sollen . . . Es hebt nicht gerade die Laune, wenn man spürt, wie die Kehle trocken wird und der Rausch sich verzieht, ohne daß sich statt seiner Klarheit einstellt. Thjum wurde immer trübsinniger, und seine Besorgnis um das »Sichverflüchtigen der Zeit« verstärkte sich noch. Er erläuterte mir seinen Alptraum.

»Was wäre, Albert . . . was wäre, wenn sich durch eine plötzliche Zunahme der menschlichen Intelligenz – um nur mal ein Beispiel zu nennen – oder durch einen Streich, den die Technik uns spielt, das Zeitgefühl des Menschen auf einen Schlag so verändern würde, daß er sein Leben von durchschnittlich fünfundsiebzig Jahren als superkurz empfinden würde? Ach, ist ja nur Quatsch.«

»Kaum geboren – schon ein Greis.«

»Du nimmst mich nicht ernst, aber zufällig triffst du damit den Nagel genau auf den Kopf. Eintagsfliegen infolge eines gewandelten Zeitempfindens! Während den echten Eintagsfliegen aufgrund ihrer gleichbleibenden Zeitvorstellung nach wie vor ein langes Leben beschieden wäre . . . Ist das kein unerträglicher Gedanke?«

Weil Thjum als Achtjähriger am Sederabend den für den Propheten Elia (sollte er unerwartet noch vorbeikommen) bestimmten Becher mit Wein ausgetrunken hatte, hatte er sich in seiner Familie den Spitznamen »Prophet« erworben. Die Geste, die durch ihre vermeintliche Unschuld alle gerührt hatte, war das Ergebnis einer bewundernswerten Logik: Wer den Trank zu sich nahm, würde sich als Prophet erweisen. Der Wein und der Spitzname waren nie ganz aus seinem Blut verschwunden.

Schweigend sahen wir beide vor uns auf den Tisch, auf die dort aufgestellten unangerührten Schnäpse, als vertieften wir uns in ein Schachproblem. Die Worte des Propheten erinnerten mich an meinen bei der Beerdigung von Egbert Egberts gefaßten Vorsatz. Bisher war wenig daraus geworden . . .

»Ach, Thjum ... früher hab ich mir die Leute angeschaut und gesehen, wie sie sich langweilten, und so etwas hielt ich für eine Schande. Die Stunden, die sie vergeudeten, fand ich, standen anderen zu, Leuten, die etwas mit ihrer Zeit anzufangen wußten, aber nicht genug davon hatten. Natürlich wollte ich gern zu den Auserkorenen gehören, die ein Guthaben an Lebensstunden bei diesen Nichtsnutzen besaßen ... Aber mit Wunschdenken vertut man nur seine Zeit. Es kommt darauf an, sich von den Trotteln zu unterscheiden, indem man tatsächlich Zeit gewinnt ... sein zur Verfügung stehendes Kapital mehrt ... Es gibt eine Möglichkeit, Thjum, einen Trick, wie man Zeit gewinnt ... unendlich viel Zeit gewinnt und nutzt ... Zeit, die nicht an dir frißt ... die dich nicht älter macht. Im Gegenteil! Es ist eine Zeit, die dir das ewige Leben schenken kann ... oder jedenfalls fast. Ja, in der Werbung wirst du darüber nie was hören. Es ist zu wenig bekannt. Also, dir verrate ich mein Geheimnis. Ich habe heute meinen großzügigen Tag.«

Thjum war gespannt. Er schob ein paar von den jungen Genevern etwas weiter zu den alten hin und legte die Arme auf den Tisch.

»Du mußt dich dafür aber anstrengen. Ich warne dich jetzt schon. Es fliegt einem nicht zu ... Aber das Ergebnis lohnt jede Mühe. Hör zu ... Da sich das Leben gnadenlos in die Länge entrollt, mußt du versuchen, es so breit wie möglich zu machen ... mußt versuchen, es dazu zu bringen, sich in die Breite auszudehnen ... Wenn ich mich ungeschickt ausdrükke, so liegt das nicht an mir: Für solche Bereiche gibt es kaum eine Sprache. Deshalb ist es ja einigen zungenfertigen Religionen gelungen, dort Fuß zu fassen. Hör zu, Thjum ... dir brauche ich nicht vorzurechnen, wie schnell eine Minute vergeht. Und trotzdem ist eine solche Minute Gold wert, wenn es dir gelingt, sie, während sie verstreicht, weit genug ›in die Breite‹ zu dehnen. Man kann eine unvorstellbar reiche Minute daraus machen, wenn man – nimm meine Beispiele bitte nicht allzu wörtlich – ein Streichquintett von Mozart durch sich hindurchziehen läßt ... Nicht die Musik, sondern die Verdichtung des Stücks: eine leuchtende Abbildung, die es irgendwann einmal in dir hinterlassen hat und die nicht verstreicht mit der Zeit, die nötig ist, diese Anzahl von Takten zu verarbeiten. Während du blitzschnell nach der Nummer im Köchel-Verzeichnis suchst, hinterlassen, völlig synchron, noch andere Stücke ihren Abdruck in dir ... ohne daß die Rührung, die das Hören einst ausgelöst hat, ausbleibt. Gleichzeitig verarbeitest du eine erotische Phantasie von nie dagewesener Schärfe über das Mädchen da drüben ... siehst du? sie raucht einen Zigarillo ... Na ja, schlechtes Beispiel: also dann eben mit dem Jungen, der dort drüben *De Gelderlander* liest. Du siehst, ohne daß es dich Zeit kostet, in aller Deutlichkeit den Strich flaumiger Haare vor dir, der zu seinem Nabel hochführt ... Und, wiederum synchron – gleichsam hinter dieser Phantasie –, gräbst du eine spontan wach werdende Erinnerung bis auf den Knochen aus: an eine Tante zum Beispiel, die dir mal einen roten Schlagball zugeworfen hat, der sich jedoch als überreife Tomate entpuppte ... und so weiter. Alles nur als Gleichnis. Ganz weit hinten in deinem Kopf brennen die Tränen, die du als Kind mal an diesem Punkt geweint hast, vielleicht weil dir der Schmadder einer überreifen Tomate in den Ärmel gelaufen ist ... und so weiter, und so weiter. Der Geist darf nicht aufhören, die Verhältnisse auf der Erde abzutasten ... Außerdem kann er die Atmosphäre ohne Sauerstoffmaske verlassen. Und sollte ihm das endlos expandierende All nicht groß genug sein, so kann er auch noch in dem Spiegelall umherschweifen, auf das die Wissenschaftler verweisen: ein Kosmos, der sich, wie der unsrige aus dem Großen Scheißknall entstanden, schneller als das Licht ... in entgegengesetzter Richtung durch die Zeit ... von uns fortbewegt. Diese Spiegelwelt auf einen Blick, in einem Gedanken, einer unteilbaren Sekunde erfassen zu können ...! Die schwindelerregende Wahrnehmung zu haben, rückwärts an den Haaren in sie hineingezogen zu werden! Ob es eine solche Welt außerhalb von dir gibt, ist nicht wichtig. Du bist in allen Städten dieser Spiegelwelt gewesen ... du hast sie alle besucht ... und in deiner Welt ist noch keine

Sekunde verstrichen: nicht mehr als eine vernachlässigbare Zeiteinheit. Währenddessen spielt in einer anderen Rille deiner wabbeligen pansengrauen Walnuß die Musik unbeirrbar weiter . . . allerdings auf eine Weise, die ich dir bereits erklärt habe. Der menschliche Geist ist ein endlos ausfaltbares Leporello.«

»Eine ziemlich optimistische Betrachtungsweise«, sagte Thjum, »für jemanden, bei dem sich die Rinde schon zu lösen beginnt . . . Wenn ich an das Innenfutter deiner Hirnschale denke, sehe ich immer einen Baum vor mir, an dem sich eine ganze Herde Elche das Geweih gewetzt hat.«

»Bangbüxige Abstinenzler schreien immer am lautesten, durch den Alkoholkonsum würden so viele Gehirnzellen absterben . . . Aber das sind die Zellen, die sie selbst nicht nutzen.«

»Lieber zerstören als brachliegen lassen, wolltest du sagen.«

»Das Problem beim menschlichen Geist ist, daß er zuviel Kategorien zeitlicher Aufeinanderfolge aus der sinnlichen Wirklichkeit übernommen hat . . . so wie eine neugeborene Ente alle Bewegungen der Mutter übernimmt. Obwohl ebendieser Geist die phantastische Fähigkeit zur *Synchronizität* besitzt. Alles, was er an Bildern, Gedanken, Erinnerungen in sich trägt, kann er gleichzeitig produzieren und reproduzieren.«

»Hier stinkt's. Und wonach? Genau: nach Stillstand. Du, Albert, scheinst zu denken, daß ein Leichnam Träger des Geistes sein kann. Ewig hör ich dich rumjammern über den Stillstand in deinem Leben . . . ich helf dir, aus deiner Lethargie rauszukommen . . . und jetzt predigst du mir den absoluten Stillstand! Was für ein Gestank! Erinnerst du dich nicht, wie wir früher in Geldrop oft ›Rüberwerfen‹ gespielt haben? Der Schwächste und Kleinste der Klasse wurde von den Stärksten ›rübergeworfen‹. Er wurde zwischen zwei Reihen von Jungs hin und her geschubst . . . im Zickzack . . . Es tut mir gut, jetzt mal mitzuerleben, wie der robuste Albert Egberts von seinen Paradoxen hin und her geworfen wird – und was für welchen! Junge, Junge, sind die vielleicht breitschultrig! Und mehrere Köpfe größer als du! Du hast sie selbst herausgefordert . . . Kleiner Albert! Fängt gerade erst an und ist schon grün und blau.«

Wir erregten Aufsehen. Immer mehr Studenten scharten sich um uns, weil sie sehen wollten, wie das enden würde: zwei schweigende Idioten mit ungefähr fünfzehn unberührten Schnäpsen zwischen sich. Wir hatten es nicht gelöst, unser Schachproblem.

Als Floor sein »Letzte Runde!« dröhnte und aus den Lautsprecherboxen das ewige *Gute Nacht, Freunde* von Reinhard Mey erklang, hatte selbst Thjum nicht mehr den Mut, der Gläsersammlung noch zwei weitere hinzuzufügen.

Was ich noch zu sagen hätte
Dauert eine Zigarette
Und ein letztes Glas im Stehn

Und Lauras schrilles »Geschlossen!« schien das Signal zu sein, auf das Thjum und ich gewartet hatten, um uns über die zurückgestellten Schnäpse herzumachen. Unsere Schädel stießen aneinander, als wir gierig so viele Gläser wie möglich »abtranken«. Danach kippten wir uns im Stehen die Schnäpse in den Schlund . . . aufs Geratewohl, junge und alte durcheinander . . . bis in den Gläsern nur noch ein paar Pfützen lagen. Mit jedem Schluck wurde dem Leben in die Breite ein neuer Stein in den Weg gelegt. Es war alles umsonst gewesen. Und durch diese Überdosis spielten wir intensiver mit dem Feuer als je zuvor . . .

Draußen, in der Kälte, kam der große Schlag: Die Schwelle der Kneipe bedeutete den direkten Übergang aus unserer Vision in die totale Betrunkenheit.

Abwechselnd versuchten wir, »mein« Fahrrad zu besteigen, das einzige, das noch zu finden war und auf das wir beide Anspruch erhoben. Wir schafften es nicht. Ein Taxi war ausgeschlossen: Sofern die Fahrer Thjum und mir nicht schon leibhaftig begegnet waren, besaßen sie unsere Beschreibung. Uns blieb nichts anderes übrig, als uns mitsamt dem Fahrrad den Berg hochzuschleppen. Hin und wieder unternahmen wir noch einen Versuch, uns auf das Fahrrad zu hieven.

In Hengstdal, wo die Straße ein paar hundert Meter lang etwas ebener ist, gelang es mir, ein Stück weit zu fahren. Ich war mir nicht mehr so sicher, ob ich mein Leben an diesem Abend tatsächlich genügend »in die Breite« ausgekostet hatte. In diesem Moment lag jedenfalls Nebel über dem expandierenden All meiner Gedanken . . . Aber ich gab mir alle Mühe, zwang Gestalten, aus dem Nebel hervorzutreten, preßte Gedanken aus mir heraus . . . Das Räderwerk schien auf das des Fahrrads reduziert. Das ausgeleierte Zahnrad übersprang manchmal einige Kettenglieder. Oben arbeitete es im Takt meiner Füße . . .

Thjum übernahm. Ich rannte ein Stück hinter ihm her und sprang dann auf den Gepäckträger. Das brachte ihn sofort wieder ins Schlingern. Die Straße wurde steiler, und wir kamen kaum noch voran.

Die Vision von Amsterdam lag nun weit hinter uns, in einer warmen Kneipe . . . Mit dem Kopf an Thjummis Rücken erinnerte ich mich daran, wie es uns in Wirklichkeit ergangen war, nachdem diese Kneipe in der Pijp geschlossen hatte. Die »zwei Puppen« waren noch immer nicht aufgetaucht, um uns ihre »kleine Wohnung« anzubieten, und obwohl es unvermindert weiterregnete, blieb uns nichts anderes übrig, als uns mit dem Moped auf den Rückweg gen Süden aufzumachen.

In einem Punkt hatten wir Glück: Der Wind blies und garantierte uns mit Rückenantrieb einen schnellen Abzug. Doppelname hatte das Nachsehen.

Der Wind schob uns durch die van Woustraat . . . in die Rijnstraat . . . Er blies uns fast von der Utrechtsebrug in die Amstel, die bei diesem Gegenwind mühsam in Richtung Innenstadt floß, einzig und allein, um an den Flanken systematisch angezapft zu werden und sich immer geschwächter dahinzuschleppen, bis sie kraftlos, völlig erschöpft am Münzturm ankam und dort, den Hafen vor Augen, starb . . . sich in

Nichts auflöste ... Ein Fluß, der nie sein Ziel erreichte; der sich in eine Stadt locken ließ, um dort entmannt zu werden.

Um so schnell wie möglich nach Hause zu kommen, entschied sich Thjum für die kürzeste Strecke, auf Nebenstraßen, ohne an die Fähre zu denken, die ein wichtiges Glied auf diesem Weg war. Sie stellte gegen zehn Uhr abends den Betrieb ein und würde erst am Sonntagmorgen, halb sechs, wieder ablegen. Der Regen machte uns waghalsig. Wir kraxelten mitsamt dem Moped den Bahndamm hinauf und holperten über die Brücke. Es war angsterregend, keine Kieselsteine zwischen den Schwellen zu wissen, bei jedem Schritt schwebten wir direkt über dem Wasser. In der Ferne sahen wir sowohl ein rotes als auch ein grünes Licht: nicht zu deuten. Fast schon am anderen Ufer angekommen, hörte ich einen Güterzug hinter uns. Ich ließ sofort den Gepäckträger der Puch los und rannte vor Thjum her.

»Lauf, Thjum, lauf! Laß das Ding doch fallen, Mann!«

Aber er schleppte sein Moped auch diese letzten Meter noch mit. Er schaffte es mit knapper Not. Der vorbeistürmende Zug pustete ihn fast vom Bahndamm. Ich war bereits halb die Böschung hinunter und hätte auf dem Fleck vor Scham sterben mögen. Als Thjum unten am Bahndamm keuchend neben mir stand, machte er keinerlei Anspielung auf meine Feigheit, es sei denn durch sein Schweigen.

Ein Stück weiter wagten wir uns auf die Autobahn. Wir waren dem Güterzug entkommen, nichts konnte uns mehr etwas anhaben.

Thjum holte alles aus seiner Puch heraus. Allein schon, weil er wollte, daß das Ding achtzig fuhr, fuhr es auch achtzig. Der Wind übernahm den Rest. Ich bildete mir ein, Thjum sei so grimmig, weil er enttäuscht von mir war. Zum erstenmal hatte mich, der ich vom Regen und Wind und Schreck schon fast wieder nüchtern war, der Alkohol traurig gemacht.

Sogar ein schwächerer Regen wäre bis in unsere Unterhosen durchgedrungen, dieser jedoch ging noch weiter, griff Nerven und Muskeln an ... Bis auf die Knochen, nein, bis ins Mark hinein wurden wir aufgeweicht.

Mit gut achtzig Stundenkilometern jagten wir in südöstlicher Richtung über die blinkenden Autobahnen. Endlose Reihen orangefarbener Lampen markierten das Ende der Welt. Nur ab und zu wurden wir von einem Auto überholt, und noch seltener waren entgegenkommende Fahrzeuge. Ich entdeckte, daß das Rücklicht nicht mehr funktionierte, aber Thjum fuhr mit unverminderter Geschwindigkeit weiter. Hinter Zaltbommel kamen wir an einem weißen Porsche der Reichspolizei vorbei, der auf einem Parkstreifen stand. Er folgte uns nicht.

Wir waren völlig allein in dieser Regennacht. Die ganze Nässe ergoß sich ausschließlich auf uns, um den Rausch und die Wärme aus uns hinauszutrommeln. Wind und Regen trieben uns mit Peitschenschlägen immer weiter von der Großstadt weg zu unserem Dorf in der Provinz ... Noch nie war ich so unsanft auf meinen Platz verwiesen worden.

Erst in Den Bosch hielten wir an, um uns kurz unterzustellen. Thjum erschrak, als er mein Gesicht sah: so aschgrau war es. Das kam nicht nur von der Kälte und dem verebbenden Rausch, nein, daran war auch die Begegnung auf der Eisenbahnbrücke mit meiner alten Bekannten, der Feigheit, schuld.

Wir standen unter dem Steintor, das den Bahnhofsvorplatz mit der Haltestelle der Überlandbusse verbindet. Viel Schutz bot der Ort nicht. Der Wind wollte dort hindurch und trieb dabei den Regen konzentriert vor sich her. Außer uns bot das Tor auch noch drei beleibten Homos Platz, die sich gerade umständlich verabschiedeten. Wer von wem, blieb unklar. Sie waren einer wie der andere so akkurat frisiert, daß der Wind ihr Haar nicht in den Griff bekam.

Wir wußten beide, daß Felix Boezaardt seit seiner Entlassung aus der Haftanstalt in Den Bosch wohnte. Er besaß hier ein Grachtenhaus, das er gerade noch vor dem Verfall hatte bewahren können.

»Kennst du die Adresse von Flix?« fragte Thjum.

»Nein. Ich weiß nur, daß das Haus an einem Kanal mit einer Zugbrücke liegt. Weiter weiß ich nichts.«

Und wieder peitschte der Regen uns weiter . . . nach Geldrop, das wie eine besorgte Mutter auf uns wartete. Wir waren beide dort geboren, im selben Jahr. Ich am dreißigsten April, er ein paar Stunden später, am ersten Mai.

Das Licht des neuen Tages drang zögernd durch die Regenwolken.

Pegasus kam in Sicht. Was Thjum da tat, war schon kein Radfahren mehr . . . Er hatte das Vorderrad fast quer zur Straße stehen und hielt das Rad gerade noch im Gleichgewicht. Ich spürte, wie seine Anstrengung durch den Rahmen vibrierte. Unter seinem linken Arm hindurch sah ich das Haus, das noch einen Monat lang das unsrige sein würde.

Auch wenn ich jetzt nicht daran denken wollte, wußte ich doch nur zu gut, wie Thjum mich in Geldrop an der Ecke Wemstraat abgesetzt und gleich darauf, fast grußlos, seine Puch gewendet hatte, um die Baron van Tuyll van Serooskerkenstraat anzusteuern, wo seine Mutter ihn mit einem warmen Bad und einem heißen Grog erwartete.

Als ich steifbeinig auf mein Elternhaus zuging, sah ich meinen Vater unten am Fenster in Unterhosen nach mir Ausschau halten. Ich fühlte mich eher gerührt wegen seiner Besorgnis als ertappt. Er bewegte lächelnd den Mund, und einen Moment später richtete sich der Irische Setter – damals noch jung –, mit den Vorderpfoten zwischen den Pflanzen auf der Fensterbank Halt suchend, neben ihm auf. Zu allem Überfluß machte er die Hündin auf mich aufmerksam. Ich hörte das Tier bellen, und während ich zur Hintertür des Hauses ging, wurde aus der späten Nacht früher Morgen.

In der Küche, neben dem Korb, in dem Henna es sich wieder gemütlich zu machen versuchte, wartete er grinsend auf mich. Er tätschelte den Hund, der sich einfach nicht entschließen konnte, sich wieder hinzulegen. »Unser Kleiner hat einen Ausflug nach Amsterdam gemacht, Henna. Ja . . .« Tätschel, tätschel, tätschel.

So sehr schienen sich die Rollen also bereits verkehrt zu haben. Eine Jugend lang hatte ich – in Unterhose, im Schlafanzug, nackt – an allen möglichen Orten fröstelnd auf der Lauer gestanden oder gelegen: um zu sehen, ob sein Moped im Anmarsch war. Bei seiner Heimkehr war sein Gesicht jedesmal so bleich und verzerrt wie das meine jetzt. Aber so sehr ich mir auch weismachte, ich hielte ihm einen Spiegel vor, so daß er seine zynischen Bemerkungen an sein jüngeres Selbst richtete, das in früheren Tagen besoffen nach Hause kam – er war es, der triumphierte, nicht ich. Es zählte schon nicht mehr, daß es ihm nach dem Karneval in Den Bosch buchstäblich die Socken in die Schuhe geregnet hatte, vom Regen von seinen eiskalten Füßen gestreift und in die Schuhspitzen gepfropft . . . durchweichte Wollknäuel, fast aufgelöst . . . Socken, die schon gar nicht mehr da waren . . .

»Siehst du, Henna . . .?« Tätschel, tätschel. »Das kleine Herrchen hat den Weg nach Hause wieder gefunden. Jaja . . .«

Ich klapperte so heftig mit den Zähnen, daß ich ihm, über den Hund oder direkt, nicht Kontra geben konnte. Mein Zähneklappern gab ihm recht.

In der Küche, wo wir uns erschöpft an den Tisch gesetzt hatten, tranken wir auf das Wohl der Königin noch rauhe Mengen von Bier aus dem Kühlschrank. Thjum säbelte schiefe und krumme Scheiben Roastbeef von einer kalten nackten Keule, die seine Stiefmutter geschickt hatte. Wir verschlangen sie.

»Ah . . .«, sagte Thjum in einem fort, »ich bin ein echter Fleischfresser.«

Amsterdam . . . Im Rausche unseres Entschlusses wurden wir schamlos sentimental in jener Nacht. »Es wird Zeit, diese Stadt zu erobern«, lautete der trotzige Refrain, mit dem ich meine bangen Vorahnungen zu übertönen versuchte. Als Thjum mir am frühen Morgen noch immer nicht gratuliert hatte und ich ihm endlich von meinem alle Jahre aufs neue gekränkten Stolz zu erzählen wagte, bot er mir gerührt seinen Geburtstag an. Im Tausch dafür nahm er meinen. Thjum machte es nichts aus, am Königinnentag Geburtstag zu haben . . . Wir umarmten uns. Seine Geste rührte mich, und sei es allein deswegen, weil sie mich einen Tag jünger machte: ein Tag, der mir, sofern ich ihn genügend »in die Breite« zu dehnen verstünde, das ewige Leben schenken könnte ... nicht mehr und nicht weniger.

Ein Friseur, der bei Thjum nur die abgestorbenen Spitzen abschneiden durfte, hatte ihm einmal ein Angebot für seine üppigen Haare gemacht. Sie hingen ihm weit über den Rükken, dick, glänzend, gesund ... Der Mann wollte eine Perücke daraus machen, doch Thjum hatte sich nicht erweichen lassen.

»Im Norden tragen sie die Haare schon wieder kurz«, sagte er jetzt und versuchte den Rest der Nacht, mich dazu zu überreden, mir die Haare – die noch länger als seine waren – schneiden zu lassen. »Keine melancholische Nimwegener Haartracht mehr ... Das ist out. Es ist schon lange kein Zeichen von Freiheit mehr. Wir lassen sie uns schneiden und verlangen ordentlich Knete dafür. Dann kann der Friseur ein paar schöne Perücken für zwei glatzköpfige Kaffeetanten daraus machen ...«

Ich mußte an den kastanienbraunen Turban von Thjums Mutter denken. Bis zu jenem Winterabend 1970 oder '71 wußte ich nicht, daß sie eine Perücke trug. Mir war einfach noch nicht in den Sinn gekommen, daß auch in der Baron van Tuyll van Serooskerkenstraat die Leute dem Verfall unterworfen waren. In meinen Augen war Mevrouw Schwantje-Zeligman – wie sie sich auch nach der Scheidung weiter nannte – eine zwar frustrierte und früh gealterte Dame (mit einem bitteren, heiseren Auflachen, das einem kalte Schauder den Rücken hinunterjagen konnte), aber doch gut konserviert. Zwischen ihren Goldzähnen hatte sie durchaus noch eigene, und die Krönung ihrer »mittelalterlichen« Gesundheit war ihre Haarpracht. Dunkelbraun, hie und da ein rotkupferner Glanz, und stets tipptopp frisiert.

Wir tranken Whisky an jenem Abend. Thjum war gerade zurück aus Paris, wo er sich auf Vaters Kosten einen neuen Anzug hatte aussuchen dürfen. Wir saßen auf der U-förmigen Polstergarnitur, deren offene Seite dem Drehsessel von Mevrouw Schwantje-Zeligman zugewandt war. In der Mitte ein ovaler Tisch mit Marmorplatte, auf der wir von Zeit zu Zeit mit einem angenehmen Ticken die Gläser absetzten. Thjum war immer mieser Laune, wenn er das Wochenende bei seiner Mutter in Geldrop verbringen mußte. Er ignorierte sie, soweit es ging, während sie ihren Liebling keinen Moment aus den Augen ließ. In dem Schalensessel, der sie wie eine Muschel oder ein Käfig umschloß, drehte sie sich mit jeder seiner Bewegungen mit.

»Zeig Albert doch mal deinen neuen Anzug.«

»Ach, hör auf, mich zu nerven.«

»Och, Thjumke, sei doch nicht so: Hol doch mal den Anzug von oben.«

»Mach's doch selbst, Mensch.«

»Gut, dann hol *ich* ihn.«

Sie öffnete links von uns eine Tür, hinter der unmittelbar eine Treppe steil nach oben führte. Die Tür blieb angelehnt. Ich hörte Thjums Mutter die Treppe hinaufgehen und oben herumpoltern. Thjum kicherte gehässig. Er verteilte den Rest aus der Flasche in unsere Gläser. Kurz darauf ertönte ein Schrei, gefolgt vom Geräusch einer Lawine, die die Stufen hinunterrutschte. Die Tür flog auf – und vor unseren Augen rollte der Kopf von Thjums Mutter ins Zimmer, dem der Körper erst folgte, als ersterer eine Ecke erreicht hatte.

Nein, sie war nicht enthauptet. Der Körper trug jetzt einen anderen Kopf: älter, fahler, zerfurchter, kleiner . . . und mit dünnem, flachsartigem, stumpf gewordenem Haar bedeckt, durch das der rosa Schädel schimmerte. Es war ihre Perücke, die dort in der Ecke lag.

Thjum und ich gingen zögernd auf die veränderte Gestalt zu. Mevrouw Schwantje-Zeligman bewegte sich nicht. Thjums neuer Anzug hatte sich um ihre Gliedmaßen gewikkelt. Der Kleiderbügel steckte noch in den Schultern, der Haken in ihrer Strickjacke. So wie die Frau mit dem Anzug in den Armen dalag, war dieser eher ihr Sohn als Thjum. Sie mußte auf einer der oberen Stufen auf ein Hosenbein getreten sein.

Da lag sie, mit dem Anzug verwurstelt ... fast darin gekleidet. Wir tappten unschlüssig um sie herum. Der Whisky hatte uns träge gemacht. Thjum bückte sich nach seinem Anzug. Seine Finger glitten über einen Ärmel ... sie streichelten den wunderbaren Stoff: glänzender hellblauer Samt, von Glitzerfäden durchzogen ... hochmodern ... Thjum löste den Ärmel vom Arm seiner Mutter und zog ein Hosenbein zwischen ihren Beinen hervor. Mit dem Kleiderbügel hatte er größere Schwierigkeiten ... Ich beneidete ihn um seinen selbstverständlichen Egoismus. Da, jetzt legte er den Anzug über die Rückenlehne der Sitzgarnitur, um ihn wieder glattzustreichen ... Dann endlich hievten wir seine Mutter in ihre Muschel. Kurz darauf kam sie wieder zu sich. Sie hatte sich nichts gebrochen.

Während Thjum immer noch von nichts anderem als dem Verkauf unserer Haarpracht redete, wurde mir bewußt, daß ich den Pariser Anzug nie an ihm gesehen hatte. Ich wollte ihn danach fragen, bekam die Worte aber nicht mehr auf die Reihe. Es wurde jetzt rasch Nacht für mich ...

Lange nach Mittag wachte ich auf, den Mund voller Haare. Auch mein Kissen war davon übersät. Kurze und lange ... sie stachen mir in die Augen, Ohren, den Nacken ... Ich faßte an meinen Kopf: Die Haare waren gestutzt. Ich kroch aus dem Bett und wankte zum Spiegel. Dieser Kopf ... total verschnitten.

In der Küche saß Thjum beim Frühstück mit einem unwirklich kleinen Kopf, der noch schlimmer zugerichtet war als meiner. Auf einer über die Anrichte ausgebreiteten Zeitung lagen unsere Locken wild durcheinander. Fast obszön. Ich sah erst jetzt, wie sehr sie sich im Ton unterschieden. Meine waren heller als seine ... Dazwischen blinkte die Haushaltsschere.

Thjum hob sein Ohrläppchen und zeigte mir schweigend einen Ratscher, wo ich ihn erwischt haben mußte. Ich konnte mich an kein Haareschneiden erinnern ... allenfalls, vage, an einen ausgelassenen Ringkampf. So hatten wir also unserem

Entschluß, nach Amsterdam überzusiedeln, Nachdruck verleihen wollen . . .

Nach dem Frühstück in bedrückter Stimmung verließen wir das Haus, beide mit einer Tennismütze auf dem Kopf, um nicht wie die Idioten herumzulaufen.

In der Innenstadt, wo alles festlich geschmückt war, fanden wir die Frisiersalons geschlossen. Nur der im Bahnhof war geöffnet.

»Ja, heutzutage gibt's 'ne Menge Pfusch in unserem Beruf«, sagte der Friseur, der sich auch wiederholte Bemerkungen über unsere Schnapsfahne nicht verkneifen konnte.

Als Thjum und ich wieder draußen waren, hatten wir sogar für Amsterdam zu kurze Haare. Im wahrsten Sinne des Wortes ein Millimeterschnitt. Trotzdem betraten wir erhobenen Hauptes *De Tempelier*, wo Thjum mir »zur Feier seines Geburtstages« einen ausgeben wollte.

»Wir haben doch 'nen Job . . .«

»Stimmt.«

»Na also . . .«

Drinnen war es voll. Wir wurden mit Gejohle empfangen.

3

Wessen Geburtstag wir am Freitagabend nun eigentlich gefeiert hatten, meinen oder Thjums, daran konnte ich mich am nächsten Morgen beim besten Willen nicht mehr erinnern. Trotzdem fühlte ich mich beim Aufwachen ungewöhnlich fit. Im Kopf eines erwachenden Kindes konnte es nicht klarer sein. Keine Kopfschmerzen, keine Übelkeit, nicht die geringste Spur von Ekel. Ich hatte kaum Mühe mit dem Aufstehen.

Mit dem Kaffee in der Hand stand ich auf dem Balkon und schaute zum Himmel. Samstag, der erste Mai, begann als herrlicher Tag. Es war noch früh, bestimmt nicht später als zehn. Da konnte ich doch einen kleinen Spaziergang machen ...

Ich ging die Treppe zum Souterrain hinunter, wo Thjum im Schlaf murmelnd dalag. »Nonrommenort botsgronk«, verstand ich. Und plötzlich ganz deutlich, in normalem Ton: »Tricks, was?« worauf er kurz kicherte. Es ist etwas Wehrloses und Trauriges an Leuten, die im Schlaf sprechen, lachen, weinen und schreien. Sie lassen sich von zwielichtigen Traumphantomen als Medium mißbrauchen. Sie geben mit ihrer Stimme Worte an unsere Wirklichkeit weiter, die Schemen in einer anderen Welt in den Mund nehmen. Der Schläfer als Übersetzer und Dolmetscher ...

Ich ging durch den Garten. An der Rückseite, hinter Sträuchern versteckt, war eine kleine Holzpforte, völlig morsch und grün wie der Garten. Sie führte zu einem Sandweg in den Wald.

Als ich in der Ferne hoch zu Roß Mevrouw Schwantje-Stultiëns angaloppieren sah, verließ ich schnell den Weg, um zwischen den Bäumen weiterzugehen. Ich hatte keinen Bock auf das obligate Geschwätz über das letzte Turnier und »den Frühling, der dieses Jahr so früh gekommen ist«. Es wurde ohnehin schon zuviel über den Sport und das Wetter gelabert in einem dünnbewaldeten Land wie dem unsrigen. Zuwenig Bäume, um sich dahinter zu verstecken. Ich konnte noch von Glück reden.

Ein Stück weiter begann das Gelände stark anzusteigen,

und kurz darauf schaute ich vom Gipfel eines Hügels zwischen den Zweigen auf etwas hinunter, was als »Rennstrecke« bezeichnet wurde: eine Lichtung im Tal, an deren Rand ein rennbahnförmiger Reitweg entlangführte. Die Grasfläche in der Mitte war vor kurzem eingezäunt worden, so daß sich die Rennstrecke jetzt um einen Stacheldrahtzaun schlängelte. Seit die Nachtfröste sich zurückgezogen hatten, wimmelte es auf der Weide von Kühen – Rotbunten, Schwarzbunten, alles durcheinander.

Das Viehzeug graste, käute wieder und ließ in aller Ruhe Fladen aufs Gras klatschen – bis auf einmal Mevrouw Schwantje-Stultiëns und ihr Hottepferdchen im Tal auftauchten. Alle Kühe hoben den Kopf; was lag, stand auf. Mevrouw Schwantje-Stultiëns hielt an und ließ ihren Blick über die Weide wandern. Ich sah, wie erstaunt sie schaute. Es mußte das erste Mal seit der Ankunft der Tiere sein, daß sie hier ihren Fuchs abritt.

Sie zuckte mit den Achseln und drückte Absätze und Waden in den Pferdeleib. Der Fuchs trabte ruhig an, aber als er in vollem Galopp war, begannen auf der anderen Seite des Stacheldrahts ein paar Kühe mitzurennen. Schon bald hatte sie die gesamte Herde in einer speerspitzenförmigen Formation hinter sich: ein Vorreiter, unmittelbar gefolgt vom Pulk, der sich nach hinten zu verbreiterte. Die Tiere drängten sich dicht an dicht.

Mevrouw Schwantje-Stultiëns merkte zunächst nichts davon, meinte dann aber offenbar, daß ihr Fuchs so ganz allein doch reichlich viel Radau machte. Die Erde dröhnte. Sie schaute zurück. So hoch ich auch stand, der verärgerte Ausdruck, den ihr Gesicht annahm, entging mir nicht. Um ihre Verfolger abzuschütteln, gab sie dem Pferd die Sporen. Die Kühe kamen nur mit Müh und Not nach. Ich konnte ihre Euter klatschen hören. Sie muhten kläglich, denn für solche Geschwindigkeiten waren sie nicht konstruiert. Doch irgendein tief verwurzelter Prärieinstinkt bewirkte, daß sie nicht anders konnten. Sie mußten dem Pferd hinterherrennen, ob ihnen das nun gefiel oder nicht.

Die samstägliche Morgenstille war von Hufgedröhn erfüllt, noch übertönt vom kläglichen Gemuhe der traurigsten Tiere, die die Schöpfung bis jetzt hervorgebracht hatte. Laute, die in Intervallen in den Wald bollerten und sich weiter oben verloren.

Völlig ratlos parierte Mevrouw Schwantje-Stultiëns direkt unterhalb von mir durch, worauf auch die Kühe – aufeinanderprallend, empört brüllend – zum Stehen kamen. Sie schrie sie an.

»Verdammt noch mal, ihr dämlichen Viecher, laßt mich in Ruhe!«

Die Tiere plärrten mit hängenden Köpfen ihre Not heraus. Schaumiger Geifer tropfte aus weit aufgerissenen Nüstern auf die Erde. »Hnwuh-uh . . .! Bhu-u-uh . . .!« Es war, als ob sie sie anflehten, doch nicht mehr so ein Tempo vorzulegen.

Ich wollte mich schon wieder auf die andere Seite des Hügels verziehen, unbemerkt, um mich heimlich an dem zu weiden, was ich gerade gesehen hatte. So etwas rettete den ganzen Tag. Diesen ersten Mai konnte mir jedenfalls nichts und niemand mehr verderben . . . Aber als sie praktisch zu meinen Füßen stehenblieb, Mevrouw Schwantje-Stultiëns, und sich in all ihrer Schwäche zeigte, da ging mir das Einmalige dieser Situation erst richtig auf. Hier war vielleicht meine Chance, sie zum Reden zu bringen.

Ich eilte den Abhang hinunter, wobei ich mich links und rechts an einem Baumstamm oder Ast festhielt, um nicht zu fallen. Ich konnte es mir nicht leisten, vor die Hufe ihres Pferdes zu plumpsen, denn das hätte unsere Rollen sofort vertauscht . . . Ich trat aus dem Schatten des Waldes ins Sonnenlicht, das auf der umgewühlten Rennbahn lag.

»Kann ich Ihnen vielleicht behilflich sein, Mevrouw?«

Sie drehte sich mitsamt ihrem Pferd zu mir um. Sie wurde rot. Die Situation war peinlich genug. Als ob die blöden Tiere, die jetzt vor ihr standen und »buh« machten, von ihrem Landgeruch angelockt worden wären . . . die Bauerntrine in ihr gerochen hätten . . . Einmal Bäuerin, immer Bäuerin – das hatten die lieben Kühe ganz richtig gespürt. Sie ließen sich von einer dünnen Schicht Hochnäsigkeit nicht täuschen.

»Diese blöden Viecher«, sagte sie. »Früher waren die nicht hier. Das ist ganz neu ... Die tun, was sie wollen, die Leute. Zäunen einfach ein. Uns haben sie nicht gefragt. Wo kann man denn noch halbwegs in Ruhe reiten? Heutzutage ist nichts mehr heilig. Ein Skandal!«

Sie stieg ab, so daß ich die Gelegenheit hatte, sie mir etwas genauer anzusehen. Sie trug einen formvollendeten Reiterdreß, was diese Sache mit den Kühen noch krasser machte. Graugrüne Reithose, rotbraune Lederstiefel, schwarzes Jakkett, weißer Rüscheneinsatz, ein hochgeschlossener Kragen wie immer, den sie für diese Gelegenheit mit einem schwarzen Schnürsenkel zugebunden hatte, der ihr in einer Schleife auf den Busen hing. Ein schwarzes Band hielt unter dem Rand der Jockeymütze ihre Haare in einem blonden Pferdeschwanz zusammen. Die Blondheit schien mir nicht unecht zu sein.

Feine Fältchen und Krähenfüße verliehen ihrem Lidschatten – von so einem silbrigen Blau – etwas Schilfriges. Sie wurde im nächsten Sommer vierzig. Sogar von so nahe betrachtet, sah sie mit ihren neununddreißig noch sehr gut aus.

»Na, Albert, ich sehe, du warst beim Friseur. Steht dir viel besser so, das kurze Haar. Obwohl – ein klitzekleines bißchen älter siehst du damit schon aus. Wie soll ich das sagen ... weniger jungenhaft.«

Es schien, als betrachte sie mich zum erstenmal, seit sie Mevrouw Schwantje hieß, eingehend. Was sie sah, gefiel ihr wohl – und deshalb auch wieder nicht, denn sie hatte Lehrgeld gezahlt. Diese gespaltene Haltung verlieh ihrem Gesicht einen doppeldeutigen Ausdruck. In ihren Augen blitzte so etwas wie Spott, mit dem sie sich zu wappnen versuchte: gegen mich, und gegen ihre eigenen Hintergedanken. Ich spürte, daß ich sie rumbekommen und zum Reden bringen könnte. Aber damit jemand wie sie mitteilsam wurde, mußte der Arm denselben obszönen Weg gehen wie der eines Bauchredners.

»Ich bin ja auch schon sechsundzwanzig ... seit heute.«

»O. Ich wußte nicht, daß du am selben Tag Geburtstag hast wie Theo ...« Sie sah mich nachdenklich an. »Boh ... schon sechsundzwanzig ... Das geht ja schnell, ja, wirklich. Und wenn ich daran denke, daß ich dich schon als Dreijährigen gekannt habe, der kleine Junge von nebenan ...« Es war das erste Mal, daß sie das erwähnte.

»Wie alt waren Sie damals?«

Sie zögerte.

»Ähm ... dreizehn. Nein, vierzehn.«

Ich war angenehm überrascht: Sie mogelte nur zwei Jahre weg. Hätte schlimmer sein können ... Sieh an, ich sollte also glauben, daß sie erst siebenunddreißig war. Sie sah übrigens aus wie fünfunddreißig.

Sofern sich die Kühe nicht erschöpft hingelegt hatten, hatten sie sich wieder in aller Ruhe ans Grasen gemacht. Der Fuchs begann, mit dem Huf zu scharren – wie ein Zirkuspferd, das auf die Frage, wieviel 3 x 13 ist, ihre Lebensjahre in den Manegenboden kratzt.

»Dann waren Sie aber noch sehr jung ... ähm ... als Sie zum erstenmal Mutter wurden.«

Wieder errötete sie, aber nicht sehr. Sie fing sich schnell.

»Wart mal ... Wenn du heute sechsundzwanzig geworden bist, dann ist es dreiundzwanzig Jahre her, daß du drei wurdest ... O, nein, ich hab mich verrechnet. Ich war sechzehn. Bei Millis Geburt sogar schon siebzehn.« Und nachdem sie sich kurz mit ihrem Pferd beschäftigt hatte: »Ich fand es immer schade, daß die Sache mit dir und Milli auseinanderging. Sehr schade. Ihr wart wirklich ein ... ein Paar, wenn du verstehst, was ich meine. Ein Paar ... so hab ich es gesehen. Ihr gehörtet einfach zusammen. Ihr schient ... sozusagen ... füreinander geschaffen. Gut, Milli hatte so ab und an ihre Launen, okay. Aber trotzdem ... Ich versteh auch nicht, warum deine Mutter sich da so reingehängt hat. Sie ist doch immer so ’ne nette und vernünftige Frau gewesen, die Hanny ... Ich kapier’s einfach nicht.«

Das war der Moment.

»Mevrouw Schwantje ... wenn ich Ihnen eine indiskrete Frage stellen dürfte ... wer war eigentlich Millis Vater?«

»Millis Vater? Den hast du nicht gekannt. Jimmy Händel hieß er. So nennt sich seine Tochter ja noch immer: Milli

Händel. Na ja, van Gendt-Händel, seit kurzem ... Er ist jung gestorben. Milli wird dir das doch erzählt haben, hoffe ich? Manchmal ist sie wirklich komisch ...«

»Ja, gut, Namen, Namen ... Man muß ja was sagen, wenn man ans Telefon geht. Namen sind Gebrauchsgegenstände, gut, um alphabetisch geordnet zu werden. Sie mischen sich genauso schlecht mit Blut wie Öl und Wasser ... Ich möchte so gern wissen, wer der richtige Vater ... Hören Sie, Mevrouw, ich will Ihnen ja nichts unterstellen. Es ist nur ... ist Milli vielleicht meine Cousine?«

Es war die alte flehentliche Bitte: Gönn mir ein bißchen Inzest als Entschuldigung für mein Versagen ...

»Aha! Das hat dir deine Mutter also eingeredet! So ein Miststück! Ich hab diesen Egbert Egberts überhaupt nicht gekannt. Na ja, von weitem vielleicht, auf seinem Motorrad. Er ging ja bei euch praktisch aus und ein ... Aber Milli eine Cousine von dir! Daß ich nicht lache ... Du bildest dir ja ganz schön was ein.«

»Aber Mevrouw ... habe *ich* etwa den Namen meines Onkels genannt?«

Wir sahen uns einen Moment lang tief in die Augen, mit der Art von Blick, die beim anderen ein Gefühl des Umkippens verursacht. Bei einem Sturm bleiben die Wolken um eine Kirche reglos am Himmel hängen, während sich der Turm auf dich zuneigt, um dich unter Glockengeläut und Vogelnestern zu begraben. Mevrouw Schwantje-Stultiëns wandte als erste den Kopf ab – »mit einem Ruck«, wie es in den Heftchen hieß, mit denen sie tagsüber ihre Langeweile bekämpfte. Sherry mochte sie, glaube ich, nicht.

Sie streichelte zerstreut den Hals ihres Pferdes, worauf sie sich – als ob sie wach würde – plötzlich intensiv mit dem Tier zu beschäftigen begann. Sie tätschelte es, fuhr ihm gegen den Strich übers Fell und flüsterte ihm alle möglichen Koseworte ins Ohr – wozu sie sich übrigens auf die Zehen stellen mußte.

Sie ergriff den Zügel, schob den linken Fuß in den Steigbügel und blieb – wieder in Gedanken, den Blick auf den Boden gerichtet – eine Weile in dieser Haltung. Schließlich saß sie dann doch auf. Das Pferd begann zu tänzeln. Die Kühe stellten das Grasen ein und hoben die Köpfe. Hier und da erhob sich eine unruhig schnaubend. Während der Fuchs die Nase schon wieder in Richtung Stall wandte, drehte sich Mevrouw Schwantje-Stultiëns im Sattel nach mir um. Was sie sagte, klang ziemlich spitz.

»Seid ihr heute nachmittag zu Hause?«

»Ich schon. Thjum ist zu einer 1.-Mai-Kundgebung gegangen . . . um sich öffentlich in ein rotes Taschentuch zu schneuzen. Sein Vater hat ihn angesteckt, sagt er.«

»Meinem Mann merkt man aber nichts an . . . Also gut, ich bring dann so gegen vier das Fleisch vorbei. Ich verlaß mich drauf, daß ich nicht, wie schon so oft, vor verschlossener Tür stehe. Auf geht's, Dany.«

Sie preschte sofort los. Die Kühe bekamen gar nicht erst eine Chance, hinter ihr herzurennen. Ein paar hoppelten mit, gaben die Verfolgung aber schon bald wieder auf. Noch eine ganze Weile schauten sie mit traurigen Augen in die Richtung, in der Pferd und Reiter verschwunden waren. Bei einer ging der Schwanz in die Höhe wie der Schwengel einer Dorfpumpe, und schwarze Plörre platschte ins Grün.

Gegen vier Uhr am selben Nachmittag hielt tatsächlich ihr aprikosenfarbener Minicooper vor unserem Haus.

Ich hatte die Jalousie heruntergelassen, aber nicht ganz geschlossen, so daß ich hinausschauen konnte, ohne selbst gesehen zu werden. Ich ärgerte mich über meine Nervosität.

Mevrouw Schwantje-Stultiëns stieg aus, klappte den Sitz nach vorn und nahm zwei Plastiktüten von der Rückbank. Beim Abschließen der Autotür (sie kam also nicht nur, um schnell etwas abzugeben!) spähte sie durch ihre Sonnenbrille den Berg en Dalseweg hinauf und hinunter. Es war eindeutig mehr als ein Routineblick.

Sie ging um den Mini herum und stieß die niedrige Eingangspforte mit dem Knie auf. Sie hatte sich umgezogen, sah ich. Sie trug jetzt einen Rock und eine – natürlich – hochgeschlossene Bluse.

Sie klingelte. Ich wartete, bis sie noch einmal auf die Klingel gedrückt hatte, und öffnete erst, als sie schon wieder auf dem Weg zum Auto war.

»O«, sagte sie, »ich dachte . . .« Auf dem Flur gab sie mir die Tüten. »Hier ist das Fleisch. Du mußt es aber sofort in den Kühlschrank tun, hörst du? Sonst wird es schlecht. Da ist auch die Wurst dabei, du weißt schon, auf die Theo so scharf ist, mit Knoblauch . . . Und ein großes Stück Roastbeef und Bauchspeck . . . Saure Rolle . . . Sülze . . . alles. Suppenknochen . . . du wirst schon sehen. Fürs erste seid ihr wieder versorgt.«

Einige Fleischstücke waren noch halb gefroren. Sie stammten aus der Privatkühltruhe, in der der Schweinekönig die besten Stücke aus seinem Betrieb zum eigenen Verbrauch lagerte. Den Abfall doste er für die Supermärkte ein. Ich stopfte alles, so gut es eben ging, in den Kühlschrank. Mevrouw Schwantje-Stultiëns sah mit verschränkten Armen zu.

»Das Ding solltest du mal abtauen«, sagte sie. »Es ist schlecht für den Motor, wenn sich soviel Eis ansetzt.« Und als ich fertig war: »So, und jetzt gib mir was zu trinken. Wer Geburtstag hat, muß einen ausgeben.«

Sie setzte ihre Sonnenbrille ab. Es waren ein paar Flaschen Wein da, nicht mal schlechte. Ich goß uns beiden ein Glas ein. Wir setzten uns in meinem Zimmer auf die Peddigrohrstühle. Mevrouw Schwantje-Stultiëns nahm einen großen Schluck und prostete mir erst danach zu. »Noch viele Jahre« – oder etwas noch Banaleres, wobei sie sich verschluckte.

Wir saßen uns eine Weile schweigend gegenüber und tranken Wein. Sie sah sich die ganze Zeit im Zimmer um.

»Zu schade, daß ihr hier raus müßt«, sagte sie schließlich. »War aber auch blöd von Theo, diese Pantoffel . . .«

»Ach was. Ihr Mann wollte um jeden Preis das Haus für Beertje frei machen. So einfach ist die Geschichte. Aber inzwischen ist er selbst so von Thjums Schuld überzeugt, daß er seinem Sohn heute morgen nicht mal gratuliert hat. Das tut er sonst schon, nicht wahr?«

Ich sähe es völlig falsch: August habe gestern eine kurze

Geschäftsreise nach Deutschland angetreten und würde erst morgen wieder zurück sein. Am Sonntagabend seien wir beide, Thjum und ich, herzlichst zu einem speziellen Geburtstagsessen eingeladen, das sie höchstpersönlich für uns zubereiten würde. »Siehst du ... ihr seid viel zu argwöhnisch.«

Ja, August Schwantje war unerwartet in die Bundesrepublik gereist, wo sie gedroht hatten, die Einfuhr seines Schweinefleischs zu stoppen. Sein Bauchspeck hatte sich Sachverständigen zufolge wie ein Schwamm mit Schadstoffen vollgesogen. Seit Hitler sie nicht mehr zum Sporttreiben zwang, waren die Deutschen doch nicht solche Mäkler, und wenn *sie* Protest erhoben, dann mußte das schon Gründe haben.

»Ich bitte dich, Albert«, erklärte Mevrouw Schwantje-Stultiëns jetzt, »wenn man hört, was alles in diese Viecher reingepumpt wird ... unglaublich. Erst einmal Kupfer, davon werden sie nämlich größer. Hättest du das gedacht, Albert – ein Metall, damit sie schneller wachsen? Ich hab immer geglaubt, Kupfer wär ein Gift. Na schön. Als nächstes die Beruhigungsmittel ... Es ist nämlich so, die Viecher leiden ebenso unter Wohnungsnot in diesen überfüllten Ställen. Und wenn sie durch das Kupfer noch ein Stück breiter werden, dann ist ihre Behausung sowieso zu klein. Sie werden leicht aggressiv, wenn sie sich gegenseitig so auf den Füßen stehen und ständig mit den Hintern aneinanderstoßen. Dann fangen sie an zu schreien und beißen sich gegenseitig den Schwanz ab. Und jetzt frag ich dich, was ist ein Schwein ohne Schwanz? Das verkauft sich nicht, gell. Dieser Ringelschwanz, der ist sozusagen ein Symbol. Der gehört eben unbedingt dazu. Also: Beruhigungsmittel. Außerdem kann man nicht zulassen, daß sie sich gegenseitig umbringen, dann werden die Leute auf dem Schlachthof ja arbeitslos. Wo die Arbeitslosigkeit ohnehin schon so groß ist.«

Sie erzählte alles mit großem Ernst.

»Bevor sie zum Schlachthof abtransportiert werden, bekommen sie zusätzlich noch Betablocker gespritzt. So heißen die: Betablocker. Sie haben zwar eine dicke Haut, die Schweine, aber sie spüren doch verdammt gut, was ihnen bevorsteht. Unterwegs, im Lastwagen, geraten sie in Panik, und dann besteht die Gefahr, daß ihr Herz stehenbleibt. Ein Schwein ist auch nur ein Mensch, sagt August immer ... So, und durch einen Herzstillstand gerinnt das Blut zu früh, und dann kannst du den Kadaver bei der Ankunft gleich wegschmeißen. Deswegen die Betablocker. Wenn man daran denkt, daß man das Stück Fleisch auf seinen Teller bekommt, in dem die Nadel gesteckt hat ... Und nun halt dich fest, Junge. Betablocker, igittigitt ... aber jetzt kommt's erst ... Unter das Schweinefutter werden alle möglichen Antibiotika gegen Bakterien oder Viren oder wie die Dinger heißen, gemischt, die Infektionen verursachen können. Und was stellt sich dabei heraus? Die Mäster nehmen es nicht so genau mit den Mengen und kippen auf gut Glück ein paar Handvoll rein. So nach dem Motto: besser zuviel als zuwenig. Wenn das Vieh krank ist, mixen sie die reinsten Cocktails aus Antibiotika zusammen – das richtige wird dann schon dabei sein. Außerdem werden auch Antibiotika gegeben, die die Freßlust der Viecher etwas bremsen sollen. Das wirkt sich auf die Kosten aus, denn die fressen einem die Haare vom Kopf. Insofern haben die Mäster recht. Man kommt mit dem Füttern einfach nicht hinterher. Der Nachteil ist bloß, daß die Viecher auf diese Weise viel zu viel von dem Antibiotikakram zu fressen kriegen. Das Resultat? Manche Bakterien werden immun dagegen, gehen dadurch nicht mehr kaputt und landen auf dem Wege über ein Stück Bauchfleisch in unserem Körper. Wenn wir dann krank werden, dann kann man noch soviel von diesem oder jenem Antibiotikum nehmen, dem Virus ist das egal, das tötet uns in aller Ruhe weiter. Da sieht man mal wieder, auf Arbeiter kann man sich einfach nicht verlassen.«

In der Bundesrepublik habe man in Schwantjes feinen Fleischwaren immun gewordene Salmonellenbakterien gefunden. Daher sei August jetzt hingefahren, um ihnen zu erzählen, daß alles halb so wild sei, wenn sie ihr Schweinefleisch eben etwas stärker erhitzten. Und um seinen Hauptabnehmer etwas milder zu stimmen, habe er als Werbegeschenk ein makelloses Ferkel mitgenommen. Natürlich keines aus der eigenen Zucht, i bewahre, nein, er habe eines von so einem idealistischen Biohof gekauft. Es habe ihn eine ordentliche Stange Geld gekostet, o ja, aber dafür sei es dann auch ein superumweltfreundliches Schnuckelchen, ganz ohne Valium oder Antibiotika oder Salmonellen aufgezogen. Das Ringelschwänzchen sei auch noch unversehrt dran.

»Ein schnuckeliges Ding«, sagte Mevrouw Schwantje-Stultiëns. »Ganz gleichmäßig rosa . . . wie Marzipan. Es bekommt eine rotweißblaue Schleife umgebunden, und so wird es der Direktion überreicht. Ganz offiziell, in einer Aula oder so. August wird dann bestimmt wieder was Verrücktes sagen, so in dem Stil: Schicken Sie das ruhig ins Labor. Ich verwette meinen Kopf, daß dem nichts fehlt. Du weißt doch, daß er früher Kabarett gespielt hat? Alles auf Jiddisch und so.«

Ja, das wußte ich. Sein Leben hatte davon abgehangen.

»Aber genug von all dem Fleisch«, sagte sie. »Laß uns lieber von was Netterem sprechen. Und nenn mich bitte Gonnie. Mir geht dieses ewige Mevrouw auf die Nerven.«

»Gut . . . Gonnie.«

Wir tranken noch ein paar Gläser Wein. Wahrscheinlich haben wir tatsächlich über »etwas Netteres« geredet, denn davon weiß ich kein Wort mehr. Als sie schon leicht zu glühen begann, tat ich das Übliche, um nicht aufs Unübliche verfallen zu müssen. Zurück aus der Küche, wo ich nur schnell mal einen Wasserhahn auf- und wieder zugedreht hatte, blieb ich hinter ihrem Stuhl stehen. Sie saß mit dem Rücken zur Tür. Ich legte meine Hände auf ihren Kopf, ließ sie langsam zum Hals gleiten. Sie zog sie herunter und hielt sie fest, während ihre Daumen meine Handflächen untersuchend streichelten, ungefähr so, wie Frauen auf dem Markt Stoffe auf ihre Qualität hin prüfen.

»Woher hast du nur solche weichen Hände?« Sie sagte es spöttisch. »Die reinsten Kohlenschaufeln, aber doch molligweich wie bei einem Baby.«

Wie ich zu ihnen gekommen war, wußte ich nicht, wohl aber, daß sich mit Weichheit mehr erreichen ließ als mit Härte. Wenn man jahrelang impotent gewesen ist, lernt man, mit den Händen zu lügen. Man mußte die Frauen mit diesen Händen vergessen lassen, daß ein Mann auch noch für andere Dinge geschaffen ist. Um sich ihnen mit Fingern und Zunge ganz widmen zu können, hielt man sich sozusagen zurück. Meist fühlten sie sich geehrt durch soviel Zuwendung. Bei mir kamen sie weniger zu kurz als bei diesen Typen, denen es nur um ihre Nummer ging. Und sollten die Hände mal in ihrer Verlogenheit versagen, so hatte man immer noch Worte, um weiterzulügen. Impotent ... Nur Milli hatte das Wort je in den Mund genommen.

Ich küßte ihre Mutter in den Nacken.

»Bist du sicher, daß Theo vorläufig nicht zurückkommt?«

»Nicht vor zwei, drei Uhr nachts. Die Feiern zum 1. Mai dauern immer bis in die frühen Morgenstunden des neuen kapitalistischen Tags. Eine Art Kalenderimperialismus, den die Roten da betreiben. Die sind auch nicht besser.«

»Ja? Na, Hauptsache, er ist morgen rechtzeitig zu seinem Geburtstagsessen zurück ... Wie ist dein Bett? Ist ja ein Mordstrumm ... Wen holst du dir denn so alles zwischen die Laken? Du hast auch Freundinnen aus Osteuropa, hab ich von Toosje gehört. Machst du aber bitte die Vorhänge zu?«

Ich schloß die Jalousie jetzt ganz, und auch an den Balkontüren zog ich sicherheitshalber die Gardinen zu. Um das Bett herum breitete sich nun die Atmosphäre eines Krankenzimmers an einem warmen Sommertag aus. Der Duft von Apfelsinen und von Büchern, die den Kranken nicht mehr fesseln. Die Welt draußen lockt mit gedämpften Geräuschen ...

Gonnie kam auf mich zu. »Wie wär's mit einem Küßchen?« Ich hatte noch nie jemanden geküßt, der älter war als ich.

»Gleich.«

Wir setzten uns nebeneinander auf den Rand des niedrigen Betts. Meine Finger nahmen Anlauf zu dem langen Weg der Erpressung, den sie zu gehen hatten. Nicht von ungefähr begannen sie ausgerechnet am obersten Knopf ihrer Bluse zu fummeln. Gonnie gab zu verstehen, daß sie dieses Kleidungsstück anzubehalten wünsche.

»Das ist so'n Umstand ... und wir haben ohnehin nicht viel Zeit. Du kannst deine Hand doch auch darunterstecken.«

»Hast du Angst, ich verlier die Lust, wenn ich deine Narbe sehe?«

Sie stieß mich von sich und stand bereits wieder.

»Sag mal, was weißt du denn eigentlich alles von mir? Dinge, die nicht einmal Milli . . .«

»Sehr viel.« Ich zog sie wieder zu mir herunter und knöpfte die Bluse weiter auf. »Daß man dir mit einem Rasiermesser in den Hals gesäbelt hat, zum Beispiel. Und noch mehr. Aber nicht genug. Und das ist der Grund . . .«

Die Narbe war gar nicht so schlimm. Hatte sie nun deswegen auf jeden V-Ausschnitt und alle Dekolletés verzichtet und nur hochgeschlossene Kleider, mit oder ohne Tuch, getragen? Oder hatte sie mit der Narbe auch die Schande verbergen wollen?

»Du, hör mal gut zu, Kleiner . . . wenn es dir nur darum geht, dann verzichte ich dankend. Dann geh ich wieder. Hier rumfeilschen wollen . . . also, ich muß schon sagen.«

»Du hast dich früher doch auch dafür bezahlen lassen . . . Warum sollen wir die Rollen jetzt nicht mal umdrehen? Und dabei will ich ja gar kein Geld. Nur eine ehrliche Antwort auf die Frage, die ich dir heute morgen gestellt habe.«

Ich streichelte ihre Beine.

»Ich mich dafür bezahlen lassen? Lügner!«

»Vielleicht nicht zu festen Sätzen. Aber es gab doch Meistbietende, oder irre ich mich? Das *Lido* in den Mierloer Wäldern . . . um nur ein Beispiel zu nennen. Wo hast du sonst deinen Schwantje her?«

»Du gemeiner, heimtückischer Kerl! Hinterhältiger Bursche! Laß mich los! Los, hab ich gesagt!«

Ich streichelte sie weiter und spürte, wie sie selbst, daß sie nicht mehr zurückkonnte. Ich im übrigen genausowenig.

»Gonnie, liebe Gonnie . . . laß das jetzt bitte . . . hassen können wir uns hinterher wieder.«

Ich zog sie näher zu mir ins Bett.

»Ich wiederhole meine Frage. Wer, Gonnie, wer . . .? War es Egbert?«

Sie antwortete nicht mit einem simplen »ja« oder »nein«.

Schritt für Schritt, nein, Stufe um Stufe bekam ich es an jenem Nachmittag aus ihr heraus: wie Egbert Egberts für sie eine Treppe zur Liebe gebaut hatte. Die reinste Ballade, wie sie die Geschichte erzählte – voll verborgener Poesie und Rhythmus. Ich roch das Holz, hörte die Hammerschläge, spürte, wie Egberts Lust auf sie mit jedem eingeschlagenen Nagel wuchs. Ich brauchte ihr nur auf die Sprünge zu helfen. Sie fand sogar zu dem Dialekt zurück, den sie damals gesprochen hatte.

Nicht nur ich, auch sie wurde davon mitgerissen. Und es konnte sie auch mitreißen, war es doch das erste Mal, daß sie die Geschichte in dieser Version jemandem erzählte. Sie hatte sie so tief vergraben, daß sie selbst nicht mehr an diese Treppe geglaubt hatte. Sie endete im Nichts, wie die Treppen halb abgerissener Häuser.

Jetzt baute sie sie in Worten nach, diese Treppe. Sie entfaltete sie vor mir wie ein Kartenspiel, einen Fächer, ein Akkordeon. Die Besteigung dieser Treppe erregte mich. Ich begab mich rückwärts hinauf, sie folgte mir. Ihre eigene Geschichte hatte sie wieder zu dem sechzehnjährigen Mädchen gemacht, das sie in Egberts Armen gewesen war. Oben angekommen, lief ich hilflos in ihr leer.

Während ich sie streichelte, erzählte sie weiter. Mir wurde schon bald klar, daß die neue Treppe in dem alten Haus noch zu etwas anderem geführt hatte als nur zur Liebe.

Als es soweit war, bäumte sie sich – so schien es – mit ihrem ganzen Körper auf. Ich war nicht daran beteiligt. Mann und Frau wissen nichts vom Orgasmus des anderen. Durch diese Unwissenheit sind sie für ewig voneinander getrennt, mag der eine auch noch so tief in den anderen hineinkriechen. Sie war jetzt sehr einsam, Gonnie. Es dauerte lange, bevor alles in ihr verebbt war. Je weiter sie sich mit ihrem Gestöhne, den geschlossenen Augen und dem verzerrten Gesicht von mir entfernte, um so nüchterner wurde ich. Was ich ihr gegeben hatte, lief, verdünnt durch ihre eigenen Säfte, schaumig wie Speichel wieder heraus.

»Sie spuckt mich aus«, ging es mir durch den Kopf. Ich

hätte nicht vermutet, daß man in meinem Alter und mit meiner Moral sich noch Gedanken machte, die einem völlig gegen den Strich gingen. Unmöglich, ihnen den Zutritt zu verwehren; in dieser Hinsicht war der Kopf unglaublich gastfrei. »Sie spuckt mich aus ... Aber ohne jede Anstrengung, nein, eher so, wie ein kleines Kind Speichel aus dem Mund laufen läßt. Gleich fängt sie noch an, Luftblasen zu pusten.«

Ich hatte noch nie jemanden erlebt, der hinterher so traurig war. Ich sollte die Traurigkeit dadurch vertreiben, daß ich sie noch einmal streichelte ... und noch einmal. Öl ins Feuer, denn jedesmal stellte sich heraus, daß die Traurigkeit noch größer geworden war ... zum Schluß sogar Anzeichen von Verzweiflung aufzuweisen begann. Die Zärtlichkeit war längst aus meiner Hand gewichen und Ekel an ihre Stelle gekrochen.

Wie konnte jemand, dessen Lohn für all die Mühe nur Traurigkeit war, sein ganzes Leben vom sechzehnten Jahr an nichts anderem widmen? Ich glaubte es jetzt halbwegs zu verstehen. Sie hatte etwas zu wiederholen. Jenes erste Mal, mit Egbert, das mußte wiederholt werden. So lange bis der Akt seine Scham und seine ungeheure Traurigkeit verloren hatte.

Aus Hochmut oder aus Scham, wer vermag das schon zu sagen, wandte das weiße Haus die Giebelseite von der Straße ab. Die Haustür kannte ich nur von Fotos aus dem Familienalbum ... Auf dem Kies der breiten Auffahrt, die zur Garage wie zur hinteren Terrasse führte, parkten fünf, sechs Autos, darunter Augusts Porsche, Gonnies Mini und der Sportwagen, der den Hund überfahren hatte. Das bunte Spielzeug, das hier und da verstreut herumlag, mußte Charles gehören.

Als der Kies uns zwang, von den Fahrrädern zu steigen, fingen alle Hunde gleichzeitig an zu bellen. Der im Käfig, der an der Kette, der frei herumlaufende Köter ... ohne Ausnahme alle. Es vermittelte mir wie immer das Gefühl, nicht willkommen zu sein. Thjum konnte den Tieren zuschreien, was er wollte, er war und blieb ein Fremder, ein Eindringling ...

Das Haus betraten wir durch die Küchentür. Stets war ich versucht, die Schuhe auszuziehen, wie es früher in der Baron van Tuyll van Serooskerkenstraat Pflicht gewesen war ... Gonnie war noch mit dem Essen beschäftigt, unterstützt von Fredje. In kleinen Routinehandlungen verriet sich ihre Herkunft: Auch wenn sie die Möglichkeit hatte, auf einem Elektroherd in einer amerikanischen Küche das zarteste Fleisch der Welt zu braten, konnte sie es doch nicht lassen, das silberne Einwickelpapier auf die Koteletts zu legen, damit auch die letzten Butterrestchen schmolzen. So hatte sie es bei den armen Frauen im Hulster Dreieck gesehen ...

Mevrouw Schwantje-Stultiëns begrüßte uns auf ihre gewohnte Art. Es gab nicht einen Blick geheimen Einverständnisses: Zwischen ihr und mir war nichts vorgefallen.

»Geht gleich weiter«, sagte sie. »Im Salon sitzen sie schon beim Sherry.«

Auf dem Weg zum Flur kamen wir an der Tafel vorbei, die für zwölf Personen gedeckt war.

Nicht umsonst nannte August sein Wohnzimmer einen »Trödelladen«. Es war vollgestopft mit antiken Möbeln, scheinbar willkürlich plaziert, und dazwischen schmale Durchgänge wie bei einem Antiquitätenhändler. Auf alten Sesseln und Sofas verteilt saßen da: Beertje, Tijmen, Gidi, Cristiaan, Toosje, Charles, August und dazu ein Ehepaar, das ich dort noch nie gesehen hatte: Schwantjes ehemaliger Schwager und dessen Frau, die für ein paar Wochen aus Rhodesien rübergekommen waren.

Bei einem guten Sherry wurde über das Rassenproblem in Südafrika diskutiert.

»Mein eigener Boy will es nicht anders!« rief Bob Zeligman aus. »Er hat es gut so, sagt er selbst, mein Boy. Mein Boy dient gerne ...!«

Mevrouw Zeligman pflichtete den Worten ihres Mannes bei. Thjum schenkte sich selbst und mir einen Whisky ein. Wir hörten schweigend zu.

August gab auch noch seinen Senf dazu und erzählte von seiner ein halbes Jahr zurückliegenden Indonesienreise. »Die

Leute da sind dermaßen servil ... Es steckt einfach noch in ihnen. Die Zimmermädchen auf Java ... Werkstudentinnen wohlgemerkt ... bestanden darauf, sich vor uns zu verbeugen, nachdem sie gehört hatten, daß wir aus Holland kamen. Von einer Generation, die unsere – na ja, eure Herrschaft nicht einmal miterlebt hat! Sie haben es von ihren Eltern. Leute, denen die Demut gleichsam im Blut liegt. Eine Demut, die nie zur Selbsterniedrigung wird ... eine Demut, die adelt, die sie erhebt! Ja, es war uns natürlich ein bißchen peinlich ...«

Beertje saß auf der Lehne des Sessels, in den sich Tijmen geflätzt hatte. Toosje spielte Scrabble mit Charles. Sie bekamen sich fast in die Haare, weil Toosje reichlich phonetisch vorging. Der zehnjährige Junge kannte sich bestens aus mit schmutzigen Wörtern.

Fredje kam und sagte, wir könnten zu Tisch. August ging auf Socken in den Weinkeller, kam mit diversen staubigen Flaschen im Arm zurück.

Rehrücken, Brokkoli, Bratkartoffeln mit Käse ... und dazu die köstlichsten Weine, die ich je getrunken hatte.

»Wie ist denn die Sache mit dem Ferkel ausgegangen?« fragte Thjum, dem ich Gonnies Geschichte erzählt hatte. (Sie sah flüchtig – nein, nicht zu mir, sondern zu Thjum: Wieviel weiß er von dem, was gestern passiert ist?) Obwohl die Frage spöttisch gemeint war, ließ August sich nicht lange bitten.

Auch in Deutschland war der dreißigste April ein warmer Tag gewesen. Bei ihrer Ankunft waren die Herren vom *Big-B-Oss* erst einmal ausgiebig Mittag essen gegangen; das Schweinchen ließen sie im Kofferraum ... Als Schwantje und seine Mitarbeiter anderthalb Stunden später zum Auto zurückkehrten, war das Ferkel unter dem glühendheißen Kofferraumdeckel im wahrsten Sinne des Wortes zu Tode geschmort.

Kein Problem: August, der Mann, der immer überlebt, rief seine Geschäftsfreunde in der näheren Umgebung an. »Ein Ferkel. Das kleinste und jüngste, das ihr habt. Mit einem makellosen Ringelschwänzchen.«

Ein »niedliches Ferkelchen« war aber nicht mehr rechtzeitig aufzutreiben gewesen, so daß sie schließlich mit einem halb ausgewachsenen Schwein bei den deutschen Querulanten antanzen mußten. In der Fabrikaula, in der den Niederländern ein Empfang bereitet wurde, hatte das herausgeputzte Tier sich nicht wohl gefühlt und war mit lose flatternder Schleife durch den Saal gerannt. Alle rissen die Beine hoch, während das Schwein unter den Stühlen durchschoß . . .

Hahaha.

Der Zwischenfall hatte so entwaffnend gewirkt – »Was kann diese Deutschen mehr rühren als ein wild umherrennendes Schwein?« –, daß August ihnen ihre Salmonellenphobie mühelos ausreden konnte. Sie sollten einfach das Gas unter ihrer Pfanne etwas höher drehen . . .

Daraufhin gab Schwager Bob Geschichten über noch viel exotischere Werbegeschenke zum besten – Tierarten, die mittlerweile ausgestorben waren. Im Hause Schwantje konnte man hören, wie der Mensch die Welt im Griff hatte. Er war der Herr und Meister. Und ich fühlte mich so fern von alledem, daß ich die beiden Männer um ihren Platz in dieser Welt fast beneidete. Sie hinterließen Spuren, ich nicht.

Kein Zeichen von Gonnie: Sie hatte sich völlig in ihre Rolle als Gastgeberin zurückgezogen. Sie war wieder Mevrouw Schwantje-Stultiëns für mich. August sprach sie mit »Schatz« an. Konnte ich ihn nicht mit Gonnie erpressen, damit die Kündigung aufgehoben wurde?

Die Schwantjes kannten keinen Hunger, nur Appetit. Wenn die Lust auf leckeres Essen gestillt war, begannen Thjums Brüder, in ihrem Essen herumzumanschen.

Ich kam aus einem Milieu, in dem jede Scheibe Brot, jede Kartoffel zählte. Mit Essen spielte oder spottete man nicht. Natürlich hatte ich auch schon mal einen kleinen Graben in einem Eintopf gezogen, den ich nicht mochte, und den mit Soße vollaufen lassen . . . aber für so etwas behielt sich meine Mutter ihre strengsten Verweise vor. Mich grauste, wenn ich auf der Höheren Bürgerschule das Söhnchen von Rechtsanwalt Tuinman mit verwöhnter Miene den Brotbelag inspizieren und sein Pausenbrot dann in die Mülltonne pfeffern sah. Mir kam die Galle hoch, wenn ich mitbekam, wie Kartoffeln oder Suppenreste die Toilette hinuntergespült wurden . . .

Essen war heilig – auf eine selbstverständliche Art und Weise, ohne daß es als solches verehrt werden mußte.

Nur wohlgenährte Witzbolde wie die Schwantje-Jungs konnten in Essen noch etwas anderes sehen als ein Mittel, den Hunger zu stillen. Sie trieben Unfug damit. Jemandem Schokoladenpudding mit Salatsoße servieren anstatt mit Vanillesoße . . . Rote-Bete-Saft einschenken anstatt Wein. War der Schwindel aufgeflogen, so wurde das überflüssig gewordene Lebensmittel weggeworfen.

Gideon war der phantasiereichste der ganzen Bande. Obwohl niemand, auch er nicht, Lust auf Obst als Nachtisch hatte, löste Gidi mit dem Daumennagel die Schale von einer Pampelmuse, wobei er darauf achtete, daß sie ganz blieb. Danach drapierte er das dicke Band so um seine Faust, daß eine Art Klappe auf dem Daumen lag. Amateurbauchredner, der er war, ließ er das »Wesen« sprechen, wozu er seinen Daumen und damit die Klappe im Rhythmus der Worte bewegte. Er fütterte das sprechende Ding mit einem Löffel, ließ es eine – immer betrunkenere – Rede auf Thjums (nicht meinen) Geburtstag halten. Indem er die Finger spreizte, konnte Gideon das Wesen dicker werden, Luft holen lassen und so weiter. Er erntete viel Erfolg bei Tisch. Die geschälte Pampelmuse trocknete derweil zwischen den leeren Weinflaschen vor sich hin.

Immer häufigere Blicke geheimen Einverständnisses wanderten zwischen Thjum und mir über den Tisch. Wir wurden unruhig. Nach dem Kaffee nahm Thjum seinen Vater beiseite. Auch ich wurde in das Nebenzimmer, in dem Augusts Schreibtisch stand, gebeten. Trotz des guten Kognaks weigerte sich Mijnheer Schwantje hartnäckig, die Kündigung zurückzunehmen. Ich hielt – natürlich – den Mund, was seine Frau anbetraf. Außerdem: Er wußte alles über ihre Vergangenheit, hatte sie als Animierdame in den Mierloer Wäldern kennengelernt, würde wahrscheinlich nur die Achseln zucken über ihr kleines Abenteuer mit mir, zumal er selbst in Deutschland gerade wieder Dampf hatte ablassen können ...

Kaffee mit Kognak im Wohnzimmer. Beertje saß bei Tijmen auf der Lehne. Ihre kleinen Neckereien. Es konnte nur ein Spiel sein ... Sie spielte das Spiel der Verliebten, Verlobten, weil sie in dem entsprechenden Alter war. Sie mußte ihren Überschwang loswerden, und wenn es an jemanden wie Tijmen war. Zufällig war er im richtigen Augenblick in ihrem Leben aufgetaucht.

Viel früher als an sonstigen Sonntagabenden (es war noch vor Mitternacht) zogen Thjum und ich los. Zudem hatten wir einen triftigen Grund: Am nächsten Morgen hieß es früh antreten, um das pleite gegangene Hotel Esplanade leerzuräumen ...

Der Wind strich kalt über unsere Borstenköpfe. Je weiter wir auf dem Weg nach unten Schwantjes Ersthaus hinter uns ließen und je mehr wir uns dem Zweithaus näherten, um so mehr verging uns die Lust zum Schlafen. Als wir an dem zurückgeforderten Haus vorbeifuhren, machten wir uns nicht einmal die Mühe, auf die Bremse zu treten. Es zeigte sich auch so dunkel und verschlossen, so abweisend ... schon nicht mehr das unsere. Ein anonymes Anwesen, zufällig das erste im Ortsbereich ... Es hatte seine Bewohner bereits ausgesperrt. Wir befanden uns mitten im Umzug.

Schweigend ließen wir uns den Berg en Dalseweg weiter abwärtsrollen. Es ging schnell ... schneller als je zuvor ...

Erst beim *Trianon* kamen wir wieder zu Atem. Am langen Tisch saßen Daniël van 't Erf und noch ein paar andere vom »Philosophenbund« – die Elite der Nimwegener roten Fraktion – um ihren Lehrmeister Conrad B. Huygens geschart. Dessen Gesicht war röter als je zuvor.

»Warum durfte Beethoven es auf dem Sterbelager tun und ich in der Blüte meiner Jahre nicht?« hörte ich ihn lallen. Er meinte den Weißwein, den er gläserweise in sich reinschüttete. Und ich wußte ganz genau, daß die Welt, die ich suchte, weder die August Schwantjes noch die dieser Leute war. Die Seele saß tiefer als das Portemonnaie.

»Thjum, auf unseren letzten Monat in Hengstdal . . .!«
»Auf Amsterdam!«

Lange vor der Sperrstunde hatte sich der Ausräumjob irgendwo in ein unauffälliges Eckchen unseres Gedächtnisses zurückgezogen.

Im *Diogenes* trafen wir meinen Bruder und den Schlagzeuger seiner Band. Sie hatten einen Auftritt in einem Tanzschuppen hinter sich. Der Holzsarkophag mit Freeks Baßgitarre stand an der Theke. Es war halb vier. Thjum und ich sprachen mit den Musikern über unsere Chancen, am nächsten Morgen rechtzeitig antreten zu können.

»Wenn ihr das Zeug jetzt schon rausschmeißt, habt ihr morgen den ganzen Krempel vom Hals«, meinte der Schlagzeuger, der schon weiter hinüber war, als er aussah. »Es ist hier übrigens ganz in der Nähe. Nur ein paar Häuser weiter. Was überlegt ihr noch?«

Noch nie hatte ein Vorschlag vernünftiger geklungen. Nach der »letzten Runde« zogen wir zu viert zum Hotel Esplanade, keine fünfzig Meter weiter auf derselben Seite des van Schaeck Mathonsingel. Freek trug seine Baßgitarre.

Am Hotel angekommen, sangen die beiden lauthals ein Stück aus ihrem Repertoire, so daß Thjum und ich unauffällig mit unseren Schuhspitzen die untersten Scheiben der verriegelten Drehtür eintreten konnten. In Hockhaltung zwängten wir uns hinein. Der Alkohol machte unser Tun leichter und spielerischer: Keinem kam das Wort »Einbruch« in den Sinn.

Die Lounge und der Speisesaal waren bei der Versteigerung offenbar leer geworden.

»Was gibt's hier denn auszuräumen?« erklang hohl die Stimme des Schlagzeugers aus der Dunkelheit.

Wir inspizierten die Zimmer mit der billigen Furniertäfelung und warfen hier und da einen stehengebliebenen Nachttisch samt Hotelbibel aus dem Fenster. Die Matratzen mit ihren eingetrockneten Jahresringen paßten zu unserer Enttäuschung nicht durch und wurden daraufhin eben über die Feuerleitern aufs Dach geschleppt. Sie landeten mit einem lauten Plumps im Garten.

Wir schmissen und demolierten und lebten unsere Euphorie voll aus. Thjum und ich spielten unseren eigenen Umzug, zusammen mit ein paar Helfern ...

Auf einem Treppenflur, während die Rhythmusgruppe von *Derrick Fisher Disco* in einem kleinen Zimmer herumkramte, hatten Thjum und ich gleichzeitig ein Déjà-vu-Erlebnis. Wir erbleichten, griffen nach der Schulter des anderen. »Wart mal, wart mal ... hier zu stehen, am Fuße der einen und am Ende einer anderen Treppe ... und dann zwei Jungs, die einen Schrank durchsuchen, Schubladen rausziehen ... das ist unglaublich vertraut.«

»Aber wann ... wann?«

»Ja, sprich weiter: Ich weiß genau, aber auch ganz genau, was du jetzt gleich sagst.«

»Dann sag es mir vor ... sag es voraus!«

»›Dann sag es mir vor ...‹ Genau diese Worte. In dem Moment, wo du sie aussprichst, erkenn ich sie wieder. ›Sag es voraus.‹ Wann hast du diese Worte schon mal ausgesprochen?«

»Wenn ich jetzt etwas Unerwartetes tue«, sagte Thjum, »eine Handlung, die sich nicht logisch aus dem Vorhergehenden ergibt ... zerstöre ich dann das Déjà-vu-Gefühl?«

Er schloß die Zimmertür, drehte den Schlüssel herum und steckte ihn ein. Sowohl für ihn als auch für mich war es eine unendlich vertraute Abfolge von Handlungen. Protestrufe, Geballer an der Tür: das alles gehörte dazu. Auch bei unserem anschließenden Gang aufs Dach hatten wir beide das Gefühl, von einem Ereignis aus der Vergangenheit gesteuert zu werden, das sich mit aller Gewalt wiederholen wollte. Erst als wir, von der Beklemmung der dunklen Flure befreit, auf dem Dach standen und über das Feld der Fernsehantennen blickten, die wie Unkraut im fahlen Morgenlicht hervorschossen, fühlten wir, wie die Verzauberung langsam schwand.

»Wer hat gleich noch mal behauptet, Déjà-vu-Erlebnisse seien der beste Beweis für die ewige Wiederkehr aller Dinge? Tausendmal werde ich zum selben Zeitpunkt im selben Obstgarten unter demselben Baum liegen ... und immer wieder wird sich derselbe Apfel lösen und mir auf den Kopf fallen.« (Ich mußte an eine der wenigen Geschichten denken, die mein Vater über seine Zeit im ehemaligen Niederländisch-Indien preisgegeben hatte. In Batavia war er eine Zeitlang der Fahrer eines hochrangigen Militärs gewesen, der Radiosendungen für die Streitkräfte machte. Nach dessen Heirat mit einer holländischen Krankenschwester hatte er das Ehepaar in eine hoch in den Bergen außerhalb der Hauptstadt gelegene Villa fahren müssen, wo die Flitterwochen verbracht werden sollten. Noch am selben Nachmittag hatte er die Frau, die sich eine Kopfverletzung zugezogen hatte, in rasender Eile in ein Krankenhaus in Batavia bringen müssen. »Da war ein Garten – verstehst du – mit vielen Palmen. Und unter so einem Baum haben sie gelegen und rumgemacht, du weißt schon, und da ist plötzlich eine Kokosnuß runtergefallen ...« Ich war noch sehr klein, als ich diese Anekdote hörte. Das Wort »Flitterwochen« sollte für immer gefärbt bleiben von dieser exotischen Gewalt.)

»Komisch, daß man sich immer darauf verläßt, daß ›die Zeit schon noch kommt‹ ... daß man seine Fehler einmal ungeschehen machen kann ... daß man sein Leben noch einmal leben kann ... Diese Erwartung hat man doch nicht umsonst, würde ich sagen.«

»Ach, ich weiß nicht ... Meiner Meinung nach ist es nicht mehr als ein verstohlener Blick auf die Welt, geboren aus dem menschlichen Hang zum Hinausschieben. Und aus der verrückten Hoffnung, daß aufgeschoben nicht zwangsläufig aufgehoben bedeutet ... Oder auch aus Schuldgefühl wegen all dessen, was man falsch gemacht hat. Aber die Philosophen, sofern sie an eine ewige Wiederkehr glauben, haben uns entmutigt: Wilhelm Tell wird – zum Glück – bis in alle Ewigkeit den Apfel vom Kopf seines Kindes schießen ... aber William Burroughs wird bis in just dieselbe Ewigkeit zu tief zielen und eine unendliche Zahl von Malen den Kopf seiner Frau zu Mus schießen, ohne die Chance zu bekommen, seinen Fehler dadurch gutzumachen, daß er einen Millimeter höher zielt. Statt uns Stümpern ein paar zusätzliche Chancen zu geben, haben die Herren Philosophen eine ewige Wiederkehr des Gleichen daraus gemacht. Unsere Fehlschläge und Fehltritte unzählige Male wiederholt ... wie um sie noch eigens hervorzuheben. Wir sind wie junge Hunde, die man unzählige Male mit der Nase in ihren eigenen Kot drückt und die trotzdem bis in alle Ewigkeit nicht sauber werden. Besten Dank, ihr Herren Philosophen! Déjà-vu ... nein, meiner Meinung nach ist der Ausdruck falsch gewählt. Es müßte so etwas sein wie *prévu* oder *avant-goût* ... Es heißt doch immer, im Augenblick unseres Todes zieht das Leben, das hinter uns liegt, ›wie ein Film‹ vor unserem – na ja, also – geistigen Auge an uns vorbei? Also, ich sehe Déjà-vu-Erlebnisse als eine Art Trailer, eine fragmentarische Vorschau auf diesen Film. Als Kostproben. Puzzleteile, von denen sich später herausstellt, daß sie in das große Ganze passen. Darum hab ich mich gerade auch so erschrocken.«

Ausgerechnet Thjum, der von meinem Leben in die Breite nichts wissen wollte, brachte mich auf einen verblüffenden Gedanken ... die mögliche Lösung des Paradoxons.

»Ja, wenn es wahr ist, was man sagt ... daß im letzten Moment unseres Daseins das ganze Leben wie ein Film an einem vorbeizieht (die absolute Summe des Lebens, inklusive aller Gedanken, die man je hatte), dann muß in diesem letzten Moment das ›Leben in die Breite‹ absolute Gültigkeit erlangen! – Menschen, die davon erzählen können ... die im letzten Moment vom Tode Geretteten, meine ich ... haben schon soviel vom Film gesehen ... Jemand, der wirklich vor seinem letzten Augenblick steht, sieht, wie sich sein Leben unendlich in die Breite dehnt. Das Sterben wird für ihn unerreichbar! Er lebt ewig weiter in seinem letzten unteilbaren Augenblick ...! Mozart, der in seiner letzten Sekunde nicht nur alle von ihm komponierte Musik hört, sondern auch noch alle, die zu schreiben er versäumt hat – er ist noch da. Und kämpft sich kontrapunktisch durch alle Noten. Das geht nie zu Ende ... Dieser Zustand ist für jeden erreichbar, sobald das Sterben erst unumstößlich feststeht. Der Tod muß eine Tatsache sein. – Gut, ein Leichnam bleibt zurück: der Körper, der nicht mehr mithalten konnte. Kein Jenseits, sondern ein Jenzeits.«

Auf dem Rückweg durch das vertikale Labyrinth des Hotels konnten wir das Zimmer mit den eingeschlossenen Jungs nur mit größter Mühe wiederfinden. Sie hatten aufgehört zu schreien. Mehrere Türen erwiesen sich als verschlossen, aber auf keine paßte der Schlüssel. Das machte uns nervös: Der Morgen schritt voran, es war bereits ganz hell, die Arbeiter konnten jeden Augenblick eintreffen ...

Als Thjum endlich merkte, daß er immer wieder mit seinem eigenen Hausschlüssel herumgefuhrwerkt hatte, und schließlich das richtige Exemplar ins Schloß steckte, fanden wir den Schlagzeuger und den Bassisten in tiefem Schlaf. Sie lagen nebeneinander auf einer Doppelmatratze, den polygonalen Kasten zwischen sich. Wir ließen es so: Das Bild war zu schön, als daß man es hätte löschen mögen.

In der Küche, in der wir auf unserem Weg nach unten merkwürdigerweise landeten, stießen wir auf einen großen Haufen versilberter Suppentassen. »Hausrat für Amsterdam.« Thjum zufolge waren es eher Schalen, in denen Pariser Kartoffeln oder Erbsen-Möhren-Gemüse serviert zu werden pflegten, »mit einem ganz klein bißchen Petersilie« ... Ineinandergestellt bildeten sie zwei jeweils einen halben Meter hohe Stapel, die beim Radfahren nicht senkrecht an unseren Schultern stehen bleiben wollten, sondern regelmäßig eine S-Form annahmen, um danach scheppernd auf die Straße zu fallen. Das Geräusch fallenden Metalls in den stillen Straßen ... Auf Knien krochen wir über das Pflaster, um die Schalen, die immer verbeulter aussahen, wieder aufzusammeln. So, kriechend, waren wir auf dem Weg nach Amsterdam. Der Umzug lag bereits hinter uns ...

Aber nachdem die Tassen zum soundsovielten Mal scheppernd zu Boden gefallen waren, war auf einmal das Bild meines Vaters da, wie er aus seiner Stammkneipe *D'n Engel* nach Hause stolperte. Unter dem Arm ein großes Kuchenblech, das er beim Kartenspiel gewonnen hatte ... Am nächsten Morgen, als ich für meine Mutter einkaufen ging, hatte ich seine Spur mühelos zurückverfolgen können: Auf dem Bürgersteig lag auf seiner Strecke alle zehn Meter ein Häufchen verkrümelter Sandkekse. (Zu Hause ein ramponiertes Blech mit Krümeln.) So, fallend und wieder aufstehend, war er also nach Hause gewankt und gekrochen – um seinen Kindern Kekse zu bringen. Mit letzter Kraft und letztem Atem . . . Kekse? Krümel!

Und ob ich inzwischen in seinen Fußstapfen wandelte!

Den ganzen Vormittag klingelte das Telefon. Ich nahm nicht ab. Thjum schließlich doch. Die Zeitarbeitsvermittlung. »Wo bleibt ihr? Der Bauaufsichtsbeamte ist sowieso schon schlechter Laune, weil heute nacht eingebrochen worden ist.«

Thjum weckte mich: »Wir müssen gehen, sonst verdächtigen sie uns.«

Unterwegs mit dem Fahrrad zum van Schaeck Mathonsingel hörten wir den Luftschutzprobealarm. Der erste Montag eines neuen Monats. Unseres letzten.

An dem Nachmittag taten wir mit unseren Dröhnschädeln, zitternden Händen, kranken Mägen nicht viel mehr, als die Unordnung zu beseitigen, die wir in der Nacht selbst veranstaltet hatten – und bekamen dafür auch noch sechzig Gulden. So war die Welt.

Thjum hatte einen Müllsack in eine Ecke gestellt, in den wir Küchenutensilien steckten. Salzfäßchen, Essig- und Ölfläschchen mit geschliffenen Stöpseln, Suppentassen aus Zinn, Besteck . . .

Das Geld trugen wir am Ende des Nachmittags in den *Tempelier.* Mir hing der überquellende Sack über der Schulter. Thjum trug ein Pagenkäppi mit den aufgestickten Buchstaben *Esplanade.*

Am runden Tisch las Thjum mir aus *De Gelderlander* die Regionalnachrichten vor. »EINBRECHER HAT DAS NACHSEHEN« / »Ein Einbrecher [sic], der im ehemaligen Hotel Esplanade einen großen Coup landen wollte, schaute in der vergangenen Nacht in die Röhre. Das Hotel gehört nämlich zu dem Konzern, der vor einiger Zeit Konkurs anmelden mußte. Das Inventar war bis auf wenige Kleinigkeiten bereits versteigert. Um nicht ganz leer auszugehen, ließ der Dieb sechs Suppentassen [es waren zwölf] mitgehen. Gesamtwert: 84 Gulden [also das Doppelte]. Die Polizei bekam den Täter nicht zu fassen.«

Über die Reliquienauswechslung – so eifrig Thjum auch suchte – noch immer kein Wort.

Ford Transit
oder
Die Dommel

I

Den Mai verbrachten Thjum und ich wie unter Betäubung in jener Stadt, in die wir Ende April Einzug gehalten hatten. Wir waren bereits da, das heißt, wir brauchten nichts mehr zu unternehmen.

Erst im letzten Moment, am Vorabend des ersten Juni, kam ich in Bewegung, allerdings wie ein Schlafwandler, ohne aufzuwachen, willenlos. Kein anderer als August Schwantje persönlich war am Nachmittag des letzten Tages bei uns erschienen, um uns einzuschärfen, daß wir in einem Gedicht allein nicht wohnen konnten. Er gab mir die Adresse von einem Typen, der angeblich ein »Lasttaxi« betrieb; ein Student, der sich so etwas dazuverdiente. Der Schweinekönig wollte mich jetzt wirklich loswerden.

Vor dem Haus in der Burghardt van den Berghstraat parkte ein alter Ford Transit. Er war mit einem groben Pinsel ockergelb gestrichen.

Ich ging einmal um ihn herum.

Hinten und an den Seiten war in schwarzen Tropfbuchstaben das Wort *Transporte?* aufgemalt; darunter in ordentlichen Schablonenzahlen eine Telefonnummer.

Ich klingelte an der angegebenen Adresse. Ein Mädchen öffnete mir. Sie gehörte zu dem farblosen Frauentyp, mit dem die Nimwegener Studentenwelt seit Jahren reich gesegnet war: von Trockenshampoo glanzlos gewordenes Haar, auffällig ungeschminkte Augen, von einer strengen Diät – bestehend aus Instantkäsefondue, Makkaroni mit Soße und Chili con carne, das, um hohes Engagement zu demonstrieren, *Chili con Pinochet* hieß – schwammiges Gesicht. Titten, mehr als üppig oder aber äußerst rudimentär, stets überdeutlich präsent in formlosem, verblichenem T-Shirt, das viel zu kurz war und so den anusförmigen Nabel den Blicken preisgab. Und ob sie nun aus Limburg, Brabant oder dem Achterhoek stammten, immer begleitete sie ein schaler Geruch nach Räucherstäbchen, Diamant-Fett, Knoblauch, Druckfarbe für Vervielfältigungsapparate und billigem Patchouli, der mir auch an diesem Abend wieder entgegenwaberte. Dafür war ich genau in der richtigen Stimmung.

Sie sah mich mißtrauisch an. »Hast du auch auf die richtige Klingel gedrückt?« (Sie sprach denselben Dialekt wie die beiden Schwestern aus Kerkrade, die in meinen Träumen noch manchmal im Chor über meine einst so langen Wimpern sagten: »Mein Goooott! Waaas fir Wiiiimpern, Maaann!« Häufiger, seit ich die Wimpern zu verlieren begonnen hatte wie ein Weihnachtsbaum seine Nadeln, wenn es auf Dreikönige zugeht. Auch bei mir hatte sich die Zeit keineswegs als zahnlos erwiesen; sie hatte sie lediglich gewechselt.)

»Ich komm wegen dem Lasttaxi.« Ich deutete mit dem Daumen über meine Schulter. »Es ist nämlich so . . . Ich zieh morgen um, verstehst du.«

Umziehen. Ich versuchte, die Bedeutung des Wortes zu mir durchdringen zu lassen.

»O, aber wir transportieren schon eine ganze Weile nichts mehr«, sagte sie mit der milden Entrüstung, die zu diesem Typ paßt. »Mein Freund und ich wollen im nächsten Sommer mit dem Ford Transit 'ne Tour durch Europa machen. Vielleicht sogar bis in die Türkei, und er hat schon vierzigtausend drauf. Das heißt . . . ähm . . . du verstehst . . . es ist nicht mehr die neueste Mühle, und wir können froh sein, wenn wir's schaffen, mein Freund und ich. Hin und zurück, meine ich.«

»Kann ich mal mit deinem Freund sprechen?«

Widerwillig führte mich das Mädchen den langen Flur entlang zu ihrem Zimmer, das zum Garten hinaus lag. Patchouli war vom Modell Ente; ihre nackten Plattfüße patschten über die Fliesen, und als Gegengewicht zu ihrem schweren Busen streckte sie den Hintern raus. Einzig und allein Naturgesetzen gehorchend und nicht etwa infolge einer irgendwie gearteten Koketterie, bewegten sich die Pobacken unter dem dünnen Stoff eines zweifellos selbstgebatikten Rocks auf und nieder.

Der Ex-Amateurspediteur saß im Lotussitz da und löffelte einen Teller Ratatouille leer, wobei er zwischen Knien und Bart ein kompliziertes Gespinst aus Käsefäden spann. Er entpuppte sich als schüchterner Junge, freundlich, aber offensichtlich unter Patchoulis Fuchtel stehend. Als einer, der weiß, was er will, bequatschte ich ihn so lange, bis er trotz ihrer Proteste nachgab und sie mit einem Buch englisch-türkischer Redensarten wütend hinter einen Bambusvorhang abzog, der giftig weiterraschelte, bis ich wieder ging.

Am nächsten Morgen fuhr der Lieferwagen bereits um neun Uhr vor.

Transporte? 080-776677!

Der Tag, der offensichtlich nicht daran dachte, sich meinem Gemütszustand anzupassen, machte sein strahlendes Entree in einem unverwüstbaren Blau. Stürmisches Wetter mit Windstärke acht als Antwort auf eine Seelenkrise, so etwas gab es nur im neunzehnten Jahrhundert. Der gelbe Ford harmonierte mit jenem ersten Juni, ich nicht.

Es hupte. Ich hatte mein Zimmer erst zur Hälfte auseinandergenommen. Mit Thjum brauchte ich gar nicht erst zu rechnen, der lag noch im Bett und schlief seinen Rausch vom Vorabend aus. Ihm hatte sein Vater erlaubt, etwas länger zu bleiben – sofern er bereit war, seiner Schwester beim Renovieren des Hauses zu helfen, das wir so schlecht in Schuß gehalten hatten.

Mit Hilfe des Gelegenheitsmöbelspediteurs begann ich planlos, meine Sachen einzuladen. Viel war es nicht. Ein Schreibtisch, ein kleiner Tisch, zwei Peddigrohrstühle, die ich eines Nachts von der Terrasse der *Keizerskroon* gestohlen hatte (seitdem lagen die Möbel da an der Kette), ein kleiner Bücherschrank, ein paar verlauste Grünpflanzen, drei einzelne Matratzen, die quer nebeneinandergelegt ein Mehrpersonenbett abgaben für Orgien, die nie stattgefunden hatten. Pappkartons mit Büchern und Gläsern und Geschirr, Müllsäcke, vollgestopft mit Bettüchern, Decken, Kleidern, Vorhängen . . . und dann noch ein paar Holzregale, die in abgebautem Zustand nach nichts mehr aussahen. Den Einkaufswagen vom Supermarkt, ungefragt als Dauerleihgabe mitgenommen, um den Untergang des Mittelstands in Hengstdal zu rächen, ließ ich stehen. Ich hatte ein Archiv meiner verschiedenen Vorlesungsskripten darin anlegen wollen: praktisch heranzuziehen beim Lernen, wenn man etwas suchen wollte . . . Von mir aus konnte der Einkaufswagen zum *Centro* zurückgebracht werden. Die Käsehändler aus der Gegend wählten allesamt die rechtsliberale VVD, denn das hatte was, so ein Plakat im Schaufenster. Daß Wiegel sie verschaukelte, wo er nur konnte, nahmen sie in Kauf. Van Riels Lieblingsgericht war Erbsensuppe, »o ja, gewiß« – es hatte in *De Tijd* gestanden –, und die Krämer lieferten dafür die besten Schälerbsen. Geschäft ist Geschäft.

Vom gesamten Hausrat hatte mein Schreibtisch am wenigsten leiden müssen. Es gab keinen Ort auf der Welt, nach dem ich mich stärker sehnte als eine Schreibunterlage, auf die ich meine Ellbogen aufstützen konnte, und trotzdem . . . so erreichbar dieser Ort auch war, ich kam selten dazu, Gebrauch davon zu machen. Es wurde höchste Zeit, mich zu fragen, woher diese Rastlosigkeit stammte, die mich daran hinderte, an diesem moosigen Rechteck zu sitzen . . .

Gerade als wir den Schreibtisch in den Wagen geschoben hatten, sahen wir aus der Richtung Berg en Dal, die Sonne im Rücken – ich mußte mir die Hand über die Augen halten, um mich zu vergewissern, ob ich richtig sah –, wie Katharina Katrinčak heranstolperte. Sie stieß sich mit dem linken Bein jedesmal zögernd, ein wenig schwankend ab, um dann den rechten Fuß mit einem schrecklichen Rums, der die Platten zum Kippen brachte, auf dem Gehweg aufzusetzen. Sie hatte ein Wahnsinnstempo drauf, es schien, als schöbe die Sonne sie vorwärts. Ihr Gang zu unserem Haus war nie etwas anderes als ein Fall.

»Bee'tje . . . Bee'tje kommt«, rief sie schon von weitem, atemlos. »Bee'tje und Srlijmen. Se komm' . . . se komm' . . . mit ein' Maschien!«

Um zu verhindern, daß sie den Berg en Dalseweg bis ins Stadtzentrum hinunterpurzelte, fing ich sie in meinen Armen auf und schob sie – nun selbst nach Atem japsend – vor mir her in Richtung Haustür.

Aus dem grellen Tageslicht kehrte ich jedesmal mit Flecken vor den Augen ins Haus zurück und prallte dann blind mit Toosje zusammen, die mir in die Füße lief. Je leerer das Zimmer wurde, desto schriller klang ihr Gekrähe und desto lauter ihr Gehumpel auf dem Parkettfußboden.

»Scht . . . bumm . . . Schscht . . . *bumm* . . . Schschschtt . . . *bum!* . . . Schschschschttt . . . BUMM!« So hatte Egbert Egberts mir einst sein erstes Rätsel aufgegeben. Während ich, drei oder vier Jahre alt, auf seinem Schoß saß, dröhnte er mir, crescendo, sein »Schscht . . . bumm!« ins Ohr. Es war eines der seltenen Male, daß er mir Angst und Abscheu einflößte. Darum, und weil ich die Lösung nicht wußte, fing ich an zu heulen. »Aber mein Lütter«, hatte er gesagt, »deswegen mußt du doch nicht brüllen. Wer wird denn schon Angst haben vor einem Flöh mit 'nem Holzbein?«

Eine Kuh war eine »Küh«, ein Floh ein »Flöh«. Sogar Egbert, der von allen Brüdern meines Vaters noch das reinste Niederländisch sprach, leitete unbesehen den Singular vom Plural ab.

»Scht . . . bumm! . . . Schscht . . . bumm! . . . Schschschtt . . . BUMM!« So führte Toosje den Tanz des Flohs mit dem Holzbein auf, crescendo. Aber es kamen noch mehr Geräusche . . . Hier sollte noch ein ganz anderes Ballett aufgeführt werden . . .

Es war eine Höllenmaschine, die Beertje und Tijmen anschleppten. Sie zeigte eine gewisse Verwandtschaft mit der Art von schlauchlosem Staubsauger, bei der Saugrohr und Stiel jeweils an einer Seite aus dem eiförmig eingekapselten Motor ragen. Wozu ihr Apparat auch dienen mochte, zum Saugen sicherlich nicht, denn anstatt auf einer Saugöffnung ruhte das Ding auf vier Riesenpuderquasten, die wie die Blätter eines vierblättrigen Kleeblatts am Stiel befestigt waren. Ein Elefant hätte sie als Pantoffeln verwenden können, so groß waren sie.

Das Paar hatte offenbar einiges vor, denn der Bankangestellte – der sich wohl einen Tag frei genommen hatte – steckte in Freizeitkleidung, und die Tänzerin trug ein Kopftuch über dem aufgesteckten Haar.

Ballerinas halten aus choreographischen Überlegungen oder wegen der Schwere ihrer Wimpern oder aus einem ganz anderen Grund die Augen meist keusch auf den Boden schräg vor sich gerichtet, auf die Bretter der Bühne – was Beertje nun aber über den Parkettfußboden wandern ließ, war ein sehr viel prosaischerer Blick. »Sag mal . . .« meinte sie schließlich, die Hand an der Maschine, »seid ihr hier Rollschuh gefahren oder was?«

Das Schätzchen! Sie dachte nie an etwas anderes als an Tanz, Show und Theater. Was konnte ich sonst schon tun, als vor einem solch ästhetischen Schicksal das Haupt zu neigen? Mir stiegen Tränen in die Augen, ich wußte nichts zu entgegnen . . . Rasch widmete ich mich wieder meinem Umzug und trug den letzten Stuhl zum Wagen.

Als ich ins Zimmer zurückkam, war die Maschine eingeschaltet. Die Puderquasten, um die herum Staub aufquoll, drehten sich nicht, sondern beschrieben – ruckartig – vollkommen synchron kleine Kreise. Ich sah jetzt deutlich einen Elefanten mit dicht nebeneinandergestellten Füßen auf einer Tonne, der in diesen Pantoffeln schlurfend ein Tänzchen machte . . . mit viel Gefühl für Rhythmus . . . Tijmen tröpfelte, während er sich rückwärts von seiner Verlobten entfernte, aus einem kleinen Kanister Teaköl auf das Parkett. Die Höllenmaschine war nichts anderes als ein Fußbodenbohner.

Ernst, voller Aufmerksamkeit, von Staubwolken umgeben . . . begann Beertje knatternd, spuckend, heulend ihren Tanz mit einem Elefanten auf Strümpfen. Jedenfalls . . . so sah ich es, denn ich weigerte mich standhaft, die Hausfrau in ihr zu sehen. Wenngleich Zweifel sich meldeten wie ein unbestimmter Juckreiz.

Jedesmal, wenn ich mit meinem Helfer ins Zimmer zurückkehrte, um das nächste Stück meines Hausrats zu holen, war Beertje ein Stück vorangekommen. Die Puderquasten mischten das Öl unter den Staub und malten ein endlos wirbelndes, spiralenförmiges Muster auf den Boden, eine wüste Dauerwelle . . . Es half alles nichts. Die Sonne schien gnadenlos herein, so daß die Kratzer, die von unserem Aufenthalt in dem

Haus zeugten, sich noch deutlicher abzeichneten, genauso wie die Spuren von Schlittschuhläufern auf blankgefegtem Eis. Auf einem großen Bogen Papier hätte sich unser Leben der vergangenen anderthalb Jahre durchdrücken können: »Krumme Touren«.

Schreiend, um die Bohnermaschine zu übertönen, hielt ich Beertje vor, daß eine Schleifmaschine zweckmäßiger gewesen wäre. Dann hätten sie die oberste Holzschicht mit den Kratzern abschleifen und danach das Parkett neu versiegeln können . . . Eine letzte Gelegenheit, ihr tief in die Augen zu schauen. Doch so überzeugend ich auch sprach, mit Vergleichen und so (»Verstehst du? Wie bei einem Einbrecher, der sich das Linienmuster von den Fingerspitzen raspeln läßt«) – ich fühlte die ganze Zeit nur den ungläubigen Blick ihres Bankangestellten auf mich gerichtet.

»Dreimal Bohnern mit diesem Ding, und du siehst keinen Kratzer mehr«, behauptete besagter Tijmen, der in seiner Bank manchmal mit einem feuchten Lappen und einem heißen Bügeleisen die zerknitterten Geldscheine bügeln durfte.

Als alles eingeladen war, kroch der Umzugsfritze hinter das Lenkrad, und ich setzte mich neben ihn. Die Sonne hatte aus dem Fahrerhaus einen kleinen Brutkasten gemacht. Durch die Hitze stieg eine Welle der Übelkeit in mir hoch. Ich hatte noch keine Zeit gefunden, mich um meinen Kater zu kümmern. Jetzt begann er dumpf in meinem Kopf zu dröhnen, hinter den Augen zu stechen, im Magen zu kneifen, meine Zunge auszuwringen . . . Plötzlich war er überall. Er drang in mir vor mit der Schnelligkeit und Zielsicherheit einer Hand, die in einen Handschuh schlüpft.

Ich kurbelte rasch das Fenster auf meiner Seite herunter. Der Typ neben mir drehte den Zündschlüssel herum.

»Wo soll's denn hingehen«, sagte er.

Verdammt . . . das war eine gute Frage. Wo sollte ich hin? Ich war mit meinem Krempel vom Haus in einen Umzugswagen umgezogen, womit Schwantjes Forderung, wenn auch in letzter Minute, einwandfrei erfüllt schien. Das hatte mich bereits so große Anstrengung gekostet, daß ich zur Frage nach meinem Ziel noch gar nicht gekommen war. Ja, mein Endziel war Amsterdam, wie bei Thjum, abgemachte Sache inzwischen, aber dort hatte ich ebensowenig eine Bleibe wie hier in Nimwegen. Vorläufig mußte ich sehen, daß ich irgendwoanders unterkam.

»Wohin fahren wir jetzt?« drängte der Umzugsstudent. »Hast du die Adresse parat?«

Meine Kehle war zu trocken für eine Antwort. Die Luft, die von draußen ins Fahrerhaus strömte, war zum Glück etwas kühler, aber ich kämpfte noch immer gegen meine Übelkeit an.

»Ist es in der Stadt oder irgendwo draußen?« versuchte er mir nochmals auf die Sprünge zu helfen. Er war ein geduldiger Mensch, das merkte man gleich. »Das solltest du mir vielleicht mal als erstes sagen.«

Ich hatte keinen blassen Schimmer. – Vielleicht aufgrund meiner Schlaffheit und Hilflosigkeit fiel mir Marike de Swart ein. Meine Übelkeit wurde von einer Welle der Rührung und Geilheit überspült. Niemand, abgesehen von meiner Mutter ganz zu Anfang, hatte mich so fix und fertig und wehrlos erlebt wie sie. Sie würde mich mit offenen Armen empfangen, diese gleichzeitig mit ihren Beinen um mich schlingen und mich nie mehr loslassen, nie mehr gehen lassen, nie mehr. Wenn ich bei ihr einzog, konnte es nicht nur für eine Weile sein; es würde mir auf keinen Fall gelingen, dort je wieder wegzukommen.

»Weißt du was . . .« sagte ich, »fahr erst einmal zum Keizer Karelplein. Das ist immer richtig. Das ist sozusagen die Place d'Étoile von Nimwegen. Kein Weg, kein Steg, keine Gasse, die nicht auf ihn mündet . . . Aber damit erzähl ich dir bestimmt nichts Neues.«

Ja, der Keizer Karelplein – dann konnte ich ihn immer noch in die Molenstraat fahren lassen, bis zur Ecke Ziekerstraat. Dort würde ich ihn warten lassen . . . in das Schuhgeschäft gehen . . . mir zwischen Kartons mit Seidenpapier einen Weg zur Treppe suchen . . . Im ersten Stock würde ich sie auf ihrem kleinen Balkon beim Sonnenbad antreffen . . .

»Marike-Pieke, sag ganz schnell ja oder nein.«

»Wozu?«

»Ja oder nein?«

»Du Spinner. Ich weiß doch nicht ... Na ja ... ähm ... also ja. Worum geht's?«

»Hier um die Ecke steht ein Wagen mit meinem gesamten Krempel. Ich zieh bei dir ein.«

Der Amateurmöbelspediteur warf mir von der Seite her einen so flüchtigen Blick zu, daß ich unmöglich hätte sagen können, was sein Gesicht nun genau ausdrückte: Amüsiertheit, Verwunderung, Verärgerung oder etwas ganz anderes.

»Gut«, sagte er. »Also Keizer Karelplein.« Er warf den Gang ein.

Der Ford Transit setzte sich rumpelnd in Bewegung. Möbel, die so lange ihren festen Platz gehabt hatten, rumsten jetzt gegeneinander.

Abgesehen von Toosje Katrinčak war niemand da, um mir zum Abschied zu winken. Thjum lag stinkend in der Falle und träumte von Amsterdam, während seine reizende Schwester direkt über seinem Kopf emsig die Spuren meines Aufenthalts beseitigte. Das Heulen des elektrischen Mops war selbst bei laufendem Automotor noch zu hören.

Erst als der Ford, der die ganze Zeit mit dem rechten Vorder- und Hinterrad auf dem Gehweg gestanden hatte, auf die Straße fuhr, fragte ich mich zum erstenmal, ob ich mich eigentlich genug angestrengt hatte, um Beertje für mich zu gewinnen. »Du Idiot, du hast nie einen Finger nach ihr ausgestreckt. Sie hat dir nie etwas angemerkt. Du bist dir zu schade gewesen, zu deiner Verliebtheit zu stehen.«

Wenn's darauf ankam, paßte ich. Nur einmal hatte ich bei einem Mädchen alles auf eine Karte gesetzt. Ansonsten hatte ich sie mir zufliegen lassen. Cally, Marike-Pieke, Irene, Leentge ... Nur bei Milli hatte ich mich voll ins Zeug gelegt. Und es hatte nichts genützt. Das Kind, das ich ihr hatte schenken wollen, hatte ich, nichtsahnend, mit einer anderen gezeugt.

Immer hatte ich mich vom Leben rückwärts anspringen lassen. Und beim einzigen Mal, als ich ihm direkt in die Augen sah, hatte es mir eine Ohrfeige gegeben. Anstatt ihm jedoch auch noch die andere Wange hinzuhalten, hatte ich mich geblendet und beschämt wieder abgewandt und war feige davongelaufen.

Ich sah, wie die Hände neben mir mit ausholenden Bewegungen das Lenkrad bedienten. Etwas kam in Gang. Ich bekam einen Schubs in den Rücken, spürte: wir fahren. Toosje winkte wie wild. Sie hinkte noch entschlossen nebenher, als wir bereits, langsam, fuhren. Anfangs kostete es sie wenig Mühe, mit dem Wagen Schritt zu halten, aber als wir beschleunigten, konnte sie nicht mehr stoppen. Ein lahmendes Zicklein auf der Flucht. Es war die unsichtbare Sträflingskugel, die sie mitzog, ob sie wollte oder nicht.

Der Umzugsfritze öffnete das Fenster auf seiner Seite und stellte den Spiegel ein, wodurch für einen Moment – schwenkend, flügelschlagend, in labilem Gleichgewicht – der historisch-materialistische Pegasus ins Bild rückte. Als sich die Hand zurückzog, war das geflügelte Pferd verschwunden.

Ich streckte den Kopf nach draußen und sah gerade noch, wie Toosje fiel. Sie rollte und rollte, und blieb dann liegen. Es war genauso traurig, wie ein ausgelassenes Kind fallen zu sehen. Aber sie rappelte sich schon wieder auf, um mir schwankend weiter nachzuwinken. Noch bevor ich sie aus dem Auge verlor, machte sie sich wieder auf ihren mühseligen Weg den Berg hinauf – in Richtung des Hauses, in dem ich gut anderthalb Jahre so glücklich gewesen war. Ich konnte mir nicht vorstellen, daß ich je dorthin zurückkehren würde.

An der Weggabelung hielten wir uns rechts und fuhren schon bald darauf an *De Keizerskroon* vorbei. Zum letztenmal rollte ich den Berg en Dalseweg hinunter, viel schneller, als ich es vom Fahrrad her gewöhnt war, und mit meinem gesamten Hab und Gut. Der frühe Sommertag erweckte alle möglichen unbestimmten Erwartungen, und für einen Moment war mir, als rollten wir Richtung Meer.

Die rote Fassade des Canisius-Kollegs . . . das *saloon*artige *Trianon* . . . der kleine Mariaplein . . . mit großer Geschwindigkeit fuhr ich an allem zum letztenmal vorbei. Am Ende des

Berg en Dalseweg standen die Ampeln auf Grün – und bevor ich wußte, wie mir geschah, bogen wir in den Oranjesingel ein.

Alles hat seine Bestimmung. Manche Dinge suchen sie unter großer Anstrengung im Höheren, andere überlassen sich willenlos den Elementen und den Gesetzen der Schwerkraft. Der Umzugswagen rollte zum Kreisel des Keizer Karelplein, wie der Deckel einer Zahnpastatube zum tiefsten Punkt des Waschbeckens rollt, wo er um das Abflußsieb kreiselt.

Wir drehten Runde um Runde um das Reiterstandbild Karls des Großen, das uns wie ein Magnet anzuziehen und festzuhalten schien. Zur Seite gedrückt von hupenden Autos, kamen wir dem sich aufbäumenden Kaiser immer näher – bis wir an der höher gelegenen Grünanlage klebten und unmöglich weiter zum Mittelpunkt hinuntergleiten konnten. Der Ford Transit durchfuhr eine ewigwährende Kurve.

»Du mußt dich jetzt entscheiden«, sagte mein Begleiter. »Ich kann hier nicht bis in alle Ewigkeit auf zwei Rädern im Kreis rumfahren.«

Recht hatte er. Aber ich konnte mich nicht entschließen, in welche der auf den Kreisel mündenden Straßen ich ihn einbiegen lassen sollte. Es waren so viele ... Außerdem hatte ich durch das lange Im-Kreis-Herumfahren mein Orientierungsvermögen völlig verloren. Mal schauen ... da war *De Vereeniging* ... dort die Banken ... das Theater ... und wieder *De Vereeniging* ...

»Ordne dich schon mal ein. Ich sag dir dann, wo du hin mußt.«

Langsam – unwillig, so schien es – löste sich der Ford Transit aus der Umarmung des Standbilds. Doch als wir uns im äußersten Kreis der Fahrzeuge befanden, hatte ich dem Umzugsmann noch immer keinen Wink gegeben. Zwischen den großen Bankgebäuden ging die Bisschop Hamerstraat ins Zentrum, wo sie schließlich zur Molenstraat wurde, die zu Marike führte ... Wir fuhren jetzt schon zum fünften oder sechsten Mal an der Rabo- und an der Arnij-Bank vorbei, ohne daß ich die Anweisung »Hier abbiegen« über die Lippen bekam. Es war, als ob mein Kater auch den faden Geschmack all jener Sonntagnachmittage in meinen Mund zurückbrachte: wenn die Geilheit gelöscht war, und ich bei Marike nur noch herumsaß, denn gleich wegzugehen, war nicht immer möglich ... Dann kratzte sie mit den Fingernägeln das angetrocknete Zeug von meinem Bauch. »Krümelkram« nannte sie die getrocknete Mischung dessen, was sie und ich abgesondert hatten.

»Ogottogott, waren die Kartoffeln heut aber wieder krümelig!«

Oder, wenn die Produktion des »Krümelkrams« ausgeblieben war und ich – nach dem Lecken – mit zwei Fingern ein störrisches Haar aus meiner Mundhöhle zu angeln versuchte, dann sagte sie mit ihrer piepsigsten Stimme: »Ach ...! hat freches Vögelchen wieder Nestchen im Hälschen 'baut?«

Nein, um Himmels willen nein – je länger ich darüber nachdachte: Mit Marike-Pieke zusammenzuwohnen war ein Ding der Unmöglichkeit.

Links von uns fuhr ein deutscher Lastwagen, der blinkte. Der Fahrer sah uns offenbar zögern, denn er zog ungeduldig vorbei und schnitt den Ford Transit, wodurch wir gezwungen waren, denselben Weg einzuschlagen. Mein Umzugsfritze begann bereits zu bremsen, aber ich sagte schnell: »Ja, fahr hier rein. Immer hinter diesem Preußen her. Das ist der Graafseweg. Fahr erst mal aus der Stadt raus ... fahr Richtung Grave. Unterwegs überleg ich mir was.«

Mein Weggefährte begann sichtlich nervös zu werden. Eine Fracht mit derart undeutlichem Bestimmungsort hatte er noch nie befördert. Doch so bedenklich seine Miene auch war, er protestierte nicht und lenkte, dem Graafseweg folgend, seinen Wagen durch den westlichen Teil Nimwegens. Als wir den Maas-Waal-Kanal überquert hatten, lag die Stadt hinter uns.

Wir fuhren auf die Maas-Brücke bei Grave. Die Sonne glitzerte im Wasser und zeigte, daß der Fluß tatsächlich strömte. Am anderen Ufer sagte mein freundlicher Begleiter: »Gleich kommt eine Gabelung. Du sagst mir also besser jetzt schon, wo du hinwillst: Richtung Venray oder Richtung Den Bosch.«

Natürlich, in Den Bosch wohnte Flix! In dem großen Haus

hatte er zweifellos irgendwo ein freies Eckchen, in dem ich Latein und den Stoff für die Zwischenprüfung büffeln konnte. Es war nur für eine begrenzte Zahl von Wochen, höchstens anderthalb Monate.

Die Sonne stand direkt vor uns, wie das Fernlicht eines entgegenkommenden Fahrzeugs, und da war schon die Gabelung.

»Bitte nach Den Bosch«, sagte ich. »Tut mir leid, daß ich mich bisher nicht klar geäußert habe. Ich bin heute nicht ganz da. Gestern abend hab ich 'ne Abschiedsfete gehabt. Du weißt, wie das ist.«

Der Umzugsstudent nickte und lächelte erleichtert. »Hab ich mir schon gedacht«, brummelte er.

Bei der Kreuzung mit der Hauptstraße nach Eindhoven stand, strotzend vor Vergangenheit, die weiße Mühle im Sonnenschein. Sie war sogar noch weißer als in meiner Erinnerung, geradezu blendend in dieser Junisonne. Wenn ich vor Jahren aus Geldmangel manchmal von Nimwegen nach Geldrop trampte, war sie immer die erste Bake auf dem Weg in den Heimathafen. Häufig wurde ich an dieser Kreuzung von Autofahrern abgesetzt, die geradeaus weiterfuhren nach Den Bosch. Für mich war es der direktere Weg, über Uden und Sint-Oedenrode nach Eindhoven zu fahren. Die weiße Mühle, selbst ein Abbild der Kreuzung, war stets die stille Zeugin meiner Erfolge und Niederlagen als Tramper gewesen. Manchmal hatte sie mich aussteigen und, nach dem Hochstrecken des Daumens, sofort wieder einsteigen sehen. Häufiger jedoch hatte sie mich auf der gegenüberliegenden Seite im Regen gesehen, wo sich meine Chance, mitgenommen zu werden, mit zunehmender Nässe von Viertelstunde zu Viertelstunde verringerte. »Vorbeitreibende Eilande häuslichen Glücks« nannte ich die Autos, wenn mich das Elend langsam überkam; die hin und her gehenden Scheibenwischer machten abweisende Bewegungen und dadurch die Intimität da drinnen noch größer. Die Mühle hatte auch miterlebt, wie ich von einem Motorradpolizisten der Reichspolizei einen Strafzettel bekam, weil man dort nicht per Anhalter fahren darf. Ohne diesen weißen Koloß wäre es eine trostlose Straßenkreuzung gewesen, die mir die Lust, den Daumen hochzustrecken, für immer hätte nehmen können.

Beim Passieren der Mühle glaubte ich zu spüren, daß mein Kater sich langsam verzog. Ich hatte genau jene Porosität des Gemüts, die einen leicht wehmütig und sentimental stimmt. Feuchte Augen, nasse Wimpern, die die Sicht verzerren.

Die Mühle mit ihren wegweisenden, fast schon winkenden Flügeln . . . Sie zeigte nach oben und zeigte nach unten, zeigte dorthin, wo ich herkam, und dorthin, wo ich hinmußte. Ein Glücksrad, allerdings ein stillstehendes.

Schon lag sie hinter uns, weiß in der Sonne, die dunklen Flügel scharf sich gegen den blauen Himmel abzeichnend. Wir befanden uns endgültig auf dem Weg nach Den Bosch.

Kurz darauf überholte uns ein staubiger schwarzer Porsche. Obwohl die getönten Scheiben die Sicht auf den Fahrer nahmen, wußte ich gerade dadurch, daß es August Schwantje sein mußte, der zweifellos zum *Big-B-Oss* in Oss fuhr. Er blieb auf der linken Seite, überholte alle vor uns fahrenden Fahrzeuge und war im Nu verschwunden.

Die Sonne stand auf der Seite des Braven-Kanals, an dem Flix' Haus lag: die einzige abblätternde Fassade zwischen all den viel zu ostentativ restaurierten Häusern. Etwa in Höhe seines Grundstücks wies die Häuserreihe eine Krümmung auf, die den gepflasterten Teil zwischen der Fluchtlinie und dem Ufer immer mehr verschmälerte, bis die Straße schließlich, nur noch so breit wie eine Gasse, leicht ansteigend eine Zugbrükke am Ende der Gracht erreichte, wo diese in ein größeres Gewässer mündete.

Das Haus stand da wie ein schwarz gewordener Zahn in einem übertrieben makellosen, hauptsächlich aus Jacketkronen bestehenden Gebiß. Flix hatte es fünf Jahre zuvor für 'nen Appel und ein Ei (28.500 Gulden) von einem Klempner erworben, der sich in der Bredouille befand. Dessen Sohn,

Buchhalter bei »Piet d'n Dief«, Piet der Dieb, wie echte Den Boscher die Lebensmittelkette De Gruyter nennen, war wegen einer finanziellen Leckage festgenommen, eingesperrt und gezwungen worden, für den Fehlbetrag aufzukommen. Der Vater verkaufte »sein letztes Hemd«, um die gigantische Summe aufzubringen.

Flix hatte den Betrüger in der Den Boscher Haftanstalt kennengelernt, wo er selbst die letzten Wochen seiner Gefängnisstrafe wegen Schmuggels absaß. Zwischen den vier Wänden einer Zelle hatte Flix seinen einundzwanzigsten Geburtstag gefeiert – was bedeutete, daß er bei seiner Entlassung um fünfundzwanzigtausend Gulden reicher sein würde: die Summe, die die Lebensversicherung seines verstorbenen Vaters am Tage ihrer Volljährigkeit an die Kinder auszahlte. Er wollte von diesem »Blutgeld«, das Berntjes Tod ihm beschert hatte, nicht »den Bonvivant raushängen«. Ein bemerkenswerter Ausspruch eines Menschen, der im allgemeinen so wenig moralische Skrupel kannte ... Tante Maya, erfreut, einen gutsituierten Sohn zu haben, legte noch dreitausendfünfhundert Gulden drauf, und so konnte Flix gegen Bares das Haus des Klempners übernehmen.

Wie sich herausstellte, hatte das Anwesen einen schlechten Ruf. Bei meiner ersten Besichtigung, im Sommer '71, machte Flix mich auf Einschußlöcher in einer Tür aufmerksam und zeigte mir dann, was er auf dem geräumigen Dachboden entdeckt hatte. Zig Meter lange Kaninchenställe, in denen noch Stroh und Kötel lagen. Der süßliche Gestank würde sich nicht so schnell vertreiben lassen ... In merkwürdigem Kontrast zur Oberfläche der Käfige befand sich in der Mitte des Raums eine Art Kinderzimmer von der Größe eines Kleiderschranks. Es war aus alten Türen zusammengebaut, die innen mit einer Märchentapete beklebt waren: Bilder in zarten Pastelltönen ... Die »Kemenate«, die sich da wie eine kleine Säule erhob, zu kurz, um das Dach stützen zu können, war exakt so tief wie das Kinderbett, das darin stand. Flix zeigte mir, daß das Gestell noch mit der Säge gekürzt worden sein mußte ...

»Wie versteckt man ein uneheliches Kind«, sagte er. »Aber dann das hier.« Er ging zu einer kleinen Schüssel oder Wanne, die zur Hälfte mit trübem Wasser gefüllt war. »Hab ich auch noch gefunden.« Er hob ein Stück einer Dachpfanne vom Boden auf. »Beug dich doch mal spaßeshalber darüber . . .«

Ich stützte die Hände auf meine Oberschenkel und schnupperte. Ich roch nichts. Aber nachdem Flix den Scherben ins Wasser hatte fallen lassen, stieg ein unbeschreiblicher Verwesungsgeruch auf. Es war wie ein Schlag ins Gesicht, und ich ging sofort drei Schritte zurück.

»Sag nichts«, sagte Flix. »Ich dachte, ich kann die Wanne zum Zementanrühren verwenden. Also goß ich etwas Wasser hinein, damit das angebackene Zeugs aufweichen konnte. Nach einem Tag und einer Nacht hatte ich die Bescherung. Wollen wir's mal dabei belassen, daß da Reste von geschlachteten Kaninchen drin gelegen haben. Macht die Sache einfacher.«

In den letzten Jahren hatte die Stadt damit begonnen, das Viertel zu restaurieren. Jeder Stein wurde ersetzt, nur die Form der Gebäude blieb erhalten. Linien, die in der Luft hingen und rasch mit neuen Backsteinen gefüllt wurden . . . In den restaurierten Häusern ließen sich Ärzte und Notare nieder. Die Stadtverwaltung war bereit, einiges springen zu lassen, um den ehemaligen Knastbruder auszukaufen. Nicht nur, daß sein Haus einen Schandfleck im Straßenzug darstellte, ihm war in seiner Unberechenbarkeit auch noch zuzutrauen, daß er es an ein ganzes Regiment Türken vermietete. In dem Fall würde der Wert der Häuser, die noch keinen Käufer gefunden hatten, sofort in den Keller gehen. Die Summe, die Flix beim letzten Mal angeboten worden war, lag bei 120.000 Gulden. Wenn er bereit wäre, sich hier zu verkrümeln, dann bekäme er von der Stadt eine Wohnung im Neubauviertel De Kruiskamp und ein neues Auto, um schnell in die Innenstadt zu gelangen. Auch wenn Flix dabei blieb, nicht mit »Blutgeld« spekulieren zu wollen, hatte ich ihn doch in Verdacht, seine Macht voll auszukosten.

Das Anwesen am Braven-Kanal war zu einer Auffangstelle für von zu Hause weggelaufene Jungen im Alter zwischen zwölf und sechzehn geworden. Ab und an fand hier auch ein Mädchen Unterschlupf – wie zum Beispiel Judith, die Geige und Theater spielte. Sie war die Erfinderin des »kurzen« und »langen« Tees, was sie auf der Bühne erläuterte, indem sie Tee aus einer Kanne erst dicht über einer Tasse und danach aus anderthalb Meter Höhe goß. Kurzer und langer Tee. Das Ausgießen beendete sie, indem sie den Strahl dicht unter der Tülle mit einer Schere durchschnitt, wie sie es sich von Zirkusclowns abgeschaut hatte. Die Jungs konsumierten nicht nur alle möglichen Betäubungsmittel und Stimulanzien, sondern bewegten sich zum größten Teil auch außerhalb der Legalität. Zwei von ihnen betrieben eine Art Hasch- und Kokainfähre auf dem IJsselmeer, ohne sich über den Hubschrauber Sorgen zu machen, der von Zeit zu Zeit wie eine Möwe über dem alten Boot hing.

Die Polizei patrouillierte regelmäßig vor Flix' Haus.

Ich kam nicht viel weiter als bis zur Eingangstür. Flix empfing mich ziemlich knurrig im hohen, kühlen Flur. Er blieb auf der Schwelle zum Atelier stehen; hinter seinem Rücken gähnte der Betonmischer, den er von einer Baustelle gestohlen hatte. Ganz am Ende des Flurs – wo ein Küchenfenster Aussicht auf das nächste Gewässer bot, so tief war das Anwesen – lungerte ein Junge herum. Er hatte seine Haare zu den dünnsten Zöpfen geflochten, die ich je gesehen hatte. Sein Gesicht konnte ich nicht richtig erkennen. Zwischendurch schaute er immer wieder in den Flur.

Flix hatte eigentlich keine Zeit für mich: Sein Zement wurde hart. Nein, er könne mich nicht unterbringen. Kein Platz.

»Und der Dachboden?« fragte ich. »Ist der auch vergeben?«

»Wir sind dabei, das Dach zu reparieren. Befehl von oben ... Der Spitzboden steht voll mit Material. Du müßtest praktisch unter freiem Himmel schlafen ... und es ist nicht gesagt, daß das Wetter so bleibt.«

Flix packte mich nicht wie sonst jovial an den Schultern: Er hatte die Hände in den Taschen eines gelben Kittels vergraben. Gab er sich so kurz, weil ich mein Versprechen, ihm bei seiner Abschlußarbeit zu helfen, nicht gehalten hatte? Mir war der Sinn nicht recht danach gestanden, nach seinem »Realismus« . . .

»Hast du eigentlich mal was gelesen von *Koot träumt sich einen runter?*« fragte er plötzlich.

»Ja, so was steht jede Woche in der *Haagse Post*. Wieso?«

»Ich hab jemand von der Akademie ein Stück von meiner Arbeit zum Lesen gegeben, und der hat mich einen Epigonen oder so . . . einen Epigonen von *Koot träumt sich einen runter* genannt. Bezog sich auf den Stil. Ich hab es erst als Kompliment aufgefaßt, aber dann hab ich diesen *Koot träumt sich einen runter* mal gelesen . . . Na ja, ich bin nun mal kein Schriftsteller.«

Flix hatte trotz der Wärme und Trockenheit Probleme mit seinem Asthma. Es mußte von seiner Nervosität kommen. Auf den Kittel waren Taschen aufgenäht, und die rechte hatte unten zerschlissene Stellen, durch die Flix beim Sprechen mal einen, mal zwei oder sogar drei Finger streckte. Ein gräßlicher Anblick, diese von seinem Körper isolierten nackten Gliedmaßen. Sie waren geschwollen und steif und genauso nackt und rosa wie die Zitzen eines Kuheuters. Obszön, wie sie sich unaufhörlich zurückzogen, um dann wieder von neuem durch die Fäden des Stoffs zu dringen. Da war ein zwingender Rhythmus in diesen Bewegungen, die sich ganz wider seinen Willen vollzogen: ein Finger, zwei Finger, drei . . . und das Ganze wieder von vorn. Die Gliedmaßen schienen nicht miteinander verbunden, sie operierten unabhängig voneinander. Einer, zwei, drei . . . Es war, als gäbe er mir ungeachtet dessen, was seine Augen und seine Stimme ausdrückten, Zeichen . . . Zeichen eines geheimen Einvernehmens . . . Es hörte nicht auf. Ich begann zu schwitzen, konnte meine Augen aber nicht davon lösen.

»Weißt du schon, was du nach deinem Examen machen willst?« fragte ich aufs Geratewohl.

Flix' Gesicht bewölkte sich.

»Na ja ... vorausgesetzt, sie akzeptieren deine Abschlußarbeit.«

»Da seh ich schwarz. Jedenfalls hab ich mich bei *Ateliers '63* in Haarlem beworben. Ich warte noch auf den Bescheid. – Aber ... ähm ... ich hoffe, du bist mir nicht böse: Ich muß zurück zu meinen Schablonen. Ich bin gerade dabei, meine Papiere in Beton zu gießen.«

Als ich aus dem Dämmerlicht und der Kühle des Flurs in die pralle Sonne hinaustrat, schoß mir der Schmerz erneut in den Kopf. Mein Kater blieb wachsam. Während ich zum am Kanalufer abgestellten Ford Transit hinüberging, spürte ich die Wärme der Klinker durch meine Fußsohlen dringen.

Der Umzugsfritze saß bei offener Tür da und rauchte eine Selbstgedrehte. Als ich näher kam, sprang er heraus und ging zur Rückseite des Wagens – offensichtlich, um die Klappe zu öffnen, damit wir mit dem Ausladen beginnen konnten.

»Laß nur«, rief ich.

Er blieb stehen und sah mich fragend an.

»Fehlanzeige«, sagte ich, als ich vor ihm stand. »Die können mich hier nicht gebrauchen.«

Wir stiegen wieder in den Wagen.

»Und jetzt?« fragte der Junge. Die Verzweiflung hatte nun erst richtig zugeschlagen.

»Dann eben zurück nach Nimwegen«, sagte ich. »Es bleibt mir nichts anderes übrig.«

»Ja, aber ...« Mein Gefährte zog ein bedenkliches Gesicht.

»Oder weißt du was Besseres?« fragte ich.

»Ähm, nein. Aber ...«

»O, du kriegst schon, was dir zusteht, keine Bange. Ich bezahle alles, bis auf den letzten Cent. Ganz bestimmt. Und selbst wenn du mich wieder dort hinbringst, wo du mich abgeholt hast – du kannst mir einen vollen Umzug in Rechnung stellen. Da biste baff, was?«

»Willst du damit sagen, du mußt zur selben Adresse zurück?«

»Wohin sonst?«

Der Gedanke, merkte ich, war mir nicht einmal unangenehm. Zu dem Zeitpunkt, zu dem ich dort ankäme, würde Thjum wohl schon auf sein. Ich sah ihn an dem kleinen Holztisch frühstücken, den wir bei schönem Wetter immer in den Garten schleppten ... Er hatte ihn ganz hinten hingestellt, möglichst weit vom Haus entfernt, um möglichst wenig von Beertjes Putzmaschine gestört zu werden ... Da saß er im vollen Sonnenschein, *de Volkskrant* auf dem Schoß ... schnitt Eiweiß um das Dotter herum weg, das er gleich darauf ganz in den Mund stecken würde ... Es gab noch Erdbeeren, sah ich, vom Vortag. Wie rot sie leuchteten auf dem weißen Teller! Thjum schnitt ein Stück von dem Roastbeef ab, das seine Stiefmutter vorgestern gebracht hatte. Verwöhntes Kerlchen. In ihm steckte noch immer etwas von dem Internatszögling, der sich in den Ferien daheim weigerte, irgend etwas anderes zum Frühstück zu sich zu nehmen als eine Banane und eine Flasche Cola.

Auf einem Stövchen im Gras, etwas schief, stand die weiße Kanne, aus der er sich von Zeit zu Zeit eingoß. Ich konnte den Kaffee riechen. Dort, an diesem Tisch hinten im verwilderten Garten – mit einem von Zeit zu Zeit aus der Zeitung vorlesenden Thjum –, mußte es fast der Himmel auf Erden sein, einen Kater zu haben.

Ja, ich sollte am besten zurückfahren. Thjum würde schon einen Rat wissen. Gemeinsam würde uns schon etwas einfallen.

Aber als wir uns, jetzt von der anderen Seite, Oss (Synonym für August Schwantje) wieder näherten, verlor die Frühstücksvision an Kraft, und Zweifel regten sich. Ich bat den Umzugsstudent, diese Ausfahrt zu nehmen und in die kleine Stadt hineinzufahren. Es stellte sich heraus, daß er den *Big-B-Oss*-Betrieb kannte, er fuhr schnurstracks dorthin. Er hatte dort mal in den Ferien gearbeitet. Irgendwas mit Etiketten auf Knackwurstgläsern ... Er wurde etwas mitteilsamer. »Widerlich, sag ich dir. *Ähbäh!* Seitdem eß ich das Zeug nicht mehr. Da kannst du dir noch besser Gulasch aus Katzenfutter machen. Und der Direktor, dieser Schwantje, das ist vielleicht einer ... August-Fraulust nannten wir ihn. Der war hinter seinen Ferienaushilfen her. Den weiblichen, wie gesagt.«

Wir hielten vor einem Schlagbaum. Ich öffnete die Tür, sagte, ich sei gleich wieder zurück, und sprang hinaus.

»Mijnheer Schwantje ist nicht in seinem Zimmer, also muß er irgendwo in der Fabrik sein«, sagte der Pförtner, der offenbar allein schon die Nennung des Namens seines Direktors als Ausweis betrachtete, um mich einzulassen.

Ich betrat einen weißgefliesten Raum: das größte Badezimmer, in das ich je einen Fuß gesetzt hatte. War es bei Flix auf dem Flur kühl gewesen, so herrschte hier richtige Kälte. Wenige Grad Celsius kalte Luft wurde aus riesigen Gitterschächten in den Raum geblasen. Eine Wohltat für meinen verkaterten Leib. Aus großen Gefrierfächern, deren tresordicke Türen offenstanden, quoll eine noch intensivere Kälte wie heißer Dampf heraus.

Überall die weißen Kadaver von Schweinen, mit und ohne Kopf, an Haken baumelnd oder ungelenk ausgestreckt auf Hauklötzen wie auf zu kleinen Sofas.

Verirrte Köpfe mit einem ergebenen Ausdruck in den Augen ...

Männer mit weißen Schürzen, blutbefleckt – Kadaver hakkend, schneidend oder schleppend, krumm, mit einem Tuch im Nacken.

Was war der Unterschied zwischen dem toten Körper eines Schweins und dem eines Menschen? Jede Diskussion über Unterschiede aufgrund der Seele oder des Verstandes war sinnlos: Der Tod machte sie gleich. Tot trug der Mensch keine größere Würde zur Schau als das tote Schwein. Auch ein Mensch blieb liegen, wie es dem Tod beliebte, ihn niederzustrecken: von der keuschesten bis zur schamlosesten Haltung. Angezogen, nackt, sitzend, liegend, hängend ... Der große Unterschied lag in der Brauchbarkeit der Leiche. Der tote Menschenkörper war etwas Überflüssiges, dessen sich die Angehörigen folglich auch so schnell wie möglich zu entledigen suchten. Organisationen, so groß wie die von Schwantje, befaßten sich damit, entseelte Menschenkörper verschwinden zu lassen. Wohingegen der tote Leib eines Schweines etwas Nützliches war. Er war eßbar – auch wenn *Big-B-Oss* ihn ungenießbar machte.

Ganz hinten fand ich den Direktor im Gespräch mit seinem ältesten Sohn. Gidi, zu einer Art Edelschlachter ausgebildet, verkaufte Schweine für einen anderen Betrieb. In der Familie Schwantje hielt man es für »witzig«, daß er beim *Big-B-Oss* einen möglichst hohen Preis für seine kostbaren Leichen herauszuschlagen versuchte: eine äußerste originelle Art und Weise, wie ein Sohn seinem Vater ein Schnippchen schlagen konnte. So warfen sie sich, Freud zitierend, gegenseitig auch gern vor die Füße, daß das Schlachten im Grunde »sublimierter Sadismus« sei. Für die gräßliche Symbolik der Übertragung des toten Schweins hatten sie kein Auge. Gideon nicht, und nicht einmal August.

Vater und Sohn standen ungerührt mitten im Hackfleisch, in Fontänen von Splittern, die von Zeit zu Zeit aus zerschmetterten Knochen in die Höhe spritzten. Dampf aus Kesseln, in denen Innereien zu Mus verkocht wurden, hüllte sie in einen feinen Nebel.

August war erstaunt, mich im Herzstück seines Betriebes zu sehen, nahm es aber nicht unfreundlich auf. Er kam mir mit ausgestreckter Hand entgegen. »So, Albert, du kommst uns also noch alle Fünfe zum Abschied drücken. Nett von dir.«

Unwillkürlich drückte ich ihm die Hand.

»Aber ist das nicht ein kleiner Umweg, Albert, von Nimwegen über Oss nach Amsterdam zu fahren?«

Dieses ironische Lächeln hinter dem silberschwarzen Bart!

»Ähm . . . ich komme gerade aus Den Bosch. Ich dachte, ich kann da für eine Weile bei einem Freund von mir unterschlüpfen. Felix Boezaardt. Sie kennen ihn bestimmt noch aus Geldrop. Von seinem Vater haben Sie früher Tauben gekauft . . .«

»Jaja, dieser Homo«, bestätigte Schwantje knapp und kalt.

». . . aber sein Dach ist abgedeckt, und da wollte ich Sie

fragen: Kann ich nicht noch eine Woche oder so im Berg en Dalseweg bleiben?«

»Kommt nicht in Frage. Beertje ist schon am Saubermachen und Einrichten. Ich bin heute morgen dagewesen. Sie sind mit einem Feuereifer bei der Sache, die beiden. Man muß ihnen ihr Glück gönnen. Abgemacht ist abgemacht, Albert. Ich habe dich rechtzeitig gewarnt.«

Ich trug noch ein paar Argumente vor, um ihm seine Ungerechtigkeit vor Augen zu halten, wobei ich selbst immer ungerechter wurde. Als es Schwantje zu bunt wurde, rief er ein paar seiner Helfer herbei.

»Bert, Toon . . .! Zeigt diesem jungen Mann doch mal den Ausgang. Er ist hier einfach so reinspaziert und findet jetzt nicht mehr den Weg zurück. Bringt ihn sicherheitshalber bis vors Tor. Dann findet er sich schon wieder zurecht.«

»Ich kapier nicht, daß ihr euch zu so etwas hergebt«, schrie ich die beiden Schlachter an. »Werdet ihr auch als Rausschmeißer bezahlt?«

Aber da hatten mich die beiden Arbeiter, froh um die Abwechslung und stets erpicht, es ihrem Boß recht zu machen, schon unter den Achseln gepackt. Sie hoben mich hoch, so daß ich nur noch mit den Schuhspitzen den Boden berührte. Mir wurde übel von dem Leichengeruch, den sie an sich hatten. Ein Geruch nach rohem Fleisch, der mir den Magen umdrehte . . .

»Wißt ihr eigentlich . . . was er verdient?« rief ich noch. »Und das auf . . . eurem Rücken. Er hat einen Swimmingpool. Und ihr . . . ihr habt . . . eine Kaffeemaschine.«

»Interessiert mich nicht, du alter Sprücheklopfer. Wir werden hier alle anständig nach Leistung bezahlt. Und Mijnheer Schwantje ist noch lange nicht der Übelste . . . Wir haben wenigstens noch unseren Job! Das kann nicht jeder sagen.«

Während sie mich aus dem Leichenhaus trugen, knallte ich ihnen noch was aus meiner marxistischen Zeit um die Ohren, aber die Schlachter gaben mir schlagfertig Kontra wie wahre zufriedene Sklaven.

Erst hinter dem Schlagbaum stand ich wieder mit der ganzen Sohle auf der Erde. Die Schlachter zogen lachend ab. Auf meinen nackten Armen hatten sich ihre Finger in rotbraunen Ringen aus Schweineblut abgedrückt. Blutspuren liefen auch über mein weißes Tennisshirt.

So stieg ich eben wieder ins Fahrerhaus des Fords. Nach der *Big-B-Oss*-Kälte war mir, als kletterte ich in einen Backofen. Der Kopfschmerz schloß sich wie eine Klammer um meine Schläfen.

»Bist du verletzt?« fragte mein Umzugsmann, der gesehen hatte, wie man mich vor die Tür gesetzt hatte. Er war erschrocken. »Du hast ja überall Blut.«

»Altes Leichenblut. Nicht von mir.«

»Was erreicht bei August-Fraulust?«

»Nein, nichts. Fahr aber trotzdem nach Nimwegen zurück. Mir wird schon was einfallen. Beim Fahren kommen mir die besten Ideen. Das hat sich ja gezeigt.«

Und tatsächlich: Als reglos winkend und wegweisend (genauso wie manche Standbilder in ihrer eingefrorenen Bewegung passiv und zugleich aktiv sein können) die Mühle wieder auftauchte, da wußte ich es plötzlich. Ihre Flügel waren gebieterisch wie die Arme eines Verkehrspolizisten.

»Bieg mal an dieser Kreuzung ab. Ähm . . . nach Eindhoven.«

Ich sagte es eine Spur zu lässig. Der Umzugsstudent reagierte nicht sofort und machte ein alles andere als freundliches Gesicht. Der ängstliche, nachgiebige Bursche, der unter Patchoulis Pantoffel stand, entpuppte sich jetzt als Mensch mit sehr authentischen Gefühlen und Reaktionen. Ich fand meinen Umzugsmann immer netter. Er hielt an der roten Ampel und rief, die Hände beschwörend über dem Lenkrad: »Okay, okay . . . Wie du wünschst. Ich fahr dich nach Eindhoven. Kein Problem. Und dann nach Breda . . . und wenn's sein muß, auch nach Maastricht. Oder noch ein Stück weiter . . . über die Grenze, von mir aus. Nach Brüssel, Paris, Wien . . . wohin du willst. Athen, Hongkong, zum Mond, zur Milchstraße . . . zu jedem schwarzen Loch, in dem der Herr zu verschwinden wünscht. Der Kunde ist König. Eine Zeitreise zurück? Ins Mittelalter? Ich fahre schneller als das Licht . . . Alles, wie du es wünschst.«

Grün. Wütend – mit dem ganzen Oberkörper, wie ein Trukker – riß der Junge das Lenkrad herum. Wir fuhren Richtung Eindhoven. Vollgas. Die Straße führte durch Wald und Heide, brachte uns an Uden vorbei und unter der Fußgängerbrücke von Mariaheide durch . . . Mein Weggefährte schwieg verbissen. Reizender Umzug nach Amsterdam.

Am Rande von Veghel sah ich auf einem Schild *Zijtaart.* »Zettert«, echote es sofort in mir, im Brabanter Dialekt, aber so, wie alle Egberts diesen Ortsnamen aussprachen: knatternd . . . ein Peitschenhieb der Zunge . . . und mit einer Mischung aus Stolz und Geringschätzung, die exakt ihre Beziehung zu diesem Dorf ausdrückte: Ihre Wurzeln gingen zwar dorthin zurück, aber es war und blieb ein Kaff. (Sie sprachen ihren Dialekt mit überwältigendem Selbstbewußtsein, als wäre es eine Weltsprache ... nein, die einzige Sprache der Welt mit einer Daseinsberechtigung. Wenn es mir nicht gelang, sie deswegen zu verachten, so beneidete ich sie um die Selbstsicherheit, die ich im Brabantischen nie besessen und im Niederländischen nie erlangt hatte.) Dieses dialektale Echo brachte es mir wieder zum Bewußtsein: Aus Zijtaart kam meine Großmutter väterlicherseits.

Ich hatte sie nicht gekannt: Sie starb anderthalb Jahre vor meiner Geburt, an Krebs. Ihrem zweitjüngsten Sohn Hubert zufolge, der in ihrem Sterbezimmer Bücher lesen lernte, sikkerte gegen Ende des letzten Akts ihre flüssig gewordene Leber aus dem Mundwinkel, in den die Zeit mit vorausschauendem Blick eine kleine Rinne gegraben hatte. Nicht einmal ein Foto erinnerte ich mich von ihr gesehen zu haben, und trotzdem hatte ich ein klares Bild von ihr. Der Geist begnügt sich mit der dürftigsten Kost ... Als junges Mädchen wurde sie ihrer dunklen Schönheit wegen (altes spanisches Bastardblut, das sich in der Umgebung von Breda erhalten hatte) in ihrem Dorf »'s Jüdele« genannt. Obwohl mir niemand dieses Detail geliefert hatte, hatte ich sie nie anders als mit einem dicken schwarzen Zopf vor mir gesehen. Jedenfalls ließ sich ihre legendäre Schönheit an ihren zehn Kindern ablesen.

's Jüdele hatte die Mutter früh verloren. Sie führte ihrem verwitweten Vater den Haushalt, einem Holzpantinenmacher und Säufer, der sonntags in Veghel mit einem viel jüngeren Kneipenkumpan und Berufskollegen aus Son loszog, Egbert Egberts. Ihre Kater machten sich bis weit in ihre Nachkommenschaft hinein bemerkbar; ich brauchte nur dem Hämmern in meinem Kopf zu lauschen ... Besten Dank für diese Erbschaft! Während einer solchen Kneipentour wurde abgemacht, daß Egbert Egberts die Tochter des anderen heiraten sollte. Die Männer verloren wahrscheinlich nicht viel Worte darüber. Möglicherweise lief alles per Handschlag wie beim Verkauf einer Kuh.

Das Mädchen war siebzehn, der junge Mann zweiunddreißig. Nach der Hochzeit zog das junge Ehepaar mit dem alten spanischen Bastard nach Son, um dort eine eigene Holzschuhmacherei auf die Beine zu stellen.

Bei Sint-Oedenrode (»Rooy«) überquerte die Straße ein schmales, gewundenes Gewässer: den kleinen Fluß, der langsamer als eine Schildkröte zu Flixens Haus kroch, um dort erschöpft zu enden. Durch das offene Fenster drang Verwesungsgeruch ins Auto.

»Lieber Gott.« Der Umzugsfritze faßte sich an die Nase und lenkte mit einer Hand weiter.

»Die Dommel . . .« erklärte ich fast entschuldigend. »Der Name sagt ja schon alles: Nickerchen. Sie hätte auch Sluimer heißen können, Schlummer . . . Der einzige Fluß der Welt mit einem exakt horizontalen Bett. Ich schwör's dir. Genau waagrecht, ohne das geringste Gefälle . . . Nein, hier gibt's kein *panta rhei*. Falls du Lust dazu hast: In der Dommel kann man sich unzählige Male baden, und es bleibt trotzdem derselbe Fluß. Aber ich muß dir dringend davon abraten, du weißt nicht, was für Krankheiten du dir da einhandelst. Im Wasser wimmelt es nur so von Ratten. Und diese Biester mißbrauchen diesen ewigwährenden Schlummerzustand dazu, sich zu vermehren . . . die schrecklichsten Epidemien auszubrüten . . .« Mein Kater hatte seine geschwätzige Phase erreicht. Im Kopf war alles noch durcheinander, aber so ganz allmählich kam eine Linie rein . . . Unsinn, der hinausgeplappert werden wollte. *Leicht erregbar* war eigentlich der Ausdruck, der zu dieser Gemütsverfassung gehörte. Mein Umzugsmann hielt den Mund. »Und wenn ich dann noch daran denke, daß am Ufer dieses Pseudoflusses . . . mein Stammbaum seine Wurzeln hat! Kein Wunder, daß meine Familie es nie zu etwas gebracht hat . . . Ein Fluß muß ein mythologischer Riese sein für die Menschen, die in seiner Nähe wohnen. Nicht mehr und nicht weniger. An einem stillstehenden Fluß steht doch zwangsläufig das Leben selbst still, oder? Darum stinkt es hier auch so . . . Wo kommst du eigentlich her?«

»Babyloniënbroek.«

Babylonienhose. Es gab immer noch etwas Schlimmeres. Ich kurbelte auf meiner Seite das Fenster hoch. Es half nichts: Durch rostige Ritzen strömte weiterhin ein Fäulnisgeruch herein. Und vorläufig waren wir nicht davon erlöst, denn die Straße folgte dem Flüßchen »stromaufwärts« nach Son en Breugel. Es war kein Vergnügen, mit dieser katerbedingten Übelkeit im Leib den Stillstand von früher zu riechen.

Als Wunder an Trägheit war die Dommel stets eine leichte Beute für strenge Winter gewesen. Ich hatte einmal erlebt, daß der Fluß bis auf den Grund zugefroren war. An der Oberfläche war das Eis durchsichtig und voller Luftbläschen, als wären Perlen darin eingeschlossen. Egbert Egberts, meine Hand in seiner, hatte mich auf eine eingefrorene Wasserpflanze aufmerksam gemacht: eine tote Perücke . . . die Haarpracht eines ertrunkenen Schlittschuhläufers, zu Berge stehend und so geblieben . . . Mich schauderte es nicht mehr nur vor Kälte.

Es war deutlich zu erkennen, daß der Frost die etwas schnellere Strömung am Grunde des Flußbetts erst viel später in den Griff bekommen hatte. Das Eis dort unten war milchig grün, und von bizarrer Form: das gefrorene Kielwasser eines Torpedos. Ich konnte mir sehr gut vorstellen, wie das Rinnsal sich durch einen immer schmaleren Tunnel, eine immer engere Eisader hatte zwängen müssen . . .

Wenn mein Leben ein solch stillstehendes Flüßchen war wie die Dommel, dann hoffte ich, irgendwann einmal – ganz auf dem Grund, wo die Steine kantig blieben, während ich sie hätte rund schleifen müssen –, den gleichen verbissenen Willen zum Strömen in ihm zu entdecken und sichtbar zu machen.

»Und trotzdem . . .« sagte ich, Spielball meines Katers, mit einemmal merkwürdig gerührt, »und trotzdem ist diese Schlafmütze von einem Fluß genauso mythisch . . . genauso heilig . . . wie der Jangtsekiang für einen Chinesen. Gut, es war keiner vom Format eines Mao, der darin schwamm, um dem Volk zu beweisen, daß er noch springlebendig war . . . aber doch immerhin mein Großvater. Er war beim Barscheangeln und bekam plötzlich einen ganz Stachligen an den Haken, wodurch er vornüber ins Wasser fiel. Schwimmen konnte er nicht, aber der alte Holzpantinenmacher hatte immer gut aufgepaßt, wie die Badenden das hinbekamen. Also schlug er auf gut Glück mit Armen und Beinen um sich und erreichte tatsächlich das andere Ufer, wo er sich am Schilf hochzog. Es war noch ein strammer Marsch, bis er zur Brücke kam . . . und das in nassen Klamotten in einem schneidenden Wind . . .«

»Warum ist er denn bis ans andere . . .«

»Wer in die Dommel fällt, befindet sich schon am anderen Ufer. Und die Leute sagten: ›Seht ihr, der Fluß ist so zahm wie ein Lamm . . . der tut keinem Menschen was. Nicht mal dem Bertje vom Jüdele von der Dommelbrücke, und der kann nicht mal schwimmen. Das ist ja gar kein Fluß, das ist ein ganz gewöhnlicher Schlammgraben . . .‹ Aber Bertje vom Jüdele von der Dommelbrücke hatte seitdem einen Heidenrespekt vor dem Schlammgraben. Um seiner verflossenen Jugend ein Denkmal zu setzen und sich über sein Alter lustig zu machen und in einem Aufwasch auch noch den Fluß herabzusetzen, hatte er hunderttausendmal gesagt: ›Früher hab ich über die Dommel gepinkelt . . . heute über meine Schuhe.‹ Doch nach seinem Bad hat keiner mehr diesen Ausspruch von ihm gehört. Er hatte auch nicht mehr viel Atem dafür übrig, denn an der Lungenentzündung, die er sich dabei zugezogen hatte, ist er gestorben. Drei Monate nach meiner Großmutter. Auf ihrem Sterbebett hatte sie noch prophezeit, daß er sie um mindestens zwanzig Jahre überleben würde. ›Du, Bertje, du bist 'n Mensch aus Eisen . . .‹«

Kein größeres Glück, als mit hoher Geschwindigkeit unter Bäumen dahinzufahren, auf denen die Sonne liegt, so daß ununterbrochen Stummfilme aus Licht und Schatten durch das Fahrerhaus ziehen . . . Wir näherten uns der Gemeinde Son en Breugel.

»Was zählst du denn da?« fragte der Babyloniënbroeker mit einem Blick auf meine Hände. »Die Kilometer?«

»Zehn. Zehn Kinder hat sie ihm geschenkt . . . das heißt, zehn sind am Leben geblieben. Sieben Jungs, drei Mädels. Egbert Egberts hatte ein Gespür für Reim und Metrum. Er las

Bücher und schrieb Briefe an die Königin . . . Etwas von dem sich Wiederholenden in seinem Namen wollte er in den Namen seiner Söhne bewahren. Er nannte sie Herbert, Lambert, Norbert, Egbert, Albert, Hubert und . . . Robert. Hilbert und Wilbert starben kurz nach der Geburt beziehungsweise im Säuglingsalter. Sie wurden alle wie der Alte Bertje genannt, außer meinem Vater Albert, der mit Altje angesprochen wurde und sich außerdem noch einen Spitznamen erwarb: Altje Vlug van de Dommelbrug, Altje macht 'ne Mücke von der Dommelbrücke.«

»Das erinnert ja an *Die Schalmei* von Slauerhoff«, sagte mein Umzugsmann und zitierte:

> Sieben Söhne hatte Mutter:
> Alle hießen Peter,
> Außer Wanjka, der Iwan hieß.

»Sehr gut. Und weiter?«

> Alle konnten arbeiten:
> Einer war Ziegenhirt,
> Einer flocht Sandalen,
> Einer baute sogar Kirchen;
> Aber Iwan, der Wanjka hieß,
> Wollte nicht arbeiten.

»Stimmt haargenau. Wie kommst du zu dieser Bildung, wenn ich fragen darf?«

»Ich studiere Niederländisch.« Er sagte es ohne Ironie – was ich eine stolze Leistung fand.

Die Egberts unter den Berts wurden mit Hilfe von Stoffnamen auseinandergehalten. Der Pantinenmacher war der Hölzerne . . . besser noch: der Hölzerige Bert, der spätere Maschinenschlosser wurde der Eiserne Bert, und der einzige Egbert unter den Enkeln wurde der Papier-Bert, als er mit einem Stapel Bücher unter dem Arm aufs Gymnasium ging.

Ja, ein Papier-Bert, das war ich auch geworden. Holzzeit, Eisenzeit und Zeit des Geistes, in aufsteigender Reihenfolge ... Oder sollte ich sie beneiden, die Hölzernen Berts, die es in den Fingern hatten, mit wenigen Hau- und Bohrbewegungen aus einer dicken Pappelscheibe ein Paar Schuhe zu fertigen? Schuhwerk, das sich hören lassen konnte! Dessen Geklapper an Haus- und Schuppenwänden hochsprang! Schuhe, die den Namen ihres Machers klapperten ... die ihr Echo doppelt und dreifach zurückbekamen ...

Und dennoch war es kein Vergnügen, die hohlen Geräusche in meinem verkaterten Kopf wieder heraufzubeschwören. Offenbar vermochten schon reine Vorstellungen Kopfschmerzen zu verschlimmern. Aus der Euphorie fiel ich zurück in meine anfängliche Düsterkeit.

»Andere Völker haben elegante Sandalen hervorgebracht ... Mokassins ... Schuhe mit Spitzen, die wie Minarette zum Himmel zeigen ... Nußschalen, die die Füße von Frauen zusammenquetschten und klein hielten ... Wickelgamaschen, Langschäfter, Schneeschuhe, Ballettschuhe, was auch immer ... elegantes und intelligentes Schuhwerk zum Tanzen, Verführen, Schleichen, Treten ... Aber Holzschuhe, wie mein Großvater und Urgroßvater sie herstellten, wozu waren die schon gut, außer um hohl zu klappern und Krach zu machen? Dröhnende Namen, dröhnende Schuhe. Und als ob dieses Die-Straße-entlang-Klappern nicht schon laut genug gewesen wäre – es wurde auch noch darin getanzt. Getanzt ...! In Schuhen, die sich keinem Fuß anpassen wollten! Ein Tanz, nicht zu unterscheiden von einer Zimmerei in vollem Betrieb, und hauptsächlich dazu gedacht, Würmer aus der Erde zu stampfen. Sie warteten nicht einmal, bis sie dem Ungeziefer preisgegeben wurden, nein, schon zu Lebzeiten trommelten sie es mit ihrem dröhnenden Totenmarsch zusammen ... Ein tanzender Gott, Nietzsche, jawohl! So muß Gott bei der Erschaffung der Welt getanzt haben: mit Holzpantinen an den Füßen, Würmer aus dem Schlamm stampfend ... *klapperdiklapperdiklapp!* Ohrenbetäubend. Schau, das waren *meine* Vorfahren ... Zum Beweis ihrer Existenz taten sie nichts anderes, als Holzpantinen auf der Erde erdröhnen zu lassen, am Ufer eines stillstehenden Flusses . . .«

War Egbert Egberts sen. der König der »Höhlbank« (er höhlte die Pantinen aus), so war sein Schwiegervater geschickter mit dem »Zugmesser«. Es hatte eine lange, leicht nach innen gebogene Klinge, die auf der einen Seite in einem Griff endete und auf der anderen in einem eisernen Haken, mit dem er in ein eisernes Öhr der Schnitzbank eingehängt wurde. Dieses Messer wurde mit der Hand entlang einem »Kloben« Pappel- oder Weidenholz nach unten gedrückt, wodurch die Rohform der Pantine entstand. Danach klemmte Egbert den massiven Klotz in den hölzernen Schraubstock der Höhlbank, um die gewünschte Form auszubohren und auszustemmen.

Dieses aufeinanderfolgende Behandeln von Außenseite und Innenseite, äußerer Form und innerer Form . . . bei dieser Arbeit sehe ich sie am liebsten. Sie besaßen auch eine selbstgebaute Schleifmaschine, die von einem halben Fahrrad angetrieben wurde.

Der alte Pantinenschnitzer arbeitete vier Tage die Woche, sechzehn Stunden am Tag. Freitags zahlte er nach dem Abendessen seiner Tochter das Kostgeld, wobei er immer darauf achtete, daß noch eine glasige Kartoffel in einer Soßenpfütze lag. Bevor er das Geld auf den Tisch legte, stach er seine Gabel in die Kartoffel und schob sie an den Tellerrand.

»Na, komm schon, meine Lütte«, sagte er dann. »Sonst ersäufst du ja noch in der Riesenpfütze . . .«

Jedesmal, wenn die Kartoffel während des mehr als nachdrücklichen Hinzählens eines 25-Cent-Stücks nach dem anderen und eines 10-Cent-Stücks nach dem anderen zur Tellermitte zu rutschen drohte, wurde sie von dem Witwer unter weiteren Anspielungen auf die erbärmliche Verköstigung davor bewahrt.

»Bleib du hier mal ganz ruhig liegen . . . da bist du am sichersten. Diese wäßrige Soße macht dich ja doch nicht schmackhafter . . .«

Doch mit dem, was der Pantinenmacher an Geld übrigbehielt, schaffte er es, sich die Hucke voll zu saufen und zweieinhalb Tage lang ununterbrochen besoffen zu bleiben. Nach dem Essen stieg er auf sein Fahrrad und klapperte systematisch die Dörfer ab. Entlang der Straßenbahn Veghel – Reusel kannte ihn jeder Wirt ... Das Zugmesser hatte er, in Jute gewickelt, an Bindfäden unter der Stange hängen. Gefährlich schaukelnd zwischen seinen Schenkeln, verkörperte es seine größte Kraft und sein einziges Können ...

Doi van Kastenheuvel soff von Freitagabend bis Sonntagnacht. Wecken ließ er sich am Montagmorgen, indem er sich zwischen die Straßenbahnschienen legte: Der Fahrer, der bis dicht vor den Schlafenden fuhr und dann klingelte, kannte ihn dem Namen nach. Das Wecken galt als Freundschaftsdienst.

Das Fahrrad hatte keinen Rücktritt. Beim Nachhausekommen fuhr Doi mit dem Vorderrad in die Hecke und blieb dann benebelt sitzen, bis er von etlichen Bertjes, die noch nicht zur Schule gegangen waren, jubelnd ins Haus getragen wurde. Sie installierten ihren Großvater in einem Stuhl neben dem Herd und banden ihm Schlittschuhe unter.

Kinder aus der Nachbarschaft, die auf dem Weg zur Schule waren, kamen montagsmorgens immer schnell mal schauen, wie »Doi vom Jüdele von Bertje Berts von der Dommelbrükke« im Schlaf Schlittschuh fuhr. Mitten im Sommer ...

Alle naslang schoß ein beschlagener Fuß – der Halt suchte, aber nicht fand – mit einem derartigen Kratzen über die Küchenfliesen nach vorn, daß es jedem genüßlich kalt den Rücken runterlief. Hatte das solchermaßen gestreckte Bein eine Weile auf der hinteren Spitze der friesischen Holzschlittschuhe geruht, so begann es zu zittern und wurde ruckweise wieder angezogen. Danach war der andere Fuß an der Reihe, sich seitlich scharrend, wie in einer Kurve, vorwärts zu bewegen – bis er vom Schlafenden gestoppt wurde. Manchmal, wenn ein Schlittschuh so weit wegrutschte, daß das Bein aus dem Gelenk gerissen zu werden drohte, brach Dois Geschnarche plötzlich ab, und beide »Friesen« wurden mit lautem Knall, Stahl auf Stein, nebeneinander gestellt, mit Spitzen, die sich keck aufwärts bogen ... Aber schon bald setzte das Schlittschuhlaufen wieder ein – anfangs noch zögernd, dann immer hemmungsloser, bis die Eisen Funken sprühten.

So befand sich mein Urgroßvater in langausholenden Schwüngen auf dem Weg zum Ende seines Rausches. Die Enkel nahmen sich derweil seines Drahtesels an, auf dem eine ganze Generation Bertjes radeln gelernt hat. Am Nachmittag wurde der Alte todmüde wach, schnallte die »Friesen« ab und räumte sie weg.

»Mit mir ist nix mehr los«, sagte er dann. »Ich vertrage den Genever nicht mehr. Man wird alt ...«

Gerädert ging er zu Bett und schlief bis zum nächsten Morgen um vier, dann begann seine Arbeitswoche.

»Da siehst du: Schlittschuhläufer von Nichts nach Nirgendwo, von denen stamme ich ab.«

»Boh ... Sollte das erblich sein?«

»Möglicherweise insofern ... als es von mir auf sie übergeht. Aus harmlosen alten Böcken mache ich frischgebackene Sündenböcke ...«

»So, dann will ich jetzt aber auch noch hören, wie dieser siebte Peter zu seinem Spitznamen gekommen ist.«

Gerade in den Krisenjahren ging es immer schlechter mit der Holzpantinenherstellung. Jetzt, da sich niemand mehr zu seiner Armut bekennen wollte, galten Pantinen auf einmal als Armeleuteschuhe. Auch die Allerärmsten knapsten sich das Brot vom Munde ab, um sich Schuhe kaufen zu können. Ledersohlen: der beste Beweis dafür, daß man nicht auf die Fürsorge angewiesen war. Auch wenn der Bürgermeister persönlich in dem Versuch, das Handwerk zu retten, seine Kinder in Holzschuhen zur Schule schickte – Nachahmer fand er nicht.

Wie schlecht es um den kleinen Egbertschen Familienbetrieb stand, zeigte sich, als in der Welt Breughels die Schlagkreiselmanie ausbrach. Die Bertjes lagen ihrem Vater ständig in den Ohren, aber nicht einmal die paar Cent für das billige Spielzeug waren übrig. Es gab zwar noch die Stiftkreisel, die mit einer Peitsche am Drehen gehalten werden mußten, aber das war eher etwas für Mädchen. Schlagkreisel waren nicht pilz-, sondern birnenförmig: Sie wurden mit Hilfe einer um den spitz zulaufenden Teil gewundenen Schnur zum Drehen gebracht, die mit einem Ruck losgezogen werden mußte. Im Gegensatz zu Stiftkreiseln, die mit jedem Peitschenschlag weiter wegsprangen – Mädchen hüpften frohgemut hinterher –, drehten sich Schlagkreisel an der Stelle weiter, an der die Spitze aufgetroffen war. Die ruppigeren Jungs machten sich einen Spaß daraus, die sich drehenden Kreisel der anderen entzweizu»schlagen«. (Wenn ich Flix zusah, hatte ich feststellen können, wieviel Gewalt dabei im Spiel war. Zwischen zwei Fingern seiner geballten Hand lugte ein harmloses, fusseliges Stück Schnur hervor; im nächsten Moment stand vor meinen Schuhspitzen sein Schlagkreisel: senkrecht. Das Ding drehte sich so schnell, daß es reglos im Boden zu stehen schien. Nur an einem leisen Surren und dem feinen Sand, der an meine nackten Beine spritzte, konnte ich merken, daß der Kreisel in Bewegung war . . .) In dem Haus an der Dommelbrücke standen rund um den Eßtisch die üblichen Brabanter Stühle: Sitz aus Binsengeflecht, hohe Rückenlehne mit Sprossen. In seiner Verbitterung legte der Pantinenmacher eines Mittwochmittags die Stühle einen nach dem anderen quer über den Tisch und sägte zur Bestürzung des Jüdeles die minarettförmigen Ornamente ab. In die Spitzen drehte er Schrauben: Sie erwiesen sich als die härtesten, unverwüstlichsten, schnellsten Kreisel von ganz Son und waren imstande, beim »Schlagen« den einfachen Fabrikkreisel so zu spalten, daß dieser in zwei gleiche Hälften auseinanderfiel – wie ein Apfel.

Während er auf eine Antwort auf seinen letzten Brief an die Königin wartete, sann »Bertje Berts vom Jüdele von der Dommelbrücke« auf Nebeneinkünfte.

Er besaß eine Pistole aus dem späten achtzehnten oder frühen neunzehnten Jahrhundert: einen altmodischen Vorderlader, der mit einer Kugel und etwas Schießpulver wie eine Tabakpfeife gestopft werden mußte. Im Schilf an der Dommel versteckt, schoß er damit auf tieffliegende Enten – übrigens ohne je eine zu Fall zu bringen. Die angeschossenen Tiere lebten einfach weiter. Sie trugen ein kleines Stück Blei im Gefieder, das sie kaum aus dem Gleichgewicht brachte ... Die Pistole war sogar in den dreißiger Jahren schon so antik, daß mein Großvater mit Leichtigkeit ein nettes Sümmchen dafür hätte verlangen können: Der Geflügelhändler hätte ihm dafür so viele Vögel, fix und fertig gerupft, mitgegeben, wie er hätte tragen können.

Erst als der Pantinenmacher eines Tages seinen Nachbarn Schutjes damit bedrohte, verwandelte sich das harmlose Ding, das seine Kugeln wie ein Erbsenschießer in einem kleinen Bogen ausspie, plötzlich in eine Mordwaffe. Der Feldhüter wurde gerufen, doch das Corpus delicti blieb auch nach einer gründlichen Hausdurchsuchung unauffindbar. Von diesem Tag an herrschte Krieg zwischen den Egberts und den Schutjes.

Erst drei Wochen später, an einem Montag, traute sich Bertje Berts, die Pistole wieder aus der Scheide seiner einzigen Kuh zutage zu fördern, um noch einmal sein Glück bei den Enten zu versuchen. Bereits nach wenigen vergeblichen Schüssen sah er aus der Richtung des Dorfes den Feldhüter nahen ...

Der Mann lief schnell, und mit einem klaren Ziel.

Mein Großvater schob den Vorderlader in den Hosenbund und spazierte, scheinbar ohne Eile, vom Flüßchen weg ... zu den Äckern weiter hinten ... und hielt währenddessen den Gesetzeshüter im Auge, der bereits wild gestikulierte. Der Knall der Schüsse hatte ihn verraten ... Egbert betrat einen frischgepflügten Acker.

Von einer Furche in die nächste stapfend, überquerte er das schwarzgeriffelte Feld in diagonaler Richtung. So entfernte er sich fast unmerklich von dem Feldhüter, nach dem er sich von Zeit zu Zeit noch umdrehte. Der Mann war vor einem Graben stehengeblieben und rief jetzt deutlich zu verstehen Egberts Namen ... und noch etwas, das im Winde verwehte.

Wie es sich anhörte, war es ihm ernst. Mein Großvater, der

knöcheltief in einer Furche stand, brauchte nur die Daumen hinter die Hosenträger zu stecken, um sich des belastenden Gegenstands zu entledigen. Hart und kalt glitt die Pistole an seinem Bein hinunter . . . und fiel aus dem Hosenbein in eine der Hunderten von Furchen, aus denen der Acker bestand.

Wiederum diagonal ging er gemächlich über das Muster der parallelen Furchen auf den Gesetzeshüter zu, um sich einer Leibesvisitation zu unterziehen. In Hörweite angekommen, verstand er endlich: »Egberts . . .! Deine ganze verdammte Bude brennt lichterloh, Mann!«

Und da war auch, elf Jahre alt, Egbert Egberts jr.: das Kind, das ich mir nie richtig vorstellen konnte. Er brachte seinem jüngeren Bruder das Radfahren bei, denn es war Montag: Sie hatten Opas Drahtesel zur Verfügung. Oben auf der hohen Brücke hielt dieser Bertje zum soundsovielten Mal das Rad fest, damit Altje draufklettern und er ihm einen kleinen Schubs geben konnte . . . als Kinder schrien: »Bertje! Altje! Eure Hütte brennt!«

Egbert sah den Rauch. Das Haus selbst war, obwohl dicht neben der Brücke gelegen, von diesem Punkt aus nicht zu sehen.

»Altje, unser Haus brennt! Komm mit . . .!«

»Noch einmal! Ich kann's jetzt beinah . . .!«

Unerwartet – der kleine Junge versuchte gerade, besser an die Pedale heranzukommen; er spürte die Stange zwischen seinen Gesäßbacken – gab Egbert dem Fahrrad doch noch einen Schubs, vor lauter Verwirrung viel zu fest, und drehte sich dann um, um zum brennenden Haus zu rennen. Er kam dort gerade noch rechtzeitig an, um seinem Vater zu helfen, die Möbel, die wegen der Schlagkreisel wertlos gewordenen Stühle, die von Nachbar Schutjes in verdächtigem Eifer hinausgeschleppt worden waren, wieder in die Flammen zu werfen.

»Bist du verrückt . . .! Das alte Zeugs! Soll ich denn gar nichts von der Versicherung zurückbekommen?«

Zwischen den Stühlen stand, auf seinen Schlittschuhen

schwankend, der alte Doi, der keine Ahnung hatte, was los war.

Auf der anderen Seite der Brücke sauste sein Fahrrad mit sich rasch drehenden Pedalen die abschüssige Straße hinunter. Sie hämmerten unerbittlich gegen die Absätze des kleinen Altje. Er bekam sie einfach nicht zu fassen: Sie drehten sich zu schnell. Anstatt vor sich zu schauen und die Kurve im Auge zu behalten, hielt er den Blick starr unter sich auf die Pedale gerichtet . . . Zwischen seinen Beinen baumelte an ausgefransten Schnüren das Zugmesser . . .

Da war die Biegung . . . Altje fuhr geradeaus.

Gleich darauf, als er in der Böschung unter dem Fahrrad lag, nahm er, noch vor dem Schmerz, eine schwarze Rauchsäule wahr.

»Immer mache ich sogar noch aus dem Armseligsten an diesem Mann Poesie. Nachgetragene Liebe . . . es bringt dir nichts.«

»Wir sind jetzt gleich in Eindhoven. Schon irgendeine Idee, wohin?«

3

Ich schnitt noch immer treu und brav für meine Mutter die Sammelpunkte an den Kaffeepackungen aus – aber ansonsten hatten sich die Kontakte zum Elternhaus mit der Zeit immer mehr aufs »Wäscheabliefern« beschränkt. Zu Beginn meines Studiums geschah das wöchentlich, später monatlich und zum Schluß einmal im Vierteljahr. Wenn ich nach Monaten zu Hause aufkreuzte, kippte ich schon im Flur meiner Mutter eine Tasche voll schmutziger Wäsche vor die Füße – ohne mich zu schämen. Noch feuchte Handtücher und Waschlappen, hart gewordene Schweißsocken, zu lange getragene Unterhosen, schmuddelige Oberbekleidung, Bettlaken mit den Spuren des Lebens, das ich führte . . . ein Tuttifrutti stinkenden Zeugs. Ich machte mir nicht einmal die Mühe, die Sachen grob zu sortieren. Vor allem, was die Socken betraf, war das unangenehm . . .

Sie protestierte nie. Während ich die Füße auf den Tisch legte und las oder fernsah, stand sie in der Küche vor der rumpelnden Waschmaschine oder in einer Ecke des Wohnzimmers am Bügelbrett. Nur sie durfte meine Oberhemden waschen.

Ich blieb meist nur kurz, von Samstagmittag bis Sonntagabend, und in dieser Zeit mußte alles fertig sein. Im Laufe des Sonntagnachmittags bügelte meine Mutter äußerst akkurat jeden meiner Slips. Dieses oder jenes klein ausgefallene Exemplar hielt sie in die Höhe, während sie gleichzeitig mit der anderen Hand eine unbestimmte Bewegung vor ihrem Schoß machte. »Sitzt das denn hier . . . hier vorn bequem?«

»In meinem Fall schon, Mama. Es paßt genau. Ich bin nicht so einer, der sich von allem, was auf der Straße vorbeigeht, in Aufregung versetzen läßt.«

»Och, du gräßlicher Kerl.«

Jede Socke zog sie über die Hand und setzte dabei die Brille auf, um sie auf Löcher und dünne Stellen hin zu untersuchen. Die kaputten stopfte sie mit Hilfe eines Senfglases, wobei sie sich entschuldigte, wenn sich das von ihr verwendete Garn auch nur um einen Ton von der Sockenfarbe unterschied.

Am Sonntagabend packte sie meine Taschen so ökonomisch, daß noch Platz blieb für ein halbes Brot vom Samstag, ein Stück Käse, ein Päckchen Butter, ein Wurstende, zwei Pakete Kaffee und ein Achtel Schlagsahne.

Und was tat ich nach meiner Ankunft in Nimwegen? Ihre Fürsorglichkeit zuschanden machen. Ich verstaute die Taschen in einem Gepäckfach und ging mit dem Schlüssel in der Hosentasche auf kürzestem Wege in die Stadt – so eilig hatte ich es, mich zu betrinken, nachdem ich ein Wochenende lang, einzig und allein um meinen Vater zu beschämen, den Abstinenzler gespielt hatte.

Wenn ich nach der Sperrstunde zum Bahnhof wankte, war die Halle mit den Schließfächern meist schon geschlossen. Ich hatte dann oft pathetisch an die Glastüren gehämmert, an den blauen Schildern gezerrt, auf denen das Emblem der Eisenbahn, der Doppelpfeil, mir sagen zu wollen schien, daß ich noch überallhin konnte, nur eben nicht dort hinein. Ich schrie meine Empörung über den Bahnhofsvorplatz, bis in den Wohnungen am van Schaeck Mathonsingel hier und da Lichter angingen. Ich schrie so laut, auf daß die guten Taten meiner Mutter Anerkennung fänden. Ich trat gegen die Türen, aber sie waren solide. Mir blieb nichts anderes übrig, als mich ins *Diogenes* zu trollen, das bis vier Uhr morgens offen hatte und wo ich den Kummer um meine verkannte Mutter weiter hinunterspülte und in meiner Rührseligkeit diesen oder jenen anlaberte.

Nach vier versuchte ich es dann noch einmal, kräftiger rüttelnd, fester tretend, lauter rufend ... Trotzdem hatte ich nie die Kraft aufbringen können, bis zur Öffnung der Tore um sechs Uhr zu warten. Die ersten Alkoholiker, die das Bahnhofslokal zu ihrer nächsten Anlaufstelle erkoren, trudelten ein, und ich stolperte geschlagen nach Hause.

Am späten Nachmittag setzte ich mich mit Kopfschmerzen und voller Gewissensbisse in den Bus zum Bahnhof, um meine Taschen abzuholen. Ich konnte noch von Glück reden, daß ich den Schlüssel mit dem Blechschild nicht in irgendeiner Kneipe hatte liegenlassen ... Ich fühlte mich elend genug, um danach mit meinem Gepäck wieder in die Kneipe zu gehen, so daß ich meine Sachen nachts, wenn keine Busse mehr fuhren, den ganzen Weg nach Hengstdal oder Hoogeveldt hinaufschleppen mußte. Am nächsten Tag war das Brot natürlich zu alt, der Käse schwitzig oder bereits angeschimmelt, die Butter formlos und zum Teil aus der Verpackung gelaufen, die Schlagsahne sauer und die Wurst in ihrer Plastikverpackung verdorben . . . so daß ich mir unter Umständen auch noch den Luxus gönnen konnte, vor dem offenen Kühlschrank 'ne Runde zu heulen. Das war es, was ich suchte.

Einmal hatte ich im Suff den Mut gefunden, mit einer Art Rammbock die Scheibe einer Bahnhofstür zu durchstoßen. Es dauerte lang, bis sie nachgab. Der Bahnhofsvorplatz ist so groß, daß die Echos der Stöße erst eine ganze Sekunde später zu mir zurückkehrten. Der Gepäckfachschlüssel steckte schon fast im Schloß – in der Dunkelheit waren die Nummern schlecht zu lesen –, als ein Polizist mit gezogener Pistole durch das Loch in der Scheibe stieg, gefolgt von zwei Kollegen. Der Schlüssel zu meiner Mutter Güte wurde mir abgenommen, und ich mußte mit auf die Wache. Es folgte eine Vernehmung.

»Warum?«

»Wegen meiner Mutter.«

Der Schmerz ihres Hohngelächters war mir gerade recht.

»Wegen seiner Mutter, sagt er. So was haben wir hier ja noch nie gehabt.«

Auch die Zelle, in die sie mich steckten, war mir willkommen. Aber noch keine halbe Stunde später wurde ich wieder herausgeholt und nach Hause geschickt, nachdem sie sich einige Angaben notiert hatten. Ich bekam einen stinknormalen Strafzettel in den Briefkasten – den meine Mutter letztendlich noch bezahlt hat. Ich hatte ihr erzählt, es handele sich um ein Verkehrsdelikt.

Halb zwei, und der Tag war am schönsten. Ein Himmel, von dem alle Wolken weggebrannt schienen, wie Warzen, um nie wieder aufzutauchen.

Im Beton des Geldropseweg waren noch immer die mit

Teer zugegossenen Risse, die kanadische Panzer 1944 hinterlassen hatten. Wir fuhren am DAF-Werk vorbei. Auf dem bewaldeten Übungsgelände – mit Hindernissen wie Sandhaufen, Schlaglöcher und Pfützen – wurde ein neuer Militärlastwagen getestet. Weil man in Kriegszeiten auf alles vorbereitet sein mußte, fuhr der dunkelgrüne Laster auf einen Baum los, den man quer über die Brandschneise gelegt hatte. Krachend blieb der Wagen stehen. Zwei Arbeiter in Blaumännern und mit orangefarbenen Helmen sprangen heraus und rannten ins Gebüsch . . . Schon lag die Szene wieder hinter uns. Links am Horizont stand wie früher, aber wegen des klaren Himmels deutlicher sichtbar, eine schwarze Rauchsäule vom Wohnwagenlager, wo Gummireifen verbrannt wurden.

Unter der Bahnüberführung fuhren wir nach Geldrop hinein. Sofort erfüllte ein würziger Geruch das Fahrerhaus: von frischem Backwerk, Honig, Gewürzen . . . O ja, das war mein Dorf.

»Geldrop . . .« sagte der Junge neben mir nachdenklich. »Doch, davon hab ich schon mal gehört. Aber in welchem Zusammenhang?«

»Was du da riechst, ist der berühmte Peynenburger Kuchen, falls du das meinst.«

»Nein, nein.«

»Unser Justizminister kommt von hier. Aus dem Ortsteil Zesgehuchten, wobei ich mich immer gefragt habe, wie dieser Sammelname – Sechsweiler – entstehen konnte, denn das Viertel ist selber nicht größer als ein halber Weiler. Na ja, vielleicht erklärt das ja, warum der Minister für sechs redet und nur 'ne halbe Politik betreibt . . .« Und um dem Niederlandisten zu demonstrieren, daß ich meinen Marsman kannte, deklamierte ich: »Wenn ich an die Niederlande denke, sehe ich gelbe Züge unbeweglich im endlosen Flachland stehen. – Hier einordnen. Halt dich links. Rechts siehst du die Kathedrale von Geldrop. Genau wie der Kölner Dom, findest du nicht? Nur nicht ganz so verziert.«

Die Ampel sprang auf Grün, und wir fuhren an einem Hirschpark vorbei.

»In dem kleinen Wald da liegt unser einziges Kulturgut. Ein Schloß. So gut versteckt, daß man es nicht sieht. Von der Straße aus nicht und überhaupt von nirgendwo. Ehrlich gesagt: Ich habe es selbst nie zu Gesicht bekommen.«

Flix und ich hatten gelegentlich versucht, in seine Nähe zu gelangen, aber ohne Erfolg. Dort patrouillierte immer ein Wächter, der sein mit Salzkörnern geladenes Jagdgewehr auf die nackten Beine kleiner Eindringlinge richtete. Einmal hatte er mich getroffen. Das Salz zog beißend in die frischen Schrammen vom Stacheldraht und dem Brombeergesträuch. Seitdem hatte ich mich nie mehr in die Umgebung des Schlosses gewagt.

Der Möbelwagen überquerte erneut einen kleinen Fluß, noch schmaler als der, den wir vorhin gesehen hatten. Er lief unter der Straße durch und verschwand in den Wäldern rings um das Schloß.

»Das ist die Kleine Dommel. Denn glaub bloß nicht, daß Geldrop es unter einer kleinen tun würde. Aber was für ihre etwas größere Schwester gilt, trifft auch auf diese hier zu: Sie ist ohne jede Bewegung. Für ein Kind läßt sich kein traurigeres Spiel denken, als hier über das Geländer ins Wasser zu spucken. Ich habe es früher oft genug getan, wahrscheinlich nur, um mich selbst zu quälen. Die Spucke bleibt liegen, wo sie aufkommt . . . zu schwer, um vom Fluß weitergetragen zu werden. Aber das gilt auch für Strohhalme und Federn: Sie bleiben liegen . . . wie auf Eis. Deine Spucke produziert die schönsten konzentrischen Kreise, die nicht mal durch eine minimale Strömung verzerrt werden. Man kann nie feststellen, in welche Richtung der Fluß fließt. Gut, man weiß, daß er bei Peer, in Belgien, entspringt und sich folglich nach Norden begibt. Aber fließen tut er deswegen noch lange nicht. Im Schlaf schlägt das Herz nun einmal langsamer.«

Ich dirigierte meinen Umzugsmann ins »Seefahrtsviertel«: ein Neubaugebiet aus den sechziger Jahren, noch ganz rosa, am Rande des Ortes. Häuserreihen in peinlich akkurater Symmetrie zu beiden Seiten einer Hauptstraße. Die Dächer grau, hier und da unerklärlicherweise ein orangefarbener Dachziegel. Winzige Vorgärten. Auf der Seite mit den geraden Hausnummern parkende Autos in schräg zum Bürgersteig gemalten Feldern.

In der Wemstraat waren überall die Jalousien heruntergelassen, ausgenommen an meinem Elternhaus, wo eine rote Sonnenmarkise das untere Fenster verschattete. An einem Pfosten am Rande des kleinen Rasens lehnte ein altmodisches Herrenfahrrad. Schon von weitem sprangen mir die an den Lenker geschnallten Pulswärmer ins Auge.

Aus der Sluisstraat kommend, fuhren wir genau auf den roten Stoff zu . . . kein Entrinnen möglich . . . Hierher hatte mich mein Umzug nach Amsterdam also gebracht. »Ins Elternhaus zieht's einen doch immer wieder zurück«, erinnerte ich mich jemanden mal sagen gehört zu haben: einen Studenten der Nichtwestlichen Anthropologie, der auch nicht wußte, wo er mit seiner schmutzigen Wäsche hinsollte.

Auf meine Anweisung hin parkte der Umzugsfritze seinen Bus neben dem dunkelblauen Daf meines Vaters. Der Motor verstummte. In dem Moment, in dem er den Zündschlüssel umdrehte, öffnete sich die Tür von Nummer 4, und meine Mutter erschien im Rahmen – Arme übereinander, etwas vorgebeugt, die Fußsohlen über die Schwelle gebogen, wodurch sie leicht vor und zurück schwankte, um das Gleichgewicht zu bewahren. Ein Kuckuck zur vollen Stunde. Sie trug ein viel zu schickes und viel zu jugendliches Sommerkleid, das ihrer reich verheirateten Schwester gehört haben mußte: Sie selbst hätte eine derartige Toilette nie gekauft. Wegen ihrer bescheidenen Art standen teure Kleider ihr nicht. Die Würde, die sie ihr aufzwangen, brachte ihren Körper zu völliger Ablehnung. Er zog sich zurück, schien die Berührung mit dem auserlesenen Stoff nicht zu ertragen . . . Auch jetzt wieder leuchtete ihre Bescheidenheit wie eine bunte Unterhose durch das Sommerkleid. Es kam natürlich vom Kater, der jedes Gefühl zu Rührseligkeit aufblähte, daß ich mir auf die Lippe beißen mußte, bevor ich zu dem Umzugsfritzen sagen konnte: »Bleib mal sitzen. Ich muß kurz was regeln. Vielleicht können wir gleich wieder abhauen.«

Babyloniënbroek griff mit einem Seufzer nach seinem Tabaksbeutel. »Bis gleich.«

Ich sprang aus dem Fahrerhaus und ging auf meine Mutter zu, die einen Schritt nach draußen getan hatte und mich in ihrer üblichen Haltung erwartete: Hände in die Seiten gestemmt, Schuhspitzen einwärts gedreht, eingesogene Unterlippe, den Kopf so wiegend, daß es noch eben kein Kopfschütteln war . . . Von ihren Augen, die genauso tief lagen wie meine, lachten nur die Fältchen, die gleichmäßig wie die Linien einer Muschel über ihre Wangenknochen liefen. Diese absichtliche oder unabsichtliche Pose, die eine Mischung aus Spott, Skepsis, Mitgefühl und bestätigtem Vorurteil ausdrückte, konnte ihre Freude über das Wiedersehen nie ganz verhüllen – wenngleich sich schwer feststellen ließ, welcher Körperteil freudigen Überschwang ausstrahlte. Das graue Haar – aber das konnte am Sonnenlicht liegen – wirkte fast weiß, mit Ausnahme der Stirnlocke, die gelblich war vom Backen und Braten.

Als ich an dem Fahrrad vorbeiging, sah ich, daß ein Paar weiße Handschuhe der Sorte auf dem Gepäckträger festgeklemmt waren, wie Nikoläuse und Dandys sie tragen. Die Finger hingen leicht gespreizt herunter, aber es gab keinen Windhauch, der sie hätte bewegen können. Peinlich akkurat, aus schwarzem Papier ausgeschnitten, lag der Schatten des Fahrrads auf dem Bürgersteig. Kein Detail war weggelassen, jede Speiche zählte . . . Nur die Schatten der Pulswärmer waren Tintenkleckse in dem straffen Spiel der Linien.

Über das Fahrrad hinweg warf ich einen flüchtigen Blick ins Zimmer. Eine Pfote zwischen den Pflanzen auf der Fensterbank, stand da kerzengerade wie ein Husar – Brust rausgedrückt, Kopf im Nacken – der Irische Setter. Im selben Moment, als sich unsere Blicke berührten, war die alte Hündin verschwunden. Ganz hinten im Raum waren vor dem Fenster auf der Gartenseite die Umrisse von zwei Männern zu erkennen, der eine unverkennbar der meines Vaters, der andere –

ungleich kräftiger – einem Unbekannten gehörend. Meine Aufmerksamkeit wurde durch den Hund abgelenkt, der zwischen den Beinen meiner Mutter ins Freie schoß. Das Sonnenlicht war so stark, daß das hennafarbene Fell, jetzt im Alter fahl geworden, erneut aufflammte.

»Ach, Henna! Henna! . . . Liebes, altes Weib!«

Sie wand sich hinter ihrem eigenen Schwanz um meine Beine.

»Henna . . .!« rief meine Mutter lachend. Doch selbst jetzt schwang etwas von der Heftigkeit darin, mit der sie uns früher vor jedem Unglück zurückrief, in das wir mit offenen Augen rannten – zumindest ihrer Meinung nach. »Nicht so wild, mit deinen alten Knochen.«

Über den knochigen Hundeleib stolpernd, gelang es mir, an meine Mutter heranzukommen. Ich nahm mir vor, während der Umarmung kein Wort zu sagen, die Lippen fest aufeinander zu lassen, um ihr meinen schalen Alkoholatem zu ersparen. Ich faßte sie an die Schultern und küßte sie. Wie üblich wehrte sie mich mit den Ellbogen, die sie schützend vor den Busen hielt, so halb und halb ab. Ich spürte den Widerstand in ihren Schultern. Seit sie mich nicht mehr eigenhändig in die Badewanne steckte und ich meine eigenen körperlichen Geheimnisse hatte, hatte sich eine merkwürdige physische Abneigung in ihre Liebe gemischt.

»Ja, ja, ist schon gut«, sagte sie bereits beim zweiten Kuß. »Ich glaub's ja schon. Noch einen? Jungejunge . . . hast du was gutzumachen?«

Obwohl ich meine Lippen zusammengepreßt gelassen hatte, trat sie plötzlich einen Schritt zurück und sah mich mit fast angewidertem Gesicht prüfend an. »Ich weiß nicht, was ich da von Zeit zu Zeit an euch rieche . . . Von mir hast du das jedenfalls nicht.«

Sie roch alles. Nicht nur das Abschiedsbesäufnis jener Nacht. Auch das alte Blut . . .

»Steht dir gut, dieses Kleid«, sagte ich, da sich doch nichts mehr verbergen ließ.

»Och, ich weiß nicht . . .« Sie zerrte an dem Stoff, so daß alles schief hing. Eine Gebärde des Zerreißens. »So'n jugendliches Ding . . .« Und nachdem sie mich noch einmal einen Augenblick lang gemustert hatte: »Also. Was hast du vor? Ich seh, wie'n kanariengelber Bus aus der Sluisstraat biegt, und sag sofort zu deinem Vater: ›Bestimmt wieder 'ne Schnapsidee von unserm Albert . . .‹ Hatte ich recht oder nicht? Also, was hast du vor?«

»Euch 'ne Weile auf der Tasche zu liegen, wenn ich darf. Dieser Mistkerl von Schwantje hat mich vor die Tür gesetzt. Ausgerechnet jetzt, wo ich im Endspurt für meine Zwischenprüfung bin . . . Keine Bange, es ist nur für fünf, sechs Wochen. Wenn ich das Examen hinter mir habe, geh ich nach Amsterdam zum Studieren.«

Nach meinen letzten Worten hatte ich plötzlich ein anderes Gesicht vor mir. Blinde Empörung, Wut, Panik machten sie mit einem Schlag häßlich. Ihre Stimme bekam etwas Keifendes, Zeterndes sogar im Unterton, und außerdem dieses Autoritäre, das keinerlei Widerspruch duldete.

»Amsterdam . . .? Hab ich richtig gehört, Albert . . . hast du Amsterdam gesagt? Bist du denn noch ganz bei Trost? Junge, weißt du eigentlich, was da los ist? Was willst du in dieser stinkigen Stadt?« Ihr Hals schoß vor, die Augen verengten sich, ein Zeigefinger bohrte sich in ihre Stirn. »Gebrauch doch mal für einen Moment deinen Verstand . . . Nein, kommt nicht in die Tüte. Du studierst ordentlich in Nimwegen weiter. Und weiter keine Faxen.«

Die Heftigkeit ihrer Reaktion war fast beängstigend. Vielleicht noch am meisten, weil sie so vergeblich war: Ich würde meinen Plan trotzdem verwirklichen. Meine Mutter gab nur eine Pflichtnummer zum besten: das Wort »Amsterdam«, wie es in ihrem Mund schmeckte – Gift, aus meinem Leib gesogen –, in allen Tonarten ausspucken, um dessen Bedrohlichkeit zunichte zu machen, während diese Schlange dort oberhalb »der großen Flüsse« zusammengerollt weiter auf mich wartete, den Schwanz südwärts mir entgegenschlenkernd, Kopf in der Mitte . . .

»Mama . . . ich bin gerade sechsundzwanzig geworden. Was glaubst du eigentlich, wen du vor dir hast?«

Einen Moment lang starrte sie mich mit einem fast dämlichen Blick an, noch ganz im Bann ihres Beschwörungsrituals. Dann entspannte sich ihr Gesicht, und ein beschämtes Lächeln erschien.

»Ach ja, herzlichen Glückwunsch noch ... Der bekannte Umschlag liegt schon für dich bereit. Nichts besonderes, hörst du? Das Gleiche wie voriges Jahr ... nur ein klein bißchen mehr wegen der Inflation. – Der Junge da draußen mag sicher 'ne Tasse Kaffee, nach so'ner langen Fahrt?«

Während sie Kaffee kochte, lud ich mit dem Umzugsfritzen meine Sachen aus. Was nicht direkt in mein altes Zimmer unter dem Dach konnte (dort stand der ganze Elektronikkram von Freek rum), stellten wir in den Flur. Meine Mutter erschien ab und an kopfschüttelnd, sich auf die Unterlippe beißend, in der Küchentür. Den kleinen Schreibtisch setzten wir erstmal im Vorgarten ab. Merkwürdig niedrig stand er da mit abgeschraubten Beinen im Gras.

Hinter dem Haus, an einer Gartensitzecke im Schatten der Koniferen, tranken wir Kaffee. Keine Radios, keine keifenden Frauen – es war dort ungewöhnlich ruhig, fast still, was meiner Heimkehr einen feierlichen Rahmen gab.

»Geben die Nachbarn zur Zeit Ruhe?«

»Schön wär's. Jetzt, wo uns der Krach ausnahmsweise mal gut in den Kram passen würde, da mucksen sie sich nicht, die Feiglinge.«

Auf meinen fragenden Blick hin schob sie die Lippen vor und schloß für einen Moment die Augen: Du bekommst es gleich zu hören.

Nach der zweiten Tasse drückte meine Mutter dem Babyloniënbroeker zwei Fünfundzwanzigguldenscheine in die Hand.

»Die Umzugskosten ... ein bißchen aufgerundet. Du hast ja so einen weiten Umweg machen müssen.«

Es war, als bezahlte sie ihn zusätzlich für den Gefallen, den er ihr erwiesen hatte, indem er mich ausgerechnet in Geldrop abgeliefert hatte. Ich wünschte ihm eine gute Reise in die Türkei, und er fuhr unter Winken meiner Mutter und mir los.

Als ich die Haustür schloß und ins Wohnzimmer gehen wollte, hielt sie mich fest, um mit ihren harten Fingern meine Haare zurechtzukämmen. »Ich hab dich kaum erkannt, so gestutzt ... Gehen wir mal davon aus, daß du endlich Vernunft angenommen hast.« Es war Besuch da, also sollte ich so vorteilhaft wie möglich aussehen. Am liebsten hätte sie so weitergemacht, um mich wieder zu dem idealen Bürschchen zurechtzumodeln, das irgendwo zwischen Baby und Erwachsenem stehengeblieben war. Es fehlte nicht viel, und sie würde mir mit ihrer Spucke einen imaginären Klecks Schokocreme von der Wange wischen ... Ich riß mich los und ging ins Zimmer.

Mein Vater saß wie immer – ein letztes bißchen Instinkt in ihm – mit dem Gesicht zur Tür am Tisch. Ihm gegenüber saß ein Riese von einem Polizisten, in dem ich jetzt auf Anhieb Propers erkannte. Obwohl er keinerlei negroide Züge besaß, wurde er aufgrund seines dunklen Äußeren und der schweren Kieferpartie schon seit fast zwanzig Jahren von jedem im Ort »Lumumba« genannt.

»Ah! Da haben wir den Sohn«, sagte mein Vater grinsend, ohne mich anzusehen. Auch jetzt gelang es ihm wieder, sich nicht direkt an mich zu wenden. Erst durch dieses »Ah! Da haben wir den Sohn« wußte ich, warum mir die Situation so vertraut vorkam. Ich hatte ihn, wenn ich von der Schule nach Hause kam, schon früher mit einem Polizisten angetroffen, der ihm am Tisch gegenübersaß. Mit Lumumbas unzertrennlichem Kollegen Edelman. Auch damals hatte mein Vater, mittlerweile daran gewöhnt, sich in der dritten Person an mich zu wenden, zu dem Mann auf der anderen Tischseite gesagt: »Sieh an ... da haben wir den Sohn.«

»O. Das ist also der Sohn«, sagte Lumumba.

»Ja, ich bin der Sohn«, bekannte ich daraufhin. Ich gab dem Mann die Hand.

»Propers.«

Nicht, weil die Polizei in Nimwegen ein paarmal an mir geschnüffelt hatte, versetzte mir die Uniform einen Stich. Da war es hinter den »mittelalterlichen« Brillengläsern, in seiner gerade noch eben barschen Stimme, in dem nicht mehr eisernen, aber immerhin noch bleiernen Griff seiner Hand: ein schwindeln machender Geruch nach Rosen, Erde, Gras, Kinderschweiß ... der aus einem Geldrop aufstieg, das es nicht mehr gab.

Ich setzte mich weit von Lumumba entfernt aufs Sofa.

Es war Sommer gewesen in den »Gemeindegärten« von Braakhuizen-Noord: Reihen rechteckiger Grünanlagen, die sich parallel zu den Straßen erstreckten. Sie waren mit mathematischer Präzision von einem Architekten entworfen worden, der unter Verstopfung litt: ein rechteckiger Rasen, in dem in verkleinertem Maßstab das gleiche Rechteck als Rosenbeet ausgespart war. Das Gras wurde von den Gemeindearbeitern genauso kurz gehalten, wie es die Haare der Dorfjungen in jener Zeit waren. In den fanatisch gestutzten Rosensträuchern erkannten wir, ohne ein Wort darüber zu verlieren, unsere eigenen zurechtgestutzten Seelen wieder. Ich hatte sie nie blühen sehen. Bei meinen Spielkameraden stieß ich immer sofort auf das saftige, aber widerborstige und stachlige Holz: nicht einmal ein Ansatz der Blüte, die sie ihrer Natur gemäß in sich trugen. Auch kein Hauch von Duft ... nie etwas anderes als der Geruch feuchter Erde und gemähten Grases. Ständig riß man sich die Haut und die Kleider daran auf.

Außer an der Straßenseite waren die Grünanlagen überall mit niedrigen Hecken eingefaßt. Es war strengstens verboten, sich innerhalb der Umzäunung aufzuhalten. Doch früher oder später mußte ein Sommerabend kommen, an dem wir, nach dem Essen in der Tricotstraat spielend, trunken wurden vom lila Himmel und dem Geruch kurzgeschnittenen Grases. Eincm Geruch, der um so stärker wurde, je tiefer die Sonne hinter den Häusern versank und feuchter Dunst aus der Erde aufstieg. Wir rauften auf den Pflastersteinen. Ich saß auf Flix, dessen Kopf auf der Kante lag, die die Grünanlage von der Straße trennte. Seine Haare berührten das Gras.

»Gnade«, sagte Flix. Aber im nächsten Augenblick lag ich im Gras, und er auf mir. Er pflanzte die Knie auf meine Oberarme, und ich spürte, wie seine harten Kniescheiben nach meinen weichen Muskeln suchten. Ich wehrte mich kaum. Das Gras unter meinem Rücken und Hintern war feucht und schwül. Ich roch, wie der Gras- und Erdgeruch von uns aufgewühlt wurde. Um uns herum waren plötzlich noch mehr kämpfende Leiber.

»Abklopfen!« sagte die Stimme über mir aufgeregt keuchend. »Los! Abklopfen!« Und Flix steigerte den Druck seiner mageren Knie auf meinen molligen Oberarmen. »Ich laß dich nicht los, bevor du nicht um Gnade gefleht hast, Kleiner, denk dran . . .«

»*Pellezei!*« rief plötzlich jemand. Der Ruf wurde von einigen anderen Stimmen übernommen. »*Pellezei! Pellezei!* . . .«

Flix ließ mich los und sprang auf. Am Rande der Grünanlage hatte – einen Fuß noch auf dem Pedal, den anderen auf dem Bordstein – ein Polizist haltgemacht. Ich schaute von unten zu Fahrrad und Fahrer auf. Eine dunkle, bedrohliche, bewegungslose Einheit, die wie ein Reiterstandbild vor dem blaugrünen Himmel aufragte. Es war Lumumba.

Im nächsten Moment saß ich vier Straßen weiter in unserer Küche auf einem harten Stuhl, während mir meine Mutter mit einem Waschlappen Füße und Beine wusch. Ich versuchte verzweifelt, meinen keuchenden Atem zu mäßigen, so sehr fürchtete ich, der Dorfschinder könnte ihn sogar auf diese Entfernung noch hören.

Am nächsten Tag erfuhr ich in der Schule von Flix, Lumumba habe sich alle Namen und Adressen notiert, auch von »diesem feigen Bürschchen«, das so schnell abgehauen sei. Er würde mich »schon zu finden wissen« . . . Jahrelang hatte ich ihn erwartet, und jetzt war er endlich gekommen. Geldrop war ein Paradies für Sündenböcke.

»Wollen wir denn mal zur Sache kommen?« schlug Lumumba vor.

Meine Mutter, die mittlerweile ebenfalls ins Zimmer gekommen und am Tisch stehengeblieben war, legte die Hände auf die Rückenlehne eines Stuhls und sagte: »Also, das hält ja kein Mensch aus, den Krach, den die hier nebenan veranstalten. Ich bin fix und fertig mit den Nerven. Besonders jetzt, wo's draußen so schön ist . . . Man kann sich nicht mal in seinen Garten setzen, weil die den ganzen Tag ihr Radio dermaßen aufdrehen. Das ist . . . das ist . . . hundsgemein, jawoll.«

»Früher war's ja schon schlimm genug«, fuhr mein Vater dazwischen, »und da hatten sie nur drinnen ein Radio. Aber seit ihre Jungs größer sind und hinten auf dem Hof unter ihren alten Mopeds liegen, da haben sie sich der Bequemlichkeit halber auch eins in den Schuppen gestellt. Das ist ständig voll aufgedreht, man muß die Musik ja schließlich auch noch bei dem Geknatter . . .«

»Und glauben Sie bloß nicht«, unterbrach ihn meine Mutter, »daß die das Transistorradio ausmachen, wenn sie mit ihrem Knatterding weg sind. Das schalt'n die morgens auf Hilversum drei an und erst am Abend wieder aus. Und es ist nicht nur die Musik, es sind auch diese Schreihälse von Discjockeys. Solche Halbidioten . . .«

»Und dann ham sie auch noch 'nen Tuner im Wohnzimmer«, wußte mein Vater zu berichten. »Stereo. Den stellen sie einfach auf 'nen anderen Sender ein, wie's halt grad so kommt. Dann kriegen wir zwei Sender gleichzeitig zu hören . . . Und 'nen Plattenspieler ham sie auch. Und Platten. Wo die doch selber schon solche Brüllaffen sind.«

»Ach, wissen Sie, was es ist«, fuhr meine Mutter in scheinbar begütigendem Ton fort. »Das sind solche primitiven Leute aus der Wethouder Kop van Eltenstraat. Das Primitivste vom Primitiven aus dem ›Bürgermeisterviertel‹.«

»Ach ja?« fragte Lumumba übereifrig. »Kop van Eltenstraat?« Er kam selber von dort.

»Solche Leute gehören hier nicht her«, fuhr meine Mutter fort. »Wir sind ja schon nix Besonderes, aber bei uns geht's wenigstens anständig zu. Aber die hier nebendran . . . Weg damit, weg damit.« Sie machte die dazu passende Handbewegung.

Mein Vater versuchte, den Grund seiner Beschwerde zusammenzufassen. »Kurz und gut: Die Frau kriegt dreimal am

Tag ’nen Nervenzusammenbruch. Und mich macht es auch völlig verrückt. Uns beide.«

Jetzt, da das entscheidende Wort gefallen war, trat Schweigen ein. Auch von draußen drang kaum ein Geräusch ins Wohnzimmer.

»Aber jetzt ist es doch ruhig«, stellte der Polizist fest.

»Ja, ich bitte Sie«, sagte mein Vater. »Die sind eben feig. Ich hab ihnen heute morgen gesagt, daß ich die *Pellezei* hol. Die ham mir ins Gesicht gelacht und einfach weitergemacht mit ihrem Krach. Aber als die gesehn haben, wie Sie auf dem Fahrrad ankamen, da ham sie schnell den Knopf rumgedreht. Ja, ja, so feig sind die.«

Meine Eltern bekamen vom Polizeibeamten auf der ganzen Linie recht. Er wußte –zig Fälle zu nennen, in denen es den Krachmachern an den Kragen gegangen war. Er meinte, mein Vater und meine Mutter hätten gute Aussichten, einen ruhigen Sommer zu erleben. »Notfalls lassen wir die Geräte beschlagnahmen. Oder versiegeln. Nein, nein, Mijnheer, Mevrouw . . . Sie brauchen sich jetzt nicht mehr aufzuregen. Es bleibt hier so ruhig, wie es jetzt ist. Überlassen Sie das nur uns.«

Ich fragte mich, wie diese fahl gewordene Bulldogge das hinkriegen wollte. Im »Seefahrtsviertel« wimmelte es von Leuten, die bei Philips arbeiteten. Jeder, der zwölfeinhalb Jahre bei der Firma war, bekam eine mindestens vierzig Watt starke Stereoanlage geschenkt. Die anderen konnten diese elektronischen Geräte mit dreißig Prozent Rabatt im Personalladen kaufen . . . Es war wie bei den Pelzmänteln: Jetzt, wo sie endlich auch für den Kleinverdiener erschwinglich waren, war es unmoralisch, Seehundpelz zu tragen.

Nach und nach verloren sich mein Vater und meine Mutter in weniger relevanten Erörterungen über die Lebensweise unserer Nachbarn. Ihre Verbitterung betraf nicht nur die Lärmbelästigung. Da gab es noch mehr, viel mehr . . . Sie trugen eine Beschwerde nach der anderen vor, und Lumumba hörte sich alles begierig an. Er wollte ihnen beipflichten, ihre Klagen an denen seiner Bekannten messen, bekam jedoch kein

Wort mehr dazwischen. Von meiner Mutter wurde ihm eine Tasse Kaffee nach der anderen eingeschenkt.

Die Drei steckten die Köpfe immer dichter zusammen ... Sie wurden vertraulicher und vertraulicher ... auch der Polizist ... Kurzfristig entstand eine Liebesbeziehung. Bis sich der Beamte an seinen Auftrag erinnerte und die Intimität zerstörte. Er erhob sich, steckte die Enden seiner weißen Krawatte in die Uniform und sagte: »So, und jetzt will ich mir hier nebendran mal anhören, was die zu erzählen haben. Besten Dank für den Kaffee. Das kriegen wir schon wieder hin.«

Meine Eltern blieben einigermaßen verdattert, benommen sitzen, noch leicht berauscht vom Ausspucken ihrer Beschwerden. Sie waren gerade erst richtig in Fahrt gekommen ... Schließlich stand meine Mutter auf, um Lumumba zur Tür zu begleiten.

Von meinem Platz auf dem Sofa aus konnte ich sehen, wie er die Hand hob, das Fahrrad mit den Pulswärmern ein paar Meter weiterschob und bei den Nachbarn klingelte.

Als meine Mutter wieder im Zimmer war, ließ sie die Jalousie herunter. »Jetzt bin ich aber gespannt«, sagte sie und dämpfte ihr hohes Lachen, indem sie sich die Nase zuhielt.

Hellhörigkeit ist das hervorstechendste Merkmal des modernen Wohnungsbaus. Aus dem Nachbarhaus stieg denn auch schon bald das entrüstete Gejammer der Nachbarin auf, das eine gute Stunde andauern sollte, auch wenn es regelmäßig von höhnischen Kommentaren ihres Mannes übertönt wurde. Auch die Mopedamateurbastler gaben ihren Senf dazu. Lumumbas Stimme war in dieser verbalen Gewalt nicht auszumachen. Es war kein verteidigender, sondern ein ununterbrochen beschuldigender Ton, der zu uns drang. Sogar einem neutralen Zuhörer wäre klar gewesen, daß hier eine Anzeige erstattet wurde und nicht entkräftet.

Anderthalb Stunden danach verließ der Polizeibeamte das Haus der Familie Broeckxs. Er zog die weißen Handschuhe an und schob sein Dienstfahrrad zum Bordstein. Im Vorbeigehen warf er einen sehr müden Blick auf unser verhangenes Fenster.

Ich weiß nicht, was herrlicher war, als ich am nächsten Tag wach wurde: das Fehlen eines Katers, die Tatsache, daß ich mich an alle Einzelheiten eines langen Traums erinnern konnte, oder die Entdeckung, daß ein neuer Sommertag hinter den Vorhängen wartete. Die anfängliche Panik hielt nicht an: Nein, ich hatte gut daran getan, Unterschlupf im elterlichen Haus zu suchen ...

Unten fand ich niemanden vor, auch der Hund war weg. Das Auto stand nicht vor dem Haus. Manchmal fuhr mein Vater meine Mutter ins Einkaufszentrum, um danach Henna spazierenzuführen, während sie einkaufte. Harmonisches Familienleben.

Anstatt gegen die morgendliche Nimwegener Übelkeit ankämpfen zu müssen, konnte ich mir jetzt, mit Appetit, Spiegeleier braten. Während des Frühstücks klingelte das Telefon. Ich hatte gerade einen großen Bissen im Mund ...

»Egberts.«

»Ja, Mijnheer Egberts ... Polizeihauptwachtmeister Hendrickxs am Apparat. Sie haben gestern bei einem unserer Streifenwagen Anzeige wegen Lärmbelästigung durch die Nachbarn erstattet. Daraufhin war ein Beamter bei Ihnen, um zu hören, ob die Anzeige begründet ist. Das stimmt doch?«

»Mm-mm.« Hendrickxs ... das war der, der uns in das Haus vorangegangen war, das mein Vater mit Gas hatte vollströmen lassen. Allein schon beim Hören seines Namens roch ich es. Die Suggestion war so stark, daß ich für einen Moment glaubte, ich hätte bei der Zubereitung meines Frühstücks einen Gasknopf umgedreht, ohne ein Streichholz an den Brenner zu halten. Weil ich immer noch einen vollen Mund hatte, mußte ich den Hauptwachtmeister wohl oder übel aussprechen lassen.

»Gut. Nun haben die Aussagen Ihrer Nachbarn, der Familie Broeckxs, aber ergeben, daß Sie gestern morgen mit einem Beil bei ihnen auf dem Hof standen ...«

»Einem Beil?«

»Ja, einem Beil, Mijnheer Egberts. Einem kurzstieligen Beil. Das werden Sie selbst doch wohl am besten wissen ... Warum so naiv?«

Ich schluckte den letzten Bissen hinunter. »Entschuldigen Sie bitte: Ich bin der Sohn des Egberts, den Sie meinen.«

»O, tut mir leid, Mijnheer Egberts. Ich dachte . . . Jedenfalls hat Ihr Vater gestern morgen Ihre Nachbarn mit einem Beil bedroht. Er hat seine Drohung nicht wahr gemacht, sondern sich in seinem Auto auf die Suche nach einem Streifenwagen begeben. Trotzdem . . . Drohung ist Drohung, da sage ich Ihnen nichts Neues, und jemanden zu bedrohen ist immer falsch, das wissen Sie wohl selbst. Außerdem hat er diese tadelnswerte Tatsache gegenüber unserem Polizeibeamten verschwiegen. So was tut man doch nicht, oder?«

Ich merkte, daß ich am ganzen Leib zitterte. Wie hatte ich auch nur eine Sekunde lang denken können, die Zeiten hätten sich geändert . . . Sie hatten sich nicht geändert! Ich hielt sie in der Hand, an mein Ohr gedrückt . . . ich war direkt mit ihnen verbunden! Ich war mitten in die Schlangengrube von früher getreten.

Ich versuchte zu retten, was zu retten war. »Ja, aber hören Sie bitte, Mijnheer Hendrickxs . . . Stellen Sie sich doch mal die Situation meiner Eltern vor. Sie werden jetzt schon seit Wochen von Lärm geplagt. Sie sind mit den Nerven völlig am Ende. Meine Mutter leidet an Hitzewallungen . . . Ist es dann so verwunderlich, daß einer von ihnen plötzlich die Selbstbeherrschung verliert und mit einem . . . einem . . . Werkzeug auf den Hof der Nachbarn rennt? Daß mein Vater sich im entscheidenden Moment beherrschen konnte, spricht doch nur für ihn, würde ich sagen. Außerdem glaube ich nicht, daß er die Broeckxsens physisch bedroht hat. Soviel ich weiß, hat er nur gedroht, ihr Radio kurz und klein zu schlagen.«

Womit war man sein ganzes Leben lang beschäftigt? Schuld abzustreiten, sich die Schande vom Leib zu waschen . . . Wie kein anderes Wesen war der Mensch in der Lage, die Fakten seiner persönlichen Geschichte so zu ordnen, umzugruppieren, umzulügen, daß sie ihn von jeglicher Schuld freisprachen. Aber im Grunde kämpfte jeder gegen die Schande, die dem Leben sowieso anhaftete.

»Nach Aussage der Familie Broeckxs«, sagte Hendrickxs,

»stand Ihr Vater plötzlich mit einem Beil in der Hand bei ihnen auf dem Hof. Logisch, daß die sich bedroht fühlten. Sie haben jetzt eine Eisenstange parat stehen, sagen sie. Gewalt, Mijnheer Egberts, das wissen Sie im übrigen auch . . . Gewalt löst immer neue Gewalt aus. Und was Sie vielleicht auch wissen, ist, daß Gewalt schnell eskaliert. Ihr Vater ist sowieso im Unrecht, weil er dieses Beil verschwiegen hat. Und er hat hier im Dorf schon öfter mit so einem Ding herumgefuchtelt . . . Das alles spricht gegen ihn. Infolgedessen können wir seine Anzeige auch nicht ernst nehmen, geschweige denn bearbeiten. – Guten Morgen.«

Wir legten auf.

So ein blöder Hund . . . Ich ging durch die hintere Tür hinaus zum Schuppen. Das Beil war rasch gefunden, in einer alten Brabantia-Brotdose, die für das kleine Werkzeug benutzt wurde. Ich nahm es in die Hand, die vom krampfhaften Ans-Ohr-Pressen des Telefonhörers immer noch zitterte. Das Wiedererkennen kam in erster Linie durch den Griff um den glatten Stiel. Natürlich war das Beil kleiner und leichter als das, mit dem ich mich im Namen meines Vaters gerächt hatte . . .

Das Klingeln war bis in den Schuppen zu hören. Ich ging schnell durch den Garten, rannte durch die Küche und den Flur und öffnete die Haustür. Zwischen zwei vollen Einkaufstaschen stand meine Mutter auf dem Abtretrost.

»Na endlich . . .« sagte sie und griff links und rechts nach den Henkeln. »So früh noch, und schon so warm.«

»Wie macht ihr das sonst, wenn ich nicht da bin? Du hast doch einen Schlüssel?«

»Ich wollte dich aus dem Bett klingeln. Aber du bist ja schon auf, wie ich sehe.«

Sie trat in den Flur, gefolgt von Henna, die meinen Vater mitzog. Erst als meine Mutter – eher Feststellung als Frage – sagte: »Was willst du denn mit dem rostigen Ding da? Holz hacken für den Ofen . . .?« ging mir auf, daß ich noch immer das Beil in der Hand hielt.

Nachdem mein Vater die Tür hinter sich geschlossen hatte,

blickte er mit einer Mischung aus Ungläubigkeit und Argwohn auf den Gegenstand in meiner Hand. Etwas in seiner Haltung wehrte das Beil ab – nicht einen erwarteten Schlag, sondern eher die Beschuldigung, die das Ding verkörperte.

Ich fuhr mit der Fingerspitze über die stumpfe Schneide und registrierte eine Vielzahl winziger Scharten. »Wegen diesem rostigen Ding da hat jemand angerufen«, sagte ich.

In der Küche stellte meine Mutter die Einkaufstaschen ab. Ich konnte die Metallknöpfe an der Unterseite über den Fliesenboden scharren hören, so still war es plötzlich. »Angerufen?« rief sie dann. »Wegen . . . Wer denn?«

Henna riß sich los und sprang zu ihrem Wassernapf, in dem sie laut mit der Zunge zu schlabbern begann.

»Sie trinkt und trinkt, die alte Tante, bei dem heißen Wetter«, sagte mein Vater, der bei mir im Flur stehen geblieben war.

»Hauptwachtmeister Hendrickxs von der Polizei.« Ich wandte mich direkt an meine Mutter. »Sie haben eure Beschwerde wegen nachbarlicher Lärmbelästigung für unbegründet erklärt. Monsieur hier hat bei Broeckxsens mit diesem Beil rumgefuchtelt.«

Meine Eltern sahen sich mit hochgezogenen Augenbrauen an. Aber hochgezogene Augenbrauen bedeuteten bei meiner Mutter etwas ganz anderes als bei meinem Vater, soviel wußte ich mittlerweile. Meine Mutter stemmte die Hände in die Seiten. »Jetzt sag mir mal . . .!«

Der Mann setzte sich mit einem halb erstaunten, halb gekränkten Gesicht – eine Augenbraue hochgezogen – auf seinen Stammplatz am Tisch und zündete sich eine Zigarette an. Meine Mutter stellte sich, die Hände jetzt auf der Stuhllehne, ihm gegenüber hin. Ich blieb an der Schwelle der Verbindungstür.

»Na?« sagte meine Mutter.

Er wurde kleiner und kleiner . . . ihr Fuß in seinem Nakken . . .

»Ich wollte denen nur das Radio klein hauen. Ist das vielleicht ein Wunder, nach allem, was wir mitgemacht haben? Und ich hab's ja gar nicht getan . . . Ich wollte nur . . .«

»Ach, du Depp. Alter Trottel. Immer alles vermurksen, das ist das einzige, was du kannst. Der Teufel soll dich holen.«

Hilflosigkeit breitete sich auf seinem Gesicht aus. Jetzt war ich an der Reihe, ihn zur Schnecke zu machen. Ich bereute schon jetzt, was ich ihm gleich sagen würde. Er legte großen Wert auf meine Worte ... Wie üblich benutzte ich die dritte Person: Ich richtete mich über meine Mutter an ihn.

»Daß er bei den Broeckxsens mit dem Beil auf den Hof stürmt, da will ich ja noch gar nichts sagen ... Aber daß er es so 'nem Lumumba gegenüber verschweigt, so als hätte er was zu verbergen, das ist doch wirklich das Dämlichste, was man tun kann. Das hätte ja gerade ein starkes Argument sein können! Er hätte nur zu sagen brauchen ... zum Beispiel: ›Ich bin so wütend geworden, daß ich völlig außer mir war ... Und bevor ich wußte, wie mir geschah, stand ich bei den Nachbarn hinterm Haus mit 'nem Beil in der Hand. Ich hab mich grad noch beherrschen können, sonst hätt es ein Unglück gegeben.‹ So ungefähr ... ›Ich bin zur Polizei gegangen, weil ich mich nicht mehr beherrschen konnte ... um mich vor mir selbst zu schützen.‹ Ja, dann hätten sie ihm nichts anhaben können. Aber so, wie er es angepackt hat, passiert den Broeckxsens nichts, und wir sind die Blamierten.«

»Ach, Albert ... du kannst sagen, was du willst, das ist alles vergebliche Liebesmüh bei dem blöden Kerl. So was macht der schon sein ganzes Leben lang! Eine Eselei größer als die andere! Und so jemand hat man nun den ganzen Tag im Haus ... Ja, ja, Mann, zünd du dir noch 'ne Zigarette an!«

Sie würde noch mehr sagen, wozu ich dann wieder meinen Senf geben würde, und so weiter. Der Mann würde immer mehr in die Enge getrieben, und mein Mitleid mit ihm würde stetig wachsen. Aus lauter Haß auf mein unnützes Erbarmen würde ich ihm noch mal extra doll Bescheid stoßen ... Die Sache mit dem Beil war nur der äußere Anlaß: Hier wurde ein ganz anderer Dialog geführt. In den ausgesprochenen Sätzen schwangen noch heftigere Worte mit, die sich unverhüllt nicht aussprechen ließen.

Fallende Eltern

1

Juni ... es war ein herrlicher Juni in diesem Jahr. Jeder neue Tag glich in seiner Vollkommenheit so sehr dem vorangegangenen, daß sich die Tage wie von selbst übereinanderschoben und, wie sich zeigte, aufeinanderpaßten; in meiner Erinnerung ist dieser Monat ein einziger vollkommener Sommertag. Einer, der sogar länger als einen Monat dauerte, denn er dehnte sich bis weit in den Juli hinein. Übergangslos weitete sich der eine Monat auf den anderen aus.

Etwa vierzig Tage zählte der Juni, und jeder dieser vierzig Tage war eine *Wiederkehr des Gleichen*. Selbst daß sich die ersten zwanzig längten und die zweiten zwanzig schrumpften, fiel nicht auf. Dieser Monat Juni stellte insgesamt den »längsten Tag« dar.

Außer tief in diesen Tag zu schauen tat ich eigentlich nichts. Anstatt schnell wechselnde Eindrücke zu speichern, haben meine Sinne vierzig Tage lang wie eine Kamera diesen einen vollkommenen Tag aufgenommen, und das Resultat, sehe ich jetzt, ist verblüffend. Die Schatten des Gartens zeichnen sich schärfer ab, als sie es in Wirklichkeit je getan haben können. Im Sonnenlicht, unecht grell, schimmert der Sand der kleinen Blumenbeete wie Zucker. Nichts bewegt sich – kein Blättchen, nichts. Auch diese ganz kleinen weißen Schmetterlinge, normalerweise Wunder an Beweglichkeit, hängen reglos wie Blüten zwischen den Sträuchern. Die Koniferen bilden massive Felskegel. An der Wäscheleine drei oder vier verewigte Klammern ... Eine makellose Daguerrotypie.

Es sieht ganz so aus, als hätte ich meine eigene Bewegungslosigkeit auf diesen vierzigfachen Tag übertragen.

Aber auch akustisch manifestiert sich dieser Junitag wie kein anderer. Drei Gärten weiter fiept ein Hund im Schlaf ... auf der Spüle in der Küche hinter mir werden Tassen abgestellt ... in der leisen Stimme meiner Mutter schwingt so ungefähr ihre ganze Geschichte mit (auch wenn natürlich noch Fragen bleiben) ... und über alldem ist der Preßluftbohrer einer Biene in einer Blüte zu hören ...

Und, o ja, Scham erfüllte mich gegenüber soviel Schönem: dem Garten, dem Tag, der Sonne und dem Sommer, der bereits vor seiner Zeit gekommen war ... Scham wegen all dessen, was ich getan hatte, aber mehr noch deswegen, was ich stets zu tun versäumt hatte. Alles um mich herum schien in einer perfekten Konstellation darauf aus, diese Scham in mir zu wecken. Mit diesem Zuviel an Fett um die Hüften und in meiner Leber kam ich mir wie ein Klumpen Dreck vor. Und die Sonne war mit keinem anderen Ziel am Himmel erschienen, als diesen fetten Klumpen so lange zu bestrahlen, bis der bleiche, blinde Wurm meiner Scham sich aus ihm herauswinden würde. Ich fühlte mich schmutzig, trocknete mich in der Sonne. Und es half ...! Und je mehr es half, desto mehr kämpfte ich mit meiner Scham. Dem einzigen, das nicht falsch an mir war.

Damit mir nicht ein Detail jenes einzigartigen Junitags entging, ließ ich mich um acht Uhr wecken. Meine Mutter öffnete die Tür zu meinem Zimmer und sagte leise: »Albert, mein Junge ... du, es ist schon nach acht«, was bedeutete, daß es auf acht zuging.

Die Sonne schien durch die gelben Vorhänge, und ich konnte mich bis ins Detail an alle meine Träume erinnern. Sofort nach dem Aufwachen fühlte ich mich fit, was mir jahrelang nicht mehr passiert war. Ich putzte mir beim Duschen die Zähne, trocknete mich ab und zog mir Badehose, Hose und T-Shirt an. Mit einem Stapel Bücher unter dem Arm stieg ich die Treppe hinunter, ging durch den Flur und die Küche in den Garten, wo mein Strandkorb bereits wartete. Ich legte die Bücher auf den Boden und setzte mich.

Die Sonne war gerade über der nächsten Häuserreihe der Straße aufgetaucht, die an den Wald grenzte. Der gerändelte Schatten unseres Schuppens, der ein Wellblechdach hat, berührte meine Füße, begann sich aber bereits zurückzuziehen, träge wie eine Schnecke, die kleiner werdend die lange Reise zu dem Haus unternimmt, in dem sie festsitzt.

Punkt Viertel nach acht brachte mir meine Mutter einen

Teller mit zwei in Stücke geschnittenen Butterbroten und ein Glas Milch aus dem Kühlschrank: Ich aß und trank.

Wenn ich den Teller mit den Krümeln und darauf das beschlagene Glas neben meinem Stuhl abstellte, hatte die Sonne ihr Kinn gerade aus einem Schornstein gegenüber gelöst und stand frei über den Dächern. Ich legte ein Lehrbuch aufgeschlagen auf meine Beine, sah aber weiter in den Garten. Es wurde Viertel vor neun, neun, halb zehn.

Gegen zehn flog die Küchentür auf, und Henna kam auf den Hof gesprungen. In der Sonne war ihr vor Alter schon ausgebleichtes und stumpfes Fell wieder ganz und gar arabische Glut. In Erwartung ihres Herrchens machte sie ihre Runde durch den Garten, wurde hier und da schon mal etwas Urin los, den ihre alte Blase nicht länger halten konnte.

»Meine Blumen!« rief meine Mutter aus der Küche. »Sie lösen sich vor meinen Augen auf!«

Kurz darauf kam auch mein Vater aus dem Haus. Er brachte den Duft frischen Kaffees mit.

»Henna, wer ist das?« sagte er, während er die Leine am Halsband des Hundes festmachte. »Ist das das andere Herrchen? Ist das das Herrchen mit den Büchern?«

Das war seine Art, »guten Morgen« zu wünschen, was er nie direkt tat. Herr und Hund verschwanden hinter dem Schuppen in Richtung Wald.

Die Sonne hielt auf der Hälfte ihres Weges nach oben kurz inne, und meine Mutter brachte den Kaffee. In der einen Hand trug sie das Tablett mit zwei Tassen, in der anderen einen Küchenstuhl. Sie kam zögernd näher. In ehrerbietiger Entfernung von meinem Strandkorb blieb sie stehen, beugte sich in meine Richtung, flüsterte: »Kann ich mich für einen Augenblick zu dir setzen . . . oder willst du lieber weiterarbeiten? Sag's nur. Mir ist es egal. Wirklich.«

Zu ihrer sonstigen Bescheidenheit kam noch ihre Ehrfurcht vor Lehrbüchern. Sie war fast schon wieder einen Schritt zurückgetreten.

»Nein, nein. Setz dich ruhig zu mir.«

»Na gut, eine Minute. Länger will ich dich wirklich nicht von der Arbeit abhalten.« Sie hielt mir das Tablett hin. »Für mich weiß, für dich schwarz.« Sie schauderte kurz. »Ich kapier nicht, wie ihr das runterkriegt. Frißt das denn kein Loch in den Magen? Eigentlich bin ich verrückt, daß ich meinen Kindern dieses Gift gebe. Weiß der Himmel, was ich nicht schon für Schäden in euch angerichtet habe, mit meinem Kaffee.«

Sie stellte ihren Stuhl neben meinen und setzte sich auf die vorderste Kante. Ich hatte sie selten anders Platz nehmen sehen. Das Schuldbewußtsein war ihr in den Rücken gefahren, bestimmte ihre Haltung, bildete einen unsichtbaren und noch härteren Sitz zwischen ihr und dem Holzstuhl.

Bis zu ihrem elften oder zwölften Lebensjahr hatte sie nie sitzend gegessen. In ihrem Elternhaus standen nur an den Stirnseiten des Tisches Stühle. Auf dem einen saß der Vater mit dem mittleren Kind auf dem Schoß, dem er von Zeit zu Zeit einen gestrichenen Löffel Brei in den Mund schob, und auf dem anderen die Mutter, die dem Jüngsten die Brust gab. Zwischen ihnen stand auf einer Kieke die älteste Tochter. Die Eltern wechselten kein Wort, nur manchmal einen Blick innigen Einvernehmens, wenn so ein Kleines zufrieden schmatzte. Dafür sprachen sie leise auf das Kind ein, das sie auf dem Schoß oder an der Brust hielten – Worte, die nur dann etwas bedeuteten, wenn sie einen warmen Klang hatten.

Das Mädchen, das innerhalb ihres Quadrats mal auf dem einen Bein ruhte und mal auf dem anderen, blickte über ihren Teller hinweg vom Vater zur Mutter, vom kleinen Bruder zur kleinen Schwester ... Sie sahen sie nicht. Die beiden Kleinen wurden von sich behutsam bewegenden Armen, fürsorglichen Gesten, Leckerbissen, Koseworten, gesummten Liedern eingesponnen ... und sie, auf ihrer Kieke, war immer weniger existent. An ihr vollzog sich ein widersprüchlicher Prozeß: Sie wuchs (der Tischrand, der trotz des kleinen Tritts noch zu hoch für sie war, sollte bald zu niedrig werden), und je mehr sie wuchs, desto weniger anwesend würde sie sein. Aus den fünf herzförmigen Öffnungen, aus denen früher warme Luft unter die Röcke alter Frauen geströmt war, kroch Kälte an ihren Fußknöcheln hoch.

Ich stellte mir vor, daß sich die Luft in fünf eisigen Strängen wie Efeu um ihre Beine wand ... Das war mein sentimentaler Kult: Nur so, durch die Intensität der Vorstellung, konnte ich mich ein wenig strafen. Eine passivere Form des Bußetuns gab es nicht. Ein Schmerz, für den kein Muskel im ganzen Gesicht verzogen zu werden brauchte. Ich gab dafür mein letztes armseliges Restchen an Poesie her ...

Am Mierloseweg, auf einem brachliegenden Gelände gegenüber der Tweka-Fabrik, stand früher ein alter Bus, der zu einer Pommesbude umgebaut worden war. Ein spitzer kleiner Schornstein kletterte in Stufen gen Himmel – eine Form, die manchmal, wenn der Wind entsprechend blies, durch den Rauch weitergezeichnet wurde. Die Bude wurde von einem alten, bedrückten Mann in gelbem Kittel und einer hübschen zigeunerhaften Frau mit Ohrringen und ausgezupften Augenbrauen betrieben. Von ihnen hieß es, sie hätten heimlich ein Verhältnis. Ihre Kartoffeln bezogen sie vorgebacken von irgendeinem Betrieb. Was die Pommes anging – wie der Mann, der sie fritierte, bleich und schlaff und fett –, bedeutete der qualmende Bus kaum Konkurrenz für den Imbiß *'n Frietje van Pietje en Mietje!*, der ein Stück weiter an derselben Straße lag. Die *Nasi-goreng-Frikadellen* jedoch, um die sich die Frau kümmerte, waren die leckersten weit und breit.

Meine Mutter, die sich sonst nichts aus exotischen Speisen machte, hatte das Unglück, süchtig nach diesen »himmlischen« Nasi-goreng-Frikadellen zu werden, was ganz im Widerspruch zu ihrer sonstigen Genußunfähigkeit stand.

Sie war verzweifelt ... dachte den ganzen Tag daran ... Schon in der Mittagsstunde schickte sie mich oft mit etwas in Papier gewickeltem Kleingeld los. Sie selbst traute sich nicht.

Sie bestellte nie weniger als zwei, denn eine war zu wenig, und durch diese zusätzliche Nasi-Frikadelle fühlte sie sich um so schuldiger.

»Zwei Stück. Du willst ja wohl auch eine? Ach, dann nimm doch drei . . .«

Sie aß sie auf dem Klo, heimlich, in tiefer Scham, weil sie die Unverschämtheit hatte, etwas zu genießen . . . weil es ihr schmeckte. Für diese Sünde zog sie sich an denselben Ort zurück, an den sie sich für die Todsünde ihrer Mädchenjahre zurückgezogen hatte: Lesen.

Das Klo . . . das war der Ort, an dem man die absolut verbotenen Dinge tat . . . Ich stand meist Wache auf dem Flur und lauschte dem Knistern von etwas, was kein Toilettenpapier sein konnte. Sie aß hastig, genauso wie sie früher hastig gelesen hatte. Es war schlecht, eine verderbliche Schwäche, mit der man am besten so schnell wie möglich fertig wurde, dann hatte man es hinter sich. Ich hörte sie schnaufend essen.

Wenn ihre lange Abwesenheit im Wohnzimmer aufzufallen drohte, kam sie aus der Toilette und schob mir – schnell! schnell! – das Papier mit den Resten in die Hand. Wir tauschten rasch die Plätze. Dann kostete ich das bittere Vergnügen, hinter verriegelter Tür ihre beschämende Mahlzeit zu beenden, während ich sie, manchmal forciert lässig singend, in die Küche gehen hörte.

Hatte sie es geschafft, ihren Leckerbissen bis zum letzten Reiskorn zu verputzen, dann drückte sie das fettige Papier zu einem Golfball zusammen, der genau in ihre Faust paßte. Mit der freien Hand wischte sie sich über Kinn und Wangen, um sich nicht durch einen rotbraunen Krümel Paniermehl zu verraten. Sie war imstande, danach mit einer Zeitung in der Toilette herumzuwedeln, um den Fettgeruch zu vertreiben. Sämtliche Spuren ihrer Sündhaftigkeit, auch die unsichtbaren, mußten beseitigt werden.

Der Mann an der einen Stirnseite des Tisches hatte der Frau ihm gegenüber eines schwülen Sonntagnachmittags Ende der zwanziger Jahre (am Vorabend einer Krisenzeit, die für seinesgleichen längst begonnen hatte) ein Kind gemacht. Schon die Kulisse - ein Abstellraum, vollgestopft mit halben Fahrrädern und einzelnen Schuhen – war entscheidend, hatte bei der Befruchtung als eine Art dritter Elternteil mitgewirkt.

Die Nachricht erreichte ihn in Frankreich, wo er Arbeit suchte und schließlich auch fand. (Bis ins hohe Alter sollte er seine Französischkenntnisse zum besten geben: »öhn, döh, tra, kat« und »awieh, me knutje«, was letzteres auch immer heißen mochte. Neben ihrer Armut litten sie unter der Unfähigkeit, aus ihrem Elend, der Verbannung, der Unterwürfigkeit etwas zu lernen. Kein einziger Pfennig blieb hängen, geschweige denn ein Wort einer fremden Sprache ... und noch nicht mal einen exotischen Tripper brachte er mit nach Hause. Eine Armut, die sich nie wettmachen lassen sollte. Ja, später schrieb er Gedichte auf den Tod Jesu Christu. ». . . *und darüber steht geschrieben:/Ecce homo, sehet, welch ein Mensch*!«) Erst dreieinhalb Jahre später kehrte er nach Den Bosch zurück, wo er gerade noch rechtzeitig eintraf, um den dritten Geburtstag seiner kleinen Tochter, na ja, mitzuerleben, denn zu feiern gab es nichts. Das war im Jahr 1930.

Nach ihrer Mußheirat machten der Mann und die Frau, ohne sich besonders anstrengen zu müssen, eine wichtige Entdeckung. Sie waren sich ihrer Erfindung nicht mal bewußt, praktizierten sie aber täglich und immer intensiver. Die Schande, die sie trugen, brauchten sie nur nach und nach auf das Kind zu laden, um selbst mit der Zeit davon frei zu sein. Die Kleine hätte nicht kommen dürfen. Und schon gar nicht in dieser Krisenzeit. Es war alles nur die Schuld dieser Kleinen.

»Du«, sagten sie zu ihrem Kind, wenn auch nicht mit Worten, »du hast alles verpfuscht und vermasselt. Es war nicht gerade feinfühlig von dir, uns ausgerechnet jetzt das Leben zu versauen. Unsere ganze Zukunft ist im Eimer. Aber dafür wirst du uns büßen ... Wart nur, Mädel, wir kriegen dich schon. Wir sind mit dir noch nicht fertig. Als erstes wirst du mal auf halbe Ration gesetzt.«

Dem Mädchen wurde eingeredet, es wachse zu schnell. Es esse zu viel, platze aus allen Kleidern ... »Lange Ziege« nannten sie sie. Mit dem Größerwerden vergrößerte sich auch die

Schuld der Eltern bei ihr. Ein organischer Prozeß, auf dem der Segen des Schöpfers ruhte. Die Leute hielten sich intuitiv an eine Logik, die zwangsläufig zur gewünschten Schuldanerkenntnis führen mußte.

Das Kind schämte sich, daß es wuchs, fühlte sich schuldig bei jedem Bissen, den es zu sich nahm . . . Eine himmelschreiende Sünde, so unbescheiden in den Himmel zu wachsen! Seine Scham über das Größerwerden nahm immer mehr zu und war schließlich stark genug, den Wachstumsprozeß zu stoppen. Eingezwängt in ein zu strammes Schuldbewußtsein, blieb das Kind kleiner, als die Natur es gewollt haben konnte.

Schließlich konnten die Eltern erleichtert aufatmen: Das Kind fing an, seine Schuld zu bekennen. Alles lief wie geschmiert . . . ein Ei des Kolumbus, mehr nicht.

Als Hannys Mutter im ersten Kriegsjahr ihr fünftes Kind bekam – das zweite, mit dem sie nicht gerechnet hatte –, fand sie, nun sei es genug; sie hatte vier großgezogen, war mittlerweile fast Vierzig, und »so einer alten Frau«, die »eigentlich schon Oma sein müßte«, konnte man doch kein Baby mehr aufhalsen. Man stelle sich das vor! Die bejahrte siebenunddreißigjährige Dame bequemte sich gar nicht erst dazu, das Kind zu stillen, sondern vertraute den Säugling mitsamt Flasche und allem übrigen ihrer ältesten Tochter an, der mittlerweile dreizehnjährigen »langen Ziege«. Eigens dazu nahm man sie von der Haushaltsschule. »Mensch, was lernst du da denn schon, auf so'ner Schule? Doch auch nix.« Im Namen des kollektiven Gewissens kam noch eine Sozialfürsorgerin vorbei, um sich nach dem Wie und Warum zu erkundigen, aber Hanny hatte ihre Lektion gut gelernt, und die Mutter hatte sich zur Illustrierung des Familienleids in einer solchen Pose ins Bett gelegt, daß man bezweifelte, ob sie es je wieder verlassen würde. Die amtliche Dame neigte das Haupt vor soviel Mißgeschick, fügte sich in das Unvermeidliche und ließ der Mutter ihre Tochter.

Um die voreheliche Schande des Elternpaars ein für allemal auszumerzen, bekam die Dreizehnjährige, die selbst erst zu selten – und zudem unvorbereitet – menstruiert hatte, um darin bereits eine Regelmäßigkeit zu entdecken, einen wenige Wochen alten Säugling an die Brust gedrückt. Sie durfte die Rolle der ledigen jungen Mutter mit Kind geben, die durch die Tratschbereitschaft der Nachbarschaft noch an Authentizität gewann.

Dieser Schachzug ihrer Eltern war so genial, daß ihm unmöglich eine Berechnung zugrunde liegen konnte. Hier hatte etwas Tieferes ordnend eingegriffen.

War die Annahme nicht naheliegend, sie selbst würde zu gegebener Zeit den »Fehltritt« begehen, den sie schon so früh hatte spielen lernen?

Wenn ich sie mir in dieser Rolle vorstellte, sah ich eine Karikatur: ein kleines und klein gehaltenes Mädchen, das ein riesiges Baby mit sich herumschleppt. Schwächlich, unterernährt und, obwohl ursprünglich hübsch, häßlich vor lauter Schüchternheit und Abgekämpftheit.

So wurde der kleine Hasje von seiner ältesten Schwester aufgezogen. Zehn Jahre lang, bis zu meiner Geburt, paddelte dieses Entlein hinter dem Mädchen her, das sich langsam in eine junge Frau verwandelte. Die Mutter wuchs mit dem Kind mit, so daß das Kind nie das Gefühl entwickeln konnte, es gewinne wachsend an Boden gegenüber dem Elternteil. Hasje ist folglich auch immer ein Kindmann geblieben.

Selbst nachdem Hanny geheiratet hatte und ich mich einstellte, zeigte sich der kleine Bursche nicht gesonnen, Hannys Rockzipfel loszulassen. Seine eigentliche Mutter betrachtete er als liebe Oma, die ihn verwöhnte.

Was mich von meiner Mutter trennte, war ihre ungeheure Bescheidenheit. Sie hatte sich so unerreichbar weit hintangesetzt, daß sie nur noch als fleischgewordenes Schuldbewußtsein existierte.

Nach außen gekehrtes Schuldbewußtsein provoziert. Es spornt zu noch mehr Beschuldigungen an.

Meine Mutter hatte mich durch ihre Haltung gelehrt, daß

sie weder für Gnade, noch für Milde, weder für Schutz, noch für Verteidigung, also für rein gar nichts in Betracht kam. Sie lehrte mich – unbewußt –, mein Mitleid mit ihr im Keim zu ersticken. Sie wurde unerreichbar für mich, weil sie sich mir zu uneingeschränkt hingab.

Sie war so verdammt uneigennützig in ihrer Liebe zu ihren Kindern, sie war so bereitwillig für sie da, daß an ihr nichts zu erobern war.

Sie konnte nur geben. Wie ein Reflektor warf sie all unsere Wärme, all unser Licht zurück. Sie war wie der Mond, der das Sonnenlicht nicht in den eigenen Schoß aufnimmt, sondern an die Nachtseite der Erde weitergibt. In ihren Kratern konnte nichts gedeihen.

Jedes kleine Geschenk zahlte sie in harter Münze zurück. Bei allen guten Dingen des Lebens hatte sie das Gefühl, es nicht zu verdienen. Sie verdiente es einfach nicht! Daher konnte sie es auch nicht annehmen. Geschenke waren ihr peinlich.

Sie verdiente nichts als die Peitsche. Schläge. Ablehnung.

Mit ihrer Demütigkeit und aggressiven Bescheidenheit und ihrem übertriebenen Schuldbewußtsein schürte sie die Aggressionen ihres Mannes. Sie waren Öl auf sein Feuer.

Sie trank wie ein Vögelchen, mit Schlückchen, nicht größer als ein Tropfen, und mit nickendem Kopf, wobei sie auf ihrer Stuhlkante wippte. Ich sah von der Seite auf ihr verwüstetes, aber sanft gebliebenes Gesicht, auf dem nur der, der sie gekannt hatte, die frühere Schönheit wiederzufinden vermochte.

Die kleinen heißen Schlückchen schienen tiefe Gedanken zu nähren. Ihr Gesicht war aufs äußerste angespannt: Sie sah etwas . . . aber nicht auf dem Rasen, in den sich ihr Blick wie ein Maulwurf bohrte.

Als die Tasse bis zum letzten Tropfen geleert war, stellte sie sie mit einem tiefen, langgedehnten Seufzer auf die Untertasse zurück. In diesem Moment war sie die einzige auf der ganzen Welt, der seufzte. Sie stieß aus ihrem halbgeöffneten Mund auf ein Mal alle Gedanken aus – und ihr Gesicht entspannte sich.

»So.«

Doch gleich darauf, beim Betrachten ihres Sohns, spannte es sich wieder. »Was willst du bloß in dem großen, stinkenden Amsterdam, Junge? Ist einer Mutter denn nie mal ein bißchen Ruhe gegönnt?«

So begann das eine Gespräch, das sich aus allen Gesprächen dieser vierzig Tage zusammensetzte. Genau wie die Tage selbst waren sie nie etwas anderes als Variationen des Gleichen: das einzige Gespräch, das sich zwischen uns führen ließ.

Ein anderer möglicher Beginn: »Du siehst immer noch gut aus, weißt du das ...? Und ich denke, du wirst auch noch hübsch sein, bis du Vierzig bist oder so. Aber deine Augen, Albert ... Ich weiß nicht, was ich manchmal an euch sehe. Jetzt werd doch nicht gleich böse! Deine Augen, Albert ... die sehen jetzt schon alt aus. Ja, ich weiß natürlich nicht, ob es so bleibt. Das kann auch nur was Vorübergehendes sein. Aber sie sehen so verlebt aus ... Vom Studieren kann das nicht kommen, dann hättest du in der Zwischenzeit schon Professor sein müssen mit *den* blauen Ringen und *den* Krähenfüßen ... Sag mal ehrlich, Albert: Was für ein Leben führt ihr da eigentlich?«

Im Gegensatz zu meinem Vater sprach sie ein ziemlich korrektes Niederländisch, auch wenn sie ab und an ein Brabanter Wort einstreute und ihren Den Boscher Dialekt nie ganz abgelegt hatte. Als mein Vater 1949 aus Niederländisch-Indien zurückkehrte, wo er hohe Herren vom Stab und vom Rundfunk gefahren hatte, sprach er reines Hochniederländisch. Ihr gefiel das so gut, daß sie innerhalb weniger Wochen seine Ausdrucksweise übernahm. Albert dagegen, der von seinen Brüdern und Schwestern und Dorfgenossen täglich zu hören bekam, er sei so »eingebildet« geworden (damit meinten sie, er spreche so affektiert), sprach nach wenigen Monaten wieder sein Breugeler Platt, was er für den Rest seines Lebens tun sollte. Seine Verlobte blieb jedoch bei dem schönen Niederländisch, das er ihr als unbeabsichtigtes Geschenk aus Batavia mitgebracht hatte. Die Kinder, die sie danach bekam, profitierten davon, denn sie sprach unaufhörlich auf sie ein.

Außerdem hatte sie die merkwürdige Angewohnheit, Bücher zu lesen, was ihren Wortschatz weiter bereicherte. Für jemanden, der sich selbst so hintansetzte, prunkte sie regelrecht mit ihrer Sprache. Sie schlüpfte in das Hochniederländische wie in die Kleider ihrer Schwester. Denn Sprache kostete nichts – solange man keinen Kurs dafür zu besuchen brauchte.

Für mich hatte ihre Bekehrung zum Hochniederländischen merkwürdige Konsequenzen, um so mehr, als mein Vater wieder in das Heidentum des Dialekts verfallen war. In viele Wörter schlich sich von Anfang an eine doppelte Bedeutung oder zumindest ein Beiklang, der mich in Verwirrung brachte, manchmal jedoch auch in eine poetische Stimmung. (Flix, mit dem ich oft malte, schlug mir an einem Wintertag vor, zu »schetsen«, zu zeichnen. Auch wenn er dieses Wort noch nie für unsere künstlerischen Aktivitäten verwendet hatte, roch ich sofort den Geruch frisch gespitzter Bleistifte ... Er aber hatte, im Dialekt meines Vaters, »schaatsen«, Schlittschuhlaufen, gemeint: mit seiner wirbelnden Bewegung und dem Trotzen der Kälte das Gegenteil vom Sitzen am Ofen mit einem Zeichenblock auf dem Schoß ... Seitdem hatte das »schetsen« aus der Sprache meiner Mutter die zusätzliche Bedeutung von »kratzend auf Eis zeichnen«.)

»Na, wie war das – hat dein Mädchen dich so einfach gehen lassen?«

»Mama, wie oft soll ich dir das noch sagen ... ich habe kein Mädchen.«

»Na komm ... ein hübscher Bursche wie du, mit diesen interessanten Augen! Das kannst du deiner Großmutter erzählen ... Aber weißt du was, Albert? Du hast deine beste Zeit ungenutzt verstreichen lassen. Aber ja! Du hast die Mädels immer laufen lassen, mit deinem arroganten Kopf. Und jetzt wollen sie dich nicht mehr. Na, hab ich recht oder nicht?«

»Ach, hör doch auf ...«

»Ja, ja, ja-ah ...!« Und, während sie sich vertraulich zu mir beugte, in verschwörerischem Ton: »Die kleine Händel damals ... die Milli ... die war doch eine Zeitlang diejenige welche, was? Oder etwa nicht? Na . . .? Ja, Albert, ich bin ja schließlich nicht auf den Kopf gefallen.«

Jetzt, nach all den Jahren, wo die Sache endgültig vorbei war, traute sie sich endlich, damit herauszurücken. Triumphierend verschränkte sie die Arme – ein Triumph, den sie nie lange durchhielt. Nach einer kurzen Pause: »Die hättest du behalten sollen.«

Der sanfte Vorwurf . . . als wäre es eine Dummheit, die sie mir in meinem eigenen Interesse nicht verzeihen konnte. Jetzt hatte ich sie, wo ich sie haben wollte. Im Glauben, mich an meiner empfindlichsten Stelle zu treffen, hatte sie, intuitiv, sich selbst in die wehrloseste Position manövriert.

»Nicht wahr?« setzte sie drängend hinzu.

»Du hast dem ja selbst einen Riegel vorgeschoben.«

Damit hatte sie nicht gerechnet. Hatte sie vergessen, wie heftig sie seinerzeit auf mein Liebesgeständnis reagiert hatte? Es tat mir trotzdem weh, sie in die Enge treiben zu müssen. Einen Riegel vorschieben . . . das war das einzige, wozu sie sich jemals wirklich bekannt hatte. Ihre einzige Dreistigkeit . . . wieder ertappte ich mich bei dem Gedanken, allein schon aus dem Grund müsse damals tatsächlich einiges vorgefallen sein. Hatte ich noch immer das Bedürfnis, meine Impotenz zu rechtfertigen? Oder war ich nur neugierig auf die Fakten?

Nachdem sie eine Weile betreten auf ihre Schuhspitzen geschaut hatte, nahm sie all ihren Mut zusammen – allerdings nicht, um mir endlich das noch fehlende Detail zu erzählen.

»Hör zu, Albert . . . wir sind in einer ganz anderen Zeit aufgewachsen . . . mit ganz anderen Vorstellungen und so . . . Erst seit ein paar Jahren denke ich anders über bestimmte Dinge. Wir haben noch gelernt, daß Vettern und Kusinen . . . na ja, die Finger voneinander zu lassen hatten. Es war nicht nur sündhaft, sondern auch ungesund: Das gab nur ›unglückliche Kinner‹ . . . Na ja, und weil ja wohl klar war, daß Egbert, dieser Schürzenjäger, mehr davon wußte – bah, was ist mir der Kerl immer noch zuwider –, hatte ich keine Ruhe mehr im Leib, als ich hörte, daß du was mit dieser Milli Händel hattest.

Kannst ruhig sagen: Milli Egberts, obwohl ich es natürlich nicht hundertprozentig sicher weiß . . . Na ja, es ging nicht um mich, euch wollte ich nicht unglücklich sehen. Ja, später habe ich irgendwo gelesen, daß es gar nicht so läuft. Tja.«

Ich hatte meine Antwort parat. »›Vetter und Bas'/Freien macht Spaß‹ habt ihr immer gesagt, wenn es um andere Kusinen ging. In Son wurde ich ja schon fast mit der hübschen Ria von Onkel Norbert verkuppelt, sozusagen im Spaß . . . Wenn du mich fragst, hast du das nicht tragisch genommen. Erst bei Milli bist du in Panik geraten. Und wie! – Mama, du kannst es mir nach all den Jahren doch ehrlich sagen, oder? Ich hab es dir schon im voraus verziehen. Und ich kann es auch gut verstehen: Er war ein gutaussehender Mann . . .«

»Also hör mal!« fuhr sie mich an. »Was denkst du eigentlich . . .! So ein Blödsinn kann auch nur dir einfallen. Melodramen gehören ins Theater. Wenn du auf der Schule nicht so gut gewesen wärst, würde ich ja fast glauben . . . Und außerdem: jemand mit so einer Vergangenheit! Ich fand es schon schlimm genug, daß er auch nur einen Fuß ins Haus setzte.«

Letzteres jedenfalls war eine glatte Lüge. Ich wollte nachhaken, aber da kam mein Vater schon mit einer todmüden Henna vom Spaziergang zurück.

»Himmel noch mal, ich sitz hier einfach rum!« rief meine Mutter und sprang vom Stuhl auf.

Die Hündin ließ sich im Schatten des Schuppens auf die Seite in den Sand fallen. Die Zunge hing ihr wie ein vollgesabberter Lappen aus dem Maul, und der Brustkorb ging viel zu heftig auf und ab. Ihr Herr stupste sie mit der Schuhspitze sanft in den Bauch. »Ja, da liegst du jetzt, meine Alte.« Er warf einen Blick zum Himmel, der nur noch blauer geworden war, und ging in die Küche.

»Warum schaust du nicht mal bei Opa und Oma vorbei?« fragte meine Mutter. »Früher warst du doch ganz vernarrt in sie . . . Opa ist krank, der Arme. Du solltest mal hingehen. Wenn sie erst tot sind, tut es dir leid.«

Sie brachte mich ungewollt auf eine Idee mit ihrem Vorschlag.

In die Breite leben . . . Nachdem ich die ganze Zeit in Nimwegen fast ausschließlich »in die Länge« gelebt hatte, wurde mir wieder bewußt, was das bedeutete.

Ich konnte mir meine gesammelten Erinnerungen wieder als Berg vorstellen, der nach unten wuchs: einen, der der Erosion ausgesetzt war. Wenn ich die Augen schloß, ragte er vor mir auf . . . Als ältester Teil, als Beginn des Bergs, war die Spitze der Abtragung am stärksten ausgesetzt.

Mein Leben hatte diesen Verlauf genommen: vom Gipfel ins Tal hinunter, immer mehr Moos ansetzend und rollende Steine sammelnd, immer mehr in sich aufnehmend . . . Das Gedächtnis war allein da für den Versuch, den Weg zurück zu finden.

Der Gipfel war in Wolken, Nebel und Finsternis gehüllt. Etwas weiter unten herrschte ewige Eiszeit: Dort fand das Gedächtnis keinen Halt. Ein wenig tiefer allerdings schon, denn dort ragten Felsen aus dem Eis. Aber Felsen waren Felsen: undurchdringlich, schweigend wie Grabsteine. Weiß der Himmel, was sie zudeckten. Auf kein noch so kleines Pflänzchen traf meine Erinnerung dort, kein Grashälmchen, nichts, das lebte oder sich bewegte . . .

Noch etwas weiter unten begann an der Spitze einer riesigen Gletscherzunge das Eis zu schmelzen. Hier entsprangen die fließenden Erinnerungen. Hier bildete sich ein Rinnsal, das schon bald das störrische Gewächs erreichte, wo es sporadisch noch wuchs.

Auf seinem Weg bergabwärts passierte das Wasser die Baumgrenze, floß an Almen, Kühen, Berghütten, blühenden Blumen vorbei . . . Die Bäche schwollen an, und alles, was ihnen unterwegs begegnete, wurde mir immer vertrauter, bis zum Überdruß.

Während ich mich, die Sonne auf dem Kopf, immer tiefer in meinen Sessel fläzte, war das Gedächtnis bereits so weit den Berg hinauf gekommen, daß es tief unter sich, im Tal, die Dächer der Häuser als rote Pünktchen sehen konnte. Beängstigend klar.

Dort lag, mit einem sich mitten durch ihr Herz ziehenden

breiten Fluß, die unaufhörlich wachsende Stadt. Mein tiefster Punkt. Dort gehörte ich hin. Alles war mir endlos vertraut. Ich kannte da jedes Haus (jedes Interieur war wiederum eine Welt für sich mit Büfetts, Familienporträts, Kupfervasen mit Pfauenfedern et cetera), alle Menschen und deren Dramen. Ich kam gerade von dort. Es war da sehr kompliziert – und doch banal.

Aber sieh mal, das hier ist interessant ... Ein unscheinbares, störrisches Gewächs, das durch eine Eiskruste bricht ... trockenes Moos ... Ich hatte dafür klettern müssen, und darum interessierte mich diese Wüstenei.

Es hatte keinen Sinn, noch höher hinauf zu steigen: Weiter oben waren nur noch Steinmassen und Schneeverkrustungen, die bis in alle Ewigkeit alles zudeckten.

Und dort, oberhalb der Baumgrenze meiner Erinnerung, wo die Luft dünn ist und man leicht fällt, sah ich meine Mutter über eine endlose Heidefläche radeln. Sie folgte einer langen, geraden Wagenspur, deren beide Furchen wie Zuggleise am Horizont zusammentrafen. Nach allen Seiten dehnte sich die rauhe violette Kokosmatte der Strabrechter Heide aus. In weiter Ferne, erkennbar nur an den weiß aufleuchtenden Stämmen, standen Birkengruppen.

Auf dem Gepäckträger saß meine kleine Schwester Mariëtte. In ihrem himmelblauen »spanischen« Kleid schien sie vom Firmament dort oben herabgestiegen – dem sie jeden Moment wieder anheimgegeben werden konnte, war sie doch mit einem weißen Ledergeschirr in einem Sitz angebunden, den Klammern und Sprungfedern auf dem Gepäckträger hielten. In ihren Korkenzieherlocken hingen Schleifen, ebenso himmelblau wie ihr feines Kleid und das herzförmige Täschchen an ihrem Handgelenk ... An diesem Bild hatte die Zeit jedenfalls nicht genagt.

Ab und an drehte sich das Kind um, soweit die Riemen und Schnallen ihm diese Bewegungsfreiheit gönnten, um zu sehen, ob sein Bruder hinter Vaters Rücken hervorlugte. Jedesmal, wenn ich schaute, lachte sie und zog dabei eine Schulter hoch.

Meine Mutter trug zum erstenmal ein abgelegtes, jedoch neues Kleid ihrer Schwester, die mit ihrer guten Partie noch nicht verheiratet, aber bereits verlobt war. Ein weites ockergelbes Kleid mit einem Petticoat darunter, denn das »trägt man so«, hatte meine Tante gesagt.

Ich hielt mich an den Klappen von Vaters Gesäßtaschen fest. Er hatte sie für mich losgeknöpft, damit ich, um mehr Halt zu haben, meine Finger durch die Knopflöcher stecken konnte: eine neu entdeckte Methode, um mich nicht zu verlieren, die allerdings zur Folge hatte, daß sein Portemonnaie bei jeder Umdrehung der Pedale aus der rechten Tasche einen Millimeter höher rutschte.

Obwohl kein Wölkchen am Himmel zu sehen war, legten meine Eltern ein ordentliches Tempo vor. Die Schweißflecke unter den Achseln meines Vaters wurden immer größer. Vielleicht fuhren sie nur deshalb so schnell, um allzu lockere Stellen in der Wagenspur besser zu bewältigen. Manchmal kamen uns andere Radfahrer entgegen, die schon von weitem klingelten und im Vorbeifahren freundlich grüßten. Wenn sie über Unebenheiten fuhren, flogen sie vom Sattel hoch in die Luft, wobei sie laut »ui!« riefen.

Parallel zur Wagenspur, und genauso unabsehbar, zog sich zu unserer Rechten ein tiefer Graben. Seine Wände bildeten ein makelloses V. Auf dem Grund stand ein Rest schlammiges Wasser. Es war mit einer dicken Schicht Entengrütze bedeckt, die undurchdringlich schien, bis ich einen Frosch sie durchbrechen sah ... um nach einem Satz wieder darin zu verschwinden. Die beiden schwarzen Löcher schlossen sich rasch ... schon waren wir daran vorbei ...

Die Sonne brannte mir zwischen den Haaren auf den Kopf, und meine Finger hingen rot und schweißig in den Knopflöchern der Gesäßtaschenklappen. Die grüne Decke des Grabens gab, so intensiv ich auch schaute, keine Geheimnisse mehr preis. In der trägen Stille hörte ich einen Hund gebieterisch bellen.

»Schau mal, Albert«, sagte mein Vater. Er zeigte auf die Heide.

Ich folgte dem Arm und sah die Schafherde. Ein schwarzer Hund rannte um einige verirrte Lämmer herum. Er trieb sie bellend und hier und da zuschnappend zur Herde zurück, die immer dichter zusammengedrängt wurde. Doch auf der anderen Seite lösten sich immer wieder ein paar Lämmer aus der Menge. Der Hund hatte einfach nicht genug Beine.

Da sah ich den Hirten. Er saß am Grabenrand und band sich die Schuhe zu. Der Stock mit der kleinen Schaufel, die für einen Moment einen Funken Sonnenlicht zu uns herüberwarf, lag über seinen Knien. Er schaute böse auf seine Herde und rief etwas mit rauher Stimme, die nicht weit trug. Ein alter Mann. Als wir an ihm vorbeifuhren, stand er mühsam auf und schritt langsam auf seine Schafe zu.

Auch meine Mutter zeigte dorthin. Und meine Schwester schaute. Der Hund war mittlerweile auf die Schafe gesprungen und rannte über ihre dichtgedrängten Rücken, als wäre es ein Podium. Manchmal versanken seine Füße tief in der Wolle oder zwischen den Leibern, doch er gelangte in rasend schnellen Sprüngen von der einen Seite dieser lebenden Bühne zur anderen, um mal hier und mal dort seine Befehle zu bellen. Obwohl die Schafe, die ihm ihren Rücken liehen, laut blökend protestierten, drängten sie sich mit in den Boden gestemmten Beinen immer dichter zusammen, wie um dem Hund noch mehr Halt zu bieten.

Wir waren alle vier so in diese Klassenkampfszene vertieft, daß nicht mehr richtig auf den Weg geachtet wurde. Aus der entgegengesetzten Richtung näherte sich in einer Staubwolke ein etwa vierzehnjähriger Junge, der in der Heide seine erste Zigarette geraucht hatte und nun fest in die Pedale trat, um erst daheim kotzen zu müssen. An der Stelle, an der er an uns vorbeifuhr, verbreiterten sich für eine kurze Zeit die Furchen der Wagenspur. Im Gegensatz zu dem Boden, auf dem wir bisher gefahren waren, war der Sand hier locker und grau. Der Junge geriet ins Schlingern, rutschte mit den Rädern darin weg und fiel mitsamt seinem Fahrrad auf meine Mutter, die ihrerseits in den Graben kippte.

Mein Vater bremste. Sein Fahrrad bockte. Meine Finger

glitten aus den Knopflöchern, und ich rutschte vom Gepäckträger. Ich landete unsanft mit dem Steißbein auf dem schmalen Mittelstreifen. Ein stechender Schmerz schoß mir das Rückgrat hinauf, und einen Moment lang wurde mir schwarz vor Augen.

Als es wieder hell wurde, greller als zuvor, kniete der Junge ein Stück weiter neben seinem Fahrrad im Sand. Er sah blaß aus. Über dem Grabenrand waren zwei Räder eines Fahrrads zu sehen. Das vordere drehte sich noch, das hintere sackte langsam weg. Mein Vater streckte die Arme mal zögernd nach dem Vorderrad aus, mal nach dem Hinterrad, packte aber nicht zu.

»Bert!« hörte ich meine Mutter erstickt rufen. »Ich ersticke! Hol mich raus!«

»Wart! Erst die Kleine . . .!« sagte er und bückte sich zum Hinterrad, das mittlerweile ganz verschwunden war. Er zog es an der Felge hoch, und Mariëtte rief, sie hätte »Aa im Mund«.

Da saß ich nun mit meinem eigenen erwachsenen Schmerz, und alle wandten sich von mir ab. Vom Steißbein bis in den Hinterkopf hatte er sich bemerkbar gemacht, eine Offenbarung, und es gab niemanden, der mich bedauerte. Die Entrüstung verlieh mir Flügel – und so sollte ich diese Szene für immer vor mir sehen: Wie der Frosch, den ich an diesem Nachmittag beobachtet hatte, sprang ich vom Mittelstreifen hoch und klammerte mich an das Bein meines Vaters, so daß er bei seinen Rettungsversuchen nicht mehr nur durch sein eigenes Gezauder behindert wurde.

»Ich auch!« kreischte ich. »Ich hab auch Aua!«

Er versuchte mich abzuschütteln, aber ich klammerte mich fest. Sein Bein ruckte unter meinem Griff. Ich stand mit dem Fuß auf seinem. So tanzend, sah ich in die Tiefe.

Der Oberkörper meiner Mutter war ganz unter ihrem umgeschlagenen Kleid verborgen. Ihre Beine (sonderbar losgelöste Dinger), die aus dem üppigen Tüll des Petticoats ragten, traten gegen das Fahrrad, das sie daran hinderte, wieder hochzukommen. Hinter ihr ertönte es noch immer: »Aa, Mama . . . Aa! Ich hab Aa im Mund!«

Als mein Vater das Fahrrad mitsamt dem Kind aufs Trokkene hievte, standen die Beine meiner Mutter für einen Moment noch zitternd in die Höhe, worauf sie einknickten und umfielen. Ihr Kleid schloß sich um sie, und so lag sie ausgestreckt im Graben – aus dem sie sich kurz darauf triefend von grünem und braunem Schlamm aufrichtete und wieder meine Mutter wurde. Sie versuchte, die steile Böschung hinaufzuklettern, schaffte es aber nicht.

»Bert, hilf mir ... so hilf mir doch ...!«

Mein Vater stand mit dem Fahrrad da, und ich hing an seinem Bein.

»Ich auch! ... Ich auch! ... Ich hab auch Aua!«

Mit Mühe konnte er meiner Mutter zwischen Lenker und Sattel eine Hand reichen. Gleich darauf stand sie neben uns.

»Ach du lieber Gott, sieh dir das mal an ...« Zwischen Daumen und Zeigefinger hielt sie einen schlammverschmierten Zipfel ihres Kleides hoch. »Und das arme Ding ... Bert, gib mir mal schnell ein Taschentuch.«

Der Hirte war bei seiner Herde angelangt. Er stach die kleine Schaufel in den Boden, und feiner Sandregen rieselte auf die Schafsrücken herab. Die Herde stob auseinander, und der Hund verschwand kopfunter in den Wogen einer wollenen Brandung.

Der Junge stieg auf sein Fahrrad und fuhr schnell davon. Mein Vater drehte sich zu meiner Mutter um und sagte: »Du blütst.«

»Blütn« war eines seiner Dialektworte, die mich in Verwirrung stürzten. Durch die Zweisprachigkeit in unserer Familie bedeutete es für mich sowohl *blühen* als auch *bluten*. (Für blühen im Sinne von Blüten hervorbringen benutzte mein Vater das Wort »bluhn«. »Eier Biahnbouhm bluht scheihn.« »Euer Birnbaum blüht schön.«) Das Wort wirkte einerseits sanfter und andererseits heftiger. Es machte das Blühen schmerzhafter und das Bluten weniger schlimm. Es besaß die Doppeldeutigkeit einer Nelke.

»Wo ... wo denn?«

»Am Arm.«

Erst ging der rechte Arm hoch, dem nichts fehlte. Aber als sie den linken hob, entsprang an ihrem Handgelenk ein dünner Blutstrahl, der sich reckte und streckte ... Er suchte sich eigensinnig einen Weg abwärts, wand sich wie ein umgedrehter Weinstock um ihren Arm ... bis er in ihrer Achsel verschwand.

So stand sie da: schmutzig, mit schleimigem grünem Zeug behängt ... und dann dieses schöne leuchtendrote Blut, das sich, fast eine Erleichterung, sprunghaft wie der Frühling einen Weg von ihrem Handgelenk zur Achsel suchte, in immer neuen Bahnen. Sie blüte.

Das ging nicht, es durfte nicht sein, daß sie so litt. Sie *blüte*, nicht: blutete. Etwas in mir hob die schöne und harmlose Seite des Wortes, und damit des Ereignisses, hervor. Sie erhob keinerlei Anspruch auf Mitleid, das sie mir im übrigen auch nie zugestanden hatte. Mitleid, vor dem ich sie um jeden Preis schützen mußte ... Ich mußte ihr Leid und ihre Schmerzen mit meinem Leid und meinen Schmerzen löschen, zudecken, damit sie nicht länger welchem Mitleid auch immer ausgeliefert waren ... Ihre Schmerzen, ihr Recht auf Schmerzen, mußten auf der Stelle aus der Welt gewaschen werden ...

Ich rieb mir das Steißbein. Aus der Enttäuschung über das rasche Verschwinden des Schmerzes (die neue Empfindung) bezog ich wieder genügend Kraft, um mit einem einzigen Sprung alle Aufmerksamkeit meiner Mutter auf mich zu lenken. Ich stand vor ihr und schrie: »Ich hab auch Aua! Hier ...!«, drehte ihr meinen Hintern hin und legte die Hand auf die schmerzende Stelle, an der schon nichts mehr zu fühlen war.

2

Im Laufe des Nachmittags, wenn die Junihitze mir zu arg wurde, suchte ich manchmal für einige Minuten die relative Kühle des Wohnzimmers. Dorthin gelangte man vom Garten aus nur durch die Küche, wo den ganzen Tag über der Geruch nach Salatgurkenscheiben in Essig hing – das ideale Gemüse bei diesem Wetter. Meine Mutter gab sowohl Zucker als auch weißen Pfeffer dazu, wodurch sie die Zunge streichelten und zugleich reizten.

Beim Betreten des Wohnzimmers, das durch die Jalousien und Markisen fast dunkel war, wurde ich immer für einen Moment sonnenblind. Wenn mein Vater nicht zufällig mit dem Hund spazierenging, saß er am Tisch, das Gesicht der Küchentür zugekehrt, durch die ich hereinkam. Mit diesen Flecken vor den Augen kostete es mich nie viel Überwindung, in seine Richtung zu schauen.

In einem Dokumentarfilm, den ich mal im Fernsehen gesehen hatte, war aus Gründen der Diskretion das Gesicht eines Mannes geschwärzt worden. Bei Fotos ist das einfach, bei einem Film dagegen muß der Kopf – der außerdem noch den Standort, die Haltung und den Ausdruck wechselt – auf jedem Bild neu wegretuschiert werden. Das war in besagtem Fall sehr nachlässig geschehen, wodurch der Fleck, der den Mann unkenntlich machen sollte, mit der nervösen Schnelligkeit einer Motte vor dem Gesicht hin und her und auf und ab flatterte – mal die Stirn, mal das Kinn bedeckend, und mal, durch einen Sprung zur Seite, die Identität des Mannes für die Dauer einer Viertelsekunde uneingeschränkt preisgebend. Wie es ausging – ob sie den Mann festgenommen haben –, weiß ich nicht, wohl aber, daß etwas Ähnliches bei meinem Vater passierte, wenn ich aus dem grellen Sonnenlicht ins dunkle Wohnzimmer trat. Meine *mouches volantes* drängten sich vor seinem Gesicht, um es danach wieder für einen Moment freizugeben. Und je weiter der Monat voranschritt, desto stärker wurde die Erkenntnis, daß es zwischen ihm und mir immer schon so gewesen war, ob die Sonne nun schien oder nicht.

Er litt bereits seit einer Weile an Arbeitslosigkeit, einem auferzwungenen Leiden. Als die Firma, in die er fast zwanzig Jahre lang seine Arbeitskraft getragen hatte, sich nicht wohl fühlte, steckte sie sich ohne viel Aufhebens einen Finger in den Hals und kotzte einen Teil des Mageninhalts aus. Nur ein paar Hundert Arbeitnehmer ... kaum der Rede wert. Zuwenig, um auch nur ein Wort darüber zu verlieren, aber genug, um sich wieder prima zu fühlen. Die Gewerkschaft, diese treue Krankenschwester, hatte den Spucknapf halten dürfen.

Uff! War das eine Erleichterung! Was weg war, war weg – Schluß aus.

Um eine vorübergehende Übelkeit seines Arbeitgebers vertreiben zu helfen, saß mein ausgekotzter Vater auf einmal mit einem Virus fürs ganze Leben da. Er selbst konnte so viel spucken, wie er wollte, er wurde ihn nicht mehr los. Sie behielten einen gerade so lange, bis man versauert und aufgebraucht war und zu fertig, um noch für eine andere Arbeit umgeschult zu werden, die es im übrigen, wie sich zeigte, auch nicht mehr gab.

Nein, was uns die Wunderdoktoren der Volkswirtschaft auch vorgaukeln wollten, Arbeitslosigkeit war und blieb ebenso unheilbar wie Krebs. Und wer sich das eine verbiß, konnte beim In-sich-Hineinfressen leicht auch das andere kriegen.

Eine ganze Jugend lang hatte ich mir anhören müssen, was für ein Kreuz es sei, immer gezwungenermaßen unter einem Chef arbeiten zu müssen ... und in Augenblicken, in denen ich ihn nicht allzusehr haßte, wünschte ich meinem Vater daher auch ein Leben reinsten Müßiggangs. Jetzt aber, Mitte der siebziger Jahre, stellte sich heraus, daß er im Gegenteil immer höchst privilegiert gewesen war. *Er lacht: Er arbeitet bei Philips.* Jetzt verstand ich diesen Slogan besser. Der Mann hatte arbeiten dürfen und außerdem auch noch Geld dafür bekommen.

Von Karl Marx' Exegeten hatte ich immer zu hören bekommen, ein Mensch sei erst dann wieder glücklich und von seiner Entfremdung erlöst, wenn er morgens angele, nachmittags jagen oder im Garten werkeln könne und abends nach dem

Essen noch ein Stündchen Zeit zum Philosophieren finde. Und zur Abwechslung Hühner oder Pferde züchten, denn das Leben dürfe nicht zu eintönig werden. Hauptsache, man konnte seine Tätigkeiten vom Anfang bis zum Ende überblikken ...

So hatte ich es immer gelernt.

Doch die sozialistischen Herren von der Gewerkschaft hatten, wie sich herausstellte, ganz andere Eisen im Feuer. Es sollten möglichst wenig entfremdende Arbeitsplätze abgebaut werden. Und wurde jemand auf die Straße gesetzt, so bekam er bestenfalls eine Umschulung für eine Arbeit, die ihm noch fremder war, anstatt daheim die Hühner zu füttern oder selbstgeschossenen Hasen das Fell über die Ohren zu ziehen. Nach dem Abendessen zu philosophieren stand natürlich jedermann frei, sofern er es nicht laut tat. In der Praxis war dafür allerdings bitter wenig Zeit, denn um sieben Uhr fingen die Sendungen im Fernsehen an, die einem alle Lust zum Philosophieren nehmen sollten.

Im übrigen, was war denn auch schon umzuschulen an einem ungeschulten Arbeiter, wie mein Vater einer war?

Womit füllte er seine Zeit an diesem Tisch, den er nur verließ, um aufs Klo zu gehen und Henna spazierenzuführen?

Er rauchte, und zwar eine Zigarette nach der anderen, trank Kaffee, eine unübersehbare Zahl von Tassen, und unterhielt sich von Zeit zu Zeit mit seinem Hund, der neben seinem Stuhl oder unter dem Tisch zu seinen Füßen lag. Er hatte alle möglichen Kosenamen für die alte Hündin parat, zum Beispiel: »Mädelchen«, »Zecken-Zicke«, »Dolle Minna«, »Närrische Trulla«, »Olles Weibsbild«, »Schlappohr«, »Mißglücktes Eichhörnchen«, »Flitscherl«, »Herrchens Weibi« ...

»Ist sie nicht Herrchens Weibi? Ja, sie ist Herrchens Weibi.«

Manchmal richtete sich die Hündin in ihrem abgetragenen Pelzmantel wie eine alte Tragödin schmachtend auf, um sich das Nackenfell kraulen zu lassen – woraufhin sie mit einem Seufzer wieder in einer Wolke aus Plüsch und Plunder niedersank.

Weiter tat der Mann sage und schreibe nichts.

Nach der strikten Definition (»jemand, der sich eine neue Zigarette an der alten anzündet«) war mein Vater kein Kettenraucher. Er wäre tot umgefallen, wenn seiner Rauchgewohnheit durch diesen Begriff plötzlich ein Spiegel vorgehalten worden wäre. Er wollte nichts davon wissen.

Mein Vater sorgte dafür, daß, noch während er eine Zigarette zu Ende rauchte, die nächste schon neben dem Päckchen lag. Hielt er nur noch die Kippe zwischen den Fingern, so nahm er sie in den Mund, um sich eine neue Zigarette aus dem Päckchen klopfen zu können. Alles geschah mit der größten Aufmerksamkeit. In dem zurückgelehnten Kopf schloß sich das eine Auge ganz und das andere halb gegen den Rauch, der an seiner Nase entlang hochstieg. Die neue Zigarette wurde, fast nur mit dem Tastsinn, ganz akkurat zwischen dem Päckchen und einer Streichholzschachtel eingeklemmt, als könnte sie das verminderte Sehvermögen des Rauchers ausnutzen, um wegzufliegen und so ihrem Schicksal zu entgehen ... Danach nahm der Mann die Kippe aus dem Mund, drückte sie im Aschenbecher aus, steckte sich die neue Zigarette zwischen die Lippen und riß ein Streichholz an. Was er ausblies, mußte eine Mischung aus altem und neuem Rauch sein.

Meine Mutter hatte ihm schon mal vorgehalten, sie würden eine Menge Geld an Streichhölzern sparen, falls er endlich bereit wäre, der Kettenraucher zu werden, der er im Grunde ja war. Sie verstand es nicht. Der Mann brauchte seine Streichhölzer dringend ... Er benützte sie als glühende Schmiedehämmer, die die Ketten seiner Abhängigkeit zerbrechen sollten.

So beobachtete ich ihn aus den Augenwinkeln und spürte, wie der Schweiß auf meinem Rücken kalt wurde. Über unseren Köpfen schlurfte und platschte meine Mutter herum. Im Zimmer selbst war von Zeit zu Zeit ein gleichmäßiges Ticken zu hören ... nicht von der Uhr, denn die war elektrisch. Der Mann am Tisch hatte dann seine Zigarette in den Aschenbecher gelegt, um mit den Fingernägeln seiner rechten Hand die seiner linken zu bearbeiten. So gleichmäßig, daß es tatsächlich Ähnlichkeit mit einem tickenden Wecker hatte. Es dauerte nie lang, denn der Zigarettenrauch stieg senkrecht zur Decke empor, und der Raucher erschrak von dem Kegel, der von allein in den Ascher fiel. Er nahm rasch seine Hauptbeschäftigung wieder auf ... voller Hingabe ... mit beherrschter Leidenschaft ...

Ich schämte mich, aus so großer Nähe zu beobachten, wie er sein Leben vertat. Genauso wie sich jemand schämt, der den schlechten Atem eines anderen riecht, anstatt es diesem zu verübeln.

Ich brauchte mein Gehör nicht überzustrapazieren, um flüchtige Eindrücke seiner inneren Landschaft zu erhaschen, wenn er inhalierte. Zunächst einmal klang jeder Zug wie ein flüchtiger Windstoß in Orgelpfeifen. Als nächstes war zu hören, wie sich der Rauch einen Weg durch die Wüstenei seiner Brust suchte. Geräusche, die eine Ahnung von der Landschaft vermittelten. Unwirtlich ... erfüllt von einander bekriegenden Winden. Alles hing mit zähen Schleimfäden aneinander. Spinnweben aus geschmolzenem Glas, die beim Ausstoßen des Rauchs zerfetzt wurden. Ein zugiger Friedhof.

Noch immer verwandelte ich selbst das Schäbigste an ihm zu Poesie. Ein Ehrendienst ohne Ende.

Vielleicht gab es zu viele Tote in seinem Leben ... Ich kannte eine Handvoll von ihnen aus den Geschichten meiner Mutter. Es gab aber noch mehr. Seine Jugend war übervölkert von Verstorbenen. Die Freunde, die »alles auseinandernahmen« (»Alles nahmen sie auseinander. Alles.«) ... Seine Eltern, als er in Niederländisch-Indien diente ... Die drei Mädchen auf dem Woenseler Markt, kurz nach der Befreiung des Südens ...

Sie gingen Arm in Arm, die größte und hübscheste in der Mitte. Als er auf einer Höhe mit ihnen war, flog gerade eine V 2 über die Stadt mit Ziel Antwerpen. Mittlerweile ein vertrautes Geräusch. Er lief flirtend an ihnen vorbei. Er zwinkerte ihnen zu, und über ihren Köpfen passierte irgend etwas mit der Rakete. Die Mädchen quiekten affig. Alle vier schauten hoch. Der ganze Marktplatz schaute. Das mittlere Mädchen sang:

> Maria auf der Himmelsleiter,
> Schubs sie doch 'n Stückchen weiter . . .

woraufhin alle vier lachten und in entgegengesetzter Richtung weitergingen. Albert war noch nicht um die Ecke, da schlug die Rakete ein. Von den drei Mädchen fand man keinerlei Überreste, nicht einmal einen Quadratzentimeter Stoff von ihren Kleidern. »Nicht *einen* Knopf. Nix«, wie er selbst achselzuckend, fast entschuldigend sagte, als wäre das Erzählen schon eine zu sentimentale Ehrenerweisung.

Wenn ich angetrunken war, hatte ich mir schon oft vorgenommen: Ich zieh mal mit ihm durch die Kneipen, und dann sprechen wir uns aus. Ich frage ihm das Hemd vom Leib, bis alles geklärt ist. Der Hund kann unter dem Tisch liegen und bekommt eine Portion Leberwurst, und wir ertragen seine würzigen Winde . . .

Doch zwischen ihm und mir wurde nur gesprochen, wenn eine dritte Person zugegen war, und dann auf dem Wege über diesen Dritten. Abgesehen von einem gelegentlichen Wort, das er über den Hund an mich richtete, war diese dritte Person meine Mutter. Er sprach mich einzig und allein in ihrer Anwesenheit an. Er wandte sich an mich in der dritten Person. »Will er nicht einen Happen essen?« »Hat er noch Geld?«

Als strampelte ich noch in ihrem Bauch herum, näher bei ihr als bei ihm. Er legte ihr die Hand auf den Bauch und stellte Fragen, die sich anhörten wie: »Will er ein bißchen wachsen? Tritt er schon, unser kleiner Fußballer? Wie geht's unserem Boxchampion . . .?«

Und von ihrem Bauch aus wandte ich mich, über ihr Herz und ihre Stimme, an ihn. Die Puppe, die den Bauchredner zum Reden zwingt. »Bert, möchtest du heute abend Fußball gucken . . . oder kann er sich diesen Film ansehen?«

Ohne meine Mutter (aushilfsweise Henna) war jeglicher Kontakt zwischen Vater und Sohn ausgeschlossen.

Als er eines Nachts auf einer Malerleiter zum Fenster meines Jungenzimmers hinaufgeklettert war, um mich für den Rest meiner Kinderjahre aus dem Schlaf zu reißen, verstand er mich noch bei meinem Namen zu nennen und sich in der »zweiten Person« an mich zu wenden. Möglicherweise hatte er den Vorfall am nächsten Tag, nachdem der Rausch ausgeschlafen war, schon wieder vergessen. Jedenfalls konnte er nicht einmal annähernd ahnen, was er hinter den zugezogenen Vorhängen angerichtet hatte. Von soviel Scham, daß ich als »zweite Person« einfach aus seinem Leben verschwand, konnte also noch keine Rede sein.

Das Ereignis, das aus einer beiderseitigen Scham heraus allem »du« und »dir« zwischen uns ein Ende machte, mußte später stattgefunden haben. Als Erinnerung war der Vorfall unterhalb der Baumgrenze anzusiedeln, auf vertrauterem Gebiet also als das Flachland, das sich meine Mutter für ihren ersten Fall ausgesucht hatte – wenngleich ich auch jetzt noch leere Stellen fand.

Wie immer waren wir unterwegs, scheinbar von Nichts nach Nirgendwo, wenngleich es diesmal kein Flachland war, sondern so etwas Ähnliches wie ein Tunnel, der von zwei Reihen Laubbäumen gebildet wurde. Sie standen so dicht beisammen, daß ihre Kronen ineinandergewachsen waren. Und über der schmalen Straße hatten diese beiden riesigen Laubspaliere sich zusätzlich ineinandergeflochten, wodurch der Eindruck einer Galerie entstand. Die Stämme waren gerade wie Säulen. Jeder zweite Baum trug eine weiße Markierung an seiner Rinde, wahrscheinlich als Zeichen dafür, daß er zum Wohle aller gefällt werden sollte.

Das gedämpfte Licht kam von rechts, wo die Sonne, orangefarben wie eine Apfelsine, aber weniger pockennarbig, tief über den Wiesen stand. Die Schatten der Stämme, von denen hier und da einer in der Verlängerung eines anderen lag, fielen bis weit auf die Äcker zur Linken.

Die Straßendecke, mittelalterlich gewölbt, neigte sich stark zu beiden Seiten. Zwei Autos, die sich hier begegneten, müßten sich auf die Gefahr hin, umzukippen, mit den äußeren Rädern auf den Randstreifen begeben.

Es war die Straße, die durch das Dommeltal von Son en Breugel über Nederwetten, Nuenen und Eeneind nach Geldrop führte. Mal verlief sie parallel zum Fluß, mal bog sie von ihm ab, um ihn danach mit Hilfe einer Brücke zu überqueren. Die Straße war fast genauso bizarr in ihrem Verlauf wie die Dommel, doch verstanden sie sich, einander verfallen, wie sie waren, doch immer wieder zu finden. Mariëtte und ich hatten den ganzen Nachmittag mit unseren Vettern und Kusinen im Freien gespielt, während die Großen drinnen feierten. Eine Erste Heilige Kommunion war für Erwachsene stets ein guter Anlaß, sich ordentlich einen zu Gemüte zu führen.

Auch mein Vater hatte offensichtlich tüchtig mitgehalten, denn Verwandte mußten ihm auf seine NSU helfen. »Geht's, Altje?«

Egbert war der einzige, der über den betrunkenen Zustand seines Bruders nicht lachte. »Willst du das wirklich tun«, sagte er, »mit zwei Kindern hintendrauf?«

Seine Bedenken wurden von den anderen weggewischt. »So'ne ruhige Straße . . . fast kein Verkehr . . .« Der Angesprochene selbst gab keine Antwort. Er saß da, wie sie ihn hingesetzt hatten: rittlings auf seinem Moped, Füße auf der Erde, Kopf zwischen die Schultern gezogen. Die steife Kunstlederjacke ließ ihn noch regloser erscheinen. Das Vorderrad der NSU zeigte in Richtung Tor. Der Mann wartete ergeben, bis er einen Schubs bekäme.

Egbert fragte nach meinem Taschentuch, in das er dann ein paar Münzen tat, ungefähr so wie ein Zauberer: in die hohle Hand, aber ohne sie endgültig verschwinden zu lassen. Schließlich band er das Schneuztuch zu.

»Das teilt ihr euch dann zu Hause, ja?« sagte er, während er Knoten um Knoten knüpfte, bis das Taschentuch sich in ein hartes Knäuel verwandelt hatte. Allerdings fehlte seiner Nekkerei die sonstige Lockerheit. Es lag etwas Gequältes in seinen

Händen, die die Zipfel des Tuches zu immer komplizierteren Knoten zusammenschlangen. Eher als ein Scherz schien es eine Methode zu sein, Zeit zu gewinnen. Das harte Ding steckte er mir in die Hosentasche, woraufhin er mir einen Kuß gab.

Ich kletterte hinten aufs Moped und schob die Beine in die Fahrradtaschen, wie man es mir beigebracht hatte. Dann wurde mein kleiner Bruder zwischen mich und den massigen Rücken gehoben. Wir bekamen einen Schubs von der Familie und fuhren durchs Tor, unmittelbar gefolgt von dem Fahrrad, auf dem meine Mutter und Mariëtte saßen.

Seit der Anschaffung der NSU hatte mein Vater sich angewöhnt, meine Mutter zu schieben – was verboten war und womit er einen Strafzettel riskierte. Um dieses Risiko möglichst klein zu halten, verzichtete er zumindest innerhalb der Ortschaft darauf.

Nachdem die Straße die Dommel ein paarmal gekreuzt hatte, führte sie auf einer Zugbrücke über den Wilhelmina-Kanal. Normalerweise fuhr mein Vater nach einem Blick über die Schulter erst am anderen Ufer, wo die Bebauung aufhörte, neben meine Mutter. Er legte dann eine Hand auf ihren Rükken, meine Mutter strampelte noch kurz mit und hielt dann die Füße still, so daß fünf Personen mit Hilfe eines einzigen Hilfsmotors befördert wurden.

An jenem Abend war er schon lange, bevor wir die Kanalbrücke erreicht hatten, neben sie gefahren. Er schaute nicht mal über die Schulter, ob möglicherweise ein Streifenwagen im Anzug war . . . Meine Mutter protestierte, erst begütigend, allmählich aber immer heftiger.

»Ach, laß doch . . . du brauchst mich jetzt nicht zu schieben. Hier nicht. Fahr doch einfach hinter mir her. Oder meinetwegen auch voraus. Aber laß das Geschiebe heute. Laß los, hörst du . . . Los, sag ich!«

Aber die Hand krallte sich weiter in ihren Rücken. Sie lag nicht flach darauf, wie sonst, sondern krümmte sich und bewegte sich ständig, voller Unruhe, hin und her . . .

Die Brücke war nicht hochgezogen. Der Brückenwärter

tippte an seine Mütze: Wir konnten weiterfahren ans andere Ufer, wo die Straße sehr viel schmaler wurde.

Hörte er ein Auto näher kommen, so gab mein Vater meiner Mutter, bevor er hinter sie fuhr, immer einen festen Schubs, so daß sie erst ein ganzes Stück weiter wieder treten mußte. In der Regel konnte er sich dann erneut an ihre Seite begeben, wenn das Fahrrad noch am Ausrollen war. Jetzt aber schob er sie beim Näherkommen eines Autos trotzdem weiter. Nur nach langem Gehupe nahm er Gas zurück, und das erst, nachdem er ihr hinterrücks einen Stoß versetzt hatte, der das Rad gefährlich ins Schlingern brachte.

Unter der schwarzen Kunstlederjacke wirkte sein Rücken so massiv wie ein Felsblock. Nichts ließ sich an ihm ablesen.

Der anhaltende Protest meiner Mutter bewirkte lediglich, daß er immer mehr an ihr klebte. Inmitten dieser ruhigen, in sich versunkenen Landschaft bildeten wir ein schlingerndes, holperndes Menschenknäuel auf vier Rädern. Alles an und um uns umarmte sich gegenseitig – nicht zärtlich, sondern würgend. Die Hand meines Vaters krallte sich in Mutters Rükken . . . Dicht unter dieser tastenden, kneifenden Hand lagen Mariëttes Arme um Mutters Taille . . . Ich hatte meine unter den Achseln meines Bruders durchgeschoben und hielt mit beiden Händen den Kunstledergürtel fest, wodurch ich den kleinen Kerl vorm Fallen bewahrte. Er selbst hatte seine Ärmchen bis über die Ellbogen in die Jackentaschen seines Vaters gesteckt. Sein Kopf lag mit der Wange an dem harten, glatten Rücken. Unsere nackten Beine standen dicht nebeneinander in den Fahrradtaschen . . . Und über uns umarmten sich die Bäume, immer fester, sie zogen sich gegenseitig nieder, berührten uns fast . . . Es war erstaunlich, daß wir uns in einer derart würgenden Haltung, einer derart erstickenden Atmosphäre überhaupt noch fortbewegen konnten.

Der kleine NSU-Motor summte wie Wasser in einem Kessel.

Zum erstenmal in diesem Jahr war ich längere Zeit am Stück in der Sonne gewesen. Die einsetzende Abendkühle strich mir über die nackten Arme und Knie, und ich spürte, wie sich die glühende Haut zusammenzog. Meine Beine, die ich in den Fahrradtaschen nicht bewegen konnte, begannen steif und gefühllos zu werden. Die Schnallen drückten sich in meinen Hintern. Ich traute mich nicht, mich anders hinzusetzen: Schließlich hatte mein Vater nur eine Hand am Lenker . . .

Als er seine Hand mit gespreizten Fingern erneut an den Rükken meiner Mutter legte, protestierte sie wieder, diesmal sanft, um ihn nicht noch mehr zu reizen.

»Bert«, sagte sie flehend, »es ist wirklich nicht nötig, Bert. Du hast einiges getrunken und . . . das nächste Mal wieder, Bert. Komm schon. Du hast zwei Kinder hintendrauf.«

Da war bereits die Ruine.

Endlich kam eine Antwort aus der schwarzen Jacke. »Jetzt hör doch mit dem Gequassel auf«, sagte meines Vaters zweite Stimme, seine Säuferstimme. »Schön, dann hab ich eben was getrunken . . . und wenn schon? Glaubst du wirklich, ich kann dann nicht mehr fahren? Mensch, das kann ich noch freihändig.«

»Schlag dir das mal aus deinem besoffenen Kopp . . . du Idiot!«

»Dann schau doch . . .«

Offenbar ließ seine Hand den Lenker tatsächlich kurz los, denn meine Mutter rief: »Mann, bist du jetzt ganz verrückt geworden? Du hast zwei Kinder hintendrauf! Idiot!«

»Sag noch einmal, daß ich's nicht kann . . . Sag's. Los. Na?«

»Ich sag gar nix. Ich sag ja nur, daß du zwei Kinder hintendrauf hast . . .«

»Schau doch! So schau doch . . .!« Während seine Rechte am Rücken meiner Mutter liegenblieb, sah ich seinen linken Arm ein paarmal hintereinander hochgehen und jedesmal einen Moment länger in der Luft bleiben. »Schau doch . . . Ich kann mehr, als du denkst. Viel mehr. Schau doch . . . Ich fahr zur Not freihändig nach Hause.«

Meine Mutter blickte immer panischer vom Mopedlenker auf die Straße und von der Straße wieder zum Lenker . . .

»Sag, daß ich mich nicht trau ... Sag's doch, zum Teufel noch mal!«

»Nein, sag ich nicht. Laß mich los. Denk an die Kinder.«

»Schau doch! Schau doch!«

Einen Augenblick später hatte die Erde, die sich die ganze Zeit über unmerklich langsam von der Sonne entfernt hatte, ruckartig eine Vierteldrehung gemacht. Und war im selben Moment stehengeblieben.

Während dieser abrupten Drehung hörte ich, vielhundertfach verstärkt, das Geräusch beim Zertreten einer leeren Konservendose mit einem einzigen Fußtritt.

Die Straße hatte sich wie eine Wand vor uns aufgerichtet und uns einen dröhnenden Schlag verpaßt, und da standen wir nun: dicht beieinander, platt dagegengedrückt ... Aber mit einer Kraft, genauso groß wie die, die mich niedergeworfen hatte, federte ich wieder zurück ... ein gegen eine blinde Mauer geschlagener Tennisball ... und flog auf meine Mutter zu ...

Sie stand angewurzelt neben ihrem Rad und blickte mit einer Art Totenschädel über die Schulter. Die Augen waren plötzlich noch tiefer eingesunken, die Gesichtshaut wirkte wie Pergament, und auch aus den Lippen war alles Blut gewichen. Mariëtte saß noch auf dem Gepäckträger und blickte sich, an den Sattel geklammert, ängstlich um.

Ohne Taktik, ohne Überlegung, rein instinktiv mußte ich die Beine aus den Fahrradtaschen gerissen haben, ein Tier, das das Unmögliche fertigbringt: sich seiner Falle zu entledigen. Ich gehorchte nur noch dem, was ihre Besorgnis aus mir gemacht hatte. Das einzige, von dem ich mich befreien mußte: ihre Angst, die zu groß für sie war ... die sie sich in ihrer Bescheidenheit nicht erlauben konnte ... Aus diesem Grund mußte ich immer unversehrt aus allem hervorgehen, mußte ich es um jeden Preis zu überleben versuchen: Sie durfte unter ihrer unbescheidenen Angst nicht zusammenbrechen.

Mit ausgebreiteten Armen, vom Boden losgelöst, schoß ich auf meine Mutter zu, und was ich schrie, nichts weniger als ein

Triumphschrei, würde für alle Zeiten gegen mich verwendet werden können.

»Mammi! Mammi! Ich hab zum Glück nix!«

So bot ich mich ihr, unversehrt geblieben, dar. »Mammi! Mammi . . .!« Doch ihr Blick läutete die Stunde der Wahrheit ein, denn aus dem aschfahlen Gesicht mit den eingesogenen Lippen gingen die Augen dicht über mich hinweg zu dem Häufchen Elend, das ich in meiner hysterischen Erleichterung seinem Schicksal überlassen hatte. Wie eine Fliege gegen Glas prallte ich gegen den Blick meiner Mutter, und dicht vor ihr kam ich abrupt zum Stehen. Gerade in dem Moment, als mein triumphierender Schrei ihre Angst hätte beseitigen sollen, war ich Luft für sie!

Benommen drehte ich mich auf dem Absatz um und folgte ihrem Blick. In mir wuchs bereits Scham.

Dort lag mein Vater, das Gesicht von uns abgewandt. Sein Oberkörper hatte sich gleichzeitig mit dem Mopedlenker um einhundertachtzig Grad gedreht. Er mußte noch versucht haben, ihn zu fassen zu bekommen und zu bezwingen.

Hinter dem reglosen Koloß in Kunstleder rappelte sich jetzt mein kleiner Bruder auf, heulend den linken Arm verdrehend, um die Schürfwunde am Ellbogen in Augenschein zu nehmen. Beim Anblick der Schramme begann das Kind noch lauter zu schreien. Kein Auge von dem gestreckten Arm lassend, kam es stolpernd, im Seitwärtsgang, auf uns zu.

Der Mann blieb liegen, wo er lag. Das Auto, das ihm die Gnadenwalze hätte geben sollen, wurde Kilometer hinter uns an der Kanalbrücke aufgehalten, die hochgezogen war, um einen belgischen Schleppkahn durchzulassen. Denn mir sollte noch ein langer Kampf mit ihm bevorstehen . . . Der Kahn fuhr aufreizend langsam, mit großem Tiefgang. Der Fahrer war aus dem Auto ausgestiegen und rannte, Hände in den Taschen, auf und ab. »Verdammt noch mal, immer dieselbe Scheiße hier.« Er wußte nicht, daß er ein Stück weiter noch länger hätte aufgehalten werden können. Er trug eine Sonnenbrille und einen Seidenschal. Als er, durchbrochene Autohandschuhe wieder angezogen, endlich weiterfahren konnte, tippte der Brückenwärter lächelnd an seine Mütze.

Zitternd standen wir vier beieinander – und starrten auf den reglosen Körper, der mit einem Bein unter dem Moped lag. Der Kopf hatte sich im Fallen tief in den Kragen verkrochen. Nur die bleiche Stelle am Kopf, wo sich die Haare lichteten, war zu sehen. Keiner sagte etwas. In meiner Kehle spürte ich die schrecklichen Worte brennen, die ich soeben geschrien hatte.

»Los«, brachte meine Mutter endlich heraus. »Albert, tu was. Geh zu deinem Vater . . . und schau, was mit ihm ist. Schnell. Er ist immer noch dein Vater . . .«

Sie stieß mich so fest in den Rücken, daß ich, um das Gleichgewicht zu bewahren, einen Schritt nach vorn tun mußte.

Auf der anderen Straßenseite stand noch immer der Holzschuppen, wo wir fünf uns mal vor dem Regen untergestellt hatten. Nicht drinnen, denn die Tür war mit Ketten und Vorhängeschlössern verrammelt, sondern draußen, an die Wände gedrückt. Er diente nicht mehr als Lagerraum für Werkzeug, sondern schon seit Jahren als Werbefläche.

Während wir so dastanden und auf unseren darniedergestreckten Ernährer starrten, glitt der Schatten eines Baumes auf den Schuppen zu. Mit letzter Kraft bohrte sich das Sonnenlicht in zwei schneeweiße Plakate, die ein Radrennen ankündigten. Unwillkürlich schauten wir alle vier zu dem blendenden Fleck hoch. Die Plakate waren über die abblätternden Reste verjährter Nachrichten geklebt. Das erste, das mir dort mal aufgefallen war, hatte einen Zirkus angekündigt. Sogar jetzt noch, vier, fünf Jahre später, waren Fragmente der auftretenden Tiere zu erkennen. Die Sonne beleuchtete einen fast noch unversehrten Schimmel mit einem Federbusch auf dem Kopf.

Die Hütte besaß keine Fenster. Allerdings war im Dach eine quadratische Öffnung ausgespart, in der ich früher, wenn wir hier vorbeikamen, den Kopf und den langen Hals einer Giraffe erwartete.

Jetzt regte sich etwas in dem schwarzen Klotz. Mein Vater

richtete sich auf . . . erst mit Hilfe eines Ellbogens, doch rasch war der Arm gestreckt. Langsam, fast theatralisch, kam der Mann Stück für Stück hoch . . . kämpfte noch etwas mit dem Blechungetüm . . . und ließ dann, kniend, ein wenig blutigen Speichel fallen. Die lange Haarsträhne, die morgens über die kahle Stelle gekämmt wurde, hing ihm vor dem Gesicht, bis aufs Kinn.

Wieder auf den Füßen, begann der Mann verstört um sein Moped zu stolpern. Erst nachdem er das Hinterrad umrundet hatte, bekamen wir sein Gesicht zu sehen. Sofern nicht blutverschmiert, war es fahlgelb: ein Christus am Scheideweg.

Als er sich, äußerst mühsam, bückte und an der NSU zu zerren begann, schnauzte ihn meine Mutter an: »Laß das Ding doch liegen . . . Kümmer dich lieber erst mal um deine Visage.«

Jetzt war sie dran, zu schnauzen, denn nie hatte sie ihn in einer erniedrigenderen Haltung vor sich gehabt. In solchen Momenten jagte sie mir einen größeren Schrecken ein als er – wieder, weil der Triumph und die Überlegenheit und die Rache, die sie nun auskostete, für ihre Bescheidenheit zu groß waren.

Folgsam ließ der Mann das Zweirad wieder fallen und wankte zum nächsten Baum. Wie ein Blinder tastete er mit der Hand, die ein paarmal von der Rinde abrutschte, bevor sie Halt fand. So blieb er an den Stamm gelehnt stehen. Das Blut rann in dicken Tropfen von seinem Gesicht auf die Jacke, wo es endlos weiterrann, denn Kunstleder absorbiert nicht. Er vermied es, uns anzuschauen.

Die freie Hand, die er in die Tasche gesteckt hatte, konnte ich durch das steife Material hindurch beben sehen. Als er nicht fand, was er suchte, öffnete der Mann unbeholfen wie ein Einarmiger die Schnallen an seiner Jacke. Er kam langsam voran, während das Blut immer reichlicher von seiner »Visage« rann.

»Ein Taschentuch«, fauchte meine Mutter, die offenbar begriff, wonach die Hand suchte. »Wer hat ein Taschentuch für seinen Vater? . . . Na, wird's bald?«

Keiner hatte eins.

»Zu Hause haben wir Hunderte. Schränkevoll. Und ausgerechnet jetzt . . .«

Ich zog das harte Knäuel von Onkel Egbert hervor.

»Aufmachen«, befahl sie.

Ich brach mir die Nägel daran, schlug die Zähne hinein, doch nach jedem gelösten Knoten kam der nächste . . . Meine Finger zitterten. Diesmal hatte mir Egbert ein greifbares Rätsel aufgegeben.

»Was hattest du dir denn alles zu merken, daß da so viele Knoten reinmußten?« fauchte meine Mutter. »Bestimmt gute Taten . . . In nichts kann man sich auf euch verlassen. In buchstäblich nichts. Nichts, aber auch rein gar nichts.«

»Onkel Eegie hat die reingemacht. Zum Spaß.« Ich hatte das Gefühl, ihn zu verraten. Aus Richtung Son näherte sich mit hoher Geschwindigkeit ein Auto, das, ohne das Tempo zu verringern, haarscharf an dem umgefallenen Moped vorbeifuhr. Zu spät, zu spät . . . Der Fahrer, Sonnenbrille auf der Nase, blickte stur geradeaus. Der stromlinienförmige Wagen war im Nu verschwunden.

Mein Vater hatte Mühe, sich auf den Beinen zu halten. Immer wieder knickte er in den Knien ein. Seine Fingernägel scharrten über die Baumrinde. Noch drei Knoten . . .

»Mir ist schlecht«, hörte ich ihn plötzlich sagen, als wäre es eine sachliche Mitteilung. Er nahm sein Gebiß aus dem Mund und übergab sich, von uns abgewandt, in die Böschung. Beim Würgen sprang ihm das Blut in kleinen Tropfen vom Gesicht. Als es vorbei war, steckte er die Prothese in die Tasche und lehnte sich mit dem Rücken an den Baum, Arme leicht abgespreizt, Hände halb geschlossen, die Handflächen nach oben gedreht . . . fast eine Geste der Entschuldigung. Mit den weggedrehten Augen hatte er jetzt eine frappante Ähnlichkeit mit Jesus, der an irgendeiner Weggabelung an einem gebeizten Kreuz hing.

Ich lernte die Scham immer besser kennen: Die vagen Umrisse des Gefühls, wie sie durch den Blick meiner Mutter entstanden waren, konnten jetzt großzügig ausgemalt werden. Ich war bereit dafür.

Und noch war das Ende der Erniedrigung nicht gekommen.

»Mir ist schlecht«, wiederholte er. »Ich muß . . .«

»Aber nicht hier.« Meine Mutter in ihrem bissigsten Ton. »Nicht in Gegenwart der Kinder. Geh auf den Acker . . . Dort drüben ist ein Graben.«

Der letzte Knoten sprang auf, und Egberts Kleingeld rollte über die Pflastersteine. Mariëtte kniete sich sofort hin, um es aufzusammeln. Ich reichte meinem Vater das kleine Damentaschentuch. Er stieg über den Stacheldraht und ging auf die Wiese, sich währenddessen das Gesicht betupfend. Wir sahen, wie er im Zickzack den gewaltigen Schatten des Turms durchquerte. Am letzten Sonnenlicht tat sich ein Pferd gütlich. Mit schwerem Schweif peitschte es unaufhörlich Rücken und Kruppe, um sich die Fliegen vom Leib zu halten. Als der torkelnde Mann vorbeikam, schüttelte das Pferd seine Mähne, blieb aber stehen. Ich sah ihn heftig gestikulieren und begriff schon bald, daß er die Fliegen verjagte, die sich auf sein blutiges Gesicht stürzten.

Auf halber Strecke des Grabens, der senkrecht zur Straße lag, verschwand er in einem Gebüsch, das ihn den Blicken nicht ganz entzog. Es war Anfang Mai: Die Sträucher waren noch nicht voll belaubt. Durch die dünnen Zweige blieben seine Umrisse sichtbar. Er ließ die Hose fallen und hockte sich hin. Die Kinder sahen seinen wehrlosen bleichen Hintern. Aber in seiner Erniedrigung war ihr Vater immer noch würdiger als in seiner Bravour.

Das Pferd stand regungslos da, der Schweif hing still. Möglicherweise hatte der Mann im Gebüsch alle Fliegen auf sich gezogen. Nachdem er sich aus dieser Hockhaltung wieder aufgerichtet hatte, tappte er mit gefesselten Füßen zwischen den Büschen herum. Vielleicht suchte er nach einer alten Zeitung . . . Etwas später sahen wir ihn Händevoll Gras ausreißen.

Als er zurückgestolpert kam, ging die Sonne unter. Noch düsterer und drohender stand der Turm jetzt da. Ein Vogel flog in eine Schallöffnung hinein. Das Pferd scharrte mit einem Huf über den Boden und schnaubte unwillig . . .

Das Blut auf dem Gesicht meines Vaters war bereits weitgehend geronnen und dunkel geworden. Es bildete zwei violettrote Bäckchen auf seinem Gesicht. Auch Nase und Kinn hatten etwas abbekommen: ein Indianer in Kriegsbemalung.

Er richtete das Moped auf und begutachtete den Schaden. Viele Dellen, aber der Motor sprang noch an. Meine Mutter nahm die beiden jüngeren Kinder auf ihren Gepäckträger und gebot mir, wieder in die Fahrradtaschen zu steigen.

»Du fährst jetzt nach Hause«, befahl sie meinem Vater, »und ja nicht zu schnell, verstanden?«

Er nickte. Wir fuhren im Schrittempo davon. Ich saß hinter ihm: Er roch ziemlich. Das Taschentuch hielt er zusammengefaltet an sein Gesicht gepreßt – eher als Schleier, um seine Scham zu bedecken, denn um das Blut zu stillen. Der Lappen war zu klein.

In Nederwetten und in Nuenen und später in Geldrop blieben die Leute stehen, um uns nachzuschauen. So fuhren wir heimwärts, jeder mit seiner eigenen erwachsenen Scham. *»Mammi! Mammi! Ich hab zum Glück nix . . .!«*

3

Der aussichtslose Tunnel von Son nach Geldrop, von der Kommunionsfeier zum Blutbad, fand am nächsten Tag eine Fortsetzung: einen viel kleineren Tunnel ... schmal, niedrig, kurz ... aber mit Licht am Ende.

Es war Montag: Laut Stundenplan sollten wir von elf bis zwölf im Turnsaal Körpererziehung haben. Doch angesichts des schönen Frühlingswetters »erachtete Lehrer Meulendijckxs es für vernünftiger«, diese letzte Stunde des Vormittags im Freien zu verbringen.

»Auf geht's. Es gibt nichts Lehrreicheres als die freie Natur.«

Er hatte Lust zu einem kleinen Spaziergang.

Hinter dem Schulhof begann ein Sandweg, der in den Wald führte. Links und rechts von ihm lag eine Schonung mit Bäumen und Sträuchern. Am Anfang war dieser Bewuchs noch dürftig, doch je weiter der Weg in den Wald vordrang, um so dichter wurden die Büsche und um so höher schossen die Bäume empor, so daß sich der solchermaßen gebildete Gang verengte. Baumwipfel, die über unseren Köpfen ineinandergriffen, schufen ein grünes Dämmerlicht. Da wir aber erst Anfang Mai hatten, waren die Zweige noch nicht ganz belaubt: Was an Sonnenlicht direkt bis in den Tunnel durchdrang, tanzte in hellen Flecken über die Körper meiner Klassenkameraden, wodurch sie beim Fangen schneller als sonst zu rennen schienen. Ihre Bewegungen erfolgten ruckweise.

Lehrer Meulendijckxs, sonst sehr streng, ließ sie rennen. Er bildete das Schlußlicht, Jackett über der Schulter, aber mit tadellos sitzender Krawatte. Bei ihm konzentrierten sich die Sonnenflecke auf die Brillengläser.

Um nicht zurückzubleiben, nahm ich ebenfalls am Spiel teil, wenn auch nur mit halbem Herzen. So schnell und gewandt die anderen waren, so träge und schwerfällig-ungelenk bewegte ich mich. Ich verlor meine Beute ständig aus den Augen und ließ mich selbst leicht fangen. Beim Wettrennen war ich immer der erste, daran lag es also nicht. Nein, in mir war noch eine andere Art von Trägheit. Mir steckte der Schreck vom gestrigen Sturz noch in den Knochen. Und die Scham wegen meines Ausrufs – der mir den ganzen Vormittag lang nicht aus dem Kopf gegangen war – machte mich unlustig und schwerfällig. Ich trottete den Waldweg entlang wie ein uraltes Kind . . .

Felix von Tante Maya stumpte mich, meine Verwirrung ausnutzend, in die Seite, um mich spüren zu lassen, daß ich eine Tränentüte war, stumpte mich, um mich zu ärgern, immer weiter, schubste mich – bis ich fast heulend hinter ihm her rannte . . . Er wieselte geschickt zwischen den anderen durch, die mich anrempelten.

Ganz am Ende des Tunnels, wo der Weg auf eine Brandschneise stieß, war ein nahezu runder Durchgang zum Licht. Dort erwartete uns die Sonne mit einer derartigen Lichtfülle, daß jeder, der, an das grüne Dämmerlicht gewöhnt, da hinschaute, sofort geblendet war.

Die Brandschneise lag da wie ein Deich: Die Fläche mit dem umgepflügten Waldboden befand sich mindestens einen halben Meter über dem Weg. Außerdem hatte man als zusätzliche Schutzmaßnahme neben der Schneise einen Graben ausgehoben, so daß jeder, der höher hinauf wollte, erst in die Tiefe hinunter mußte.

Die rechte Hand als Schirm gegen das grelle Licht über den Augen, saß ich Flix Boezaardt auf den Fersen. Jetzt, da er sich dem Ende des Tunnels näherte, tanzte das Sonnenlicht ihm in immer größeren Flecken auf Rücken und Schultern. Sie troffen an ihm herab und spritzten auf den Boden.

»Wer über den Graben kommt, ist frei«, rief jemand.

Flix verschwand bis zum Bauch im Graben und kletterte dann den Erdwall hinauf. Trockene Klumpen brachen unter seinen Schnürschuhen weg . . . und da stand er, als erster, keuchend im puren Licht. Auf seiner Brust schimmerte der horngeschnitzte Hirsch seiner Lederhose. Er lachte triumphierend – bis seine Aufmerksamkeit von etwas gefesselt wurde, das außerhalb meines Blickfelds auf der Brandschneise zu sehen sein mußte. Einen Moment lang sah er überrascht, peinlich betroffen aus ... aber gleich darauf entspannte sich sein Gesicht wieder und bekam etwas Spöttisches.

»He, Albert«, schrie er in den Tunnel. »Dein Vater und deine Mutter!«

Schreck krallte sich wie eine Klammer um mein Herz. Meine Eltern im Wald ... nach dem Drama von gestern abend ... Sie verfolgten sich außerhalb der bewohnten Welt. Sämtliche Geschichten von geheimnisvollen Morden wurden in diesem Augenblick wahr. Noch ein paar Schritte, und ich würde auf etwas Schreckliches stoßen ...

Automatisch trat ich einen Schritt zurück, wurde jedoch von meinen Klassenkameraden vorwärts geschubst.

»Albert sein Papke un Mamke kummen 'n houlen«, johlten sie, wobei das »houlen« hämisch in die Länge gezogen wurde. Ihr ruppiger, platter Dialekt ... der häßlichste, der in ganz Brabant gesprochen wurde. Als ob die Menschen sich mit einer Sprache *behaftet* fühlten. Jedes Wort wurde nicht nur bis aufs Mark jeglicher Zier beraubt, sondern außerdem auch noch mit größter Verachtung ausgespuckt, als ob es gallebitter schmeckte. »Dei Vaddr un dei Muddr«, hatte Flix geschnauzt – denn es klang immer wie Schnauzen. Um hier nicht zu verkümmern, mußte man nach den schönsten Wörtern suchen, das war die Grundvoraussetzung.

Mir blieb nichts anderes übrig, als meine Schuhspitzen in die Erde zu stoßen und den Deich hochzuklettern. Und da ... in einer Vision ... kamen meine Eltern über die ungleichen Furchen daher, Hand in Hand. Sie lachten mir zu. Das Lachen meiner Mutter hatte etwas Ertapptes und Entschuldigendes (»Ich hab ihn wieder in Gnaden aufgenommen. Ich habe ihm Pardon gewährt. Tut mir leid«), das meines Vaters etwas Steifes und Unberechenbares, aber das kam von den Schürfwunden, die sein Gesicht in großen Placken bedeckten. Sie standen seiner Mimik im Weg. Das eingetrocknete Blut war seit dem gestrigen Abend noch dunkler geworden. Die Krusten schimmerten wächsern in der Sonne. Es sah aus, als trüge der Mann eine Karnevalsmaske aus Sämischleder.

Und plötzlich wußte ich, wie Sir Jilles in seiner Rüstung aus Drachenblut ausgesehen hatte.

Lehrer Meulendijckxs konnte lügen wie kein zweiter. Um uns christliche Botschaften anzudrehen, tischte er uns alle möglichen moralisierenden, angeblich aus dem Leben gegriffenen Geschichten auf, in denen er selbst die Heldenrolle spielte. Er präsentierte sie schamlos als wahre Begebenheiten, doch die Stories waren so leicht durchschaubar, daß nicht einmal die einfältigsten Kinder darauf hereinfielen.

Einmal, an seinem Geburtstag, hatte Lehrer Meulendijckxs toll gelogen, und so durfte er es meinetwegen immer tun. Als »wahre Begebenheit« erzählte er uns eine wunderbare Geschichte, nicht gerade aus dem Leben gegriffen und auch nicht von ausgesprochen christlicher Moral erfüllt. Dazu vermischte er den Achillesmythos mit der Legende vom heiligen Georg und dem Drachen und verlagerte die Handlung dieser Zwittergeschichte in die dreißiger Jahre unseres Jahrhunderts.

Der Held, mit Namen Jilles, erhielt den Auftrag, das Ungeheuer von Loch Ness zu ermorden. Um sich keinen nassen Frack zu holen, kämpfte er am Ufer, wie Gott ihn erschaffen hatte. Während des Kampfes trudelte von einem überhängenden Ast ein Eichenblatt herunter, das auf »Sir« Jilles' verschwitztem Rücken kleben blieb. Endlich gelang es ihm, dem Monster – »als wäre es eine Pille, Jungs« – eine Handgranate in den Rachen zu werfen. Beim Aufkommen im Magen explodierte das Geschoß, und der Held wurde über und über mit dunklem Blut bespritzt. Gut, das Ungeheuer war tot, und Sir Jilles, der Feinde hatte wie Sand am Meer, war für den Rest seines Lebens unsterblich in kugelsicheres Drachenblut gegossen.

»Jedenfalls«, sagte Lehrer Meulendijckxs, »jedenfalls ... glaubte er das.«

Ein Rivale hatte beim gemeinsamen Schwimmen schon bald diese ungeschützte Stelle in Form einer französischen Lilie entdeckt. Als Jilles sich nach dem Baden wieder in seinen weißen Sommeranzug geworfen hatte, tupfte der Rivale mit einer angeblich jovialen Gebärde von Männer-unter-sich mit den Fingerspitzen ein wenig phosphoreszierende grüne Farbe auf den Rücken des Jacketts. Und zwar genau auf die Stelle, unter der sich die französische Lilie des Todes befinden mußte. Noch am selben Abend wurden auf den Sieger von Loch Ness hinterrücks sechs Revolverschüsse abgefeuert. Vier Kugeln prallten von dem Panzer ab, die beiden übrigen trafen ihn tödlich an seiner schwachen Stelle.

Immer mehr Jungen aus meiner Klasse kletterten ins Licht. Sie bildeten einen Kreis um meine Eltern und mich und schauten sprachlos zu dem entstellten Gesicht auf. Sie schlossen uns ein, forderten schweigend Rechenschaft. Hinten jedoch, im äußersten Ring, stießen sie sich bereits gegenseitig mit den Ellbogen an, hier und da hielt sich einer die Nase zu, um nicht in Gelächter auszubrechen. »Sir Jilles«, hörte ich flüstern. »Er hat mit dem Ungeheuer gekämpft.«

Und so wurde, von Mund zu Mund, die Geschichte weitergesponnen, ausgemalt mit dem getrockneten Blut auf der Visage über ihnen. Erst jetzt verstanden sie sie richtig ...

Doch wie sehr war der Mann das Gegenteil eines Helden! Seine schwache Stelle war ja gerade der Panzer, in dem man lange nach seiner Kraft suchen konnte ...

Dann kamen die Fragen. Und wieviel Hohn in diesem vorgetäuschten Mitleid steckte! Geplapper aus mindestens zwanzig Jungenkehlen.

»Sind Sie gefallen?«

». . . unter ein Auto gekommen?«

»Hatten Sie eine Schlägerei?«

Der Angesprochene antwortete nicht. Mit den Fingerspitzen betastete er vorsichtig die Wunden. Ich spürte die Maske auf meinem eigenen Gesicht brennen. Ja, ich spürte, wie die Sonne in die beschädigte Haut stach. Tausend Hornissen ... Er konnte so nicht länger stehenbleiben: Die Sonne würde ihn totstechen. Die Blutkrusten brannten auf seinen Wangen wie die schlimmste Röte, die Scham je hervorgebracht hat.

Um das Maß meiner Scham vollzumachen, gesellte sich als

letzter Lehrer Meulendijckxs zu uns – und stand Aug in Auge mit seinem eigenen Helden. Er begrüßte meine Eltern überschwenglich, und als wäre es ihm nicht gleich aufgefallen, sagte er mit seiner hohen Stimme, die sich vor gespieltem Erstaunen überschlagen konnte: »Aber Mijnheer Egberts – was ist das denn? Kleinen Unfall gehabt? Hoffentlich nichts Ernstes?«

In seinem Mitleid war noch mehr Spott und Hohn als in dem der Kinder.

»Ja, er hat sich gschnittn . . . beim Rasiern«, hörte ich Flix flüstern.

»Na ja, mit dem Moped hingeknallt«, sagte meine Mutter statt der verstummten Maske neben ihr. (Flix: »Hingeknallt? Wenn die ihm man keine geknallt hat. Der schlimmste Drachen von Braakhuizen-Nord.«

»Auf so'nem glatten Kopfsteinpflaster . . . Sie wissen schon.«

Noch einen Moment, und sie würde von »Nachtfrost« sprechen, genauso wie Gonneke Stultiëns es hatte gewittern lassen, damit ihr Kind vor Schreck »frühzeitig« zur Welt kommen konnte. Die Natur stand ganz im Dienste des Menschen.

Dieser kleine Zug um ihren Mund, ich erkannte ihn nur zu gut: Damit verdrängte sie alles, was schmerzlich und schamvoll war. Selbst wenn sein Messer in ihr stak, würde sie der Außenwelt noch diesen beruhigenden, begütigenden Zug zeigen.

»Der Mensch ist vielerlei Gefahren ausgesetzt, Mevrouw«, wußte der Lehrer.

»So ist es«, bestätigte meine Mutter. Sie zwinkerte mir zu. Dieses innige Zwinkern, wobei sie mit breitem Lächeln krampfhaft aufeinandergepreßter Lippen den Kopf kurz schüttelte und die Schultern hochzog.

Unaufhörlich trippelten die Fingerspitzen meines Vaters über die Maske.

»Albert«, wandte sich der Lehrer an mich, »du darfst gern bei deinen Eltern bleiben, wenn du willst, hörst du? Es ist ja schon die letzte Stunde heute vormittag. Lernen tun wir erst heute nachmittag wieder.«

Aber nein, o nein, ich wollte bei den Jungs bleiben und mit ihnen rennen, denn nur so könnte ich meinem Glücksgefühl Luft machen. Sie hatten sich versöhnt. Ihre Hände lagen ineinander. Die Gefahr war gebannt. Ich brauchte niemandem zu erzählen, daß sie »sich trennten«. Sein Gesicht würde heilen, die Maske abblättern, alles würde vergeben und vergessen sein . . . Deshalb mußte ich rennen: um weiter an diese verschlungenen Hände glauben zu können und nicht an die Maske aus Drachenblut denken zu müssen.

»Ja, mir ist es egal, hörst du?« sagte der Lehrer lachend und scheuchte uns alle in den Wald. Er selbst blieb noch eine Weile stehen und unterhielt sich mit meiner Mutter.

Jetzt war ich der Mittelpunkt der ganzen Bande. Die Begegnung mit meinem lädierten Vater hatte mir, zumindest für den Moment, Prestige eingetragen. Ich rannte schneller als der schnellste der Klasse und schrie dabei mit aller Macht. Irgendwo zwischen Kehle und Nase steckte ein Schluchzer, den ich nur dadurch losbekam, daß ich im Kiefernwald so schnell wie möglich rannte und lauthals johlte. Der Geruch des Harzes war der Geruch von Glück.

Auf einer freien Heidefläche fiel ich am Rande eines rostbraunen Moortümpels auf Hände und Knie nieder und löschte meinen Durst mit dem abgestandenen Wasser. Es schmeckte verdorben und verboten – aber was konnte mir schon passieren?

Meine Mutter war nach rechts gefallen, mein Vater nach links. Und beide Male war ich aus ihrer Mitte hochgeschnellt – um durch Schmerz Aufmerksamkeit für mich zu beanspruchen. Das war in der unbesonnenen Zeit, als meine Feigheit noch einen aktiven Charakter hatte. Ich wurde ignoriert, und lernte meine Lektion.

Währenddessen fielen meine Eltern weiter. Und standen auch jedesmal wieder auf.

Vor allem mein Vater hatte, wie meine Mutter es ausdrückte, »einen harten Schädel« – womit sie nicht nur meinte, daß er diese ganze Fallerei viel zu gut überstand, sondern auch und vor allem, daß er keine Lehre daraus zog. An seinen freien Samstagnachmittagen sauste er auf dem Moped von Dorf zu Dorf, von Kneipe zu Kneipe. Er hatte keine Vorliebe für bestimmte Lokale. Meist landete er in einer verlassenen Schankstube ... und war schon wieder rastlos unterwegs zur nächsten Gastwirtschaft. Der Mann wußte gar nicht, wie sehr er seinem Großvater glich, der, das baumelnde Holzschuhmachermesser zwischen den Beinen, die Kneipen abklapperte.

Niemandem schoß der Alkohol so schnell ins Rückgrat wie ihm. Er schwankte schon nach dem vierten Glas. Den Mopedlenker hielt er locker fest. Eine Wegbiegung ... ein Stein ... eine Mistkarre ... ein Kind, das mit einer Milchkanne die Straße überquerte ... die kleinste Kleinigkeit brachte ihn ins Schlingern, und das konnte einen Sturz bedeuten. Er widersetzte sich nicht, ließ sich gehen, vollkommen entspannt, es war ihm egal ... Und gerade diese Entspanntheit bedeutete wahrscheinlich jedesmal seine Rettung. Er flog gegen einen Baum ... in einen Graben ... in Stacheldraht ... und rappelte sich wieder auf.

Weil er jedoch, vom Alkohol betäubt, nicht mehr instinktiv die Arme um den Kopf legte, war es immer und ewig seine Fresse, die alles abbekam.

Man hätte meinen können, er wolle es so, und vielleicht wollte er es im tiefsten Inneren tatsächlich so. Er ließ sich gehen. Fast wäre ich auf den Gedanken gekommen, er zöge sich das alles, den Suff und das ganze Elend, des Hinknallens wegen zu. Er war nicht richtig besoffen gewesen, wenn er nicht richtig auf die Schnauze gefallen war.

So oft hatte ich ihn betrunken und mit blutigem Kopf nach Hause kommen sehen, daß betrunken und blutig fast Synonyme geworden waren. Die Auflösung seines Gehirns, äußerlich sichtbar gemacht ...

Und immer wieder rappelte er sich auf – einzig und allein, um ein paar Wochen später von neuem aus dem Sattel geworfen zu werden.

Kein halbes Jahr nach unserer Todesfahrt durch den Tunnel fuhr er eines Samstagnachmittags im Frühherbst stockbesoffen auf seiner NSU gegen einen Baum. Ein Bauer, der mit seinem Traktor vom Feld kam, fand ihn in einem Graben zwischen den ersten abgefallenen Blättern – mausetot.

Ungefähr eine Stunde nach dem Unfall kam ich nichtsahnend mit Thjum Schwantje bei uns zu Hause an. Seit dem Bruch mit Flix war er mein Freund. (Meine Mutter, die bei ihm daheim das Klo schrubbte und die Küche aufwischte, hatte von ihm gesagt: »Schau zu, daß du dir den warmhältst, Junge. Das ist einer aus der Baron van Tuyll van Serooskerkenstraat.«

Ich hatte einen Narren an ihm gefressen. Und ja, ich wollte ihn mir mit aller Gewalt erhalten, und sei es nur deswegen, um in der Sache mit Flix recht zu behalten: Ohne neuen Freund stand man dem alten machtlos gegenüber. So lauteten die ungeschriebenen Gesetze. Ein Freund war ein Besitz wie ein Fahrrad.)

Zum erstenmal war Thjum »bei der Putzfrau zu Hause«. Wir wollten in meinem Zimmer Banknoten fälschen. Zwar noch nicht ganz auf seine spätere, tyrannische Manier (»Knete, Mutter! Knete, verdammt noch mal!«), aber doch schon mit dem Zorn des verwöhnten Kindes hatte er sich von seiner Mutter ein paar Originale »geliehen«. Einen Zehner, einen Zweieinhalbguldenschein und einen fast verfilzten Einguldenschein. Einen Fünfundzwanziger hatte Mevrouw Schwantje trotz des hysterischen Füßestampfens ihres Sohnes nicht herausrücken wollen.

Ganz in unserer Rolle als Geldfälscher aufgehend, standen wir umschlungen auf der Mülltonne und schauten durch das Küchenfenster hinein, ob die Luft rein sei. Während wir in dieser Haltung überlegten, wie wir ungesehen nach oben in mein Zimmer kämen, öffnete sich die Tür zum Flur, und ein Mann in Unterwäsche trat in die Küche. Im selben Moment spürte ich, wie sich mein ganzer Körper mit Gänsehaut überzog. Die Mülltonne wackelte unter unseren Füßen.

Der Kerl trug genau so eine Maske wie mein Vater nach

dem Sturz, weit zurück im dunklen Tunnel der Zeit, bei Neerwetten.

Nachdem sich der Mann am Tisch und am Herd gestoßen hatte, ohne daß ihm das etwas auszumachen schien, hielt er das Gesicht vor den Spiegel über der Spüle – womit der Kopf in unsere Nähe gekommen war. Mit kaputten Fingern betastete er die Maske aus geronnenem Blut. Wo keine Wundkrusten waren, sah man hierhin und dorthin gelaufenes Jod, von einer anderen Sorte als das rostbraune, das wir selbst benutzten – grellrosa. Hier und da ragten steife Borsten aus der Gesichtshaut, die von seinen Fingerspitzen vorsichtig berührt wurden. An der Art und Weise, wie er seine Wunden antippte, erkannte ich ihn. Vielleicht so, wie ein Kind an einem Tick die Identität eines gut geschminkten Knecht Ruprechts herausbekommt.

Es war mein Vater.

Beim letzten Mal hatte er im vollen Sonnenschein gestanden und angesichts all dieser unbarmherzigen Kinder nicht gewußt, wohin mit seiner Scham. Verlegen wie ein Mädchen mit einem Blutschwamm stand er da ... Jetzt aber, wo er sich unbeobachtet wähnte, absolut allein zu sein glaubte – ein Mann in Unterwäsche vor dem Spiegel –, bedachte er sein eigenes Bild mit Blicken, so gräßlich, wie er in Wirklichkeit selbst aussah.

Ich konnte noch nicht erkennen (später dafür um so besser), daß ich ihn hier zwar maskiert, aber doch nackter als nackt vor mir hatte: betrunken, durch den Aufprall jedoch schon wieder halbwegs nüchtern ... die Bewußtlosigkeit hatte ihn aus seinem Rausch gerissen ... keuchend, schnaufend, das Spiegelbild fast auslöschend mit seinem faulen Atem ... mit aufgeplatzten, dicken Lippen murmelnd, ohne Gebiß ... und aus blutunterlaufenen Augen so gemein dreinschauend, als würde er am liebsten meine Mutter zur Schuldigen an dem Unfall erklären.

So wie ich ihn dort ertappte, befand er sich dermaßen weit jenseits aller Verachtung, daß mir der Haß sofort aus den Händen genommen wurde. Mitleid war ebensowenig am

Platz. Hier stand jemand, der »seine Zügel losgelassen hatte«. Er war im wahrsten Sinne des Wortes zügellos. So ungreifbar, daß er den gesündesten Teil meines Hasses auf der Stelle zerstörte.

»Wer ist *das* denn?« flüsterte Thjum neben mir. Besser hätte er meine Welt nicht kennenlernen können. Ich jedoch leugnete, ohne zu zögern, daß der Vorfall auch nur das Geringste mit meiner Welt zu tun habe. Auch später habe ich ihn nie – o, unauslöschliche Scham – an dieses gemeinsame Erlebnis erinnert.

Es gibt keinen besseren Ansporn zum Lügen als Scham.

»Ein . . . ein Onkel von uns«, antwortete ich tonlos. »Der ist krank. Er ist nicht ganz richtig im Kopf. Wir können jetzt nicht rein. Er kann gefährlich werden.«

Wir sprangen von der Mülltonne und rannten weg, aus dem Garten, auf die Straße . . . Um meine Rückkehr möglichst lange hinauszuschieben, begleitete ich Thjum den ganzen Weg nach Braakhuizen-Süd. Ich brachte ihn bis zu dem weißen Haus in der Baron van Tuyll van Serooskerkenstraat.

Als alle meine Umwege mich schließlich doch in die Textielstraat zurückgeführt hatten, bekam ich von meiner Mutter zu hören, wie der Mann mit einem Rettungswagen nach Hause gebracht worden war. Zwei Sanitäter mußten ihn stützen. Die ganze Nachbarschaft lief zusammen, um die Fäden in seinem Gesicht zu zählen. Es waren achtundzwanzig.

Diesmal hielt ihn die Scham länger im Bett. Manchmal, wenn seine Zimmertür einen Spaltbreit geöffnet war, hing auf dem Flur der fade Geruch eines seit Ewigkeiten nicht gelüfteten Schlafraums.

Erst gegen Ende der Woche traf ich, als ich von der Schule nach Hause kam, den Mann zum erstenmal wieder unten im Wohnzimmer an. Im Schlafanzug, über den er schnell ein Jakkett angezogen hatte, saß er am Tisch, ihm gegenüber Edelman.

»Ah, da haben wir den Sohn . . .«

Der Polizeibeamte, der – wie mir meine Mutter in der Küche bereits zugeflüstert hatte – die ganze Geschichte zu Protokoll nehmen wollte, hatte Uniformjacke und -mantel geöffnet. Seine Mütze lag, mit Handschuhen gefüllt, verkehrt herum neben unserer leeren Obstschale: Das rote Haar, das eher gekräuselt als gewellt war, gab seine Glut uneingeschränkt preis. Er sah leichenblaß aus wie einer, dem schlecht geworden ist, führte jedoch das große Wort. Nun, da das Protokoll offenbar aufgenommen war, erzählte Edelman die tollsten Stories von seinen Söhnen, die bereits auf die Höhere Bürgerschule in Helmond gingen. Als ob er damit unserem Ruf den Rest geben zu können glaubte . . . Vielleicht hätte ich mich mit dieser Situation glücklich preisen sollen, in der meinem Vater so subtil die Leviten gelesen wurden, doch ich blieb brennend vor Scham in einer Zimmerecke auf dem Fußboden sitzen. Sein Gesicht begann schon wieder zu heilen: Er rieb sich in einem fort über die juckenden Borken, von denen sich kleine Stücke lösten.

Der Polizist kannte mich. In letzter Zeit war ich regelmäßig, aber nicht öfter als nötig bei den Edelmans: Sohn Paul war AGF (Assistent des Gruppenführers) bei der Pfadfindersippe Die Tiger, zu der ich seit kurzem eingeteilt war. Auf Drängen von Flix, der bei der Pfadfinderei sein Asthma loszuwerden glaubte, hatte ich mich angemeldet. Als wir nicht lange danach Krach wegen der Onkelschaft von Egbert Egberts bekamen, traute ich mich nicht mehr auszutreten: Das »Gelöbnis« war beantragt, daheim hing eine teure Kluft im Schrank . . . inklusive eines Filzhuts . . .!

Edelman hatte eine kleine, schmächtige Frau. Ihre Magerkeit wurde durch ihren ewigen Spitzbauch noch zusätzlich betont, denn es mußte unentwegt Kindergeld »gemacht« werden. Wenn Flix von der Familie Edelman sprach, dann immer mit einer Handbewegung, die weit über seinem Kopf begann und kurz über dem Boden endete, und dazu produzierte er ein Geräusch, als streiche er über ein Xylophon. Alle Kinder hatten die Schmächtigkeit ihrer Mutter und das Kastanienbraun ihres Vaters. Mucksmäuschenstill verhielten sie sich, wenn der Polizist seine Frau zum Abschied küßte, bevor er auf Streife ging. Oft genug hatte ich mit dabei gesessen, zusammen mit anderen »Tigern« ... Es hatte etwas Obszönes, wie er sich in dieser krachenden Uniform über sie beugte und sie voll auf den Mund küßte ... Widerlich sah das aus, wie er sich an diesem farblosen, spindeldürren Frauchen festsog ... Es dauerte zu lange. Erst nachdem die Haustür zugefallen war, traute sich jeder wieder, frei zu atmen.

Die Gruppenzusammenkünfte bei Edelman betrafen ein bevorstehendes Pfadfinderlager für sämtliche Sippen aus der Diözese Den Bosch, das in einem Waldgebiet in der Nähe von Valkenswaard stattfinden sollte. Gekocht werden sollte auf Holzfeuer: Ich bekam den Auftrag, »irgendein Hackebeil zu organisieren« ... Unter der Bedingung, daß nur »die älteren Jungs« damit hackten, ließ mein Vater sein kleines Beil bei Philips auf der elektrischen Scherenschleifmaschine schärfen. Sorgsam in alte Lumpen eingewickelt und mit einer Sisalschnur zugebunden, wurde das Werkzeug ganz unten in meinem Seesack verstaut ...

In meinen viel zu großen und viel zu neuen Manchestershorts, meinem Uniformhemd, auf dem noch jedes Abzeichen fehlte, den Kniestrümpfen ohne Troddeln (kein Halstuch, kein Dolch: ich gehörte noch nicht dazu) hackte ich den ganzen Samstagnachmittag lang Holz, düster und monoman. In unserer Treue zu Egbert Egberts gingen Flix und ich uns soweit wie möglich aus dem Weg. Paultje Edelman dagegen ließ mich nicht in Ruhe: Er hatte sich mit unserem Gruppenführer über die Einrichtung des Lagers gestritten und verspürte nun das Bedürfnis, ab und an einen Tritt nach unten auszuteilen. Ich war, wie man das nannte, das »letzte Glied« und damit Edelmans dankbarstes Opfer. Bestrebt, mich zu piesacken, wo er nur konnte, wich er mir nicht von der Seite ... Wieviel wußte er vom Fall meines Vaters? Indem ich mich aufs Hacken konzentrierte, ignorierte ich ihn, so gut es ging.

Vielleicht weil ich das Beil mitgebracht hatte, ließen die Älteren mich gewähren ... Als erstes waren die dicken Stücke dran, mitunter halbe Baumstämme, die viel Kraft erforderten.

Ich hackte tadellose V-förmige Scheite. Die Schneide drang tief in das zum Teil bereits verrottete Holz. Allmählich jedoch gingen die kräftigen Äste zur Neige, und damit wurde meine Stimmung immer düsterer, denn ich wußte nicht, was ich als nächstes tun sollte.

Ich hackte mechanisch, in Trance ... Es wurde bereits dämmrig zwischen den Bäumen, die noch den größten Teil ihrer Blätter besaßen. Die Beilschläge bekamen etwas Gedämpftes – vielleicht durch den Nebel, der am Rande des Waldstücks von der Heide her aufzog. Flix schmierte die Außenseite eines Topfes mit grüner Seife ein, die ich durch die feuchte Waldluft riechen konnte. Zwischen zwei Erdwällen baute der GF aus Zweigen eine kleine Pyramide. Den geschwärzten Rost hatte er schon bereitgelegt, um ihn gleich über das Feuer zu legen ...

Nur Paultje Edelman lehnte tatenlos an einem Baum.

Noch einen Moment, und ich würde nichts mehr entzweizuhacken haben. Ein Stück weiter, fast in Griffnähe, lag noch ein kräftiger Ast. Erst als ich das Holz zu mir zog, erkannte ich an der frischgeschnittenen Gabel, in der es endete, Edelmans »Reisigharke«, wie er es nannte. Sie war dazu gedacht, verdorrte Zweige zusammenzuscharren – eine Aufgabe, zu der der Assistent des Gruppenführers noch nicht gekommen war. Eine halbe Stunde lang hatte ich ihn mit seinem Messer herumwerkeln sehen, woraufhin er sich nicht mehr um den Stock gekümmert hatte. Möglicherweise hatte der Quälgeist seine »Reisigharke« absichtlich in meiner Nähe liegenlassen, um mich erwischen zu können ...

Ich sah unter den Wimpern hindurch zu Paul Edelman hinüber: Seine weißen Beine standen reglos zwischen den Baumwurzeln. Ich legte den Ast quer über den Hauklotz und holte aus ...

»Pfoten weg, du Arschloch! Das ist meiner!« schrie Rotschöpfchen. Mit einem einzigen Sprung war er bei mir. Sein Fuß schoß vor, um die »Reisigharke« wegzutreten.

Doch das Beil, das sein eigenes Gewicht hatte, zog meine Hände im Bogen mit ... abwärts ... bis es in seinem

Schwung gestoppt wurde. Statt des Spaltgeräuschs von frischem Holz hörte ich einen enttäuschend harmlosen, dumpfen Schlag.

Er trug Sandalen, der Blödmann. Mitte Oktober, und Paul Edelman hatte noch Sandalen an, wenn auch mit dicken Sokken. Schwere, solide Sandalen, vielleicht von seinem Vater geerbt. Aus dieser Nähe konnte ich sehen, wie ausgetrocknet und dunkel das Leder war ... Einen der Riemen, die quer über den Spann liefen, hatte das Beil durchtrennt. Fast graziös sprang er nach zwei Seiten hin auf: nicht sofort, sondern in einer Art verspäteter Reaktion.

Und während ich so, als hätte ich Zeit im Überfluß, alle Details der Sandale in mir aufnahm, sah ich, wie in Paultjes Wollsocke ein längliches Loch entstand. Es würde, so überlegte ich mir, beim Stopfen noch gerade innerhalb des Senfglasrands bleiben ... Ja, diese Socke war noch zu stopfen. Der Riemen würde problematischer sein ...

Die ovale Öffnung legte eine fahlrote Socke frei, die der Junge unter die andere angezogen haben mußte ... Bis mir aufging, daß ich in den klaffenden Spann blickte. Ein eigenartig trockener mattroter Spalt, der dem glich, was Mimi Boshond mir mal gezeigt hatte: die Stelle, wo das Innere ihres Körpers begann.

Sein erhobener Fuß. Die Welt stand still. Kein Laut zu hören im Wald ...

Da begann aus dieser obszönen Wunde Blut zu quellen. Der Fuß blutete, blühte, trieb Blüten ... und der Anblick gab mir ein befreiendes Gefühl. Im nächsten Augenblick humpelte Paul Edelman heulend davon ... um die Bäume herum, zwischen denen Seile unser Lager markierten. Der Assistent des Gruppenführers schien es darauf anzulegen, einen schönen runden Kreis zu beschreiben, ohne mit dem tropfenden Fuß den Boden zu berühren ... als wäre er gerade aus einem Seifenwasserbad gestiegen ... Stramme Leistung. Durch das Zeltlager tönte ein hohes, schrilles Gebrüll, in dem trotz des Schmerzes, der es ausgelöst hatte, etwas Triumphierendes mitschwang: Jemand hatte ihn, Paul Edelman, getroffen! Die beiden Enden des kaputten Riemens flappten lächerlich auf und ab.

Der Gruppenführer und das »dritte Glied« schossen herbei. Sie versuchten, den Verletzten zu fangen, was nicht so einfach war.

»Dummer Hund!« rief mir der GF im Vorbeigehen zu.

Als sie Edelman endlich erwischt hatten, legte jeder sich einen Arm von ihm um den Nacken, und so schleiften sie ihn in den halbdunklen Wald – als wollten sie ihn so schnell wie möglich begraben. Mir wurde erst später klar, daß sie ihn ins Erste-Hilfe-Zelt brachten.

Mit dem Beil in der Hand blieb ich regungslos neben dem Hauklotz stehen und starrte auf die in die Reisigharke gekerbten Initialen *P E* . . . In meinem Arm kribbelte noch etwas von der Enttäuschung darüber, das frische Holz nicht gespalten zu haben. Die Jungpfadfinder der Gruppe – kaum älter als ich, aber schon mit Abzeichen geschmückt – scharten sich mit Ausnahme von Flix mit bewundernden Mienen um mich: Ich hatte den verhaßten Schinder krankenhausreif geschlagen.

Und ich sollte auch wissen, was ich angerichtet hatte. Nach dem Unfall wurde jeder von uns alle Viertelstunde von irgendeinem Pfadfinderpapst, einem Stellvertreter Baden Powells, durch krächzende Lautsprecher in den Bäumen zur Vorsicht beim Holzhacken ermahnt.

»Achtung! Achtung! . . . Soeben . . . vor kurzem . . . vor einer halben Stunde . . . vor einer Stunde . . . haben wir jemanden mit einer Beilwunde im Fuß ins Krankenhaus bringen müssen . . .«

Wie bei einem Kanon setzte die Stimme von einem Baum zum anderen jeweils um den Bruchteil einer Sekunde später ein: ein Kettengesang, der durch den Wald getragen wurde, so daß sämtliche Baumkronen von krächzenden Raben bevölkert schienen, die meine Missetat weitergaben.

»Seid-seid-seid . . . also-also-also . . . vorsichtig-vorsichtig-vorsichtig-vorsichtig . . .!«

Auf mich waren all diese unsichtbaren Flüstertüten gerichtet. Und als der erste Schreck vorbei war, als ich durch die sonore Wiederholung der Warnung gegen jegliche Schuld immun geworden war, da begann der krächzende Chor der Stimmen mein Lob zu singen.

Gleichzeitig mit der ausgiebigst wiederholten Mitteilung sah ich immer wieder den Lederriemen aufspringen und die Socke sich öffnen, woraufhin – fast unwillig – das Blut vor meinen Augen hervorzuquellen begann . . . Was wie ein Unfall ausgesehen hatte, wurde immer deutlicher zu einer bewußten Tat . . . einem vorsätzlichen Anschlag, verübt, um meinen Vater zu rächen: wegen der Schande, die Edelman über ihn gebracht, und der hundert Gulden, die der Polizist aus unserem Haushaltsgeldbeutel geklaut hatte . . . Tiefe Genugtuung erfüllte mich. Ich hatte meinen Vater gerächt . . . nach dem Verschwinden der Wundkrusten von seinem Gesicht die noch verbliebene Scham gründlich weggewischt . . .

Humpelnd kehrte Paul Edelman, auf seine Kameraden gestützt, Stunden später ins Lager zurück. In der Dunkelheit sprang mir schon von weitem der schneeweiße Verband ins Auge: Dicht über dem Waldboden kam er angeschwebt – genau auf mich zu. Die Szene hatte alles von einem siegreichen Einzug, vor allem, weil die durch sein Humpeln verursachte Auf- und Abbewegung einem sich im Schritt nähernden Reiter glich.

Ich ließ mir die Überzeugung nicht mehr nehmen: Wohlüberlegt hatte ich das Beil in Edelmans Fuß geschlagen. Seine verächtliche, geifernde, höhnische Haltung bestätigte das. Er würde, um sich seinen Triumph zu erhalten, nie zulassen, daß in seiner Nähe das Wort »Unfall« benutzt wurde.

»Er hat es gewußt . . . er hat gewußt, daß das meine Reisigharke war . . . Er hat drauf gewartet . . . er hat ganz genau gezielt . . .!«

Paultje Edelman lag im Zelt, den verbundenen Fuß auf einem Rucksack, das Bein drohend gegen mich erhoben . . . Alle seine Beleidigungen, Anschuldigungen, Verdrehungen, Lügen klangen mir wie Musik in den Ohren: Schließlich bestätigten sie das Wohlüberlegte meines Handelns. Nie war es mir so leichtgefallen, Beschimpfungen zu schlucken. Draußen besang der Chor der Lautsprecher meine Heldentat.

Das »ganz genaue Zielen« erhielt durch die Diagnose zusätzliche Betonung: Getroffen war eine wichtige Sehne, die zum großen Zeh führte. Paul Edelman mußte nicht nur auf die Gefahr hin, sitzenzubleiben, zwei Monate lang mit dem Bein in der Luft von der Höheren Bürgerschule wegbleiben, sondern konnte auch die Tanzstunde, die er seit kurzem besuchte, vergessen. Ein Foxtrott, hatte der Arzt gesagt, gehe ja noch mit einem steifen Fuß, aber Tangos könne er in den Wind schreiben. Ein Riesenreinfall, denn das Kursgeld war für ein Vierteljahr im voraus bezahlt und wurde nicht zurückerstattet.

Und daß der Schuldige angesichts so vieler unglücklicher Konsequenzen noch nicht einmal eine Tüte Apfelsinen oder eine Schachtel Datteln vorbeibrachte, schlimmer noch: sich nicht mal blicken ließ, schlug dem Faß den Boden aus: Man war sprachlos. »Und dem seine Alten ... was sind das für Leute? Das Letzte vom Letzten ... Der Vater säuft ... na ja, der Apfel fällt nicht weit vom Stamm.«

Natürlich ließ ich mich nicht blicken: Jede Geste, die auch nur im entferntesten als Zeichen von Reue gedeutet werden konnte, mußte ich um jeden Preis vermeiden. Es würde meine Rache herabwürdigen ...

Jahre später, im Schwimmbad, gesellte sich Paul Edelman gelegentlich zu der Gruppe, mit der ich ein paar Quadratmeter Badehandtuch teilte: Er besaß das Talent, sich immer und überall aufzudrängen. Voll bitterem Stolz zeigte er meinen Freunden dann die blauviolette Narbe auf seinem Fußrücken und erzählte – viel zu farblos –, wie es dazu gekommen war. »Seine Schuld.«

Ich fühlte, wie ich wuchs, da in der Sonne. Er trug das Stigma meiner Rache. Eine seltsame Rührung, gegen besseres Wissen: Dies hatte ich ihm im Namen meines Alten zugefügt.

Nach meiner Oberschulzeit sah ich Paul Edelman nie wieder. Es hieß, er sei immer wieder an der Aufnahmeprüfung für die Polizeiakademie gescheitert, habe es dagegen in der Pfadfinderei bis zum Späher gebracht. Ohne Uniform fühlte er sich offenbar nicht wohl. An warmen Tagen stellte ich mir oft vor, wie unter seinem Beamtenschreibtisch die Narbe in den Nylonsocken feuchtschwül juckte, die Mutter Edelman bei Janssen-De Wit für ihn aussuchte: Drei Paar zum Preis von zwei, weil hier und da »ein kleiner Fehler« drin war . . . Was mich bei alledem am meisten hätte wundern müssen: mein hartnäckiges Bedürfnis, diesem Arschloch von Vater, das mir meine Kinder- und Jugendjahre vergällt hatte, immer wieder aus der Patsche zu helfen, wenn auch nur im Geiste.

Der Fall, den meine Mutter schließlich tat, war über die Jahre sorgfältig vorbereitet. In gewisser Weise ergab er sich aus der Kette von Stürzen auf der anderen Seite. Ihr Fall schien ein vorläufig letztes Glied dieser Kette zu sein.

Tief in ihr – tief unter der Hand, die sie sich manchmal aufs Zwerchfell legte und sanft, scheinbar gedankenlos, rhythmisch, beschwörend hin und her rieb – hatten seine Räusche sich mit der Zeit auskristallisiert. Doch sie hielt es geheim und bedeckte das Geheimnis mit ihrer Hand. Ich war insofern ihr Vertrauter, als sie mich mehrmals am Tag flüsternd bat, etwas Milch für sie warm zu machen.

»Aber nicht überkochen lassen, hörst du, mein Freund.«

Vor dem Gasherd wartete ich, bis die Milch in dem kleinen Stieltopf schäumend und brausend hochkam. Wenn ich das Gas ausdrehte, sank sie rasch wieder, um sich mit einer zarten Haut zu bedecken, die ebenso gelblich und faltig war wie die Gesichtshaut meiner Mutter in letzter Zeit. Ich goß die Milch in ein Glas, das ich, damit es nicht platzte, bereits mit kaltem Leitungswasser »abgeschreckt« hatte . . . Alle Handlungen verrichtete ich mit größter Sorgfalt und größtem Ernst, als handle es sich um die Zubereitung eines heiligen Tranks. Denn ich wußte, daß meine Mutter, die jetzt noch mit schmerzlich verzogenem Mund und ausgestreckten Beinen in dem Sessel neben dem Ofen lag, nach dem Trinken der warmen Milch zusehends wieder aufleben würde.

Trotz aller Sorgfalt beeilte ich mich jedoch, weil ihr Leiden so etwas Scheußliches hatte. Ich konnte den Anblick vor allem deshalb nicht ertragen, weil sie es sich selbst nicht zugestand. Unter den körperlichen Schmerzen verbarg sich ein tieferes Leiden: das Schuldgefühl wegen eines körperlichen Ungemachs, das sie sich eigentlich nicht leisten konnte. Es war ein Luxus.

Wenn die Milch zu heiß war, blies ich so lange in das Glas, bis sie sich genügend abgekühlt hatte. Sie trank mit kleinen Vogelschlückchen.

»Das tut gut. Das tut gut.« Und sie zeigte mit der Hand, wohin der heiße Strom floß. »Ich spüre, wie's dort hinunterfließt . . .«

Das war etwas anderes als die rotbraunen Nasi-goreng-Frikadellen, die sie auf der Toilette verschlungen hatte. Intuitiv erfaßte ich den logischen Zusammenhang zwischen den verkohlten Paniermehlkrusten, die sie, ohne zu kauen, verschlungen hatte, und der warmen Milch, die ihre Magenschmerzen linderte . . .

Nachdem meine Mutter das Glas geleert hatte, blieb sie noch kurze Zeit mit geschlossenen Augen sitzen. Ein tiefer Seufzer war unabänderlich das Signal, sie wieder zu öffnen. Sie lächelte mir zu.

»Jetzt geht's wieder.«

Und sie machte sich erneut an die Arbeit. Doch der Zaubertrank wirkte nie länger als eine Dreiviertelstunde. Noch ehe eine Stunde um war, lag ihre Hand mit reibenden Bewegungen unter ihrem Busen – bis sie es nicht länger aushielt und mich wieder in die Küche schickte.

An jenem Samstagabend war sie damit beschäftigt, auf der Handnähmaschine neue Übergardinen mit einem Gardinenband zu versehen, als er unerwartet früh aus der Kneipe nach Hause kam. Sie war unerreichbar hinter ihrer ratternden Maschine. Stecknadeln ragten aus ihrem Mund. Er stand vor ihr. Der Gardinenstoff, der unter der Maschine durchgezogen wurde, bauschte sich ihm wie eine Abweisung entgegen. Er suchte nach einem Anlaß zum Streiten, denn nichts reizt einen betrunkenen Mann mehr, als seine Frau, ganz in ihrer Rolle eines Heimchens am Herde aufgehend, vorzufinden. Er begann zu toben, wütend hin und her zu laufen ... Sie reagierte nicht.

Es war Dezember '59, ein neues Jahrzehnt stand vor der Tür, modernere Zeiten waren im Anmarsch ... Der Stoff hatte ein gewagtes Muster. »Picasso«. (Jeder Phantasiestoff mit grellen Farben hieß *Picasso.*) Die ausgedienten geblümten Vorhänge mit ihrem unaussprechlichen Geruch von Rauch und warmem Sand waren bereits abgenommen und lagen formlos unter der Fensterbank. Kulissenwechsel.

Weil die Nachbarn von gegenüber so das gesamte häusliche Drama mitverfolgen konnten, beeilte sie sich mit den neuen Vorhängen. Sie nähte mit flinker Hand den Streifen auf, der für die Falten sorgt ... zog danach die Haken durch den Stoff ...

Um an die Vorhangschiene zu gelangen, holte sie aus der Küche einen dreibeinigen Hocker, dessen Sitz höher war als der eines normalen Stuhls. Sie stellte einen Fuß auf die runde Fläche und stieß sich mit dem anderen ab. Und noch einmal ... noch einmal ... bis sie endlich mit ihrer Vorhanglast hochkam.

Ihr wurde schwummrig. Jetzt aber fix! Das alles mußte so schnell wie möglich von der Außenwelt abgeschirmt werden. Schwindlig, aber dennoch mit flinken Fingern, hängte sie die Haken in die Ösen, die bereits an der Schiene hingen. Das Schurren der Röllchen jagte ihr eine Gänsehaut über den Rükken. Die Blicke der Nachbarn von gegenüber durchschnitten sie förmlich.

Sie hatte es eilig. Unter ihr ebbte das Getobe allmählich ab. Bald würden die Schimpfwörter aufgebraucht sein, und der Mann müßte auf andere Mittel verfallen, um seiner absurden Wut Luft zu machen. Er hatte eine Familie gegründet, um sie schurigeln zu können, ein anderer Plan ließ sich in seinem Leben nicht ausmachen.

Als meine Mutter, um den letzten Haken anzubringen, in ihrer Gehetztheit über sich griff, brach der Widerstand der Schlagader, und eine schwarze Welle quoll aus ihr hoch.

Sie hielt sich noch an dem bereits aufgehängten Vorhang fest, doch ihr – so gut vorbereiteter – Fall war nicht mehr aufzuhalten. Sie mußte hinunter.

Mit einem Geräusch, weit eindringlicher als die Nähmaschine (ich konnte es oben hören: ein langgedehntes, fast knarrendes Geräusch) – *grrrutsch!* – ratterten die Röllchen los. Jeder nachfolgende Gardinenlaufring, der aufsprang, bestätigte, daß sie hinunter mußte. *Runter! Runter! Runter!* Eine Salve, die genau das ausdrückte, was sie im Innern traf. Genauso als risse ein riesiges Kalenderblatt ab.

Im nächsten Moment lag Hanny, in den Phantasiestoff »Picasso« gewickelt, im Wohnzimmer und erbrach eine teerartige Masse: ihr durch Magensäfte schwarz gewordenes Blut.

Erst der Schlag, mit dem sie auf dem Boden aufprallte, alarmierte mich. Das Geschimpfe, auf das ich, auf dem Rücken liegend, gelauscht hatte (mehr auf den Klang, den Rhythmus, die Entwicklung als auf die benutzten Wörter), wurde dadurch plötzlich beendet.

Ich glitt aus dem Bett und schlich auf den Flur. Oben an der Treppe liegend, schaute ich auf die dunkle Lache hinunter und versuchte derweil einen angsteinflößenden Ausdruck wegzudrängen: »Blut von meinem Blute . . .«

Halb im Zimmer, halb auf der Türschwelle lag das Zeug da wie etwas Ungehöriges: eine Lache warmer Durchfall (dampfend in der vom Flur hereinziehenden Winterkälte), die an der falschen Stelle gelandet war. Und trotzdem wußte ich, trotz der Schwärze, daß es ihr Blut war.

Dies war kein Blut mehr. Sie »blüte« nicht mehr. Die Farbe der Substanz hatte nur noch etwas mit schwarz eingetrockneten Rosen gemein. Alle Milch, die ich für sie gekocht hatte, hatte dieses schäumende Pech nicht zurückhalten können.

Reglos, höchstens vor Kälte zitternd, lag ich da . . . auf der Hut . . . aufs äußerste angespannt . . . bereit, sofort wieder aufzuspringen und in der Nacht zu verschwinden, als wäre ich nie aus ihr hervorgekrochen. Ich tat nichts: nichts, um sie zu beschützen, nichts, um sie zu versorgen, nichts, um sie wieder aufzurichten ... Was schnitt mich nur von ihr ab? Und von der Welt?

In fast jeder Biegung, Krümmung, Ecke des Labyrinths, das das hinter mir liegende Leben bildete – und das mit endlosen Verästelungen die Lebenslabyrinthe anderer Menschen durchzog –, traf ich mich selbst in regloser Haltung an. Während für die Entstehung des Labyrinths doch eine Fortbewegung unumgänglich gewesen war.

Wenn ich, so daliegend, die Beine nach hinten ausstreckte, berührten meine Fußsohlen den kalten Pinkelpott, der zwischen zwei Schlafzimmertüren vor einem schmalen Wandstück stand. Er war für die schlaftrunkenen Bächlein der Kinder bestimmt, wurde in alkoholischen Nächten aber auch vom Vater benutzt. Und weit darüber, direkt unter der Decke, hing ein kleines Kruzifix mit einem vertrockneten, hinter die Kniehöhlen Christi gesteckten »Weihwasserwedel«. Von meinem Bett aus sah ich durch die Tür, die der Nachtgeister wegen stets angelehnt blieb, wie der Mann schwankend dastand, die eine Hand am Henkel des Topfes und die andere an einem unwahrscheinlich großen Dödel, aus dem ein schier endloser Strom floß. Dabei brummelte er ununterbrochen vor sich hin. Das Pissen wiederholte sich noch ein paarmal – und am nächsten Morgen war der Topf fast bis zum Rand mit orangefarbenem Urin gefüllt. Wenn ich ihn nach unten tragen mußte, wußte ich nicht, was schwerer war: die Last des für mich zu großen Gewichts, die Angst, die Flüssigkeit würde über den Rand schwappen, oder der Haß, den der daraus aufsteigende schal gewordene Biergeruch weckte ...

Es ist erstaunlich, wie er mir jedesmal unweigerlich – ohne sich dessen bewußt zu sein – seine schwächste, seine wehrloseste Seite zuzukehren verstand. Er kam mir in meinem Hohn schon zu weit entgegen; machte es mir zu leicht, viel zu leicht ... Ich würde nie nach seinen Schwächen zu suchen brauchen – er hatte sie mir längst in den Schoß geworfen.

Diese Seite an ihm, seine Unfähigkeit, wenigstens den Kindern gegenüber den Schein zu wahren, machte ihn in meinen Augen noch verachtenswerter.

Mein Haß wurde zu gut befriedigt, ohne auch nur für einen Moment gesättigt zu sein. Echter Haß will einen ebenbürtigen Gegner, doch mein Gegner ließ, indem er an mein Mitleid appellierte, meinen Haß ins Leere laufen.

Am Ende des Winters, nach ihrer zweiten Magenblutung, kamen aus dem Krankenhaus Nachrichten – in einer völlig neuen, verblümten Sprache –, wonach die Ärzte »die weißen Strümpfe bereitgelegt« hätten. Die weißen Strümpfe . . . unschuldiges Attribut aus der Garderobe eines Erstkommunionskinds, und gerade dadurch bedeutete es für mich etwas viel Schrecklicheres, als daß die Operation vorbereitet wurde.

Am Tag vor meinem zehnten Geburtstag schnitten sie sie auf und entfernten die faulige Hälfte ihres Magens.

Ohne einen Mucks von sich zu geben, erwachte sie aus der Narkose – den Nonnen des St. Anna-Krankenhauses zufolge etwas ganz Seltenes. Über die Endphase jener speziellen Form von Bewußtlosigkeit gingen die merkwürdigsten Geschichten um.

»Dein tiefstes Inneres kommt nach oben«, sagte Schwester Arnolda, genannt Nolleke.

Eine praktisch veranlagte Natur, die mal was von zusätzlich eintretenden Komplikationen wie Lungenentzündung gehört hatte, rief die ganze Zeit: »Tür zu! Tür zu!« Während jemand anders hinter dem Wandschirm, Magensonde noch in der Nase, lauthals zu schweinigeln begann. Von einer Frau wurde erzählt, sie habe auf diese Weise den Namen ihres Geliebten verraten: Der Ehemann saß an ihrem Bett und hielt ihre Hand . . .

Vor diesem laut aus der Narkose Erwachen und der unfreiwilligen Preisgabe von Geheimnissen schien meine Mutter mehr Angst zu haben als vor der Operation selbst. Genierte sie sich lediglich schon im voraus für eventuelle Obszönitäten, oder war es etwas anderes – ein Name, eine Tatsache –, das ihr unter keinen Umständen entschlüpfen durfte? Die Stärke ihrer Selbstzensur, die selbst der tiefsten Narkose noch trotzte, gibt zumindest zu denken.

Entgegen ihren Anweisungen nahm mein Vater mich am Tag darauf ins Krankenhaus mit. »Ein Geschenk abholen bei Mama . . .«

Um sie ihr zu zeigen, packte ich alle meine Geschenke in eine Tasche. (Aufgrund der Umstände hatten viele an meinen Geburtstag gedacht.) Ich rechnete fest damit, sie nach der Operation, die ja zu ihrer Gesundung vorgenommen worden war, strahlend neugeboren vorzufinden. Eine Frau, befreit von dem Zwang, sich selbst und ihre Umgebung mit dem unverdienten Luxus einer Krankheit zu quälen.

Was ich jedoch in die Kissen gelehnt sah, war kaum noch ein lebendes Wesen.

»Ist sie bei Bewußtsein?« – »Ja, sie ist bei Bewußtsein.«

Sie lag, wie ich es schon öfter gesehen hatte, am Tropf – was mich jedoch vor allem von ihr abschnitt, war der schreckliche Schlauch, der sich in ihre Nase fraß und mit Pflastern festgehalten wurde.

Hier endete ihr Fall. Die ganze Zeit war sie am Hinunterpurzeln gewesen . . . und erst jetzt war sie aufgetroffen . . . So tief war das Loch.

Das Gesicht meines Vaters ließ nicht nur die leiseste Spur des Bewußtseins »Das habe ich angerichtet« vermissen, nein, es zeigte sogar ein kindliches Lachen, das sagen wollte: »Schau mal, eine Überraschung. Ich hab Albert mitgebracht. Er will dir seine Geschenke zeigen.« Er schüttelte sie an der Schulter.

Sie öffnete ein Auge, und das auch nur halb; das andere sollte die ganze Zeit über geschlossen bleiben.

»Sieh mal, wen wir hier haben . . .« hörte ich meinen Vater sagen.

Ich ergriff ihre Hand, um mir gratulieren zu lassen. Sie antwortete mit kleinen Stöhnlauten. Eine Sprache, die ich wenigstens verstand. Das Lid des zur Hälfte geöffneten Auges zitterte vor Anstrengung. Ein sterbender Schmetterling . . . Es wollte sich doch lieber schließen und geschlossen bleiben . . . Außerdem sah es weder zu meinem Vater noch zu mir. Das hier würde nie mehr in Ordnung kommen.

Ich folgte stur meinem Vorhaben und begann die Geschenke auf dem Bett auszubreiten. Ich legte alles um den festgepinnten Arm. So munter wie möglich – im Grunde, als leierte ich eine Lektion herunter – erzählte ich bei jedem Geschenk, was es war und wer der großzügige Geber war. »Autoquartett . . . von Tante Maya.« »Kriegsbeil . . . von Oma.« Es war schrecklich, den bunten Tomahawk auf das weiße Laken legen zu müssen. Eine grasgrün gefärbte Daunenfeder zitterte in dem vom Flur kommenden Luftstrom . . .

Jede Erläuterung beantwortete sie mit einem leisen Stöhnen.

Auf der anderen Seite der Unebenheit, die ihr Körper darstellte, sah ich, wie mein Vater ihr einen zusammengefalteten Zweieinhalbguldenschein in die halb geöffnete Hand steckte. Die Hand verstand es zunächst nicht und stieß den Fremdkörper ab. Bis die Bedeutung der Geste hinter das zitternde Auge durchdrang und der Arm kraftlos über die Beine gehoben wurde. Die Hand öffnete sich, und der Geldschein fiel zwischen das unnütz zur Schau gestellte Spielzeug.

Es war unerträglich, jemanden, der sich selbst keine Schmerzen zugestand, so leiden zu sehen. Es schien wie eine Orgie verbotener Lust. Ich war Zeuge von etwas Ungehörigem, etwas, das nicht für meine Augen bestimmt war. Irgendwie – nicht aus Opferbereitschaft, im Gegenteil, sondern aus einem Bedürfnis heraus, die peinliche Situation zu beenden – schien es mir passender, dort selbst leidend zu liegen, so daß meine Mutter mich bedauern und beweinen konnte.

Sie wurden zur Erde hinabgezogen. Auf sie wirkte die Schwerkraft stärker als auf mich. Die Erde wollte sie in sich haben.

Aber sie waren zäh; sie standen jedesmal wieder auf, immer weniger werdend, immer dünner . . . Auch buchstäblich, wie meine Mutter nach ihrem letzten Fall.

Auf der Handnähmaschine, die sie als stille Zeugin ihres Falls zurückgelassen hatte, fabrizierten wir unter Leitung der Familienpflegerin, Schwester Leni, Girlanden für ihre Heimkehr aus dem Krankenhaus. Schwester Leni nähte zwei endlos lange, verschiedenfarbige Streifen Kreppapier aneinander. Rot und blau . . . grün und gelb . . . weiß und rot . . . blau und gelb . . . Mit den farbigen Schleifen, die unter der Nadel hervorschossen, hatte für uns das Fest bereits begonnen. Mariëtte und ich schnitten die Bahnen an den Seiten ein, so daß zweifarbige Fransen entstanden. Doch erst wenn die Girlanden gedreht, einander kreuzend diagonal im Zimmer aufgehängt waren, entfalteten sie ihre eigentliche Pracht.

Ganz am Ende ihres Falls hatte sie sich wieder aufgerichtet. Magerer, kleiner, grauer geworden . . . Nur noch die Hälfte ihrer selbst, so stand meine Mutter in einem zu weiten Kleid und viel zu großer Strickjacke hohläugig, heulend unter unseren Girlanden. In ihrer Rührung war auch Scham wegen soviel Zuwendung und wegen des »teuren Taxis«, das sie vor der Tür abgesetzt hatte.

»Was gibt's denn da zu heulen, Mädchen!« rief Tante Maya mit ihrer schleppenden Stimme. »Du bist wieder zu Hause! Das ist doch wirklich Unsinn . . .!«

Immer wieder fielen sie von mir ab, während ich aus ihrer Mitte hochschnellte. Und genauso richteten sie sich immer wieder zu mir auf.

Ihre Stürze haben sich mit der Zeit endlos verlangsamt.

Sie entfielen mir nicht. Sie fielen nicht herunter. Sie kippten nur um. Nein, sie bogen sich von mir weg.

Im Fernsehen, bei der Familie Schwantje, wo ich meine Schuhe in der Küche ausziehen mußte, sah ich damals das Wunder einer sich entfaltenden Blume, selbstverständlich im Zeitraffer. Die Blättchen sprangen schaurig aus dem Glied, blieben aber mittels eines Scharniers mit der Knospe verbunden.

Nachdem sich meine Eltern morgens von mir weggebeugt hatten, schlossen sie sich abends wieder um mich. Dieser Prozeß hat sich eine ganze Kindheit und Jugend hindurch wiederholt. Ich wurde gepellt, aber die Schale blieb in Streifen an meinen Füßen hängen und konnte mich jeden Augenblick wieder einschließen.

Eines Abends, auf dem Heimweg von den Boezaardts, befand ich mich beim Überqueren der Straße plötzlich im imaginären Zentrum zwischen drei, vier, fünf Laternenpfählen. Mein eigener Schatten lag mir vervielfacht und in verschiedenen Längen und Schattierungen zu Füßen – wie ein Fächer. Ich drehte mich auf den Absätzen wie ein Kreisel: Die Schatten drehten sich mit. Ich hob die Beine, sprang, tanzte, versuchte die Schemen zu zertreten . . . Sie blieben an mir kleben. Sie hafteten an meinen Fersen. Ich würde mich ihrer nur entledigen können, indem ich aus dem Licht heraus in eine dunkle Gasse rannte. Doch dazu fehlte mir der Mut.

Und so hatte es auch hier, wenn alles seine Richtigkeit hatte, ein erstes Mal gegeben . . . einen ersten Doppelsturz, bei dem ich, unendlich klein, aus ihrer Mitte hochschnellte, während sie – die bereits meine Eltern waren – an mir haften blieben.

Eine würgende Umschlingung in einem Klappbett mitten in der Nacht. Nachdem sie einander so nahe wie möglich gewesen waren (so nah, wie es zwei Menschen eben vergönnt war), hatten sie sich, befriedigt oder angeekelt, wieder voneinander losgerissen – leicht verletzt, nicht mehr ganz in den eigenen Körper passend, denn aus dem waren sie für einen Moment hinausgetreten . . . ein wenig feucht, ein wenig klebrig, irgendwie aus den eigenen Falten quellend . . .

Sie fielen erschlafft zurück. Die Einheit teilte sich in zwei Hälften, zwischen denen – ohne daß sie oder ich etwas davon wußten – ich zu keimen begann. Unaufhaltsam war ich auf dem Weg senkrecht nach oben, und ich würde nicht eher ruhen, bevor sie zu meinen Füßen lagen.

Doch dann hätte in der Tat er es sein müssen, der mich hervorgebracht hat. Wenn nicht, dann hätte er sich die Demütigung durch seine Stürze ersparen können.

Gefrorene Schuhwichse

I

Unmerklich war ein Monat in den anderen übergegangen, und ich saß nach wie vor untätig im Garten meiner Eltern herum. Ich war etwas brauner geworden und kannte mittlerweile – für mein versäumtes Colloquium doctum – ein paar lateinische Wörter, sogar deren Konjugation, doch ansonsten schien sich seit Anfang Juni nichts geändert zu haben.

Und trotzdem: Obschon ich auf Tauchstation gegangen war und mich mucksmäuschenstill verhielt – allmählich drangen wieder allerlei Geräusche aus der Welt an mein Ohr. Nicht aus jener vergangenen Welt der Stürze – die begann sich gerade wieder dorthin zurückzuziehen, wohin sie gehörte –, nein: aus der Welt um mich herum, der von 1976.

Seit sogar dieser Riese von einem Polizisten in Urlaub war, trauten sich unsere Nachbarn, ihr Radio wieder etwas aufzudrehen, allerdings noch gerade im Rahmen des Erträglichen. Jede Stunde, wenn einer dieser hysterischen Discjockeys von Hilversum 3 für ein paar Minuten von der ruhigen Stimme des Nachrichtensprechers abgelöst wurde, bekam ich ungebeten die Details einer neuen Flugzeugentführung und Geiselaffäre zu hören. Es war das Volk Israel, das von einer Wüste zur anderen geflogen wurde.

So begann die Welt, die ich um nichts gefragt hatte, mir Fragen zu stellen. »Es passiert alles mögliche«, hielt sie mir vor. »Wichtige Probleme bleiben offen, und solange es keine Lösung gibt, trachten die Menschen einander nach dem Leben. Und du sitzt dir da bloß deinen faulen Arsch platt, stellst die Ohren auf Durchzug und berauschst dich an einem Rührstück über die kaputten Augenbrauen deines alten Herrn. Komm endlich aus deinem Sessel hoch. Streck dich. Tu was.«

Ich stand nicht gleich auf, sondern dachte erst einmal eine ganze Weile nach. Ich kam zu dem Schluß, daß ich mich, wenn ich das neue Studienjahr in Amsterdam beginnen wollte, jetzt und keine Woche später um eine Bleibe kümmern mußte.

Wie machte Thjum das? Während mein Vater den Hund spazierenführte, rief ich die Nummer an, die bis vor kurzem die meine gewesen war. Ich bekam Tijmen an die Strippe. Ich fragte nach Thjum. Thjum, so wußte Tijmen, war nach der Hochzeit, die volle zwei Tage gedauert hatte, nach Amsterdam gefahren. Sein Kram stand noch im Berg en Dalseweg. Von einer Adresse oder Telefonnummer in Amsterdam war Tijmen nichts bekannt. Beertje auch nicht. Die Schwantjes in Berg en Dal anzurufen hatte keinen Sinn, die waren – wohlgemerkt, zusammen mit dem Ehepaar van Gendt-Händel – gerade in Griechenland. Thjum war bereits seit ungefähr zehn Tagen weg, er war also »wohl irgendwo unter Dach und Fach«, daran zweifelte Tijmen nicht. Völlig ungefragt ließ mich der frischvermählte Schreiberling auch noch wissen, daß Amsterdam »nichts für ihn« sei.

»Da gibt's aber genug Banken«, sagte ich und legte auf. Während ich so dastand, die Hand noch am Apparat, drang Tijmens letzte Mitteilung zu mir durch: Kurz nach Thjums Verschwinden habe »ein gewisser Felix Boezaardt« angerufen, um sich nach meiner neuen Adresse zu erkundigen. Beertje, die drangegangen war, wußte es nicht: Sie hatte mich in einem gelben Ford Transit mit für sie unbekanntem Ziel abfahren sehen.

Thjum insgeheim verwünschend, ging mir mit einemmal auf, daß ich es ja war, der seit dem komplizierten Umzug nichts mehr von sich hatte hören lassen. Er wußte nicht einmal, wo ich mich aufhielt; Geldrop, unser Geburtsort, den wir beide so oft verspottet und verflucht und verleugnet hatten, wäre wohl der letzte Ort, an dem er mich finden zu können glaubte. Solange seine Mutter noch in der Baron van Tuyll van Serooskerkenstraat gewohnt hatte, war er an den Wochenenden gelegentlich mit in den Süden gefahren, um sie zu besuchen – übrigens mit keinem anderen Ziel, als ihr Geld aus der Tasche zu leiern. »Knete, Mutter! Knete!«

Nachdem sein Vater sie jedoch aus dem großen Haus ausgekauft hatte, war sie geizig geworden. Sie rückte mit nichts mehr raus, und Thjum kümmerte sich nicht mehr um sie in ihrer kleinen Wohnung am Coevering. Meine Mutter hatte Mevrouw Schwantje-Zeligman (wie sie sich hartnäckig weiter nannte: Namen konnten einen Menschen vor der größten Schande behüten) einmal bei »Albert Heijn« ganz hinten, wo die Alkoholika standen, murmelnd eine Menge Bierflaschen in ihre Einkaufstasche packen sehen, während sie an der Kasse lediglich ein Paket Seifenpulver bezahlt hatte. Ihre Beine waren noch dünner geworden. Ein paar Monate später war sie tot. Seit der widerwillig besuchten Beerdigung war Thjum nicht mehr in seinem Geburtsort gewesen, wo er, wie er sagte, »nichts, aber auch gar nichts« zu suchen hatte.

Und Flix . . .? Angenommen, er war unverhofft gut durch seine Abschlußprüfung gekommen, wie fand er dort in Haarlem eine Bleibe? Besorgte *Ateliers '63* ihm die? Das Examen mußte er mittlerweile hinter sich haben. Ich wußte nicht, ob er es bestanden hatte. Vielleicht hatte er mich deswegen angerufen . . .

Er selbst besaß kein Telefon. Ein Palast von einem Haus, ein Palazzo, aber kein Telefon. Ich konnte ihn natürlich besuchen . . . Den Bosch lag ja nicht am anderen Ende der Welt. Dann könnte ich auf dem Hin- oder Rückweg bei meinen Großeltern reinschauen. Angeblich, um den Wunsch meiner Mutter zu erfüllen, in Wirklichkeit jedoch, um ihnen eine Frage zu stellen, die, seit Milli sie erstickt hatte, wieder von neuem aufgelodert war. Es lag ja auf demselben Weg . . .

Mal sehen: Heute war Freitag oder Samstag . . . gleich mal nachschauen. Nach dem Wochenende würde ich fahren.

Trotz der frühen Stunde und der wenigen Fahrgäste war es bullenheiß im Bus. Ich hatte es so gut gehabt in meinem Garten . . . Und kaum hatte ich ihn verlassen, da kehrte sich die Sonne, die mein bester Freund gewesen war, gegen mich. Ich versuchte, mich wie ein Fluggast in einer Air-France-Maschine zu fühlen, die irgendwo in der Wüste gelandet war –, doch ich empfand nichts anderes als zunehmende Hitze. Angst, Resignation, Auserwähltheit . . . das alles blieb mir fremd. Seit den Radiomeldungen über die spektakuläre Befreiung an diesem Morgen versuchte ich, was mir vorher nicht in den Sinn gekommen war, meine Position zu bestimmen, mir eine Meinung zu bilden ... Ich schaffte es nicht. Und sah ein, daß es nie anders gewesen war. Die Anstrengung, die Acht-Uhr-Nachrichten zu verfolgen: Bereits nach wenigen Minuten sackte meine Aufmerksamkeit ab. Der Schritt des Zeitungsausträgers auf dem Abtretrost vor der Tür, der wie ein Gongschlag durch meine Kellerwohnung in der Ahornstraat gedröhnt hatte. Ein Appell ... er war wirkungslos geblieben.

Die Juden mit ihrem Unglück in der Vergangenheit ... der eine Arroganz in der Gegenwart gegenüberstand. Entschuldigte sie dies? Jede Gesellschaft bekommt den Terrorismus, den sie verdient, sagte mein Bruder, der mit Baader-Meinhof und den Brigate Rosse und palästinensischen Terrorkommandos und molukkischen Zugentführern sympathisierte. Es war doch nicht nur Revolverromantik, die Leute meines Alters in solche Abenteuer lockte? Ich war neidisch auf die Bewegung, die sie in ihr Leben brachten.

Während ich immer wieder auf meinem Sitz hochfederte und in Kurven auf den Gang geschmissen zu werden drohte, überlegte ich, weshalb mir so übel war: Lag es an der Stickigkeit, dem Mischgeruch aus Diesel, dreckigen Matten und abgestandener Reifenluft, der einem nur in Nahverkehrsbussen entgegenschlägt, oder an der Aussicht, einen ganzen Tag lang herumzugondeln und zu reden?

»Das ist ein unruhiger Fahrer, das hab ich schon lange gemerkt«, sagte eine alte Frau hinter mir. »Ein Gerüttle und Geschüttle und Gebremse, als ob ihm alles völlig egal wär. Immer drauflos, nur zu ... Ups! und noch einmal. Ach herrjemine ... ogottogott.«

Sie hielt ihren Seniorenpaß fest umklammert, denn sie erwartete nun schon seit Jahren den Schaffner. Jeden Moment konnte er erscheinen, ob der Bus nun in vollem Tempo unter einer Überführung durchfuhr oder vor einer Ampel stehenblieb: »Die Leute haben Vollmachten, Mijnheer, da machen Sie und ich uns keine Vorstellung von.«

Um mir ihr Geschwätz nicht mehr anhören zu müssen, aber mehr noch, um wieder festen Boden unter den Füßen und frische Luft um die Nase zu haben, stieg ich zwei Haltestellen vor meinem Ziel aus: an der Brücke über die Jan van Eyckgracht.

Ich ging in aller Gemütsruhe die St. Petrus Canisiuslaan hinunter und kam schon bald an der wahrscheinlich häßlichsten Kirche der Niederlande vorbei: der Pius X. Die Gemeindemitglieder, sonst doch selbst die Geschmacklosigkeit in Person, nannten die Kirche *Pias, Hanswurst der Zehnte.* Wenn man sich genau davorstellt, dann hat das Bauwerk auch tatsächlich Ähnlichkeit mit einem Harlekin, an dessen Schnur man zu doll gezogen hat. Doch halb von der Seite betrachtet, erinnert die Pias X. mit ihren merkwürdigen Streben, die sie in den Flanken zusätzlich stützen sollen, noch am ehesten an eine Spinne.

Wie eine kauernde Kreuzspinne, so liegt das Gotteshaus mitten in der Pfarrei da und lauert umherirrenden Seelen auf. Denn die Gegend (De Burgh) ist weit und breit bekannt für ihren hohen Anteil ganzer und halber Heiden, die sich, zusammengenommen, auf fast hundert Prozent belaufen.

Die Kneipe – in Brabant nie weit von der Kirche entfernt und meist sogar direkt gegenüber dem Seiteneingang gelegen, so daß keine durstige Seele je zu suchen braucht – hat sich so nahe an die Pias X. herangeschlichen, daß sie fast unauffindbar geworden ist. Sie hat sich zwischen den Beinen der Spinne verkrochen. Nur Eingeweihte wissen, daß in dem kubusförmigen kleinen Gebäude, das passenderweise »De Kuub« heißt, ein Ausschank existiert. Hochzeiten kann man hier ebenfalls feiern und natürlich auch einen Leichenschmaus abhalten.

Einmal hatte ich die Pias X. von innen gesehen: im September 1971, während der Totenmesse für Egbert Egberts, den Gottlosen, der sich auf dem Sterbelager (das ich zum Glück nicht mitzuerleben brauchte) noch schnell ein Plätzchen im Jenseits reservieren lassen wollte. Parterre reichte schon oder notfalls auch ein Stehplatz. Alles besser als die Finsternis und die Kälte und Einsamkeit, die er in seinen letzten Stunden vom Krankenhausflur heranziehen fühlte. Er umklammerte das Bronzekreuz, das man ihm gegeben hatte, so fest, daß es zu zerbrechen drohte. Der Priester, der ihm aus der Bibel vorlas, durfte die Lesung keinen Moment lang unterbrechen. Dreimal hatten sie ihm bereits die Letzte Ölung gespendet, und immer wieder verlangte er danach. Er hatte nur noch wenige Minuten zu leben und bettelte um die letzten Sakramente. »Nun ist es genug, mein Kind«, soll der Kaplan gesagt haben. »Du hast sie bekommen. Du bist jetzt ausreichend vorbereitet, um die Reise anzutreten. Fürchte dich nicht.«

Ich hatte alles aus zweiter Hand, von Tante Maya, seiner letzten Freundin, seiner Leichenmade, die sich nach der Beerdigung beim Leichenschmaus im *De Kuub* mit meiner Mutter versöhnte. Egbert habe oft nach mir gefragt, wußte sie zu erzählen. »Was ist denn aus dem Jungen geworden? Studiert er? Wo? Warum ist er nicht hier? Kannst du ihn nicht bitten ...? Es ist so einsam für einen Mann, ohne Sohn zu sterben ...«

Seine Frau, Greta, war noch immer so dumm, sprach und las immer noch so schlecht Niederländisch, daß Egbert auf dem Sterbebett seine eigene Beerdigung bis ins letzte hatte regeln müssen. Unverschämt kam sie während der Besuchszeit mit den Papieren der Sterbekasse Leda an; er erklärte ihr alles. Tante Maya zufolge rechncte er ihr sogar die Anzahl der zu bestellenden Brötchen für den Leichenschmaus vor. Die Nüchternheit, die er dabei an den Tag legte, stand in bizarrem Kontrast zu seiner händeringenden Todesangst.

So sehr die ganze Beisetzung mit allem Drumherum mich auch mitgenommen hatte, war ich doch nicht blind vor Schmerz gewesen, und die Häßlichkeit im Inneren der Pias X. war sehr wohl zu mir durchgedrungen. Und dabei hatte Egbert so darauf bestanden, sich auf dem Weg über die Kirche in sein Grab zu begeben ...

Ich ließ die Spinne links liegen und ging weiter in Richtung des »Tierviertels« von Tivoli.

An der großen Schaufensterscheibe des *Torino* in der Neushoornstraat – früher eine Eisdiele, die ich gelegentlich mit

Onkel Hasje besuchte, jetzt eine Pommesbude – hing ein Werbeplakat für eine bestimmte Zigarettensorte. TIVOLI/I LOV'IT!

Ich bog in das Viertel ein.

Tivoli ... ein Name, allein schon durch seinen Klang imstande, phantastische Vergnügungsparks, überbordend von Lärm und Licht, heraufzubeschwören. Schlechter hätte der Name für ein derart graues Arbeiterviertel nicht gewählt werden können. Die im Auftrag des Wohltäters Philips vor dem Krieg erbauten Häuser ducken sich mit ihren erddunklen Mauern und kleinen Fenstern unter riesigen Dächern mit fahlorangefarbenen Ziegeln. Lichtscheue Riesenschildkröten sind es, darauf bedacht, beim geringsten Anzeichen von Gefahr unter ihrem Deckel zu verschwinden.

Wie früher waren auf den Straßen kaum Menschen zu sehen. Spielende Kinder schon gar nicht. Außer daß hier jetzt mehr Autos parkten, hatte sich wenig verändert. Wenn ich als Kind bei meinen Großeltern zu Besuch war (was des öfteren vorkam: ins Geburtshaus zieht es einen immer wieder zurück), blieb ich ängstlich drinnen, so unheimlich waren mir diese ausgestorbenen, ohnehin schon toten Straßen. Bei den Autos, die abends oder nachts, wenn ich im Bett lag, Lichtfächer an der Zimmerdecke entzündeten, konnte ich mir nicht vorstellen, daß Menschen darin saßen. Es waren massive Dinger, die sich röhrend unterhalb des Fensters vorbeibewegten und gelbes Licht verbreiteten, mehr Eigenschaften besaßen sie nachts nicht.

Hinter den Häusern erstrecken sich Labyrinthe aus hochgeschossenen, aber überaus akkurat gestutzten Hecken. Früher suchte sich dort jeden Vormittag zwischen neun und zwölf der »Lumpen-Jaap« seinen Weg. Irgendwann mußte er mit dem Werberuf »Lumpen« begonnen haben, doch was nach Dutzenden von Jahren von diesem Wort in seiner Kehle übriggeblieben war, war eine Art von gedämpftem tierischem Gebrüll. Es drückte tiefe Ergebenheit aus. Ich bekam nicht mehr von ihm zu sehen als seinen grau gewordenen Jutesack, der das gesamte Labyrinth hindurch über den Hecken schaukelte. Ein Buckel, der alle zwei Meter einen stöhnenden Seufzer ausstieß: So war der »Lumpen-Jaap« für mich eher irgendeine Kreatur als ein Mann oder auch nur ein Männeken. Also schon wieder kein Mensch. Altersweisheit, abgestumpftes Leben in Person – ein Schatten meiner eigenen Zukunft.

Diese unbelebten Straßen tragen allerdings die Namen höchst lebendiger Tiere. Panterstraat, Poemastraat, Jaguarstraat, Luipaardstraat ... Kein Mensch weit und breit. Ein Stück weiter entfernt liegen die Jakhals-, die Coyote-, die Hyenastraat ... Und wie eine Art Trennungslinie zwischen den echten Raubtieren Panther, Puma, Jaguar, Leopard und den Leichenfledderern Schakal, Koyote, Hyäne liegt die Straße, in der ich geboren bin: die Lynxstraat, die Luchsstraße.

Leoparden, Pumas, Schakale, Hyänen hatten sich damals in meinem Angsthasenbewußtsein zu Fabelwesen entwickelt, die die Beklemmung der leeren Straßen verkörperten, denen sie ihre Namen abgetreten hatten. Ihre Umrisse waren vage und veränderlich, ihr Inhalt dafür um so einfacher: *Kapok* – wie bei dem kleinen Elefanten in dem Buch von Paulus, dem Waldzwerg, aus dem mir meine Großmutter vorgelesen hatte.

Ich sah auffallend viele zugenagelte Häuser – Zufluchtsorte für Ratten, Schimmelpilze und Gespenster –, die, in sich gekehrt, so lange zwischen den bewohnten weiter verfallen durften, bis »Flipse« sie endlich für sanierungsreif befand.

Tivoli, I lov'it. Tivoli, *ti voglio.*

In der Lynxstraat 83 preßte ich den Kopf so dicht wie möglich ans Fenster und legte die Hände um Kopf und Augen, damit keine Spiegelung auftrat. Im Vorderzimmer, im Wohnzimmer soweit einzusehen: niemand. Wegen der Schwerhörigkeit meiner Großmutter war es Brauch, die Klingel in Ruhe zu lassen und gleich hintenrum zu gehen.

Ich bog in die Gasse neben dem Haus. Hier drang früher ab und an das Echo flinker Kinderfüße zwischen den blinden Mauern zu diesem Lichtspalt hinauf – doch bis ich davon Notiz nahm, war das Kind bereits wieder verschwunden. Jetzt nahmen meine schweren Schritte denselben Weg, nur träger, so daß ich sie noch zu hören glaubte, als ich schon in der Waschküche stand.

Seit ich hier als kleiner Junge zu Besuch gewesen war, waren Regierungen gestürzt, halbe Völker ausgerottet, Grenzen verschoben, Millionen Liter Wein getrunken, Schiffe in Flaschen gebaut worden, Kleinkinder zu erwachsenen Männern herangewachsen, Menschen auf dem Mond gewesen, allein schon auf friesisch Hunderte von Büchern geschrieben worden, Sterne für immer erloschen – doch der Geruch in diesem Haus war derselbe geblieben.

Ich ging durch die Küche ins Wohnzimmer. Der Geruch änderte sich mit jedem Raum, war aber immer der gleiche wie früher. Für mich war der Geruch ein besserer Führer in die Vergangenheit als der Geschmack.

Auf der Decke des niedrigen Tischs stand eine benutzte Teetasse mit zwei Löffeln drin. Ansonsten war alles sauber und ordentlich, seit meine Mutter hier einmal die Woche zum Putzen kam. Sie hatte ihren Eltern ewige Treue geschworen. Indem sie fortsetzte, wozu diese sie schon von Kindesbeinen an verurteilt hatten, gab sie ihnen im Grunde recht in ihrer Strategie der Schuldübertragung.

Ich schloß die Augen, hielt den Atem an und horchte. Die ehrfurchtgebietende Stille eines verlassenen Hauses in einem ausgestorbenen Viertel. Wenn ich noch lange so stehen bliebe, würden die Geräusche außerhalb Tivolis allmählich bis zu mir durchdringen.

Die Schiebetüren zum kleinen Vorderzimmer waren halb geöffnet. Früher war es die »gute Stube«, in der um einen runden Tisch vier Sessel mit gedrechselten Beinen und geblümten Bezügen standen; jetzt befand sich dort die Eßecke. Die hl. Jungfrau auf ihrem Sockel erkannte ich an ihrer verschrammten Nase. In diesem Raum war ich geboren.

Opa sei in letzter Zeit bettlägerig, hatte meine Mutter gesagt. Nun, dann würde Oma wohl oben an seinem Fußende sitzen. Ich öffnete leise die Tür zum Flur.

Neben den – nützlichen und unnützen, schönen und häßlichen – Gegenständen, die in meinem Leben eine Rolle gespielt haben, verbleichen die Personen. Auf der Verkleidung des Gaszählers neben der Haustür fand ich am Fuße einer Messinggranathülse mit Pfauenfedern meine Kopfhörer wieder: zwei Muscheln – die eine glatt und gesprenkelt, die andere gerippt wie ein Seepferdchen –, die ich nur an die Ohren zu drücken brauchte, um mich in den Funker von einst zu verwandeln, der drahtlos mit dem offenen Meer verbunden ist. Ein Kind muß das Haus nicht verlassen, um Kontakt mit der ganzen Welt aufzunehmen.

Ich probierte, ob das Gerät noch funktionierte. Die Stille wich einem ohrenbetäubenden Sturmes- und Brandungsrauschen. Trotzdem schien die See weniger ungestüm als damals. Ich hörte auch keine Möwen mehr zetern. Meine Ohren waren zu groß geworden für diesen Kopf.

Ich ging die Treppe hinauf. Die Stufen knarrten wie eh und je.

Auf halber Höhe angelangt, hörte ich plötzlich, gepreßt, gedämpft, die Stimme meines Großvaters, mit noch immer unverkennbar Den Boscher Akzent.

»He, Frau . . . kommt da jemand die Stufn rauf?«

»Huch, was is denn jetz schon widder, Mann?« Leicht gereizt, gleichfalls gedämpft und Den Boscherisch gefärbt, die Stimme meiner Großmutter.

»Ob da jemand die Trepp raufkommt, Frau. Hörst du nich?«

»Ich hör nix, Mann . . . Wer sollt das schon sein? Ich glaub, du siehst weiße Mäuse, Ma . . .«

»Jetz sei ma still, Mensch . . . Ja, Mensch, so hör doch. Ich glaub, du wirst langsam taub. Ich glaub alleweil, da kommt jemand. So hör doch . . .!«

Mittlerweile hatte ich den oberen Flur erreicht. Die Tür zum Schlafzimmer war halb geöffnet. Vielleicht, weil ich meine ersten Lebensjahre in diesem Zimmer verbracht hatte . . . jedenfalls ging ich ohne anzuklopfen hinein.

Die beiden alten Leutchen lagen angezogen auf dem Bett, auf der Überdecke, und erschraken über mein unerwartetes Erscheinen. Mein Großvater legte schnell die Hände auf seinen Unterleib. Ich hörte die Gürtelschnalle klimpern. Die

Rechte schloß sich um die geballte Linke, und diese verstärkte Faust preßte er mit aller Kraft in seine Schamgegend. Trotzdem konnte er nicht verhindern, daß ein weißer Zipfel seiner Unterwäsche sichtbar blieb. Durch das schnelle Manöver hatte sich ein Teil seines Gürtels, der lose in den Schlaufen lag, um sein Handgelenk gewunden.

Meine Großmutter lag neben ihm, mit roten Wangen. Sie trug eine geblümte Schürze und rosa Pantoffeln an den kleinen Füßen. Die Strümpfe, mit Naht, waren an den Waden verdreht. Bei meinem Eintreten hatte sie rasch aufstehen wollen – was ihr nicht gelungen war. Sie hatte einen Moment lang, laut »hu!« rufend, vergeblich mit den Beinen gestrampelt ... Jetzt lag sie fast diagonal auf der Decke und versuchte, sich rollend zum Bettrand zu bewegen.

Die Vorhänge, sah ich, waren nicht viel weiter als bis zur Hälfte zugezogen, wie in großer Eile.

Das Delikate der Situation ging mir nicht sofort auf. (Von den eigenen Eltern konnte man sich schon schwerlich vorstellen, daß sie im mittleren Alter noch miteinander ins Bett gingen, während die Großeltern das Liebesspiel schon vor Jahrhunderten aufgegeben hatten.) Ich blieb wie ein Stoffel an ihrem Fußende stehen.

Oma schwang die Beine über den Bettrand und hüpfte auf den Bettvorleger. »Wir gehn ma schnell 'n Täßken Kaffee machen«, sagte sie.

»Ja, ja, Frau«, sagte mein Großvater abwesend. Er lag noch immer in dieser unbequemen Haltung, die Fäuste an den Bauch gedrückt, als litte er unter heftigen Krämpfen. Und ich stand da und grinste dämlich zu ihm hinunter.

»Wir ham uns bloß ma 'nen Moment aufs Ohr gelegt«, sagte er und unternahm einen halbherzigen Versuch, zu gähnen. »Wir warn müd ... Wir wer'n alt.«

»Ja, ja, Mann«, sagte Oma und zog die Vorhänge auf. Und zu mir: »Kommst du mit? Dann trinkn wir untn 'n Täßken Kaffee. – Du auch, Mann?«

»Ja, Mensch, immer mitter Ruh. Du siehst doch ... Ich komm gleich.«

Ich ging hinter meiner Großmutter die Treppe hinunter. Und während sie in der Küche Kaffee mahlte, streckte ich noch einmal die Nase in mein Geburtszimmer. Ich war in einem Paradies gelandet – damals wußte ich es nicht besser. Es gab noch keine anderen Welten zum Vergleichen. Erst später stellt sich heraus, daß man im freudlosesten Arbeitermilieu aufgewachsen ist.

Kurz darauf erschien mein Großvater. Er hatte alles wieder ordentlich verstaut. Sein Bauch quoll über den festgezurrten Gürtel. Er ging schnurstracks in eine Ecke des Zimmers und öffnete die Tür zum Kellerverschlag. Wie immer kramte er im Dunkeln zwischen den Gegenständen in den Regalen herum, wobei er auf der mittleren der drei Stufen der Kellertreppe stand. Besucher bekamen in der Regel mehr von seinem Rükken als von seinem Gesicht zu sehen. Niemand wußte genau, was er da eigentlich suchte. Für anwesende Kinder förderte er aus den Körben, die ganz hinten standen, manchmal eine matschige Birne oder eine braungeränderte Banane zutage.

Diesmal wollte er etwas vom obersten Regalbrett. Er setzte die Brille auf, stellte sich eine Stufe höher auf die Zehenspitzen, mußte sich aber trotzdem zu seiner vollen Länge recken, um daran zu kommen.

So, mit dem Kopf im Nacken, zeigte mein Großvater, wie glatzköpfig er eigentlich war. Unmittelbar zugeben wollte er es nie. Der Überlieferung zufolge hatte er einen prächtigen Haarschopf besessen, stürmisch gelockt. Was hinten und an den Seiten davon noch übrig war, hatte seine pechschwarze Farbe bewahrt. Weil er wie ein Grieche des Altertums glaubte, die wahre Weisheit werde auf dem Markt verkauft, ließ er sich den widerlichsten Schmierkram aufschwatzen, mit dem er seine Locken wiederzuerlangen hoffte. Über diese Salben war er so beglückt, daß er zu feilschen vergaß. Machte man ihn darauf aufmerksam, so sagte er: »Och, warum? Die Leute ham's auch nich leicht.«

Seine Haare hatten sich jedoch weiter gelichtet wie die Tage seines Lebens. Ebenso regelmäßig und ebenso unvermeidlich. Genau besehen, war die Vergangenheit eines Menschen all das, was kahl an ihm war. Die Evolution hatte uns ja gleich zu Beginn gründlich epiliert geliefert: als gerupfte, wehrlose verfrorene Wesen kamen wir zur Welt. Und dann raubte das Leben, sofern es lange genug währte, uns auch noch die letzten Reste an Bewuchs. Das Dasein selbst war eine Form von Haarausfall, das Alter eine Haargrenze, von den Augenbrauen hinauf zum Scheitel und von dort hinunter zum Nacken ... bis es den Kragen erreicht hatte. Ja, den Puschel dort unten, den durfte man behalten, bis sämtliche Pigmente herausgelaugt waren und sich wenig Ehre mehr damit einlegen ließ.

Doch wofür opferte man nun eigentlich seine teuren Lokken? Von ihrem Äußeren abgesehen hinterließen alte Leute in mir selten oder nie die Überzeugung, sie hätten ein längeres Leben als ich hinter sich. Ihre sogenannte Lebensweisheit schien mir eher ab- als zuzunehmen.

Meine Großmutter kam mit dem Kaffee herein. Hinter Opas Rücken drückte sie mir mit einem boshaften Zwinkern ein paar Münzen in die Hand, genau wie früher. Noch bevor ich das Geld hatte einstecken können, drehte mein Großvater sich um. Auch wenn er mit leeren Händen aus seiner Schatzkammer zurückkehrte, machte er doch nicht den Eindruck, erfolglos nach etwas gesucht zu haben. Mit unergründlicher Miene verschloß er die Tür vor dem dunklen Loch und steckte den Schlüssel in die Tasche. Oma goß unschuldig summend den Kaffee ein.

Wir tranken schweigend. Meine Großmutter schob den Zeigefinger ihrer wackligen Hand ganz durch den Henkel, so daß die Tasse ein bißchen herumbaumelte. Die beiden Löffel, die sie immer darin stehenließ, machten einen ohrenbetäubenden Krach, der schlimmer wurde, je weniger Kaffee in der Tasse blieb. Der unvollendete Orgasmus hing wie eine Gewitterwolke in unserer Mitte. Hätte ihn jemand nur früher gestört, damals, an jenem lustlosen Sonntagnachmittag Ende der zwanziger Jahre, in jenem Schuppen voller Fahrräder und Schuhe ... Um wenigstens die angeschwollene Stille zur Entladung zu bringen, rückte ich mit der Frage heraus, die ich sowieso hatte stellen wollen, wenngleich mir sofort bewußt wurde, daß es nicht gerade der geeignetste Augenblick dafür war.

»Oma . . . jetzt mußt du mich doch mal darüber aufklären . . .«

»Milch? Hattest du vorhin nicht schwarz gesagt . . .?«

»Mich aufklären, hat er gesagt, Mensch! Mich aufklären!« kam mir mein Großvater mit lauter Stimme zu Hilfe.

»Ja, ja! Ich bin doch nich taub, Mensch . . .! Also, worüber wolltest du mich aufklären, mein Junge? Sag's deinem Omachen nur. Ich höre.«

Sie stellte mit großem Getöse ihre Tasse ab, legte die Hände in den Schoß und nahm eine gespannte Haltung ein.

»Nein, du sollst mich aufklären.« Ich bereute schon, es so weit kommen gelassen zu haben, auch wenn der heiße Brei noch unangerührt war und ich noch immer auf ein anderes Thema ausweichen konnte. Das Dumme war nur, daß mir nichts anderes einfallen wollte. Ich mußte da durch. So laut wie möglich sagte ich: »Ja, also, mich würde mal interessieren . . . ohne einen bestimmten Grund . . . einfach nur so, also . . . ähm . . . wann ist mein Vater eigentlich aus Niederländisch-Indien zurückgekommen?«

»Also, laß mich mal schaun . . .« Mit der Hand am Mund starrte sie durch das Vorderzimmer nach draußen. Sie hatte mich gut verstanden. »Das muß doch so ungefähr siebnunvierzich gewesen sein . . .«

»Ach Quatsch, Mensch«, fuhr mein Großvater dazwischen. »Was schwätzt du da . . . siebnunvierzich . . . da war er doch gerade erst weg. Neunundvierzich isser zurückgekommen.«

»Ja«, sagte ich, »das weiß ich auch. Aber ich wüßte gern, wann genau. In welchem Monat.«

»Ach so . . .«, sagte Oma. »Also, das war im August. Ja, im August. So gewiß, wie ich hier sitze.« Sie schlug mit Nachdruck auf ihre Armlehne. »Es war noch mitten im Sommer. Aber ich hatt trotzdem 'n paar Extradecken auf sein Bett gelegt. Denn im Vergleich zu . . . äh . . . zu da hintn . . . wie heißes . . . zu Malaria war es hier natürlich mittn im Winter.«

»Früh oder spät im August?«

»Mitten inner Nacht! Wir wur'n verflixt noch mal aussem Bett geklingelt!«

»Nein, ich mein ... war es Anfang oder Ende August?«

»Ja, der Monat ging schon fast zu Ende, ja. Wir hattn schon beinah September. Und Anfang September hamse geheiratet.«

»Ach was, Mensch. Was quatscht du da fürnen Blödsinn daher?« fuhr mein Großvater sie heftig an. Ich sah, wie sich der Mundwinkel mit der Narbe verzog. »Dem sein Papa is im Juli zurückgekommen. So isses und nich anders.«

Das Zeugnis, das meinem Vater in die Hand gedrückt worden war, damit er es einrahmen und an die Wand hängen konnte, trug als Datum tatsächlich den soundsovielten Juli 1949, aber das sagte natürlich nichts. Mich interessierte, zu welchem Zeitpunkt er leibhaftig bei der Tochter dieser Menschen anwesend gewesen war.

»Ja, du mußt ja immer recht ham, Mann«, schnauzte meine Großmutter. Sie stützte mit Nachdruck ihren Ellbogen auf die Armlehne, stemmte die Faust in die Wange und schaute mit bösem Gesicht in den Garten. Hatte sie diese Haltung erst einmal eingenommen, so bekam man die nächsten Stunden kein Wort mehr aus ihr heraus.

Ich verabschiedete mich rasch. Ich gab meinem Großvater die Hand und drückte meiner wahrheitsliebenden Oma einen Kuß auf die freie Wange, die vor Empörung glühte.

Als ich mich draußen endlich in meine Hand zu schauen traute, da klebten zwei Gulden und zwei Viertelguldenstücke darin. In einem Alter, in dem ich damit noch nichts anzufangen wußte, hatte sie mir manchmal Fünfundzwanzigguldenscheine zugesteckt ...

Wenn der Bus nicht zu lange auf sich warten ließ, dann bekam ich um sechs nach halb elf noch den Intercity nach Amsterdam, der auch in Den Bosch hielt.

2

Mein Großvater ist Jahrgang 1899. Mit zehn Jahren wurde er zum erstenmal in eine Fabrik geschickt. Meine Großmutter erst mit elf – aber das war 1913, als die Welt schon wieder ein ganzes Stück menschlicher geworden war.

Sie haben von Anfang an in Den Bosch bei derselben Willem-II-Niederlassung gearbeitet, wo sie – anfangs für zehn Cent pro Tag, später für einen harten Gulden in der Woche – Zigarren sortierten. Später durften sie sie auch kleben und die Spitze drehen. Aber sie lernten sich erst kennen, als sie gerade sechzehn und er schon fast neunzehn und kurz davor war, bei den Panzergrenadieren einzurücken.

Damals war das System noch seine eigene Karikatur: geknechtete Jungen und Mädchen, über ihre Finger, die Zunge und den Speichel intim mit ihren zigarrenrauchenden Lohnherren verbunden. Mit diesen Kindern wurde eine subtile Form von Unzucht betrieben. Die makellose Spitze, in der eine Zigarre auslaufen mußte, wurde von den Herren abgebissen und ausgespuckt. Flamme daran, Mund gespitzt ... und da kringelte sich die schöne Jugend meiner Großeltern zur Decke hinauf – ein Jahresring nach dem anderen. Was wollte ich ihnen um Himmelswillen vorwerfen?

Um ihren gebrandopferten Jugendjahren im nachhinein noch irgendeinen Sinn zu geben, konnten sie gar nicht anders, als so zu tun, als ob alles gut und richtig gewesen sei. Meine Großeltern sprachen über jene Zeit mit einer Wehmut, die nicht einmal vorgetäuscht schien. Und als sich herausstellte, daß ihre Kinder nicht vor dem vierzehnten Geburtstag loslegen durften, rümpften sie die Nase und behaupteten großspurig, die Jugend von heute habe es doch »viel zu leicht« und da könne nichts Gutes herauskommen, wenn das junge Kroppzeug so viel Zeit habe, »auf der Straße herumzulungern«.

Die Alten waren sogar zu abgestumpft, um aus ihrer eigenen Erniedrigung lernen zu können. Ihre gesamte Kritikfähigkeit war im Keim erstickt worden – aber nicht ganz, denn es hatte sich eine verblüffende Fähigkeit zum Rumnörgeln daraus entwickelt.

Hanny van der Serckt durfte sich wirklich glücklich preisen, fiel ihr vierzehnter Geburtstag doch auf einen Sonntag; sonst hätte sie noch an ihrem großen Tag anfangen müssen. So brauchte sie erst am Montag loszulegen. Das Leben hielt doch immer wieder unerwartete Glückstreffer parat.

Das war im Jahr 1941. Sie fand Arbeit in einer Schuhfabrik in Best, die vor dem Krieg von der tschechischen Familie Lata gegründet worden war. Die Latas stellten eine Dynastie dar, die in Best eine Art schickes Getto betrieb: das sogenannte »Lata-Dorf«, mit eigener Schule und allem Drum und Dran. Die künftigen Lata-Chefs wurden in einem besonderen Internat ausgebildet.

Die Latas ließen Hanny van der Serckt letzte Hand an ihre Erzeugnisse legen: Sie ließen sie »senkeln«, was bedeutete, Schnürsenkel in fertige Schuhe zu ziehen. Niemand konnte den Tschechen vorwerfen, sie pfiffen, was die Neue betraf, auf Marx. Immerhin sah sie das Endprodukt des Arbeitsprozesses, an dem sie beteiligt war. Den Anfang der Kette, die über Leisten lief und deren letztes Glied sie war, konnte sie weniger gut überschauen. Diese Kette schlängelte sich in ihrer Vorstellung bis tief in einen dunklen Wald in Böhmen, wo ein bärtiger Jäger von Zeit zu Zeit einen Hirsch schoß und an Ort und Stelle häutete. (Sie las Bücher.)

Hanny blieb nicht lange das letzte Glied. Gerade als sie allmählich ein wenig Fingerfertigkeit beim Senkeln erlangt hatte, wurde sie in eine Abteilung irgendwo in der Mitte der Kette umgesetzt, zum »Klebepott«, wo Absätze und Sohlen unter die Schuhe geleimt wurden. Dort beließ man sie eine ganze Weile – bis der Chef fand, sie schwatze und kichere zuviel mit den anderen Mädchen. Er sagte, sie sei die Anstifterin, und nachdem er sich mit dem Betriebsleiter beraten hatte, brachte er sie persönlich zu der Reihe von Bottichen, in denen Schuhwichse hergestellt wurde: nicht nur die schmutzigste, sondern auch die ungesündeste Arbeit in der ganzen

Fabrik. Dort standen mehr Jungs als Mädels, und dort, in der schwärzesten Schwärze, lernte sie, fünfzehn Jahre alt, Albert Egberts kennen.

Der hatte da, seit er '39 bei Lata angefangen hatte, so ungefähr alle Abteilungen durchlaufen, und das waren eine ganze Menge. Die Tschechen trauten keinem und stellten daher alle Vor- und Beiprodukte selbst her. So hatten sie eine eigene Papierabteilung, die Kartons und anderes Einpackmaterial lieferte; eine eigene Druckerei, die auf all dieses Papier das Latasche Warenzeichen prägen mußte; eine Schmiede, wo sie mit so viel Feuer Leisten schmiedeten, daß die Hammerschläge bis in die Schnürsenkelabteilung drangen; und eine Gummifabrik, die auch noch anderes Schuhwerk herstellte (das hatte mehr Ähnlichkeit mit Strümpfen und wurde nicht paarweise, sondern ausschließlich im Dreierpack verkauft). Überall arbeitete der Junge für zehn Cent die Stunde ein paar Monate lang, höchstens ein halbes Jahr, und wurde dann, aus ähnlichen Gründen wie das Mädchen, weitergeschickt. Als er einmal während der Arbeitszeit mit jemandem einen kleinen Schwatz abhielt, bekam er von einem der Tschechen einen Leisten an den Kopf geschleudert, der ihn am Ohr verletzte.

So waren der Junge und das Mädel auf ihrem Zickzackweg durch den Produktionsprozeß schon die ganze Zeit auf dem Weg zueinander: Das Endziel aller Nichtsnutze, Schluderjane und Quasselstrippen lag bei jenen Bottichen mit Schuhwichse.

Hanny bekam ihren Platz ein ganzes Stück von Albert weg zugewiesen, schräg gegenüber von ihm, aber ihre Blicke trafen sich sofort. Noch bevor der erste Vormittag um war, wurden ihr Grüße von ihm zugeflüstert, die unterwegs von Mund zu Mund noch etwas ausgeschmückt wurden. Das Mädchen neben ihr (Maaike Kopland, die ihre Busenfreundin werden sollte) besorgte die Endversion.

»Er sagt: 's is Liebe auffen erstn Blick . . . Er heiß Albert. Wir nenne'n Altje. Altje macht 'ne Mücke von der Dommelbrücke. Aber paß bloß auf, Mädchen, das is nämlich 'n ganz Schlimmer, der da. Wir kenne'n schon 'n Tach länger . . . Er möcht wissn, wie daßte heiß.«

Der Name »Altje macht 'ne Mücke von der Dommelbrükke« eröffnete Hanny die fröhliche Welt von Mädchenbüchern, in der jeder seinen eigenen Spitznamen hatte. Es tat ihr sofort leid, daß sie keinen hatte.

»Musser halt selbst fragn komm, wenner's so gern wissn möcht.« Woraus nach mündlicher Übermittlung wurde: »Ich würde Ihnen das in der Mittagspause gern persönlich mitteilen. Freundliche Grüße. Die Unbekannte.«

Die ungesunden Seiten an dieser Arbeit entpuppten sich zugleich als die aufregendsten. Aus den Trögen mit warmer Schuhwichse, in der große Mengen an Terpentin verarbeitet waren, stiegen Dämpfe auf, die die Kinder betäubten, trunken machten . . . Sie gingen eine chemische Verbindung mit deren Lebenslust ein, diese Dämpfe. Früher oder später lösten sich die Zungen, und es wurde erregt drauflos geschwatzt. Im dunkelsten Teil der Fabrik verwandelten sich Jungen und Mädchen in offene Bücher. Ihre geheimsten Träume, Gedanken, Phantasien wurden mit einem Lachen den anderen hingeworfen. Reine Poesie war hier zu hören für den, der ein Ohr dafür hatte.

Die Hauptaufgabe des Aufsehers, eines »Katzekloppers« (Katzenfänger) aus Helmond, bestand darin, sich die Gespräche genau anzuhören. Nahmen die allzu phantastische Formen an, so mußte er die Kinder mitsamt ihrem Quatsch für eine Viertelstunde an die frische Luft schicken.

»Dunnerlittchen, was redet ihr da wieder für'n dummes Zeug, Kinners. Legt euch mal zehn Minuten draußen ins Gras. Ich ruf euch dann, wenn die Suppe gut durchgezogen ist.«

Blinzelnd gegen das grelle Tageslicht, wankten sie hinaus und ließen sich, Jungs und Mädel durcheinander, am Kanalufer ins Gras fallen, wo noch eine Weile ungehemmt weitergequatscht wurde. In einem solchen auferzwungenen Rausch haben sich meine Eltern als fünfzehn- beziehungsweise siebzehnjährige Kinder gefunden. Hanny hatte mit geschlossenen Augen ihren Kopf auf Maaike Koplands Oberschenkel gelegt. Albert streckte sich neben ihr aus und suchte, noch frecher als sonst, nach ihrer Hand. Sie – »Maaike, jetzt geht das Gepiesacke ja schon wieder los« – zog die Hand wie in einem Reflex sofort zurück. Aber als sie durch die Wimpern hindurch sah, daß er es war, Altje macht 'ne Mücke von der Dommelbrücke, da ließ sie ihre Hand wie einen Stein auf seine, die im Gras liegen geblieben war, zurückfallen. Keiner traute sich, die Hand des anderen richtig zu fassen, so daß die beiden Hände wie wildfremde Gegenstände nebeneinander liegen blieben. Bis das unvermeidliche Flechtwerk der Finger begann.

Später kam das Balgen hinzu, eine verkappte Form des Liebesspiels. In der Zeit war es üblich, daß ein Mädchen ihren Liebsten schlug, hauptsächlich um ihren Freundinnen zu zeigen, wie weit sie gehen konnte, unbewußt jedoch auch, um sich im voraus schon für die Demütigungen zu rächen, die sie erwarteten, falls es zur Heirat kam. Hanny haßte das Schlagen. Maaike war eine große Meisterin darin: Die Zähne in die Unterlippe gedrückt, schlug sie mit immer flacherer Hand auf immer empfindlichere Stellen – die Oberarme, den Rücken – des Jungen, der unbeirrt weiterlächelte, um zu zeigen, daß es ihm absolut nichts ausmachte. Tausch der Rollen, bevor sie endgültig festlagen.*

Ihre Gruppe machte ausschließlich schwarze Schuhwichse, von der der Löwenanteil, in Litertöpfen verschickt, für die Ostfront bestimmt war. Eine andere Abteilung des Betriebs stellte für die dort Kämpfenden kniehohe schwarze Stiefel her, und Lata hatte sich verpflichtet, auch sämtliche Pflegeutensilien zu liefern. Putzen mußten die Soldaten selbst (»Auftragen, kurz einziehen lassen und dann blank polieren« – so stand es in mehreren Sprachen auf dem Etikett), aber das konnte man ihnen getrost überlassen: Kein SS-Mann wollte schließlich in staubigen Stiefeln sterben.

* Jetzt, da mein eigener Rausch, falls ich ihn noch so nennen darf, den höchsten Grad an Unfreiwilligkeit erreicht hat, empfinde ich eine merkwürdige Schicksalsverbundenheit mit diesem Schuhputzerpaar. Ich bin jetzt doppelt so alt wie sie damals: Die Zärtlichkeit, die ich ihnen entgegenbringe, ist nicht die eines Sohnes, sondern eher die eines Elternteils. Wie ein Vater auf seine sich balgenden Kinder, so blicke ich auf sie.

Albert vertraute Hanny an, er habe einen älteren Bruder an der Ostfront. Der heiße Egbert. »Egbert Egberts« hörte sich für Hanny wie ein streng vorwärtsmarschierender Name an. Sie sah von diesem Bruder nur die Beine vor sich: ein gestrecktes Bein, das vor das andere gesetzt wurde ... *Egbert* ... *Egberts* ... *Egbert* ... *Egberts* ... *Egbert* ... und immer so weiter in Richtung Osten. Hanny merkte schon bald, daß dieser Egbert Alberts Lieblingsbruder und sein leuchtendes Vorbild war.

Durch die Schuhwichse, in der er täglich herumrührte und die ihn benebelte, wußte Albert sich eng mit seinem Bruder verbunden. Im Grunde putzte er dessen Stiefel. In der schwarzen Schmiere präparierte Albert die messerscharfen Sporen aus Licht, die Egbert dort in der Ferne bei jedem Schritt aus den Knöcheln schießen sollten.

Doch nicht nur mit seinem Bruder hielt Albert über diese warme Pampe Kontakt, sondern auch mit dem, was er als seine Bestimmung ansah. Denn sein sehnlichster Wunsch war es, selbst zu gegebener Zeit in die Waffen-SS einzutreten. Es war seine eigene Zukunft, die in diesem Trog schwarz, warm und stark riechend vor sich hin brodelte. Er brauchte sich nur darüber zu beugen, um davon trunken zu werden. Sein eigenes Gebräu ...

Was ihm dazu noch fehlte: die Erlaubnis seiner Eltern zu der Teilnahme an dem Ausbildungslager in Süd-Limburg. Diese hielten sich ihrerseits an den Rat des Sohnes, der es bereits bis zum Unteroffizier gebracht hatte. Egbert, der seinem jüngeren Bruder selber mal mit seiner eigenen Begeisterung einen Floh ins Ohr gesetzt hatte, sprach sich jetzt dagegen aus. Er hatte inzwischen auf dem Schlachtfeld weniger heroische Dinge miterlebt. Einen vorstoßenden russischen Panzer zum Beispiel, der in einem Mannloch noch Bewegung witterte und kurz in den Rückwärtsgang schaltete, um mit einer frivolen Drehung seines Hinterteils das letzte bißchen Leben zu zerquetschen, ungefähr so, wie ein Daumen es mit einer hartnäckig schwelenden Kippe im Aschenbecher tun würde.

Entschiedenen Einspruch gegen Alberts Ausbildung zu einem SS'ler legte Egbert jedoch erst nach der Hinrichtung eines achtzehnjährigen niederländischen Jungen ein: ein Rauhbein, der »seine Uniform besudelt hatte«, indem er in einem russischen Dorf alles vergewaltigt hatte, was ihm in die Finger kam. Er wurde vom Kriegsgericht wegen mangelnder Disziplin und so weiter und so weiter zum Strang verurteilt. Alle Soldaten des Bataillons mußten zur Vollstreckung des Urteils antreten, damit sich die Sache nicht wiederhole. Über die deutsche Armee konnte man sagen, was man wollte – in ihren Gliedern herrschten Zucht und Ordnung. Auch Egbert sah zu, wie dem von ihm selbst gemeldeten Jungen die Schlinge um den Hals gelegt wurde.

Das Bürschchen warf seinen Richtern und Henkern bis zum letzten Atemzug Beleidigungen an den Kopf. Und selbst als ihm im wahrsten Sinne des Wortes die Kehle geschnürt wurde, waren sie noch nicht von ihm erlöst, denn der Strick riß – und schon stand er wieder mit beiden Füßen auf der Erde, zu der er nur einen Moment lang den Kontakt verloren hatte.

»Nicht nur die Zucht, selbst ihr Zeug taugt nicht!« rief der Junge triumphierend auf deutsch, während die Menge sah, wie sich an seinem Hals ein tiefpurpurroter Striemen bildete. »Ihr hättet ja wenigstens dafür sorgen können, daß euer Zeug in Ordnung . . .«

Popopopopo . . . Von drei, vier Seiten mit Maschinengewehrsalven belegt, starb er einen Tod, zu dem er nicht verurteilt war.

Egbert hatte in dem Achtzehnjährigen so viel von seinem jüngeren Bruder wiedererkannt, daß er seinen Eltern seitdem in jedem Brief verblümt – aber nachdrücklich – davon abriet, »uns' Altje« ihre Erlaubnis zu erteilen. In Son wurde sein Rat wie ein Verbot gehandhabt.

Der Krieg schritt voran, und Terpentin wurde bezugsscheinpflichtig. Da jedoch die Nachfrage aus dem Osten nach schwarzer Schuhwichse anhielt, lief die Produktion von Litertöpfen bei Lata unverändert weiter – mit dem einzigen Unterschied, daß jetzt weniger von dem kostbaren Öl darin verarbeitet wurde.

Albert stand in der Zeit sehr viel nüchterner über seinem Bottich.

Als es an der Ostfront dann noch Winter wurde, so daß der Nachschub per Schlitten erfolgen mußte, gefror sogar die Schuhwichse, was bei einem ausreichenden Terpentingehalt garantiert nicht passiert wäre. War das Zeug erst einmal hart, so wollte es, selbst wenn man es erwärmte, nicht mehr weich werden. Lastwagenweise wurde es nach Best zurückgeschickt – als greifbarere Ablehnung an Alberts Adresse. Er bekam den Auftrag, die harten Klumpen, die die Form des Topfes behielten, zu zerschlagen. Die Brocken wurden zermahlen, um danach zu brauchbarer Schuhwichse mit einem so hohen Terpentingehalt verarbeitet zu werden, daß sie auch im tiefsten Rußland nicht gefrieren würde.

Seit Albert die zylinderförmigen Klumpen in den Händen gehabt hatte, war seine Begeisterung für die Ostfront deutlich abgekühlt. Steine erzeugen keinen Glanz.

Da nun auf Befehl von oben die Terpentinmenge pro Liter schwarzer Schuhwichse wieder aufs Normalmaß gebracht worden war, während das kostbare Zeug weiterhin knapp blieb, konnten weniger Töpfe produziert werden. An den Bottichen gab's weniger zu tun, und eine Reihe von Terpentinschnüfflern, darunter Hanny, wurde in andere Abteilungen versetzt.

Dennoch blieb reichlich Gelegenheit, sich tagsüber zu treffen. Jedesmal, wenn der Luftalarm losging und sie auf die Felder mußten, warteten sie aufeinander, woraufhin sie eng umschlungen den Wilhelminakanal entlangspazierten, fast bis nach Oirschot. Bei der zweiten Sirene, die den Alarm aufhob, hatten sie oft noch einen weiten Weg zurückzugehen. Wegen ihres späten Eintreffens erhielten sie immer wieder einen Verweis, verbunden mit der Androhung der Kündigung.

Mittlerweile waren außer Terpentin auch noch andere Dinge knapp geworden. Schuhe zum Beispiel, selbst wenn man das im Herzen der Lata-Welt nicht gedacht hätte.

Wenn Albert, um sein letztes Paar zu schonen, in Holzpantinen zur Arbeit kam, konnte er Gift darauf nehmen, daß irgendein Tscheche aus dem Lata-Dorf ihn zusammenstauchte. »Du arbeiten in Schuhfabrik, und dann Holzschuhe tragen ... Ein Schand für unser Namen!«

Auch Hannys Schuhwerk ging zur Neige. Ihr Vater, dem es zuviel wurde, ihr einziges Paar immer wieder neu zu besohlen, nagelte schließlich passend zurechtgeschnittene Stücke eines alten Treibriemens darunter. Absätze und Sohlen waren jetzt zwar unverwüstlich, doch bei nassem Wetter konnte man sich damit den Hals brechen. Wenn es regnete, dann konnte sich Hanny nur schlurfend fortbewegen. Sie hatte keine Gewalt mehr über ihre Schuhe, als steckten die Räderbewegungen noch im Leder des Treibriemens.

An einem regnerischen Morgen sah Albert seine Freundin wie eine alte Frau von der Bushaltestelle heranschlurfen. Als sie durchs Tor ging, rutschte sie aus, und er glaubte zu hören, daß sie auf dem Hinterkopf aufkam. Mit unglücklichem Gesicht wischte sie sich kurz darauf den Matsch vom Mantel. Noch am selben Tag ließ Albert ein Paar Damenschuhe für sie mitgehen. Er schmuggelte sie, unter die Achseln geklemmt und mit einem geliehenen Regenmantel bedeckt, durchs Tor. Hanny traute sich nicht, sie zu tragen, daheim unter den Augen ihrer Eltern nicht und auch nicht in der Fabrik. Sie versteckte sie und holte sie von Zeit zu Zeit hervor, um vor dem Zubettgehen noch kurz darin herumzulaufen. Die Schuhe hatten noch immer seine Körpertemperatur.

Auf den Diebstahl von Betriebseigentum stand die Kündigung, und bei Lata gab es einen Pförtner mit Adleraugen. Ermutigt durch den geglückten Diebstahl, unterschlug Albert jedoch weiterhin Schuhwerk. Er entwickelte immer raffiniertere Methoden, um sie an der Pförtnerloge vorbeizuschmuggeln. Wollte er ein Paar für sich selbst oder für jemanden, der ungefähr seine Schuhgröße hatte, so ging er auf gesprungenen, längst ausrangierten Holzpantinen zur Arbeit. Gegen Ende des Tages entzog er Schuhe der gewünschten Größe dem Produktionsprozeß, kurz bevor sie die Polierabteilung erreicht hatten. Er übergoß sie mit Öl, schlüpfte hinein und schlurfte damit durch Staub und Sägemehl, so daß sie nicht mehr von abgelaufenen Schuhen zu unterscheiden waren. Aus den alten Pantinen machte er Kleinholz und schmiß es zum Abfall.

Er dachte sich auch einen Trick für Hanny und deren Freundin Maaike aus: Sie mußten eine Tasche mit gestohlenen Sachen zwischen sich nehmen und sie schwenken, während sie singend aufs Tor zugingen. Der Pförtner, erpicht auf Stichproben, würde bestimmt nicht alle beide zu sich rufen. Wer herausgewinkt wurde, sollte seinen Henkel ganz selbstverständlich der anderen in die Hand drücken. Das Unternehmen gelang, und dem Regisseur des Balletts wurde die rechte Ehre erwiesen.

Albert wurde letztendlich entlassen, weil er ein paar Gummiabsätze mitgehen ließ, die er aus reinem Übermut einfach lose in die Manteltasche gesteckt hatte. Der Pförtner förderte sie bei einer Stichprobe zutage.

Dessen Fanatismus hatte einen klaren Grund. Jemand, der von den großen Dieben dazu angestellt worden ist, den kleinen Dieben aufzulauern, wird, von zwei Seiten auf eine Idee gebracht, zum Schluß natürlich selbst zum Dieb, wenn auch nur zu einem mittelmäßigen. Das Haus des Pförtners war vollgestopft mit gestohlenen Lata-Waren. So hingen vor allen Fenstern Vorhänge aus dem Stoff, der in großen Rollen aus dem Lager kam, um zu Innenfutter für die Schuhe verarbeitet zu werden. Er hatte seine Leute dafür, die Waren im Auto direkt von der Fabrik zu ihm nach Hause zu bringen. Was er selbst nicht gebrauchen konnte, verkaufte er schwarz weiter.

Eines schönen Tages kurz nach der Befreiung der südlichen Niederlande gingen sich ein paar der Tschechen mal angukken, ob es stimmte, was man sich über diesen treuen Argus zuflüsterte. Aus den Fenstern, die bei diesem sonnigen Wetter weit geöffnet waren, flatterte ihnen der Beweis schon entgegen.

Währenddessen lag Egbert in einem Prager Lazarett mit einer russischen Kugel im Hinterkopf und versuchte, sich während seines langsamen Genesungsprozesses an einen Witz zu erinnern.

Er entsann sich noch ganz genau der Umstände, unter denen er diesen gehört hatte. Der Beschuß war auf beiden Seiten für einige Stunden eingestellt gewesen ... Sie befanden sich in so großer Nähe des Feindes, daß Deutsche und Russen sich, fast ohne die Stimme zu erheben, hätten verständigen können, wären sie nur der Sprache des anderen mächtig gewesen. Man grinste und scherzte ein wenig hin und her. Egbert stimmte diese Kommunikation mit Menschen, denen man im nächsten Augenblick wieder nach dem Leben trachten mußte, ungeheuer traurig. Aber auch er schickte ein Lächeln hinüber.

Ein Soldat neben Egbert im Schützengraben, ein Pole, verstand Russisch und sprach es auch ein wenig. Er rief ein paar Worte hinüber und bekam Antwort. Die Russen hatten gerade ihre tägliche Wodkaration erhalten. Hundert Gramm erhielten sie am Tag. Manche sparten sich die gesamte Wochenration auf, um sich dann auf einen Schlag vollaufen zu lassen. Der Pole faßte das Gerede der Russen für Egbert zusammen, was nicht schwer war, denn es ging über nichts anderes als Wodka. Eigentlich, so verrieten sie, »obwohl es ein Kriegsgeheimnis« war, bekämen sie täglich zu diesen hundert Gramm noch einen Schluck zusätzlich. Den sogenannten »Totenschluck«, dessen Größe von der Zahl der an diesem Tage Gefallenen abhing. Es war die Wodkaration der Toten, die die Überlebenden sich dann teilen durften. Die Russen gaben an mit ihrem Versorgungsunteroffizier, der so gut schätzen könne, wieviel Soldaten jeweils fallen würden. Er schaute morgens zum Himmel hinauf und wußte dann bereits auf den Tropfen genau, wie groß am Abend der Extraschluck ausfallen würde. Wenn die Überlebenden am Nachmittag von ihrem Posten kamen, fanden sie ihren Becher bereits gefüllt. Breit lächelnd stand der Versorgungsunteroffizier vor seinem Zelt. »Hatte ich recht oder stimmt's?« fragte er dann stolz. Selten gab es einen Becher zuviel oder zuwenig, und die Gesamtmenge war stets dieselbe.

Die immer zum Lachen aufgelegten Russen schienen ihrem Feind all die gefallenen Kameraden kaum zu verübeln. Einer von ihnen erzählte sogar einen Witz, den der Pole, nachdem er sich ausgelacht hatte, für Egbert übersetzte. Kurz darauf ging das Feuer wieder los, und Egbert, der sich kurz zur Nachhut umdrehte, bekam eine Kugel in den Kopf.

Mit Wodka hatte der Witz etwas zu tun ... an mehr konnte sich Egbert, nachdem er wieder bei Bewußtsein war, nicht mehr erinnern. Es schien fast, als habe das Projektil den Witz ausgelöscht ... dessen Platz eingenommen ...

Zwei von Egberts Schwestern, Doortje und Bets, die bereits seit Kriegsbeginn freiwillig in Deutschland arbeiteten, hatten aus einem zweiten Brief von daheim erfahren, daß ihr Bruder bei näherer Untersuchung doch nicht tot war. Sie beschlossen, ihn in Prag zu besuchen.

Sie fuhren mit dem Zug. In Dresden, wo keine von ihnen je gewesen war, mußten sie umsteigen. Die Mädchen hatten eine knappe Stunde Zeit, sich umzusehen. So bekamen sie einen kleinen Eindruck von den Straßen und Plätzen, von Gebäuden und Brücken ... Was sie sahen, gefiel ihnen so gut, daß sie sich auf der Stelle gegenseitig versprachen, auf der Rückfahrt hier etwas länger zu bleiben.

Im Lazarett trafen sie eine Krankenschwester am Bett ihres Bruders. Sie fühlte ihm gerade den Puls. Egbert stellte sie seinen Schwestern vor, was sie schon ein bißchen komisch fanden. Greta hieß sie. Eine Österreicherin. Die Krankenschwester gab Betsie und Dora die Hand, woraufhin sie fortfuhr, Egbert den Puls zu fühlen.

Eine halbe Stunde später saß sie immer noch so da.

Als die Schwestern richtig hinschauten, sahen sie, daß nicht nur ihre Hand an seinem Puls lag, sondern auch seine Hand an ihrem Puls, in einer Art Umschlingung. Es war an der Zeit, daraus zu schließen, daß die Österreicherin nicht nur seine Krankenschwester war.

Wie es ihm gehe? Gut. Die Kugel sei ohne Beschädigung irgendwelcher lebenswichtiger Teile nicht zu entfernen gewesen, und daher hätten die Prager Chirurgen es für vernünftiger gehalten, sie stecken zu lassen. Eine Art Edelkesselflicker werde in Kürze das Loch in seinem Hinterkopf mit einer Silberplatte verschließen. Die Ärzte hätten ihm ganz offen gesagt, er brauche nicht damit zu rechnen, älter als Fünfzig zu werden.*

Fünfzig? Die Schwestern erschraken.

»O je«, sagte Doortje, »dann hast du ja demnächst die Hälfte schon rum . . .«

Das berührte ihn nicht. Seit seiner Wiederauferstehung hatte er eine ganz andere Einstellung zu seiner eigenen Sterblichkeit. Seit er dem Tod aus so großer Nähe in die Augen geblickt hatte, war alles, was mit dem Leben zu tun hatte, für ihn sehr viel wichtiger geworden. Er war verliebt und wollte so bald wie möglich heiraten, um eine Familie zu gründen, so daß er seine Kinder noch groß werden sehen konnte.

»Und sie?« fragte Bets mit einem Nicken in Richtung der Krankenschwester. »Wie sieht sie das?«

»Genauso«, sagte Egbert, woraufhin er vorschlug, der Österreicherin zuliebe auf Deutsch umzuschalten, das sie ja schließlich alle drei beherrschten, als wäre es ihre Muttersprache.

Da sie ihren Bruder ja nun in guten Händen wußten, fuhren Doortje und Bets etwas früher aus Prag weg, um noch ein paar Tage in der schönen Stadt verbringen zu können, die sie auf der Hinfahrt wie eine Vision hatten daliegen sehen.

Als sie auf dem Bahnhof zwei Erste-Klasse-Zuschläge nach Dresden verlangten, sah der Schalterbeamte sie etwas merk-

* Es ist genauso gekommen. Er wurde Fünfzig auf seinem Sterbebett. Man hätte meinen können, die Prager Ärzte hätten den russischen Wodkafourier konsultiert . . . Und ihre Berechnung kam einer okkulten Prophezeiung gleich, denn Egbert Egberts ist mit Fünfzig an etwas ganz anderem als einer russischen Kugel gestorben.

würdig an. Ihre einzigen Mitreisenden in dem großen Abteil, vier Herren, saßen sich zwei und zwei gegenüber und spielten Karten. Düster und schweigend, bis auf ein gelegentliches Knurren. In Ermangelung eines Tischchens oder einer Ablage streckte nach jeder Runde jeweils ein anderer Spieler die Hand aus, in die dann die Karten fielen, eine nach der anderen. Es waren sehr kurze Partien, was zur Folge hatte, daß sich die Hände rasch abwechselten, sich gegenseitig grob beiseite stießen ...

Von der Szene ging etwas Unheilverkündendes aus.

Erst als die Mädchen beim Einlaufen in den Dresdener Bahnhof durch die Fenster in den hie und da stehen gebliebenen Fassaden direkt den freien Himmel sahen, verstanden sie, weshalb dem Schalterbeamten in Prag ihr Ansinnen nicht selbstverständlich vorgekommen war. Ein zufällig aus einem Kohlenherd gezogener Aschkasten voller Schlacken schien noch das beste Symbol für das, was von Dresden geblieben war.

Kurz nach der Rückkehr in ihren kleinen thüringischen Ort bekam Betsie ihren ersten Neger zu Gesicht.

In dem Keller des Gebäudes, in dem sie arbeitete, saßen russische Kriegsgefangene, denen sie jeden Tag Essen bringen mußte. Viel war es nicht, was sie bekamen, doch Bets mit ihrem goldenen Herzen steckte den Jungs ab und an eine zusätzliche Kartoffel zu. Eines Tages waren sie verschwunden. Futsch. Überhaupt war keine Menschenseele in dem ganzen Gebäude. Sie wollte schon wieder gehen, da stand er plötzlich in der Halle vor ihr: so schwarz wie die Nacht. Sie kannte solche wie ihn nur aus Missionsblättchen, bis auf einen kleinen Schurz unter dem kugelrunden Bauch nackt, und mit Speeren bewaffnet ... dieser jedoch trug eine fremde Uniform und hielt sein Maschinengewehr im Anschlag. Die Waffe jagte Betsie keinen Schreck ein, nein, aber der Kopf. Augen wie Tischtennisbälle, mahlende Kiefer, die plötzlich erstarrten ... und da bildete sich, zwischen purpurnen Lippen, ein dritter Tischtennisball, der mit leisem Knall zersprang.

»Pooff!« sagte der Neger. »Whadda ye standin' there? Ye'r supposed to be dead. A'just killed ye – remember? Ye'r as dead as Addolve Hittle' himself.«

Er lachte sein schreckliches Lachen, das in einem »We-e-e . . .ell-*well*!« endete. Und in etwas normalerem Ton fuhr er fort: »Hi, Pussy, hadda ye do? Ma name's Rett. Rett Wight. M'friends call me Rett Wight Blue, which a'the colozz of good ol'uncle Tomz' fine-striped and star-spangled underwear. *If* there's no shit in it o'cozz. Ain't that nice, honey? And now y badda' tell lidda Red White'n'Blue yer name, sweetheart. Oddawize a *give* ye one.«

Durch das Erscheinen dieses farbenreichen Negers war Betsie selbst errötet, und es erschien ihr besser, sich diesen neuen Farbton vorläufig zu erhalten, da es nun in den Straßen von Uniformen zu wimmeln begann, wie Rett Wight Blue eine trug. Im übrigen hatte sie es immer ausgezeichnet verstanden, sich einer veränderten Umgebung anzupassen. Das Schweineschnäuzchen zwischen ihren Schenkeln führte sie, hier schnüffelnd, da wühlend, blindlings durch das schwierige Europa jener Jahre. Schon bald waren sie und alle Amerikaner dicke Freunde. Von einem Major, der Evans hieß und aus Maine kam, ließ sie sich in dessen Jeep herumfahren.

Nach der Befreiung der südlichen Niederlande (Bruder Norbert hatte in der Prinzessin-Irene-Brigade mitgekämpft) arbeitete Albert, dessen Aussichten auf eine Karriere bei der Waffen-SS mittlerweile endgültig gleich Null waren, kurze Zeit als Laufbursche beim Bau einer Bahnlinie für den Nachschub von Munition zum Flughafen Zeelst. Mit zunehmender Fertigstellung der Strecke mußten er und der Ingenieur immer größere Entfernungen auf der Draisine zurücklegen. Um das Gemaule des Mannes nicht mehr hören zu müssen, montierte Albert einen Hilfsmotor auf das Fahrzeug, so daß sie nicht mehr zu pumpen brauchten.

Anderenorts wieder sabotierte er die alliierten Streitkräfte, indem er aus einem englischen Armeefahrzeug Säcke mit Wäsche klaute. Beim Hinauffahren auf die Dommelbrücke, der

Albert seinen Spitznamen verdankte, wurde der Lastwagen so langsam, daß er mühelos aufspringen konnte. Er warf die Säcke an den Straßenrand, wo sie von seinem jüngeren Bruder Hubert weggeschleppt wurden. Bei der nächsten steilen Brükke sprang Altje wieder aus dem Laderaum.

’s Jüdele wusch die Unterhosen und Hemden und schrubbte »mit der Hand« die noch frischen Kackespuren von Jungs heraus, die vielleicht schon nicht mehr am Leben waren. Mit der Zeit lief die halbe Bevölkerung von Son en Breugel in englischer Armeeunterwäsche herum.

Nun, da die Rollen in der Welt so drastisch vertauscht waren, meldete sich Albert mit den beiden Freunden, die »alles auseinandernahmen«, als Freiwillige, um auf der Seite der Alliierten den Norden zu befreien. Seine Eltern hatten ihm die inoffizielle Erlaubnis bereits erteilt, aber als Alberts Kameraden zum Zwecke der Generalprobe eine gefundene Granate auseinandernahmen und in befreitem Gebiet sinnlos fielen, ging seinen Eltern ein Licht auf, und sie weigerten sich, die definitive Unterschrift zu leisten.

»Wir ham schon einen mit ’ner Kugel im Deez im Krankenhaus liegen«, sagte ’s Jüdele. »Jetz reicht’s wirklich.«

Doch das Soldatenblut ließ sich nicht verleugnen, und 1946 schiffte sich Altje macht ’ne Mücke von der Dommelbrücke als vaterlandsliebender Freiwilliger ein, um in »unserem Indien« an der sogenannten Polizeiaktion teilzunehmen. Die Egberts waren Söldner, die sich von Hinz und Kunz anwerben ließen und deren Sold die Aktion selbst war. Wasser sucht nicht bewußt seinen tiefsten Punkt.

Egbert bekam auf ganz andere Weise die Gerechtigkeit seines Vaterlands zu spüren.

Zusammen mit einem anderen ehemaligen SS’ler, einem Mann aus Eindhoven, hatte er versucht, in Zivilkleidung in die Niederlande zu fliehen. Sie zogen durch halb Europa. In Belgien, also fast schon zu Hause, wurden sie doch noch geschnappt.

Wo Seeleute sich zum Beweis ewiger Treue den Namen der

Liebsten in die Haut ätzen lassen – dort wird er noch stehen, wenn sie sich ihr Gesicht schon längst nicht mehr vorstellen können –, da war bei den Männern von der SS bekanntlich die Blutgruppe eintätowiert. Eine unauslöschliche Liebeserklärung, die, selbst wenn man sie irgendwann widerrief, sowohl die Liebe als auch den Träger überleben würde. Und sollte die Botschaft im Laufe der Jahre ausbleichen, so wäre die Tinte immer noch in den Lymphgefäßen unter den Achseln zu finden: Die größte Scham der Welt könnte sie nicht weiter davonkriechen lassen. Nachdem sie den beiden Männern das Leben gerettet hatte, sollte diese Tätowierung sie jetzt den Kopf kosten. Die Prager Ärzte waren, was Egbert betraf, noch viel zu optimistisch gewesen mit ihren fünfzig Jahren. Noch ein paar Tage, und er war genau auf der Hälfte. Er durfte froh sein, wenn er seinen fünfundzwanzigsten Geburtstag erlebte. Jedenfalls würde die Mitte seines Lebenswegs gleichzeitig die Endstation sein.

Insgesamt wurde ihnen siebzehnmal die Todesstrafe verkündet, in immer wieder anderer Form, und siebzehnmal fand die Hinrichtung nicht statt. Der Eindhovener lag nachts heulend da. Egbert dachte an seine neue Liebe, die er ebenfalls im Stich hatte lassen müssen. Greta saß nun in Salzburg und wartete auf die Nachricht von seiner glücklichen Heimkehr. Sobald die Luft rein war, sollte sie ihm in die Niederlande nachfolgen, hatten sie abgemacht.

In jenem Städtchen in den Ardennen ging es mittelalterlich zu. Egbert und sein Reisegefährte wurden in Ketten in einem Käfig auf dem Marktplatz zur Schau gestellt. Sämtliche Einwohner durften die Männer nach Herzenslust beglotzen und beschimpfen und bespucken und mit Pferdeäpfeln bewerfen. Eintritt wurde nicht erhoben. Die im Dialekt ausgesprochenen Beleidigungen gingen an ihnen vorbei, dem übrigen Unrat vermochten sie jedoch nicht auszuweichen. Einer brachte es sogar fertig, an ihre Beine zu pinkeln.

In einer jener Nächte vor einer Hinrichtung – sie sollten aufgeknüpft werden – fiel Egbert der Russenwitz wieder ein. Und während der Eindhovener unermüdlich Tränen vergoß, hockte Egbert auf Knien da und lachte über einen albernen Witz. Doch so albern er auch war, er sollte ihn für den Rest seines Lebens als kostbares Kleinod hüten, vielleicht weil in ihm etwas von der Unverhältnismäßigkeit zwischen Gemetzel und Anlaß mitschwang, die auch er festgestellt hatte.

Eines Sonntagabends sagte August Schwantje bei Tisch: »Seid mal eben still ... Albert kennt ihn noch nicht. Hör zu, Albert. Lenin kommt nach seinem Tod in den Himmel, wo er den letzten Zaren trifft ... den letzten Zaren aller Russen. ›Und, Genosse Iljitsch‹, fragte der Zar, ›wie steht's mit dem Wodka da unten?‹ Antwortet Lenin: ›Heutzutage wird ein 45 %iger gebrannt. Unter Ihnen waren es nur 40 % ...‹ ›Aber Genosse!‹ ruft der Zar aus. ›Wegen den 5 % hättest du doch keine Revolution zu machen brauchen!‹«

Es war derselbe Witz, den ich fünfzehn Jahre zuvor von Egbert Egberts gehört hatte. August kannte ihn vom Militär; der Witz war ihm plötzlich wieder eingefallen. Er erzählte auch noch, wie er im tiefsten Rußland trinken gelernt hatte. Vor jener Zeit: nicht ein Tropfen. Nach dem Fall von Berlin war er zur Feier dieses historischen Tages von einigen Offizieren in deren Zelt eingeladen worden. Sie schenkten 97 %igen Alkohol, verdünnt mit Wasser, aus. Stunden später kam er in einem kleinen Bach wieder zu sich. Jemand hatte ihm seine Uhr gestohlen, die mit einer Kette an seinen Kleidern befestigt gewesen war. »Wegen den 5 % hättest du doch keine Revolution zu machen brauchen ... Himmelherrgottnochmal!«

Durch diesen Witz wurde August für mich erst recht zu Egberts Beschießer. Bis da hatte ich keine Probleme mit ihm gehabt. Viel schwieriger war für mich der August Schwantje, der mit einem gefundenen Radioapparat unter dem Arm die erneut installierte niederländische Grenze überschritt. »Haben Sie etwas zu verzollen?« Ab dieser Grenzstation wurde er die perfekte Verkörperung der sich erholenden, langsam zu Wohlstand aufsteigenden niederländischen Volkswirtschaft. Er selbst zeichnete auf seinem Weg nach oben die Kurve nach ... bis er sich in die Enge getrieben fühlte und aufs

Geratewohl Leute entließ. Nachdem er die staatlichen Subventionen eingesackt hatte.

Zu guter Letzt wurden sie an die Niederlande ausgeliefert. Wieviel der Eindhovener bekam, ist in der Familie nicht bekannt, Egbert jedenfalls war mit seinen drei Jahren Straflager noch gut bedient. Der andere Egbert Egberts, der alte, saß bereits da. Er hatte ein Jahr abzusitzen wegen öffentlich bekundeter Sympathien für Deutschland.

All die Zeit wartete Hanny auf ihren Liebsten. Er sollte genauso lange fortbleiben, wie sein Bruder im Straflager absitzen mußte: drei volle Jahre.

Sie schrieb ihm jeden Abend. Briefe, die sie zweimal die Woche in einem Sammelumschlag abschickte. Mit Extraporto wegen des Gewichts, das immer höher lag als bei einem Normalbrief. Nach dem Abwasch setzte sie sich dazu an den Wohnzimmertisch und schrieb dann, bis es Bettzeit war. Ihre Schwester Tineke hatte die Angewohnheit, sich manchmal lautlos hinter sie zu stellen, um über Hannys Schulter mitzuverfolgen, wie die Sätze entstanden. Wenn der Backfisch auf eine pikante Passage stieß, begann er die mit dröhnender Schulstimme vorzulesen.

»... aber Du sollst wissen, mein lieber Altje, daß ich abends im Bett gegen den Schlaf kämpfe, um noch ein bißchen länger an Dich denken zu können. Und wenn der Schlaf dann doch kommt, dann kommen auch die Träume, und darin sehe ich Dich noch deutlicher wieder, braun, unter Palmen, in Deiner Hängematte. Genau wie in dem Lied ...«

Zu Beginn des Frühjahrs '49 kam Egbert frei, gerade noch rechtzeitig, um an der Beerdigung seines Vaters teilzunehmen.

Endlich würde er seine Verlobte aus Salzburg kommen lassen können ...

Aber das war nicht so einfach. Es hatten sich alle möglichen Probleme ergeben, und eine Zeitlang war es fraglich, ob sie überhaupt in die Niederlande würde einreisen dürfen. Egbert konnte auch nicht zu ihr, denn er durfte vorläufig das Land nicht verlassen.

Bei der Beerdigung des alten Egbert Egberts sah Hanny den vieldiskutierten Bruder zum erstenmal. Nein, das war kein Verbrecher – das erkannte sie auf den ersten Blick. Er tat ihr leid: Vor drei Monaten, noch während seiner Internierung, war die Mutter gestorben, und jetzt, nach seiner Freilassung, führte ihn sein erster Weg erneut auf den Friedhof, diesmal, um seinem alten Vater die letzte Ehre zu erweisen.

Bei Egbert konnte sie das für Albert bestimmte Mitleid loswerden, der infolge zu spät zugestellter Telegramme auf keiner der beiden Beerdigungen hatte zugegen sein können und daher eben im Dschungel geblieben war. Im kommenden Sommer würde er, wenn alles gut ging, endgültig in die Heimat zurückkehren.

Als Hanny am offenen Grab stand, spürte oder hörte oder roch sie mit einemmal, daß es Frühling wurde. Während der Stille, in der der Sarg neben den vom Jüdele hinuntergelassen wurde (sie konnte kein Auge von dem Bruder lassen, weil sie noch nie aus so großer Nähe Tragik auf jemandes Gesicht gelesen hatte, und zudem noch eine so spezielle Mischung aus persönlicher und allgemeiner Tragik; es las sich wie eine entscheidende Passage in einem ansonsten noch ungelesenen Buch), da wußte sie: der Winter ist vorbei. Es konnte noch nasser Schnee fallen, regnen würde es ganz bestimmt, und heute oder morgen würde wohl ein tüchtiger Sturm aufziehen – aber der Frühling war da.

Und nach dem Frühling würde er zurückkehren, ihre Jugendliebe, die bereits acht Jahre währte (von denen sie sich drei nicht gesehen hatten).

Egbert kaufte seine niederländische Staatsangehörigkeit zurück – was den Behörden zufolge seine Wiedervereinigung mit Greta beschleunigen könnte.

Hanny wartete auf ihren Albert, Egbert auf seine Krankenschwester, und in der Familie wurde nie ein Geheimnis daraus gemacht, daß sie während der Wartezeit Trost beieinander suchten. Aber wie weit dieser Trost ging . . .? Meine Mutter schwieg wie ein Grab, soweit es Egbert betraf. Und mir blieb nichts anderes übrig, als mir so meine eigenen Gedanken zu machen.

Auf einem Foto aus dieser Zeit sind sie beide zu sehen. Meine Mutter hübsch und strahlend, mit üppiger Haarpracht; auf dem großen, damals noch sinnlichen Mund ein volles Lachen. Überbordende Lebenslust. Neben ihr steht Egbert, in einer Weste mit osteuropäischem Muster, die ihm zweifellos aus Salzburg geschickt worden ist. Sein Lachen ist etwas verhaltener. Doch vor allem das Sonnenlicht, das durch die Bäume auf beide fällt, verrät sie – beinahe.

Ihr Frühling.

Auf der Rückseite des kleinen Fotos steht in der Handschrift meiner Mutter: *Sonse Bergen, Pfingsten 1949. Wie lange noch?*

Dieses »Wie lange noch?« bezieht sich zweifellos auf die Abwesenheit ihrer Verlobten, doch in Verbindung mit soviel fotografiertem Glück erzählen mir diese Worte noch ganz andere Dinge.

Im selben Frühjahr '49 heiratete Hannys laute Busenfreundin Maya, die schon so viele Verehrer verschlissen hatte, einen schüchternen Mann: Bernard Boezaardt, allgemein »Berntje« genannt. Trotz seiner neunundzwanzig Jahre wurde er schon langsam kahl. Nicht einmal sein Name wollte an der stattlichen Blondine haften bleiben: Jeder sprach all die Jahre weiterhin von »Maaike Kopland«. Er züchtete Tauben, Berntje Boezaardt.

Hannys Erscheinen auf der Hochzeit an der Seite Egberts rief einen Zwischenfall hervor. Einer der Anwesenden (ein Mann, dessen Schwester aus der Ferne in Egbert verliebt gewesen war) erkannte in ihm den ehemaliger SS'ler wieder, der früher so oft in vollem Wichs durch das Zentrum von Eindhoven flaniert war. Und das, wo Berntje in einem deutschen Arbeitslager jahrelang in Talg gebratene Kartoffelschalen hatte essen müssen.

Egbert brauchte man nicht vor die Tür zu setzen; er stand

von selbst auf. Hanny und Maike beide in Tränen aufgelöst wegen dieses Scheißkriegs, »der einfach nicht aufhörte, Leute gegeneinander aufzuhetzen«.

»Die wahre Befreiung ist noch lange nicht in Sicht!« rief die Mutter der Braut. Und so war es.

Hanny wollte ohne Egbert auch nicht bleiben, konnte aber doch ihre beste Freundin an deren Hochzeitstag nicht im Stich lassen . . . Als Egbert schon draußen war, stand sie immer noch da, hin- und hergerissen. Schließlich sagte sie: »Also, Maaike, mach's gut, hörst du . . . Ich komm bald mal vorbei.«

Sie prägte sich die Adresse gut ein. Hulst 2, in Geldrop. Ein Haus am Ende einer Straße, die an einer Dornenhecke endete.

Im Juli (oder August) desselben Jahres kehrte Albert aus »unsrem Indien« zurück, und Anfang September betrat auch Greta endlich niederländischen Boden. Was war naheliegender, als eine Doppelhochzeit zu feiern?

Auf den Hochzeitsfotos hat Albert mit diesen hellen Augen in einem dunklen Gesicht Ähnlichkeit mit Paul Newman. (Wenn er Mitte September noch so gebräunt aussah, war er dann doch erst Ende August zurückgekehrt? Oder war der niederländische Spätsommer so sonnig?) Egbert – blaß, gutaussehend, sorgenvoll – besitzt mehr Ähnlichkeit mit Gregory Peck, wie man ihn aus einem Hitchcock-Film kennt.

Beide stecken in altmodischen Anzügen. Alles war noch knapp. Hanny trägt ein selbstgenähtes dunkles Kleid und einen kurzen Umhang um die Schultern. Er sieht schick aus, wie echter weißer Pelz, aber einmal erzählte sie mir – ein wenig bedauernd wegen der zerstörten Illusion –, sie habe ihn aus langen Wattestreifen und Verbandsmull gestrickt; nach einem Tag war er bereits so angeschmuddelt, daß sie ihn wegwerfen mußte.

Greta trägt etwas Österreichisches mit viel Gesticktem und Geschnürtem, und darüber eine Art Schürze mit Troddeln. Erstaunlich, daß sie ihre Haare nur aufgesteckt und nicht etwa zu Zöpfen geflochten hat. Die geschliffene kleine Brille, ohne die ich »Tante Greta« nie gekannt habe, trägt sie noch nicht.

Beide Paare haben eine Brautjungfer und einen Brautführer: Kinder der älteren Brüder Norbert, Herbert und Lambert. Auf einem der Fotos wurden die Brautjungfern ausgetauscht: Die jüngere kapiert offensichtlich nichts und schaut zu dem »fremden« Bräutigam (Egbert) mit einem Gesicht auf, das kurz vor dem Weinen ist.

Auf einem anderen Foto haben die Bräutigame zum Spaß die Braut getauscht. Albert, am einen Ende der Parkbank, zieht lachend Greta an sich, die sich sichtlich sträubt. Am anderen Ende sitzen Egbert und Hanny mit feierlichen Mienen nebeneinander.

Für mich ist dies das schönste und verwirrendste der Hochzeitsfotos. Was erzählt es mir? Wird hier erst richtig Hochzeit gefeiert?

Eines ist sicher: Ich wuchere bereits in meiner Mutter, und mein Erzeuger sitzt auf der Bank.

Auf dem Fest war auch Maya, zusammen mit Berntje, der sich nicht getraut hatte, die Einladung abzulehnen, und die Versorgung seiner Tauben für einen Tag seinem Nachbarn übertragen hatte.

Maaike war zu diesem Zeitpunkt bereits Anfang des vierten Monats. »Wenn's ein Sohn wird, nennen wir ihn Felix«, sagte sie zu ihrer Freundin. »Nach dem alten Boezaardt.« Und daraufhin wird sie Berntje zweifellos »Nä, mein Junge?« zugeschrien und ihn fest im Genick gepackt haben.

Die beiden jungen Frauen standen sich mit unauffällig vorgestreckten Bäuchen gegenüber. An ihnen vollzog sich, ganz langsam, das größte Ereignis ihres Lebens.

»Und du schau zu«, fuhr Maaike fort, »daß du auch bald soweit bist. Dann sind sie ungefähr im gleichen Alter, und im nächsten Sommer können wir mit ihnen spazierengehen. Und später können sie schön miteinander spielen . . .«

Für Flix und mich hatte es keinen Sinn, uns gegenseitig unsympathisch zu finden. Wir wurden füreinander geschaffen. Unsere Freundschaft war ein Willensakt unserer Mütter.

3

Das erste, worauf mein Blick fiel, als ich in Den Bosch aus dem Bahnhof trat, war der goldene Drache auf der Säule. Oder besser gesagt: der Funke, in den die Sonne, die genau auf ihn fiel, ihn verwandelt hatte. Man konnte genausowenig den Blick darauf richten wie auf die Sonne selbst.

Neben mir auf der Freitreppe hatte sich eine junge Frau zwischen ihren Koffern postiert. Sie blickte, die Hand in einigem Abstand über den Augen, den Boulevard hinunter, vielleicht, um so besser Ausschau nach einem Taxi halten zu können.

Meine Mutter gab noch immer gern die Anekdote aus meiner Volksschulzeit zum besten, meine Reaktion auf das, was uns die Lehrerin über das hohe Alter der St. Janskirche in Den Bosch erzählt hatte.

»Ja, das stimmt, da ist nämlich meine Mutter schon getauft worden.«

Allein an dem Lachen, das sie hinterherschickte und das immer bitterer klang, war zu erkennen, daß meine arglose Bemerkung sich im Laufe der Zeit der Wahrheit immer mehr näherte.

War der Geburtsort meines Vaters mit seiner äußeren Anekdotik ganz Breughel, so hatte ich Den Bosch, die Stadt meiner Mutter, stets mit dem großen Hieronymus assoziiert, in dessen Haus am Markt sich jetzt ein Modegeschäft befand: das, was sich im Inneren an Burleskem abspielte. Kleine Reste derartiger Bilder, in dieser Stadt entstanden, mußten noch in ihr sein . . . von ihr auf mich übergegangen sein . . .

In meinen Augen glänzte der Drache wie ein Verweis auf die Welt des Hieronymus Bosch.

Ungefähr in Höhe von Flixens Haus lag eine Jacht vertäut. Auf dem kleinen Deck, unter einem Verdeck aus dunkelblauer Persenning, saßen Leute. Die Beine ausgenommen, wurden ihre Körper durch einen großen Sonnenschirm den Blicken entzogen, der fast vertikal aufgestellt war. Abgesehen von ihren Geräuschen – Löffel, die an Tassen tickten – war es auf der Gracht still.

Ich klingelte. Die Tür blieb geschlossen. Ich drückte noch einmal auf den Klingelknopf, diesmal länger.

»Aââââl . . .bè . . .è . . .èrt!« Hinter mir erklang hohl wie aus einem Brunnen mein Name. Ich drehte mich um. Auf dem Bootsdeck stand ein junger Mann in Shorts und mit nacktem Oberkörper, der eine Kohlenschütte ohne Boden vor das Gesicht hielt: ein Megaphon aus glänzend poliertem Messing. Wie eine wahre Elster – nichts entging ihrer Aufmerksamkeit – verstand die Sonne in ihrem Sturzflug auch diesen schimmernden Gegenstand zu finden und lichterloh auflodern zu lassen, so daß ich erst, als er vom Mund genommen wurde, sah, daß Flix meinen Namen gerufen hatte. Seine Zähne, Nase, Wangen, Kinn und Hals lachten mir zu; alles war daran beteiligt. Wie immer ärgerte ich mich etwas über seine lärmende Art, die Menschen aufschrecken ließ und Vögel in die Flucht schlug.

»Lust auf Tee?« fragte er jetzt mit seiner normalen Stimme.

Da die Reling der Jacht sich fast einen Meter unterhalb des Grachtrands befand, gab es statt einer Laufplanke eine Art kleiner Treppe. Hinter dem Sonnenschirm traf ich außer Flix noch sieben Leute an, darunter seine Mutter und seinen Bruder Govert, der sein altes Schmollgesicht behalten hatte. Ich hatte sie seit Egberts Beerdigung nicht mehr gesehen. In einem Mann mit grauem Schnäuzer erkannte ich die Person wieder, die Tante Maya und Govertje nach Beendigung des Leichenschmauses in einem beigen Mercedes abgeholt hatte. Er handelte mit Kesseln und Werkzeugen, die er von ein paar Gehilfen in einer gut getarnten Werkstatt mit Sandpapier und einem Schweißgerät in »Antiquitäten« verwandeln ließ. Die Beulen schlug er später selbst hinein, denn das war eine richtige Kunst. Man mußte sie genau dosieren können, erklärte er – was bedeutete, daß man in der Lage sein mußte, die jahrhundertealte Geschichte eines solchen Kessels mit einem Blick zu erfassen. Ein Topf, der 1839 mit seinem Henkel vom Haken gehüpft war, bekam *so* eine Beule und keine andere.

Seine Tätigkeit kam mir vertraut vor: eine eigene Vergangenheit entwerfen, künstliche Beulen in die Seele schlagen ... das war es, was Milli mir vorgeworfen hatte.

Der Mann trug einen kurzärmligen Pulli und eine zu weite kurze Hose. Er war mit Doppelkinnen und Bäuchen behängt, die immer wieder unter lauten Lachsalven erbebten. Dazu rauchte er eine gute Zigarre.

An Bord waren außerdem ein Mann und eine Frau, beide Ende Dreißig, die sich gegenseitig, ohne irgendein Gefühl in die Stimme zu legen, mit »Schatz« ansprachen und daher wohl die Eltern zweier bildhübscher Jungen waren, von denen ich den einen an jenem ersten Juni flüchtig bei Flix auf dem Flur gesehen hatte. Unmöglich, zu erkennen, wer der ältere war, und sie ähnelten sich auch so sehr, daß sie durchaus Zwillinge sein konnten, obwohl der eine tadellos gekleidet, frisiert und gekämmt war (ganz das Muttersöhnchen) und der andere schmierig und schlampig wirkte.

Ich bekam Tee mit Zitrone und auf einer Untertasse einen »Boscher Bollen«, in dem eine Kuchengabel stak. Gut erzogen wie ich war, fragte ich, ob durch mich auch niemand zu kurz komme, aber nein – zufällig war dieser eine große Mohrenkopf übrig. Als ob sie mit mir gerechnet hätten. Und dann noch mein Lieblingsgebäck ... Ich stach ein Loch in den Schokoladenüberzug, der bereits halb geschmolzen war, und begann wie früher, tüchtig in die Schlagsahne zu hauen. Dabei mußte ich lachen, denn ich erinnerte mich, wie Flix mich in Nimwegen mal nach einer Vorlesung mit zwei verpackten Boscher Bollen in der Hand erwartet hatte. Er hatte noch nie einen Fuß in die Universität gesetzt und fühlte sich von jedem angestarrt. Wir tranken in der großen Cafeteria im Erdgeschoß des Sprachlabors in der Erasmuslaan Kaffee. An einem der Nachbartische saß eine komplette amerikanische Kongreßdelegation. Sie machten sich gegenseitig auf die merkwürdige Leckerei aufmerksam, und unter ihrem Geglotze wurde Flix zu einem ertappten Schulbuben. Zu ihrer Verblüffung sahen die Amerikaner plötzlich, wie Flix sich Schlagsahne auf die unrasierten Wangen schmierte, ein Messer aus dem Besteckkasten nahm und sich mit unbewegter Miene, ganz normal weiterredend, zu »rasieren« begann. Die Schneide leckte er immer wieder sauber. In diesem Auftritt – der nicht nur bei der amerikanischen Delegation Aufsehen erregte – kam Flixens Verwirrung gegenüber den Instituten zum Ausdruck, an die er mich verloren hatte. Er rasierte sein Gefühl des Aufgeschmissenseins weg. Mit jeder Bewegung des Messers wurde mir bewußter, wie weit es uns bereits auseinandergetrieben hatte. Nicht nur, daß es nicht seine Welt war – langsam fragte ich mich, ob es meine war . . .

Tante Maya, weißgespültes Haar, genoß die Situation. Fast fünf Jahre her, Egberts Beerdigung; kurz nach dem Verlust ihres Liebhabers hatte sie auch ihren Mann verloren. Beide an den Krieg . . . Weil Berntje Boezaardt infolge seines KZ-Syndroms unter Schlaflosigkeit litt, schliefen Maaike und er seit einiger Zeit getrennt. Eines Morgens, es war halb fünf und noch dunkel, hatte er plötzlich bei voller Beleuchtung bei ihr im Zimmer gestanden – in einem ganz neuen Schlafanzug, der noch die Zusammenlegfalten aufwies. Der penetrante Geruch des neuen Wäschestücks drang Tante Maya in die Nase. Die Hose (in seiner Größe immer zu lang) war bis zu den Achseln hochgezogen. Auf seinem Gesicht lag ein himmlisches Lächeln. Die wenigen Haare hatte er angefeuchtet und gekämmt. Er hatte sich auch rasiert und mit Rasierwasser besprenkelt. Er kam aufs Bett zu und »wurde ein bißchen aufdringlich«, wie Tante Maya seine ungeschickten Zärtlichkeitsversuche später beschrieb.

»Maaike, du bist 'ne Gute . . . ich hab immer nur dich geliebt . . . du bist die einzige . . .«

Kurz danach bestand er darauf, daß sie gemeinsam Kaffee tranken, unten in der Küche. Nach der ersten Tasse beschlossen sie, jeweils noch eine halbe Tasse zu nehmen, um sich nicht ganz »um den Schlaf zu bringen«. Maya goß ein, Berntje legte den Kopf auf den Tisch und war tot. Jetzt bewohnte sie mit ihrem Antiquitätenhändler ein ziegelrot gestrichenes Haus genau gegenüber von Flix. Es hatte viele Stockwerke und besaß allen Komfort, supermodern. »In *meine* Hütte kommt mir kein antiker Plunder«, rief der Mann immer mit dröhnendem Lachen.

Es hatte Tante Maya nicht mehr als eine Handvoll Männer gekostet, um es so weit zu bringen.

»Wie geht's deiner Mutter?« fragte sie mit noch immer der gleichen schleppenden Stimme. »Und deinem Vater . . .« Sie machte die Gebärde des Trinkens: schnelle, gierige Züge. »Schmeckt's ihm noch?«

Ihr hohes, geiles Lachen: unverändert.

Im Radio, das im Ruderhaus lief, Kommentare aus vielen Ländern zu der israelischen Befreiungsaktion in Entebbe. Ein Sommervormittag in den siebziger Jahren des zwanzigsten Jahrhunderts. Ab und an verstummte, wie auf ein Zeichen hin, unser Gespräch, und wir lauschten.

». . . Glückwünsche . . .« ». . . scharfe Mißbilligung . . .« ». . . Verletzung der Souveränität . . .«

»Darüber laß ich mir keine grauen Haare wachsen«, sagte der Schnäuzer.

»Juden bleiben Juden«, wußte Tante Maya. »Die haben sich noch nie um Grenzen gekümmert.«

Für sie war das Lager, in dem Berntje gesessen hatte, mittlerweile weiter entfernt als der Mars. Das Ehepaar mit Bart und Batikkleid zeigte sich etwas nuancierter.

»Na ja, man muß aber doch auch berücksichtigen . . . Nach allem, was die Leute schon mitgemacht haben . . . und dann werden sie irgendwo, in einer Wüste, wieder selektiert . . . so vonwegen: Juden links, der Rest rechts . . . Das muß man auch berücksichtigen.«

»Darüber laß ich mir keine . . .«

»Aber das gleiche haben sie ja wieder mit einem anderen Volk gemacht«, brauste Flix auf. »Also, sie können dich über den Haufen schießen, mausetot machen . . . dann wehrst du dich nicht mehr, okay. Aber wenn man den Leuten ihr Land wegnimmt, ihnen den Boden unter den Füßen wegzieht, dann haben sie nichts mehr zu verlieren. Außer ihrem Leben, aber das ist nichts mehr wert, denn leben kann man nur auf der Erde . . . In so'nem Fall verhält sich der Mensch wie eine

Ratte, die man in die Enge getrieben hat ... Beten und versuchen, den anderen an seiner schwächsten Stelle zu treffen ... dem Aggressor an die Halsschlagader zu gehen. Es bleibt einem nichts anderes übrig.«

Das letzte Mal, als ich Flix für ein paar Tage besucht hatte, hatte ich ihn eines Morgens in seiner Küche mit einer zugeschlagenen Rattenfalle in der Hand angetroffen. Darin war ein länglicher, spitz zulaufender Gegenstand eingeklemmt, den wir nicht sofort identifizieren konnten. Er war gummiartig und mit einer fettigen Glanzschicht überzogen.

Flix hatte die Angewohnheit, kleine Soßenreste in einer Colaflasche aufzubewahren, in der die Soße zu einer gelblichen Masse erstarrte. Der Hals war zu schmal, um Ungeziefer durchzulassen, doch da wußte die Hausratte Abhilfe. Sie warf die Flasche um, bugsierte ihren Schwanz in die Öffnung, bohrte ihn in das weiche Fett, und der Rest war eine Sache des Zurückziehens und Ableckens ... Bis zu jenem letzten Mal, als sie, anstatt die Zunge zu gebrauchen, die Zähne hatte hineinschlagen müssen.

Als Flix in dem glänzenden Ding den Schwanz erkannte, den sich das Tier in einem letzten Versuch, sich zu befreien, selbst abgenagt haben mußte, da fing die Falle in seiner Hand an zu rasseln wie ein Tamburin. Er hatte sofort das Gefühl, die Ratte lauere ihm auf. Voller Panik zog er alle Register seiner Feigheit. Ich sah seine Augen hin und her schießen ... Das Tier konnte ihn jeden Moment anspringen. Aus Rache ...

Später am selben Tag hatte ich Flix in der Küche herumhantieren sehen, bekleidet mit einem schweren Motorradmantel, Sturzhelm auf dem Kopf und zig Schals um den Hals gebunden. In der Hand eine Eisenstange. Mit Hilfe eines gleichfalls gut eingepackten Freundes hatte er den Herd beiseite geschoben. Auf dem Schwanzstumpf sitzend, hatte die Ratte zwar tatsächlich »gebetet«, war Flix aber, als dieser die Schlagwaffe erhob, nicht an die Kehle gesprungen. Jedenfalls haben sie es mir später so erzählt.

»Gut gesprochen, Flixie«, japste der Schnäuzer und klatschte in die Hände.

»Ja, sie selbst haben sich ohne die geringste Gegenwehr abtransportieren lassen«, sagte Tante Maya. »Aber deswegen braucht ein anderer das doch nicht zu tun. Ach ja, diese Juden . . . also, ich weiß nicht . . .«

Diese Art von Gesprächen lähmte mich. Die Befreiungsaktion, wie sie durch alle möglichen Radioberichte fragmentarisch zu mir gedrungen war, hatte mich in unbestimmter Weise gerührt, vielleicht weil es so ein Husarenstück triumphierenden Rechts war . . . Auch bei mir waren es also die kleinen Gefühle, die den Standpunkt bestimmten.

»Ach ja«, laberte der Dickwanst wieder, »darüber laß ich mir keine grauen Haare wachsen. Da bin ich gar nicht bange.«

Ich löffelte meine Schokoladenkugel weiter aus.

Als das Ehepaar, dem das Boot gehörte, die Zeit zum Aufbruch für gekommen hielt, halfen Flix und ich der Matrone und ihrem japsenden Antiquitätenhändler an Land. Nach einem ausführlichen Abschied zogen sie langsam in Richtung Zugbrücke los. Govert war bereits vorausgegangen.

Der Mann mit dem Bart machte das Nylontau los. Alle Handgriffe, die mit der Jacht zu tun hatten, nahm er mit größter Sorgfalt vor. Dabei hatte er den alerten Blick des Kleinbesitzers: unablässig auf der Suche nach abgesprungenen Lacksplittern und Kratzern im Chrom. Eigentlich war es ihm bereits ein Greuel, daß so ein Kahn beim Fahren naß wurde.

Das Boot bewegte sich zur Mitte der Gracht. L'HIERONYMUS BOSCH, las ich in Aluminiumbuchstaben am Heck. Durch das Motorgedröhn rief die Frau: »Wenn es wirklich nicht mehr geht, dann taucht er schon wieder auf.«

Die Jungs winkten vom Achterdeck – erst uns, dann den beiden dicken Menschen, die sich bewegten, als wäre das Sonnenlicht eine sirupartige Masse: träge, watend, zurückgelehnt . . . Beide hielten die Arme etwas vom Körper abgespreizt, um möglichst wenig mit dem eigenen Schweiß in Berührung zu kommen.

Wir waren Zeugen einer verlogenen altholländischen Szene: Die Brücke ging hoch, um das Boot durchzulassen. Es würde nach links, wo die Dommel aufhörte, in die Dieze biegen und über das Ertveld Plas mit einem Bogen auf den Jachthafen zusteuern.

»Da fahren ein paar Hunderttausender an Schwarzgeld«, sagte Flix.

Ehe Tante Maya und ihr Liebhaber die Brücke erreicht hatten, begann diese bereits wieder in ihre alte Position zurückzugehen. Der Junge mit den Zöpfchen winkte bis zuletzt.

»Tja, den hab ich eines Nachmittags in *Willy's Bonte Palet* kennengelernt. Ich war mit einem Mädchen von der Akademie da. Wir fanden, das war so ein hübsches Kerlchen, daß wir auf der Stelle beschlossen, uns alle beide in ihn zu verlieben ... Och, wir waren in so'ner lustlosen Stimmung. Später stellt sich natürlich heraus, daß er von zu Hause weggelaufen ist. Vierzehn, so grün wie Gras. Da mußt du verdammt aufpassen ... Ein bißchen Rumgebalge und so, viel mehr ist da nicht drin. Ja, *ein*mal ... Wir hatten uns beim Kämpfen gegenseitig ziemlich heiß gemacht ... ja also, auf einmal glühte er von Kopf bis Fuß. Er murmelte so was wie: ›Du hast deinen Nachtisch noch nicht auf ...‹ Kennst du diesen Ausdruck? Vielleicht hab ich ihn falsch verstanden. Jedenfalls hab ich getan, was er meiner Meinung nach wollte. Das hat ihn ganz schön mitgenommen ... Seither paß ich höllisch auf.«

Wir standen in der glühenden Sonne. Wieder spürte ich, wie die Hitze der Klinker durch meine Schuhsohlen drang. Im Schatten der Gebäude auf der anderen Seite der Gracht gingen die beiden jetzt etwas schneller auf das rote Haus zu.

»Übrigens ... weißt du, wer neulich da war?«

»Na?«

»Tumtum.«

Die gleiche Alarmiertheit, das gleiche ungute Gefühl – so etwas wie Übelkeit und beginnender Durchfall –, wie wenn Marike etwas über eine Fete fallen ließ, auf der sie ohne mich gewesen war ... Sie hatten sich nie riechen können, Flix und Thjum. Ich versuchte, meine Verwunderung für mich zu behalten. Auf einmal war es nicht mehr angenehm, in der Sonne zu stehen.

»So . . . Hattet ihr euch verabredet?«

»Ach wo, bist du verrückt? Er stand plötzlich auf der Matte. Ich traute meinen Augen nicht. Wann war das? Mitte Juni. Ich hatte gerade furchtbaren Streß wegen meiner Prüfung . . . und dann wuselt dir auch noch so ein hypernervöser Typ zwischen den Füßen rum. Traumhaft.«

»Wieso war er denn so nervös?«

»Tja . . .« Auf seinem Gesicht erschien ein selbstgefälliger Zug. »Tumtum kam nicht einfach so. Tumtum kam aus Neugier. Kleine Mädchen werden größer. Na ja, um die Sache kurz zu . . . wir sind miteinander ins Bett gegangen. Ganz einfach.«

Trotz meiner Alarmiertheit traf es mich voll zwischen den Augen. Genauso als ob durch Flixens Worte, die an die Stelle der Tat getreten waren, Thjum von einer Sekunde zur anderen unerreichbar für mich geworden war. Ein kindliches Gefühl der Verlassenheit: Mein Freund spielt mit jemand anders . . .

»Die Nacht damals, auf eurer Fete . . . der Scheiß mit diesen Schuhen . . . da muß es zwischen uns geklickt haben. Jedenfalls war es bei Tumtum so . . . Ich selbst hab das gar nicht so gemerkt. Ich hatte die ganze Zeit nur meine Abschlußarbeit im Kopf.«

Geklickt . . . In was für einer Sprache redeten sie um Himmelswillen miteinander? Nein, vielleicht kamen sie ja ohne Worte aus, vielleicht war die ganze Geschichte auf die kleine Papphülse zurückzuführen, mit der sie in der Baron van Tuyll van Serooskerkenstraat die eigene Körperwärme weitergegeben hatten.

»Und weißt du, was ich so irre fand? Für ihn war es das erste Mal . . . Kapierst *du* das? Sechsundzwanzig Jahre alt, kurz vor den ersten Falten . . . Nicht, daß es was ausgemacht hätte, o nee. Es wurde dadurch gerade besonders geil. Alles, was ich bei Kaspertje nicht loswurde, da war Tumtum scharf drauf. Obwohl . . . so ganz hat er die Spielregeln nicht verstanden. Auf einmal hat er sich geziert. Der steht auf soft, wenn du mich fragst. Aber ein Kopfkissen dämpft 'ne Menge, also . . .«

War es ein Grinsen oder ein gerührtes Lächeln, mit dem Flix

jetzt, die Arme hinter dem Rücken, ein paarmal hintereinander gedankenverloren auf den Zehen wippte? Plötzlich hielt er inne und sagte schnaubend: »Aber als unser Tum plötzlich 'ne Brille rausholte, da hab ich doch 'nen Moment lang komisch geguckt!«

Bei all seiner Vorliebe für den »Realismus« war Felix Boezaardt, selbst wohlgemerkt schwer asthmatisch, schon gegen die geringsten körperlichen Mängel und Schwächen allergisch. Eine Narbe, Kontaktlinsen, ein Hauch von Gold im Munde einer jungen Frau ... und schon schüttelte es Flix, und er sprach davon, als hätte er jemanden bei einer Ungehörigkeit ertappt. Auch »Manchesterfingernägel« konnte er nicht ausstehen, seit er gehört hatte, daß sie auf eine schlechte Verfassung hindeuteten. Er ergriff oft die Hand von jemandem, mit dem Rücken nach oben, um die Nägel auf ein eventuelles Relief hin zu untersuchen. Oft konnte man ihn auch ganz intensiv und mit einem Anflug von Verbitterung oder Haß auf seine eigenen senkrecht in die Höhe gestreckten Finger blicken sehen ... Er führte sie immer näher an die Augen, die sich verengten ... hielt sie dann wieder weiter weg ... strich mit den Daumen über die Nägel, um die Rillen zu spüren ... Bei niemandem lag ein frühzeitiger Verfall so nahe wie gerade bei ihm.

»Du bist doch auch schon mal mit einem Jungen im Bett gewesen, der ein Glasauge hatte«, sagte ich. »Dieser Widerling aus *De blauwe druif*.«

»Das war ganz was anderes! Hatte sich so angeboten ... Solang der's nicht verschluckte, mußte ich mir's ja nicht anschauen.«

Er lachte laut, aber unfroh.

Als Thjum ungefähr zehn war, hing ihm infolge der Fehlfunktion einer Drüse oder Tube ständig eine klare Träne im einen Augenwinkel. Sie zeichnete einen Kummer in sein Gesicht, auf den er kein Anrecht hatte. So sah ich ihn bei frostiger Wintersonne in Kampfhaltung vor Flix stehen. Sie waren beide noch nicht elf. Allein schon die Art und Weise, wie sie die Fäuste ballten – Flix klemmte die Daumen um seine Finger, Thjum die Finger um seine Daumen –, zeigte, wer den kürzeren ziehen würde, wenn es zu einer Schlägerei käme. Aber da ich Flix kannte, wußte ich, daß es dazu nicht kommen würde. Bei ihm steckte die Kraft in den Beinen, die, im Verhältnis zu seinem Oberkörper, viel zu lang und zu dünn aus der fettigen Lederhose ragten. Seine Stelzen schienen schlaff und unkontrollierbar, weil sie sich x-förmig zueinanderneigten – doch Flix konnte damit treffsicher zutreten. Einige Wochen zuvor hatte ich ihn bis zur Weißglut geärgert, indem ich beim Kämpfen mit den Hüften wackelte und dazu *Twistende Nel* sang, das eine Combo namens *De Oelewappers* jeden Sonntagmorgen im Radio brachte. Genau im Takt der Melodie verpaßte ich Flix Stumper, die wegen meines vergeudeten Atems immer kraftloser wurden. Aber es war in erster Linie mein beharrliches Gesinge, das ihm den Speichel in die Mundwinkel trieb. Er benutzte seine Arme nur dazu, meine Schläge abzuwehren, während seine gestreckten Beine abwechselnd links und rechts hart in meine Lenden traten. Die Haken seiner Schnürschuhe drangen schmerzhaft in mein Fleisch.

Ja, das ist die twistende Nel,
ja! ja! ja! twistende Nel . . .

Eine lächerliche Art von Stolz (ich bestritt, daß Egbert Egberts Flixens Onkel war) ließ mich fast ohne Atem weitersingen, während mein Körper steif vor Schmerz wurde. Ich bekam sogar einen Lachkrampf, was meinen Gegner noch fuchtiger machte und an der Wirkung seiner Tritte zweifeln ließ, deren Stärke er daraufhin verdoppelte.

Thjum würden die Tritte noch sehr viel härter treffen, denn unter Flixens Füßen scharrten jetzt bei jeder Bewegung Schlittschuhe über das Eis eines zugefrorenen Moortümpels. Mit dem Schlüssel, der ihm an einer Schnur um den Hals hing, hatte Flix die »Unterschrauber« so fest angedreht, daß sich seine Sohlen krümmten. Thjum trug als einziger »Kunstläufer«: Schlittschuhe, die an den Schuhen fest montiert waren.

Seine Füße steckten in weißen Damenstiefelchen, so daß ihm die Verachtung aller sicher war. Vielleicht stellten sie sogar den direkten Anlaß für den Streit dar – dessen tiefere Ursache natürlich mein Überlaufen von Braakhuizen-Nord nach Braakhuizen-Süd war, von den Boezaardts zu den Schwantjes, von Flix zu Thjum ...

Immer mehr Schlittschuhläufer stellten sich um uns. Als es nicht schnell genug zu Handgreiflichkeiten kommen wollte, wurden Sprechchöre angestimmt.

»Wir! Wollen! Blut! Sehen!« wurde skandiert. »Wir! Wollen! Blut! Sehen!«

Dieses Schreien, in dem immer ein Anflug von Lachen mitschwang, war trotz der Worte kein Ausdruck von Blutdurst; es diente eher dazu, die Situation ins Lächerliche zu ziehen und auf diese Weise die Kampflust dort im Zentrum des Chors etwas zu bremsen.

»Wir! Wollen! Blut! Sehen!«

Ein Junge hackte vor Ungeduld mit dem hinteren Ende seines Schlittschuhs ins Eis. Ich roch das faulige gefrorene Wasser. Zwischen den Schilfbüscheln hatte das Eis die Form von Mattglasscherben. Ununterbrochen war das drohende Scharren der Schlittschuhe zu hören ... Lehrer Meulendijckxs hatte uns mal von indonesischen Hahnenkämpfen erzählt, bei denen den Tieren manchmal Rasierklingen an den Sporen befestigt wurden. Das Johlen hatte für mich nichts Beruhigendes. Jeden Moment konnten Flixens Hahnenfüße ausholen und eine lange Spur über Thjums Körper ziehen.

»Wir! Wollen! Blut! Sehen! ... Wir! Wollen! Blut! Sehen!«

Ich traute mich nicht, einzugreifen: Flix würde es nur zu gern sehen, wenn ich an Thjums Stelle die Tritte abbekäme. Er spürte, daß er sich lächerlich machen würde, wenn er auf den kleinen, schmächtigen Jungen eintreten würde. Thjum war kein Gegner für ihn. Sich jedoch einfach abzuwenden bedeutete ebenfalls eine Demütigung ...

Ganz im Widerspruch zu seiner Ruppigkeit – die offenbar nur durch Thjum zu besänftigen war – verlegte sich Flix aufs Reden. Er hielt den Zeigefinger dicht vor Thjums Gesicht (der nahm automatisch den Kopf zurück) und sagte: »Paß bloß auf, Kleiner . . . sonst friert deine Träne noch.«

Die Sprechchöre stockten. Alle, mit Ausnahme von uns dreien, lachten höhnisch los. Und in dieser plötzlich entspannten Atmosphäre konnte sich Flix, ohne einen Gesichtsverlust befürchten zu müssen, umdrehen und weglaufen. Sah man mal von dem beißenden Spott ab, so hatte Flix ungewollt das Rührendste gesagt, was ich je von ihm gehört habe. Thjum war es, der – ebenfalls ohne es zu wollen – an diese poetische Ader in ihm gerührt hatte. Er fühlte sich gedemütigt. Flix hatte ihn an seiner schwächsten Stelle getroffen, indem er andeutete, die ewige Träne sei durch Kummer oder Angst entstanden. Mit dem Fäustling wischte sich Thjum den Tropfen aus dem Augenwinkel. Doch schon schimmerte dort wieder ein neuer.

»Wo ist Theo denn jetzt?« fragte ich. Weil Flix den Kosenamen weiter verballhornte und zu Tumtum verniedlichte, benutzte ich in seiner Gegenwart immer Thjums richtigen Namen.

»In Amsterdam, wenn alles planmäßig gelaufen ist. Frag mich bloß nicht, wo. 'ne Adresse habe ich nicht. Er wollte sich melden . . . Vergiß es. Bisher hat er sich nicht gerührt.«

Ich hatte miterlebt, wie Thjum sich jahrelang händeringend gesträubt hatte, »den Knoten durchzuhauen« – was schließlich erst nach seinem fünfundzwanzigsten Lebensjahr geschah.

Bei Flix war ein derartiger Schritt nicht notwendig. Wie Thjum und ich und so viele andere Jungen beteiligte er sich mit zehn, elf Jahren an »trockenen« Spielchen . . . aber als einziger wollte er nicht aufhören, als sie naß zu werden drohten. Flix harrte aus, bis sich auch die letzten Altersgenossen verzogen, um in völliger Abgeschiedenheit die Veränderungen an ihrem Körper zu erfahren.

Hatten sie in jenen fast immer drückenden Tagen in einem unbewachten Augenblick keinen Steifen, so stellten sie sich nackt, das Geschlecht zwischen die Beine geschoben, entmannt, vor den Spiegel und preßten mit den Oberarmen das letzte bißchen Kinderspeck zu zwei armseligen Titten zusammen ... um so, zwischen den Wimpern hervorlugend, eine Frau betrachten zu können, sie mit flacher Hand zu streicheln ... sich selbst als die Frau vorzustellen, die zwischen ihren Schenkeln etwas hart und glühend werden spürt, und gleichzeitig derjenige zu sein, der in sie eindringt ... So holten sie sich das begehrte Wesen; brachten es mit ihrem Körper und einigen Streichelbewegungen, Gebärden und Handgriffen selbst hervor ... und absorbierten es. So nahe, und so unerreichbar ... Sie ließen die Frau einen Ritt auf ihrem Körper machen. Das Pferd trabte merkwürdig leicht ... Eile war geboten, denn ihr Kinderspeck schmolz zusehends dahin: Sie wurden knochige pubertierende Burschen, die sich selbst unattraktiv fanden.

Draußen am Tor – es wurde bereits dunkel im Achterhoek – wartete Flix, etwas dümmlich und ungläubig, auf jeden Fall voller Hoffnung, daß die Jungs zurückkommen würden, um ihre Spielchen wieder aufzunehmen. Er bekam Heimweh nach der (mit Samt bezogenen) Papphülse, in die der Sohn des Stoffhändlers ihn noch vor weniger als einem Monat hatte schauen lassen. Am anderen Ende der Röhre ließ der Junge ihm sowenig Licht, daß Flix nicht wußte, ob er einen gestreckten Mittelfinger im Visier hatte oder jenes andere ... und eben diese Ungewißheit erregte ihn so. Mittlerweile war der Junge unauffindbar: Er hatte sich in die kuscheligste Höhle der väterlichen Tuchhandlung zurückgezogen und streichelte das Harte und das Weiche.

Und während Flix, auch anderthalb Jahre später noch, wieder in Geldrop, so allein und schüchtern mit einer Pommestüte in der Hand dastand und wartete, kreuzten Thjum und ich seinen Weg wieder – eine zufällige Begegnung, die für Thjum entscheidend war, gerade weil Flix so lange hatte warten müssen ...

Flix nahm mich mit hinein in die wohltuende Kühle seines Hauses. Erst angesichts des gähnenden Betonmischers in seinem Atelier erinnerte ich mich wieder an den Grund meines Kommens.

»Wie ist das mit deiner Abschlußarbeit gelaufen?«

Es stellte sich heraus, daß er nicht nur seine Papiere in den Beton gekippt hatte, sondern sogar seinen Füller mitsamt Tintenpatronen. Er hatte geschworen, nie wieder einen Buchstaben zu schreiben. »Wenn theoretidingsbumst werden muß . . . ich bin nicht auf den Mund gefallen.«

In den Betonklotz hatte er auch noch zwei rostige Ringe von alten Kanaldeckeln eingegossen. Am Morgen seines Prüfungstags wuchtete er den Klotz in seine Schubkarre und fuhr damit in die Stadt. Es war noch früh genug, einen Zwischenstopp in *Willy's Bonte Palet* einzulegen, wo er sich mit etlichen Joseph Guy's ein wenig Mut antrank. Ziemlich benebelt setzte er danach seinen Weg zur Königlichen Akademie fort . . . Er schob die Schubkarre die Flure entlang bis in den Prüfungssaal, wo gerade der Name des Kandidaten aufgerufen wurde, der auf der alphabetischen Liste vor Flix stand.

»Henri Bockhorst!«

Bei Flixens Eintreten ließ sich dieser Bockhorst gerade zusammen mit Hund und Freundin mittels eines selbstgebauten Lifts vom Dachbalken bis vor den Tisch der Prüfungskommission hinunter. Über solche Gags am Prüfungstag wunderte sich niemand mehr; sie dienten nur dazu, die Aufmerksamkeit von den dürftigen Oeuvres abzulenken.

Sie waren ungefähr im selben Moment am Tisch, der knarrende Lift und die quietschende Schubkarre. »Boezaardt«, sprach die Prüfungskommission, »Boezaardt, wir haben kein Ergebnis für dich. Wir konnten dein Werk nicht beurteilen, weil keine Abschlußarbeit vorlag.«

An den Eisenringen hob Flix seine mühlsteinschwere Arbeit aus der Schubkarre. Er deponierte das Ungetüm genau zwischen zwei Holzböcken auf dem Tapeziertisch, hinter dem die Prüfungskommission thronte. Prompt krachte die Tischplatte. Die Kommissionsmitglieder konnten gerade noch rechtzeitig ihre – so Flix – »Quadratlatschen« einziehen.

»Meine Herren«, sagte Flix und wischte sich die vom Rost

orangerot verfärbten Hände an den Kleidern ab. »Meine Herren, wer meine Arbeit lesen möchte, hier, bitte sehr. Ich habe der Bequemlichkeit halber ein Etui darumgetan. Ich bin Bauarbeiter, kein Intellektueller. Meine Hände gehorchen nicht meinem Gehirn.«

Sie konnten sich vor Begeisterung über soviel Originalität kaum lassen. Flix bestand die Prüfung mit Auszeichnung.

»Hast du schon eine Behausung in Haarlem? Oder kümmert sich Ateliers '63 darum?«

»Du wolltest doch in Amsterdam studieren ... Ich hab da mal drüber nachgedacht ... Ich hätte mehr Lust, in der Hauptstadt zu wohnen, als schon wieder in so 'nem Provinzkaff ...« Hatte sein Bedürfnis, in Amsterdam zu wohnen, etwas mit Thjum zu tun? Er riet mir, ein Zimmer in einem Studentenwohnheim zu beantragen und unbesehen zu nehmen, »notfalls die erstbeste Bude.«

»Hauptsache, wir haben ein Dach überm Kopf, dann können wir immer noch nach was Besserem suchen ...«

Ich stimmte sofort zu, mußte aber konstatieren, daß ich mich in seiner Nähe nach wie vor nicht wohl fühlte. Ich dachte an die Gewalt, die er an den Tag legen konnte, allein schon wenn er sich nach dem Duschen abtrocknete. Total rhythmisch rubbelte er sich von unten nach oben ab ... jeder Zentimeter kam dran ... kleine, schnelle Bewegungen mit einem Handtuch, das hart vom langen Gebrauch war. Nahm er sich seine Ohren vor, dann konnte man meinen, da wäre ein Hund zugange ... Das alles würde ich gezwungenermaßen täglich aus nächster Nähe miterleben.

Und trotzdem konnte ich nicht nein sagen. Warum klebten wir, die wir so wenig, nichts gemeinsam hatten, immer noch aneinander?

Durch Flixens Vorschlag, den ich blindlings akzeptiert hatte, rückte Amsterdam plötzlich ganz nahe. Kein fröhlicher Häusertanz mehr, sondern Nebel und Bedrohung. Ich konnte nicht mehr zurück.

»Tu's gleich«, sagte er.

Auf dem Weg zur Akademie, auf seinem Moped, fuhren wir erst zur Post, wo ich aus einer Zelle die studentische Zimmervermittlung in Amsterdam anrief. Ich buchstabierte meinen Namen und würde, so wurde mir von einer gelangweilten Stimme versichert, auf eine Warteliste gesetzt. Ich sollte auch noch diverse Formulare zugesandt bekommen. Sobald ich an der Reihe wäre, bekäme ich Bescheid und die Adresse des für mich bestimmten Zimmers.

In der Königlichen Akademie waren, auf viele Räume verteilt, sämtliche Abschlußarbeiten ausgestellt.

Flix führte mich an hingeschluderten Bildern vorbei: Ausgestaltungen, so fand ich, von nichts anderem als der Eile, in der sie entstanden waren. An den Wänden eines Flurs hingen gerahmte Graphiken, auf denen bei näherer Betrachtung die »maximale Pfennigabsatzspannung« bei der und der Hüftbreite markiert war.

»Tja, Junge, das sind Probleme, was?« sagte Flix. Im nächsten Raum machte er mich auf vier Leinwände aufmerksam, die, jeweils zwei über- und nebeneinander, zu einem Rechteck aufgehängt waren, mit einem halben Dezimeter Zwischenraum. Zusammen stellten sie zwei riesige Papageien dar. »Der Maler hatte dieses Jahr nur ein Bild gemalt. Zuwenig für die Beurteilung. Tja, dann schneidet man das Ding eben in vier Teile . . . Reicht völlig. ›Freies Malen‹ heißt diese Abteilung. Die Vögel sind aus einem Malbuch für Kinder abgezeichnet.«

So ging es weiter, mit Erläuterungen von Flix. Das war mir schon oft aufgefallen: Junge bildende Künstler beurteilten ihre Werke gegenseitig in der Regel mit dem größten Sarkasmus. »Knapp daneben«, war so ungefähr das höchste Lob, das ich in diesen Kreisen je vernommen hatte. Als vorrangigstes Ziel der bildenden Kunst wurde »es schaffen« bezeichnet. »Es schaffen« bedeutete nicht »Fachkönnen entwickeln, hart arbeiten und viel produzieren«, sondern: sich irgendeine Masche ausdenken, die noch von keinem ausprobiert worden war und mit der sich eine ganze Serie noch nie gezeigter

»Objekte« produzieren ließ. Im Schlaf, denn schließlich ging es um die Masche. Hauptsache, das wurde erkannt, dann hingen die »Objekte« in kürzester Zeit in New York, und der Künstler hatte es »geschafft«. Ich gab der maximalen Pfennigabsatzspannung gute Chancen.

Und solange die goldene Masche nicht gefunden war, solange die Künstler es »nicht geschafft« hatten, sie New York erst noch enttäuschen mußten, solange konnten sie sich zwecks staatlicher Beihilfe an die BKR wenden. Außer über »es schaffen« hörte ich bildende Künstler nach ihrem Examen selten von etwas anderem reden als von ihrem Verhältnis zur BKR. Ständig mußten sie ihre Arbeit für die BKR »noch beenden«. Zu eigenen Werken »kamen sie nicht«, denn die »Gegenleistung« war zu erbringen.

Das erlaubte wohl nur den Schluß, daß die meisten bei der BKR in Lohn und Brot standen. Und so ließen sie sich, mitsamt ihren vagen Illusionen, es einmal zu »schaffen«, schon auf der Schwelle zum freien Künstlertum an die Kandare nehmen. Ihre Jahresproduktion ging an die BKR – das heißt: wurde in einem feuchten Keller unschädlich gemacht –, und die BKR lieferte das Jahreseinkommen inklusive des Gelds für das Material. Eine geniale Methode, einen potentiell revolutionären Bevölkerungsteil außer Gefecht zu setzen.

Das Wissen, daß ein feuchter Keller die Endstation ihres Kunstwerks war, zog das künstlerische Niveau natürlich schon von vornherein nach unten. Es gab unzählige Tricks, die man sich gegenseitig weitererzählte, um die Ankaufkommissionen übers Ohr zu hauen. Der Fotograf Struyk, der es verstanden hatte, seine Fotos der BKR als bildende Kunst unterzujubeln, sagte einmal: »Ich rahme die mißlungenen Abzüge immer schön ein ... Die sehen ja auch oft interessanter aus. Mit den gelungenen Abzügen mache ich gute Geschäfte.«

Ebendiesen Struyk hatte ich mal einen Brief öffnen sehen, in dem ihm mitgeteilt wurde, ihm sei für die Dauer eines halben Jahres ein Stipendium von 10.000 Gulden zugesprochen worden, um ohne Gegenleistungen »neue Wege in seinem Werk zu finden«. Grinsend steckte er den Brief in die Gesäßtasche und sagte: »So, jetzt kann ich wenigstens einen Psychiater bezahlen. Ich bin nämlich fix und fertig . . .«

Ganz am Ende, als man schon dachte, alles gesehen zu haben, standen Flixens Objekte in einem mit Material gefüllten Schuppen. Sie waren anfangs schwer von der Umgebung zu unterscheiden, hatten eine Tarnfarbe angenommen. Aber das machte sie, so Flix, ja gerade um so »realistischer«.

»Meine Kunst ist nicht mal eine Steigerung, oder wie ihr das nennt, der Wirklichkeit.«

Erst nach einiger Zeit gelang es mir, einzelne Objekte zu unterscheiden.

Ein Gleisstück der Niederländischen Eisenbahn, und daran anschließend ein Stück von abweichender Breite . . . Titel: *Links und rechts des Eisernen Vorhangs oder Die Begegnung von Ost und West.*

»Ist hier kein Idealismus im Spiel?«

»Absolut nicht. Ich habe ja nicht versucht, einen Anschluß hinzukriegen . . . So sind die Verhältnisse. Niemand weicht auch nur einen Daumenbreit von seinen eigenen Ideen ab.«

Ferner ein teilweise entrindetes Stück eines Baumstamms, dessen eines Ende mittels einer an der Decke befestigten Kette vom Boden hochgehoben wurde: *Schwedische Kräfte.* Zwischen zwei Reihen in die Höhe ragender Latten eine erst halbfertige, aber makellose Mauer . . . Ein Lot schaukelte sacht im Zugwind. *Keimendes Haus.*

Mit Genehmigung der Leitung hatte Flix in den Betonfußboden und das darunterliegende Fundament eine ovale Öffnung gehauen. *Das Grab der Kunst.* Ein halbes Dutzend Pickel schien sorgsam hingelegt worden zu sein.

In einem unauffälligen Winkel fand ich schließlich das Beton-»Etui« mit dem theoretischen Material. Ich griff nach den rostigen Kanaldeckelringen und versuchte, es hochzuheben. Mühlsteinschwer, in der Tat. Man mußte nur wissen, wie man seine Sache verpackte.

Ich dachte daran, wie wir als kleine Jungs zusammen gezeichnet hatten, während wir uns am Boezaardtschen Wohnzimmertisch gegenübersaßen. Meine Bilder wurden von Tante Maya gelobt, während »unser Flix nichts hinkriegte . . .«

Ich zeichnete mit feinen Strichen erkennbare Figuren; Flix arbeitete am liebsten mit einem Zimmermannsbleistift von ovalem Durchschnitt, voller harter Stückchen, mit denen er sein Papier versaute . . . Ich zeichnete mühelos, Flix besessen, die Zunge zwischen die Zähne geklemmt. Stolz auf das Lob seiner Mutter, war ich gleichzeitig neidisch auf seine Heftigkeit und Besessenheit.

Eines Abends, im Bett, sah ich im Dunkeln haarscharf vor mir, wie ich ein sich aufbäumendes Pferd zeichnen mußte – was mir noch nie gelungen war. Immer wieder fuhr ich mit einem imaginären Bleistift von unten her die kurvigen Linien nach . . . Ich konnte es! Nicht nötig, aufzustehen und das Gelernte sofort in die Praxis umzusetzen . . . Am nächsten Morgen würde es noch nicht zu spät dafür sein.

Doch mit einem richtigen Bleistift in der Hand bekam ich es nicht hin. So gefügig mein Arm sich in der Dunkelheit scheinbar erwiesen hatte, als so steif und widerborstig zeigte er sich jetzt.

Ich war so enttäuscht, daß ich das Zeichnen aufgab. Wenn göttliche Eingebungen sich nicht gleich in die Praxis umsetzen ließen, würde ich nie ein Meister werden.

Flix machte weiter, mehr in die Tiefe des Papiers hinein als von links nach rechts. Auf der Rückseite konnte man mit den Fingerspitzen das Relief ertasten, das seine Zähne in die Zunge gedrückt hatten.

In *Willy's Bonte Palet*, wo wir nach unserem Besuch in der Akademie eingekehrt waren, kam ein heinzelmannähnliches Männeken auf Flix zu. Es trug einen roten Levy's Anzug aus feingeripptem Kord. Klein, glatzköpfig, beleibt, mit einer Andeutung von Doppelkinn: Ich schätzte ihn auf Mitte Dreißig. Flix machte uns miteinander bekannt. Der Heinzelmann hieß »Jo« – Flix nannte ihn »Jootje«. Anstatt mir die Hand zu geben, nickte er mir kurz und voller Mißtrauen zu.

»Na, Jootje ... wie geht's, wie steht's?« fragte Flix. »Wie ich sehe, hamse dich wieder freigelassen.«

»Ich geh die Sache jetzt anders an«, sagte das Männchen, und mit einer seitlichen Kopfbewegung zu mir: »Kann man deinem Kumpel da trauen?«

»Meine Hand würd ich nicht grad für ihn ins Feuer legen.«

Jootje zog eine Brieftasche aus der Hose und klappte sie auf. Hinter ein Plastikfenster, bestimmt fürs Familienfoto, hatte er ein Farbfoto geschoben, das wahrscheinlich aus einem Pornoheft ausgeschnitten war. Zu sehen waren von einer Frau außer dem Profil nur ein gestreckter Arm und eine Hand, die locker die violette Erektion eines Mannes umfaßte, der den Eindruck machte, krampfhaft den Bauch einzuziehen.

»Die kennen mich mittlerweile. Ich brauch mich im Park nur auf eine Bank zu setzen, und schon kommt so'n kleiner Junge auf mich zu. Dann zeig ich ihm dieses Bild und frag: ›Kannst du das auch?‹ Vier Worte, das ist alles. Für zweieinhalb Gulden tun sie 'ne Menge.« Er steckte die Brieftasche wieder ein. »Wenn ihr einen historisch getreuen Film sehen wollt ... ich wohn hier gleich in der Nähe.«

Flix zwinkerte mir beruhigend zu. Nach einer letzten Runde (Jootje trank Kakao) gingen wir mit ihm. Als wir an der offenstehenden Tür eines C.-Jamin-Ladens vorbeikamen, hörten wir die eine Verkäuferin mit absichtlich lauter Stimme zur anderen sagen: »Jootje kauft heute keine Süßigkeiten für seine kleinen Spielkameraden. Heute hat er große Jungs dabei.«

Jootje blieb stehen. »Wartet mal 'nen Moment«, sagte er ruhig. Mit gespreizten Beinen und in die Seite gestemmten Händen baute er sich in der Tür auf. »Und ihr?« rief er hinein. »Ihr habt ein Loch ... ein großes, tiefes, stinkendes Loch ... Und ihr gebt nicht eher Ruhe, als bis ihr jemand gefunden habt, der dieses Loch komplett ausfüllt ... jemand, der bis zum Anschlag darin verschwindet. Ein Loch, um jemand in sich reinzuziehen und um Kinder rauszuscheißen. Das ist euer Leben. Ein feuchtes Loch. Laßt mir dann auch meine Art – ja? Ich bin nicht widerlicher als ihr.«

Die Mädchen standen mit roten Gesichtern aneinander geklammert hinter der Vitrine mit Pralinen und Keksen. Jootje trat wieder auf den Bürgersteig und ging schweigend, mit heftigen Schritten, zu dem Haus vor, in dem er ein Dachzimmer bewohnte.

Wir erklommen fünf Treppen.

Sein Zimmer ähnelte noch am ehesten einem Spielzeugladen zur Vorweihnachtszeit. Dinky Toys in Regalen, stapelweise Gesellschaftsspiele, ein Schrank voller Jungenbücher: Adlerauge, Pim Pandur, die Hardy's, Biggles . . . Das Ganze wurde von einem großen Schloß dominiert. Richtige Heere silbern lackierter Miniaturritter standen sich in Schlachtordnung gegenüber. Jootje erläuterte. Die Anordnung gab seine Sicht der Gesellschaft wieder. Was mir die ganze Zeit auffiel, war sein Ernst, der keine Ironie kannte.

»Und das da bin ich«, sagte er und zeigte auf einen schwarzen Ritter unter einer kleinen Plastikglocke. »Isoliert. Angeschwärzt. Ein Außenseiter.«

Er entrollte eine Projektionsleinwand. »Meine Damen und Herren, die Vorstellung beginnt. Die Direktion bittet Sie höflich, Ihre Plätze einzunehmen.«

Flix und ich setzten uns nebeneinander auf zwei der neun Kneipenstühle, die in Dreierreihen hintereinander zwischen der Leinwand und dem Projektor standen. Jootje zog die Vorhänge zu, schaltete die Lampe ein und löschte die Deckenleuchte. Der Projektor schnurrte. Auf der Leinwand huschten Zahlen und Zeichen vorbei.

»Meine Damen, meine Herren, der Hauptfilm«, erklang Jootjes Stimme. »In authentischem Schwarzweiß.«

Auf einer Heidefläche wurde eine Herde Schafe von drei Nonnen getrieben, was einigermaßen sprunghaft geschah, da der Streifen an vielen Stellen gerissen gewesen und schlampig geklebt worden war. An Rosenkränzen um ihre Taillen hingen große Holzkreuze. Hinter uns sprach Jootje wie in Trance, ohne einen Hauch von Ironie. »Der Dokumentarfilm vermittelt ein gediegenes Bild von der Demut und Gottesfurcht der Klosterschwestern.«

Großaufnahme des Waldrands, wo Speere und gehörnte Helme aus dem Gebüsch lugten. Normannen. »Alles historisch belegt«, sagte Jootje. »Man kann denjenigen, die den Film gemacht haben, wirklich nicht vorwerfen, sie hätten Anachronismen eingebaut.«

Mittlerweile hatten sich die Nonnen, umringt von ihrer Herde, hingekniet, offenbar, um den Rosenkranz zu beten, den sie zu diesem Zweck abgenommen hatten. Aber nein – die Röcke wurden geschürzt, und dann trieb man sich gegenseitig die Holzkreuze mit dem langen Ende in die Möse.

»Dem Symbol wird größter Wert beigemessen«, sagte Jootje todernst. »Das Beten bringt die Klosterschwestern in eine religiöse Ekstase. Sie sind mit Gott vermählt.«

Die Wikinger streckten die Köpfe, Hand über den Augen, etwas weiter aus dem Gebüsch. Flugs rannten sie mit aus dem Bärenfell lugender Erektion in albernen Sprüngen, woran der unglückliche Schnitt schuld war, auf die Nonnen los.

»Man sieht die Barbaren aus nördlichen Gefilden gewaltsam vorstoßen, um die christliche Kultur zu Boden zu werfen und zu besudeln.« Jootjes Stimme hatte einen verbitterten Beiklang, der nicht gekünstelt schien.

In die nun folgende wüste Paarerei waren immer wieder Großaufnahmen von Schafsköpfen eingeblendet, die uns in scheinbarer Verzweiflung lautlos anblökten.

Realismus ... Es war von vornherein hoffnungslos, mit Flix eine intellektuelle Diskussion zu führen. Er würde sich nie mit den von ihm selbst benutzten Begriffen auseinandersetzen – hielt das sogar für überflüssig – und wurde in dieser Auffassung vom Gros seiner Künstlerkollegen unterstützt. Ungefähr so, wie wenn Physikstudenten sich gegenseitig Mut machen, indem sie sich daran erinnern, daß Einstein »auch so gut wie nie in die Vorlesung ging« ...

Flix las keine Bücher. Aus Schuldgefühl darüber entlieh er sich von Zeit zu Zeit Hörkassetten mit Romanen in der Blindenbibliothek, »für seine sehbehinderte Schwester«. Er hatte keine Geduld, sie sich bis zum Ende anzuhören, wurde »wahnsinnig nervös von dieser Nuschelstimme« . . .

Er war aber eher taub als blind. Bei jedem Ausdruck, der ihm nicht vertraut vorkam, krümmte er, um das Wort aufzufangen, die Hand als zusätzliche Muschel hinter dem rechten Ohr, drehte diese Gesichtsseite dem Sprecher zu und wiederholte mit Nachdruck den Artikel.

»*Die . . .?*« »*Das . . .?*«

Er war nicht wirklich taub, litt aber an einer Art mentaler Schwerhörigkeit. Die Gebärden eines Tauben dienten dazu, dem Umstand, daß er etwas nicht verstand, ein physisches Alibi zu verschaffen. Bis er schließlich selbst an seine Behinderung glaubte. Sein Gesicht nahm den gleichen rabiat-verzweifelten Ausdruck wie bei echten Schwerhörigen an, die sich ständig in dem Wahn befinden, von allem ausgeschlossen zu werden. Vor allem dieses Charakterzugs wegen, in dem auch so etwas wie Verachtung mitschwang, konnte ich ihn manchmal richtig hassen.

Und mit diesem geistig Tauben sollte ich ein Zimmer teilen.

Wenn er nicht länger vorgeben konnte, mich falsch verstanden zu haben, sagte er: »Tja, das weiß ich nicht, echt nicht . . . Ich hab auf der Schule nie griechische Weisheiten gehabt.«

Flixens geistige Schwerhörigkeit, seine Taubheit gegenüber neuen Begriffen, die geringe Beweglichkeit seines Verstandes waren mir schon verschiedentlich aufgefallen – am deutlichsten während eines Vorfalls in der Volksschule, der im Laufe der Jahre noch andere Bedeutungen angenommen hatte.

Der Lehrer hatte Tera de Wit, Freddy Lodewijckxs und mich beauftragt, nach dem Unterricht die Tafel sauberzumachen, die Kakteen zu versorgen (was darauf hinauslief, daß sie in zuviel Wasser ersoffen) und den Schrank hinten im Klassenraum aufzuräumen; kleine Arbeiten, die wir als große Ehre betrachteten, die aber wunderbar eine Putzfrau ersparten. Es war an einem Mittwochnachmittag. Draußen vor der Schule wartete Flix auf mich. Er wurde zur Pflege des Klassenraums nicht mehr herangezogen, seit er beim Nachsitzen die Tintenfässer mit seinem Urin aufgefüllt hatte, den er, wie das hieß, »nicht länger hatte einhalten können«. Mir konnte er so etwas nicht weismachen: Um jedesmal, von einer Bank zu anderen gehend, lediglich eine kleine Menge auf einmal auszuscheiden, dazu bedurfte es ja gerade einer enormen Muskelbeherrschung. Er schob die Deckel auf und versorgte so fast die Hälfte der Klasse mit einem gefüllten Tintenfaß. Seine Missetat kam am nächsten Tag ans Licht, nachdem sich mehrere Kinder darüber beklagt hatten, »die Tinte, Herr Lehrer« würde »so hell schreiben . . .« Flix gestand rasch, und kurze Zeit hieß es, man werde ihn der Schule verweisen. Tante Maya hatte das durch die Androhung eines Skandals zu verhindern gewußt, denn es sei doch unerhört, »ein Kind mit einer vollen Blase im Klassenraum einzusperren«.

Zu Freddy Lodewijckxs – »Loodje« – ging ich manchmal, um mit ihm laubzusägen. Er trug eine Zahnspange und eine Bebop-Frisur. Tera kannte ich weniger gut. Sie hatte etwas Grobes, mit ihrer rissigroten schilfrigen Gesichtshaut.

Wir rackerten uns schamlos ab und dachten uns noch alle möglichen Arbeiten zusätzlich aus, mit denen wir unseren Lehrer überraschen wollten. Vielleicht war es dieses einträchtige Erledigen häuslicher Pflichten – ein todernstes Vater-und-Mutter-Spielen –, das Tera zu ihrer plötzlichen Vertraulichkeit trieb. Wahrscheinlich mußte ihre Mutter den Haushalt auch erst auf Vordermann gebracht haben, bevor sie sich Mijnheer de Wit vornahm . . . Während Loodje und ich auf dem Gang zwischen den Bänken überlegten, was wir noch tun könnten, kam das Mädchen vom hinteren Teil des Klassenraums mit verschwörerischer Miene und leicht schiefgelegtem Kopf auf uns zu. Sie errötete. Ihre Finger glitten abwärts in die Falten ihres Plisseeröckchens, und dann sagte sie mit ungewöhnlich tiefer Stimme, fast flüsternd: »He . . . pst! Kennt ihr das?«

Und da flog der gefältelte Stoff auch schon in die Höhe, ein Finger zog den Saum ihres Höschens zur Seite . . . und was ich zu sehen bekam, war nicht das gerändelte, schneckenartige Ding, das Mimi Boshond mir mal gezeigt hatte, sondern eine Stelle mit unwahrscheinlich alt aussehender Haut, aufgeteilt in zwei Wölbungen, mit etwas dazwischen, das noch am ehesten Ähnlichkeit mit der Zungenspitze meiner Oma hatte, wenn sie Socken stopfte und das drückende Gebiß herausgenommen hatte.

Plumpe moralische Entrüstung zertrampelte sofort das Blümchen der Lust, das ganz tief in uns drin in die Höhe geschossen sein mußte. Auf unser strafendes »Oh!« hin löschte Tera das Bild sofort wieder, indem sie die Arme erschrocken hob. Sie lief violett an, während sie bestürzt ihre Hände oben behielt, als hätte sie sie soeben unter dem Hahn hervorgezogen und wollte jetzt gleich das Wasser abschütteln – und dieser Vergleich war es, der mir eine fast Übelkeit erzeugende Erregung zum Bewußtsein brachte.

Mit speicheltriefendem Mund und im Deckenlicht blinkender Zahnspange fuhr Loodje sie an: »Das sagen wir aber deiner Mutter, daß du's nur weißt . . .!«

Tera schaute, daß sie wegkam, rannte den Flur entlang und über den Schulhof . . . jahrelanger Angst und jahrelangem Sündenbewußtsein entgegen. Als erstes machte sie schon mal einen großen Bogen um den wartenden Flix.

Ihre Bestürzung und Scham hätten mich peinlich getroffen, hätte ich mich nicht von Freddys Empörung anstecken lassen. Wie er war auch ich davon überzeugt, daß Teras Mutter unterrichtet werden mußte. Aber . . . wie sollten wir das anstellen? Welche Ausdrücke sollten wir gebrauchen, ohne selbst schuldig zu werden? Das gängige Wort aus der Gossensprache, sofern es überhaupt auf das zutraf, was wir gesehen hatten, und nicht auf etwas viel Geheimnisvolleres und Verborgeneres, kam sowieso nicht in Betracht. Wie hieß das, was Tera uns gezeigt hatte, in anständiger Erwachsenensprache?

»Wart mal«, sagte Loodje, »wart mal . . . wart mal . . .« Und nach längerem Nachdenken lispelte er aufgeregt mit einem Mund voller Speichel: »Wenn der Arsch dein Hintern ist . . . dann ist so ein . . . so ein Ding der Vordern!«

Freddy Lodewijckxs hatte später in Utrecht Theologie studiert: war wohl das mindeste nach einer solchen Offenbarung.

Vordern . . . Natürlich, es klang völlig logisch, auch wenn uns das Wort etwas ungewohnt im Munde lag. »Vordern . . .« Ich wiederholte es so lange, bis ich wieder den lauen Geschmack verspürte wie vorhin, als ich das Ding gesehen hatte.

Nachdem wir dieses Juwel von einem Wort gefunden, nein, geschaffen hatten – vorher hatte es das auf der ganzen Welt nicht gegeben –, wurden wir uns der gewichtigen Aufgabe, die auf unseren Schultern ruhte, erst richtig bewußt. Teras Mutter unterrichten. Natürlich mußten wir das Objekt unserer künftigen Lust, solange es noch kahl und wehrlos war, erst viele Male verleugnen und verraten. Schimpfend, schweinigelnd, kleine Geheimnisse verratend . . . bis der Genuß nicht länger im Nennen bestand und wir aus eigenem Antrieb nachsehen würden, um zu entdecken, daß Teras Geheimnis sich nach außen gestülpt, uns zugewandt hatte wie eine Pflanze zum Licht . . . und sich gleichzeitig stärker verhüllt.

»Traust du dich, das der ollen de Wit zu sagen?«

»Du?«

Wir kamen zu keinem Entschluß. Wenngleich wir es nach wie vor als unsere heilige Pflicht betrachteten, Mevrouw de Wit zu unterrichten, erwies sich doch jeder von uns als zu feige, die Verantwortung auf sich zu nehmen.

»Komm, wir fragen Flix Boezaardt«, schlug Loodje schließlich vor. »Der Irre traut sich doch alles . . . der hat vor nix und niemand Angst.«

Ich sah hinaus, wo Flix mit böser Miene gegen die Mauer trat, weil er sich wegen seiner Treue und Beharrlichkeit selbst verachtete. Er hatte gekränkt die Schultern hochgezogen und die Hände in den Taschen seiner Lederhose vergraben.

Wir weihten ihn ein. Es war schwer auszumachen, inwieweit Flix in dem Auftrag mehr als eine kleine Abwechslung sah. Die Füße weit auseinandergestellt, x-beinig unter Lederhosen, mit offenem Mund, sabbernd, hastig atmend . . . so beugte er sich zu uns vor. Im Brustteil seiner Hose war ein ovales Relief eingearbeitet: ein aus Bein geschnitzter Hirsch, der durch seine Unschuld schon viele von Flixens Opfern getäuscht hatte.

»Tera de Wit ... hat ihre Möse gezeigt?«

Er nickte ernst, als nähme er ein technisches Detail einer zu erledigenden Aufgabe in sich auf. Schließlich erklärte er sich fast grimmig bereit, die Mutter auf diesen Fall hin anzusprechen, hatte aber sichtlich Schwierigkeiten mit dem neuen Wort.

»Du mußt Vordern sagen. Wie Hintern, aber eben Vordern ... ›Tera hat in der Schule ihren Vordern gezeigt.‹ Sag's mal nach ...«

»Tera hat ihren Hintern gezeigt ... in der Schule ...«

»Nein, Vordern, Flix! Noch mal ...«

Mit größtem Ernst testeten wir diesen neuen Ausdruck an ihm. Flix bemühte sich krampfhaft, seine Lippen für das neue Wort, unter dem er sich kaum etwas vorstellen konnte, in die richtige Stellung zu bringen. Er schwitzte und spuckte; weiße Haarsträhnen klebten ihm auf der Stirn. Seine Zunge strebte stets nach dem Altbekannten. Das neue Wort lag zu dicht beim alten ...

»Tera hat in der Schule ihren Hin ... Vordern gezeigt.«

»Vordern, ja.« Und wir ließen ihn das Wort plus den Satz, in den es gehörte, noch ein paarmal wiederholen. »Merk's dir gut. Ihren Hintern hat sie nämlich gar nicht gezeigt.«

Wir liefen hinter Flix in Richtung Wolstraat, wo die de Wits wohnten. Er stiefelte mit großen Schritten vor uns her. Die Träger, die sich auf dem Rücken kreuzten, waren für seinen rasch wachsenden Oberkörper zu kurz geworden, so daß die Mittelnaht der Lederhosen seine Hinterbacken hoch einschnürte. Dadurch wirkten seine unsicher daherstaksenden Beine besonders lang. Ab und an blieb er abrupt stehen, drehte sich zu uns um und sagte dann grüblerisch: »Ähm ... Vordern, gell?«

Er mußte sich wahnsinnig anstrengen ... preßte es heraus ... aber es gelang. Das Wort, so kurz erst auf der Welt, ließ sich bereits von seiner Zunge beschreiben.

Wir bogen in den Sandweg zwischen den Häusern und hatten Glück: Mevrouw de Wit nahm gerade die Wäsche von der Leine. Sie fühlte bei jedem Stück mit routiniertem Griff, ob es trocken war, und zog dann die Klammern ab, von denen sie jeweils eine Handvoll in einen kleinen Eimer warf. Die steife Wäsche legte sie über ihren linken Arm und die Schulter. So begrub sie sich langsam selbst.

Hinter der Hecke, über die nur Flix mit Kopf und Schultern vorguckte, konnten Loodje und ich uns mühelos verstecken. In hockender Haltung spornten wir ihn flüsternd und durch Stupser an, zu sagen, was er von uns vorgekaut bekommen hatte.

»Vordern, nä?«

»Ja, Vordern.«

»Mevrouw de Wit . . . ähm, Mevrouw de Wit . . .!« Es dauerte etwas, bis er ihre Aufmerksamkeit errungen hatte und die Frau in seine Richtung sah. Durch die Spannung des Augenblicks rutschte Flixens Zunge in die alte Rille. »Mevrouw . . . Tera hat in der Schule ihren Hintern gezeigt.«

Oder hatte der Versprecher eine tiefere Ursache? Wurde er vom Zungenansatz gesteuert? Oder noch weiter unten, wo das Leder einschnitt?

»Vordern . . .! Vordern . . .!« flüsterten Freddy und ich fast zu laut zu ihm hoch. Aber Flix war taub für die Korrektur.

»Vordern!« rief es in mir. Das Wort brannte mir auf den Lippen und wurde dort immer wieder von neuem Fleisch. Dem Depp zufolge, der mich längelang überragte, hatte sie ja lediglich ihren Po entblößt . . . Fast biß ich mir die Zunge ab, um nicht hochzuspringen und der Mutter ins Gesicht zu schreien, was für eine unendlich schrecklichere Sünde ihre Tochter begangen hatte. Vordern . . . Jetzt sag's schon, Flix, in Gottesnamen!

Der Junge korrigierte seinen Versprecher nicht. Durch Löcher in der Hecke konnte ich Mevrouw de Wits mißbilligendes Gesicht über dem Wäscheberg sehen.

»So?« sagte sie. Das Weib nahm einfach weiter die Wäsche ab. Der Wind blies Kleidungsstücke und Laken an sie.

»Ja, Mevrouw, Tera hat in der Schule ihren . . .«

»Und das mußt du mir jetzt unbedingt erzählen . . . Ist das denn vielleicht in Ordnung? Geh mal lieber spielen, Kleiner. Ich red heute abend mal mit ihr darüber.«

Flix blieb mit Spucke im Mund noch einen Moment lang, nach dem Wort schnappend, stehen, während Freddy und ich uns gebückt zur Straße schlichen. Unsere Verachtung war total: Wegen Flixens störrischer Zunge hatte das Weib die Schandtat ihrer Tochter nicht ernstgenommen. Daß er die Demütigung für uns kassiert hatte, galt nicht als mildernder Umstand. Er hatte die Sache vermasselt.

Flix kam mit gekränkter, grüblerischer Miene hinterher, langsam einsehend, daß ihm das richtige Wort im letzten Moment entglitten war. Uns war viel mehr entglitten: die Gelegenheit, mit Hilfe eines strahlend neuen Ausdrucks den Vorfall dieses Nachmittags noch einmal geschehen zu lassen – vor der verletzlichsten Zuschauerin.

Eines Abends erzählte ich Flix, wie mich die Musik von Mozart beim ersten Mal getroffen hatte. Mein eigener Bericht ergriff mich ziemlich, und als ich fertig war und weiter auf einen bestimmten Punkt an der Wand starrte, sagte er mit süßem Hohn: »Manchmal sind wir im Grunde doch wahre Dichter, gell . . . so gequält, wie wir vor uns starren können.«

Er lächelte voller Verachtung. Aber er hatte Angst – Angst, jetzt sei er an der Reihe, sich zu offenbaren. Um selbst einen Herzenserguß zu vermeiden, brauchte er lediglich meinen ins Lächerliche zu ziehen.

Beim Essen hielt ich Flix noch einmal die Kleinkariertheit seines »Realismus« vor. »Ich erkenne keinerlei Verpflichtung gegenüber dieser sogenannten Wirklichkeit an. Sie kann keinerlei Anspruch auf meine Sinne erheben.«

»Ja, mein Gott, du bist ja auch so was wie'n Dichter . . . du hast mit Wörtern zu tun. Aber ich bin an mein Material gebunden.«

»Ich gehe davon aus, daß man alles, was man unterwegs an Armseligem und Miesem erlebt und woran man nicht vorbeikommt, hinterher in etwas Schönes umschmieden, umschmelzen können muß, das gleichzeitig – übersteigert – die Erinnerung an das Gräßliche in sich birgt. Das ist meine

Sicht ... Wenn du mich deswegen als Dichter bezeichnen willst, bitte sehr. Deshalb bringe ich aber immer noch keinen einzigen Buchstaben zu Papier ... So versuche ich, die Taten meines Vaters in ein solches Licht zu manövrieren, daß sie ihre tiefere, geheimere Bedeutung verraten und dadurch ihre völlige Sinnlosigkeit verlieren. Sie rein realistisch zu betrachten würde bedeuten, ihre Absurdität und Sinnlosigkeit zu betonen.«

»Der Vater von Japie Houtsma ist aus großer Höhe auf ein Autodach gefallen ... oder gesprungen. Das Blech hat mehr oder weniger die Formen seines Körpers angenommen. Ein Löffel im Pudding. Ich würde diesen Todessprung nicht verschönern wollen. Ich würde ein Wrack von einem Autofriedhof ranschleppen und seine Umrisse darin einschlagen. Die nackte Wahrheit. Nicht mehr und nicht weniger.«

»Nein, besten Dank. Ich hab dieses Jahr schon mal in einer Kirche eingebrochen.«

Trotzdem ließ ich mich von Flix überreden, nach dem Essen in eine alte Kirche mitzukommen, die seit kurzem zugenagelt war, um letzten Endes abgerissen zu werden. Jeden Abend, so erzählte er mir, baute er aus der noch intakten Orgel ein paar Pfeifen aus, die er für seine Arbeit gebrauchen konnte. Ich stellte mir sofort eine riesige Panflöte aus Metall vor, zur Schau gestellt auf einem kleinen Podium unter schnell kreisenden Ventilatoren, die ihnen tiefe, wohlklingende Seufzer entlocken würden.

»Was willst du daraus machen?«

»Eine Orgel.«

Da fehlten einem die Worte.

Bevor wir loszogen, hängte sich Flix eine Tasche mit Werkzeugen um.

Wir gingen durch einen von der Straßenjugend halb aufgebrochenen Seiteneingang in das Gebäude. Obwohl die Sonne längst verschwunden war, war es draußen noch ganz hell, in der Kirche jedoch hatte sich (bis in die Nischen der Bleiglasfenster hinein) dämmriges Licht gesammelt. Eine Dunkelheit, schwerer als Luft: Sie blieb in den niederen Regionen hängen.

Der Orgel fehlte erst ein Drittel ihrer Pfeifen. Flix machte sich sofort an die Arbeit. Ich tappte zwischen den umgefallenen Betstühlen herum und fragte mich, ob das hier nach katholischen Begriffen noch ein Gotteshaus war. Ein Pfarrer durfte seine Kirche nicht abschließen. Durfte er sie dann zunageln lassen? Ich hatte alles Recht der Welt, hier rumzulaufen . . . Hatte Gott sein Haus bereits verlassen? Hatte man Ihn ersucht, zu gehen? Hatte man Ihm gekündigt?

Ich merkte, daß mich eine gewisse Frömmigkeit überkam. Eine demontierte Kirche beeindruckte mich offenbar nicht weniger als eine, die noch benutzt wurde. Es mußte mit der Architektur zusammenhängen . . . Gleichbleibende Beklemmung und Einsamkeit und die Empfindung der eigenen Nichtigkeit.

Es wurde dunkler. Flix hörte für einen Augenblick mit seinem Gebastel auf. So still konnte es nur in einer Kirche sein.

Erst dachte ich noch, mich verhört zu haben . . . Es dauerte nicht länger als zwei Sekunden: ein Hauch von Chorgesang, sehr hoch, sehr dünn, von sehr weit weg . . . Es kam nicht aus einer bestimmten Richtung . . . es war überhaupt nicht gekommen; es war plötzlich dagewesen, kaum hörbar, in der Atmosphäre des Raums. Hatte ich Halluzinationen?

Flix schien nichts zu hören: Er bastelte eifrig weiter. Ich mußte mich getäuscht haben: ein Windhauch, der sich zu gut in meine augenblickliche Stimmung einfügte . . . Flix legte sein Werkzeug mit einem Rums nieder, der lange nachhallte. In diesem Nachhall hörte ich es wieder, diesmal noch kürzer, aber auch klarer. Stille.

»Flix . . .!« Ich flüsterte fast.

»Ja?« Seine Stimme laut wie die eines Pfarrers auf der Kanzel.

»Hast du nichts gehört?« Ich ging langsam in seine Richtung, bis unter den »Balkon«.

»Das war mein Engländer.«

»Nein, nein, ich meine ... dieser Gesang, diese Musik. Hast du keinen Gesang gehört? Ganz schwach?«

»Ich hab nix gehört. Was für'n Gesang denn?«

»Es klang wie Chor und Orchester.«

Flixens Gelächter bollerte laut durch den Raum.

»Das kommt davon, wenn du dein Inneres auf die Welt projizierst.« Sein Lachen war angsterregend. »Da steht er also, der philosophisch angehauchte Idealist. Zaubert Engelgesang in eine leere Kirche. Ha! Und dann verlangt er von einem verstockten Realisten, mit seinen gesunden Sinnen zu hören, was der andere sich ausdenkt. Ha!«

Durch sein Lachen hindurch (oder eigentlich: hinter seinem Lachen) hörte ich es noch einmal. Haarscharf. Von einer unglaublichen Schönheit. Überdies kam es mir vage bekannt vor. Heimweh ...

»Pst! Jetzt hör ich es wieder! Flix, sei mal leise ...!«

Flix beugte sich, eine Hand als Muschel um das Ohr gelegt, über das Geländer. Gleich darauf begann die Musik wieder, leiser als vorhin. Lieblich und schwermütig zugleich.

»Ja, jetzt ... hörst du's? Es ist ganz schwach, aber deutlich zu hören.«

»Ich hör nix.«

»Dann mach doch die Ohren auf ... schwerhöriger Eumel. Du bist ja wie meine Oma.«

Mal war es weg, mal wieder da. In leisen Hauchen, die, aus dem Nichts kommend, durch die Kirche schwebten. Ich mußte daraus wohl schließen, daß die Musik nur für mich zu hören war ... in mir erklang. Es gab mir ein Gefühl großer Einsamkeit. Ich wollte weg.

Wir gingen. Die abmontierten Pfeifen ließ Flix solange liegen.

Draußen überfiel mich eine Art Jubelstimmung. Als Anschluß an die Diskussion dieses Nachmittags gab ich Flix eine noch detailliertere Beschreibung dessen, was ich gehört hatte.

»Mir passiert so was nie«, beklagte sich Flix. »Als Dichter hast du's wirklich gut.«

»Weil du so ein nüchterner Vogel bist. Du verschließt dich solchen Wahrnehmungen ja schon von vornherein.«

Er brachte mich zum Bahnhof. Ich bekam gerade noch den vorletzten Zug nach Eindhoven.

Wir standen vor den geöffneten Türen und redeten noch einen Moment (»Ich sag dir Bescheid, sobald ich Nachricht aus Amsterdam hab«) – und plötzlich war der Gesang wieder da . . . aber weniger mysteriös, sondern knarzend, blechern. Er kam aus Flixens Tasche. Er grinste. Ich schlug die Segeltuchklappe hoch. Ein Kassettenrecorder. »Ach das . . .« sagte er.

»Du alter Gauner.«

»Ich glaube an greifbare Dinge«, sagte er. »Nicht an ungreifbare.«

Die Antwort an König Midas

»Es geht die alte Sage, daß König Midas lange Zeit nach dem weisen *Silen*, dem Begleiter des Dionysus, im Walde gejagt habe, ohne ihn zu fangen. Als er ihm endlich in die Hände gefallen ist, fragt der König, was für den Menschen das Allerbeste und Allervorzüglichste sei. Starr und unbeweglich schweigt der Dämon; bis er, durch den König gezwungen, endlich unter gellem Lachen in diese Worte ausbricht: ›Elendes Eintagsgeschlecht, des Zufalls Kinder und der Mühsal, was zwingst du mich dir zu sagen, was nicht zu hören für dich das Ersprießlichste ist? Das Allerbeste ist für dich gänzlich unerreichbar: nicht geboren zu sein, nicht zu *sein, nichts* zu sein. Das Zweitbeste aber ist für dich – bald zu sterben.‹«

Friedrich Nietzsche, *Die Geburt der Tragödie oder Griechentum und Pessimismus*

I

»Kein böses Wort über unsere Mütter!«

So hatte Thjum es formuliert, als ich in einem schwachen Moment die Last des Daseins Hanny van der Serckt in die Schuhe schieben wollte. Auf meiner Suche nach Sündenböcken war ich bei meiner eigenen Mutter gelandet. Ich konnte den Gedanken einfach nicht ertragen, daß sich unser »freier Wille« – sofern es einen solchen überhaupt gab – als ausschließlich vorwärts gerichtet erwies. Unserem Erscheinen war doch bereits ein großer Willensakt vorangegangen, und zwar ein solch einschneidender, daß er unsere freien Taten samt und sonders schon von vornherein in den Schatten gestellt hatte. Ich grollte.

»Sie sind allein schon durch die simple Tatsache ihrer Mutterschaft entschuldigt. Das schützt sie vor jeglichem Verdacht, so einfach ist das. Eine Frau kann beim Kinderkriegen niemals triviale Absichten haben. Sie läßt sich nicht zu etwas Possierlichem aufblasen . . . legt sich nicht wehrlos unter diesem schweren Packen hin . . . und läßt sich zerreißen . . . aus uneigentlichen Motiven heraus. Und sollte sie doch welche haben, Geld, Erpressung, egal was, so verschwinden sie bei der Niederkunft. Wie Schnee in der Sonne. Alle möglichen Ziele, edle wie banale, werden auf einen Schlag hinfällig. Sogar die größte Hure verdient, heiliggesprochen zu werden, wenn sie Mutter wird. So sehe ich das. In dem Augenblick, in dem dieser blutige Kötel sie verläßt, verwandelt sie sich in die reinste Jungfrau.«

»Das mußt gerade du sagen, Thjum! Einer, der seine Mutter am liebsten auf den Mond geschossen hätte . . . der seine Mutter allein hat abkratzen lassen . . . Was für ein rhetorisches Spielchen versuchst du da eigentlich mit mir zu spielen?«

Es mußte an einem Sonntagnachmittag gewesen sein. Im Geiste bereits nach Amsterdam umgezogen, verbrachten wir unseren letzten Monat im Berg en Dalseweg. Wir tranken Wodka mit Orangensaft aus der Tüte auf meinem Balkon. Im Zimmer, zu dem die Tür offenstand, schienen die in Mozarts

Sinfonia concertante in einem ungestümen »Allegro maestoso« aneinander emporklimmende Geige und Bratsche unsere Diskussion zu diktieren.

»Albert, bring doch nicht immer alles durcheinander. Persönliche Aversion oder Zuneigung gegen beziehungsweise zu der Person, die zufällig deine Mutter ist, das ist doch etwas anderes als eine allgemeine Betrachtung der Mutterschaft. Okay, ich fand meine zum Kotzen, wohingegen du ein richtiges Muttersöhnchen bist ... im Grunde hängst du noch immer an ihrem Rockzipfel ... Aber auf der philosophischen Ebene spielst du den öffentlichen Ankläger unserer Alten, wohingegen ich sie verteidige. Das eine braucht das andere nicht auszuschließen. Im täglichen Leben kann keiner von uns beiden die Richtigkeit seiner Ansichten beweisen.«

»Zu Unrecht Erweckte, das sind wir. Wie schlafende Hunde hat man uns geweckt. Nicht, um bellen zu dürfen, sondern um geschlagen zu werden ... im Geschirr vor dem Wagen herzulaufen, mit dem Schatten der Räder als einziger Orientierungshilfe ... Wenn ich für dieses sogenannte Dasein, um das ich nicht gebeten habe, nicht meine Alten verantwortlich machen kann, wen oder was um Herrgottswillen dann?«

»Du darfst nicht alles auf einen Haufen werfen, Albert. Väter sind ein ganzes Ende suspekter. Sie sind nicht in dem Maß Väter, wie Mütter Mütter sind. Es ist zu unverbindlich, was Väter tun, um Väter zu werden. Wie soll ich das sagen ... Eine extrem beschleunigte, innerhalb einer Stunde schon wieder vergessene Schwangerschaft, die bei ihnen selbst keine Spuren hinterläßt, mehr brauchen die Herren ja nicht dafür zu tun. Die Katze, die schnell mal in die Vorhänge pißt. Fertig. Morgen ist wieder ein Tag. Aber verlangsame zum Spaß ihre Tat mal bis zum Extrem, und du spürst etwas von der Zähigkeit, der Größe, der Engagiertheit der Mutterschaft. Das endlose Anschwellen ... fünf, sechs, sieben Monate lang ... immer weiter ... acht, neun ... Dann die Wehen, die den Höhepunkt ankündigen ... das zerreißende Ejakulieren ... Genuß, nicht zu unterscheiden von Schmerz. Hier kann keine

Rede davon sein, sich die Hose wieder hochzuziehen und eben noch mal um den Block zu gehen.«

»Ein Mann pflanzt sich fort, eine Frau bringt hervor«, gab ich zu. Die Bratsche trat zurück, machte Platz für die Geige. Thjummi, gut in Form, setzte noch eins obendrauf. Ich konnte ihm keinen größeren Gefallen tun, als den Schoß, der uns hervorgebracht hatte, zu beschimpfen. Es fachte seinen Feminismus an, allerdings nicht im politischen Sinn. Es hatte etwas zu tun mit seiner problematischen Entscheidung für die Homosexualität ...

»Im Vergleich zu den Frauen haben Männer in der Schule des Lebens ... und das sag ich ... einen gewaltigen Lernrückstand. Sie kommen nicht so recht mit, wie das heißt. Wie Govertje Boezaardt bleiben sie ihr Leben lang in der Sonderschule hängen. Männer sind viel radikaler als Frauen von Dingen abgeschnitten, die an der Peripherie des Daseins liegen. Sie wissen nicht nur nichts vom Tod, sondern sie haben auch keine Ahnung davon, was es bedeutet, neues Leben in die Welt ... ja, man kann schon sagen: zu pressen. Ein Wissen, das ihnen für immer und ewig vorenthalten bleibt. Dieses Manko hält sie dumm, und darum greifen sie zur Wissenschaft wie ... wie ein Hitzkopf zum Messer. Es macht sie feiger, dieses Manko, und dadurch großspuriger. Sie haben mehr Angst vor Schmerzen und suchen daher den Kampf. Sie lassen sich auf die Schnauze hauen, um sich selbst zu beweisen. Ich kann auch nichts dafür: So durchsichtig in ihrer Psyche sind die Herren nun mal ... Pedantisch, rechthaberisch und genauso argwöhnisch wie ein Haufen schwerhöriger alter Weiber. Wenn sie etwas nicht richtig verstanden haben, dann beginnen sie auf gut Glück beleidigt drauflos zu keifen. Alles, was Mannsbilder in verdächtigem Eifer je an Argumenten angeschleppt haben, um ihre Überlegenheit gegenüber Frauen zu beweisen – pure Rhetorik. Die alten Griechen haben, um dieser ganzen Befruchterei die Belanglosigkeit zu nehmen, die Sache in ihrem antiken Größenwahn sowieso total versiebt. Sie, die Männer, brachten das Kind hervor ... gaben es der Frau, der Mutter versiegelt lediglich zur Aufbewahrung. Sie legten es solange in deren gesetzlich anerkannte Schwammdose ... dann konnte es sich noch etwas weiterentwickeln, während sie sich der wahren Liebe widmeten, die wie die Mathematik einen Wert an sich besaß und einem nicht nach soundsovielen Monaten mit Zins heimgezahlt wurde. Wie Börsenspekulanten verhielten sie sich nur im Ehebett ... Jahrhunderte an Kultur geopfert, um mit Hilfe bornierter Rhetorik zu beweisen, daß der Mann hochwertiger ist als die Frau. Was für eine Kleinkariertheit! Was für eine Kleinschwänzigkeit! Dagegen die Frauen ... die können, ganz überlegen, ihr Wissen aus natürlicheren Quellen schöpfen. Ihr Wissen wuchert nicht im Kopf, sondern hier ...« Thjum schlug sich auf den Bauch. »Und schließlich bricht die Erkenntnis durch. Dank ihrer Fähigkeit, mit dem in Verbindung zu treten, was dem Leben vorangeht, stehen sie auch dem Tode näher. Ein Stadttor sieht genausoviel von der Stadt wie von dem endlosen Polderland außerhalb der Mauern ... Ja, tut mir leid, ich bin halt kein Dichter ... Ohnehin muß eine Frau, die Mutter wird, noch tausend Tode sterben, wenn sie sich die tausend Gefahren vor Augen hält, die ihr Kind im täglichen Leben bedrohen. Diese Vorstellungskraft des Herzens, wie ich es mal nennen will, macht sie immer vertrauter mit dem Tod. Sie wird halbwegs immun dagegen. Ihre Todesangst nimmt ab. Dadurch werden Frauen im Durchschnitt auch ein ganzes Stück älter als wir. Sieh dir nur mal die Statistiken an ...«

Anstatt mich aufzumuntern, jagte er mich immer tiefer ins Schwarze hinunter, zurück zu meinem eigenen Ausgangspunkt.

»Alles schön und gut, Thjum, aber diese Weisheit wird viel zu teuer erkauft. Um etwas mehr Wissen über Leben und Tod zu erwerben, müssen sie ihr Kind, einzig und allein, indem sie ihm das Leben schenken, ebendiesem Tod vorwerfen. Aber was es für mich erst so richtig unerträglich macht ... die Frage nach dem Sinn des Opfers stellt sich erst, wenn es bereits gebracht ist. So, jetzt du, und dann ich wieder.«

Doch das Kind selbst . . . was bleibt ihm von dem dreiviertel Jahr in Erinnerung, das es, frei aufgehängt wie ein Kompaß, da drinnen verbracht hat?

Einmal bin ich dorthin zurückgegangen, um mich mit blinden Augen noch einmal in diesem Einpersonenhimmel umzusehen. Danach hätte ich eigentlich sterben müssen. Aber ich lebe noch.

Ich suchte meinen Vater, stieg in den Schacht hinunter, der zu ihm führen mußte, und landete bei meiner Mutter.

Es war im Sommer '69, ich ging auf die Zwanzig zu, und dieser Mann schlotterte immer noch wie eine hinuntergerutschte Hose um meine Knöchel. Mit meinen neunzehn Jahren schlurfte ich durchs Leben. Und weil ich zu schwach war, mich seiner zu entledigen, meine Füße aus ihm zu befreien, ihn ganz abzustreifen, machte ich mir weis, ich wolle ihn im Gegenteil wieder hochziehen, mich wieder in ihn hüllen . . . Er hatte schon so lange Ruhe gegeben: Es wurde höchste Zeit, ihn zu rehabilitieren, jetzt, wo es noch möglich war. War ich je dazu gekommen, mich in seine Welt zu vertiefen? Kaum. Ich hatte ihn immer nach den Maßstäben beurteilt, die mir meine eigene Schreckhaftigkeit eingab.

Auf meiner Suche empfahl es sich, mich seiner Mittel zu bedienen. Um in seine Welt vorzudringen, mußte ich mich in die Flasche hinunterbegeben, und zwar so weit, bis ich auf seine Seele stieß . . .

Dabei gab es nur ein technisches Problem: Ich hatte noch nie einen Tropfen Alkohol getrunken. Meine totale Abstinenz war stets ein passiver Widerstand gegen seine Trunksucht gewesen. Es hatte nichts genützt, und jetzt war es ein großes Handicap. Ich beschloß trotzdem, mich wie auch immer über diesen hinderlichen Umstand hinwegzusetzen.

Für unsere Versöhnung wählte ich einen passenden Anlaß: den achtzehnten September, den Tag, an dem Eindhoven befreit worden war.

Gerade noch vor Ladenschluß kaufte ich in einer Spirituosenhandlung die billigste Flasche Whisky, die es dort gab.

Acht Gulden, eine Menge Geld. *O'Flanagan* . . . ich hatte die Marke später nirgends mehr gefunden.

Ich steckte die kostbare Flasche mit dem Geist meines Vaters in eine Umhängetasche und nahm den nächsten Zug nach Eindhoven, wo am Abend auf dem brachliegenden Gelände gegenüber der TH ein Musikfestival stattfinden sollte. Die Eindhovener waren die »Moffen« jetzt fünfundzwanzig Jahre los, und das mußte gefeiert werden. Philips lieferte den Schmuck. An einem solchen Tag war Eindhoven noch mehr als sonst die Lichterstadt, denn alle Straßen und Plätze und Parks wurden mit Zehntausenden bunter Lämpchen geschmückt, in Girlanden . . . in Bögen . . . versteckt in Bäumen und Sträuchern und Springbrunnen . . . Ein Märchen. Das »Lichtergucken« war meine ganze Kindheit und Jugend hindurch ein Begriff gewesen, und außerdem war es auch noch gratis. Nachdem Philips aus der deutschen Okkupation viereinhalb Jahre lang ein Fest gemacht hatte, verlieh es der Befreiung durch die Alliierten nun schon ein Vierteljahrhundert lang Glanz. Derselbe Strom, unterschiedslos. Elektrizität stand über den Parteien.

Als ich aus dem Bahnhof trat, brannte in der ganzen Stadt noch kein einziges Lämpchen der Festbeleuchtung. Über die Straßen waren Kabel und Eisenkonstruktionen gespannt, die in Kürze, wenn es dunkel war, unter den Lichterketten, die sie trugen, unsichtbar geworden sein würden. Ich erkannte so manches Motiv von früher wieder . . . hier eine Krone, dort eine Tulpe, ein Stück weiter eine ganze Reihe kleiner Mühlen . . . und es war, als zeigten diese Darstellungen erst jetzt offen ihre ganze Häßlichkeit und Unechtheit. Früher trafen wir nie vor Einbruch der Dunkelheit dort ein, denn unsere Eltern steckten auch in dem Komplott.

Das Festgelände an der President Kennedylaan war noch fast menschenleer. Auf der überdachten Bühne wurde eine elektronische Apparatur installiert. Verstärker so groß wie ein Auto, Lautsprecherboxen höher als zwei Männer. Jemand testete ein Mikrophon.

»Test . . . Test . . . One, two . . . one, two . . . Hello! Hello! . . . Zero . . . Yes, great! . . . One, two . . . one, two, three . . .«

Knarzend, rauschend, pfeifend, echoend ballerten die Töne über den Platz. Popmusiker und ihre *Roadmanager* hörte man zwar nie weiter als bis drei zählen – aber immerhin taten sie es auf englisch.

Am Rand des Geländes lag die Cafeteria der Mensa mit ihrer häßlichen violetten Fassade, und hier hatte ich mich mit Evelyn Jauwesz verabredet. Sie war noch nicht da. Der Entspannungsraum, in dem der fade Geruch gedünsteter Speisen hing, war so gut wie verlassen. In einer Ecke wurde Tischfußball gespielt. An der Bar saß ein junger Mann vor einem Glas Bier. Als ich hereinkam, nahm er gerade ein Ei aus einem Körbchen und wollte die Schale am Tresen aufschlagen, als die Tür ins Schloß fiel. Er sah rasch in meine Richtung. Das Ei entglitt ihm und rollte ihm in den Schoß, wo er es mit der Hand vor dem weiteren Absturz bewahrte.

Es war Felix Boezaardt.

»Shit, Albert! Himmelherrgott noch mal . . .« Jetzt beschränkte er sich auf ein sanftes Ticken, bis die Eierschale an der Spitze einige Sprünge zeigte. »Ist das die Möglichkeit, altes Arschloch! Wie lang . . .«

Er beendete seinen Satz nicht, denn wir erinnerten uns im selben Moment daran, »wie lange es jetzt her war, seit wir uns das letztemal gesehen hatten«. Wir spürten beide die Papphülse kneifen und lächelten verkrampft.

»Na ja, es ist jedenfalls 'ne Ewigkeit her«, sagte Flix ausweichend. »Muß irgendwie vor dem Krieg gewesen sein.«

Bei jenem letzten Mal hatte er mit Achterhoeker Akzent gesprochen, jetzt aber glaubte ich etwas Rotterdamerisches in seiner Aussprache herauszuhören. Ich fragte ihn, ob er noch bei dem Delikatessenehepaar von *De Kokosnoot* wohne, in Arnheim, wohin er damals umziehen sollte.

»Mensch, hör mir bloß damit auf . . . das konnte ja nix werden. Die wollten mich in eine untere Wirtschafts- und Verwaltungsschule stecken, in eine mittlere Wirtschafts- und Verwaltungsschule, in eine höhere Wirtschafts- und Verwaltungsschule, in eine superhohe Wirtschafts- und Verwaltungsschule und was weiß ich was noch alles. Und dann in ihren Laden. Nüsse verkaufen. Mich um die Buchhaltung kümmern. Zu Weihnachten und zum Muttertag und zu Ostern große Geschenkpakete zusammenstellen ... in Form eines Sterns oder eines Herzens oder eines halben Ostereis ... mit Mandeln, Datteln, Feigen drin ... 'ner Schachtel Camembert, 'ner Flasche billigem Wein, Holzwolle ... Schleife drum rum ... Bitte sehr, Mijnheer, das macht dann fünfundachtzig Gulden. Meine Empfehlungen an die Gattin. Schöne Feiertage ... Da hatt' ich keinen Bock drauf. Krach mit meinem Pflegevater ... und tschüs. Pflegefamilien gibt's genug auf der Welt.«

Flix knibbelte ein Stück Eierschale ab, steckte es zerstreut in den Mund und begann es zwischen den Backenzähnen zu zermahlen. Ich merkte, daß er mit flüchtigen Blicken den Eingang im Auge behielt. Felix Boezaardt war ein Bulle von einem Kerl geworden. Breite Schultern, überquellender Bauch. Sein Gesicht war noch wie früher aufgedunsen vom Asthma. In seiner Brust bollerte der Wind wie in einem Schornstein. Ich sagte: »Der Wechsel der Umgebung hat aber nicht viel gebracht, wenn ich das so höre. Es war doch psychisch, oder?«

»Ja, und gerade deswegen wurde es immer schlimmer. Ein Kind in immer wieder andere Familien zu stecken, damit es sein Asthma los wird ... das war ja wohl die beschissenste Methode, die sie sich ausdenken konnten. Den Leuten geht es ja nur um ...« (Er sah schnell zur Tür. Niemand.) »... um das Pflegegeld. Ich hab nie was anderes getragen als geflickte Sachen von meinen sogenannten Brüdern. Sie selbst wurden von der Knete, die ich mitbrachte, neu eingekleidet. Menschenhandel, nichts weiter. Abwaschen mußte ich ... ein gutes Beispiel geben ... mit zu den Pfadfindern, wenn das gerade angesagt war. Wildfremde Mütter, die einen unbedingt in der Badewanne abschrubben wollen ... Scheiße noch mal. Eine hat sich mal genau vor mir gebückt, um den Vorleger geradezuziehen ... hatte keine Unterhose an ... *so'ne* Ritze. Bäh.«

Flix spuckte einen Kalksplitter aus und legte das Ei auf den

Tresen. Da es aber wieder herunterzurollen drohte, nahm er es erneut in die Hand und begann es mit seinem Daumennagel zu schälen. Dabei ließ er den Eingang nicht aus dem Auge. Ich fragte ihn, wo er nach seiner »Kokosnoot«-Zeit hingekommen war.

»Zu einer Pflegefamilie in Rotterdam. Andere Brüder, andere Schwestern, andere Wünsche. Da haben sie mich auf die Graphikschule geschickt. Und als das nichts brachte, auf die Gewerbeschule . . . Du kannst es dir bestimmt schon denken: Ich bin auf dem Bau gelandet. Erst in Spijkenisse, später, über einen Leiharbeitgeber, in Hamburg. Hat mir gut gefallen, Deutschland. 'ne schöne Mark verdient, schwarz . . . Aber weißt du, was das Verrückte ist, Albert? Bei dir trau ich mich, es zu erzählen, du bist ein sensibler Typ . . .« Er biß von dem hartgekochten Ei ab und schaute zur Tür. »In der Graphikschule hatte ich mir in den Kopf gesetzt, daß ich Kunst machen wollte.« Er schluckte, aber der trockene Bissen blieb ihm in der Speiseröhre stecken. Ich roch den fauligen Geruch aus seinem Mund. Wir waren zusammen aufgewachsen. »Da gab's 'nen Lehrer, der hat mal über van Gogh gesprochen. ›Van Gogh‹, hat er gesagt, ›war eigentlich ein Pointillist. Aber weil er so ein Nervenbündel war, hat er Strichelchen anstelle von Pünktchen gemalt.‹ So hat es angefangen . . .« Nach jedem dritten Wort hickste er mit schmerzlich verzogenem Gesicht. Er war sich keinen Moment lang bewußt, daß er ein Ei aß. »Aber auf der Akademie können sie mich nicht riechen. Du mußt mindestens den Realschulabschluß haben, und ich hab noch nicht mal die Handelsschule beendet . . . Mit 'nem Diplom bringt man's heutzutage weit in der Kunst . . . Ich schreib schon seit anderthalb Jahren Briefe: nach Enschede, nach Amsterdam, Den Bosch, Tilburg . . . überallhin, wo's 'ne Kunstakademie gibt. Und überall: Fehlanzeige.«

Er trank von seinem Bier, lauerte zum Eingang. Auf meine Frage, wovon er im Moment lebe, nahm er mich mit hinaus zum Parkplatz vor der Mensa und zeigte mir sein Auto. Ein staubiger Peugeot, gebraucht gekauft. Er trat kräftig gegen die Seite, die schon eine Beule hatte.

»In der Tür da hab ich in diesem Frühling vierunddreißig Kilo vom Feinsten aus Marokko geholt. Endziel Stockholm. Von Gibraltar in einem Rutsch nach Kopenhagen gedüst ... Nirgendwo Trouble gehabt. Wir waren zu dritt. Ich weiß nicht, ob du die beiden anderen kennst ... Peter van Ravenstein und Henri Govers. Na ja, der van Ravenstein ist jedenfalls 'n ganzes Ende weniger clever, als wir anfangs dachten. Geschickt ist er ja, aber sonst ... Der lötet für junge Hunde den Futternapf auf einen umgedrehten Eimer ... dann können ihre Beine nicht schief wachsen. Genial. Aber sonst ... vergiß es. Zum Glück konnten wir ihm in Kopenhagen weismachen, daß wir beschattet wurden ... daß er besser im Hotelzimmer blieb, während Henri und ich in Stockholm unseren Deal machten. Er hat sich nicht mehr rausgetraut ... In Schweden ham wir wie die Fürsten gelebt. Jeden Morgen hat uns ein Privatchauffeur im Hotel abgeholt. In Uniform. Der hat schon mit der Türklinke in der Hand gewartet, wenn Henri und ich rauskamen. Wenn wir uns auf dem Weg in die Innenstadt 'nen Joint gedreht haben, dann hat er sofort ... mit seiner behandschuhten Flosse ... den Aschenbecher rausgezogen. Wir haben in einem Restaurant mit abgetrennten Sitzecken gegessen, wo die Musik aus Lochpaneelen kam. Der Chauffeur wollte sich nicht zu uns setzen. An einen extra Tisch, ja, aber nicht zu uns ... Und soll ich dir was sagen, Albert? Du kannst tausend Chauffeure nehmen ... erstklassige Hotels ... du kannst dich mit allem umgeben, was die Schwantjes haben, oder wie sie alle heißen ... es schmeckt nicht. Okay, ich hab in Stockholm gute Geschäfte gemacht, bin wieder ohne Probleme nach Hause gekommen, aber jetzt, wo das Geld beinah alle ist, droht alles aufzufliegen.«

Wir gingen wieder hinein.

»Darum bin ich heute abend hier ... weil ich diesen van Ravenstein abpassen will. Der hockt hier jeden Abend rum und spuckt große Töne bei jedem, der's hören will, was für ein Schwein wir gehabt haben. Wedelt mit Tausendern rum, erzählt alles haarklein ... Das kann auf die Dauer nicht gutgehen.«

In diesem Moment kam Evelyn rein, mit ein paar Bekannten.

Die Whiskyflasche lag schwer in meiner Umhängetasche, deren Henkel mir in den Hals schnitt. Ich beschloß, den Inhalt mit niemandem zu teilen. Das war eine Angelegenheit zwischen meinem Alten und mir.

Für den ersten Schluck zog ich mich in die Mensatoilette zurück. Allein schon die Form der Flasche verhieß nichts Gutes: viereckig, mit rundem Hals. Sie lag wie ein Fremdkörper in meiner Hand. Die Übelkeit erregende Spannung, die ich im Magen und im Gedärm verspürte, ließ sich noch am ehesten damit vergleichen, was ich im vergangenen Sommer bei dem Versuch, in ein Mädchen einzudringen, durchgemacht hatte. Ich brach die Blechversiegelung und drehte den Deckel auf. Auch der Geruch, der aus dem Hals aufstieg, gefiel mir nicht. Er war durchdringender als der Genevergeruch aus dem Mund meines Vaters. In dem ruhigen Toilettenraum, in dem ich auf der heruntergeklappten Brille saß, konnte ich mein Herz dröhnen hören. WC's waren für unappetitliche und beschämende Dinge da. Ich bemühte mich nach Kräften, mir die Feierlichkeit des Augenblicks vorzuhalten: Ein Sohn verbrüdert sich mit seinem Vater. Wie kleine Jungs eine Blutsbrüderschaft unter Indianern nachahmen, indem sie kleine Schnittwunden an ihrem Arm aufeinander drücken, so würde ich jetzt seinen Alkohol in mein Blut mischen . . . Ich setzte die Flasche an die Lippen und nahm einen Schluck.

Fusel.

Brennend sank das Zeug in meiner Brust abwärts und brachte sofort meinen Magen in Aufruhr. Ich blieb noch einen Moment sitzen, in einem fort schluckend, damit die Säure nicht hochkam, und spürte, wie sich die Wärme, eine irritierende Art von Glühen, rasch im ganzen Körper ausbreitete. Arme, Beine, Kopf . . . bis in die entlegensten Ecken und Winkel raste das Feuer.

Gleich würde es passieren . . . Die Vorstellung, eingesperrt zu sein, war plötzlich unerträglich. Weg von hier! Ich schraubte den Deckel auf die Flasche, steckte diese wieder in die Tasche und machte, daß ich unter Leute kam.

Aber es passierte nichts. Die Glut verflüchtigte sich, und bis auf ein hohles Gefühl im Magen wurde alles wieder normal. Ich hätte natürlich mehr nehmen müssen . . . mehrere Züge nacheinander . . . Der Abend war noch nicht zu Ende.

Das Festgelände, sahen wir von der Cafeteria aus, füllte sich langsam. Es war Viertel nach sieben. Um halb acht sollte das Programm beginnen. Wir beschlossen, uns einen Platz zu suchen.

»Den van Ravenstein erwisch ich nachher noch«, sagte Flix.

Als wir mitten im Publikum saßen, verteilte ein Freund Bierdosen. Mich überging er automatisch, so bekannt war meine Abneigung gegen Alkohol. »Albert, der nimmt noch nicht mal 'ne Rumbohne.« Mit dem Rücken zu den anderen – ich hielt sogar Eefje auf Distanz – achtete ich darauf, daß lediglich der Flaschenhals aus der Umhängetasche ragte. Ich ließ den Alkohol möglichst direkt in die Kehle gluckern, um ihn nicht schmecken zu müssen.

»Sieh an, sieh an«, hörte ich schon bald jemand hinter mir sagen. »Albert hat seine eigene Flasche.«

»Ah, ein heimlicher Trinker!«

»Er hält sogar das Etikett vor uns verborgen. Monsieur spielt den Fünfsterneober.«

»Er schämt sich natürlich. Da ist bestimmt Orangensaft drin. Ich hab ihn noch nie was anderes trinken sehen.«

Es wurde dämmrig vor meinen Augen, die Lichterketten um die Bühne verschwammen, doch ich hörte erst auf zu trinken, als ich in Atemnot geriet. Die Flasche war zu zwei Dritteln leer. Ich wollte alle Räusche meines Vaters auf einmal erleben. Ein Crashkurs. Mein Magen brannte lichterloh. Ich rülpste ununterbrochen.

Sonst passierte nichts. Nur daß ich eine volle Blase hatte. Ich sah mich um: Wir saßen inmitten eines Menschenmeers.

»Wo kann man denn hier bloß pinkeln?« sagte ich zu Flix.

»Hab ich mich auch grad gefragt ... Dort drüben sind Büsche. Komm mit.«

Quer durch die Menge folgte ich ihm zu einem Gebüsch am Rande des Geländes. Ich achtete ganz genau auf mögliche Veränderungen an mir. Auf der anderen Seite der President Kennedylaan ragte die Technische Hochschule auf. An vielen Stellen in dem Gebäudekomplex brannte Licht. Ich sah, ganz klein, weiße Kittel herumwuseln. So spät noch mit Versuchen zugange ... Nein, ich dachte und beobachtete immer noch klar, und auch an meiner Motorik haperte nichts. Ich war noch immer das Gegenteil meines betrunkenen Vaters. Hatte ich mich mit diesem billigen *O'Flanagan* übers Ohr hauen lassen? Ich glaubte sogar, Details klarer als je zuvor in mir aufzunehmen ... fühlte mich ungewohnt leicht ...

Flix und ich pinkelten Seite an Seite. »... du wirst also verstehen«, sagte er, »daß Eltern mir ziemlich schnuppe sind. Ich war schon mit so vielen Müttern gesegnet ... Mevrouw Boezaardt ist darunter ganz verschwunden. Eigentlich bin ich so was wie 'n Waise. Von mir aus. Erspart einem 'n Haufen sentimentales Getue. Diese Härte ... hab ich doch eigentlich gratis dazugeliefert bekommen.«

Meine Blase war eher leer als seine. Während ich wartete, bis Flix fertig war, schaute ich über die Köpfe der Leute zur Bühne. Die erste Gruppe trat auf. Applaus. Die Musik, die jetzt einsetzte, war wahrscheinlich sehr banal, hatte jedoch eine Wirkung auf mich wie noch keine zuvor. Rührung und Kraft, das waren die beiden Dinge, die mit Macht hochkamen. Ich mußte etwas tun. Ich sah mich nach Flix um, den Freund aus Kindertagen, und wie er da stand, ging mir das Wehrlose seiner Haltung auf. Er urinierte, den Rücken mir zugewandt, in einen Brombeerstrauch. Als er kurz auf den Zehen wippte, um die letzten Tropfen abzuschütteln, konnte ich es nicht lassen, ihn mal eben zu schubsen. Ich war erstaunt über meine eigene Spitzbübischkeit ...

Um nicht vornüber zu fallen, machte Flix ein paar schnelle Schritte ins Gebüsch. Er fluchte und drehte sich um. Obwohl er sich nicht nur die Handrücken aufgeschrammt hatte, war er zu erstaunt, um sich zu wehren.

»Herrgottnochmal, was ist denn mit dir los ... Du hast dich aber verändert, Mann.«

Auf dem kurzen Stück vom Brombeergebüsch zu unserem Platz unter den Menschen wurde ich auf einen Schlag sturzbetrunken. Ich trat auf Hände und Beine, drehte mich bei jedem Widerstand, auf den meine Füße stießen, um die eigene Achse, so daß ich von Flix wieder in die richtige Richtung geschubst werden mußte.

»Schau mal«, rief einer. »Schau ... da ist einer am Ausflippen ...!«

Ausflippen ... das Wort kam in Eindhoven und Umgebung gerade in Mode, zusammen mit dem LSD, das es unterstellte.

»Idiot«, hörte ich mich noch schreien, »Idiot, mit deiner dämlichen Subkultursprache ...!«

»Er flippt aus! ... Er flippt aus!«

Ich kam stolpernd und stammelnd bei unserer kleinen Gruppe an und stürzte mich sofort auf die Umhängetasche. Mitten durch die Nacht, die mich plötzlich umgab und einschloß, erklang Evelyns Stimme: »Flix ... ey, so heißt du doch? Flix, was hat er denn da für 'ne Flasche? Nimm sie ihm bitte weg.«

Mein einziger Halt, viereckig und glatt, wurde mir aus den Händen gezogen. »Fast leer, verdammt noch mal.« Das war Flix. Er hatte eine schwerere Stimme bekommen ...

»Gib her, du Sack«, bekam ich noch heraus. »Ich mach's nicht zum Spaß. Es ist eine ...«

Nein, ich brauchte nicht nach dem Wort zu suchen. Es war bereits da, groß und warm und rührend, aber es wollte nicht heraus. Läuterung?

Im nächsten Augenblick sah ich Füße gegen eine Decke aus Erde treten. Ich hing über Flixens Schulter. Neben seinen Armeeschuhen trippelten Evelyns Turnschuhe. Kurz darauf saß ich an sie gelehnt auf der Rückbank – des Peugeots, nahm ich an. Flix schwang sich hinters Lenkrad.

Die Straße bestand aus lauter Kurven. Und dazu ihre Stimmen, die ein Komplott schmiedeten. Kannten die beiden sich?

»Lebensgefährlich . . .« »Er darf nicht wegtreten, hörst du? Auf gar keinen Fall.« »Lebensgefährlich. Er trinkt nie . . . und jetzt auf einmal eine ganze Flasche. Das ist doch . . .« »Sorg dafür, daß er bei Bewußtsein bleibt . . .«

Ich blieb bei Bewußtsein, trat nicht weg. Aber alles um mich herum war weggetreten . . .

In der Wemstraat, so wurde mir später erzählt, rollte ich wie ein Sack alter Lumpen aus Flixens Auto. Genauso aschfahl wie ich erschien meine Mutter in der Tür. »Oh . . . was ist denn mit ihm?«

»Er hat was Falsches gegessen«, hörte ich Flix am anderen Ende des Dorfs rufen. »Das ist ihm nicht bekommen. Vielleicht eine Lebensmittelvergiftung . . .«

Ein Mißverständnis. Ich hatte ja gar nichts gegessen, nur etwas getrunken . . . einen Toast auf Albert Egberts . . . senior . . . ausgebracht . . . aber der war nirgends zu finden gewesen.

»Mama, sie haben mir meine Flasche weggenommen.« Ich sagte es zu leise. Gedanken haben tiefe Flüsterstimmen . . .

Flix und Eefje trugen mich hinein. So, ohne meine Mithilfe, war ich bleischwer für sie. Ich wurde auf den kalten Fußboden im Flur gelegt. Flix gab mir ein paar Klapse ins Gesicht.

»Er darf nicht wegtreten«, hörte ich ihn sagen. Die Worte kamen mir bekannt vor. »Wir müssen zuschauen, daß wir ihn zum Kotzen kriegen.«

Flixens Klapse und die Kühle der Fliesen im Flur taten das ihre: Für einen Moment wurde es hell. Ganz am Ende meines Körpers, noch hinter meinen Schuhen, erschien mein Vater in der Wohnzimmertür . . . Ein spöttischer Zug zeigte sich in seinem Gesicht. Ich lag wie ein Lumpensack vor seinen Füßen, weiter von ihm entfernt denn je . . . Er stand mir zu fern, als daß er meine Geste hätte verstehen können. Niemals würde er imstande sein, ein Opfer darin zu sehen. Bis auf den Boden, bis auf den Grund der Flasche war ich gestiegen . . . und dort herrschte nichts als Leere, Finsternis, Einsamkeit,

Lähmung, Todesangst . . . Dort watete man durch schlammdicken Bodensatz, aber er, er war nirgends zu sehen.

Theatralisch, mit abschätzig gerümpfter Nase, schnupperte mein Vater den Geruch, der mir entwich.

»Was Falsches gegessen, hä?« sagte er höhnisch. »Oder was Falsches getrunken?«

Das war alles. Der Mann drehte sich um und verschwand im Zimmer. Er hatte mich genau dort, wo er mich haben wollte. Ein betrunkener Fehltritt meinerseits konnte nur dazu dienen, seine früheren Fehler auszulöschen. Mit jedem Glas, das ich in mich reinschüttete, würde er eines weniger zu sich genommen haben.

»Ja, er hat getrunken, Mevrouw Egberts«, gestand Flix jetzt meiner Mutter. »Mein Gott, und nicht gerade wenig. Gluckgluckgluck, weg war sie, 'ne ganze Flasche Whisky. Wo er, wie Evelyn sagt, doch noch nie 'nen Tropfen angerührt hat. Lebensgefährlich für jemand, der's nicht gewöhnt ist . . . In Null Komma Nix kann er 'ne Alkoholvergiftung kriegen. Das Zeug muß aus seinem Magen raus.«

Alkoholvergiftung . . . Ja, ich hatte richtig verstanden. Ich ging drauf. Aber ich wollte nicht . . . nein! Nicht diesen vergeblichen Tod nach einer Expedition, die zu nichts geführt hatte! Kein Ende wie Scott am Südpol! Ich versuchte, bei Bewußtsein zu bleiben, mich auf Gesichter und Stimmen zu konzentrieren . . . Aber meine Sicht wurde schwächer und schwächer . . . bis ich überhaupt nichts mehr sah.

Sie schleppten mich zu dritt die beiden Treppen hinauf. Albert Egberts senior ließ sich nicht mehr blicken.

»Er hilft nicht mit«, hörte ich bei jeder Biegung. Und oben sagte Flix: »Er ist ja fast blau. Er bekommt todsicher 'ne Vergiftung, wenn er nicht schnell alles rauskotzt.«

Meine Mutter brachte einen großen Plastikeimer, in den sie meinen Kopf steckten. Flix hielt meine Beine fest, während meine Mutter mir auf den Magen drückte und Eefje mir auf den Rücken schlug.

»Spucken, verdammt noch mal!« rief Flix, der mich zehn Zentimeter weit absacken ließ und mich dann wieder hochzog. »Mann, so kotz doch! Blödmann!« Und zu den anderen: »Er macht nicht mit. Alles sitzt bombenfest. Wir müssen einen Arzt rufen.«

Wie meine Mutter später erzählte, kamen zwar ganze Serien kollernder Winde aus meiner Hose, aber danach hatte keiner gefragt.

»Altes Ferkel!« rief sie, denn sie genierte sich vor meiner Freundin. »Schäm dich was . . .!«

»Es geht in die falsche Richtung«, konstatierte Flix. »Es muß runter und nicht hoch. Aber er versteht es falsch, weil er aufm Kopp steht.«

Das Schlimmste war das völlig Nutzlose meiner Erniedrigung. Zwei Stockwerke tiefer saß der Mann vor dem Fernseher, den ich da mal zwischen dem Mobiliar hatte liegen sehen, bewußtlos vom Saufen . . . aber trotzdem fand seine Hand noch den Weg zum Hosenschlitz, knöpfte ihn auf und hängte den labbrigen Dödel raus, so daß er seinen Urin wie ein krankes Pferd über den Boden laufen lassen konnte . . . Es war vor allem dieses letzte Restchen Geistesgegenwart, dieses winzige bißchen Anstand in jeder Lebenslage, das ich an ihm haßte. Dadurch wurde seine Lasterhaftigkeit unglaubwürdig. Es hinderte einen daran, einen Märtyrer und Heiligen aus ihm zu machen. (Übrigens war das Bewußtsein nicht weiter vorgedrungen als bis zu seiner Hand. Der Vorfall, dessen einziger Zeuge ich war, hatte nie einen Platz in seiner Erinnerung erhalten. Wenn er betrunken war, erwies sich sein Gedächtnis als abwesend. Am Samstagnachmittag legte er es ab, um es erst im Laufe des Sonntags oder Montags wieder aufzunehmen. Dagegen waren meine Erinnerungen an ihn am schärfsten, wenn er besoffen war. Soweit seine Vergangenheit noch in Erinnerungen existierte, war sie auf ihn und auf mich verteilt. Den dunkleren Teil übernahm ich.)

Flix befahl Evelyn, mir einen Finger in den Hals zu stecken. Jahre später erzählte er mir, wie sie gezögert hatte . . . und ich verstand, warum. Durch meine umgekehrte Haltung mußte sie das Gefühl gehabt haben, eine Handlung zu Ende zu führen, die sie mir wenige Tage zuvor verwehrt hatte, zu Ende zu führen, indem sie sich von einer Sekunde zur nächsten in eine Meerjungfrau verwandelte und meine Hand von sich warf, als wäre es ein loses Ding. Ein Mädchen aus der besseren Gegend. Flix gegenüber traute sie sich nicht, sich zu weigern, aber ihre Aversion gegen mich muß in diesem Moment bereits größer gewesen sein als ihre Verliebtheit.

»So tief du nur kannst«, sagte Flix zu allem Überfluß noch.

Eefjes zartes, mit Ringen und Armreifen geschmücktes Händchen schob sich klimpernd an der Innenseite des Eimers abwärts ... Ein zur Hälfte mit Metall bedeckter Finger zwängte sich zwischen meine Lippen und Zähne und grub sich durch die Mundhöhle in meinen Rachen vor ...

Im nächsten Moment entlud ich mich mit einem Schüttelkrampf von unvorstellbarer Kraft. So plötzlich, daß ich gleichzeitig mit meinem Mageninhalt auch Evelyns Finger erbrach. Wie ein eben gefangener Karpfen hing ich zappelnd in Flixens Händen. Mein Kopf stieß den Eimer um, so daß das Erbrochene nach allen Seiten spritzte. Genauso als risse jemand ein Perlenkollier entzwei: Makellose Tropfen flogen in alle Ecken des Raums. Ich erkannte den Geruch wieder, den ich vor einigen Stunden beim Öffnen der Flasche gerochen hatte.

Als Draufgabe geschah noch ein kleines Wunder: Aus dem letzten Rest Schleim bildete sich zwischen meinen Lippen eine Prachtblase.

»Wenigstens atmet er noch«, sagte Flix.

Nachdem Flix und Evelyn mich aufs Bett gelegt hatten, verschwanden sie – auf das Fest, das jetzt wohl in vollem Gange sein würde. Ich blieb allein zurück mit meiner Mutter. Oder, besser gesagt: Allein meine Mutter war da. Die Überdosis Whisky hatte mich zu einem solch absoluten Minimum reduziert, daß meine Anwesenheit vollständig in der ihren aufging.

Natürlich: Sie räumte meine Schweinerei weg. Irgendwo links von meinem Bett muß sie auf den Knien gelegen und mit einer harten Bürste den Teppichboden gesäubert haben. In regelmäßigen Abständen stellte sie den Eimer um, dessen

Henkel dann kurz hochwippte und mit einem leichten Ticken auf dem Rand aufkam.

Doch für mich, wie ich da lag (blind, mich, unabhängig vom Bett, unaufhörlich um zwei entgegengesetzte Achsen gleichzeitig drehend), war sie unmöglich im Raum zu orten. Sie befand sich nicht links oder rechts von mir, nicht über und auch nicht unter mir, nicht nah, nicht fern . . . Sie war überall. Sie war . . . um mich, wie eine Wolke, eine endlose Wolke. Sie war alles, was ich nicht war. Ich wurde durch sie begrenzt, sie durch nichts.

Die Situation hatte etwas unendlich Vertrautes.

Das rhythmische Gescheuer, das ebenfalls nicht aus einer bestimmten Ecke kam, wirkte angenehm. Es begleitete sie, die um mich war. Manchmal – wenn meine Mutter die Bürste ins Seifenwasser tauchte – hörte es plötzlich auf. Unerträglich! Ich wollte, daß es weiterging, immer weiterging . . . daß es nie aufhörte . . .

Ich entdeckte, daß ich mit dieser mich umgebenden Mutter jedesmal, wenn das Gescheuer aufhörte, in Kontakt treten konnte, einfach indem ich sie ansprach.

»Mama . . .?«

Die Antwort kam gehetzt, überbesorgt und doch beruhigend. Ihre Stimme war schwer und dunkel und schloß mich noch mehr ein, als ihre Anwesenheit es bereits tat. »Ja, mein Junge, was ist?«

Ich konnte nur ganz kindlich reden, als hätte ich es gerade erst gelernt. Später hatte meine Mutter Kostproben davon zum besten gegeben. Ich tat dann, als wolle sie mir nur etwas vormachen, wußte es inzwischen jedoch besser: Ich erkannte die Sprüche wieder.

»Mama . . . Mamsipamsi . . . wenn du nicht böse bist . . . dann wird es mir nicht mehr schlecht . . . okay?« Und: »Ich bleib ganz ruhig liegen . . . dann brauchst du morgen das Bett nicht zu machen . . . is das nich schön?«

Und noch mehr von solchem Gewäsch. Ich verspürte jedesmal eine kindliche Freude, wenn auf eine Frage von mir ihre Antwort mich umfing. Für die Besorgnis, die in ihr mitschwang (»Ob das wohl wieder in Ordnung kommt, oder hat er da oben einen Schaden abbekommen?«), hatte ich kein Ohr.

Am nächsten Morgen bekam ich beim Frühstück noch ein paar gehässige Bemerkungen meines Vaters zu hören. »War ich nicht gut, daß ich's gleich gerochen hab . . . Trinken, mein Junge, das muß man können . . .«

Er wußte auch zu berichten, daß »Flix von Maaike Kopland« in dieser Nacht um vier Uhr von der Polizei aus dem Bett heraus festgenommen worden war. Er hatte es von jemandem gehört, der wie er in aller Frühe den Hund ausführte.

Einige Zeit darauf wurde Flix zu sechs Monaten Gefängnis, abzüglich U-Haft, verurteilt, die er in Den Bosch absitzen mußte. Zwischen seinem schwedischen Paradies und den schwedischen Gardinen hatte er gerade noch Zeit gefunden, mir das Leben zu retten.

2

Die Schwangerschaft, deren Objekt man ist, dauert lange genug, um das ganze Leben lang gegenwärtig zu bleiben, in welchen Bildern oder Phobien auch immer – die Geburt selbst dagegen ist im Handumdrehen vorbei und kann einem leicht entgehen.

Trotzdem bewahre ich an meine Geburt eine Erinnerung, die früher ausschließlich in Fieberträumen hochkam, wenn ich Grippe hatte, der ich in den letzten Jahren jedoch auch einige Male im Elend eines Entzugs begegnet bin.

Die Erinnerung beinhaltet lediglich ein Gefühl, zu dem sich der phantasierende Träumer dann verzweifelt ein Bild sucht. Keine leichte Aufgabe im übrigen, denn dieses Gefühl ist eines der Angst und der Erleichterung zugleich.

Als ich elf war, wurde ich einmal nach der Schule vom Schrekken des ganzen Dorfes, Jantje Obbes, mit einem Messer bedroht. Seine Handlanger – ein als Rohling bekannter Söldner namens Tom Sijbrandts und Flix, mit dem ich damals Krach hatte wegen Egbert Egberts Onkelschaft – hielten mich fest. Ich war mit den Füßen im Fahrradständer eingeklemmt. Ich wurde gepiesackt und gequält und war keinen Augenblick sicher, ob sie nicht doch zustechen würden.

Als sie genug davon hatten, baute sich der Gangster Jantje Obbes noch einmal dicht vor mir auf, legte mir fast liebkosend die Hände um den Hals, kreuzte die Daumen über meinem Adamsapfel und sagte (er sprach einwandfreies Niederländisch, zischelte aber, weil zwei Schneidezähne etwas auseinanderstanden): »Hör mal gut zu, Freundchen . . . Wenn deine Mammi sich bei Jantje Obbes' Mutter beschwert, dann drückt Jantje Obbes dir die Kehle zu. Und das macht Jantje Obbes so . . .«

Woraufhin er die Daumen fest gegen meinen Kehlkopf drückte. Er verringerte den Druck, erhöhte ihn wieder, und das mehrere Male hintereinander. Ich hatte noch Angst, und zwar richtige Angst, wußte aber gleichzeitig, daß das Schlimmste vorbei war.

Was er mich spüren ließ, war, was ich schon früher in jenen Fieberträumen gespürt hatte. Ich wurde wie auf einer Gruselkirmes mit wechselnder Geschwindigkeit durch glibberige, leberartige Massen gequetscht, die mal reichlich Raum für mich ließen, sich dann aber wieder fest um mich schlossen, fast würgten. Doch stets erschlaffte der Würgegriff wieder, und das Verebben des Krampfes aus dem Kehlkopf (vergleichbar mit der Erleichterung, die eintritt, wenn ein steckengebliebener Essensbrocken seinen Weg durch die Speiseröhre fortsetzt) hätte ein unglaubliches Glücksgefühl auslösen können, wäre da nicht die Gewißheit gewesen, daß das Würgen sich wiederholen würde.

Das Bild, mit dem der Fiebernde seinem blinden Alter ego hinterherphantasiert, ist das eines dunklen, mittelalterlichen Stadtviertels, in dem die meisten Mauern blind und die wenigen Fenster verhängt sind. Alles glänzt vom Regen. Es gibt nur indirekte Beleuchtung, wie von Gaslampen, sichtbare Lichtquellen fehlen. Gepreßt werde ich durch dieses Labyrinth von Sträßchen, die sich nach Belieben erweitern und verengen. Doch obwohl mich die Mauern zerquetschen – ich spüre nirgends Stein; alles besteht aus derselben leberartigen Substanz.

(Als ich zum erstenmal – es war ein regnerischer Abend – ziellos durch das alte Zentrum von Perugia wanderte, hatte ich einen Kloß im Hals und mußte ständig schlucken. Diese farblos schimmernden Mauern, die durch das Treppauf, Treppab fortwährend in Bewegung schienen . . . eher stand dabei mein Körper still als mein Verstand.)

Diese wahnsinnige Kirmesfahrt halte ich für eine direkte Erinnerung an meine Geburt. Die einzige. Indirekte Erinnerungen daran besitze ich genug. Ich habe meine Mutter die Details so oft wiederholen lassen, daß ich mir ihre Erinnerungen im Laufe der Zeit zu eigen gemacht haben muß, wobei ich das Objekt war. Eine Assimilation, die mir leichtfiel, denn ich habe ja wirklich Erinnerungen an meine Geburt. (»Ich war doch selber dabei.«) Nur treten sie nicht als solche in Erscheinung. Gerüche, Geräusche, Bilder müssen sich irgendwo in mir verborgen halten oder eine andere Gestalt angenommen haben. Zum Beispiel die der Erinnerungen meiner Mutter ...

Was den Tod anbelangt, so gibt es zahllose Möglichkeiten, sich selbst zum Narren zu halten, eine noch vortrefflicher als die andere. Eine der hübschesten ist die von den Schutzringen.

Je mehr Generationen der eigenen Familie noch am Leben sind, desto gepanzerter gegen den Tod kann man sich fühlen. Urgroßeltern, Großeltern, Eltern ... es müssen so viele Saturnringe durchbrochen werden, ehe man selbst an der Reihe ist. Du wähnst dich sicher im Zentrum all dieser sich gegenseitig umschließenden Generationsschichten. Die beiden Elternteile, die dich umschließen, werden von vier Großeltern umschlossen, die eine Rinde von nicht weniger als acht Urgroßeltern um sich haben.

In der äußersten Schale befinden sich bei deiner Geburt meist schon große Lücken, sofern sie nicht überhaupt ganz verschwunden ist.

Ist jedoch nach beiden Großvätern auch noch dein Vater von dir abgeschält worden, so daß du deinerseits der äußerste Schutzring für deine Kinder und Kindeskinder geworden bist, so wird dir ein ganz hübsch kalter Wind um die Ohren blasen. Dann wird an dir gezerrt und gerissen. Das ist die rauhe Kehrseite allen Vaterhasses.

In dem kleinen Zimmer zur Straße hin, in dem ich auf die Welt kommen sollte, verstarb kurz vor meiner Geburt mein Urgroßvater Johannes. Er war im Spätsommer wie in jedem Jahr von seinem Wohnort Den Bosch nach Tivoli gekommen, um seinem Schwiegersohn beim Kartoffelroden zu helfen. (Mein Großvater besaß einen kleinen Acker am Puttense Dreef, auf dem er in erster Linie Kartoffeln anbaute.) »Opa Johannes«, wie ihn die Enkelkinder nannten, richtete sich auf dem Feld von Zeit zu Zeit auf, um sich den Schweiß von der Glatze zu wischen. Sobald er die Mütze abnahm, setzten Frans und Hasje, die ebenfalls mithalfen, ihren Ehrgeiz darein, einen der kleinen, harten, kugelrunden Erdäpfel auf Opas kahlen Schädel zu werfen. Meist verfehlten sie ihr Ziel, und er merkte nicht einmal, daß ihm etwas an den Kopf geworfen wurde. Trafen sie jedoch, so wurde er böse. Eine hartnäckige Familienlegende besagt, daß ein solcher Wutanfall (der kleine Frans hatte Opa eine steinharte Kartoffel an den Hinterkopf gepfeffert) schuld daran war, daß er einen Schlaganfall erlitt. Man mußte ihn von einem Bauern am Puttense Dreef auf einem Karren nach Hause bringen lassen. In besagtem Vorderzimmer legte man ihn zu Bett. Er durfte nicht nach Den Bosch transportiert werden. Es dauerte noch ein gutes halbes Jahr, bis er starb.

Obwohl ich mich über mangelnde Schutzringe anfangs nicht beklagen konnte, gab das jüngst erfolgte Abpellen des letzten kleinen Rests äußerster Schale durch den Daumennagel des Todes meiner Geburt etwas Unbehagliches.

Um Hanny, die im achten oder neunten Monat war, das Treppensteigen zu ersparen, trugen Albert und sein Schwiegervater eines Sonntagnachmittags Mitte April das Doppelbett in das kleine Vorderzimmer im Erdgeschoß.

Die Umstellung entging mir nicht. Ich kannte die Richtung, die ich zu gehen hatte: abwärts, der Erde entgegen ...

Als meine Mutter an jenem Abend um neun Uhr vorsichtig neben Albert unter die Decken schlüpfen wollte, spürte sie zwischen ihren angezogenen Knien und dem Busen auf einmal ein derart heftiges Rumoren, daß sie sagte: »Es würd mich nicht wundern, Altje, wenn er mit dem Beginn des neuen Monats schon da wär.« Sie hatte noch den spielerischen, vertraulichen Plauderton drauf, der – in ihren Träumen – zu den ersten Ehejahren gehörte.

Albert hatte bereits geschlafen. »Quatsch«, brummte er. »Wenn ich was mach, dann mach ich's richtig. Und dann kommt's erst raus, wenn's fertig ist. Jetzt schlaf endlich, um drei Uhr geht der Wecker.«

Nachdem er in Niederländisch-Indien sein Leben aufs Spiel gesetzt hatte, hatte er trotz aller schönen Versprechungen staatlicherseits keine andere Arbeit finden können als in einem belgischen Bergwerk. Nicht lange, nachdem ich in meinem Schacht zu keimen begonnen hatte, stieg er – aus einer

Art Solidarität, wie es schien – in den seinen hinab. Er stand um drei Uhr auf und saß um vier in dem Bus, der ihn ins Revier bringen sollte. Herbst, Winter, beginnendes Frühjahr: Er fuhr ein, bevor es hell wurde, und kam erst wieder herauf, wenn es zu dämmern begann, so daß er sich die dunkle Brille gar nicht aufzusetzen brauchte. Während er im Bus Richtung Heimat döste, wurde es völlig dunkel. Nach dem Abendessen ging er sofort ins Bett. Seine Nacht dauerte genauso lang wie meine, vom Spätsommer bis zum Frühjahr. Vielleicht waren wir nie intimer beieinander als in jenen Monaten, als er und ich, beide zu Isolationshaft verurteilt, durch Doppelwände voneinander getrennt waren.

Wo ich nun doch schon so bald kommen würde, hoffte Hanny inständig, es würde am dreißigsten sein. Am »Königinnentag« geboren und fortan Geburtstag feiernd, würde ich ihr das Gefühl geben, ein besonderes Kind zur Welt gebracht zu haben. Es würde im wahrsten Sinne des Wortes mit Pauken und Trompeten empfangen werden. Wie ihre gesamte Familie war sie sehr königstreu. So war es ihr auch das Opfer wert gewesen, drei Jahre auf den Mann warten zu müssen, der in der Ferne die Interessen des Fürstenhauses und des Vaterlandes verteidigte.

Der Interessenverteidiger selbst hatte währenddessen in seiner Unterwelt etwas mehr Klassenbewußtsein entwickelt – möglicherweise unter dem Einfluß jener zwei oder drei Neapolitaner Bergarbeiter, die noch häufiger »*chianu chiano*« riefen, wenn es ihnen zu schnell ging, als ihre Turiner Kollegen »*piano piano*«. Dennoch hinderte ihn seine neuerworbene revolutionäre Gesinnung nicht daran, den Königinnentag zu feiern. Da er in Belgien arbeitete, hätte er sich dafür normalerweise freinehmen müssen. In diesem Jahr fiel der Geburtstag des Staatsoberhaupts jedoch erstmals auf einen Sonntag und würde erst am ersten Mai gefeiert werden, der in Belgien für die arbeitenden Massen ein freier Tag war.

Konnte er den Tag der Arbeit dadurch entweihen, daß er zu Ehren der Monarchie einen draufmachte? Ausgeschlossen. Zusammen mit allen Sozialisten und Kommunisten war er der

Meinung, in den Niederlanden ließe man den Tag der Arbeit durch das Feiern des Geburtstags der Königin auf skandalöse Weise unter den Tisch fallen, der Königin wohlgemerkt, die ja das Symbol der herrschenden Klasse war.

Albert hatte eine Idee ... Wenn er am Sonntag einen draufmachte, dann könnten ihm seine sozialistischen Freunde nicht vorwerfen, »den Königinnentag zu feiern«, während er zu Hanny (die in ihrem Zustand kaum noch ein Auge für die Außenwelt hatte) sagen könnte, er gehe »sich mal eben den Umzug anschauen«.

Am dreißigsten April wollte er bis zehn Uhr ausschlafen, so daß Hanny gegen acht mit ihrer reifen Last über ihn kriechen mußte. Sie drückte schwer auf ihn. Er fluchte.

»Ja, tut mir leid«, sagte sie, »aber das ist nicht so einfach, wenn's dem Ende zugeht.«

»Dem End, dem End ... Wer is hier verdammt noch mal am End? Du vielleicht?« Er sprach schon wieder ganz nett Brabantisch. »Ich bin verdammt noch mal die ganze Woche um drei Uhr aufgestanden. Wenn *ich* jetz am End wär ...«

Auch beim Frühstück gab er sich noch mürrisch, wahrscheinlich, um seinen Mißmut hinterher als Entschuldigung für die Sauftour anführen zu können.

»Ich geh in die Stadt«, kündigte er gegen elf Uhr an.

»Wozu?«

»Den Königinnentach feiern ... was sonst? Wir ham nur einmal im Jahr Königinnentach. Da hab ich die ganze Woche weiß Gott genug für gerackert. Oder etwa nich?«

»Und wenn das Kind kommt ...? Du wirst mich doch nicht den ganzen Tag allein lassen ... oder?«

»Das kommt heut noch nicht. Lern erst mal richtig rechnen, Trulla. Du hast die neun Monate noch lang nicht rum ... was jammerst du da eigentlich? Unsere Mutter hat sich früher nicht so angestellt. Und die hat das dreizehnmal durchgemacht.«

Er setzte sich die dunkle Brille gegen das grelle Tageslicht auf, schwang sich auf sein Fahrrad und fuhr zum Tor hinaus – in ein stilles Eindhoven.

Mir keines Kalenders bewußt, begann ich meiner künftigen Mutter im Laufe des Tages Wehen zu besorgen. Zunächst noch ganz bescheiden. Ich legte nicht gleich zu doll los.

Hoffnungsvoll, und doch mit Angst im Herzen, wartete Hanny jede folgende Serie ab. Heute, ja, heute würde sie ihr Kind bekommen – sie war sich jetzt sicher.

Sie öffnete ein Fenster in dem kleinen Raum, hielt den Atem an und lauschte ... Draußen blieb alles still. Nicht einmal aus der Ferne wehten Geräusche heran, die auf einen Umzug hätten schließen lassen. Die Lynxstraat lag noch verlassener da als an anderen Sonntagen. Wo blieben denn die Fanfarenzüge? Blechmusik stimmte sie immer so heroisch. Sie hatte gehofft, es werde die Schmerzen lindern. In einer Entbindungsklinik in Peking brachten die Frauen bei Mozartmusik ihre Kinder zur Welt. »Mir ist das nicht vergönnt ...«

Vorsichtig beugte sie sich aus dem Fenster. Sie hatte sich nicht geirrt: An mindestens zwei Stellen hing die Fahne draußen, eine sogar mit orangefarbenem Wimpel. Fahnen von vor dem Krieg, wie's aussah, mit verblichenen Farben. Sie hingen reglos an ihrer Stange. Es war windstill, dazu feucht, und der Himmel war grau. Nein, das war nicht der Geburtstag, den sie sich für ihr Kind gewünscht hatte.

Sie rief ihre Mutter.

»Ja, Kind, was ist denn jetzt schon wieder?«

»Mama, ist denn heute nichts los? Es ist doch Feiertag ...?«

»Ja, Gott, Kind, das kann ich mir nun wirklich nicht alles merken. Aber ich frag mal deinen Vater ... Pau!«

»Feiertag!« rief Pau van der Serckt hinter seiner Zeitung hervor. »Ihr denkt immer nur an Feiertag! Morgen ist Feiertag, Mensch, den ganzen Tag. Heute ist Sonntag ... Ruhetag.«

Trotz des grauen Himmels und des verschobenen Feiertags hielten die Wehen an. Hannys Eltern behaupteten steif und fest, das alles sei »völlig normal«. Immerhin verboten sie zur Sicherheit ihren beiden jüngsten Kindern den Zugang zum Vorderzimmer, wo sich Hanny eben wieder ins Bett gelegt hatte. In dem Laken, das sie über sich gezogen hatte, zeichnete sich der zuckende Ballon von Zeit zu Zeit deutlich ab.

Sie dachte eine ganze Weile nach. Bekam sie ihr Kind morgen, so würde es von der Musikkapelle begrüßt werden. Aber es würde Jahre dauern, bis der Geburtstag des Kleinen wieder mit dem der Königin zusammenfiel. Wenn er jetzt käme, wäre jeder Geburtstag ein nationaler Feiertag . . .

So suchte sie sich aus verschiedenen Gewändern das schönste aus, in das sie ihr Kind dann kleiden konnte.

Als die Wehen erneut einsetzten, rief Hanny wieder nach ihrer Mutter.

»Ich will's heute kriegen . . . Heute, und keinen Tag später. Komm, geh die Frau holen.«

»Ach was, es ist noch viel zu früh, Mädchen.«

Da die Leute einen freien Montag in Aussicht hatten, schleppte sich der Sonntag noch schwerfälliger und schweigsamer dahin als sonst. Jedes Geräusch wurde sofort von der grauen Glocke erstickt, die über allem lag. Albert ließ sich nicht blicken, genau wie ich.

Abends um halb sieben machte sich Hannys Vater auf den Weg zu Philips, wo er im Schichtdienst arbeitete. Er war noch nicht ganz zur Tür raus, da erschienen ihre Mutter und ihre Schwester Tineke im Vorderzimmer, schon im Mantel.

»Wir gehen mal kurz in die Stadt«, sagte die Mutter. »Schauen, ob nicht vielleicht doch was los ist. Wir beeilen uns und sind ungefähr in 'ner Stunde wieder zurück. Mehr, um mal frische Luft zu schnappen . . . Die beiden Rotznasen müssen gleich nach dem *Schaukelpferd* ins Bett.«

Hanny wußte nur zu gut, daß sie ins Kino gingen, und protestierte. »Laßt mich jetzt nicht allein . . . Es wird immer schlimmer . . .«

Aber sie sagte es zu leise. Die Frauen brauchten es nicht gehört zu haben. Weg waren sie.

Die beiden »Rotznasen« hörten sich zwischen halb neun und neun im Nachthemd das Hörspiel *Das Schaukelpferd* an, woraufhin sie nach oben gingen. Das Radio blieb an und spielte Musik, die als »halbklassisch« angekündigt worden war. Nachdem ich nun mit meiner Mutter allein war, begann ich wild in ihr herumzutanzen.

Zum Glück schaute gegen halb zehn die Nachbarin kurz herein, um zu fragen, ob Hannys Mutter »Lust auf 'ne Partie Karten« hätte. Sie sah sofort, was die Uhr geschlagen hatte.

»Ogottogott. Wo wohnt die Frau?«

Hanny gab ihr die Adresse der Hebamme und sicherheitshalber auch die der Wochenpflegerin, die die Schwiegertochter der ersteren war.

Keine Viertelstunde später war die Wochenpflegerin da. Die Nachbarin ging zu ihrem Kartentisch zurück.

»Kommt Ihre Schwiegermutter auch bald?« fragte Hanny.

»Ph! Madame war nicht zu Hause! Madame sitzt im Oranienkomitee! Muß noch dieses und jenes organisieren für morgen ... Ph! Hab ich mir's nicht gedacht!«

»Und jetzt ... was jetzt? Ich spür, wie's kommt ... es kommt!«

»Ich hab ihr 'nen Zettel in den Briefkasten getan. Mehr konnte ich nicht tun. Ich weiß auch nicht, wo die Oranientreuen sich treffen.«

Zwischen der Hebamme und der Wochenpflegerin, die meist gemeinsam zur Arbeit gingen, herrschte Rivalität, in die obendrein noch alle möglichen familiären Probleme hineinspielten. Es war deutlich, daß der Pflegerin die Abwesenheit ihrer Vorgesetzten nur recht war. Sie würde das Kind schon schaukeln.

Die Frau auf dem Bett lag breitbeinig da, war aber keine Frau, die in einem Bett verführerisch die Beine breit macht. All die geheimen Falten, die jetzt so schamlos enthüllt wurden, waren bis ins Groteske verzerrt wie in einem Vexierspiegel. Ein langes Gesicht auf einem Luftballon, den man zu stark aufgeblasen hat. Das erste, was ich tat: meine Mutter langsam aufzupumpen, bis das Schönste an ihr zu einer Karikatur seiner selbst geworden war. Ich machte sie lächerlich, abstoßend für meinen Vater.

In ihrer Angst, mich ohne Hilfe auf die Welt bringen zu müssen, hatte Hanny mich so krampfhaft in sich gehalten, daß sie sich jetzt nicht mehr entspannen konnte. Die beiden Frauen begannen ihren langen Kampf in Weiß. Die eine stand über die andere gebeugt, hielt sie niedergedrückt und versuchte ihr etwas zu entringen. Da wurde getreten und mit zehn Fingern gleichzeitig in einen Fleischbeutel gekrallt. Keine gab einen Daumenbreit nach. Was bei diesem Scheingefecht am meisten fehlte, war echter Haß.

Um elf Uhr kam endlich Hannys Mutter nach Hause. Hannys Schwester Tineke hatte an diesem Abend in einem Tanzsaal ihren »Jungen aus gutem Hause« kennengelernt und war noch in der Stadt geblieben. Die Großmutter in spe machte sich ganz entgegen ihrer sonstigen Art emsig an die Arbeit. Aber es war schon nicht mehr nötig: Die Wehen hörten auf. Die Wochenpflegerin deckte Hanny solange mit einem Laken zu.

Albert Egberts hatte sich aus ganz anderen Gründen betrunken, als um seiner Aufregung über die bevorstehende Vaterschaft Herr zu werden. Um Viertel vor elf kam er auf einmal ins Vorderzimmer gestolpert. Leichenblaß und schnaufend stand er torkelnd unter der Deckenlampe, deren Schirm man abgenommen hatte, und ließ sich dann auf das Wochenbett fallen. Er blieb liegen, wo er lag: den Rücken seiner Frau zugewandt, Kopf am Fußende, Schuhe auf dem Kopfkissen. Er hatte noch alle Kleider an, sogar den Regenmantel. Er fiel auf der Stelle in einen bewußtlosen Schlaf.

Die Wochenpflegerin war auf die ihr eigene Weise verdattert: »Wer . . . wer ist *das* denn?«

»Der Vater vom Kleinen«, sagte Hannys Mutter mit allem triumphierenden Geschnaube, das sie ihrer Nase entlocken konnte. Alberts Über-die-Stränge-Schlagen machte ihre eigene Nachlässigkeit reichlich wett.

Darauf die Pflegerin: »Was machen wir jetzt mit ihm?«

»Liegenlassen«, sagte Hanny. »Der Kleine kommt jetzt doch nicht mehr. Und mein Mann muß um drei Uhr hoch und zur Arbeit fahren.«

»Morgen ist doch Königinnentag?«

»Er arbeitet in Belgien.«

Aber um halb zwölf setzten die Wehen von neuem ein, und die Frauen begriffen beide, daß es eine Frage des Jetzt oder Nie war. Die Pflegerin versuchte zwischendurch, den betrunkenen Mann wachzukriegen – ohne Ergebnis. Es dauerte insgesamt noch fast eine halbe Stunde, bevor ich in Sicht kam.

Und währenddessen lag Albert Egberts mit leicht angezogenen Knien und unter dem Gesicht zusammengelegten Händen da und wartete auf mich. In einer ähnlichen Haltung, wie ich sie noch einnahm, und ebenso unwissend in bezug auf das, was um uns herum geschah. (Er war die Vision des Babys: eine Vorverkörperung des jungen Mannes, der sich ein Vierteljahrhundert später in den Garten seiner Eltern setzen sollte, um über seine stillstehende Jugend zu trauern.) Als ob noch andere Vaterrechte geltend machen könnten und er um jeden Preis der erste sein wollte. Wer zuerst kommt, mahlt zuerst. Er übernachtete im Eingangsbereich eines Geschäfts, wo er am Morgen im Räumungsverkauf das begehrteste Schnäppchen ergattern wollte. Für 'n Apfel und 'n Ei glaubte er mich zu bekommen. Aber er schlief da so fest, daß andere nicht mehr als eine Türschwelle in ihm sehen konnten. Sie brauchten nur über ihn zu steigen.

Wo blieb Egbert Egberts?

Als endlich wie ein dunkles Auge aus der Höhle mein Kopf herausquoll, ging es auf Mitternacht zu.

Es war ein dösiges Auge, das sich faul halb öffnete, wieder schloß und dann plötzlich, weit aufgerissen, blutunterlaufen, vorquoll. Es öffnete sich der Welt. Was sah es?

Nichts. Es hatte weder Iris noch Pupille. Es war blind. Es blickte aus schwärzester Nacht in die Nacht.

Wo kam ich her und wo ging ich hin? Kam ich aus der Welt oder kam ich auf die Welt? Oder kam ich auf die Welt, die mich auch hervorgebracht hatte, so daß alles, dieses ganze »Zur-Welt-Kommen«, nur Theater war?

Wie dem auch sei: Ein Zurück gab es nicht mehr. Ich hatte keine andere Wahl, als die Welt wie ein kleiner König für mich zu beanspruchen. Ich trug meine Mutter wie einen Umhang. Der

Kragen schloß perfekt um meinen Hals. Ich bewegte mich auf ihren Armen fort, wobei ich mit ihren Beinen winkte. Ihr Kopf pendelte schreiend zwischen meinen Beinen hin und her. Ein besonders schönes Spiegelbild war es nicht ... Es ähnelte eher der verstümmelten Symmetrie einer Spielkarte.

Von rechtzeitigem Abführen hatte keine Rede sein können. Das erste, was ich von der Welt roch, war ihr Kot, der beim Pressen mit ausgetreten war. Ich wurde mit ihren Exkrementen ausgeschissen. Sie waren meine Brüder, meine Satelliten, meine Trabanten ... Aber ich roch noch etwas, was wesentlich unangenehmer war: einen scharfen Genevergeruch.

Das Geschnarche meines Vaters ging wie eine Brandung weiter, als das Geschrei meiner Mutter mit dem Schiff bereits hinter dem Horizont verschwunden war.

»Laß uns doch mal sehen ... Du stößt diesen großen Kopf aus deiner Mutter ... Was hast du jetzt eigentlich von der Welt zu erwarten, in die du dich in diesem Moment hinauswagst? Gut, es gibt ein paar Sicherheiten, auf die du bauen kannst ... zwei, bestimmt nicht mehr ... Laß mal sehen ... Die Frau um dich herum, derer du dich gerade entledigst ... ebenso fremd wie vertraut ... ist unumstößlich deine Mutter. Das ist schon mal Numero eins.«

»Zweitens: Du bist ein Junge«, sagte Thjum. »Das heißt, männlichen Geschlechts.«

»Okay. Aber jetzt Numero drei ... Sokrates ist sterblich. Mit anderen Worten: Auch du mußt dran glauben ...«

»Noch volkstümlicher ausgedrückt: Du kratzt ab ... Aber mach weiter.«

»›Ich bin nur einen Tod schuldig‹, quakt meine Oma immer. Und sogar dabei kann sie es nicht lassen, die Geste des Geldzählens zu machen. Da hast du unsere Erbschuld. Die einzige Schuld, die gleichzeitig ein Guthaben ist.«

»Jenseits von Soll und Haben ... der Traum jedes Buchhalters. Du bist heute nachmittag ja wirklich in Form. Aber deine dritte große Gewißheit ... mit Verlaub: Braucht die uns nicht erst später zu kümmern?«

»Wenn sie auch die am wenigsten dringliche zu sein scheint ... von den dreien ist sie trotzdem die größte und wichtigste ... und die unabwendbarste ...«

»Die größte, wichtigste und ... unabwendbarste ... ja, ja, ja ... aber doch auch paradoxerweise die ungreifbarste, unfaßlichste und ungewisseste Gewißheit. Weil sie in fast schon irritierender Weise unklar ist in bezug auf das Wann! ... das Wo! ... das Wie! ... das Warum!«

»Wo, wann, wie, warum ... Um derartige Unklarheiten einer Klarheit zuzuführen, brauche ich nur Selbstmord zu begehen. Dann habe ich Ort, Zeit, Methode und Motiv selbst bestimmt. Hab ich recht oder nicht?«

»Du bluffst! Scheinbar einer Klarheit zugeführt ... vermeintlich selbst bestimmt ... Hör zu. Ich kann mich nicht im Jahr 2197 umbringen. Und genausowenig im Jahr 1248. Ich kann mich nicht ertränken in dem, was mittlerweile Nordostpolder heißt, es sei denn, in einer dort stehenden Badewanne, und ich kann mir auch nicht in Niederländisch-Ostindien eine Kugel in den Kopp jagen. Und um mich in Danzig zu erhängen, muß ich derzeit nach Polen. Umgekehrt gilt, daß ich zu Cäsars Zeiten nicht das Auspuffrohr eines Autos in den Mund hätte nehmen können. Und am Ende des nächsten Jahrhunderts könnte ich nicht mehr vom Eiffelturm springen, weil der bis dahin längst in Grund und Boden gerostet ist ... Und was das Motiv anbelangt, Albert ... ein Anfall von Schwermut, eine schmerzliche Diagnose vom Facharzt, ein Korb, den man bekommen hat, ein Konkurs, ungünstige Börsennachrichten oder eine unglückliche Jugend ... all das gibt noch keine Antwort auf die Frage, warum ein Mensch, nachdem er auf die Welt gekommen ist, sterben muß. So, jetzt du, und dann ich wieder.«

Nein, ein Zurück gab es nicht. Ich wurde vorwärtsgepreßt. Das Leben ist unumkehrbar wie ein Fluß: Es kann nur in eine Richtung gehen. Es kann nicht umkehren, um etwas ungeschehen zu machen, zu löschen, noch einmal zu machen ... Man kann nur einmal ein- und einmal aussteigen.

Wir können sagen, daß Gott uns den Weg zeigt und uns das Bett bereitet. Wir können Gott auch für tot oder nichtexistent erklären und dann den tiefsten Punkt, auf den wir zufließen, unsere Entscheidung nennen. Das einzig Sichere ist . . . dieser tiefste Punkt.

Ein Fluß, der zu seinem Ursprung zurückfließt, befindet sich genauso auf dem Weg zum Tod. Und am schlimmsten von allem ist ein stillstehender Fluß. Er fließt nicht vor und nicht zurück. So habe ich geglaubt, das Fortschreiten der Zeit und das Nahen des Todes aufhalten zu können – indem ich stillstand, mich nicht mehr vorantreiben ließ . . . Doch Stillstand, das ist ja schon der Tod. Ruhe rostet, Stillstand stinkt.

Also fließen . . . Aber da ist schon die See, die Sammelmutter, die uns mit Zinsen wieder aufnimmt.

Es gibt keine Lösung. Die einzige Lösung ist bereits vor unserer Zeit – und sogar für immer! – von unseren Erzeugern verspielt worden, die ihrerseits betrogen auf die Welt gebracht worden sind. Und so weiter, bis zum Ursprung des Erbbetrugs . . .

Die einzigen, die uns vor dem Tod bewahren können, sind unsere Eltern – allerdings nicht in ihrer Eigenschaft als Eltern. Sobald wir zur Welt zu kommen drohen, werden sie (eine nicht wieder rückgängig zu machende Metamorphose) aus Bewahrern zu Mitschuldigen. Indem wir uns nach draußen winden, definieren wir sie in Null Komma nichts um. Sie schaffen ein Opfer schlicht und einfach dadurch, daß sie es zeugen. Ein Mord, der sich dem Bewußtsein der Welt entzieht. Die Erde nimmt zu gegebener Zeit schweigend die Leiche zu sich, ohne zu kauen, um sie mit unbewegter Miene zu zersetzen. Ungefähr so, wie meine Mutter das Brot in ihrem Mund zu Flocken zerfallen ließ, um ihren Vater hinter seiner Zeitung nicht mit Kaugeräuschen zu stören.

Unsere Eltern sind die selbstverständlich tolerierten Mörder auf Erden, und zugleich Opfer – Eigenschaften, die sich in unserer Moral gegenseitig aufgehoben haben. Unsere Sprache hat nicht mal einen Begriff für diese behutsame Form des Totschlags. Es ist nicht möglich, gegen seine Eltern eine offizielle Klage zu erheben. Der Staatsanwalt hat selbst Kinder ... der Gerichtspräsident hat sie ... die Zuschauertribüne: lauter Elternpaare. »Jeder tut es.« Die Opfer werden zu künftigen Mördern erzogen.

Die Schuldfrage ist so metaphysisch, daß Sterbliche sie mit ihrem Verstand nicht erfassen können.

»Gut«, sagte Thjum, »wir scheißen uns in die Hose vor ... hm ... dem Tod. Gibt's denn wirklich kein anderes Wort dafür? Na, komm schon. Aber ... wärst du lieber nicht auf der Welt? Stell dir vor: 45%iger Wodka Wyborowa ... Marikes blonde Wonnewiese, die du so gern mit einem Schmetterling vergleichst ... all die wunderbaren Divertimenti von Wolfgang Amadeus ... Wibo links unten in *de Volkskrant* ... Sogar die Kopfschmerzen morgens ... der Geschmack in deinem Mund, als ob eine Katze zwischen deinen Backenzähnen Junge geworfen hat ... et cetera et cetera. Tomatensuppe von Kota Radja! Alles ohne dich ... alles hinter deinem erbärmlichen, muttermalfreien, nicht existierenden Rücken. Und glaub bloß nicht, daß es den Dingen auch nur das Geringste ausmacht, daß es dich nicht gibt. Im Gegenteil. Du bist kein Verlust. Sie haben nie ihr Herz an dich gehängt.«

»Denk daran, daß die Handvoll schöner Dinge, die du da nennst, dazu da ist, um das Elend etwas zu lindern ... um uns ein klein wenig Trost zu spenden ... Das Schöne ist durchsetzt von Mißmut, Ärger, Wut. Das Dasein wird dadurch bestenfalls gemildert, aber noch nicht gerechtfertigt ... Ich zeig dir jetzt mal in einem einzigen Bild, wie schön das Leben ist. Stell dir eine Mutter und ihren vierjährigen Sohn bei Tisch vor. Sie haben gerade gegessen. Die Frau zerkrümelt, ohne dabei nachzudenken, einen Teil eines zerschlissenen Topfuntersetzers. Sie sammelt die weißen Fussel in ihrer Hand und bläst sie dem Jungen ins Gesicht. Das hatte sie schon mal mit Daunen aus einem kaputten Kopfkissen gemacht ... Nekkend. Wie die Samenfasern, die im Frühjahr durch ein offenes Fenster ins Zimmer schweben ... Aber es ist Asbest. Das Kind platzt heraus, hat nicht genug Hände, um die Fussel abzuwehren, prustet, erstickt fast vor Lachen. Hustet. »Nicht, Mama! Nicht!« Das wirkt natürlich wie eine Ermunterung. Die Mutter wird das Spiel in den darauffolgenden Tagen noch ein paarmal wiederholen ... bis der Untersetzer hinüber ist und im Mülleimer verschwindet. Inzwischen haben sich die feinen Asbestnadeln, die sich absolut nicht aushusten lassen, mit der größten Geduld der Welt in seinen Lungen eingenistet. Sie haben Zeit. Zwanzig, dreißig Jahre oder länger ... Der Junge wächst, sein Körper erneuert sich nicht weniger als viermal bis zur letzten Zelle. Die Nadeln bleiben, wie sie sind. Harren aus, sommers wie winters. Da drinnen sieht's aus wie ein Tannenwald. Wie manche anderen Eltern auch, gibt die stolze Mutter ihm an seinem achtzehnten Geburtstag die versprochenen hundert Gulden, weil er bis zu diesem Zeitpunkt nicht geraucht hat. Um der Ironie etwas nachzuhelfen, bleibt er auch danach dieser guten Angewohnheit treu ... Mit fünfunddreißig stellt sich heraus, daß er an Asbestose leidet. Eine absolut unheilbare Form von Lungenkrebs. Innerhalb von zwei Jahren ist er tot. Siehst du sie vor dir in ihrem Frühlingsglück? Der Tod ist anwesend in Gestalt eines Haushaltsgegenstands von schlechter Qualität. Der Fabrikant hat die runden Dinger von einem Hausierer vertreiben lassen, der auch mit Körben und Besen handelte. Der Rohstoff kam aus Kanada.«

»Die Zauberworte unseres Glücks lauten ›freies Unternehmertum‹, ›die Wirtschaft gesund machen‹ und ›Erhalt der Kaufkraft‹.«

»Ich rede von einem Nadelwald, der in uns allen wartet, um sich, sagen wir mal, zu entfalten.« Mit dem Beginn des *Andantes* – ich hielt immer kurz den Atem an – gingen Geige und Bratsche nicht länger aufeinander los, sondern ergänzten einander gelassen. »Thjum, du liebst doch Märchen. Dieser Snob von einem Midas, dieser alte Gierhals, war mal 'ne Zeitlang hinter dem Suffkopp Silen her. Nicht wegen öffentlicher Trunkenheit, sondern um ihn zum Reden zu kriegen. Als er ihn endlich beim Schlafittchen hatte, versuchte er aus ihm rauszukriegen ...«

»Mit weiß der Himmel welchen Foltermethoden . . .«

». . . was denn wohl das Allervorzüglichste für den Menschen sei. Was der Esel daraufhin von der Eule zu hören bekam, damit bin ich völlig einverstanden. Als ich die Antwort las, wurde mir ganz kompakt formuliert mein eigenes aussichtsloses Gegrübel aufgetischt. Die Weisheit steckte im stinkenden Atem eines Trunkenbolds.«

»Jetzt wirst du mir wohl gleich noch erzählen, daß du deswegen trinkst . . . um das wirre Geschwätz dieses versoffenen alten Satyrs besser zu verstehen.«

»Aber erst hat der Weise schallend gelacht. Und, ich muß dir ehrlich sagen: Ich stehe hinter diesem Silen. Auch stocknüchtern stehe ich dicht hinter ihm und lache mit. Mitten ins Gesicht kann er's kriegen, der König. Jeder kann es mitten in sein Gesicht kriegen. Uns vergeht das Lachen nicht. Nie. Denn es gibt ein Lachen, das allerhöchste Erkenntnis ausdrückt. Das Gebrüll größter Verzweiflung. Hast du schon mal Enten lachen hören? Wenn du eine Ente lauthals schnattern hörst, und zwar so, daß es sich wie Lachen anhört, dann weißt du, daß es kein besseres Ausdrucksmittel für die tiefste Verzweiflung gibt als das Lachen. Demnächst, in Amsterdam, wirst du es oft genug zu hören bekommen . . . Die Mutter von Flix . . . Tante Maya . . . eine Erotomanin, wie sie im Buch steht . . . die konnte früher über alles, buchstäblich alles so lachen, daß man verstand, daß Lachen nichts anderes ist als ein stilisiertes Heulen vor Entsetzen. So können sogar dumme Weiber wie Maaike Kopland noch etwas von einer tieferen Wahrheit über die Welt an uns weitergeben – Hauptsache, sie tun es nicht mit Worten . . . Wir wissen, warum wir lachen, Silen und ich und noch eine Handvoll Zechbrüder. Wir lachen nicht, um etwas abzuschütteln. Oder um etwas in uns hineinzufressen, wie all diese lachlustigen Leute, die's am Magen beziehungsweise an den Nerven haben. Wir lachen, um uns nicht mehr einzukriegen. Erst wenn wir nicht mehr können . . . wenn wir schon fast ersticken, dann kann er es kriegen, der Snob, mitten ins Gesicht, damit jeder es hören kann. Das Allervorzüglichste, Majestät? Haha! Hoho! Sie fragen, was das Allervorzüglichste für den Menschen ist? Hihihihi ... Da fragen Sie aber was, Majestät! Ha! Das Allervorzüglichste ist dem Menschen einfach nicht gegeben. Es ist ihm nicht gegeben! Huhu! Hohoho! Das Allervorzüglichste ist zugleich das Allerunerreichbarste für den Menschen. Nämlich ... haha! ho! hahahahahaha! ... halt mich fest! ... ich kann nicht mehr! ... ich hab Seitenstiche ...! huhuhu ... nämlich-ho!-nämlich: nie geboren zu sein ...! Nicht zu sein ... nichts, gar nichts, Null zu sein! Und das Zweitbeste, Majestät ... will ich Ihnen gleich mal dazusagen ... das Zweitbeste für den Menschen ist ... auf der Stelle tot umzufallen. Bitte sehr!«

Und so war unser Gespräch in einem unglaublichen, nicht enden wollenden Gelächter untergegangen. Denn meine aggressiven Kicherimitationen hatten auf Thjum ansteckend gewirkt, und sein Gepruste – der Wodka mit Orangensaft spritzte nur so herum – steckte wiederum mich an. Vielleicht war dieser gemeinsame Lachanfall noch der beste Beweis dafür, daß wir über dasselbe gesprochen hatten. Im Zimmer hinter uns wirbelte das Presto der *Sinfonia concertante* seinem Ende entgegen.

Der Nachmittag gerade eben noch nicht, aber der Abend jedenfalls endete in einem Besäufnis. Auf dem Nachhauseweg gestand ich Thjum, daß ich vor Silens »Zweitvorzüglichstem« zurückschrak.

»Wo ich nun schon mal da bin, kann ich höchstens bedauern, daß es soweit gekommen ist ... Aber leben bedeutet auch, Angst vor dem Tod zu haben. Und darum kann ich mich auf dieses Zweitvorzüglichste nicht einlassen ... ich kann den Tod nicht suchen ... Darum erhalte ich den Schein aufrecht, das Leben zu akzeptieren – was mir manchmal so gut gelingt, daß es mir schwerfällt, den Anschein zu erwecken, daß ich lediglich den Schein aufrechterhalte ... Wo das Vorzüglichste nicht möglich ist, muß ich versuchen, in Bewegung zu bleiben, versuchen, in die Welt einzugreifen ... versuchen, eine Tat zu vollbringen ...«

Was geht zwischen einer Mutter und dem Kind, das sie trägt, vor sich?

In ihrem Bauch nährte ich monatelang den Großteil ihrer Gedanken, wie zum Beispiel: »Wenn es ein Mädchen ist . . .« Oder: »Für den Fall, daß es ein Junge wird, dann . . .«

Kein Mensch auf der Welt, mit dem sie so intim war, obwohl sie mein Geschlecht ja noch nicht einmal kannte. Aber vielleicht gewährleistet ja gerade diese Ungewißheit die größtmögliche Intimität . . .

Das war ich also mal für sie gewesen: ein geschlechtsloses Gewicht . . . ein kleines pochendes Herz dicht an ihrem . . .

Sie war sich nur ihrer Liebe sicher; alles andere war unsicher. Sie konnte auch ein Monstrum gebären . . . Wie ich sie später kennenlernte, muß sie tatsächlich mit dieser Möglichkeit gerechnet haben. Sie sagte sich: »Wenn ich mich jetzt schon an einem hübschen, gesunden Kind erfreue, kann mir das keiner mehr nehmen, wenn sich herausstellt, daß es ein mißgebildetes Baby ist.«

Andererseits jedoch geizte sie, um einen positiven Ausgang zu erzwingen, nicht gerade mit Vorstellungen, in denen ich als kleines Monster erschien. Bevor sie mich leibhaftig zu Gesicht bekam, war ich also bereits in schauerlichster Gestalt in ihrem Kopf herumgegeistert.

Ganz eigenartig, nämlich auf dem Rücken, glitt ich aus ihr heraus, das heißt, mit dem Gesicht nach oben . . . Genau in diesem Moment richtete Hanny vor Schmerz den Oberkörper auf – und sah mir voll ins Gesicht, so verschwommen es auch noch war. Die Konfrontation war zu abrupt. Sie stieß einen Schrei aus, denn wegen eines Fetzens der Eihaut, die mein Gesicht verzerrte, hatte ich eine frappierende Ähnlichkeit mit mindestens einem Dutzend der kleinen Teufel und Schwachsinnigen, die ihre Phantasie bereits vor mir geboren hatte.

Ich habe nie erfahren, wie sie nun eigentlich richtig hieß, die Frau, die mich geholt hat – aber da sie die Schwiegertochter einer Hebamme war und überdies eine Giftnudel, werde ich sie Xanthippe nennen. (»X steht für Xanthippe, das böse Weib.«)

Ich trug meine Mutter noch um mich, entkleidete mich jedoch schnell. Sie glitt von mir ab wie ein Gewand.

Wenn ich sie von mir stieß, und nicht sie mich, so war es auf die Art eines Fallschirmspringers, der das Gefühl haben muß, das Flugzeug von sich zu treten, anstatt willenlos auf die Erde und in den Tod geworfen zu werden. Während des freien Falls rutschte ich Schwester Xanthippe aus den Fingern. Die Nabelschnur schoß wie ein Reservefallschirm aus meinem Bauch, öffnete sich aber nicht. Über das Gummituch, das über das Bettuch gebreitet war, damit die Matratze nichts abbekam, glitschte ich zum Fußende des Bettes – bis die Gitterstäbe mich aufhielten. Die Kette hatte sich noch nicht ganz gespannt, da stieß ich bereits auf Gitter. Die Welt war groß, und die Welt war klein. Neben mir lag mein Vater und schlief seinen Rausch aus. Er knurrte. Ich hielt den Atem an.

In der großen Pendeluhr im Wohnzimmer versprang etwas mit einem Ticken, und nach einem Knirschen war der erste Schlag zu hören. Keine Pauken und Trompeten also, nur ein einsamer Gong. Ich wurde sofort auf die Zeit aufmerksam gemacht, die zu fließen anfing. Das große Zählen hatte begonnen. Noch immer kein Geschrei.

Zweiter Schlag. Endlich hatte sie mich denn doch im Griff, Schwester Xanthippe – und ich sie. Tastend suchte ich Halt in der Welt, und so klein ich auch war, klammerte sich meine Hand um die Schwesternbrosche, die sie genau über dem Schürzenrand auf dem Busen trug. Ein riesiger Schild mit einem komplizierten Wappen, blau und silbern, voller Symbole: ein Abbild der Welt, in die es mich verschlagen hatte.

»Holala!« rief Xanthippe beim dritten Schlag, »das geht aber nicht!« Aber obwohl ich nicht willens war, meinen Halt je wieder fahrenzulassen, löste sie mit einem riesigen Daumen die kleine Hand. Vierter Schlag. Ich begann zu schreien.

Das Satansweib – meine Mutter kann es bezeugen – wischte erst die blutigen Fingerabdrücke von ihrer Brosche, bevor sie sich meiner annahm. Aber das war schon nicht mehr nötig: Etwa beim siebten Schlag klingelte es: ein hohes Glöckchen zwischen zwei düsteren Gongschlägen. Meine Oma öffnete die Tür, und Xanthippes Hebammen-Schwiegermutter schoß herein. Sie warf einen Blick auf Albert Egberts: »Ist da jemand in Ohnmacht gefallen?« Die Wochenpflegerin zeigte stolz die Frucht, die sie eigenhändig und ohne Hilfe gepflückt hatte, doch die alte Frau Sokrates war davon keineswegs angetan. Mit einem Anraunzer nahm sie mich ihrer Schwiegertochter aus den Händen und begann mich unsanft zu waschen. Wie dem auch sei ... Xanthippe konnte zufrieden sein: Dieses eine Mal waren die Rollen vertauscht. In meiner Erinnerung liegt meine Mutter überglücklich da und kaut an der Nabelschnur.

Nach dem zwölften und letzten dröhnenden Schlag der Uhr meines Großvaters waren bei den Nachbarn noch fünf weitere Schläge zu hören. Zwei normale, die nächsten drei plötzlich sehr laut und mit großem Gerausche, woraufhin ohrenbetäubend und knarzend die Nationalhymne einsetzte. Es war das Radio, das von einem der Kartenspieler lauter gedreht worden sein mußte. Die Melodie des »Wilhelmus« wurde aus rauhen Kehlen mitgebrüllt. Der wortlose Gesang, durchzogen von brüllendem Gelächter, ging noch weiter, als das Bläserensemble schon schwieg. Immer mehr Stimmen brachen ab, bis inmitten von Flaschengeklirr nur noch eine zu hören war, falsch und heiser: »*Ladie-ie-ie ... ladadie-hi-ie-dahaa ... tadadadadadadah ...*«

Sie hörte abrupt auf, als jemand rief: »Und jetzt Ruhe, wir ham jetzt nämlich den ersten Mai. Nieder mit Oranien, alle Macht dem Volke! Es lebe der kleine Mann!«

Gelächter erklang, und dann wurde ein Trinklied aus der Kaserne angestimmt.

> Wer seinen Vater ermordet hat
> Und seiner Mutter Gift gegeben
> Der ist immer noch viel zu gut
> Für das Soldatenleben ...

Es war der 1. Mai. Der Tag der Arbeit. Das Fest war vorbei, und hatte noch gar nicht angefangen.

3

»Das Kind hat ja einen Spitzkopf«, hatte die Hebamme ihre Schwiegertochter noch angeschnauzt, bevor sie wieder ging. »Tu was. Reib!«

Nachdem das Weib abgedampft war, verwandelte sich Schwester Xanthippe wieder in eine normale Wochenpflegerin. Sie hatte das Deckenlicht ausgeschaltet und saß jetzt mit mir auf dem Schoß im rötlichen Schein eines Andachtslämpchens, das zu Füßen Marias brannte. In der zylinderförmigen Birne war der Glühfaden zur Form eines griechisch-orthodoxen Kreuzes gebogen. Sie hatte sich so weit wie möglich von diesem Lumpenhaufen weggesetzt, aus dem von Zeit zu Zeit Gerüche aufstiegen, die nicht von schlechten Eltern waren. Die junge Mutter sah von ihren Kissen aus zu, wie die Pflegerin mit der flachen Hand über meinen kahlen Kopf rieb.

»Ja, ob das stimmt, weiß ich natürlich nicht«, sagte Xanthippe leise, »aber bei bestimmten Stämmen Schwarzafrikas scheint es Mode zu sein, gleich nach der Geburt, wenn sich die Knorpelmasse noch . . . noch . . . wie hieß es da? . . . manipulieren läßt, dafür zu sorgen, daß ganz normal geformte Schädel spitz zulaufen. Bei uns gilt so ein Spitzkopf, der durchs Pressen entstanden ist, als häßlich . . . Da sehen Sie mal wieder, Mevrouw Egberts: Alle Modeerscheinungen sind relativ. Es hat in der *Katholieke Illustratie* gestanden. Ach ja, was nicht alles geschrieben wird . . .«

Sie gab noch mehr von hoher Bildung zeugende Betrachtungen von sich, die Schwester Xanthippe, aber als von der jungen Mutter keine Antwort mehr kam, hielt sie den Mund. Das Geschnarche des Vaters wurde ab und an von höhnischen Kehllauten oder einem kurzen, verächtlichen Lachen unterbrochen. Der Mann unternahm auch vergebliche Versuche, sich auf die andere Seite zu wälzen. Das Bett knarrte. Die Wochenpflegerin wurde schläfrig von ihrem eigenen monotonen Gereibe. Sie nickte lächelnd ein, ohne ihre Hand auch nur für einen Moment zur Ruhe kommen zu lassen. Hanny sah besorgt zu, traute sich aber nicht, etwas zu sagen. »So ein kleines Gehirn . . . alles so zart«, sagte sie bei sich.

Langsam aber sicher schwand die Spitze, und der Eierkopf veränderte seine Form . . . Ein schönes Beispiel, wie man ohne Drehscheibe töpfern kann. Und sie machte immer weiter, die Schwester Xanthippe, immer weiter . . . es hörte und hörte nicht auf.

Zu allem Überfluß hatte sie rauhe Hände. Das rhythmische kreisförmige Herumgereibe war furchtbar laut, so dicht über meinen Ohren, und drang immer tiefer in mich ein . . . ein Rhythmus, den man nicht mehr los wird. Nach den langsamen, feierlichen Schlägen der Uhr war dies das Tempo, in dem das Leben erst richtig begann.

Doch trotz des zwingenden Rhythmus blieb alles an mir und um mich herum reglos – mit Ausnahme dieser schrecklichen Hand. *Gschu . . . gschu . . . gschu* . . . Ein Rhythmus, den ich immer noch in mir höre, in jeder Minute des Tages. Er spornt mich zu weiß der Himmel was an. Vielleicht ist es ja das Geräusch der Erdbewegung. Ein Rhythmus, der den Worten vorausging, und zwar in dem Takt, in dem sie sich später zur Stelle melden sollten . . .

Gschu . . . gschu . . . gschu . . . Durch die Reibung wurde meine Schädeldecke immer heißer. Ich gab keinen Mucks von mir.

Wenn ich mich in meiner Familie umsehe, bleibt mir nur der Schluß, daß Schwester Xanthippe sich damals schon sehr ins Zeug gelegt hat. Meine niedrige Stirn kann unmöglich ererbt sein. In meinem Dampfkochtopf, den dieses Töpfern ohne Drehscheibe ergab, hatte der graue Brei – wie er manchmal auch genannt wird – nie den Raum zum Quellen. So war ich für die Wissenschaft schon von vornherein verloren.

Aber da auch im Gehirn sich das Blut nicht verleugnen läßt, glaube ich, daß bei mir die Logik frühzeitig in Richtung der . . . eher dichterischen Formulierung gelenkt wurde, anstatt zur wissenschaftlichen vorzustoßen.

Unter einer niedrigen Decke kauert die Poesie.

Als die Zeiger ihrer Armbanduhr auf drei zukrochen, rüttelte die Pflegerin Albert an der Schulter.

»Mijnheer Egberts, aufstehen. Es ist gleich drei. Sie müssen zur Arbeit.«

»Häh?« Er war sofort hellwach. Später gestand er, angesichts der Schwester, die sich über ihn beugte, einen Moment lang geglaubt zu haben, er liege im Krankenhaus. Eine Wahrnehmung, die durch seine Kopfschmerzen noch verstärkt wurde. Er konnte sich ja nicht erinnern, wie sein »Königinnentag« zu Ende gegangen war . . . »Häh? Was? Kennen wir uns?«

»Ich bin die Wochenpflegerin. Heute nacht ist Ihr Sohn zur Welt gekommen. Schauen Sie mal hinter sich. – Herzlichen Glückwunsch noch.«

Und er schaute. Sein erster Blick auf mich trug ihm stechende Kopfschmerzen ein. »Au, Himmelherr . . . Heute nacht? Um wieviel Uhr denn?«

»Ganz kurz vor Mitternacht. Also noch gerade am dreißigsten April.«

»Wie ist das denn möglich? Da hab ich doch noch nicht geschlafen . . . Ach wo, er ist heute geboren. Am ersten Mai.«

Jetzt, da der Königinnentag sich in Form eines Katers gegen ihn wandte und er trotz Übelkeit und Kopfschmerzen zur Arbeit gehen zu müssen glaubte, erwachte sein Klassenbewußtsein. Noch nicht ganz nüchtern, begann er wie ein Salonrevoluzzer herumzukrakeelen.

»Mein Sohn am Königinnentag geboren? Glaub ich nich. Kurz vor zwölf . . . von wegen! Die Uhr vom Alten geht nach. Und nicht nur 'n bißchen . . .«

»Nein, Mijnheer Egberts: Bei den Nachbarn war das Radio an, und das Baby war schon da, als das Wilhelmus . . .«

»Wilhellemus! Wilhellemus! *Mein* Sohn wird das Wilhellemus nie hören. Er ist nach Mitternacht geboren. Heute. Verstanden? Heute. Ich laß ihn auf den ersten Mai eintragen. Und keinen Tag früher. Verstanden? Sobald das Rathaus aufmacht.«

»Das Rathaus bleibt heute geschlossen. Wegen dem Geburtstag der Königin.«

»Burtstach der Könichin? Nix Burtstach der Könichin. Gestern war der Burtstach der Könichin. Heute is der erste Mai. Tag der Arbeit. Von dem ham se de Pfot'n zu lass'n. Mein Sohn ist am Tag der Arbeit geboren . . .«

Auch meine Mutter begann jetzt zu protestieren. Und so wurde ich zum zweiten Mal in dieser Nacht Gegenstand eines Streits – in dem ein salomonisches Urteil ausgeschlossen war. Aus reiner Ohnmacht fing ich an zu schreien.

»Ich war doch selbst dabei!« rief der Mann noch, mußte sich angesichts der Zeugen dann aber doch geschlagen geben: Es waren zu viele. Jetzt ging ihm auf, daß er einen freien Tag vor sich hatte – nicht wegen des Geburtstags der Königin, sondern weil in Belgien, anders als in den Niederlanden, der erste Mai auch staatlicherseits als Tag der Arbeit respektiert wurde. So konnte er seiner Frau mühelos weismachen, er ginge »den 1. Mai« feiern, als er sich an jenem Vormittag – verirrter Sozialist – zwischen die orangefarbenen Fahnen der Innenstadt begab.

Es war ein herrlicher erster Frühlingstag. Auf dem Potsdamer Platz wütete eine Schlacht zwischen Ost- und West-Berlinern. Sie bewarfen sich gegenseitig mit Steinen, aus denen später die Mauer erbaut werden sollte. Über der Stadt hingen zwei amerikanische Hubschrauber. Auf dem Roten Platz in Moskau ließ Marschall Stalin eine 1.-Mai-Parade von ungefähr siebeneinhalbstündiger Dauer an sich vorbeimarschieren, während freundliche niederländische Bürger an der Freitreppe von Schloß Soestdijk vorbeidefilierten und Blumen auf die Stufen legten. Die Fürstin trug ein gelbes Deuxpièces und winkte. Ein Kunstflugpilot, Freund des Prinzgemahls, überflog das Ganze im Tiefflug, und kurz darauf trudelten Zigarettenschachteln mit orangefarbenen Schleifen herab.

War ich nicht in einem Paradies gelandet?

Wobei ich mich noch glücklich schätzen durfte, zu Hause geboren zu sein, denn in Eindhoven besuchte die Musikkapelle der Post, die »PTT-Harmonie«, traditionsgemäß die Krankenhäuser. Ja, alles harmonierte miteinander: Der Spielmannszug der Eindhovener Polizei brachte ein Ständchen vor der Tür des Stadtkämmerers H. de Groof, der seiner Verdienste wegen zum Ritter des Ordens von Nassau-Oranien ernannt worden war. Alles stimmte.

Abends spiegelte sich das Feuerwerk in einer glatten Dommel.

Am nächsten Morgen – er hatte dafür freibekommen – ließ Albert Egberts mich ins Standesregister eintragen. Er jagte eine solche Geneverfahne in den Schalter, daß der Beamte seine Arbeit schneller als sonst tat – um so bald wie möglich wieder atmen zu können.

Bei meiner Taufe zwei Tage später erhielt ich die Namen Albertus Hubertus Norbertus. Rufname Albert. Im täglichen Leben würde ich Albert Egberts heißen.

Egbert Egberts und Tante Maya waren meine Paten: Man konnte nur hoffen, daß ich nie Waise werden würde. In einer Seitenkapelle mit unirdischem Licht wurde ich mit kaltem Wasser aus einer Steinschale übergossen. Der Priester machte einen Beginn mit der Zerstörung meiner Nieren, indem er mir mit Gewalt Salz verabreichte. Mein Geschrei klang in dem großen, hallenden Raum so grauenvoll, daß ich daraufhin sofort die Luft anhielt.

Warum ich nicht mal mit dem zweiten oder dritten Vornamen nach meinem »Onkel« heiße, darüber kann ich nur Vermutungen anstellen. Als ob meine Mutter, die das letzte Wort hatte, sogar aus meinem Namen jegliche Zweideutigkeit, jeglichen Verdacht ausmerzen wollte.

Meinen Nachnamen konnten sie aber nicht löschen. Und der lautete ja nun EGBERTS. Früher einmal, so hört man in der Familie manchmal dazu, muß da noch ein »z« darangehangen haben, was wiederum ein Überbleibsel von »zoon« ist. Albert Egberts*z* hieß ich eigentlich: Albert, Sohn des Egbert, der seinerseits auch wieder ein »Egbertszoon« war.

Vor langer Zeit hat sich dieses »z« vom Stammbaum gelöst, wie ein letztes Herbstblatt ganz am Ende des Winters. Der Buchstabe entschied sich für die Schaukelbewegung, die bereits in seiner Form enthalten war: Unsicher im Zickzack durch die verschiedenen Schichten des Frühlingswinds trudelnd, sank es in die Gosse hinunter . . . um dort zu verrotten, während hoch über ihm alles kurz vor dem Knospen stand und sich neue Triebe regten.

Mit diesem *z* fühle ich mich stärker verwandt als mit dem Familiennamen, von dem es sich gelöst hat.

Was ich mir in späteren Jahren von ihnen auch angeeignet haben mochte . . . wie tief sie auch noch in mich hineinkriechen sollten: Äußerlich ähnelte ich weder Albert Egberts noch Egbert Egberts. Äußerlich war ich ein derartiger Abklatsch meiner Mutter, daß ich als katholisches Kind insgeheim glaubte, in gerader Linie vom Heiligen Geist abzustammen.

Ich habe die Augenfarbe meiner Mutter: die Art von Grün, die das Mittelmeer zuweilen an manchen Stellen ein Stück von der Küste entfernt annimmt, wenn es windig und halb bewölkt ist. Doch zum Beweis meiner irdischen Herkunft habe ich in der Iris meines linken Auges einen kleinen rotbraunen Fleck. Egbert Egberts' Farbe – nicht ganz: Bei ihm war weniger Rot im Braun. (Albert Egberts hat blaugraue Augen.)

Es ist mir oft passiert, daß jemand, mit dem ich gerade rede, aufhört, mir in beide Augen zu schauen, und seinen Blick auf mein linkes Auge fixiert, mit dem Gesicht näher kommt und sagt: »He . . . in deiner Iris ist ein Äderchen geplatzt.«

Ohne es zu wissen, beugt sich so jemand über meine Seele, und was er sieht, ist vielleicht die Wahrheit meines Lebens: ein Pigmenttropfen meines Erzeugers . . . desjenigen, der mich aus Unwissenheit erweckt hat, wie einen schlafenden Hund geweckt hat, wobei er wußte, daß ich keine Zähne hatte . . . Der Übeltäter. Der wirkliche Schuldige, durch den das, was für mich das Allervorzüglichste ist, zugleich das Allerunerreichbarste geworden ist: nicht geboren zu sein . . . nicht zu sein . . . nichts zu sein.

Ich betrachte diesen Rostfleck als sichtbares Pendant zu dem unsichtbaren ʒ hinter »Egberts«.*

Als sie wieder auf den Beinen war, nahm meine Mutter sofort ein großes Buch über mein Leben in Angriff. Kreischend, schluckend, rasselnd, stinkend, wachsend würde der kleine Tyrann ihr die Geschichte von Tag zu Tag diktieren.

Sie brachte es nicht weiter als bis zum ersten Satz. Ein gutes Vierteljahrhundert, nachdem er niedergeschrieben worden war, fand ich das Heft, in dem alle leeren Seiten gelb geworden waren, zwar nicht wie Blätter im Herbst, aber doch immerhin wie Gras im Sommer. Der Anfang des nie geschriebenen Buches lautete: »Heute, an diesem goldenen Tag, in diesem goldenen Frühling, ist mir ein goldenes Kind geboren worden . . .« (Durchgestrichen: Er hat mich nicht verletzt, denn das Baby war so freundlich, sein Köpfchen in die Länge zu dehnen, das Arme!)

Mich trafen die drei Schläge des Goldes. Meine Rührung nahm schon bald die Gestalt einer Aufgabe an – doch um das Buch zu Ende zu schreiben, würde ich so viele Schatten anbringen müssen, daß es die strahlende Konzeption meiner Mutter zunichte machen würde . . .

* Wenn meine »Heldin« sich in mir ausgestreckt hat, so daß meine Pupillen klein sind wie Stecknadelköpfe, dann ist der kleine Fleck noch deutlicher zu erkennen. Dann überschattet das Braun das Schwarz. In meinem linken Auge ist er eine zweite – aber verschwommenere – Pupille, die durch dickere Schichten mit der schwarzen mitschaut.
Ist jedoch die Wirkung des Zeugs vorbei und brauche ich eine neue Dosis, dann sind meine Pupillen so panisch groß, daß die rotbraune Sommersprosse so gut wie unsichtbar geworden ist.

Die neue Treppe

1

Du streckst deinen großen Kopf aus deiner Mutter in die Welt – und was du da vorfindest, ist alles von derselben Selbstverständlichkeit. Vorbeifahrende Autos sind ebenso natürlich wie der Baum, unter dem dein Kinderwagen steht. Das Sonnenlicht, das beim Schatten der Krone haltmacht und gleichzeitig die Schattengrenze anfrißt ... alles ganz normal. Die Luft, die du einatmest, die Eltern, die dich für sich beanspruchen ... all das ist selbstverständlich.

Zu normal, um schon als Wunder bezeichnet werden zu können.

Mit deinem kindlichen Geist herrschst du über ein perfekt funktionierendes Königreich, ein gut geöltes Universum ... Alles läuft wie geschmiert. Dein Abfall tropft von selbst in dein Lendentuch, das von ihr gewechselt wird. Um deinen Hunger zu stillen, brauchst du dich nicht auf die Jagd zu begeben; Schreien genügt.

Leben heißt nicht Lernen, Leben heißt Abgewöhnen. Sich daran gewöhnen, auf diese allzu große Selbstverständlichkeit zu verzichten. Eine langsame, unablässige Entlarvung und Desillusionierung. Solange du nicht laufen kannst, und auch noch danach, fällst du von einem Staunen ins andere.

Es ist ein Lernprozeß, dem du dich nicht entziehen kannst. Atmen muß man – und atmend und schmeckend und riechend lernst du, die Luft zu analysieren. Die Unendlichkeit, die du zu inhalieren glaubtest, erweist sich als stickiges Sauerstoffzelt, in dem all unsere Gase hängenbleiben ... Schlote pusten Zerstörung in die Atmosphäre.

Schicht um Schicht, Schale um Schale, dringst du zu der großen Organisation hinter den Kulissen vor. Es ist kein unfehlbarer Weltgeist, den du im Maschinenraum vorfindest, sondern ein Rohrsystem voll undichter Stellen. Dieser Baum über meinem Kinderwagen zum Beispiel wuchs da gar nicht so selbstverständlich. Während ich noch völlig ahnungslos war, hatte die Organisation es bereits darauf angelegt, mittels Entwaldung, Entblätterung, Ausräucherung, Urbarmachung . . . aus der Erde eine Wüstenei zu machen, in der die Sonne auf die Dauer nichts mehr zu suchen haben würde außer dem eigenen Spiegelbild. Statt in ein natürliches Paradies hatte es mich auf ein im Bau befindliches Denkmal verschlagen: Unser Planet wurde zu so etwas Ähnlichem umgewandelt wie einem Handspiegel für die Sonne. In ihrer grenzenlosen Eitelkeit waren die Menschen nur noch damit beschäftigt, die Eitelkeit der Sonne zu befriedigen. Früher bauten sie Pyramiden, heute jedoch muß alles im Großen geschehen. Ein gigantisches Monument würde dieser Spiegel werden, aufgestellt für unsere Jahrmilliarden alte Lebensquelle: unsere Wohltäterin, die Sonne. Ein Monument, an dessen Vollendung wir schließlich alle zugrunde gehen würden . . .

Wir würden in und auf dem Monument unser Grab finden, und nicht wie die Sklaven, die seinerzeit einen Stein auf den anderen getürmt hatten, außerhalb davon. Ein Königsgrab für jedermann. Soviel hatte sich denn doch geändert.

Außerhalb des Mutterleibs fängt sie erst richtig an, die Platzzuweisung. Du bist auf allen Seiten von Grenzen umgeben, du stößt dich an allem . . . Wie eine Pflanze in einem Felsen Wurzeln schlägt, so mußt du, um weiterzuleben, durch alles hindurchwachsen.

Da ist kein Platz. Die Welt ist wie ein Korsett mit Stahlnadeln um dich festgesteckt. Was du ausscheidest, wirst du nicht los: Es haftet weiter an dir . . . verschmiert sich über dich . . . es fehlt an Raum.

Du mußt das Leben durch ein kleines Loch einsaugen.

Die Welt ist alles, was begrenzt, alles, was leugnet. Es gibt absolut keinen Platz für dich. Du wirst von deinem Vater und deinem Großvater verwünscht: Du schmarotzt von ihrer Nachtruhe.

Das Kind, das ich ganz zu Anfang gewesen war . . . gespannt lag ich auf der Lauer, um es unbeaufsichtigt im Nest meiner Mutter zu erwischen. Doch immer lag es saugend in ihrem Pelz verborgen.

Manchmal, im Matsch oder Schnee, stieß ich auf ihre frische Spur, die sich deutlich vom Nest entfernte. Dann nahm ich meine Chance wahr und folgte der Spur in entgegengesetzter Richtung zum verlassenen Welpen ...

Doch eigens, um mich (das Monstrum, das sie nie gewollt hatte) zu täuschen, hatte sich, so stellte sich heraus, die schlaue Hündin rückwärts zu ihrem Jungen begeben. Wenn ich übermütig ankam, wartete sie schon knurrend, mit gefletschten Zähnen, auf mich. Mit allen vieren stand sie über dem Kleinen. Das Kind, das er gewesen war ... davon hatte er die Pfoten zu lassen. Es gehörte ihr. Ihr Instinkt sagte ihr, daß der Erwachsene das Nest, in dem sie ihn geworfen hatte, im nachhinein beschmutzen würde ... ihr Junges verstümmeln ...

»Was ich den Menschen vor allem vorgeworfen habe, Thjum, ist ihr schlechtes Gedächtnis. Nur was in der Werbung kommt und die Tophits auf Hilversum 3 können sie auf Dauer behalten und mitpfeifen ... Wo wir nun doch schon mal dieses Gedächtnis haben ... warum wird es dann nicht benutzt? Manche Menschen, die sich verdammt gut merken können, wieviel Geld sie noch von dir bekommen, hört man oft verächtlich schnaubend sagen – und zwar mit dem gleichen merkwürdigen Stolz, mit dem sie bekennen, ›nie ein Buch aufzuschlagen‹ –, daß sie sich aus der Zeit vor ihrem achten oder neunten Lebensjahr ›sowieso an nichts erinnern‹. Bestenfalls kommen sie dann noch, nachdem sie einen Moment grinsend nachgedacht haben, achselzuckend, fast entschuldigend mit der Erinnerung an eine Tante an (dieselbe, die immer von dem stellvertretenden Bürgermeister sagte: ›Der ist so eingebildet wie ein Hund mit sieben Pimmeln‹), bei der an einem sonnigen Tag – sie spielten im Garten – ein roter Schlagball in der offenen Küchentür verschwunden war. ›Tante!‹ hatten sie gerufen, ›Tante, wirf mal den Ball zurück!‹ Das tat sie, zumindest glaubten sie das, denn beim Fangen entpuppte er sich als eine genauso rote, überreife TOMATE, und ... von Kopf bis Fuß waren sie ... unvergeßlich, und so weiter. ›Verrückt, daß man so was behält.‹«

Ganz zu Anfang hatte ich noch die unendliche Weisheit gepachtet. Ich wußte zwar nicht, was ich wollte, dafür aber um so besser, was ich nicht wollte.

Nun, da ich auf mich allein gestellt war und aus eigener Kraft weiteratmen mußte, ließ ich es manchmal sein – so gut kannte ich, instinktiv, bereits meine Antwort an König Midas. Die Entscheidung, den ganzen Kram hinzuschmeißen, fiel somit früh. Einatmen ging ja noch, aber diesen Schwall Luft auch wieder auszustoßen war manchmal zuviel verlangt. Ich lief schon bald blau an.

Nicht Albert Egberts, der Schlappschwanz, sondern mein Großvater packte mich dann an den Fußknöcheln, die er getrennt hielt, indem er seinen Zeigefinger dazwischensteckte.* Und so baumelte ich nackt und blau wie ein gehäutetes Kaninchen im Schraubstock seiner Faust. Der Schlag, den er mir mit der anderen Hand versetzte – nicht hinter die Ohren, sondern auf den Hintern –, war dazu gedacht, mich wieder zum Leben zu erwecken. Um vor Empörung über diesen Selbstmord-mit-Einmischung schreien zu können, mußte ich wohl oder übel atmen.

Wo hörten die apokryphen Erinnerungen auf und wo begannen die authentischen? Was war noch Mischmasch, was bereits rein? Welche Anekdoten hatte meine Mutter so häufig wiederholt, daß sie sich in unmittelbare eigene Erinnerungen verwandelt hatten?

Albert beeilte sich nicht, seine Militärklamotten abzugeben. Man hätte meinen können, er wolle den Geruch des Dschungels, der in sie eingezogen war, so lange wie möglich behalten . . . Außer den kohlengrusfesten »Knobelbechern« trug er den Armeeschal, den er sich im Winter zu einer Art russischer Biwakmütze um den Kopf wand.

Ein halber Soldat.

Er nahm auch jeden Morgen eine Militärfeldflasche voll

* Wenn ich Atemnot habe, kann ich ihn manchmal noch spüren. Meine Füße sind geknebelt, und die Welt steht auf dem Kopf.

Kaffee in den Schacht mit. Während der Arbeit hatte er sie immer griffbereit auf dem Boden liegen, damit er von Zeit zu Zeit einen Schluck von dem kalt und bitter gewordenen Gebräu zu sich nehmen konnte.

Bergarbeiter erregten Hannys Phantasie genauso wie Einhörner . . . Ein gutes halbes Jahr nach meiner Geburt schnitt Albert Egberts mit dem Degen aus Licht, den er auf seinem Helm trug, aus der Decke des Stollens ein kinderkopfgroßes Stück Steinkohle heraus. Der Klumpen, der seit vielen Jahrhunderten auf diesen Anschlag gewartet hatte, streifte seine Schulter, schlug an seine Hüfte und verwandelte die fast leere Flasche zu seinen Füßen in eine plattgewalzte Ratte . . . Trotzdem nahm der Mann die Feldflasche, die genauso lächerlich aussah wie jeder durch die Mangel gedrehte Gegenstand, mit nach Hause, wo er sie abends voller Stolz mir in die Hände gab. Ich lag gefüttert und frisch gewindelt im Bett, und in einer Zeit, aus der ich mich an nichts zu erinnern brauche, sah ich ihn grinsend vor Rührung, schwarzen Staub in den Augenwinkeln, sich mit einer rechteckigen Puppe zu mir vorbeugen, die ich ohne zu zögern an mein Herz drückte. Das Knuddelmännchen war so groß wie ich. Seine Jacke aus Armeestoff war zerrissen, aber die Kette, die den Schraubverschluß mit seiner einen Schulter verband, war noch ganz.

Natürlich wurde ich getäuscht. Was von mir so arglos ans Herz gedrückt wurde, war nicht weniger als die Trophäe seiner Rettung vor dem Tod. So etwas kann man seinem Sohn nicht antun.

Authentische Erinnerungen – das heißt solche, die ich in wenn auch noch so vagen Bildern, Klängen und Gerüchen all die Jahre mit mir herumgetragen habe – beginnen mit meinem ersten Geburtstag.

Egbert, ganz der stolze Vater, der seinen Sohn als Ebenbild seiner selbst aufwachsen sehen will, schenkte mir zu diesem Anlaß ein schwarzes Segeltuchetui mit Werkzeugen. Es enthielt unter anderem zwei Schraubenzieher mit durchsichtigem Griff, einen gelben und einen grünen, wie Lutscher. Es gibt eine sehr verschwommene Erinnerung an meine Mutter, die mit mir auf dem Arm den schummrigen Flur betritt, auf dem Egbert, noch im dunklen Mantel, steht. Ermunternde Dinge werden zu mir gesagt. Egbert bewegt ein schwarzes Päckchen in meine Richtung. Trotz der beruhigenden Worte meiner Mutter flößt der Gegenstand mir Angst ein. Dann wird er in den Händen meines Onkels wie ein Meßbuch aufgeschlagen: Ich sehe die Griffe im Schein des Nachtlichts funkeln ... Aus einem der aufgenähten Futterale ragt ein Meßinstrument, eine Schieblehre, genau wie der Kopf eines Vogels ... Da sind Taschen mit Klappen und Druckknöpfen, die noch mehr Herrliches enthalten ... Ich werde von einer heftigen Begierde erfaßt, die in dem Augenblick erlischt, als ich verstehe, daß das Etui für mich bestimmt ist. Schmerzlich werde ich von meinem Schatz getrennt, weil meine Mutter mich zu Bett bringt.

»Morgen, mein Herzchen, morgen darfst du damit spielen ...«

Kaum mehr als eine Stimmung, diese früheste Erinnerung. Ich selbst bin kaum in ihr vertreten. In einer etwas späteren, viel klareren Erinnerung bin ich zweifach anwesend: als Objekt und als Subjekt.

Als registrierende Instanz befinde ich mich in einem Winkel gegenüber der Tür: zwischen Wand und Schrank. Ich sehe meine Mutter durch die Tür hereinkommen, und gleichzeitig sehe ich das Kind, den kleinen Jungen, an den sie sich wendet. Er sitzt im großen Klappbett seiner Eltern – aufrecht in den Kissen, Beine unter der Decke – und spielt mit Gegenständen, die auf der Überdecke ausgebreitet liegen. (Ich war inzwischen soweit, daß ich die Schrauben aus den Steckern drehen konnte, woraufhin sie wie Muscheln oder Walnüsse in zwei Hälften auseinanderfielen und ihren geheimnisvollen Inhalt preisgaben: zwei Stifte wie die Fühler von Schnecken, die ich im Garten sah. Das Wiederzusammensetzen interessierte mich nicht; das überließ ich anderen.) Nicht an mich, sondern an den kleinen Jungen richtet sich meine Mutter mit ungestümen Worten und Gebärden.

»Ooooch . . .! Spielt mein Herzchen da so schön? Jah! Iiiii-ah!«

Sie winkt mit den Armen, nickt mit dem Kopf.

So oft habe ich diese Erinnerung hervorgekramt, um mich an dieser ungestümen Liebesäußerung zu laben, daß ich von selbst als unsichtbarer Zuschauer in diesem Zimmer gelandet bin. Das Kind, das »ich« war, ist zur »dritten Person« der Erinnerung geworden.

Oder war die registrierende Instanz bereits in dem Moment in der Ecke, als die Mutter ins Zimmer kam?

In der »Gemeindepflegestation«, wohin meine Mutter, wie sie sagte, mit mir gehen würde, mußte ich schon vorher gewesen sein. Zumindest stellte ich mir darunter etwas vor. Aber die Vorstellung war undeutlich und hatte etwas Zwiespältiges . . . Farben und zugleich ein hartes Weiß . . . Verlockung und Schrecken in einem.

Der beruhigende und beschwichtigende Ton, in dem sie ständig von der »Gemeindepflegestation« sprach, war schon verdächtig, um so mehr, als sie gegenüber meiner Großmutter kurz und bündig von »der Gemeinde« sprach. »Ich muß um elf auf der Gemeinde sein.« Und Oma zu meinem Großvater: »Hanny muß um elf mit Albertje auf der Gemeinde sein. Soll ich noch eben mit dem Kaffee warten?«

Gemeindepflegestation . . . Als ob sie das Schreckliche, das mich dort erwartete, dadurch verschleierte, daß sie ein langes, umständliches Wort benutzte . . . ein Wort wie ein Band . . . während unter den Erwachsenen das nackte Wort hin und her ging.

Die Gemeinde.

Meine Mutter trug mich bis ans Ende der Lynxstraat, die auf den Arnaudinaplein mündete, wo der »Spielplatz« war. Eine unübersichtliche Welt bunter Gestänge, zwischen denen Wesen von einem anderen Stern schrien, die an Ketten hoch in die Luft schwangen . . . von einer Stange hochgeschoben wurden . . . und wieder hinuntergezogen . . . mit großer Geschwindigkeit herumwirbelten . . .

In einer Ecke dieses höllischen Paradieses stand ein beängstigend weißes Holzgebäude mit einem Dach aus Sandpapier. Dort wurde ich unvermeidlich hingetragen.

»Es ist gleich vorbei, mein Herzchen. Ganz still.«

Der Raum, den wir nach dem Durchqueren einer kahlen Halle betraten, war mit kreischenden Babys gefüllt. (Um sie herum müssen sich Mütter befunden haben, doch sie traten nicht in mein Blickfeld.) Die Babys lagen hier und da auf Tischen. Angezogen, halb ausgezogen, nackt . . . Das Licht (von schräg oben?) fiel auf den Popo eines Kindes, das wehrlos auf dem Bauch in einer halbzylinderförmigen Waagschale lag. Unter diesem geschlechtslosen Baby, das aus Leibeskräften brüllte, zitterte die rote Nadel des Instruments. Eine Hand rieb mit einem Wattebausch über eine Pobacke, bis dort ein feuchter Fleck entstanden war.

Zum erstenmal in meinem kurzen Leben spürte ich, im wahrsten Sinne des Wortes, wie mein Herz jemandem zuflog. (Anders als bei meiner Mutter, von der ich noch immer praktisch ein Teil war.) Dort – wehrlos, bedroht, schaukelnd über einem zitternden Pfeil – war . . . der Andere. Zum erstenmal spürte ich den Anflug von Regungen wie Sympathie, Solidarität, Mitleid, das Bedürfnis zu trösten und zu beschützen. Und noch etwas: Lust auf jemand. Rosige Molligkeit, die meine Zärtlichkeit erregte. Ein erstes Symptom von Geilheit.

Wahrscheinlich war ich zum erstenmal verliebt.

In meiner Erinnerung komme ich mir älter vor als meine erste große Liebe: eine Fehlleistung des Gedächtnisses, denn ich kann nicht älter gewesen sein als die anwesenden Babys. Wie sonst wäre das Erkennen möglich gewesen?

Ich war kurz davor, zum erstenmal aus eigener Kraft die Treppe hinunterzugehen. Unten verhandelte meine Großmutter mit dem Bäcker. Zugluft drängte herauf. Sie hatte mir versprochen, daß ich die Eierkuchen, die immer aneinander festgebacken waren, losreißen dürfe.

Ich zögerte.

Hinter mir, in dem dämmrigen Zimmer, dessen Tür zum

Flur halb offenstand, zog meine Mutter sich an. Viel mehr als ein Bein war von ihr nicht zu sehen. Sie hatte es auf die Sitzfläche eines Stuhls gestellt. Ihre Hände schoben den von einem alten Nylonstrumpf abgeschnittenen »Füßling«, der das neue Paar vor den Fußnägeln schützen sollte, über ihre hochgestellten Zehen. Danach begann sie, mittlerweile in Wollhandschuhen meines Vaters, einen neuen Strumpf an ihrem Bein hochzurollen. Sie strich den dünnen Stoff nach oben glatt. Die Hände, die durch die Handschuhe nicht die ihren waren, fuhren mit linkischen Streichelbewegungen nach oben. Von unten an wurde die weiße Haut um einen Ton dunkler, als glitte ein Schatten darüber. Beim Knie angekommen, streckte sie das Bein kurz ... um dann das hellbraune Gespinst über die Oberschenkel glattzuziehen und zum Schluß mit einer Art Klammer festzumachen. Danach erst würde das andere Bein an der Reihe sein: Ich hatte Zeit im Überfluß.

Ich schaute über die sich zu meinen Füßen ausfächernde Treppe hinunter auf die Verkleidung des Gaszählers, auf der eine Messinggranathülse mit Pfauenfedern stand, die sich im Zugwind sanft wiegten. Während ich mich am Geländer festhielt, setzte ich einen Fuß auf die oberste Stufe. Der zweite folgte.

Der Anfang war gemacht!

Aber das Geländer war hoch, und als mein Fuß nach der nächsten Stufe tastete, wurde mein Arm überdehnt: Es schmerzte in meiner Schulter. Jetzt den anderen Fuß neben den ersten gestellt ... und ich würde die Hand etwas weiter nach unten gleiten lassen können, bevor es mich zerriß ...

»Albert! Albertje ...!«

Nicht die normale Stimme meiner Mutter – sondern Panik, und etwas Weinerliches darin. Ich drehte mich auf dieser zweiten Stufe sofort um und ließ mich mit dem Oberkörper nach vorn fallen: So kletterte ich wieder auf den Treppenflur hinauf.

In dem Zimmer, wo es nach dem Licht in der Diele wegen der zugezogenen Vorhänge besonders dunkel schien, stand meine Mutter im Unterkleid auf dem Holzstuhl, der ihr eben noch als Stütze gedient hatte. Ihr rechtes Bein war in glänzendes Nylon gehüllt, beim anderen war der dünne Strumpf bis auf den Fußknöchel zurückgerutscht. Neben dem hellbraunen sah es um so bleicher aus, mit fahler Gänsehaut überzogen. Sie stand auf den Zehenspitzen, schien ihren Körper so weit wie möglich recken zu wollen, langte weit nach oben . . .

»Albertje!« weinte sie fast, als sie mich ins Zimmer kommen sah. »O, Albertje, komm schnell her . . . zu Mama. Hier im Zimmer ist eine Maus.«

Plötzlich besessen von ihrer Panik – wovor auch immer –, rannte ich, die Eierkuchen vergessend, auf den Stuhl zu. Sie zog mich an meinen emporgestreckten Armen in einer raschen Bewegung neben sich auf den Sitz. Und schon wand sie sich wieder in die Höhe, ganz aus Gummi . . . Um nicht vom Stuhl zu fallen, schlang ich die Arme um ihr Bein: das noch nackte. Alle Fasern und Muskeln darin waren angespannt . . . es zuckte, es zitterte . . . Und ihre ganze Angst, wovor auch immer, übertrug sich auf diese Weise zitternd direkt auf mich. Sie hatte jetzt einen anderen Geruch: Ich roch ihre Panik.

Eine Maus . . . Der Klang des Wortes war mir vertraut. Über »Maus« hatte ich die Erwachsenen schon reden hören, doch etwas, was dem Wort entsprach, hatte ich noch nie gesehen.

Auch jetzt wieder bekam ich keine »Maus« zu sehen – doch durch die nie zuvor erlebte Panik meiner Mutter, die sich mir unmittelbar mitteilte . . . unter dem Mikroskop ihrer Angst, auf die ich mit der Nase gedrückt worden war, nahm das unsichtbare Wesen grauenhafte Ausmaße an, und zwar nicht so sehr dem Umfang nach als vielmehr wegen seiner Ungreifbarkeit, Gruseligkeit und Gefahr.

Anstatt eigenmächtig eine Tat zu vollbringen und die Treppe hinunterzugehen, hatte ich mir durch meine Mutter eine neue Angst einflößen lassen. Fortan war »Maus« ein Synonym für jede verborgene Bedrohung. Maus war mehr in uns als im Zimmer. In mir hatte Maus eine Höhle, aus der sie von Zeit zu Zeit zum Vorschein kam, um in mir herumzurennen, bis ich verrückt vor Angst geworden war.

Von dem Moment an, da sich der Griff meiner Mutter ein wenig zu lockern begann, wurde meine Welt in erster Linie von so etwas Ähnlichem wie einem älteren Bruder begrenzt: meinem jungen Onkel Hasje. Er schien vor allen Dingen darauf erpicht, meine Bande mit der Welt zu durchtrennen. Er nahm mir alles weg.

Diese Szene: Ich habe einen neuen Spaten bekommen, mit einem Stiel aus hellem, lackiertem Holz, das Blatt zur Hälfte blau . . . Als wir in der Heide angekommen sind, nimmt er mir die Schaufel aus der Hand, wirft sich vor einer jungfräulichen Sandmauer auf die Knie, die sich durch das Fortspülen eines Stücks Heide gebildet hat. Subtile Farbstreifen, von Schwarz über Dunkel- und Hellbraun bis hin zu Ockergelb . . . Feine Wurzeln ragen heraus . . . In diesen Wall stößt Hasje das Spatenblatt und beginnt, mit forschen Bewegungen eine Höhle zu graben. Ich höre, wie die Heidewurzeln reißen. Hasje wirft den Sand auf einen Haufen. Und ich will nur eines: meine Schaufel, und tun, was er tut.

Der Inhaber eines Süßigkeitenladens in Tivoli schenkte uns zu den Lutschern und Lakritzschnüren und Schmandbonbonbrocken kleine Stücke Film. Die konnte man gegen das Licht halten. Die Absicht war, die Kinder aus dem Viertel möglichst viele Teilstücke desselben Films sammeln zu lassen, dann wurde Toontje Plak sein Süßholz besser los.

Hasje hob seine Filmstücke in einer leeren Hansaplastspule auf, die er im Wäscheschrank meiner Großmutter versteckte. Und obwohl er sich ganz selbstverständlich auch meine Zelluloidstreifen unter den Nagel riß, wollte und wollte das Ding nicht voll werden. Er bekam zu wenig Geld zum Naschen.

Als Hasje mich eines Tages zum Spielplatz mitnehmen wollte, sahen wir, wie aus der Richtung des Arnaudinapleins, wo der Süßigkeitenladen war, ein Mädchen herbeilief. Sie hatte ein Nougatstück in der Hand. Mein großer Bruder versperrte ihr mit ausgebreiteten Armen den Weg.

»Was hast du da?« fragte er drohend.

Ich sah jetzt, daß sie in der anderen Hand einen kurzen

Filmstreifen hielt, der sich gerollt und um ihre Finger gewikkelt hatte. Die viereckigen kleinen Löcher machten den glänzenden Gegenstand noch geheimnisvoller.

»Gib uns das mal«, sagte Hasje. Seine Stimme bebte vor Habsucht. Er streckte die Hand nach dem schwarzglänzenden Streifen aus. »Wir brauchen das . . .«

Das Mädchen preßte sich an die Mauer, schob sich an ihr entlang, tastete, als würden die Steine sie schon irgendwo durchlassen. Zwischen Zeige- und Mittelfinger nahm Hasje ihr das Filmstück aus der Hand, so locker war es um ihre Finger gewunden. Und in dem Versuch, seiner Tat einen Robin-Hood-artigen Anstrich zu geben, sagte er noch gedehnt: »Wir brauchen das, wir machen nämlich einen großen Film daraus, und den darf dann jeder angucken. Du auch.«

Die Worte »wir« und »uns«, die ich zu meinem Entsetzen aus Hasjes Mund hörte, verwandelten mich mit einem Schlag vom Zeugen des Dramas in einen Komplizen. Nun, da sie in all ihrer Schwere auf mir lasteten, konnte ich nicht mehr weg, denn den Wahrheiten Älterer zu widersprechen hatte ich noch nicht gelernt. Ich mußte entweder das Schreckliche, das wir dem Mädchen antaten, ungeschehen machen, oder zeigen, daß ich Hasjes »wir« verdiente, indem ich mich aktiv an dem Raubüberfall beteiligte.

Ich tat nichts. Hasjes Plural, mit seinem unmöglichen Appell an mich, lähmte mich. Mit dem Gestohlenen in der Hand, argwöhnisch über die Schulter schauend, als ob sie ihn von hinten anspringen könnte, machte sich Hasje bereits auf den Heimweg, »unser« weinendes Opfer seinem Schicksal überlassend. Ich folgte meinem großen Bruder verkehrtherum, als wollte ich von ihm weglaufen, würde meine Schritte jedoch in die falsche Richtung lenken, und konnte kein Auge von dem Mädchen abwenden, das wir schluchzend unter grauem Licht in einer grauen Straße zurückließen. Sie weinte herzzerreißend, krümmte sich förmlich. Und ich spürte, daß sie weniger dessentwegen weinte, was ihr von uns weggenommen worden war, sondern aus Bestürzung und Scham.

Im Wohnzimmer nahm Hasje die Blechspule aus dem

Schrank und wickelte den knisternden Zelluloidstreifen darum. Seine Finger zitterten. Mit dem Rücken zu den im Zimmer Anwesenden flüsterte er aufgeregt auf mich ein. Das Filmfragment gehörte jetzt uns ... *uns* ... Und er zeigte mir, wieviel Film schon um die Spule gewunden war.

»Die beiden hecken doch schon wieder was aus«, sagte meine Oma halb bissig, halb gerührt. Schließlich handelte es sich um ihre Enkelkinder.

Ihre Worte trieben mich noch tiefer in das Komplott. »Die beiden ...« Von immer mehr Seiten wurde meine Komplizenschaft bestätigt. Ich steckte bis zum Hals darin.

»Ständig haben sie was ... immerzu hecken die beiden was aus ... Die stecken unter einer Decke ... unter einer Decke stecken die, sag ich immer ...«

Und bis zum äußersten gerührt grummelte sie weiter, meine Großmutter. Draußen schrie der Kummer.

Die volle Filmspule wurde Hasje schließlich an den Sohn der Familie Maas, unserer Nachbarn von gegenüber, los, im Tausch für einen Falken. Gerade weil Carolus Maas, als Einzelkind, so ein »verwöhntes Balg« war und alles bekam, was sein Herz nur begehrte, war er der Richtige, Hasjes Habsucht bis ins Absurde zu schüren.

Der Vogel, rotbraun, getüpfelt, saß auf Hasjes Hand, die in einem ausgedienten Fausthandschuh steckte. Aus dem Daumen des anderen Fäustlings hatte er für den Falken eine Haube gemacht, die dem Tier über die Augen, ja, bis auf den Schnabel rutschte und obendrein reichlich ausgefranst war: Immer wieder löste sich der nächstfolgende Wollfaden ...

(»Warum kriegt er das auf?«

»Er darf nicht sehen.«

»Warum nicht?«

»Dann wird er falsch.«

»Was macht er dann?«

»Dann pickt er dir die Augen aus.«)

... so daß der Tag nahe war, an dem der Raubvogel würde sehen können.

Von dem einen Bein des Tiers führte eine Kette zu einem Ring um Hasjes Daumen. Die behandschuhte Hand, steif erhoben, verlieh meinem Bruder ein wenig Ähnlichkeit mit dem Mann mit dem Kunstarm, der von ganz weit weg einmal im halben Jahr atemlos an der Tür erschien, um meiner Großmutter einen kleinen Karton mit Haarnadeln zu verkaufen. Aber in Hasjes Fall machte die Anwesenheit des Falken einen gefährlich reglosen Arm daraus. Durch die lebende Waffe, die auf seiner Handkante saß, wurde der Junge auf widersprüchliche Weise noch feiger, als er schon war. Carolus hatte ihn gewarnt: Es war gesetzlich verboten, einen Wanderfalken ohne Genehmigung zu besitzen. Jedenfalls durfte man sich damit nicht in der Öffentlichkeit zeigen.

Und genau das war es, was Hasje begehrte: mit dem seiner Sicht beraubten Vogel auf der Hand in der Nachbarschaft herumzulaufen ... vor den Augen der Kinder das Tier mit dem rohen Hackfleisch zu füttern, das er in unauffälligen Mengen von seiner oder meiner Mutter klaute und in einem Stück fettundurchlässigem Papier in der Tasche trug ...

Er ging nie mit dem Falken los, ohne mich mitzunehmen. Ich war sein Kundschafter. Wenn irgendwo eine Straße zu einem etwas entfernter gelegenen Labyrinth von Hecken und Gärten überquert werden mußte, dann schickte mich Hasje vor, um zu schauen, »ob keine *Pellezei*« im Anzug sei. Er selbst blieb wartend mit seinem verbotenen Schatz in dem hohen, senkrechten Spalt zwischen den Häuserblocks stehen. Sobald ich aus diesem Spalt zwischen blinden Mauern in die offene Welt gerannt war, straffte sich die Kette, die mich mit meinem älteren Bruder verband – und ich blieb mit hämmerndem Herzen stehen.

Pellezei ...

Ich schaute nach links ... Nichts zu sehen. Nach rechts ... auch nichts. Trotzdem kam von beiden Seiten die Welt drohend auf mich zugerollt. Dort stand ich auf der leeren Straße, erschlagen von meiner eigenen Sichtbarkeit ... vogelfrei ... Und hinter mir, in der dämmrigen Schlucht, Hasje mit seinem gefährlichen Jagdtier, das mit jedem sich lösenden Faden besser sehen lernte . . .

So wurde ich von meinem älteren Bruder zum Ausschauhalten nach Uniformen trainiert. Doch nie war etwas zu sehen – was mir fast ein Schuldgefühl eingab, als hätte ich meine Aufgabe nicht gut genug erfüllt.

»Biste sicher?« zischte mich Hasje immer mißtrauisch an. »Schau noch mal richtig . . .«

Eines Tages war es soweit: uniformierte Gefahr im Verzug . . . auf einem Fahrrad . . . Sie fuhr auf den Bürgersteig . . . kam genau auf mich zu . . . Ich rannte in die Gasse.

»Hasje! Hasje! Pellezei . . .!«

Es war kein erhebender Anblick, meinen älteren Bruder in die Hose scheißen zu sehen. Übrigens war es der Postbote.

Von einem Besuch bei Tante Maya, im Winter, war mir der Anblick einer unaufgeräumten Wohnküche in Erinnerung geblieben, die verlassen ausgesehen hatte, bis meine Mutter bei näherer Untersuchung Flixje entdeckt hatte. Sein Laufstall war so dicht wie möglich an den Kanonenofen herangeschoben, und das Kind hatte sich in den entferntesten Winkel seines Rings zurückgezogen, um möglichst wenig unter der starken Hitze zu leiden. Eine dünne Stelle in der Ummantelung des Ofens war rotglühend. Darüber hing ein Wäschegestell mit wedelnden Socken.

Wenngleich es meine früheste Erinnerung an Flix ist, wußte ich doch sofort, wen ich vor mir hatte. Seine Nähe mußte mir bereits vertraut gewesen sein: Im Sommer gingen unsere Mütter gemeinsam mit den Kinderwagen spazieren.

»Ach herrje, der Kleine ist ja selber glühend heiß«, sagte meine Mutter.

Sie konnte den Ofen nicht kleiner stellen, so sehr glühte alles. Wegen der extremen Hitze war ich mit meiner Strickmütze möglichst weit vom Ofen entfernt stehengeblieben, wie Flix, nur mit dem Unterschied, daß ich mehr Raum hatte. Ich war bereits in der Lage, aus meinem Laufstall zu klettern. Ich sah zu, wie meine Mutter an dem Holzgestell zu ziehen und zu zerren begann ... Flix heulte los und lief von meiner Mutter weg – der Hitze entgegen. Zwischen zwei Feuern blieb er mitten in seiner Box lauthals schreiend stehen, nicht imstande, in der fremden Frau, die ohne die Anwesenheit seiner Mutter nichts Vertrautes für ihn besaß, eine Retterin in der Not zu sehen. In seinen Augen wollte sie ihn in den Ofen jagen. Der Laufstall ließ sich wegen der Risse im Granitfußboden schwer verschieben. Meine Mutter mußte ihn über eine Leiste heben, wodurch Flixje noch näher auf das Feuer zurollte. Er riß den Mund sperrangelweit auf, um seine ganze Panik herauszupressen.

Meine Mutter hob den brüllenden kleinen Jungen wieder auf ... und da fiel sein Blick auf mich.

Quer durch die Unordnung in dem riesigen Raum hatten sich unsere Blicke getroffen, und das hatte ihn sofort zum Verstummen gebracht. Gleichzeitig mußte er gefühlt haben, daß das Schlimmste für ihn vorbei war.

Erkennen.

Über die bunten Kugeln seines Zählrahmens hinweg sah er mich starr an, reglos ... Ab und an wurde sein Kopf durch einen nachträglichen Schluchzer zurückgeworfen. Aus seiner Nase floß farbloser Rotz.

2

Das erste, was sich vor meinen Augen als Blendwerk entpuppte, war das Dach über unserem Kopf.

Es stellte sich heraus, daß mein Geburtshaus gar nicht uns gehörte. Es war das Eigentum der Firma Philips, und mein Großvater durfte dort so lange zur Miete wohnen, wie er bei der Firma arbeitete. Im Großraum Eindhoven gehörte alles Philips, genauso wie auf der Welt alles Gott gehört.

Meine Eltern waren hier seit ihrer Heirat Untermieter, in einem drei Meter auf vier Meter kleinen Zimmer, in dem ein Tisch und zwei Stühle standen sowie ein Klappbett mit etwa zwanzig Büchern auf der Ablage.

Das kleine Vorderzimmer im Erdgeschoß, in dem ich »das Licht der Welt erblickt hatte« (eine Sechzig-Watt-Birne ohne Lampenschirm), durften meine Mutter und ich behalten, bis sie sich ausreichend erholt hatte und ich ein wenig zu Atem gekommen war. Danach zogen wir nach oben, wo von diesem Moment an drei Menschen auf zwölf Quadratmetern wohnten. Oder eigentlich vier, denn der jüngste Bruder meiner Mutter fehlte hier so gut wie nie.

Ich war nicht der Erstgeborene. Auch später habe ich nie das Gefühl erlangt, »der Älteste« zu sein; ich blieb meine ganze Kindheit hindurch im Dialog mit einem viel älteren Bruder.

Auf unseren sonntäglichen Ausflügen mußte er immer mit, Hasje. Er saß dann auf dem Gepäckträger seines Schwagers, der das aufgezwungene Adoptivkind am liebsten auf den Mond geschossen hätte. Aber da war nichts zu machen: Hasje war so etwas wie ein negatives Unterpfand für das Zimmer. Wenn das Bürschchen nicht bekam, was es wollte, konnte meinen Eltern »jeden Moment gekündigt werden«. So piesackten die kleinen Leute die noch kleineren, während die da oben unbehelligt blieben. In dem Haus Lynxstraat 83 herrschte wochenlang Schweigen, was mir nicht entging. Albert hatte seinen Karabiner, den er eigentlich hätte abgeben müssen, »entsichert« hinter der Tür stehen. In gedämpftem Ton drohte er gegenüber meiner Mutter, »der ganzen Bagage« »'ne Kugel innen Leib zu jagen«, wenn sie weiterhin auf ihm herumtrampelten.

Im übrigen: Dieses Miststück von Hasje zu Hause zu lassen war genauso fatal, war er doch imstande, uns sämtliche Klöße aus der Sonntagssuppe zu klauen.

Ein fruchtbares Stück Boden, diese zwölf Quadratmeter: Im Sommer meines ersten Lebensjahrs war meine Mutter zu ihrem Schreck schon wieder schwanger. So hingebungsvoll sie ihre erste Schwangerschaft durchlebt hatte, so zurückhaltend und bedrückt reagierte sie diesmal. Abgesehen vom Geld gab es auch keinen Platz für ein weiteres Baby. Ihr Körper und ihr Geist lehnten das neue Leben ab, sträubten sich gegen das, was in ihr heranwuchs; Hanny war »nicht mit den Gedanken dabei«, vernachlässigte sich, vergaß zu essen, ließ wichtige Nährstoffe aus ihrer Nahrung weg, sprach mit keinem Wort von dem neuen Baby, das im Anmarsch war. Sie ignorierte die Existenz der Frucht, weigerte sich, Umstandskleidung zu tragen, schnürte sich stramm ein.

Als sie außerdem nach sechs Monaten vom Arzt zu hören bekam, es würden höchstwahrscheinlich Zwillinge, da nahm sie im Geiste eine Abtreibung vor. Zu Beginn des neuen Jahres gebar Hanny Egberts Siebenmonatszwillinge. Mädchen. Das eine starb fast unmittelbar nach der Geburt, das andere weinte erst noch eine halbe Stunde. Aus dem großen Nichts zu kommen, um eine knappe halbe Stunde ohnmächtig zu schreien und danach wieder im großen Nichts zu verschwinden ... vielleicht die reinste Form, die Schrecken des Daseins auszudrücken.

Eine abgetriebene Frucht, die, nachdem sie die Mutter verlassen hat, lauthals Protest erhebt ... Nachdem auch die andere Hälfte des Zwillingspärchens, die immerhin geweint hatte, beschämt schwieg, begannen Gewissensbisse den leeren Körper zu füllen, und nun war Hanny an der Reihe, zu heulen. Stundenlang jammerte sie bittere Selbstvorwürfe heraus: Sie hatte den Zwillingen all die Monate nicht genügend

Nahrung, Wärme, Bewegungsfreiheit gegönnt. Sie hatte in ihrer Besorgnis über die Überfüllung des Zimmers die Lebenskanäle abgeschnürt, die Früchte ersticken lassen ... Sie hatte sie ... erwürgt.

Denn sie erkannte nicht, daß ihre unbewußte Handlungsweise ein Akt der Mutterliebe war, großartiger, als wenn sie hingebungsvoll ein Kind in die Welt gesetzt hätte.

Hanny ruhte nicht eher, bis sie wieder schwanger war; sie wollte um jeden Preis die Schmach löschen, indem sie so schnell wie möglich zwei gesunde Kinder zur Welt brachte.

Die nicht ausgetragenen Zwillinge wurden, in saubere Windeln gewickelt, in einen Margarinekarton gelegt, den mein Großvater vorläufig in den Schuppen stellte – »aufs höchste Regal«: aus Angst, Hannys jüngster Bruder und jüngste Schwester könnten den Karton entdecken »und drangehen«. Bereits am nächsten Tag kam jemand vom Friedhof, um das Paket abzuholen. Nein, ein Kreuz bräuchten sie nicht; sie hätten nicht gelebt.

»Nicht gelebt ...« Aber meine Kindheit und Jugend vergiftet, das haben sie. Meine Mutter sprach von ihnen, als wären es existierende Wesen: »Jetzt wären sie drei ... Ich hätte ihnen dieselben Kleidchen angezogen ... Was meinst du, Albert – hätte dir das gefallen, zwei kiebige jüngere Schwestern? Denn da kannst du Gift drauf nehmen, mein Junge, die hätten bestimmt gegen dich zusammengehalten.«

Sie sind mit mir zusammen aufgewachsen. Meine frühen Jahre waren bevölkert mit falschen Brüdern und nichtexistierenden Schwestern. Und dann war oft auch noch Egbert da.

Solange wir auf der Warteliste für eine eigene Wohnung standen (in der Phantasie meiner Eltern eine Leiter, auf der sie Stufe für Stufe vorrückten), führten unsere sonntäglichen Radtouren in Neubaugebiete.

Wir fuhren an Äckern und Wiesen vorbei ... unter Bäumen hindurch ... Die herrlichsten Gerüche wechselten sich ab ... Aber das Endziel war immer ein langweiliges Gelände am

Rande der Stadt oder eines der umliegenden Dörfer. Was ich dort sah, sprach meine Phantasie genausowenig an wie die Schachtel mit Bauklötzen, die mir mein Großvater zu meinem zweiten Geburtstag geschenkt hatte. Über niedrige Mauern aus karamelfarbenem Backstein (der könnte niemals Geheimnisse bergen), zwischen die man Beton geschüttet hatte, ragte blankes Holz empor. Fenster ohne Scheiben mit Durchblick auf Horizont und Wolkenhimmel. Hier und da gähnte ein Betonmischer. Das Ganze atmete eine unendliche Verlassenheit, und daher verstand ich die ganze Aufregung nicht.

»Siehst du? Es geht voran.«

»In einem guten halben Jahr sind sie fertig.«

»Schau mal, hier wird Albertje wohnen!«

Ich wollte da überhaupt nicht wohnen.

Meine Eltern ließen sich von der zuständigen Gemeindeinstanz weismachen, sie bekämen »wahrscheinlich« da und da ein neues Haus, woraufhin wir sonntags nur noch ein Baugebiet besuchten: irgendwo am Rande von Geldrop. Jede Woche waren die Mauern und die Gerüste wieder ein Stück höher, als schössen sie empor wie die Pflanzen, denn Bauarbeiter sahen wir dort nie. Als die Dachstühle montiert waren, entdeckte sogar ich allmählich die Umrisse von Häusern darin. Viele Sonntage später – die Dächer waren bereits mit Ziegeln gedeckt – hörte ich meine Mutter sagen: »Schau mal, Bert ... sind das da drüben nicht Gardinen?«

Die meisten Fenster hatten inzwischen Scheiben, die mit Kalkzeichen markiert waren.

»Ach wo! Oder doch ...? Verdammt ...«

Da Optimismus der einzige Luxus war, den sie sich leisten konnten, sagten sie zueinander, daß »ihr« Haus demnach wohl auch bald fertig sein würde. Viel zu voreilig brachte mein Vater seinen Dienstkarabiner zum Versorgungsunteroffizier zurück. Es kam ein Sonntag, an dem vor allen Fenstern des neuen Viertels Gardinen hingen. Modische, altmodische, rüschen- und schleifenbesetzte, rot-weiß karierte ... Meine Eltern radelten fassungslos durch alle Straßen, und dann noch einmal, um zu schauen, ob sie nicht ein freies Haus übersehen hätten. Ich saß gelangweilt in meinem Sitz hintendrauf. Alles bewohnt. Alles. Meine Mutter weinte.

Am nächsten Tag ging sie, sichtlich schwanger mit einem vierten Familienmitglied, um sich beim Beigeordneten für das Wohnungswesen zu beschweren. Der zeigte ihr die Warteliste. Wer stand da als Nummer 1? Die Familie Egberts-van der Serckt.

»Na bitte.«

Später stellte sich heraus, daß der Beamte, der ganz offensichtlich, wenn auch unbegründeterweise eine Aversion gegen meine Mutter hatte, unseren Fall als Abschreckungsmittel benutzte. Was sofort erklärte, weshalb so viele wildfremde Ehepaare zu uns kamen und über ihre Wohnungsnot klagten (einmal begleitet von zwei Kindern, die beide eine riesige, für ihre kleinen Hände eigentlich viel zu große Zuckerstange mit sich herumschleppten. Zu meinem Schreck bat ihre Mutter die meinige um ein Brotmesser, mit dem sie dann von jeder der Mordsstangen eine dritte absägte: die noch intakten Enden. Was sollte ich mit diesen beiden Stümpfen, die mir in die Hand gedrückt wurden? Die Kinder, ein Junge und ein Mädchen, erfüllten für den Rest des Besuchs unser kleines Zimmer mit Geschluchze; sie weigerten sich, weiter an ihren gekürzten Zuckerstangen zu lutschen. In jeder Hand ein Stück – ich brachte sie nicht einmal in die Nähe meines Mundes – ging mir, während ich den empörten Gesprächen der Erwachsenen zuhörte, etwas von der Traurigkeit des »ehrlichen Teilens« auf, das immer am falschen Platz geschah, im Kleinen.)

»Mijnheer, Mevrouw«, pflegte der Beigeordnete zu jedem wohnungssuchenden Ehepaar zu sagen. »Wenn noch nicht einmal die Egberts an der Reihe sind, dann Sie doch noch lange nicht, mit Ihren zwei Zimmern und der eigenen Toilette ... Schauen Sie sich doch zum Spaß mal an, wie mies die dran sind. Lynxstraat 83, in Tivoli. Wir tun unser Bestes, aber die Wohnungsnot ist nun mal entsetzlich groß.«

Etwas Überbescheidenes in der Haltung und im Auftreten

meiner Mutter provozierte andere dazu, ihr Dienstleistungen einfach vorzuenthalten. Häuser wurden wirklich zuallerletzt für sie gebaut. Sie selbst hätte sich ja notfalls mit einer Torfhütte begnügt. Nur ihrer Kinder wegen hatte sie die Stirn, den Staat um eine Gunst zu bitten. Ihre Überzeugung, nichts von dem, was die Welt bot, wirklich zu verdienen, war so groß, daß sie ihr ins Gesicht geschrieben stand – und darum bekamen wir kein Haus. Noch bevor sie am Schalter ihre Bitte vorgetragen hatte, war das Gewissen des Beamten bereits beschwichtigt.

Ihr immenses Schuldbewußtsein hatte jedoch auch einen erhabenen Aspekt: Es war ihre Manier, die Welt zu beschwören. Immer und überall leugnen, daß andere, woran auch immer, Schuld haben . . . selbst die Schuld an allem auf sich nehmen . . .: auch eine Methode, die Drohungen der Welt unschädlich zu machen.

Hochschwanger mittlerweile, wandte sich Hanny in ihrer Not sogar an den Pfarrer ihrer Gemeinde. Der Mann Gottes stank nach Zitronengenever; er hörte sie an, war jedoch mit seinen Gedanken nicht ganz bei der Sache.

»Sie müssen nur ordentlich beten, Mevrouwke«, sagte er. »Dann wird schon alles gut.«

Sie konnte sehr charmant schimpfen, meine Mutter – ohne in meinen Augen auch nur für einen Moment ihre Würde zu verlieren. Das Wort »Schwarzrock«, das ich sie nach ihrer Rückkehr bestimmt viermal in einem Satz benutzen hörte, erreichte mich eher als »Priester« oder »Pfarrer«. Ersteres (beißend, peitschend, ein Wort mit einem Beigeschmack) läßt sich auch nie mehr von einem der beiden anderen Wörter löschen.

Nach ihrem Besuch beim Pfarrer holte meine Mutter ein Schreiben hervor, das meinem Vater bei seiner Rückkehr aus Niederländisch-Indien von einem hohen Tier überreicht worden war. Es war vom Prinzgemahl unterzeichnet, an den – so der Text – sich der ehemalige Niederländisch-Indien-Kämpe im Notfall jederzeit wenden dürfe.

Meine jungen Eltern erkannten in ihrer Naivität nicht, daß

es höchst ungehörig war, ein solches Papier wörtlich zu nehmen. Prinzen waren edel und gut – und daher verfaßte meine Mutter einen Brief, den mein Vater unterschrieb.

Und ob es half.

Der Sekretär des Prinzen schrieb im Namen desselbigen einen geharnischten Brief an die Gemeinde Geldrop, die uns von einem Tag auf den anderen ein Haus zuwies (die Nachricht erreichte meine Mutter im Wochenbett): eine runtergewohnte Bruchbude in der Sackgasse, an deren Ende die Familie Boezaardt wohnte. Sie gehörte einem Konditor in Mierlo, der unseren Einzug mehr oder weniger mit der Bedingung verband, daß wir seine Kunden würden.

Das baufällige Gebäude wurde schon bald von jedermann »das Haus vonnem Lippe Biesterfeld« genannt.

In der Februarnacht, in der Hunderte von Kindern ertranken, wurde meine Schwester geboren, gleichsam gegen den Willen der Natur: vielleicht der Grund, weshalb sie sich immer so mühelos selbst über die größten Schwierigkeiten hinwegsetzte.

Der Vater des Kindes half, in Zeeland Sandsäcke zu füllen. Egbert verzichtete darauf. Er hatte keine Lust auf die Rolle des »reuigen Landesverräters«. Während Albert in einem kleinen Boot zwischen Baumkronen schaukelte, stand Egbert mit mir auf dem Arm am Bett meiner Mutter.

In derselben Nacht, in der eine Springflut uns daran erinnerte, daß wir auf unbetretbarem Gelände lebten und die Niederlande eigentlich viel kleiner waren, und, um uns das richtig einzubleuen, diese ganze aufgeschüttete Vermessenheit wegfegte . . . in dieser Nacht verwandelte sich die Bruchbude, die uns in einer Sackgasse erwartete, in einen hochgelegenen Palast.

Am nächsten Samstagmorgen, in aller Frühe, kam er zurück, bleich, schlammverschmiert und mit einem starken Geruch behaftet – von Verwesung, und trotzdem nicht unangenehm. Er hatte Kühe und Pferde, so erzählte er meinen Großeltern,

»aufgepumpt«, die Beine starr in die Höhe gestreckt, vorbeitreiben sehen.

Nach einem Besuch in der Entbindungsklinik nahm er mich mit zu Tante Maya. Die Vorderseite des neuen Hauses kannten wir mittlerweile; jetzt wurde ausführlich darüber gesprochen, ob und wie man sich auch die Rückseite ansehen könnte. Schließlich kletterten wir alle in Berntjes Taubenschlag, um von dort aus einen Blick auf das fürstliche Geschenk des Prinzen zu werfen.

Der Taubenzüchter ging voran, um das Vorhängeschloß von der Füttertür wegzunehmen. Als nächster folgte mein Vater, der Flixje trug, und als letzte kletterte Tante Maya mit mir auf dem Arm hinauf. Um nicht mit ihrer lebenden Last rückwärts zu kippen, schob sie, anstatt jedesmal eine Sprosse höher zu greifen, ihre Hand seitlich an der Leiter hoch. Dann hob sie mich in den Verschlag hinauf.

Sofort legte sich mir der bittersüße Gestank von Vogelmist auf die Kehle. Unser Eintreten hatte zur Folge, daß die Vögel, die aus dieser Nähe betrachtet ungewöhnlich groß waren, lärmend umherstoben. Ihr peitschendes Flügelgeschlage jagte mir Angst ein: als ob sie kämpften, uns aus ihrem Verschlag vertreiben wollten ... Ich spürte den Wind ihres Flügelschlags in kurzen Stößen an meinem Gesicht entlangstreichen.

Plötzlich war es still: Alle Tauben hatten sich auf die Abflugbretter außen am Schlag gerettet, wo sie herumspazierten, als sei nichts geschehen. Was von ihrer Panik blieb, war ein Schneesturm kleiner Federn. Flix versuchte sie zu fassen zu kriegen, kniff die Fäuste in der Luft zusammen – schaute aber jedesmal in leere Hände.

Im Taubenkot, der unangenehm unter den Schuhsohlen klebte, drängten sich die drei Erwachsenen vor der einzigen Öffnung, die Aussicht auf das Haus des Prinzgemahls bot.

»Da, schau, Altje«, sagte Tante Maya zu meinem Vater. Wenn sie mit anderen Männern sprach, bekam ihre Stimme immer etwas Schleppendes, als könne ihr Sprechen jeden Moment in Singen übergehen. »Das mit dem großen Schuppen dort drüben ... Zwischen eurem und unsrem Haus sind noch zwei andere. Siehst du? Und trotzdem haben wir dieselben Nachbarn. Dreimal darfst du raten, wie das geht.«

Sie lachte laut und hoch, wie nur sie es konnte. Als ob sie über etwas anderes lachte als das, was gesagt wurde ...

»Die Stultiëns«, antwortete sie selbst, »haben von der Gemeindeverwaltung ein Haus dazubekommen. Die sind inzwischen so an die zwanzig Leute. Sie sind aus ihrer Bude rausgewachsen ... Ja, Altje, wenn du Kaninchen hältst, und es werden zu viele, dann mußt du auch neue Ställe dazubauen. Du weißt ja, wie schnell das geht.«

Und wieder lachte sie ihr zweideutiges Lachen.

Berntje und mein Vater sprachen über die günstige Lage des Schuppens und daß auf den Fensterrahmen keine Farbe mehr war. Etwas später wurde ich von Tante Maya unter den Achseln hochgehoben. Sie hielt mich mit dem einen Arm an ihren Busen gedrückt und zeigte mit dem anderen durch die Öffnung nach draußen.

»Schau ... dort wird Alb'rtje wohnen ...«

Die Winterkälte stand stramm auf meinem Gesicht. An der bezeichneten Stelle sah ich ein dunkles Haus wie alle anderen – vielleicht etwas verwahrloster. Der Betonschuppen mit dem Wellblechdach, der den Garten hinter dem Haus zur Hälfte in Beschlag nahm, war tatsächlich größer als alle anderen Schuppen. Zwischen dem Taubenschlag und diesem Schuppen erstreckte sich ein fast kahler Garten, ebenso groß wie der Boezaardtsche und »unserer« zusammen, wenngleich genau in der Mitte noch Spuren einer früheren Abtrennung zu erkennen waren. Der Garten lag hinter zwei identischen Häusern, deren Rückseiten jeweils das Spiegelbild des anderen darstellten, wobei die Küchentüren noch nicht einmal einen halben Meter auseinanderlagen. Aus der rechten lief jetzt ein Mädchen, etwa so alt wie Hasje oder etwas darüber, in die kahle Hälfte des Gartens. Sie war blond und trug einen Pferdeschwanz, der an ihrem Hinterkopf kurz in die Höhe ging, bevor er in Wellen nach unten fiel. Und was ich sonst noch nie bei einem Mädchen oder einer jungen Frau gesehen hatte: Sie trug lange Hosen und Gummistiefel. Darüber einen weiten Pullover, der sich an den Hüften bauschte, weil sie die Hände in die Hosentasche zwängte. Sie trug keinen Mantel: Gegen die Kälte zog sie den Kopf ein.

»Ah, da ist ja unsere Gonneke«, sagte Tante Maya. »Will Alb'rtje seiner neuen Nachbarin nicht mal winken?« – Sie nahm meinen Arm und ließ meine lustlose Hand ein wenig hin und her wedeln. – »Jetzt ruf mal: Hallo Gonneke, ich bin Albert . . .«

Aber mir taten die Schulterblätter weh, und ich wollte am liebsten wieder auf meinen eigenen Beinen stehen.

»Huhu, Gonnie-ie . . .!« rief Tante Maya dann eben selbst. Und das Mädchen warf den Kopf hoch und rief mit überraschtem Lachen (an ihrer angenehmen Stimme hörte ich, wie gut sie sich mit Tante Maya verstehen mußte): »Maaike . . .! Was macht ihr da? Wollt ihr Tauben fangen oder was?«

Und während Tante Maya mich an sich hinunterrutschen ließ, hörte ich aus ihrem Körper dieses typische jankende Lachen aufsteigen . . .

3

Egbert, der mit seiner Greta nicht gerade einen guten Fang gemacht hatte, hielt sich so viel wie möglich außer Hause auf. Soweit unsere kleine Behausung es zuließ, schaute er, wenn irgend möglich, bei uns rein. In der ältesten Welt, jener mit den Abmessungen des kleinen Zimmers im Obergeschoß, entdecke ich hinter, neben, zwischen den Gestalten meiner Eltern eine etwas weniger scharf umrissene Figur, deren bloße Anwesenheit ich schon als angenehm empfand. Er war ein sympathisch tiefer, manchmal stockender Ton im Chor der Stimmen. Genaugenommen hatte ich dem Drachen, der ihn in die Flucht trieb, seine beruhigende Gesellschaft zu verdanken.

Wenn im Haus irgend etwas in Ordnung gebracht werden mußte, so riß er diese Arbeit förmlich an sich, um mit einer triftigen Entschuldigung etwas häufiger bei uns sein zu können. Und geschickt war er, er machte seine Sache gut.

Egbert wollte nie Geld dafür annehmen. Wenn er eine Arbeit erledigt hatte, sah ich meine Mutter und ihn manchmal eine unverständliche Szene aufführen, deren Peinlichkeit ich undeutlich spürte. Meine Mutter hielt ihm dann einen Geldschein hin, Egbert schüttelte heftig den Kopf, drehte sich abrupt um.

»Nein, kommt nicht in Frage. Ich will das nicht haben.«

Daraufhin steckte ihm meine Mutter den zusammengefalteten Schein in eine Tasche seines Jacketts. Egbert nahm ihn wieder heraus und legte ihn auf den Tisch, wo er eine ganze Weile liegenblieb . . . bis meine Mutter, die sich vor Haaren auf der Kleidung ekelte, ausrief: »Egbert, ein Haar! Ein ganz langes! Auf deinem Revers . . .!«

Beim Wegzupfen des nicht existierenden Haars ließ sie den zusammengefalteten Schein rasch in sein Einstecktuch gleiten. Sobald er ihn entdeckte, warf er ihn, eher verächtlich als wütend, auf den Boden . . . Und so weiter, mit immer heftigeren – und, wie es schien, immer verzweifelteren – Gebärden auf beiden Seiten.

Sie: »Sei nicht albern. Das bißchen . . .«

Er: »Nein, ich will's nicht. Kommt nicht in Frage.«

Jede der beiden Parteien gab sich immer beleidigter . . . bis meine Mutter sagte: »Na schön, dann eben nicht« und – dem Anschein nach wütend – das Zimmer verließ. Woraufhin Egbert auf dem Flur seine lederne Motorradjacke holte, sie im Zimmer anzog, in einer der Taschen das Geld fand . . .

»Himmelkruzitürken!«

. . . und es mit einer verächtlichen Geste von sich warf, in die Luft, woraufhin es in eine Ecke trudelte . . .

Oder er sagte, vor Aufregung stotternd: »Na schön, dann geb ich's eben Albertje . . .« und tat's – woraufhin mir das Geld (ich war auch nur ein Glied in dem Spiel) wieder abgenommen wurde und Egbert es später daheim im Stiefel fand oder im Innenfutter seines Helms . . .

Da mir das Gebot, mit Geld dürfe nicht gespielt werden, bereits ganz in Fleisch und Blut übergegangen war, fragte ich mich in meiner Ecke, was diese Zeremonie des Aufdrängens und Zurückstoßens zu bedeuten habe. Das Schauspiel trug die Züge eines Streits, wurde aber für mein Gefühl nie ganz ernst, im Gegensatz zu den Malen, wenn es zwischen ihr und dem anderen Egberts um Geld ging. Manchmal endete die Meinungsverschiedenheit sogar damit, daß beide Parteien sich vor Lachen bogen, wie damals, als der Schein in zwei Teile zerriß . . . Ein geheimnisvolles Spiel.

Wenn ich in späteren Jahren daran zurückdachte, schien es mir um mehr gegangen zu sein als nur um ein Hin und Her wegen eines Freundschaftsdiensts. War es nicht mehr als nur ihre Art, die es ihr verbot, etwas gratis anzunehmen? Oder konnte sie sich von ihm keinen Freundschaftsdienst erlauben?

Geldangelegenheiten haftete jedenfalls immer etwas Peinliches an.

Nachdem uns durch die Vermittlung des Prinzgemahls die Bruchbude in Hulst zugewiesen worden war, machte sich Egbert eifrig daran, alles mögliche daran umzubauen. Von

Ende Februar an, als die Kälte ein wenig nachließ, war er fast jeden Abend dort zu finden. Oft fuhr er mit seinem Motorrad direkt von der Arbeit dorthin; essen, das tat er erst später zu Hause. Greta war so oder so sauer.

Egbert zog neue Stromleitungen, setzte zusätzliche Steckdosen (die er »Dosenstecker« nannte), baute eine ganz neue Treppe und kletterte sogar aufs Dach, um die zerbrochenen Ziegel auszutauschen.

Im Erdgeschoß befand sich eine Diele, ein kleines Wohnzimmer, eine große Wohnküche und ein Hauswirtschaftsraum. Als Überraschung baute Egbert die Wohnküche in ein normales Wohnzimmer um. Das größte Hindernis schien eine riesige Anrichte aus Naturstein darzustellen, aber auch dafür fiel ihm etwas ein. Er ließ sich ein schweres Eichenbrett liefern, genau nach Maß zugeschnitten, und brachte es oben auf der Anrichte an. Front und Seiten verkleidete er mit dünnerem Holz, bis auf den Teil rechts unten, wo sich zwei kleine Schränke befanden. Hier nahm er die Türen ab und überzog die Fächer mit grünem Filz, ja, ging sogar soweit, den Raum, in dem zu gegebener Zeit Bücher oder Teetassen stehen konnten, mit Glasschiebetüren abzuschließen. Das gesamte Holz, inklusive der Zierleisten, die die Stöße verdeckten, wurde mit größter Sorgfalt lackiert.

Anstelle der Anrichte stand jetzt ein riesengroßes Büfett eines Typs da, den es in keinem Möbelgeschäft zu kaufen gab und der künftige Umzugsspediteure noch vor Rätsel stellen sollte. Egbert krönte sein Werk mit einem Radio, das er für wenig Geld gebraucht erstanden hatte.

Es schien wahrhaftig, als richte er sich sein eigenes Nest ein . . .

Im Hauswirtschaftsraum, einer Art Waschküche an der Rückseite des Hauses, baute Egbert eine neue Anrichte aus Holz, die er mit Linoleum abdeckte. Hanny mußte schließlich Essen zubereiten können.

Eines Abends im März arbeitete Egbert noch zu später Stunde an der Treppe. Es ging schon auf halb elf zu, und immer noch dröhnten Hammerschläge durch das leere Haus. Er war an der vierten Stufe von unten und wollte nicht eher gehen, bis die fünfte fertig war.

»Ähm ... höm ... Mijnheer!« Plötzlich stand sie auf dem Flur, ohne daß er sie hätte hereinkommen hören. Eine junge Frau, nein, ein Mädchen. Blond. Sie hatte Pantoffeln an den Füßen und trug eine dreiviertellange Hose mit engen, an den Waden seitlich geschlitzten Beinen. Sie hüstelte. Egbert, erschrocken, legte sofort den Hammer hin.

»Ja-a ...?«

»Mutter läßt fragen, ob Sie noch lange rumkloppen müssen.« Sie sprach den Dialekt dieser Gegend. »Die Kleinen können nicht schlafen ... wissen Sie.«

»Oh. Aber auf welcher Seite wohnt ihr denn?«

»Hier nebendran.« Und sie zeigte mit dem Daumen über die Schulter in die Richtung, wo die Sackgasse endete.

»Ach ja, stimmt ... Wie heißt ihr noch gleich?«

»Wir sind die Stultjes.«

»Stultiëns! Aber dann wohnt ihr doch neben den Boezaardts? Neben Maaike Kopland? Da ist doch noch ein Haus zwischen ...? Na, dann ist mein Hammer aber wirklich weit zu hören.«

»Maaike ist unsere Nachbarin auffer einen Seite ... und Sie sind unser neuer Nachbar auffer anneren Seite. Das sind nämlich alles beides unsre Häuser. Wir sind zwanzig Leute, müssen Sie bedenken. Vadder, Mudder, wir sechzehn ... wir sind sechzehn *Kinner* ... und dann noch die Frau von meim ältsten Bruder, der wo letztes Jahr geheirat' hat. Das macht neunzehn. Mal schaun ... wen hab ich jetz vergessn? Ach ja, meine Großtante, die hätt ich jetzt fast vergessn, die Gute. 'ne alte Jungfer, nie verheirat' gwesn ... sie is schlecht zu Fuß ... geht fast nich mehr raus.« Und, sich plötzlich an den Grund ihres Kommens erinnernd: »Und wissen Sie, was? Von den ganz Kleinen schlafn 'n paar hier nebendran. *Das sin richt'che kleine Deibel, wissen's?* Mudder hat ganz schön was am Hals mit denen, das können's mir glauben.«

Egbert erklärte ihr, daß nicht er der neue Nachbar sei,

sondern ein Bruder von ihm, Albert Egberts, verheiratet mit Hanny van der Serckt aus Tivoli. Sie hätten zwei Kinder: ein zwei Monate altes Mädchen und einen kleinen Jungen, der nächsten Monat drei werde. Sie hatte das alles schon von Maaike Kopland gehört, »der Tratschtante vom ganzen Viertel«.

»Und Sie«, fragte sie, »wie heißen Sie denn?«

»Egbert. Und du?«

»Na ja . . . einfach . . . Gonneke.« Und gleich darauf: »Also Egbert . . . Egbert Egberts. Huch, das reimt sich ja sogar 'n bißchen. Ach herrje«, sie schlug die Hand auf den Mund, »was sag ich da bloß?«

Aber er war kein bißchen beleidigt. Beim Einpacken seines Werkzeugs machte er Witzchen, über die sie kichern mußte. Sie blieb die ganze Zeit in der Diele stehen und wippte dabei so oft vom einen Bein aufs andere, daß man hätte meinen können, es jucke sie.

»Jetzt aber nix wie raus mit dir«, sagte Egbert zum Schluß, »ich mach jetzt nämlich das Licht aus.«

Wie ein richtiger Backfisch rannte sie mit einem Quiekser durch den Flur, Richtung Hintertür. »Also, Wiedersehn!«

»Tschü-üs!«

Als wäre es die normalste Sache der Welt, tauchte Gonneke am nächsten Abend wieder im Flur auf, genauso lautlos, nur diesmal viel früher: schon um acht.

»Geht's voran?« fragte sie. Das Mädchen hatte noch immer dieselbe enge türkisfarbene Baumwollhose an, trug jetzt aber statt der Pantoffeln Wildlederschuhe mit halbhohen Absätzen. »Geht's 'n bißl voran?«

Egbert paßte gerade den senkrechten Teil der siebten Stufe ein. »Jetzt schon noch«, sagte er. »Aber bei der Biegung da oben wird's schwieriger werden. Das ist alles Millimeterarbeit.«

»Darf ich mal probiern?«

Er machte Platz, und Gonneke ging den Anfang dessen hinauf, was eine Treppe werden sollte. Beim Erreichen der sechsten Stufe tat sie so, als wolle sie auf eine imaginäre siebente treten. Ihr Fuß blieb in der Luft stehen.

»Ich warte«, sagte sie lachend. Doch ihr Lachen endete in einem Quiekser, als ihr der Schuh, der ihr um mindestens zwei Nummern zu groß war, von der Ferse rutschte und gleich darauf von den Zehen, um schließlich in dem dunklen Raum unter dem Treppengerüst zu verschwinden.

»Ochje ochje ochje«, rief sie und schlug die Hand vor den Mund. »Und das sind auch noch Mudderns Schuh'. Was bin ich nur fürne dumme Trine.«

Es war gar nicht so einfach, den Schuh wieder herauszuangeln. Er war unter die erste Stufe gefallen, und Egbert hatte keine Lust, sie wieder auseinanderzureißen. Er mußte einen Besen und zwei als Zange dienende Latten zu Hilfe nehmen. An dem Wildlederschuh klebte Staub und Sägemehl.

»Ach du grüne Neune«, sagte Gonneke. Es klang wirklich reuevoll. »Und dabei hatte ich sie so schön gebürstet . . . im Dampf, überm Pfeifkessel.«

Am nächsten Abend erschien Egbert nicht, und am darauffolgenden Abend traf Gonneke ihn in Gesellschaft seines Bruders Albert an, mit dem er alles mögliche vermaß. Egbert stellte sie ihrem neuen Nachbarn vor. Sie fand Albert womöglich noch hübscher als dessen älteren Bruder, wenngleich weniger anziehend, weniger verlebt . . . Sie empfand sofort eine starke Antipathie gegen ihn, und sei es nur deswegen, weil sie Egbert lieber allein gesehen hätte.

Nach fünf Minuten war sie verschwunden.

Auch am nächsten Abend, Samstag, ließ sich der Zimmermann nicht blicken, aber am Sonntag hörte ihn Gonneke schon um vier Uhr nachmittags. »Na, da bekommen wir ja reizende Nachbarn«, hörte sie ihren Vater zu ihrer Mutter sagen. »Die halten ja nicht mal den Ruhetag in Ehren.«

Als sie auftauchte, war Egbert gerade an der elften Stufe. Ihr plötzliches Erscheinen überraschte ihn schon nicht mehr, aber jetzt, wo es noch hellichter Tag war, sah er sich das Mädchen mal richtig an. Zum ersten Mal trug sie ein Kleid. Sie hatte sichtlich schon kleine Brüste. Ihre Füße steckten in flachen Schuhen mit Riemchen über dem Spann. Die Haare trug sie diesmal offen. Er sah von der achten Stufe auf sie hinunter.

Während des Vorstoßes über Polen nach Rußland hatte er mal in der Diele eines Hauses am Fuße einer Treppe gewartet, bis er an der Reihe war. Unter den Füßen eine kratzige Matte. Draußen vor der Haustür stand noch eine ganze Schlange Soldaten, bis zur Gartenpforte, bis auf die Straße . . . Unter ihren ungeduldigen Füßen konnte er den Kies knirschen hören, ein Geräusch, durch das er sich gehetzt fühlte . . . Die stillschweigende Abmachung lautete, daß jedesmal, wenn einer die Treppe herunterkam, der dort Wartende nach oben gehen sollte, während der Nächste in der Reihe auf seinen Platz auf der Matte nachrückte. Im Laufe der Jahre sollte der Marsch durch Polen und Rußland immer mehr diese Form, diesen stockenden Rhythmus annehmen: die langsam vorrükkende Schlange, das Knirschen des Kieses, das Warten, um eine Treppe hinaufzugehen . . .

Oben öffnete sich eine Tür. Ein Mädchen in einem langen Hemd beugte sich fröstelnd über das Geländer, die rechte Hand an der linken Schulter: vielleicht gegen die hochziehende Kälte oder aus unangebrachter Keuschheit, ungewollt jedoch auch eine Gebärde äußersten Stolzes. Mit dünnem Zitterstimmchen fragte sie in schlechtem Deutsch: »Kommen noch mehr *sehr verehrte Herren*?«

Die letzten Worte sprach sie so wohlüberlegt servil aus, daß sie fast beleidigend klangen. Da stand ein Kind, höchstens fünfzehn Jahre alt. Egbert wußte nicht, was er antworten sollte, drehte sich um, riß an der Klinke und ging hinaus. Noch bevor er die Tür hinter sich hatte zuziehen können, war der nächste Soldat ins Haus geschlüpft. »Gut so, Eckberts. Bei dir geht's wenigstens fix.«

Wieder im Lager, beging er einen Verrat. Am selben Abend noch wurde ein achtzehnjähriger Junge, der auch in der Schlange gestanden hatte, als Sündenbock hingerichtet.

»So, so«, sagte Egbert. »Kommst du aus der Andacht?«

»Ach wo, bist du verrückt? Sonntags geh ich ganz normal morgens in die Kirche. Und sonst kein Gedöns.«

»Dann also von deinem Freund?«

»Schön wär's! Nein, der ist zu weit weg. Ganz da oben in D'n Helder.«

»Den Helder? Warum ausgerechnet so weit weg? Wohnt er da?«

»Ach wo, nee. Er ist von hier. Das heißt . . . aus Stratum. Er ist einer von den Händels, falls dir das was sagt. Die wohnen bei dir in der Nähe, im Leenderweg. Is ja 'ne ziemlich gute Familie. Bißchen Geld und so . . . Jimmy heißt er. Er ist bei der Marine. Hat sich für vier Jahre verpflichtet. Kein Katzendreck, was? Jetz sin's noch dreieinhalb. 'türlich tut's ihm schon leid . . . Jedenfalls, seit er mich kennt. Sagt er jedenfalls.«

»Kommt er nie auf Urlaub?«

»Normalerweise alle vierzehn Tage. Aber ich seh den Jim erst wieder Ende April. Die ham schwere Manöver auf See.«

»Wie alt ist denn unser Seemann?«

»Neunzehn.«

»Und sein Mädel?«

»Ja, rat doch mal!«

»Dreizehn«, sagte er neckend.

»Also, so was! Nee, jetz mal im Ernst.«

»Also gut.« Egbert schwankte zwischen siebzehn und achtzehn. Um ihr zu schmeicheln, sagte er: »Achtzehn.«

»Siebzehn«, sagte sie leise, mit glühenden Wangen.

»Na schön, weil du's bist, will ich's glauben.«

Als Egbert an dem Abend um zehn auf sein Motorrad stieg, sah ihm Gonneke vom Zimmer ihrer Großtante, das im Erdgeschoß zur Straße hinaus lag, heimlich nach. Die alte Frau war schon im Bett.

»Mußt du mich schon wieder stören, Trulla?« kam es aus den Decken. Die Alte versuchte, ihre Großnichte mit ein paar kräftigen Winden zu verjagen. »An einem hast du wohl nicht genug? Du Rotznase, mit deinen fünfzehn Jahren.«

»Sechzehn, Tante. Du mußt mal ab und zu auffen Kalender

gucken, wenn du auffem Klo sitzt. Und jetzt schlaf, es ist überhaupt nichts los.«

»Nein, nein«, sagte die Alte.

Gonneke sah, wie Egbert auf seinem Motorrad den Helm unter dem Kinn festschnallte, die Handschuhe anzog, startete und die kleine Straße hinunterfuhr. Noch im Bett tanzte der rote Fleck des Rücklichts vor ihren Augen.

In der darauffolgenden Woche sahen sich Egbert und Gonneke jeden Abend. Und jedesmal war die Treppe ein Stück vorangekommen. Bei jeder Begegnung mußte sich Gonneke eine oder zwei Stufen höher stellen, um sich, an die Geländerstäbe gelehnt, trotz Egberts Gehämmere noch verständlich machen zu können.

So folgte sie ihm äußerst langsam die Treppe hinauf.

Am Mittwochabend war Egbert endlich bei der schwierigen Biegung angelangt. Gonneke fand ihn in unbequemer Haltung in dem Winkel hockend vor, den zwei Wände des Treppenhauses dort bildeten. Den Mund voller Nägel, konnte er sie nicht mal richtig begrüßen.

»Na«, rief sie nach oben, »so würd ich dir nich gern 'nen Kuß geben.« Und als sie die bedenkliche Miene des Mannes sah, setzte sie erschrocken hinzu: »Och je, was hab ich denn da gesagt?«

Sie redete schnell von etwas anderem.

Nachdem Egbert in der Diele mal kurz die Glieder gestreckt hatte, setzte er sich neben Gonneke auf eine der unteren Treppenstufen. Er war schweigsamer als sonst. Das Gespräch wollte nicht so recht in Gang kommen. Dieser verflixte Nagelkuß machte beiden zu schaffen.

Plötzlich fragte Egbert: »Und wenn dein Matros' Urlaub hat, was treibt ihr denn dann so alles? Das würd' mich jetzt mal wirklich interessieren . . .«

»Na ja, was man halt so macht . . . Samstagabends tanzen gehen. Und am Sonntag . . . wenn schönes Wetter is, spazieren . . . und wenn's draußen schüttet, dann hocken wir daheim aufm Sofa. Is doch klar. Manchmal erzählt er auch vom Dienst . . .«

»Er wird dich doch wohl auch mal knuddeln, hoffe ich?«
»Aber klar.« Sie lachte. »Im Küssen ist er Weltmeister. Da kommt keiner an ihn ran. Wenn er erst mal angefangen hat, dann hört er gar nich mehr auf. Ein richtiger Schmusebär.«
»Und sonst . . . passiert sonst auch noch was?«
»Du meinst . . .? Nee, dazu is der viel zu seriös.«
»Und du, Gonneke?«
»I-ich? Na, hör mal! Was du alles wissen willst, also . . .« Und dann, ernsthaft: »Och, ich weiß nich . . . was soll ich sagen . . . dafür braucht's zwei, oder nich? Mir isses so eigentlich ganz recht. Dann weiß ich, daß er's auch nich mit annern macht.«

Als Gonneke am Freitagabend erschien, kniete Egbert oben am Ende der Treppe und schlug gerade die letzten Nägel in das senkrechte Brett zwischen der obersten Stufe und dem Treppenflur. Das Mädchen blieb in der Diele stehen und ließ die Schläge über sich ergehen. Sie hatten sich nicht begrüßt.
»Fertig!« rief Egbert kurz darauf. Er richtete sich auf und warf den Hammer hin. »Jetzt kannst du sie ausprobieren. Dann ist sie auch gleich eingeweiht. Wenn das Ding zusammenbricht, dann fangen wir eben wieder von vorne an.«
Zögernd, mit nervösem Kichern, setzte Gonneke einen Fuß auf die Treppe. Sie tat es langsam und andächtig, denn es war ein feierlicher Moment. Zur Feier des Tages trug sie einen Rock. An keiner Stelle knarrten die Stufen unter ihren flachen Schuhen.
»Aha«, ertönte es über ihr, »du brauchst keine Angst zu haben, daß dein Vater dich erwischt, wenn du spät nach Hause kommst.«
Egbert wartete, die Hände in die Seiten gestemmt, grinsend auf sie. Gonneke schaute kein einziges Mal hoch. Sie achtete ganz genau darauf, wohin sie die Füße setzte, und schien kaum voranzukommen, so als wäre sie in einer Tretmühle zu ihm unterwegs. Nachdem sie jedoch die Biegung geschafft hatte, flog sie auf einmal nach oben, stolperte und prallte heftig gegen ihn.

Später, als Mevrouw Schwantje-Stultiëns, konnte sie sich in meinem Bett am Berg en Dalseweg nicht einmal mehr daran erinnern, wer nun was als erster getan hatte. Hatte er sie umarmt, als er spürte, wie ihre Arme unter seine Jacke glitten, oder waren sie erst während seiner Umarmung darunter geglitten? Und wer hatte wen in dieses Zimmer geschoben? War die Tür schon offen gewesen?

Wie dem auch sei, alles Weitere hatte sich wortlos und ohne Stocken abgespielt: ein Trommelwirbel auf einem Holzfußboden in einem leeren Haus, und vorbei war's.

Als Gonneke aufstand, hatte sie sogar ihr Unterhöschen noch an. Und von dem Schmerz, der ihr seit Jahr und Tag von älteren Freundinnen prophezeit worden war, hatte sie, fast zu ihrem Leidwesen, nichts gespürt. Egbert hatte sich nach einem komischen kurzen Grunzer auf den Rücken gedreht und war so liegen geblieben.

Gonneke klopfte draußen vor der Tür in dem Licht, das aus dem Treppenhaus kam, ihre Kleider ab, die völlig verstaubt waren. Von der offenen Tür aus sagte sie leise Egberts Namen ins dunkle Zimmer.

Keine Antwort.

»Komm mal her, ins Licht, dann putz ich dir die Kleider ab. Der Fußboden ist ja total staubig.«

Er kam nicht. Gonneke ging wieder ins Zimmer. Es war so dunkel, daß sie nach ihm tasten mußte. Gebückt.

Erschrocken zog sie die Hand zurück. Seine Hose stand noch offen, und was sie berührt hatte, war nicht das warme, lebendige Ding, das sich blind an ihren Schenkeln entlang hochgetastet hatte . . . war nicht der große, pochende Apparat, der dann in ihr gewesen war, wie ihr Herz in ihr war, wenn sie gerannt war . . . sondern etwas ganz anderes. Ach, daß es jetzt klein und weich war, machte ihr nichts aus. Aber diese Kälte . . . Der kalte, zähe Schleimfaden, der sich um ihre Finger wand und den sie schnell an Egberts Jacke abwischte, konnte nichts mit der warmen Flüssigkeit zu tun haben, die sie mittlerweile kribbelnd aus sich herauslaufen fühlte . . . Immer wieder wischte sie sich die Hand ab, auch an den eigenen Kleidern.

Schließlich schüttelte sie ihn am Kinn.

»Egbert, is was? Bist du böse oder so? Hab ich's nich richtig gemacht . . .? Oder tut's dir leid? So sag schon!«

Sie drückte einen Kuß auf seine Lippen, die nicht zurückküßten.

Nachdem die Dunkelheit etwas weniger auf ihren Augen lastete und sie mehr unterscheiden konnte, sah sie, wie verzerrt Egberts Gesicht war. Und als dann noch auf der anderen Seite der laternenlosen kleinen Straße irgendwo im ersten Stock das Licht anging, sah sie erst richtig, daß er plötzlich zehn, fünfzehn Jahre älter wirkte. Das erstarrte Gesicht erinnerte Gonneke an das ihres Großvaters auf dem Sterbebett, noch bevor die Nonnen es zu einer würdigeren Grimasse zurechtdrücken konnten. Kein Ausdruck von Ergebung, sondern von Schmerz . . . Sie richtete sich auf.

Er war tot.

So langsam sie sie hinaufgegangen war, so schnell rannte sie sie jetzt hinunter, die Treppe, die Egbert für sie gebaut hatte und die nicht nur zur Liebe führte . . . Daheim zog sie auf der Toilette ihr Höschen aus, wickelte es in Zeitungspapier und deponierte, in einem sauberen Schlüpfer ihrer Schwägerin, das Päckchen am selben Abend noch auf dem Misthaufen von Bauer Potter. Vor dem Schlafengehen schrubbte sie sich den Widerwillen zwischen den Beinen weg, bis alles wund war.

Als Gonneke am nächsten Morgen auf die Bitte der alten Tante hin die Vorhänge öffnete, stand die BMW immer noch auf der Gasse. Wartend, so schien es. Sattel und Lenker beschworen die Gestalt herauf, die jetzt da oben in dem staubigen Zimmer lag. Nicht mehr als eine Hauswand trennte sie von ihr.

Was Gonneke nicht wußte und auch nicht wissen konnte, war, daß Egbert, nachdem er später am Abend wieder zu sich gekommen war, es für vernünftiger gehalten hatte, sein Motorrad stehen zu lassen und den Bus zu nehmen. Er hatte die Kugel in seinem Kopf ihr gegenüber mit keinem Wort erwähnt.

»Ich war völlig vernarrt in den Mann«, sagte sie immer wieder. »Ganz anders als in Jim . . .« Und innerhalb weniger Minuten war ihre Verliebtheit in Angst und Abscheu umgeschlagen.

Als sie Egbert am nächsten Tag nach einem bangen Abend voller Hammerschläge auf seine BMW steigen sah, war es schon zu spät. Sie empfand Erleichterung, wie nach dem Traum, in dem das schwarzweiße Wesen »Lollipop« ihr ein Knie auf die Kehle gesetzt hatte, aber das verringerte ihren Abscheu nicht. Solange Egbert Egberts abends im Nachbarhaus arbeitete, traute sich Gonneke nicht mehr ins Freie, obwohl der Frühling bereits Einzug hielt. Ihre Mutter sagte schon nach einer Woche: »Hockst du in letzter Zeit nicht ein bißchen viel drinnen? Du bist ja 'ne richtige Stubenhockerin . . . Denk nicht so oft an den Jungen. Da bist du noch viel zu jung für.«

An dem Tag, an dem Jimmys Urlaub begann – am ersten Samstag im Mai –, trafen die neuen Nachbarn ein. Für Gonneke bei aller Angst und Verwirrung eine doppelte Erleichterung. Als ob mit jedem Schritt, den die Leute in dem Haus taten, ihr Fehltritt weiter daraus vertrieben würde. Mit jedem Möbelstück, das sie hineintrugen, verlor ihre Sünde an Boden. Es war immer weniger Raum für sie. Überall standen Türen offen . . . es zog ordentlich in der Bude . . . So ließen sich in ihrer Vorstellung Gespenster aus einem Gebäude verjagen: durch vordrängende Häuslichkeit. Greifbare Dinge, die den unstofflichen keinen Raum mehr ließen . . .

Noch immer in der Haltung eines Mädchens, Arme hinter den Rücken geklemmt, stand sie vor der Häuserreihe auf der anderen Straßenseite und sah zu.

Als der gesamte Hausrat – kaum der Rede wert eigentlich – ausgeladen und eingeräumt war, stieß die neue Nachbarin mit dem knarrenden Knall von etwas, das zu lange geschlossen gewesen war, das Fenster im oberen Zimmer auf. Sie streckte einen Mop hinaus und ließ ihn ein paarmal wie einen Propeller kreisen. Gonneke sah den Staub, in dem sich die ganzen Wochen über ihr Hinterkopf, die Schulterblätter und ihr Po abgedrückt hatten, als Frühlingsflusen auf die Straße wehen. Nein, an einen verblühten Löwenzahn erinnerte der Mop sie, bis auf den Knubbel leergepustet ...

Und da bog, in seiner blauen Uniform, ihr Jimmy um die Straßenecke. Es konnte auch später am Tag gewesen sein, aber in dieser schnellen Aufeinanderfolge hatten die Vorfälle in ihrem Kopf die Jahrzehnte überlebt. Auf der Schulter des Seemanns balancierte eine Wochenendtasche, was bedeutete, daß er noch nicht zu Hause gewesen war. Jimmy kam direkt vom Bahnhof, so eilig hatte er es gehabt, sie zu sehen ... Er lachte, und fast so schwerelos wie der verstreute Staub, der in dieselbe Richtung wehte, flog sie ihm entgegen.

Sie küßten sich nicht. Gonneke zupfte an dem blauen Pullover herum, und Jimmy, um nur irgendwas in seiner Verlegenheit zu sagen, meinte: »Ihr habt ja neue Nachbarn ...«

Am selben lauen Frühlingsabend noch, im Schilf am Kanalufer, kriegte Gonneke ihren Matrosen rum – und hatte ihre Gründe dafür.

Ein kurzes gespieltes Zaudern ... Auf-die-Lippen-Beißen ... »Ich weiß nicht, Jimmy.«

»Ich tu dir jetzt mal kurz weh«, sagte er lieb. Und Gonneke sprach die uralten Worte: »Paßt du auch auf?« Worte, die schon seit Jahrhunderten die Gattung Mensch am Leben erhielten.

Mühelos täuschte sie Schmerzen vor, die sie beim ersten Mal, bei Egbert, gar nicht gespürt hatte. Sie ließ Jimmy den Akt noch einmal vollziehen. Während er auf ihr herumrutschte, holte er die Zeit zurück. Und als sie merkte, daß er ihn im letzten Moment rausziehen wollte, behielt sie ihn, indem sie ihre Arme um seine Taille schlang, listig in sich. Mit einem vergeblichen Warnruf zog er ihn ungeschickt – zu spät – mit einem Ruck aus ihr heraus und machte ihren Schenkel nur ein bißchen naß.

Ein Schleppkahn fuhr stampfend vorbei. Ein Hund führte sich auf, als würde das Haus seines Herrn aus allen Himmelsrichtungen bedroht. Das Schilf schwankte, rauschte . . . Wasser schwappte. Dünne Wolken trieben wie schmutziger Rauch am Mond vorbei. Jimmy schlug sich so fest an den Kopf, als wolle er sich selbst Schmerzen zufügen.

»Wie der erstbeste Flegel . . .!«

Und sie griff sich an den Bauch und hockte sich hin, weil plötzlich, mit einem heftigen Kribbeln, ein schwerer Tropfen aus ihrem Körper rann.

»O Gott, Jimmy . . . ich verlier dich ja jetzt schon . . .!«

Erst am Morgen nach seiner Ankunft sah ich den Mann in Blau zum erstenmal.

Weil noch keiner von uns wußte, daß in der kleinen Straße nie gespielt wurde, hatte meine Mutter (ich war ihr zwischen den Füßen beim Einrichten des neuen Hauses) die Haustür geöffnet und mich ermahnt, hinauszugehen, denn es sei »so ein schönes Wetter«. Ich trat zögernd über die Schwelle in die Sonne hinaus und blieb stehen. Der Sonntagmorgen war so still, daß ich die Tauben von Onkel Berntje Boezaardt gurren hören konnte, obwohl diese Vögel doch weiß Gott keine Schreihälse waren. Zu beiden Seiten der Tür hatten meine Eltern die leeren Umzugskartons aufeinandergestellt. Merkwürdige längliche Ungetüme, blaugrau, mit weißen Zeichnungen, die mich fuchsten, weil sie nichts darstellten. Ich roch die Holzwolle, die in den Kartons geblieben war und hie und da hervorquoll. Links von mir, wo jeweils zwei im rechten Winkel zueinander zu einem kurzen Turm gestapelt waren, ließen sie Öffnungen frei, durch die ich mühelos schauen konnte.

Zwei Häuser weiter in Richtung Tante Maya stand ein großer Mann schmerzhaft blau im Sonnenlicht. Meine Blicke prallten auf ihn. Er störte mich beim Kennenlernen der neuen Straße, die so ganz anders war als die strenge Lynxstraat. Ich verspürte ein unbestimmtes Bedürfnis, loszuheulen, doch der in etwas hellerem Blau gehaltene Kragen, der mich an Flixens Sonntagsanzug erinnerte, beruhigte mich wieder einigermaßen.

Die Hände in den Taschen seiner weiten Hose, lehnte der

Mann an der Fensterbank, das Gesicht in die Sonne gehoben, Augen geschlossen. Letzteres hatte zur Folge, daß ich lieber gar nicht hinschauen wollte: Sah ich aus der Entfernung zu, wie meine Mutter irgendwo im Sitzen oder Liegen ruhte oder schlief, so schlug sie früher oder später, von meinem Blick gestochen, die Augen auf . . .

Nach einer Weile seufzte der blaue Mann und lächelte breit – zu niemandem speziell, denn er hatte die Augen noch geschlossen. Weit weg knallte es kurz nacheinander ein paarmal, wodurch ich erneut, unbestimmt, die Verpflichtung verspürte, loszuflennen. Aber den Befehl dazu, der sich durch ein Kribbeln in der Nase bemerkbar machte, vergaß ich auszuführen, weil sich der Mann in Blau unerwartet bewegte. Auf das Knallen hin hatte er die Augen geöffnet und seine schreckenerregenden Kohlenschaufeln von Händen hervorgezogen . . . um eine subtile Handlung damit zu vollführen: Er schob mit der rechten Hand den linken Ärmel zurück, so daß er auf seine Uhr schauen konnte. Die Sonne bohrte sich in das Glas . . . ein Blitz, der auf mich zusprang . . . Die Uhr hatte ein rechteckiges Zifferblatt, und auch das beunruhigte mich: Das von Egbert war, wie alle Uhren der Welt, rund. Wie sonst sollten die Zeiger alle Stunden erreichen können . . .?

Wieder eine Serie von Knallen. Die Tauben machte es, wie man hörte, genauso unruhig wie den Mann und mich. Er hatte seine schrecklichen Hände schon längst wieder in die Hosentaschen geschoben, als am Ende der Straße eine Tür aufging und ein Arm einen großen Korb aufs Pflaster stellte. Darin raschelte es. Es gefiel mir gar nicht, daß das geflochtene Ungetüm da so allein und laut herumstand, und ich hätte bestimmt zu heulen angefangen, wäre nicht in diesem Moment Berntje Boezaardt aus dem Haus gekommen. Er hielt eine tragbare Uhr in der Hand und nahm mit der anderen den Korb auf. Im Vorbeigehen grüßte er, etwas scheu, den Mann an der Fensterbank. Erst bei den Umzugskartons begannen seine schmalen Lippen zu lächeln.

»Ah, Albertje . . . erkundest du gerade deine neue Umgebung?«

Ulkig, diese Glatze über dem kindlichen Gesicht mit der Stupsnase . . . Nach der nächsten Salve aus der Ferne wurde die Miene des kleinen Mannes sofort ernst, ja, zeigte sogar Panik. Ich war Zeuge des Wunders, das sich wohl öfter um seine Ohren herum vollzog: An den Schläfen begannen Adern in den graziösesten Formen zu schwellen . . . Seine Augen schossen rasch hin und her, als er, in einem Ton, als spräche er von etwas ganz anderem, sagte: »Kommst du heute nachmittag zu uns, mit Flixje kneten? Er hat eine Schachtel mit Ton in lauter verschiedenen Farben. Rot und blau und . . . und türkis . . . und was noch alles . . .«

Im Korb raschelte es. Während Onkel Berntje die Straße hinunterging, folgte ich ihm mit dem Kopf. Er bog nach links um die Ecke – dem Knallen entgegen. Und auch das gefiel mir gar nicht.

Ich richtete den Blick wieder auf den Mann in Blau. Hinter ihm ging das Fenster auf. Es stieß ihn in den Rücken. Radiomusik drang schmetternd heraus, noch übertönt von einer Mädchenstimme. Er drehte sich um und nahm mit seiner Kohlenschaufel aus einer schmalen Hand ein Tuch entgegen, das er mitten auf der Straße, lachend, zur Musik tanzend, auszuschlagen begann. Seine Schuhe schlugen dumpf auf die Klinker, die durch zertretene Pferdeäpfel wie mit Filz überzogen schienen. Die junge Frau, die sich jetzt laut lachend aus dem Fenster beugte, war nicht die, welche ich von Onkel Berntjes Taubenschlag aus in dem großen Garten gesehen hatte. Der Mann tanzte zu einem Lied, das immer mehr von einer ganz anderen Musik übertönt wurde, einer schwereren, drohenderen, einer, zu der nicht gesungen wurde . . . Schließlich gab der Tänzer es auf und reichte dem Mädchen das Staubtuch. Die fröhliche Melodie war jetzt ganz verschwunden, in einem schweren Dröhnen aufgegangen . . . Der blaue Mann stand gedankenverloren da. Das drängende Gehämmer der Musik, so fühlte ich, hatte nichts mit der sonnigen Straße zu tun, und wieder stach mich Kummer in der Nase. Erst das Einschalten eines Staubsaugers schnitt den beängstigenden Rhythmus ab. Was blieb, war ein lautes Rauschen.

Hinter mir plötzlich die Stimme meiner Mutter, die mich mit einem sanften Stupser noch weiter in die Welt hineinschob.

»Spiel doch in der Sonne.«

Um mein Gleichgewicht nicht zu verlieren, war ich gezwungen, ein paar Schritte vorwärts zu machen, bevor ich mich umdrehen konnte. Ihr kalkbespritzter Arm schloß die Tür bis auf einen Spalt.

In der Straße hörte man das Heulen des Staubsaugers noch über das gestörte Radio hinweg. Der blaue Mann rief zweimal etwas ins Fenster, zuckte mit den Achseln und kam dann auf mich zu. Er blieb vor mir stehen, beugte sich etwas vor ... Seine riesige Hand sank auf meinen Kopf und blieb schwer auf ihm liegen ... Er trug ein größeres Gewicht, als zu ertragen war ... ich würde in kürzester Zeit darunter zusammenbrechen ...

Erst indem ich endlich meinem Heuldrang nachgab, machte ich die Last leichter. Nicht nach und nach, nein, auf einen Schlag war diese Schwere verschwunden, wonach sich mein Kopf sonderbar leicht anfühlte, der Druck der Klaue auf meinem Schädel aber noch fühlbar war. Durch meine Tränen hindurch sah ich den Mann die Straße hinunterschwanken ... nach links um die Ecke biegen: Onkel Berntje hinterher, wie er auf das Geknalle zusteuernd ... Erst da gab ich mich inbrünstig einem Heulkrampf hin.

Kurze Zeit später sagte meine Mutter zu meinem Vater: »Sieh doch nur ... Albertje bekommt dunkles Haar. Es ist vorbei mit seinen goldenen Ringellocken.«

Ich wußte ganz genau, daß die riesige Hand diese Veränderung angerichtet hatte. Ihr Schatten war auf meinem Kopf liegengeblieben.

Mitte Juni heirateten sie. Er in einem schlabberigen weißen Matrosenanzug, sie in schlankmachendem Schwarz. Jedenfalls hatte Tante Maya sie so vor dem Rathaus unter das blaue Wappen mit den drei goldenen Herzen treten sehen.

Nachdem mich mein Besuch in Den Bosch wieder in Bewegung gebracht hatte, kam mir die Idee, mal bei dem von altersher anerkannten Hochzeitsfotografen in der Hofstraat nachzufragen. Das Geschäft liegt genau gegenüber vom Rathaus.

Der alte schielende Fotograf hielt den Blick starr auf das Barometer gerichtet, das schräg hinter mir hing. Wenn einer wie er das Objektiv entsprechend seinem Auge ausrichtete, bekam man eine einzigartige Fotosammlung. Viel Lust hatte er nicht, »bei der Hitze«.

»Ich weiß nicht, ob ich diesen ollen Kram von vor einem Vierteljahrhundert noch habe«, grummelte er, nahm mich aber doch mit in sein Archiv.

Sein Sohn und Nachfolger, der sich für viel Geld die Augen hatte richten lassen, hatte sich für diesen Beruf als nicht besonders geeignet erwiesen. Für ein etwas künstlerischeres Hochzeitsfoto hatte er die Braut, in klassischem Weiß, im Eindhovener Stadtpark auf dem Geländer einer eisernen Brücke Platz nehmen lassen. Sie war, nach stets wechselnden Posen, rückwärts in der grünen Grütze gelandet. Wie man sich in Geldrop erzählte, ging am anderen Ufer des Teichs gerade eine Frau mit ihrem kleinen Sohn an der Hand vorbei. Der Kleine trug eine Brille, deren eines Glas mit Leukoplast verklebt war. »Schau mal, Mama, so ein großer Schwan . . .«

»Nicht hinzeigen, mein Junge. Das gehört sich nicht.«

Später war der Sohn mit der Kasse abgehauen, und zwar mit keinem anderen Ziel als dem, einen Tretrollermarathon nach Paris zu veranstalten. Mittlerweile betrieb er in Eindhoven am Wilhelminaplein ein kleines Café, das er aus Unterscheidungsgründen *Klein Café* getauft hatte. Er belustigte die Gäste, indem er immer wieder erzählte, in Flandern werde ein Tretroller »Rollbrettel« genannt.

»Van Hamburg ohne *h*«, murmelte der alte Fotograf, »van Hamburgh mit *h* . . . Hanaerts . . . auch nie mehr was von gehört . . . Händel. Hier ham wir sie. Schreiben die sich mit Umlaut?« Ich nickte. »Der Junge hat ein schlimmes Ende gefunden, wenn ich mich nicht irre, oder?«

Ich summte bestätigend. Der Mann rieb das Negativ zwischen seinen Fingern. »Mein Gott, haben wir damals ein hartes Zeug verwendet!«

Als er es dicht vor meinen Augen gegen das Licht hielt, hatte ich eine Sekunde lang das Gefühl, jetzt auch bis ins kleinste Detail entlarvt zu sein. Das Foto in der fahlen bebenden Hand »stimmte«: Der Mann war in Schwarz, die Frau in Weiß . . . Aber es »stimmte« nicht länger als die Verschlußzeit, die nötig war, um das Paar in mir aufzunehmen; im nächsten Moment wurde das Negativ in meinem Kopf umgedreht und zu dem ungewöhnlichen Hochzeitsfoto verarbeitet, das einen weißgekleideten Mann und eine schwarzgekleidete Frau zeigte.

Sämtliche Frauen des Dorfes waren auf den Beinen, angeblich, um laut zu rufen, wie »orchinell das von den Kinnern« doch war, in Wirklichkeit aber, um mit ihren feinen Nasen an der Braut zu schnüffeln. Mußte sie heiraten? Tante Maya zufolge war Gonneke nichts anzumerken gewesen.

»Worum geht's denn, Meister?« fragte der schielende Mann keuchend. »Wollen Sie einen Abzug?«

Mich überkam das gleiche müde, mutlose Gefühl . . . ein Staubgeschmack auf der Zunge . . . wie beim Aufräumen eines Dachbodens, wenn man nach und nach alte Briefe zu lesen beginnt und immer weniger wegzuschmeißen wagt.

»Och, ich hab's jetzt gesehen. Sie sind gut getroffen. Lassen Sie nur.«

Und wie um den Mann zu belohnen, kaufte ich für meine Mutter einen Würfel aus Plexiglas, bei dem man hinter jede Fläche ein Foto schieben konnte. Wenn ich mich beeilte, konnte ich ihn ihr gerade noch schenken, denn meine Eltern waren im Begriff, für ein paar Tage nach Breda auf Besuch zu meiner gutsituierten Tante zu fahren.

Draußen merkte ich, daß der Himmel sich eintrübte, zum erstenmal in vierzig Tagen.

In der immer etwas unwirklichen Woche zwischen Weihnachten und Neujahr kam das Kind zur Welt, das sogar vom schuldbewußten Jimmy erst für Ende Januar erwartet worden war und von der Außenwelt auf keinen Fall vor Anfang März. Die junge Mutter nahm Zuflucht zu einer abgenutzten Ausrede, die angesichts der fortgeschrittenen Jahreszeit noch unwahrscheinlicher klang. Oder gerade nicht . . . Angeblich hatte ein Gewitter sie erschreckt. Der Blitz, im Verein mit einem lauten Knall, habe die Frucht in ihrem Schoß gelöst.

Alle Umwohnenden, die sich diese Genugtuung für die unbefleckte Hochzeit nicht gern entgehen ließen, rümpften die Nase, mit Ausnahme von Maaike Kopland. Sie hatte in der Geburtsnacht »hunnertprozentig« zwischen den Schornsteinen gegenüber »einen großen Feuerball« von der Sorte gesehen, wie sie bei jedem heftigen Gewitter von irgendeiner leicht entflammbaren Natur wahrgenommen wurde, selten von mehreren Personen gleichzeitig. Auch wenn, gab sie zu, vom Donner nicht viel zu merken gewesen sei.

Bei der Geburt war nur die im Haus wohnende Großtante zugegen. Als kurz darauf Gonnekes Mutter, aus dem anderen Haus herbeigerufen, das Geschlecht des Kükens bestimmte, stellte sie fest, daß es ein Mädchen war. Es wurde nach Jimmys Mutter genannt: Mildred. Bei der Taufe an Silvester wurde in ganzer Länge *Mildred Wendelmoet Godelieve Händel* daraus.

Die Leute in dem Viertel, stets geneigt, jeglicher Legende freien Raum zu lassen, sagten seitdem, wenn sie von Gonnekes kleiner Tochter sprachen, nie ohne dabei den Kopf schiefzulegen: ». . . eine Blitzgeburt.«

Inhalt